Antonia Baum

ICH WUCHS AUF EINEM SCHROTTPLATZ AUF, WO ICH LERNTE, MICH VON RADKAPPEN UND STOSSSTANGEN ZU ERNÄHREN

Roman

Hoffmann und Campe

Bei dem Titel handelt es sich um ein abgewandeltes Zitat der Rap-Crew M.O.R.
Mit freundlicher Genehmigung von Jack Orsen/M.O.R.

Hoffmann und Campe
1. Auflage 2015

www.hoca.de
Satz: Dörlemann Satz, Lemförde
Gesetzt aus der Albertina MT
Druck und Bindung: Friedrich Pustet, Regensburg
Printed in Germany
ISBN 978-3-455-40337-4

HOFFMANN
UND CAMPE

Ein Unternehmen der
GANSKE VERLAGSGRUPPE

1

Theodor ist unser Vater. Er behauptet von sich, er habe sich selbst erzogen, also ohne dass ihm dabei jemand geholfen hätte.

»Wie, du bist alleine groß geworden?«, fragte Jonny von hinten, als wir mal wieder zum Schrottplatz fuhren. Eigentlich hieß er Johann-Sebastian, wurde aber von allen Jonny genannt und war der Älteste von uns dreien. Wir saßen in dem alten Leichenwagen. Theodor vorne hinterm Steuer, ich auf dem Beifahrersitz, Jonny und Clint hinten auf der weinroten Kunstleder-Rückbank, die Theodor auf die Ladefläche geschraubt hatte und bei der sich leider nur einer anschnallen konnte.

»Na, eben alleine.« Theodor verdrehte das linke Auge. Er trug mal wieder keine Augenklappe, was ich gegenüber seinen Mitmenschen total falsch fand, weil die Leute fast immer peinlich berührt waren von dem zugenähten Schlitz, dessen eingefallene Naht einen so totenkopfmäßig angrinste.

Clint argumentierte: »Aber du musst doch irgendwie Eltern gehabt haben. Einer muss eigentlich einkaufen, kochen und so!«

Mit Clint, meinem Zwillingsbruder, war die Sache die, dass er mir immer viel kleiner als ich vorkam, dabei war er schon als Baby größer als ich gewesen und nur wenige Minuten jünger. Er lehnte sich von hinten an Theodors Fahrersitz und patschte mit seinen kleinen Händen auf Theodors Extremschwimmer-Schultern herum, weil er unbedingt eine Antwort wollte. Theodor reagierte nicht. Clint rüttelte an ihm.

»The-oo-door!«

»Was ist denn?«

Ich starrte durch die Windschutzscheibe auf das Pappmacheegrau der Straße und hörte an seiner Stimme, wie er in diesem Moment aussah: Kinn vorgeschoben und leicht nach oben zeigend, Kopf schief, das Auge schmal und etwas fokussierend, was überall sein konnte, nur nicht da, wo wir gerade langfuhren.

»Mann, Theodor, jetzt sag doch mal!«

Clint schlug Theodor sanft auf den Kopf.

Ich, routiniert, zu Theodor: »Du hörst nie zu!«

Theodor, plötzlich da: »Ich höre immer zu! Was war die Frage?«

Clint: »Dass man sich eigentlich gar nicht alleine erziehen kann und wer bei euch gekocht hat!«

Theodor verharrte im Kopf-schief-Auge-schmal-Modus. Wir warteten darauf, dass er den Mund aufmachte.

»Na ja, die Mutter hat außergewöhnlich schlecht gekocht. Also, man konnte das eigentlich nicht essen. Außerdem gab es ja eh nicht viel, und wir waren arm, war ja nach dem Krieg. Der Vater und ich waren zusammen hamstern, und dann brauchte er natürlich immer seine speziellen Sachen vom Schwarzmarkt. Wenn er abends müde war, durfte ich immer das Auto nach Hause fahren. Mit acht!«

»Mit acht durftest du schon Auto fahren?«, rief ich, tippte mir an die Stirn und drehte mich zu Jonny um, der mit verschränkten Armen auf der Rückbank saß, aber auch grinsen musste.

»Klar. Ich hatte auch immer wieder mit Waffen zu tun. Waffen waren ganz normal«, erklärte Theodor und zog die Mundwinkel herunter, so als würde ihn das mit den Waffen eher langweilen.

Clint war jetzt ein bisschen aufgeregt: »Deine Mutter hatte bestimmt Angst um dich!«

Theodor winkte ab: »Hatte sie nicht. Die Mutter war keine normale Mutter, verstehst du? Sie war sehr abenteuerlustig und sportlich. Eigentlich war ihr alles egal, Hauptsache, ich war auch abenteuerlustig und sportlich und brachte gute Leistungen. Durch meine Sportlichkeit kam ich auf ein Sport-Internat«, sagte Theodor zufrieden.

Jonny, der eigentlich zeigen wollte, dass ihn das alles nicht interessierte: »War gut?«

»Einmal gab ich einem Lehrer eine Backpfeife.«

Theodor schwieg eine Weile und sagte dann, anerkennend nickend: »Das war sehr gut!«

»Ehrlich?«, rief ich, und Clint, mein Zwillingsbruder: »Ohne Scheiß?«

»Ja, glaubt ihr, ich erzähle Geschichten?«, rief Theodor, wobei ich nicht wusste, ob er jetzt wirklich empört war oder nur so tat.

Es war eben schwer, Dinge über Theodor rauszufinden. Also, richtig normale Fakten und belastbare Details. Aber irgendwie mussten wir es ja trotzdem versuchen. Und obwohl wir die Geschichte mit der Backpfeife alle kannten, hatte sich jetzt sogar Jonny nach vorne gebeugt, vielleicht kam da ja jetzt noch mehr.

Clint: »Und dann?«

»Ich flog von der Schule« – Theodor machte an dieser Stelle eine bedeutungsvolle Pause und erklärte dann nickend, mit zusammengekniffenem Auge: »Aber das war ja von mir geplant.«

Clint: »Wie? Und dann?«

Theodor, stolz: »Ich zog nach Berlin.«

Das war wirklich etwas Neues.

Jonny, ungläubig: »Wie alt warst du?«

»So fünfzehn.«

Ich: »Darf man das?«

»Man muss ein bisschen aufpassen, aber es geht.«

»Kann ich dann auch nach Berlin ziehen?«, fragte ich, um zu testen, ob Theodor es mir verbieten würde.

»Klar! Wahrscheinlich müssen wir nächste Woche sowieso für längere Zeit nach Berlin. Ein Bekannter will da ein Wettbüro eröffnen, und ich mache mit, wie es aussieht«, antwortete Theodor und überholte, weil Überholen das war, was er auf der Straße für seinen Job hielt. Hinter uns wurde, normal, gehupt.

»Wir fahren nach Berlin?«, rief Clint erfreut und trommelte mit seinen Füßen gegen die Rückbank.

Theodor nickte. »Klar fahren wir nach Berlin.«

»Aber wir haben nächste Woche doch Schule!«, bemerkte Jonny seufzend.

»Wenn ich nach Berlin ziehe, gehe ich natürlich da zur Schule«, sagte ich aufgeregt und versuchte, Theodor meinen bevorstehenden Umzug plastischer zu machen.

»Alter, natürlich kannst du nicht nach Berlin ziehen«, bemerkte Jonny und sah mich genervt an, »du bist noch nicht mal neun. Außerdem geht es um nächste Woche, du Depp!«

Ich zeigte ihm den Mittelfinger. Er drehte sich weg und lehnte den Kopf an das Seitenfenster, durch das man nicht hindurchgucken konnte, weil es ein Leichenwagen-Fenster aus Milchglas war. Ein Palmwedel war auch darauf.

Clint, der ruhig das Ende unser Diskussion abgewartet hatte, machte weiter mit seinem Verhör:

»Was hast du in Berlin gemacht, Theodor?«

»Geld verdient.«

»Womit?«, bohrte Clint.

»Mit Autos gehandelt zum Beispiel«, antwortete Theodor knapp.

»Und wie noch?«

»Dies und das. Ich war auch Türsteher und Croupier.«

»Was ist ein Croupier?«

Theodor, genervt: »Warum willst du denn das alles wissen?«

»Weil ich halt wissen will, was du alles gemacht hast!«, sagte Clint ein bisschen gekränkt.

Theodor nickte nachdenklich, das Auge wieder auf den Punkt gerichtet, den keiner kannte. Er sah auf die Rolex-Uhr an seinem breiten Handgelenk, deren Verschluss immer so schön klackerte, wenn Theodor schaltete. Er musste abbremsen.

»Jungs, wir können diese Verkehrslage hier gerade wirklich nicht gebrauchen. Das macht einen ja wahnsinnig! Rolf wartet schon. Später müssen wir auch noch bei Kalli vorbei«, sagte Theodor, mehr zu sich selbst und wie einer, der sich darüber klarwerden möchte, was jetzt zu tun ist.

»Warum müssen wir denn heute schon wieder auf den Schrottplatz? Da ist es immer arschkalt«, maulte ich, legte meinen Kopf an das Fenster der Beifahrertür und sah in den Himmel, der so tief hing, dass er kurz über den Häusern endete.

»Du sollst nicht Arsch sagen, Romy, das habe ich dir schon zweiunddreißig Mal erklärt«, sagte Theodor mit leicht ansteigender Stimme. »Rolf leiht mir seine Flex aus, weil wir die in Berlin brauchen. Außerdem hat der Benz schon wieder Probleme mit dem Anlasser, und du willst doch nicht, dass wir auf halber Strecke liegenbleiben, mein Täubchen.«

»Dauernd müssen wir zu dem blöden Schrottplatz.«

Ich versuchte genervt, aber nicht zu frech zu klingen, sonst würde Theodor vielleicht ausflippen. Ich hasste den Schrottplatz, weil sich da noch mehr Scheiße stapelte als bei uns zu Hause. Da gab es nichts, was schön war. Nur Dreck und kaputte Sachen, und alles war eckig und ohne Ordnung. Und Rolf, dem der Schrottplatz gehörte, konnte Sachen nicht normal sagen, er musste immer schreien, also echt jeden Satz. Außerdem schwitzte er auf der Nase, und ich hatte schon bestimmt drei Mal gesehen, dass ihm da ein Popel raushing.

»Also, was hast du noch gearbeitet außer Türsteher?«, nahm Clint den Faden wieder auf. Ich seufzte.

Theodor holte Luft, so, als koste ihn dieses Gespräch große Überwindung.

»Autos gehandelt zum Beispiel.«

Jonny zog die Augenbrauen hoch: »Sagtest du schon!«

Clint: »Und? Weiter?«

»Ich wohnte da direkt neben einem Schrottplatz und machte nebenbei mein Abitur und studierte dann Medizin. Ich habe immer mein eigenes Geld verdient!«

»Okay. Und wann hast du ... Mama kennengelernt?«, fragte Clint vorsichtig, am Ende des Satzes fast flüsternd.

Theodor antwortete langsam, wie einer, der Idioten etwas zum Mitschreiben diktiert: »Mir war es immer wichtig, unabhängig zu sein! Das ist überhaupt mein Rat an euch: Guckt, dass ihr euch um eure Mobilität kümmert und schnell euer eigenes Geld verdient, dann kann nicht viel passieren.«

»Damit man nicht der Arsch der Nation ist«, bekräftigte Clint.

Theodor: »Ganz genau. Damit man nicht der Arsch der Nation ist.«

»Aber wann hast du Mama kennengelernt!? Das war die Frage, Theodor!«, erinnerte ich ihn und war erstaunt über meinen Mut, machte mir aber wenig Hoffnung.

Es redeten sowieso alle durcheinander.

»War deine Mutter auch irgendwie nett?«, fragte Jonny plötzlich, nachdem er vorher länger nichts gesagt hatte.

Ich, laut: »Mann, was hat das denn jetzt damit zu tun?«

Clint, lauter: »Romy, halt's Maul!«

»Du sollst nicht halt's Maul zu deiner Schwester sagen!«, sagte Theodor, am lautesten.

»Also, klar war die Mutter nett. Aber sie war eigentlich eher ein Mann«, meinte er dann und genoss den darauf folgenden Effekt seiner Analyse.

»Ein Mann?«

Ich tippte mir noch mal an die Stirn.

»Hä?«, machte Clint.

Jonny schwieg, aber er hatte sich vorgebeugt.

»Sie hat mich nur bekommen, weil sie es konnte, und deswegen war sie wahrscheinlich ein bisschen sauer auf mich«, erklärte Theodor, als läge diese Vermutung auf der Hand.

Jonny, skeptisch: »Wie ›sauer‹?«

»Na, das vermute ich. Psychologisch gesehen.«

»Was ist psychologisch?«, flüsterte ich.

»Die menschliche Psyche betreffend«, stöhnte Theodor.

»Warum psychologisch?«, fragte Jonny, noch immer misstrauisch.

»Wegen unserer Prügeleien zum Beispiel. Die alte Dame konnte ziemlich austeilen, aber ich habe auch zurückgehauen. Später ist sie ja dann nur noch um die Welt gesegelt, das letzte Mal habe ich sie in den frühen Siebzigern gesehen!«

»Was du sagst, ist unlogisch«, bemerkte Jonny und lehnte sich enttäuscht wieder zurück.

»Und dein Vater?«, fragte Clint.

»War Jurist. Hat mich auch immer verteidigt«, sagte Theodor und fing nun von selber an zu reden: »Der Vater war ein Geistesmensch. Dem Wesen nach ein Künstler, aber die Mutter hat ihm das verboten, und deswegen hat er Geld verdient. Meine künstlerische Ader habe ich jedenfalls von ihm. Na ja, und irgendwann hatte der Vater dann die Schnauze voll und ist nach Moskau abgehauen, wo er Konditor in einem Luxushotel wurde. Da konnte er seine Kreativität ausleben. Er hat zum Beispiel einen Porsche 356 Nr. 1 Roadster aus Marzipan hergestellt und mir ein Foto geschickt, nur habe ich es nie geschafft, ihn in Moskau zu besuchen.«

»Bist du deswegen traurig?«, fragte Clint mit einer Stimme, die klang, als rede eine Mickymaus, die Kette rauchte.

Theodor legte den Kopf schief und formte mit seinen Lippen ein O.

»Klar macht einen so was auch traurig«, sagte er dann. Er überlegte. »Aber eigentlich bin ich schon ganz zufrieden, solange ihr mir keine Schwierigkeiten macht.«

»Okay, dann erzähl noch mal bitte, bitte die Geschichte, wie du dein eines Auge verloren hast, als du auf der Autobahn mit hundertvierzig Sachen vom Motorrad abgestiegen bist«, bat Clint.

Aber da waren wir schon angekommen.

Theodor stieg aus.

»Komme gleich wieder.«

Draußen hatte es angefangen zu schneien, und »gleich« konnte bei Theodor eben auch richtig lange heißen.

2

Theodor ist weg. Wir sitzen im Wohnzimmer und warten auf ihn, seit wir entschieden haben, dass wir uns treffen sollten, und dann alle in das Dorf gefahren sind, in dem Theodors Haus steht, unser altes Haus. Da sitzen wir jetzt und warten und wissen nicht, wie groß unsere Sorgen sein sollten. Jonny war es, der gesagt hatte: »Passt auf, wir treffen uns in einer Stunde bei Theodor zu Hause.« Und wenn Jonny das sagt, dann machen wir das natürlich. Inzwischen ist Theodor seit neun Tagen verschwunden. Seither geht er nicht mehr ans Telefon. Er ist verschwunden, ohne eine Nachricht hinterlassen oder angerufen zu haben, was umso merkwürdiger ist, als heute unser Geburtstag ist, also, der von Clint und mir. Alle Nummern, die wir kennen, haben wir angerufen, Jonny hat mit den Leuten in der Praxis gesprochen, aber da weiß auch keiner was, die Autos stehen alle in der Garage oder vor dem Haus, die Motorräder auch.

Auf dem Tisch liegen Pizza-Kartons und unsere Telefone. Der Tisch ist von einem klebrigen Film überzogen, auf dem sich Staub abgesetzt hat. An einigen Stellen sind kreisförmige Abdrücke zu erkennen. Die Vorhänge sind zugezogen, aber nicht vollständig, der Abend steht schwarz vor dem Fenster, das auf die Terrasse führt, und obwohl es draußen dunkel ist und hier drinnen nur die funzelige Wohnzimmerlampe brennt, erkennt man, wie dreckig es überall ist, und obwohl es nie anders war, ärgere ich mich über den Schmutz. Auch über den schwarzen Motorradrahmen, der auf einer blauen Plane mitten im Wohnzimmer liegt, ärgere ich mich.

Jonny sitzt auf dem beigefarbenen Massagesessel, den Sultan damals gekauft hat, und spielt an dem Knopf, mit dem man die Lehne verstellen kann. Das schwerfällige Surren des Elektromotors durchschneidet die Stille im Wohnzimmer. Es nervt. Das heißt, eigentlich ist es Jonny, der nervt. Er legt die Füße auf den Tisch, er nimmt sie wieder runter, er greift nach der Whisky-Flasche, die Theodor gehört und auf dem Tisch steht, er gießt Theodors Whisky in ein Glas und trinkt und springt auf und geht ein paar Schritte und setzt sich wieder. Seine Blicke wandern hektisch im Raum herum, und er sagt zum zweiten Mal, dass wir vielleicht doch die Cops anrufen sollten, um im selben Satz zu erklären, dass die uns jetzt auch nicht helfen können, weil Cops einem nie helfen, sondern im Gegenteil eher Probleme machen.

»Wir sollten Kalli fragen. Vielleicht weiß der etwas«, sagt Clint, der neben mir auf dem jahrhundertealten Ledersofa sitzt, bei dem die Federn unten raushängen. Das Leder ist da, wo man sitzt, inzwischen so ölig schwarz. Clint sucht nach etwas in seiner Hosentasche.

»Kalli weiß überhaupt nichts mehr. Sein Gehirn hat sich längst aufgelöst«, sagt Jonny leise. Er zündet sich eine Zigarette an und sieht dem Rauch nach, den er in die Luft bläst, so als könne der ihm verraten, was jetzt zu tun ist. Er lässt sich wieder in den Massagesessel fallen. Die Zigarette im Mund, fährt er mit den Handflächen über die alten Zeitungen, die sich auf dem Tisch stapeln, befreit seine Hände von Staub, indem er sie an seiner Hose reibt, und verzieht das Gesicht.

»Der wird schon wieder auftauchen«, sage ich, um die Situation besser zu machen. Wir waren uns sicher, dass Theodor spätestens heute wieder auftauchen würde. Denn wir treffen uns absolut immer und feiern Geburtstag, obwohl wir natürlich nicht feiern, wie man normalerweise feiert. Theodor mag Geburtstage nicht, was soll das Theater, sagt er, man kann doch nichts dafür, dass man Geburtstag hat, das ist doch keine Leistung, sagt er. Aber er vergisst sie nie. Er marschiert auf den Geburtstag zu, umarmt und zerdrückt uns, sagt »Herzlichen Glückwunsch zum Geburtstag« und singt uns ein Geburtstagslied. Auf exakt diese Weise betreibt er Jahr für Jahr seinen Geburtstagsappell und kommt seiner Pflicht nach, obwohl er überhaupt nicht singen kann, denke ich und sage ich, lache und gucke, ob die anderen mein Lachen erwidern.

»Er singt echt schrecklich«, murmelt Clint, den Kopf über den Tisch gebeugt, auf dem er sein Koks zerkleinert, das er endlich in seiner Hosentasche gefunden hat und das er zwar nicht mehr vertickt, aber immer noch liebt wie verrückt. Ich liebe Clint aber auch. Und Jonny und Theodor. Aber bei uns sind viele Sachen anders, und das meine ich nicht so: Haha, zwinker, zwinker, unsere Familie ist echt supercrazy. Ich meine, bei uns stimmt das wirklich.

Doch ich liebe meinen Vater, das weiß ich, und er darf bitte nicht tot sein. Ich wüsste dann außerdem gar nicht, wen ich fragen soll, wenn ich mich mal wieder komplett verschuldet habe. Obwohl die Verhandlungen mit ihm immer zäh sind und er danach denkt, ihm gehöre mein Leben, kriege ich von ihm jedes Mal irgendwie Geld, und so bleiben wir in Kontakt. Das ist es, was wir gemeinsam tun, über Geld streiten und über Zinsen verhandeln und neue Verträge machen. Wir haben tausend Verträge, sie reichen zurück bis in die späten achtziger Jahre. Theodor führt über die Beträge und die Rückzahlungsvereinbarungen in einem kleinen Buch mit braunem Ledereinband ein exaktes Protokoll. Das Buch mit unseren Verträgen. Sonst haben wir nichts. Aber das stimmt so auch nicht ganz.

Ich betrachte die weißen Lehmwände, die an dem Bücherregal lehnen und die Theodor mit seiner Kunst bemalt. Vor den Buchrücken stehen kleine Farbtöpfe, an deren Außenseiten die Farbe in Rinnsalen nach unten gewachsen und geronnen ist. In einem von Farbresten verschmierten Gurkenglas stehen Pinsel mit dysfunktionalen Borstenköpfen, und es sieht wirklich aus, als wäre hier seit hundert Jahren keiner mehr gewesen, und so riecht es auch. Nach alter Luft. Eine Restnote Terpentin, Motorenöl, Zigarrenrauch und Schweiß, dazu Heizungsöl aus dem Keller, Fett aus der Küche, Kopffett auf der Sofalehne, und das alles vermischt und gespeichert in sämtlichen Textilien des Hauses.

»Gib mal einen Schein«, sagt Clint. Ich suche in meiner Tasche und reiche ihm einen Fünfer. Clint legt sich eine Bahn, er denkt, das darf man ohne weiteres am frühen Abend, wenn einem der Vater abhandengekommen ist. Seine Augen sind weit aufgerissen, die Pupillen riesig, wie ein Fuchs im Scheinwerferlicht sieht er aus.

Jonny läuft vor dem Bücherregal auf und ab. Er sagt, der Whisky sei ganz okay, zu okay, um von Theodor gekauft worden zu sein, also ein Geschenk wahrscheinlich. Wir lachen alle laut auf, in Gedenken an Theodors Billig-Besessenheit, wobei Jonny als Erster wieder verstummt.

Die Billig-Besessenheit ist es auch, die ich Theodor entgegenhalte, wenn er mir sagt, was er mir, seit ich denken kann, sagt, nämlich: »Romy, du hast doch im Grunde eine ganz überschaubare Kostenstruktur. Es handelt sich um ein simples marktwirtschaftliches Prinzip, das du begreifen musst: Man kann nur so viel ausgeben, wie man einnimmt. Wann kapierst du das endlich?«

Und ich darauf dann etwa so: »Nie, und es ist deine Schuld, denn nur deinetwegen habe ich ein vollkommen gestörtes Verhältnis zum Geld entwickelt. Ich kann dir das schwarz auf weiß geben, wenn du willst. Wissenschaftlich belegt!«

Ich weiß, dass es bescheuert ist, Theodor die Schuld zu geben, das ist Blödsinn, aber ich versuche eben, mit ihm ins Gespräch zu kommen. Ich studiere Psychologie (trage mich aktuell allerdings mit dem Gedanken, es abzubrechen), nur leider gibt Theodor nicht besonders viel auf mein Fachwissen und weigert sich, den Zusammenhang zwischen meinem und seinem komischen Geldverhältnis anzuerkennen, welcher wahrscheinlich auch nur bedingt richtig ist. Am Ende ist eh alles Quatsch.

Neben mir saugt Clint das Koks in seine Nase. Jonny steht mit dem Rücken zu uns vor dem Terrassenfenster und guckt in die Dunkelheit. Links von ihm liegen Theodors Holzclogs, deren Leder er schon x-mal geflickt hat. Ich klopfe dreimal auf den Holztisch, weil ich jetzt wirklich glaube, dass Theodor tot ist, und will, dass der Gedanke weggeht. Er hätte schon so oft tot sein können. Jeden Tag meines Lebens habe ich damit gerechnet, und zwar einfach weil ich dachte, wenn ich nicht damit rechne, dann passiert es doch, weswegen ich gezwungen war, damit zu rechnen, sonst wäre ihm etwas passiert. Und so ist nie etwas passiert. Aber heute, denke ich, vielleicht auch weil Jonny so nervös ist, heute könnte etwas passiert sein. Ich sehe seinen zermatschten Schädel an einer Leitplanke kleben, den Holzclog alleine brennend auf der Autobahn liegen, oh Gott, wie mich jetzt dieser verlassene Schuh rührt, obwohl der Fuß und was dranhängt doch so ein Arschloch ist und obwohl der Holzclog ja da neben Jonny steht. Und dass Theodor ein Arschloch ist stimmt so eben auch nicht. Aber ich habe mir so oft vorgestellt, dass ihm etwas passiert, und ja, es ist nie etwas passiert, aber jetzt hier könnte doch was sein. Nur damit wir endlich mal wissen, wie es ist, wenn wirklich etwas mit ihm gewesen ist. Vielleicht wäre dann alles anders, vielleicht wäre es eine Erleichterung. Aber so will ich nicht denken. Ich klopfe noch mal auf das Holz, drei Mal und so fest, dass ich mir danach die Knöchel halte.

»Was machst du denn da?« Jonny dreht sich um und guckt, als hätte ich ihm vor die Füße gespuckt.

»Nichts«, sage ich und muss noch mal dreimal klopfen, sonst ist Theodor tot.

3

Die noch unfertigen Gemälde hießen, soweit ich mich erinnere, *Der Fuchs in der Waschmaschine* und *Porsche-Blues*. Auf jeden Fall konnte niemand vorne neben Theodor sitzen, weil dort schon die Bilder lagen, an denen er in Berlin ein bisschen arbeiten wollte und um deren Sicherheit und unbeschadetes Ankommen er sich massiv Sorgen machte. Kalli, Jonny, Clint und ich mussten uns auf der Rückbank zusammenzwängen, wo sich, wie gesagt, nur einer anschnallen konnte.

Kalli hielt seine Vogelspinne Luise in einer durchlöcherten Tupperdose auf dem Schoß, weil er niemanden gefunden hatte, der auf sie aufpassen wollte. Aber wenn er ganz ehrlich sei, sagte Kalli hinter vorgehaltener Hand zu mir, würde er sie auch gar keiner fremden Person anvertrauen wollen.

Ich wollte wissen, wieso nicht.

»Luise hat heute keinen guten Tag. Sie ist ganz aggressiv«, nuschelte Kalli durch seine restlichen Zähne hindurch und zündete sich eine Roth-Händle an. Gemeinsam beobachteten wir durch die weiße Tupperdosen-Wand Luises bedrohliche Spinnen-Bewegungen.

Der Leichenwagen-Motor war laut, das Werkzeug auf der Ladefläche klapperte, seit ein paar Stunden waren wir auf dem Weg nach Berlin. Theodor hatte uns schulfrei gegeben.

Luise klopfte mit einem Bein gegen die Wand und wirkte dabei wirklich extrem ungeduldig.

»Habt ihr das gesehen? Wie sie eben in Kampfposition war? Ich sage doch, sie ist ganz aggressiv«, rief Kalli, der sich, wenn er redete, immer so anhörte, als habe er sehr viel Spucke im Mund. Ich vermutete, dass das an seinen fehlenden Zähnen lag.

»Warum ist Luise aggressiv?«, fragte Jonny, nicht übermäßig interessiert.

»Sie ist vom Wesen her eigentlich eine Amazone. Sie mag es nicht, wenn sie zum Reisen genötigt wird. Sie ist sehr dickköpfig. Wenn ich zu wenig mit ihr spreche, guckt sie mich manchmal fast vier Tage nicht an. Da ist sie wie meine liebe tote Frau Marie-Luise, deswegen heißt sie übrigens auch Luise, *comprende?*«

Das Tolle an Kalli war, dass er alles, was wir ihn fragten, ernst nahm.

Mit einem Feuerzeug öffnete er eine Flasche Bier. »Früher konnte ich das mit den Zähnen!«

»Hattest du auch eine Pistole?«, fragte Clint.

»Ja, klar. Ich war mal Waffenhändler, verstehst du? Liegt alles bei mir zu Hause.«

Kalli rückte sich seine dunkelblaue Wollmütze auf dem Kopf zurecht, und ich betrachtete ihn von der Seite: Seine dünne Haut, die unterhalb der Wangenknochen und auf der Stirn faltig war und aussah wie ein Vulkangestein. Das Grau seiner Haut, das jedoch noch nicht seine schwarzen Haare und den Bart besiegt hatte, nur an einigen Stellen waren graue Strähnen zu sehen. Der trockene, irgendwie abgewetzte Mund, seine Augen, auf denen immer ein leichter Schleier lag (vom Alkohol, sagte Theodor), und die vollen Brauen darüber, die er sich leider manchmal ansengte, wenn er sich eine Roth-Händle anzündete, was er quasi ständig tat, so auch jetzt.

»Kalli, pass auf!«, rief ich, als die Zippo-Flamme nach oben schoss, und dann: »Ich finde, du siehst aus wie ein richtiger Pirat. Theodor hat mir erzählt, dass du sogar schon mal eine Bank überfallen hast.«

»Na ja, eigentlich ist ja Theodor hier der Pirat, aber er will ja keine Augenklappe anziehen.« Kalli gluckste, und ich schubste ihn ein bisschen. Theodor saß vorne hinterm Steuer und reagierte nicht.

»Hast du jetzt eine Bank überfallen oder nicht?«, fragte Jonny, der wie immer gerne zum Punkt kommen wollte.

»Ja, aber sehr erfolglos. Ich wurde gleich geschnappt, aber ich hab nicht gesungen. Rolf war ja dann für eine Weile in Thailand.«

Im Rückspiegel sah ich Theodors Auge flink zwischen uns und der Fahrbahn hin- und herspringen. Es war geisterblau. Theodor rief, um den Motor zu übertönen: »Ich würde gar nicht sagen, dass du kein Talent hast, Kalli. Das war nur der Alkohol. Deswegen hast du vergessen, dir den Strumpf übers Gesicht zu ziehen.« An Theodors Auge sah ich, dass er grinsen musste und nur ernst blieb, weil er sich so witziger fand. Man konnte ihn schon sehr mögen, wenn sein Auge lachte, fand ich.

»Theodor, das ist aber nicht korrekt von dir. Nicht vor den Kindern, Himmel, Arsch«, brummte Kalli, und Jonny bot ihm aus Loyalitätsgründen eine Hand zum Einschlagen an.

Clint hatte geschwiegen und fingernägelkauend vor sich hin gestarrt, so als hätte er es gerade mit einem Problem zu tun. Jetzt drehte er sich ruckartig um und trug mit rauer Comicstimme sein Anliegen vor: »In der Schule habe ich erzählt, dass mein Papa einen echten Bankräuber kennt, aber es hat mir keiner geglaubt. Mir glaubt immer keiner was. Wie kann ich es schaffen, dass die mir glauben, dass du mal ein Bankräuber warst? Immer sind wir der Arsch der Nation!«

Ich wusste, dass das eine Sache war, die Clint beschäftigte, denn er hatte mich vor kurzem auf dem Schulhof als Zeugin gerufen, und ich hatte es bezeugt. Vor Toy 1 (so ein Spast, der nur Nike-Sachen hatte und immer von der Schule abgeholt wurde) und vor Toy 2 (gegelter Igelhaarschnitt mit einem roten Tuch um den Kopf gebunden und ziemlich fett). Die beiden hatten sich wenige Wochen zuvor einen Spaß daraus gemacht, Clint für die Dauer des Sportunterrichts in ihre Gang aufzunehmen, um danach in der Umkleide in eine Tüte zu furzen, Clint zu sagen, da wären Cola-Kracher drin, und Clint, nachdem er sich vorsichtig genähert hatte, die ekelhafte Tütenluft ins Gesicht zu blasen. Jetzt bezichtigten sie Clint der Lüge. Mit bestem Gewissen bezeugte ich also vor den größten Trotteln unserer Stufe die Tatsache, dass unser Vater einen Bankräuber kannte, wobei ich diese Jungs unter normalen Umständen nicht mal anzugucken bereit gewesen wäre, weil ich wusste, dass sie uns für Asoziale hielten, für Flodders. Aber wir sind keine Flodders, unser Vater ist Arzt, klar? Wir haben mehr Geld, als eure Scheißväter in einem verschissenen Jahr verdienen, und wir diskutieren zu Hause die blaue Phase von Picasso, während eure Scheißeltern überhaupt nicht wissen, wer Scheißpicasso war! Unser Vater malt sogar fast so gut wie Picasso und macht Ausstellungen! Wie, ihr glaubt nicht, dass er erst letzte Woche in der Volksbank eine Vernissage hatte? Tja, das liegt wohl daran, dass ihr nicht mal wisst, was eine Vernissage ist!

Es hatte gerade zum Ende der Pause geklingelt, der Schulhof leerte sich, aber die beiden waren noch nicht fertig mit uns. Ich hatte zu dem einen gesagt, dass er nicht immer alle Cola-Kracher aufessen soll, weil er sonst noch fetter werden und bald explodieren würde. Die beiden gingen auf uns zu, wir wichen nach hinten aus, sie kamen näher, und dabei rümpften sie die Nasen und fragten sich gegenseitig, was denn hier so stinke, woraufhin Clint Toy 2 vors Schienenbein trat, und ich hatte wirklich keine Ahnung, wie wir aus der Nummer wieder rauskommen sollten, weil Toy 2 Clint nach dem Schienbeintritt umgehend in den Schwitzkasten genommen hatte und Toy 1 sich daranmachte, ihn leidenschaftlich zu ohrfeigen.

Aber dann kam Jonny. Er packte Toy 1 von hinten und schmiss ihn auf den Boden. Dann schlug er ihm mit der Faust ins Gesicht, ein, zwei, drei Mal. Toy 1 röchelte und spuckte einen Zahn aus, das Blut schoss ihm splattermäßig aus der Nase. Okay, das ist ein bisschen übertrieben, aber er flennte und bat um Gnade. Der Junge mit dem Igelhaarschnitt ließ von Clint ab und stand unsicher herum, und Clint nutzte die Chance, ihm, so fest es ging, in seinen Speckbauch zu beißen. Der Igelhaarschnitt ergriff snitchmäßig die Flucht, das heißt, er rannte ins Lehrerzimmer und petzte (wofür ich wirklich kein Verständnis hatte, man petzt einfach nicht, egal was). Wenig später wurden wir abgeführt und saßen im Büro der Schuldirektorin, die ihren seriösen Lockenkopf schüttelte und schwer atmend Theodor anrief. Eine halbe Stunde später kam Theodor mit seinem Motorrad auf den Schulhof gefahren und parkte exakt vor dem Haupteingang, wie wir vom Fenster aus beobachten konnten. Er trug einen Helm, und sein Bart regnete, weil es inzwischen in Strömen goss, die Lederjacke machte ihn noch breiter, als er sowieso war, und bedauerlicherweise trug er keine Augenklappe. Ich wünschte in diesem Moment, dass die Trottel, mit denen wir gekämpft hatten, ihn sehen könnten, dann hätten sie bestimmt nie wieder etwas gesagt oder uns als Lügner beschimpft. Mehr wollten wir ja gar nicht. Theodor stand in der Tür, groß wie ein Baum, breitbeinig, und in einem guten Film wäre an dieser Stelle »His Name is King« gespielt worden.

»Grüß Gott, gnädige Frau.« Theodor ging langsam auf die Direktorin zu und hielt ihr seine Hand entgegen. Er verbeugte sich leicht. Die Direktorin kannte Theodor schon. Mit einer Mischung aus Mitleid, Unglaube und Respekt lächelte sie ihn tapfer an und räusperte sich. »Bitte setzen Sie sich doch.«

»Freut mich, Sie wiederzusehen«, sagte Theodor und betrachtete extrem entspannt das Büro-Interieur der Direktorin, die sich eine Auswahl beruhigender Landschaften mit Seerosen und im Wind wogendem Getreide an die Wände gehängt hatte. Ich wurde ungeduldig und wollte, dass Theodor endlich seinen Helm abnahm und sich setzte, wie sich die Direktorin das gewünscht hatte.

»Theodor, der Helm«, flüsterte ich. Er kniete sich vor Clint, Jonny und mich, küsste uns und zog sich schließlich zeitlupenmäßig seinen Helm vom Kopf. Unter seiner Lederjacke trug er seinen Arztkittel, den er sich in die verbeulte Hose gesteckt hatte, an seinem Hals baumelte ein Stethoskop, und ich sah, dass er sich eine Krawatte umgebunden hatte. Und dann endlich setzte er sich.

Die Direktorin informierte ihn über »den Zwischenfall«, er legte einen Finger an die Nase, lauschte andächtig, nickte, unterbrach sie kein einziges Mal, sagte hin und wieder »Ja, ist völlig klar« und rückte sich die verbogene Brille gerade. Ein großer Tropfen hing zitternd an seiner Nasenspitze. Vorsichtig trat ich ihn, damit er zu mir sah und ich ihn darauf aufmerksam machen konnte, während die Direktorin redete und redete und im Grunde immer nur sagte, wie schiefgewickelt wir wären. Dabei tanzten ihre sauberen Hände mit den gefeilten Nägeln und den perfekten Nagelbetten ohne einen einzigen Riss oder eine Unregelmäßigkeit durch die Luft. Wenn sie am Ende eines wichtigen Satzes angekommen war, faltete sie die Hände, und man sah ihre ruhenden, aufgeräumten Direktorinnenhände auf ihrem Schreibtisch liegen, und dann richtete sie ihren Oberkörper auf. Sie lächelte und redete weiter von den Glaubenssätzen ihres pädagogischen Wirkens, dass an dieser Schule Gewalt nicht geduldet würde, »Herr Doktor«, und dass sie sich ja unserer besonderen Situation durchaus bewusst wäre, dass eine angemessene Entschuldigung bei den Opfern allerdings dringend nötig sei und dass sie es weiter für dringendst angezeigt halte, dass wir an dem Anti-Aggressions-Training teilnehmen, wirklich, »Herr Doktor«, weil derartige »Zwischenfälle« leider schon zu oft passiert seien, eine gewisse Schwelle sei hiermit überschritten, Alarmglocken läuteten bei ihr, und ob man sich nicht doch besser »Unterstützung« holen sollte, das sei überhaupt nichts Schlimmes und so weiter, und dann war sie fertig und wartete auf die Stellungnahme Theodors.

Theodor räusperte sich und sah an die Decke. Die Beine übereinandergeschlagen (Hose absurd verdreht in Stiefel gestopft) und die Hände im Schoß gefaltet (Fingernägel mit schwarzen Rändern), saß er da und machte erst mal gar nichts. Er räusperte sich noch einmal und erklärte dann endlich, dass er das alles jetzt erst mal »zur Kenntnis« nehme, kleinen Moment bitte. Keiner sagte etwas, Clint rutschte auf seinem Stuhl herum und wippte mit den Beinen, Jonny starrte auf seine Hände, ich zu Theodor, die Direktorin lächelte angestrengt. Theodor musste dann laut und lange husten, und nachdem er sein Husten mit einem gurgelnden Kehle-von-Schleim-Befreiungs-Geräusch beendet hatte, fing er an: Er gebrauchte viele Fremdwörter, weswegen ich nur die Hälfte verstand. Er senkte seine Stimme und redete vom Tod unserer Mutter, der uns immer noch sehr zu schaffen mache, und dass er längst auf der Suche sei nach einer geeigneten Therapie für uns, vom Jugendamt würde er jedoch gerne bis auf weiteres keinen Gebrauch machen.

»Was – Therapie?«, fragte Jonny entgeistert und richtete zum ersten Mal seinen Blick nach oben, weg von seinen Händen. Clint und ich guckten ebenfalls erschrocken zu Theodor, der die Augenbrauen bescheuert zusammenzog, so, wie er das wahrscheinlich in Vorabendserien bei diesen unangenehm fürsorglichen Ärzten gesehen hatte.

»Ja, das wird nötig sein.«

Die Direktorin strahlte und begann in ihren Schubladen nach Broschüren und Telefonnummern zu suchen.

Später saßen wir bei McDonald's, was eine Ausnahme war. Aber irgendwie hatten wir Theodor überreden können, der nach dem Gespräch mit der Direktorin bester Laune war. Ich fand, dass McDonald's ein richtig guter Ort war. Die modernen Tische und Lampen und die Angestellten mit ihren gestreiften Hemden und Mützen und das leckere Essen, ich liebte das alles sehr.

»So eine Schnepfe, das sehe ich sofort!«, sagte Theodor. Er klaute sich von Clint eine Pommes, weil er aus Kostengründen nichts für sich selber bestellt hatte.

Jonny fragte mit vollem Mund: »Was siehst du sofort?«

»Du sollst nicht mit vollem Mund reden! Dass die eine Schnepfe ist, sehe ich sofort. Eine bürgerliche Schnepfe. Ich bin im Grunde meines Herzens ja auch zutiefst bürgerlich, das wisst ihr alle.«

Und er sah in unsere Gesichter, die nur Augen für das McDonald's-Essen hatten, was ihn ermutigte, weiter und lauter zu reden. Es war einer dieser Momente, in denen er, beschwingt durch seinen Sieg über die Direktorin, davon ausging, besonders druckreife, kluge Dinge zu sagen.

»Ich bin aber in einem ganz anderen Sinne bürgerlich, das heißt: Ich bin für eine umfassende Bildung im humanistischen Sinne, und ich bin für Klarheit. Das zieht sich wie ein roter Faden durch mein Leben. Klarheit darf man aber nicht mit Vorschriften-Religiosität verwechseln, und diese Schnepfe, das sieht man eben als einigermaßen geübter Beobachter, ist eine Vorschriften-Schnepfe. Steht in einer Vorschrift, dass Bach ein Genie war, geht sie ins Kaufhaus und kauft sich alles von Bach. Sie ist einfach eine dumme Bach-Gans, versteht ihr das?«

Theodor sprach zu laut. Clint und ich sahen uns an, weil es uns nervös machte, wenn er so war. Wir drehten uns um, um zu gucken, ob die anderen Gäste uns bereits als merkwürdig identifiziert hatten.

Theodor, wieder zu laut: »Ist das klar geworden?«

Ich nickte eifrig, um zu verhindern, dass er noch lauter wurde, Jonny zuckte mit den Achseln.

»Aber das ist doch ganz einfach, das liegt doch bitte auf der Hand! Sie ist eine bürgerliche Bach-Schnepfe, weil ihr Kopf zugestellt ist durch einen Schilderwald voller Vorschriften. Schilder sind schlecht, merkt euch das. Deswegen liebe ich das Anarchische und mag die Kirche nicht. Vereine sind auch scheiße.«

»Hast du getrunken?«, erkundigte sich Jonny und machte mit dem Daumen und dem kleinen Finger das Zeichen für Trinken.

»Sei nicht so vorlaut!«, hustete Theodor, der sich beim Aufregen verschluckt hatte.

»Was ist anarchisch?«, fragte ich.

»Wenn man macht, was man für richtig hält«, sagte Theodor.

»Und wenn ich es jetzt für richtig halte, Clint sein Softeis wegzunehmen, bin ich auch ein guter Anarchist?«

Jonny sagte manchmal, ohne eine Miene zu verziehen, Dinge, dass man dachte, er sei nicht zwölf Jahre alt, sondern der Älteste und Klügste im Raum.

»Das hältst du natürlich nicht für richtig, weil das nicht richtig ist, und das weißt du. Stell dich nicht blöd! Damit kann ich nicht umgehen!«, schimpfte Theodor.

Wir aßen schweigend unser Softeis. Jonny dachte nach.

»Da habt ihr den Jungs aus eurer Stufe also richtig eins auf die Mütze gegeben, ja?«, unterbrach Theodor die Stille.

Wir nickten.

»Wir müssen doch nicht wirklich zur Therapie, oder?«, fragte Clint mit vollem Mund. Theodor schlug mit der Faust auf den Tisch, und wir zuckten zusammen. Die Leute am Nebentisch, Eltern mit zwei dicken Kleinkindern, die die ganze Zeit über gekaut hatten, als würden sie beten, sahen von ihrem Essen auf zu uns herüber. Ich lächelte sie entschuldigend an.

Vorsichtig sagte Jonny in die Stille: »Du kannst doch aber als Anarchist nicht anderen verbieten, anarchistisch zu sein. Clint hält es eben für richtig, mit vollem Mund zu reden.«

»Aber ich halte es für falsch!«, entgegnete Theodor und grinste sein Jack-Nicholson-Grinsen.

»Und? Müssen wir jetzt zur Therapie oder nicht?«, fragte ich noch mal.

»Quatsch, papperlapapp. Ich bin euer Therapeut!«, sagte Theodor. »Wir haben doch Spaß zusammen. Aber wir müssen uns ein bisschen vorsehen, sonst hetzt die uns wirklich noch das Jugendamt auf den Hals.«

Ich fand die Sache mit dem Jugendamt allerdings überhaupt nicht witzig. Weil wo sollte das hinführen? Dann steht irgendwann echt das Jugendamt vor der Tür und nimmt uns Theodor weg, der dann ganz alleine ist. Und Jonny und Clint auch. Da gibt es dann einen Speisesaal und wahrscheinlich auch einen Schlafsaal, und abends liegen die Kinder in ihren Betten und weinen und pinkeln sich gegenseitig in die Getränke, weil alles kaputt ist, und man ist ein Verbrecher, weil der eigene Vater ein Verbrecher ist, dem man ein Kind nicht anvertrauen darf. Das ist wie behindert sein, oder fett, oder kein Deutsch können, genauso wird man dann angeguckt und tut allen leid.

So stellte ich es mir vor, wenn ich abends im Bett lag und an Clints ruhigen Atemzügen vom anderen Ende des Zimmers hören konnte, dass er schlief. Ich überlegte mir, was passieren würde, wenn das Jugendamt käme, und dass das Jugendamt total falsch lag mit seiner Einschätzung, weil die ja überhaupt nichts über uns wussten. Die wussten zum Beispiel nicht, was für eine wunderschöne, normale Mutter wir hatten, die zwar tot war, aber sie war ja trotzdem unsere Mutter. Ich wollte, dass das Jugendamt und alle anderen das kapierten.

So hatte ich im Laufe mehrerer Nächte mehrfach beschlossen, mit Theodor sowohl über das Jugendamt-Problem als auch über unsere Mutter zu sprechen. Als wir dann nach Berlin fuhren, um ein Wettbüro zu gründen, und es hinten im Fond so ekelhaft nach Roth Händle Zigaretten stank, sah ich, dass genau jetzt auf dieser Autobahn der richtige Zeitpunkt gekommen war. Ich kletterte nach vorne auf den Beifahrersitz und setzte mich ganz vorsichtig neben die Gemälde. Theodor sagte nichts. Er wirkte sehr konzentriert, und ich dachte eine Weile nach, was ich ihn fragen könnte, um ein Gespräch zu beginnen.

Ich holte tief Luft.

»Wie geht's?«

»Ganz gut, und selbst?«, entgegnete er sachlich.

Er sah auf die Straße, ich rutschte herum. Wie immer hatte er nur einen Mittelfinger am Lenkrad, sein Sitz war, so weit es ging, nach hinten gerückt, die Rückenlehne nach unten geschraubt. Er saß nicht im Auto, er lag, und er hatte einen Zahnstocher im Mund. Die Sonnenblende war heruntergeklappt. Von Jonny wusste ich, dass er das machte, damit er, wenn er geblitzt wurde, auf den Fotos nicht so gut zu erkennen war.

Ich fragte: »Ist das ein Diesel oder ein Benziner?«

Neulich auf dem Schrottplatz hatte Theodor Rolf die gleiche Frage gestellt, als es um ein anderes Auto gegangen war.

»Diesel natürlich«, antwortete Theodor durch die Zähne, um den Zahnstocher nicht fallen zu lassen. Er raste auf einen VW-Passat-Kombi zu, gab Lichthupe, drängte ihn zur Seite, und ich dachte, dass wir uns auf der Autobahn echt immer benehmen wie ein weißer Hai, wie so ein richtiges Arschloch.

»Aha«, sagte ich, »ich finde ja, Benzin riecht besser.«

Das fand ich wirklich. Wann immer sich die Gelegenheit ergab, schnüffelte ich an Tanköffnungen und Kanistern, weil ich den Geruch so unglaublich fand.

»Stimmt. Aber ist auch teurer«, sagte Theodor, und ich ärgerte mich kurz, dass er wieder mit seinem Billig-Fimmel ankam. Ich weiß nicht, ob ich es besser gefunden hätte, wenn Theodor gesagt hätte, dass ich nicht so oft an Benzin riechen soll, aber vielleicht schon.

»Hmm«, machte ich und dachte an mein Vorhaben und wie ich es am geschicktesten angehen sollte.

Theodor fuhr weiter auf der linken Spur, er fuhr so dicht an die Autos vor uns heran, bis sie ihm auswichen. Ich kniff die Augen zusammen und hielt die Luft an, wenn es eng wurde, und es wurde immer eng. So richtige Angst hatte ich aber nicht, denn mit Theodor passierte nie etwas. Außerdem wurde er sauer, wenn man Angst hatte. Ich überlegte weiter. Theodor schwieg.

»Wie lange hat der hier noch TÜV?«

»Ein Jahr. Schätze aber, das wird beim nächsten Mal problemlos über die Bühne gehen.«

Pause.

»Was wählst du eigentlich?«, erkundigte ich mich.

Ich wusste, was er jetzt sagen würde, und ich wusste, dass es ihm Spaß machen würde. Er ließ sich noch einige Sekunden Zeit.

»Mal so, mal so. Eigentlich kann man gar nichts mehr wählen, weil man es nur mit Armleuchtern zu tun hat.«

Ich nickte: »Hast recht.«

Er nickte: »Klar habe ich recht.«

Lichthupe. Durchziehen bis zum nächsten Auto.

»Wolltest du dir nicht bald ein Flugzeug kaufen?«

»Kann ich mir vorstellen. Dann müssten wir nicht mehr so viel im Stau stehen. Staus sind mir absolut zuwider.«

»Mir auch! Also lass uns doch ein Flugzeug kaufen!«

Theodor nickte und starrte stur geradeaus. Er fuhr sich mit der Hand über die Haare und murmelte dann: »Wahrscheinlich sollten wir das tatsächlich mal ins Auge fassen.«

Ich hatte eigentlich beschlossen, mit meinen Fragen, die ich in meinem Kopf schon perfekt formuliert hatte, noch bis zur nächsten Autobahnausfahrt zu warten, aber dann fragte ich doch schon eher:

»Findest du, dass ich Mama ein bisschen ähnlich sehe?«

Theodor schlug auf das Lenkrad. Ich zuckte zusammen.

»Nachtwächter!«, rief er. »Solche Nachtwächter! Hast du das gesehen?«

Direkt vor uns gab ein Auto die linke Spur nicht frei. Eben hatte es sogar kurz gebremst.

»Ja, aber jetzt sag mal!«

»Was?«, fragte er gereizt.

»Ob ich Mama ähnlich sehe!«

»Du stellst Fragen!« Er seufzte. Ihm war deutlich anzusehen, dass er das Thema nicht mochte, es war das absolute Scheißthema. Wir sprachen nie darüber, was ich darauf zurückführte, dass es ihm Schmerzen bereitete, und da wollte ich nicht schuld dran sein. Aber ich wollte manchmal eben auch etwas über meine Mutter wissen.

»Und?«

»Bisschen«, sagte er wie einer, der sich gerade in die Zunge gebissen hat.

Es tat mir leid, aber ich sagte, ganz vorsichtig: »Was an mir sieht ihr denn ähnlich?«

»Na, die Haarfarbe zum Beispiel«, nuschelte Theodor.

Wow. Die Haarfarbe also.

»Mehr nicht?« Ich bekam eine ganz hohe Stimme und flüsterte fast.

Die Nachrichten kamen, und Theodor drehte das Radio lauter. Ich fragte mich, ob ich rücksichtslos gewesen war.

»Wer ist eigentlich Fuat?«, fragte ich, als die Nachrichten vorbei waren, um zu gucken, ob mit Theodor alles in Ordnung war. Immer wenn wir in den letzten Wochen zum Schrottplatz gefahren waren, hatte er mit Rolf über Fuat gesprochen.

»Fuat ist der Herr, mit dem ich in Berlin das Wettbüro mache«, erklärte Theodor.

Es schien so weit alles in Ordnung zu sein. Er machte sogar den Eindruck, als wolle er wirklich darüber reden.

»Und warum macht ihr das zusammen?«

Auf der Rückbank spielten Kalli und die Jungs Schere-Stein-Papier, und Theodor bekam seinen Die-Sache-ist-folgende-Blick.

Die Sache mit dem Wettbüro war also folgende:

»Um so was zu machen, brauchst du eine Genehmigung von der zuständigen Gemeinde und eine Konzession. Das hat Fuat. Und ich habe das Geld.« Theodor tippte sich mit dem Zeigefinger auf die Brust. »Deswegen arbeiten wir quasi zusammen. Aber erst mal muss das Ding da einigermaßen auf Vordermann gebracht werden. Bisschen neuer Boden, bisschen die Wände anmalen. Und Kalli muss das Bad machen. Kacheln, Wasseranschlüsse und so. Neue Kloschlüsel brauchen wir wahrscheinlich auch.«

Theodor sagte das wie jemand, der sich darauf freut, zwei Wochen im besten Hotel der Welt abzusteigen.

Und ich misstrauisch: »Wo wohnen wir eigentlich in Berlin?«

Ich wusste natürlich, dass wir auf keinen Fall in einem Hotel schlafen würden, sondern bei irgendwelchen Kumpels von Theodor, die davon wahrscheinlich noch gar nichts wussten. Aber die Frage brachte mir Du-bist-schuld-an-allem-Punkte bei Theodor ein. Und die brauchte ich, um mit Theodor über die Sachen sprechen zu können, an die ich nachts dachte. Und ich hatte ja auch noch das Jugendamt-Thema offen.

Hinter uns warf Kalli Clint vor, dass er beim Schere-Stein-Papier-Spielen bescheißen würde, aber Jonny sagte, man könne bei diesem Spiel gar nicht bescheißen, und Theodor rief nach hinten, ja, das stimme, man könne bei diesem Spiel tatsächlich nicht bescheißen, was mich nervte, weil ich gerade dran war.

Ich, genervt: »Also, wo wohnen wir jetzt?«

»Bei Fuat.«

Ich seufzte (vielleicht ein bisschen demonstrativ).

»Will der das wirklich?«

»Klar will der das!«

»Aa-ha.« Ich seufzte erneut. »Und hast du unserer Lehrerin Bescheid gesagt, dass wir nächste Woche nicht da sind?«

Noch mal sehr langes Seufzen und extremes Augenverdrehen meinerseits, also der totale Wie-kann-man-nur-Gesichtsausdruck.

Theodor, empört: »Natürlich wissen die Bescheid.«

»Auch Jonnys Lehrer?«

»Selbstverständlich!«

Ich verschränkte die Arme vor der Brust. »Sag mir mal, wie unsere Lehrer überhaupt heißen!«, befahl ich.

Theodor, noch empörter: »Junge Frau! Wie eure Lehrer heißen? Willst du mich verschaukeln?«

»Gib's zu, du hast gar nicht Bescheid gesagt!«, rief ich. »Mann, du musst echt aufpassen wegen dem Jugendamt. Weißt du das?«

Ich legte eine Pause ein, weil Theodors Kopf plötzlich rot war. Dann ich, etwas versöhnlicher: »Die nehmen uns dir sonst weg. Dann sind wir alle weg! Ist dir das egal?«

»Das ist mir natürlich nicht egal, abgesehen davon, dass mir keiner meine Kinder wegnimmt.« Er hatte sich jetzt etwas beruhigt, gestikulierte aber immer noch vor sich hin. Er drehte sich zu mir und sah mich an.

»Sehe ich aus, wie jemand, dem man seine Kinder wegnimmt? Bei dir piept es wohl!«

Ich musste lachen, wollte aber nicht.

Schweigen.

Plötzlich ging Theodor vom Gas. Das Auto wurde langsamer, und Theodor sah zu mir herüber.

»Ich habe in der Schule Bescheid gesagt, klar? Die Sprechstundenhilfe hat ein Fax an die Schule geschickt. Und da steht drauf, dass ihr drei einen umwerfenden grippalen Infekt habt, sehr ansteckend und pflegeintensiv. Dauert bis Anfang nächster Woche.«

Er lachte mich von der Seite an, mit einem zwinkernden Auge, und kaute auf seinem Zahnstocher herum. Da griff ich nach seiner riesenhaften Hand, die über dem Steuerknüppel hing, und hielt sie.

»Warum hast du eigentlich immer einen Zahnstocher im Mund?«, fragte ich lächelnd.

»Weil es mir Spaß macht, Püppi.«

Fuat trug einen grauen Anzug, der leicht schimmerte, und dazu ein weißes Hemd. Die obersten Knöpfe waren offen, sodass man seine schwarzen Brusthaare sehen konnte. Er hatte einen goldenen Schneidezahn, und wenn er lachte, wackelte sein Bauch, und dabei übertrug sich das Wackeln auf den gesamten massigen Körper, und in diesem wackelnden Lach-Zustand begrüßte er uns, als wir in dem hässlichen Treppenhaus vor seiner Wohnungstür standen (alle außer Kalli, den hatten wir bei einer Kneipe abgesetzt).

Fuat umarmte jeden von uns und führte uns in die Küche, wo er uns seiner Frau vorstellte. Ihr Name war Züleyha. Sie stand vor dem Herd, trug ein dunkelblaues Kopftuch und rührte in einem großen Topf. Züleyha lächelte schüchtern und erinnerte mich ausstrahlungsmäßig an einen frischgebackenen Kuchen. Die Küche war schmal und sehr eng, aber ich war voller Bewunderung für die goldenen Knöpfe an den Schubladen und Schranktüren der weißen Einbauküche. Außerdem hing an der Decke ein Kronleuchter mit glitzernden Steinen daran, die mir speziell gefielen.

Neben Züleyha, auf einem schwarzen Barhocker mit einem geschwungenen silbernen Fuß, saß ein Junge und spielte Gameboy. Fuat sagte, dass der Junge sein Sohn sei und Murat hieße. Murat nickte uns zu und sah wieder auf den Gameboy, den seine Daumen irre schnell bearbeiteten.

Ich dachte sofort, dass das hier besser war als bei uns. Ich sah die Flasche Cola, die auf dem kleinen Esstisch stand, und ich sah das Obst in einer Schale daneben, das aussah, als wäre es poliert worden. Nichts stand hier ohne Sinn herum, der Salz- und der Pfefferstreuer hatten die gleiche Farbe (Dunkelrot) und wirkten wie gerade gekauft. Die bauschigen Vorhänge sahen ein bisschen aus wie Zuckerwatte, und an den Wänden in der Küche hingen keine verrückt bemalten Leinwände, sondern nur ein Stundenplan von Murat. Mir war sofort klar, dass man in dieser Küche jeden Schrank und jede Schublade öffnen konnte, ohne dass es stank. Nichts Ekliges hinter verschlossenen Türen.

Murat ließ den Gameboy sinken und lächelte mich vorsichtig an. Ich schätzte, dass er so etwa in meinem Alter war. Leider war er ein bisschen dick und vielleicht aus diesem Grund eher zurückhaltend. Aber sofort sehr nett zu uns. Er zeigte Jonny, Clint und mir den kühlschrankgroßen Fernseher im Wohnzimmer, der absolut alle Programme empfing, bestimmt siebzig. Er zeigte uns außerdem ein kleines Regal neben der Wohnungstür, in das man seine Straßenschuhe reinstellen konnte. Fuat war zu höflich gewesen, um uns darauf hinzuweisen, dass man in seiner Wohnung keine Straßenschuhe trug, und Theodor hatte das von alleine natürlich nicht bemerkt. Ich fand das Schuhregal aber super, so wie alles hier. Wir zogen unsere Schuhe aus und sortierten sie ein. Dann setzten wir uns im Wohnzimmer auf den Teppich und guckten Formel 1, bis Züleyha uns zum Essen rief. Als wir zurück in die Küche liefen, betrachtete ich meine dreckigen Socken, die überhaupt nicht zu den perfekt sauberen Kacheln passten. Und ich bekam plötzlich Angst, Dinge anzufassen, denn ich wusste, dass wir viel zu schlecht für diese Leute waren.

Wir quetschten uns zu siebt an den Esstisch, und Züleyha füllte unsere Teller mit Reis, Hackfleisch und Paprika. Theodor und Fuat stellte sie zwei Flaschen Bier hin. Für uns gab es ganz selbstverständlich Cola, was mich echt umhaute. Aber ich war schüchtern und sagte nichts, genau wie Jonny und Clint. Murat schaufelte, ohne von seinem Teller aufzusehen, Reis mit Soße in sich rein und stapelte Paprikastücke an seinem Tellerrand, die er anscheinend nicht mochte. Ich guckte immer wieder rüber zu Theodor und observierte sein Benehmen.

Theodor sagte: »Hmm, das sieht ja hervorragend aus!«

Fuat übersetzte für Züleyha, und Züleyha lächelte. Theodor und Fuat prosteten sich zu. »Herzlich willkommen! Schön, dass ihr in der Hauptstadt seid!«, sagte Fuat und stieß noch einmal mit Theodor an, der konzentriert aß, denn es ging ihm ja nicht anders als uns – er bekam nur selten etwas richtig Gutes zu essen. Auch Jonny und Clint sahen verliebt auf ihre Teller, und weil keiner sprach, sagte ich, wie gut es schmecken würde, was Jonny und Clint nickend bestätigten. Fuat lächelte noch einmal, und Züleyha auch.

»Aber Paprika ist so komisch! Ich mag Paprika nicht. Sie sieht aus wie ein Raumschiff«, versuchte Murat mit mir und den Jungs ins Gespräch zu kommen. Wir schwiegen, denn wir konnten ja nicht vor Züleyha und Fuat schlecht über ihre Paprika reden, aber ich verstand schon, was Murat meinte. Fuat gab ihm einen Klaps auf den Hinterkopf, und dann gab es einen kleinen Schusswechsel auf Türkisch zwischen Züleyha, Fuat und Murat, an dessen Ende Fuat Theodor wieder zuprostete (auf uns, das Geschäft), diesmal jedoch entschuldigend und als wolle er Theodor versichern, dass alles okay sei. Aber Theodor war der kleine Familienzwist sowieso egal, er war komplett zufrieden, was auch daran lag, dass er inzwischen das zweite Bier drin hatte.

»Wo werdet ihr schlafen?«, fragte Fuat und sah Theodor an. Theodor hatte Fuat natürlich nicht vorher gefragt, ob wir bei ihm übernachten durften.

Theodor fuhr sich über den Bart.

»Ja, hast du denn ein vernünftiges Hotel hier in der Nähe?«, fragte er Fuat.

Und natürlich ging Theodors Plan auf. Fuat bot uns an, bei ihnen zu schlafen, selbstverständlich gerne, auf dem Sofa im Wohnzimmer, in Murats Zimmer, wo wir wollten, Fuat entschuldigte sich sogar, dass sie so wenig Platz hätten. Züleyha nickte eifrig.

»Mach dir mal keine Sorgen«, sagte Theodor großmütig zu Fuat. »Wir haben für solche Fälle immer Schlafsäcke im Auto!«

Nach dem Essen gingen Murat, Jonny, Clint und ich zum Supermarkt. Murat hatte Geld von Fuat bekommen, damit wir uns Süßigkeiten kaufen konnten, was ich sensationell fand. Züleyha hatte uns zum Nachtisch ja schon vier Snickers gegeben. Auf der Straße diskutierten Clint und Murat über die verschiedenen Schwierigkeitsstufen bei Super Mario, was insofern seltsam war, als Clint dieses Spiel noch nie gespielt hatte. Murat sagte, dass er es ungerecht fände, dass sein Vater ihm nicht erlaube, den Gameboy mit in die Schule zu nehmen, weil der ihm da angeblich sofort abgezogen würde. Murat sprach sehr leise, so, als dürfte es keiner hören, und wir mussten öfter nachfragen, weil die Autos so laut waren. Überhaupt sah Murat aus, als würde er öfter eins auf den Deckel kriegen, weswegen ich ihn noch mehr mochte. Und ich dachte, dass es kein Wunder wäre, wenn man in Berlin öfter mal eins auf den Deckel bekam. Zumindest nicht, wenn Berlin überall so war wie die Gegend, durch die wir liefen.

Ich fand die Straßen dreckig und dass man ihnen egal war. Auch die Geschäfte (Lotto-Läden, Kneipen, Sportwetten, Pferdewetten) sahen so aus, als wären sie eigentlich allen egal. Überall lag Hundescheiße, und manchmal stand da auf dem Gehweg eine durchnässte Couch. Die Leute, die uns entgegenkamen, hatten Gesichter wie alte Zeitung, als würden sie dauernd in fettigem Küchennebel stehen und sich anschreien und dann fernsehen. Und fast jeder trug eine Bierflasche in der Hand. Oder sie waren große Jungs mit schwarzglänzenden gegelten Haaren und liefen rum wie Boxer, die in den Ring steigen wollten, aber niemanden zum Kämpfen hatten, weswegen sie stark auf der Suche waren. Das sind *Kanacks*, sagte Murat leise, *Banger*. Der Trick sei, ihnen nicht ins Gesicht zu gucken. Also guckte ich ihnen nicht ins Gesicht. Als wir eine Straße überqueren wollten und warteten, bis kein Auto kam, stand neben uns ein Mann. Er hatte ein rotes Gesicht und strähniges, ausgefranstes Haar. Er hatte eine Bierflasche in der Hand, in der anderen Hand hielt er eine Leine, an der sein Hund befestigt war. Ein kleiner rotbrauner Hund mit einem sehr dicken Bauch. Der Mann schrie den Hund an, als der aufstand und loslief, dabei hatte er dem Hund gerade gesagt, dass er loslaufen solle. Der Hund blieb dann stehen, wurde dafür aber schon wieder angeschrien, weil er angeblich gar nichts kapiere. Der Mann hielt dem Hund eine wütende Rede, von wegen, er, der Mann, habe ihm, dem Hund, das alles doch schon soundso oft erklärt, er verstehe einfach gar nichts und man habe nur Ärger mit ihm. Der Mann wurde lauter und schrie seinen wahrscheinlich einzigen Freund an, und ich fragte Jonny im Laufen, warum er das tat, seinen wahrscheinlich einzigen Freund anschreien.

Jonny überlegte und sagte einen typischen Jonny-Satz. Er meinte, das liege vielleicht genau daran, dass dieser Hund sein einziger Freund sei. Clint und ich fanden das unlogisch. Murat meinte, dass hier ziemlich viele Leute mit ihren Hunden reden würden.

Wir liefen an mindestens drei Wettbüros vorbei. Bei einem stand die Tür offen, und zwei Männer saßen auf Stühlen davor und rauchten. Clint blieb stehen und sah hinein. Er war verrückt nach allem, was blinkte, Knöpfe hatte und einen komischen Zweck erfüllte. Also auch nach den Automaten, die durch die offene Tür zu sehen waren. »Komm, wir gucken mal!«, flüsterte er uns zu. Jonny schüttelte mit dem Knopf und zog Clint weiter, der sich nicht wehrte, weil die beiden Männer uns gefährlich beobachteten. Als wir weit genug entfernt waren, sagte Murat leise: »Das Wettbüro eben hatte kein Niveau. Nicht sauber und seriös, sagt mein Vater. Kriminelle Leute da und so. Unser Wettbüro wird richtig elegant und ohne Asoziale. Mein

Vater will, dass alle, die da arbeiten, Anzüge tragen. Check!« Er hielt uns seine Hand hin, und wir gaben ihm der Reihe nach High-Five.

Züleyha hatte das Sofa im Wohnzimmer ausgezogen und uns frischbezogene Decken und Kissen hingelegt. Die Kissen waren aufgeschüttelt, und die Decken lagen Kante auf Kante auf der Matratze, die mit einem Laken bezogen war. Es war gespannt wie ein Trampolin. Jonny, Clint und ich durften hier schlafen, Theodor in Murats Bett, der für die Zeit unseres Besuchs bei seinen Eltern im Bett schlafen sollte.

Das Betten-Problem war also fast geklärt, wenn da nicht noch Kalli gewesen wäre, von dem jedoch bislang noch niemand gesprochen hatte. Als ich irgendwann von der Toilette kam und durch den Flur lief, sah ich, wie Fuat mit Kalli sprach, der plötzlich in der Eingangstür stand. Kalli sah sehr zerfleddert aus, hatte eine Fünf-Meter-Fahne und fragte, wo er sich mal aufs Ohr hauen könne. Fuat guckte, wie Will Smith guckt, wenn er in *Man in Black* den Worm Guys begegnet, also komplett entsetzt und als müsste er sich gerade mit einem Wurm unterhalten.

Es fing eben echt nicht gut an mit den beiden. Ich überlegte. Theodor lag in Murats Bett und las Zeitung. Er würde die Situation bestimmt nicht klären. Aber Kalli war inzwischen dazu übergegangen, Fuat »Bruder vom Bosporus« und solche Sachen zu nennen, weswegen ich keine andere Möglichkeit sah, als einzuschreiten. Ich stellte mich neben die beiden und sagte leise zu Fuat, dass Kalli zu uns gehöre, ein Bauarbeiter sei und das Wettbüro auf Vordermann bringen sollte (obwohl ich Kalli in diesem Augenblick am liebsten nicht gekannt hätte, was mir wiederum leidtat). Fuat guckte noch entsetzter, und ich sagte, dass Kalli ganz friedlich wäre, extrem nett und so.

Es war der erste Tag, und Fuat gab sich Mühe, freundlich zu bleiben, er reichte Kalli sogar die Hand. Er befahl ihm, im Wohnungsflur auf ihn zu warten. Fuat verschwand, Kalli rauchte und lief ohne Zwischenfälle auf und ab. Wenig später kam Fuat mit einer Luftmatratze wieder und befahl Kalli, ihm zu folgen. Fuat schaffte sie in das Hinterzimmer des Wettbüros, das zwei Stockwerke unter Fuats Wohnung lag. Ich kam mit, Murat auch. Im Treppenhaus fragte er mich, ob ich noch mehr Cola wolle, was ich komisch, aber auch sehr nett fand. Das Wettbüro lag im Erdgeschoss und hatte große dreckige Schaufenster. Bis auf ein paar Zementsäcke und ein bisschen Müll war es komplett leer. Die Fliesen waren unangenehm braun und die Tapete kam runter, also, ich sah wirklich nicht, dass das hier mal elegant werden würde, nicht mit Theodor und Kalli zusammen, aber ich riss mich zusammen und schwieg.

Abends tranken Fuat, Theodor und Kalli Raki. Die Jungs neben mir auf der Couch schliefen schon, aber ich lag wach und konnte vom Wohnzimmer aus in die Küche sehen. Sie saßen an dem kleinen Esstisch und schlugen ihre Gläser gegeneinander. Immer wieder auf das Wettbüro, und noch mal und noch mal auf das Wettbüro. Kalli rauchte Pfeife, Fuat rauchte Zigaretten und Theodor Zigarren. Das Licht des Kronleuchters, unter dem sie saßen, beleuchtete den Rauch, der dick war wie eine Wand.

Kalli, mit dem Pfeifenkopf auf Theodor zeigend: »Ihr müsst in eurem Wettbüro Hahnenkämpfe veranstalten!«

Theodor, zurückgelehnt, seine Zigarre betrachtend und ohne Kalli anzusehen: »Gute Idee.«

Kalli: »Das machen die in Italien und Frankreich dauernd. Gerade eine Dokumentation darüber gesehen. Und dann wettet man drauf!«

Fuat, gähnend, dann lächelnd und den Vorschlag mit den Händen abwehrend: »Bitte, ich will keine Kriminalität!«

Kalli, von seiner Idee mehr und mehr begeistert: »I wo, Spanien, Frankreich, das ist doch Europa, oder? In dem Halsabschneiderverein sind wir doch auch dabei! Dann dürfen wir das hier auch.«

Theodor, nachdenklich: »Lukrativer wären wahrscheinlich Hundekämpfe. Hier sind so viele perspektivlose Ausländer, dass es dafür bestimmt einen Markt gibt.«

Kalli sprang auf und kippte ein Raki-Glas um, das Fuat davor rettete, vom Tisch auf den Boden zu fallen.

Müde sagt er: »Ich liebe Hunde, und ich will keine Tierwettkämpfe. Auf keinen Fall!«

Theodor, Fuat und Kalli stießen jetzt in immer kürzeren Abständen an. Fuat lallte und lag kurz darauf mit dem Kopf auf dem Tisch. Bald schien auch Kalli halb eingenickt zu sein. Jedenfalls nuschelte er nur noch Zustimmendes zu dem, was Theodor sagte. Theodor war der Einzige der drei, der hin und wieder noch einen zusammenhängenden Satz von sich gab. Es waren die Sätze, die er immer sagte, wenn er betrunken war:

»Ihr wisst ja, dass ich im Grunde meines Herzens zutiefst bürgerlich bin. Ich mag das Strukturierte.«

»Ich habe immer eine Familie mit vielen Kindern gewollt. Am liebsten wären mir sechs oder sieben gewesen.«

»Das Gesundheitssystem ist eine absolute Katastrophe. Ich würde heute niemandem mehr empfehlen, Arzt zu werden, da ist man der Arsch der Nation.«

»Die deutsche Bürokratie ist mir total zuwider. Ich bin für schnelle Wege.«

»Du, meine heißen Crime-Jahre sollte echt mal einer aufschreiben. Das wäre ein Reißer, aber mit Sicherheit. Ach, am besten, ich schreibe es selber auf, prost!«

»Ich verdiene mein eigenes Geld, seit ich quasi zehn Jahre alt bin.«

»Als Motorradfahrer musst du jederzeit damit rechnen, umgenietet zu werden.«

»Ich verstehe nicht, was alle an Thomas Mann finden.«

»Kalli, ich verstehe einfach nicht, warum du immerzu pleite bist! Du hast doch eine ganz übersichtliche Kostenstruktur!«

»Man kann von Glück reden, dass aus mir kein Terrorist geworden ist! Aber mir war ziemlich schnell klar, dass das zu nichts führen würde.«

»Ob schwul oder nicht, ist mir doch völlig egal. Solange mir keiner von denen die Rosette vergolden will, können die machen, was sie wollen, wenn du mich fragst.«

Irgendwann sprang ich wütend auf und lief in die Küche. Das Licht blendete meine Schlafaugen, ich sah gar nicht, wen ich anbrüllen sollte, aber ich war entschlossen zu brüllen, und ich brüllte: »Mann, hör auf zu saufen und lass uns schlafen!«

Kalli kicherte und nuschelte irgendwas von Na-na-na und Du-bist-wohl-vom-blauen-Ballon-überfahren, Fuat rieb sich die Augen und sah mich verwundert an, und Theodor musste sich jetzt natürlich speziell unbeeindruckt zeigen.

»Hör mal, junge Frau! Das hast du gerade aber nicht zu deinem Vater gesagt, oder?«, entgegnete Theodor und lachte.

»Man redet so nicht mit seinem Vater! Du bist das Kind!«, pflichtete Fuat ihm bei.

»Da hat er recht, kleine Romy, muss ich leider sagen!«, erklärte Kalli, der sich kaum aufrecht halten konnte.

»Hast du gehört, mein Täubchen?«, fragte Theodor und grinste.

Ich wollte ihm sagen, dass er ein Arschloch war.

»Du bist so … so …«

Er winkelte seine Arme an und gackerte, was bedeutete, dass ich in seinen Augen ein aufgeregtes, hysterisches Huhn war, und nichts war schlimmer als ein hysterisches Huhn. Dann aber hörte er plötzlich auf, und ich spürte eine Hand auf meiner Schulter. Neben mir stand Zülehya im Bademantel. Sie warf den Besoffenen am Tisch einen Blick zu, nahm mich bei der Hand, und wir verließen wortlos die Küche. Im Wohnzimmer bedeutete sie Jonny und Clint, die jetzt auch wach geworden waren und aufrecht im Bett saßen, dass sie ihr folgen sollten. Die Jungs tapsten ihr verschlafen nach. Sie führte uns in ihr Schlafzimmer, wo sie auf das Ehebett deutete. Ich sah sie ungläubig an. Jonny und Clint legten sich hinein, und ich krabbelte hinterher. Murat schlief auf der anderen Seite des Betts. Zülehya lag neben mir, streichelte meinen Kopf und summte. Es war eng, sie roch süß und war ganz warm. Nach wenigen Minuten lag ihre Hand ruhig auf meinem Kopf, und ich hörte ihre regelmäßigen Atemzüge. Sie war eingeschlafen. Ich atmete ganz vorsichtig, um sie nicht zu stören, und ich dachte an die Haarfarbe meiner Mutter und dass ich die auch schon gekannt hatte, bevor Theodor sie mir heute gesagt hatte, und warum es so ein Riesenproblem war, von ihr zu sprechen. Wahrscheinlich hatte ihr Tod ihm einfach das Herz gebrochen, wie man so sagt. Und dann war es wahrscheinlich schlimm für ihn, dauernd Clint und mich um sich zu haben, denn wir waren ja der Grund für ihren Tod. Vielleicht war ich vorhin im Auto einfach zu krass gewesen. Ich drehte ganz vorsichtig meinen Kopf, um näher an Züleyhas Hals zu sein, weil ich hoffte, so endlich schlafen zu können. Aber ich meine, man darf doch wohl mal nach seiner Mutter fragen, ohne gleich ein Arschloch zu sein. Züleyha würde das garantiert verstehen. Theodor nicht. Wir redeten eben einfach nicht über unsere Mutter, das war so etwas wie ein stiller Deal. Und wenn wir es doch taten, wurde Theodor wie gefroren. Fast böse. Hoffentlich, dachte ich, hatte Theodor uns wirklich in der Schule entschuldigt, sonst würden wir ihm irgendwann wirklich weggenommen werden. Das sagte Jonny auch, der fast immer recht hatte.

4

Die Wohnzimmerlampe brennt warm über unseren Köpfen, es ist, als säßen wir am Lagerfeuer und erzählten Geschichten. Ich liebe das: wir drei, wegballern, Storys. Clint und ich sitzen auf dem Sofa, Jonny schräg gegenüber auf Sultans Massagesessel. Clint erzählt, die Pupillen weit, auf den Mundwinkeln kauend, mit der Zunge das taube Zahnfleisch befühlend, und ich habe für einen kurzen Moment fast vergessen, warum wir hier sind. Jonny guckt ins Leere, durch den Rauch hindurch, der sich aus dem Lichtkegel des Lampenschirms davonschleicht. Aber jetzt lächelt er. Und das macht mich froh.

»Theodor hat Kalli einfach zur Seite geschoben, einen U-Turn gemacht und Gas gegeben. Ich meine, wie krass! Mit dem Beamer, der ja noch Sultan gehört hat!«, erzählt Clint kopfschüttelnd. Er lacht, über sein Koks gebeugt, das er auf einer CD-Hülle (*Best of Leonard Cohen* für nur 8,99) zerkleinert, zu einer Linie formt, wegzieht, den restlichen Koksstaub auf der CD-Hülle mit dem Finger einsammelt und sich auf das Zahnfleisch reibt. Er hat Durst, ich gebe ihm Wasser statt Whisky, was ihm nicht auffällt, ich trinke selber Whisky in großen Schlucken, wir lachen, über Theodor und Klaps-Kalli und wie lustig es war, als Theodor sich einmal einen Bart angeklebt hat, damit man ihn bei einer Anhörung vor Gericht nicht erkannte, und jetzt imitiert Clint Theodor, wie er in seinem Porsche liegt und Auto fährt, dabei nur den Mittelfinger am Lenkrad und einen toten Zigarrenstummel oder einen Zahnstocher im Mund. Wir lachen und trinken, und ich sehe wieder rüber zu Jonny im Massagesessel, um zu prüfen, ob er auch lacht, weil er irgendetwas an sich hat, das ich nicht verstehe. So nervös und in sich gekehrt. Er erzählt keine Geschichten, und er lacht nicht über die Geschichten, über die er sonst immer lacht, und das stört mich. Aber jetzt lacht er auch, verhalten zwar, aber er lacht, mit uns.

Manchmal ist es kurz still, aber dann geht es weiter, das Lachen und Erzählen.

»Ich frage mich echt, was unsere Mutter für eine Frau gewesen sein muss, wenn sie mit diesem Mann zusammen war«, sagt Clint eilig und undeutlich, weil er eine Zigarette im Mund hat, die er sich anzündet, während er spricht. Er sagt diesen Satz immer irgendwann, wenn er high ist und Geschichten über Theodor erzählt. Er sagt ihn nur dann, routiniert und betont souverän, so als würden wir über unsere Mutter ganz normal sprechen, was aber nicht stimmt.

Plötzlich knallt es. Jonny ruft »Scheiße«, steht auf, Clint sagt, ist doch nicht so schlimm. Jonny: noch mal »Scheiße«. Irgendwie hat er mit den Füßen ein volles Whisky-Glas zu Boden gefegt, was wir alle gut können, also, Sachen umschmeißen. Das Glas ist zerbrochen. Die braune Flüssigkeit sickert in den schon ziemlich verdreckten beigefarbenen Teppich, sieht aus wie altes Blut, Leichenfund, Tatort, 20 Uhr 22. Ich stehe auf, um in die Küche zu gehen und etwas zum Wischen zu holen, und sehe dem ausgestopften Adler in die Augen, der da hängt, wo er immer hing, nämlich links vom Sofa, wenn man davorsteht. Kalt und scharf guckt er aus sich heraus, und ich habe wie immer das Gefühl, dass er mir irgendetwas sagen will. Aber er schweigt und guckt vorwurfsvoll und sadistisch, wohl weil er findet, dass ich mir meine Gedanken alleine machen soll. Genau die Sorte gemeiner Typ ist der nämlich, denke ich und muss lachen, weil ich das gerade wirklich gedacht habe.

Als ich die karamellfarbenen Fliesen der Küche betrete, machen meine Schuhe klettverschlussähnliche Geräusche, weil der Boden, normal, klebt. Genauso wird es mit jeder Fläche in dieser Küche sein. Alles klebt und verströmt einen süßlich fauligen Geruch, weswegen ich in Theodors Küche grundsätzlich nicht durch die Nase atme. Wenn man sich genauer umsehen würde, könnte man oben in den Winkeln, wo Wände und Zimmerdecke sich treffen, Larvenkokons von Motten sehen, aber ich sehe da nicht hin, genauso wenig wie auf die gelbbraune Fettschicht im Inneren des Porzellan-Lampenschirms über dem Herd. Ich gehe straight zu der zerkratzten Spüle, neben der etwa zweiunddreißig steifgetrocknete Lappen und Schwämme lagern, weil Theodor sich nicht von ihnen trennen kann. Bei näherem Betrachten stelle ich fest, dass ich keinen davon anfassen möchte, und trete innerlich mit Theodor in Dialog (»Das kann doch nicht dein Ernst sein!«, »Natürlich ist das mein Ernst, was ist denn daran unernst?«, »Das ist eklig!«, »Was ist denn daran eklig?« und so weiter), erinnere mich aber daran, dass die Sache mit den Lappen im Vergleich zu Theodors Verschwinden gerade echt nicht so wichtig ist, und beschließe, die Küche sofort und ohne Lappen zu verlassen.

Jonny hat in der Zwischenzeit tatsächlich Toilettenpapier finden können. Das Graue aus Altpapier, mit dem man sich den Arsch aufreißt. Er sammelt die Scherben ein, ich tupfe mit dem Toilettenpapier auf dem Fleck rum, Clint versucht noch mal, Kalli anzurufen. »Geht nicht ran«, sagt er genervt und läuft mit verschränkten Armen vor dem dunklen Terrassenfenster auf und ab. Ich tupfe und reibe weiter, mache es aber nur schlimmer und verteile Arsch-aufreißende-Toilettenpapier-Fussel auf dem Boden.

»Wen haben wir denn jetzt schon alles erreicht?«, fragt Jonny, der aus der Küche wiederkommt, wo er die Glasscherben entsorgt hat. Und wir sammeln: Siegfried (betreibt eine Autowerkstatt und züchtet Pitbulls) hat nichts von Theodor gehört. Otto

(Beruf Koch, wie Theodor eigentlich Künstler, sie machen manchmal zusammen Ausstellungen, sind hauptsächlich deswegen noch befreundet, weil Otto Theodor viel Geld schuldet) hat seit einem Monat nicht mehr mit Theodor gesprochen, hätte wahrscheinlich auch nichts dagegen, wenn er überhaupt nicht mehr auftaucht. In der Praxis ist natürlich niemand mehr, ich versuche es, auf dem Boden neben meinem Fleck sitzend, trotzdem noch mal. »Sollen wir nicht doch noch mal Rita anrufen? Vielleicht hat er sich ja jetzt doch gemeldet«, überlege ich laut. Rita ist schwer krank, hat Krebs und ist auf Theodor nicht besonders gut zu sprechen. »Mann, ich hab doch gesagt, dass ich mit ihr telefoniert habe. Sie hat keine Ahnung und sagt Bescheid, wenn sie was hört!«, sagt Jonny mit komisch hoher Stimme. Er steht jetzt über mir und dreht sich eine Zigarette. »Spinnst du?«, frage ich und gucke zu ihm hoch. Er geht zum Fenster und raucht. Ich breite noch ein paar Lagen Toilettenpapier über dem Fleck aus, trampele darauf herum, und dabei wünsche ich mir, Sultan wäre hier, das wünschen wir uns wahrscheinlich alle, es sagt nur keiner, wozu auch? Er ist nicht hier. Das Letzte, was ich von ihm gesehen habe, waren fünfzig Euro unter meinem Kopfkissen, und das ist fast zehn Jahre her.

»Also bleibt eigentlich nur Kalli, und der geht nicht ans Telefon«, fasst Clint zusammen. Er hat sich aufs Sofa gesetzt, wippt mit dem rechten Bein und wirft ein Feuerzeug von der linken in die rechte Hand.

»Vermutlich ist Kalli überhaupt nicht klar, dass er ein Telefon hat«, sagt Jonny, ohne sich vom Fenster zu uns zu drehen.

»Wie gesagt, ich bin vor zwei Tagen bei Kalli vorbeigefahren, aber es war niemand da«, sage ich. Das war abends gewesen. Ich hatte an der schmalen Holztür des Hauses geklopft, das mehr ein Schuppen ist und ganz allein an einem Hang liegt. Als Kalli nicht reagierte, habe ich einfach die Klinke heruntergedrückt. Die Tür war unverschlossen, was bei Kalli nichts Besonderes ist. Drinnen war alles dunkel, nirgendwo brannte auch nur ein Licht. Mir wurde sofort schlecht, weil es bei Kalli so stinkt. Nach einem Mann, dessen Körper damit begonnen hat, sich von dieser Erde zu verabschieden, und der weder sein Haus noch seine Katzen noch sich selber sauber hält und außerdem vierzig Roth-Händle am Tag raucht und nie ein Fenster öffnet. Ich rief bestimmt zehn Mal nach Kalli, aber er war nicht da.

»Kann ja sein, dass er jetzt wieder zu Hause ist«, bemerkt Clint und sieht mich an. Sein rechtes Auge macht Faxen. Wenn er high ist, fängt das immer an zu zittern, und er versucht dagegenzuhalten, indem er es aufreißt.

»Okay, lasst uns zu Kalli fahren. Vielleicht ist Theodor bei ihm, oder Kalli weiß etwas. Es wäre bescheuert, es nicht zu versuchen«, sage ich. Jonny dreht sich um und guckt mich an, als wäre er von meinem Vorschlag überrascht. In seinem Gesicht passiert kaum etwas, nur Augen und Lippen bewegen sich sparsam.

»Ich glaube nicht, dass Theodor bei Kalli ist«, sagt er leise und holt Luft, »es ist ihm wahrscheinlich wie immer scheißegal, ob wir uns Sorgen machen, auf ihn warten, was weiß ich. Deswegen würde ich gerne …«

Ich habe überhaupt keine Lust darauf, dass Jonny versucht, uns die Sache mit Kalli auszureden. Er ist so sperrig, so anstrengend, er muss nicht mal etwas sagen – wie er guckt, strengt mich schon an.

»Vier Stunden hat er noch!«, ruft Clint. »Wir nehmen den Porsche und fahren bei Kalli vorbei.«

»Vergiss es, wir sind alle betrunken«, sagt Jonny. Clint springt auf und haut Jonny auf die Schulter: »Als ob dich das sonst interessieren würde. Los! Wir nehmen den Porsche!«, sagt er und grinst.

»Du fährst jedenfalls nicht!«, rufe ich Clint hinterher, der in den Flur rennt. Er kommt mit dem Autoschlüssel wieder, den er mir rasselnd vor die Nase hält und den ich ihm zu entreißen versuche. Wir zerren beide an dem Schlüssel, ich habe ihn, Clint packt meine Arme und nimmt mich in den Schwitzkasten. Ich trete um mich, er hebt mich in die Luft, wobei ich seinen leicht bitteren Schweiß rieche und merke, wie heiß sein Körper ist. Er schmeißt mich auf das Sofa, wo er sich auf meinen Brustkorb setzt und meine Arme mit seinen Knien fixiert. Früher hat er oft so über mir gesessen und aus seinem Mund Spucke tropfen lassen, die er dann im letzten Moment wieder hochgezogen hat. Aber manchmal auch nicht. Er kitzelt mich.

»Ich fahre«, versuche ich zu sagen und muss immer weiterlachen, obwohl es mir insgesamt wirklich schon besser ging. Jonny steht neben uns.

»Hey, ich wollte eigentlich mit euch … sprechen«, sagt er, sanfter jetzt, traurig fast, denke ich, und Clint hört auf, mich zu kitzeln.

»Können wir doch im Auto machen«, antwortet Clint, noch immer auf mir sitzend und komplett kokainbegeistert von der Idee, mit dem Porsche zu Kalli zu fahren.

Jonny sieht mich an, zu lange, und ich muss weggucken.

Ich sage: »Lass uns fahren, jetzt.«

Ich fahre langsam. Rechts neben mir sitzt Jonny, hinten Clint. Er schimpft, weil es so eng ist. Der Porsche ist ein nervöses Auto, er bricht nach hinten leicht aus, und ich bin betrunken. Also langsam, aber nicht zu langsam, sonst beschweren sich die Jungs. Sie teilen sich die Whisky-Flasche, wir hören, was Theodor im Auto hat: Arien von Händel, die Musik zum Sterben. Wahrscheinlich ist es heute so weit, aber das denke ich eigentlich immer, dass es heute wahrscheinlich so weit ist. Ich schalte die Musik aus.

Ich biege links ab, vorsichtig. Wir schleichen über eine Kreuzung, es ist dunkel, die Blätter der Bäume am Straßenrand bewegen sich im Wind. Sie flüstern, dass das, was wir hier machen, falsch ist, aber da brauche ich die Blätter gar nicht, das weiß ich selber, aber die Blätter bewegen sich, und ihre kleinen Münder, sie flüstern und hören nicht auf. Ich fahre noch langsamer.

»Bist du bescheuert?« Clint packt mich von hinten an der Schulter. »So halten uns die Bullen erst recht an.«

»Halt dein Maul!«, zische ich, obwohl Clint recht hat. Aber ich kann gerade einfach nicht normal schnell fahren. Clint seufzt, Jonny sagt ihm, dass er mich in Ruhe lassen soll. Ich werfe ihm einen Blick zu, dankbar und versöhnlich.

»Fahr du«, sage ich zu Jonny und halte an. Wir wechseln, und ich bin kaum angeschnallt, da fliegen wir. Jonny rast um die Kurven aus der Stadt heraus, auf der Landstraße zittert die Nadel der Hundertdreißig entgegen, und das, denke ich, ist Jonny, wenn er Auto fährt. Ich sehe in sein Gesicht, die Stirn liegt in harten Falten, wie Patrick Bateman beim Ficken sieht er aus, angestrengt, Mentalität: Das-wird-jetzt-durchgezogen. Theodor fährt gefährlich, aber er fährt besser, sicherer. Nein: sicher. Weil er es nicht für möglich hält, dass ihm etwas passiert, es ist auch nie etwas passiert und niemals würde ich nur den kleinsten Ton sagen gegen sein lebensgefährliches Autofahren, ich selbst bin ja auch eine lebensgefährliche Autofahrerin – wenn ich alleine bin, kann ich überhaupt nicht anders, ich bin die Tochter meines Vaters, also kann ich nur lebensgefährlich Auto fahren, denn andernfalls, denke ich und gucke auf die schwarze Straße, die wir befahren und fertigmachen, andernfalls wüsste ich ja gar nicht, dass und warum ich die Tochter meines Vaters bin.

Bei Jonny ist es genau das Gleiche, der muss so fahren und die Straße vor sich kaputt machen, denn wenn man einen Vater wie Theodor hat und man ist zugleich so ein kluger Mensch, wie Jonny einer ist, mit einem Gesicht aus zarten Bleistiftstrichen, dann kann man nur zerstört werden von so einem wie Theodor, den man liebt und den man besiegen muss, indem man noch irrer und noch betrunkener Auto fährt als er, denke ich und schwitze. So ist es, kann man überall im Internet nachlesen. Jonny fährt, als führte er Krieg, gegen die Straße, in seinem Kopf, ich weiß es nicht. Selbst Clint, der ihn zunächst angefeuert hat, sitzt jetzt still hinten auf dem Rücksitz, und ich bitte ihn, mir den Whisky nach vorne zu reichen, nehme einen Schluck aus der Flasche, und noch einen, und sehe wieder zu Jonny, der das Auto inzwischen bei hundertsechzig hat, auf der Landstraße, denke ich und dass Jonny doch viel besser beraten wäre, würde er, statt auf Speed und Koks und Retalin Jura-Doktor zu werden, endlich seine Bilder malen. Denn das kann er.

»Mann, er war der größte Kokain-Dealer Hamburgs!«, ruft Clint zu uns nach vorne, der sich offenbar entschlossen hat, Jonnys Fahrweise zu ignorieren. Er versucht stattdessen, mit ihm über den Koksbaron Ronald »Blacky« Miehling ins Gespräch zu kommen. Aber Jonny reagiert nicht. Und ich denke an seine Bilder. Sie sind ziemlich weltuntergangsmäßig, und es geht viel um Gerippe, von Autos und Menschen. Man muss also echt kein Psychologe sein, um da auf Ideen zu kommen, aber seine Sachen gefallen auch Leuten, die Ahnung von Kunst haben. Jonny nimmt sie nicht wirklich ernst, diese Meinungen und seine Bilder, er sagt, er brauche etwas, auf das er sich verlassen könne, etwas Feststellbares, für das es Beweise gibt, Urteile, die Konsequenzen haben. Und natürlich Geld. Deswegen Jura, auch wenn ihn das nicht so richtig entspannt, sondern in den Prüfungsphasen zum totalen Speed-Junkie hat werden lassen und er, seit er die Doktorarbeit angefangen hat, überhaupt nicht mehr malt und den Eindruck macht, als wäre für ihn jeder Tag ein extrem komplizierter, eigentlich unlösbarer Fall. Aber es ist natürlich Quatsch, daraus zu folgern, seine wahre Bestimmung sei das Malen, er müsse nur malen, dann wäre alles gut. Denn er malt nicht, und weil er nicht malt, ist er der pedantische Jura-Typ, der er ist, ist er also, wer er ist, und, ganz ehrlich, man kann nicht immerzu therapeutisch Charaktere begradigen wollen, indem man sie vor allem Ungesunden zu bewahren versucht, da werden die Leute ja verrückt vor Langeweile. Deswegen kann man sich ja auch keinen einzigen deutschen Film mehr ansehen, finde ich auf jeden Fall.

Clint ist inzwischen zum Erzählen der Mit-Theodor-einen-Typen-runterhandeln-der-seine-Ducati-verkaufen-wollte-Story übergegangen, die wir alle auswendig kennen, und legt mir eine Hand auf die Schulter, weil er das Gefühl hat, ich höre ihm nicht zu. Er beugt sich von der Rückbank nach vorne, sodass sich sein Oberkörper fast zwischen Jonny und mir befindet. Er erzählt und will schneller erzählen, als Jonny rast.

»… und Theodor nimmt also die komplette Maschine auseinander, guckt extrem lässig, obwohl er die Königswelle ja unbedingt haben will, und …«

Ich drehe mich nach hinten um und sehe, dass er nicht angeschnallt ist. Ich starre auf sein Nichtangeschnalltsein, aber ich kann nichts sagen, weil ich nicht hysterisch sein will. Oder weil uns vielleicht doch endlich mal etwas passieren soll und weil das ein echt kranker Gedanke ist, für den ich mich schäme. Ich folge scheinbar seiner Erzählung, das heißt, ich nicke, obwohl ich daran denke, dass er sich anschnallen sollte, während er mit der Kante seiner Kreditkarte etwas Koks in seine Nase schippt, wogegen ich nichts sage, und das, obwohl ich weiß, dass Koks für ihn, dieses gepanzerte kleine Kind, die gefährlichste Droge der Welt ist, weil sie alles, was klein ist in ihm und zart, kaputt macht, bis er wie ein Pfeil und ohne Hindernis durch geglättete Welten schießt, und da heiratet er dann eine komplett geglättete Kuh, die immerzu lächelt, wenn er sie betrügt.

»Schnall dich an, du Spast!«, schreie ich ihn an und bin selbst überrascht, mich für die waschlappenhafte, aber moralisch richtige Option entschieden zu haben. Er sehnt sich doch so sehr nach Normalität und Anständigkeit, mein kleiner Junge, und er schnallt sich nicht an, während er von Theodors Verhandlungsgeschick redet, und Jonny rast weiter, als wollte er uns umbringen. Und wenn wir ehrlich sind, sind wir auch alle stolz darauf.

5

»Theodor, wie willst du das meiner Lehrerin erklären?«

Er saß, einen Zigarrenstummel im Mund, in der Tür des Wettbüros vor einer Staffelei und malte die Situation, also sich, wie er in der Tür des Wettbüros sitzt, einen Zigarrenstummel im Mund hat und malt. Kein Witz. Immer wieder prüfte er den Einfall des Sonnenlichts und verrückte dann ein wenig seinen Stuhl.

»Da fällt mir schon was ein.«

Theodor hatte beschlossen, dass wir noch Zitat ein bis zwei Wochen Zitatende länger in Berlin bleiben würden, um den Aufbau des Wettbüros zu beaufsichtigen. Jonny, Clint und ich freuten uns zwar, jedoch machte insbesondere Jonny und mir die Frage zu schaffen, wie Theodor das unseren Lehrern erklären würde und ob er es überhaupt tat.

»Wir werden dir weggenommen, wenn du so weitermachst. Ich hasse dich!«, rief ich und trat gegen einen Eimer Farbe.

Es war Vormittag. Clint saß auf einem einsamen Stuhl, der auf der Baustelle herumstand, und spielte Gameboy. Jonny stand in der Mitte des Wettbüros und kehrte den Dreck zusammen, der beim Runterreißen der Tapete von den Wänden gekommen war. Er bekam eine Mark pro Stunde und wollte sich, wenn er genug zusammenhatte, Nike-Turnschuhe kaufen.

»Haaaallo! Ich habe gesagt, dass ich dich hasse!«, rief ich in Theodors Richtung, der weiter stur auf seine Staffelei starrte.

»Na, na, na! Sei mal nicht so aufgeregt, das mag ich gar nicht«, murmelte Theodor und beugte sich vor.

»Hast du den Lehrern Bescheid gesagt oder nicht? Du musst denen noch ein Attest schicken!« Ich fand es eine Frechheit, dass man einem erwachsenen Mann solche Dinge erklären musste.

»Mein Täubchen«, murmelte Theodor, »du kannst einem wirklich auf die Nerven gehen!«

»Du auch! Was du malst, ist eh sinnlos! Du malst scheiße! Kümmere dich lieber darum, dass wir nicht alle ins Heim kommen!«

Theodor seufzte: »Solange es mich gibt, kommt hier niemand ins Heim!«

Er lachte in sich hinein, kniff sein Auge zusammen, um sein Gemälde zu betrachten, und sagte, mehr zu sich selbst: »Heim, Heim … das will ich sehen. Heime sind doch erwiesenermaßen pädagogisch das Schlechteste, was man Kindern antun kann! Dass das noch keiner von diesen Pfeifen begriffen hat … In Rumänien sind Generationen von Kindern in Heimen gestorben.«

»Sie hat recht«, bemerkte Jonny. Er versuchte gerade eine steife Lage Tapete in einem grauen Müllsack unterzubringen und war stark gefordert, weil die Tapete zu groß, der Müllsack zu klein und die ihm zur Verfügung gestellten Hilfsmittel (Küchenschere, Kehrbesen ohne Kehrblech) unzureichend waren.

»Dummes Zeug«, murmelte Theodor. Jonny ließ den Tapetenscheiß fallen. Er guckte Theodor fragend an, der den Blick nicht von seinem Gemälde wandte. Jonny trampelte zornig auf der alten Tapete herum und versuchte so, seine Wut loszuwerden und die Tapete kleinzukriegen. Ich warf ihm einen solidarischen Theodor-ist-ein-Trottel-und-wir-wissen-es-alle-Blick zu, den er beantwortete, indem er noch heftiger auf der Tapete herumtrampelte. Der aufgewirbelte Staub tanzte im Sonnenlicht, das durch die verdreckten Fenster und die offene Tür in das Wettbüro fiel. Ich versuchte die Erfolgsaussichten eines erneuten Gesprächsversuchs über die Attest-Frage mit Theodor einzuschätzen.

»Heiliger Bimbam!«, unterbrach Theodor meine Überlegung. »Kommt mal schnell her!« Er zeigte auf sein Gemälde und postierte uns mit seinen Pranken in einem bestimmten Winkel zur Staffelei.

»Seht ihr die frappierende Ähnlichkeit zwischen mir und meinen Söhnen? Künstlerisch verarbeitet wird das noch mal viel deutlicher, nicht wahr?«, stellte er zufrieden fest. Auf dem Bild war ein abstrahierter Theodor in einem abstrahierten Wettbüro zu erkennen, zusammengesetzt aus lauter Dreiecken. Es sah ganz okay aus, aber ich konnte beim besten Willen keine Ähnlichkeit zu Jonny und Clint erkennen. Außerdem ärgerte mich, dass er nicht gesagt hatte, dass ich ihm auch frappierend ähnlich sah.

»Clint! Jetzt komm doch mal!«, rief Theodor, aber Clint hörte nicht zu. Er saß auf einer Stufe und starrte auf den Gameboy von Murat, den er seit Tagen überhaupt nicht mehr losließ.

»Sofort!«, antwortete Clint, ohne aufzusehen.

»Wenn ich sage, du sollst kommen, dann meine ich nicht, sofort, sondern jetzt!«, rief Theodor, war aber offenbar nicht entschlossen, ein Fass aufzumachen, und zitierte stattdessen Kalli zu sich, der sich, wenn man ihn im richtigen Moment erwischte, für beinahe alles begeistern konnte.

»Kalli«, rief Theodor, »komm mal schnell her!«

Kalli, der nie vor zwölf Uhr mittags aufstand, war gerade aus seinem Schlafsack-Lager im Hinterzimmer gekrabbelt und schlurfte in unsere Richtung. Er zitterte und brauchte ein Bier. Seine Handwerker-Hosen schlackerten um seine dünnen Beinchen, über denen ein Ballonbauch hing, und von seinem Kopf waren eigentlich nur die Mütze und die zerzausten Büschel seines Barts zu erkennen.

»Ich komme ja schon, Himmel, Arsch«, brummte er. Er sah schrecklich zerknittert aus. Wie ein Insekt, das man gerade aus dem Wasser gefischt hat.

»Siehst du das?«, fragte Theodor und zeigte auf die Staffelei.

»Ja, natürlich sehe ich das«, nuschelte Kalli durch seine Zahnstummel, ohne das Bild genauer betrachtet zu haben, und schwankte auf direktem Weg zu seinem Bierkasten. Er nahm sich eine Flasche, öffnete sie mit dem Griff seiner Maurerkelle, setzte an und trank.

Ich hatte Theodor einmal gefragt, ob Kalli eigentlich ein Alkoholiker sei. »Das kann man so und so sehen, quasi relativ«, hatte er geantwortet. Als aber Jonny ihn das Gleiche gefragt hatte, nur an einem anderen Tag, hatte Theodor gesagt, dass Kalli schon ein Alkohol-Problem habe und sich da ein bisschen vorsehen müsse.

Kalli machte allerdings gar keine Anstalten, sich vorzusehen. Er war offiziell mit Bier und Schnaps verheiratet. Er hatte mir auf der Fahrt nach Berlin sogar erzählt, dass er nüchtern überhaupt nicht kacheln könne. Wenn er nüchtern kachele, hatte er gesagt, würden die Kacheln am Ende garantiert schief sitzen, und Theodor hatte ihm in diesem Punkt recht gegeben. »Kalli braucht einfach einen bestimmten Pegel, um zu arbeiten, sonst könnt ihr den völlig vergessen, oder, Kalli? Als du noch Dachdecker warst, musstest du mindestens drei Bier drin haben, um überhaupt einen Gleichgewichtssinn zu entwickeln. Nüchtern bist du ja gar nicht aufs Gerüst gegangen!«, hatte Theodor zu uns auf die Rückbank gerufen, und Kalli und Theodor hatten gelacht und ich auch. Wenn man Kalli jedoch täglich live beim Saufen zusah, konnte man sich schon Sorgen machen.

So wie an diesem Morgen im Wettbüro, als Kalli das erste Bier geext hatte und sich direkt das zweite aus dem Kasten nahm. Er steckte sich eine filterlose Roth-Händle in den Mund, zündete sie an und hustete, was sich anhörte, als wäre in seiner Brust ein Haufen Reisig, der Feuer fing. Es knackte und krachte.

»Luise braucht was zu essen. Wir müssen dringend ein paar Heuschrecken auftreiben!«, röchelte er.

Die Vogelspinne stand in einem kleinen Glaskasten auf einem Stuhl neben Kallis Schlafsack-Lager, denn Kalli konnte nur dann ausgezeichnet schlafen, wenn sie in seiner Nähe war, das behauptete er zumindest.

»Hast du gehört, Theodor? Luise braucht was zu essen, verdammt noch mal. Ich habe schon vor unserer Abreise gesagt, dass es am vernünftigsten wäre, wenn wir etwas Proviant für sie besorgen würden, aber da hattest du es ja eilig!«

Kalli rahmte das Wort »eilig« mit zwei Gänsefüßchen ein, die er mit den Fingern andeutete.

»Haaallo!«, rief Kalli. »Hörst du mir überhaupt zu?«

Jonny und ich blickten gespannt zwischen Kalli und Theodor hin und her, denn es war davon auszugehen, dass Kalli gleich seine sofortige Abreise ankündigen würde, dann würde Theodor ihn daran erinnern, dass er kein Geld habe und ohne ihn nirgendwohin käme, und dann würde sich Kalli besaufen und wieder ins Bett legen, und dann würden sie bis zum Abend nicht miteinander sprechen und erst wieder anfangen, wenn auch Theodor schon ein paar Umdrehungen hatte.

»Einen feinen alten Herrn habt ihr da!«, schimpfte Kalli in unsere Richtung. »Ihm ist Luise scheißegal, ihr seid ihm auch scheißegal, der hat überhaupt keine soziale Ader! Einer muss mal die Wahrheit sagen! Ich sage euch, Geld verdirbt den Charakter!«

»Alkohol auch!«, entgegnete Theodor, wobei er pfiff und speziell nachdenklich guckte. Wenn Theodor etwas an Kalli nicht passte, brachte er nämlich manchmal doch das Problem mit dem Alkohol gegen ihn in Stellung, was ich gemein fand, weil es ihn ja sonst nicht so richtig interessierte.

»Kinder, ich brauche hier etwas mehr Ruhe!«, sagte Theodor und betonte das »et-was« wie ein genervter Dirigent.

»Als ob du nicht auch ein Alkohol-Problem hättest! Jetzt tu mal nicht so fein!«, rief Kalli. Er erhob den Zeigefinger seiner linken Hand, der gekrümmt und ohne Spannung in der Luft hing. In der anderen Hand hielt er die inzwischen dritte Bierflasche und zeigte damit in Theodors Richtung.

Ich mochte es nicht, wenn Kalli solche Dinge über Theodor sagte. Und ich hasste es, wenn die beiden sich stritten, denn dann erfuhr man immer die hässlichsten Sachen über sie.

Diesmal wurde es aber nicht hässlich, zumindest nicht zwischen Kalli und Theodor, denn in diesem Moment kam Fuat zur Tür herein. Er hielt ein Stemmeisen und irgendwelches Renovierungszeug in den Händen, er stand da wie ein großer, gutgelaunter Bär mit Lust auf Arbeit und zeigte lächelnd seinen Goldzahn. Als er aber Kalli und seine Bierflasche sah, verschwand sein Lächeln, denn Kalli machte ihn ganz verrückt. Fuat konnte einfach nicht damit umgehen, dass Kalli so lange schlief und von früh bis spät trank, und dieses Problem bestand eigentlich ab dem ersten Tag ihrer Zusammenarbeit. Kalli war nämlich an seinem ersten Arbeitstag entgegen der Abmachung erstens viel zu spät und zweitens mit einem Bier in der Hand auf der Baustelle erschienen. Ich war dabei gewesen, weil ich Fuat beim Kacheln-Abklopfen assistiert hatte. Fuat hatte zunächst versucht, sich zusammenzureißen, und sie hatten schweigend nebeneinanderher gearbeitet. Um Punkt zwei Uhr hatte Kalli allerdings gesagt, er müsse sich jetzt erst mal einen Schnaps gönnen, ob Fuat auch einen wolle. Da war Fuat ausgeflippt. Er hatte brüllend, kann man sagen, die Baustelle verlassen, um Theodor zu suchen, der aber nicht da gewesen war, weil er irgendwo in der Stadt einen Termin mit der Bank gehabt hatte.

Seither war die Lage zwischen Fuat und Kalli angespannt, und als Fuat nun die Bierflasche in Kallis Hand sah, war das quasi wie ein rotes Tuch für ihn. Doch bevor er Kalli zurechtweisen konnte, kam der ihm zuvor: »Fuat, weißt du, wo man hier Heuschrecken oder Schaben bekommt? Luise hat solchen Hunger!«

»Was?« Fuats glänzende Stirn lag in Falten, und seine Wangen bekamen eine rote Farbe.

»Theodor, Ihr Bauarbeiter kann nicht arbeiten, Ihr Bauarbeiter säuft nur! Wir brauchen einen neuen Bauarbeiter. Und wer ist Luise?«, sagte Fuat verzweifelt in Theodors Richtung, der noch immer vor seinem Gemälde saß und sich langsam umdrehte.

Kalli streckte sich und brachte sich in Position, so, als bereite er sich auf einen Kampf vor.

»Theo, der Osmane hier macht Anstalten, problematisch zu werden«, sagte er mit extra tiefer Stimme durch die Zähne. Er wollte offensichtlich bedrohlich sein. Aber er sah gar nicht bedrohlich aus, er sah aus wie ein wiederauferstandener Pirat aus dem 19. Jahrhundert, der sehr lange unter der Erde gelegen hatte. Fuat schnaufte. An seinem Hals war eine dicke Ader zu sehen. Kalli fummelte in seiner Hosentasche herum und zückte einen Teppichcutter, den er zitternd in der Hand hielt.

»Ha! Ha! Ha!«, machte er und stach dabei in die Luft.

»Kalli, was machst du denn schon wieder?«, fragte Theodor ohne Rührung in der Stimme. Er malte und hatte die Sache mit dem Teppichcutter nur durch einen Seitenblick registriert.

»Theo, der Gastarbeiter unterschätzt mich! Ich war zehn Jahre lang ein erfolgreicher Croupier in Darmstadt, bevor ich Handwerker wurde. Und bisher waren alle zufrieden. Bestätige das sofort! Sag ihm, dass ich mit meiner Erfahrung der beste Mann dafür bin, aus dieser Klitsche ein anständiges Wettbüro zu machen.«

Kalli stach mit dem Teppichcutter in die Luft.

»Los, erklär dem Gastarbeiter das!«

Beim zweiten Mal »Gastarbeiter« stürzte Fuat auf Kalli zu und warf ihn mit einer leichten Handbewegung zu Boden. Da lag er dann wie ein zusammengeklappter Stuhl. Jonny und ich waren mit einem Satz bei ihm und halfen ihm auf.

»Hast du dir wehgetan? Willst du ein Bier?«, fragte Jonny. Ich lief zu dem Bierkasten und brachte es Kalli.

»Du fängst sofort an zu arbeiten, und zwar ohne Pause!«, brüllte Fuat und verließ den Raum.

»Theodor, Luise braucht etwas zu fressen! Können wir ihr was besorgen?«, fragte ich Theodor, der wirklich immer noch vor seinem Gemälde saß.

»Ja, guck doch mal, was du auf der Straße findest«, murmelte Theodor gedankenversunken, während ich Kalli streichelte, dem sein Hintern wehtat.

Und dann lief es zwar nicht gut, aber es lief, das heißt, es ging eine Weile irgendwie weiter: Kalli trank nach dem Aufstehen, weil er sonst nicht arbeiten konnte. Fuat schrie herum, weil Kalli trank. Kalli schrie herum, weil Fuat schrie und er für seine Vogelspinne nichts Passendes zu fressen fand. Und einmal, als Fuat besonders laut geschrien hatte, kachelte Kalli im Toilettenraum vorsätzlich schief. Leider war gerade der Toilettenraum für Fuat besonders wichtig, denn er plante da statt vieler Waschbecken einen zentral platzierten orientalischen Brunnen, an dem sich die Kunden die Hände waschen konnten. Er sollte sozusagen das Highlight des Wettbüros werden, hatte uns Fuat erklärt. Als er dann bemerkte, dass die Kacheln in einer Toilettenkabine komplett schief waren, eben als wären sie von einem Besoffenen angebracht worden (was zwar stimmte, aber nicht die Ursache für die schiefen Kacheln war, weil Kalli war ja Pegeltrinker), drohte Fuat damit, alles hinzuschmeißen, und es erforderte Theodors ganzes diplomatisches Geschick, also viel Raki und viele Versprechen, Fuat glaubhaft zu machen, dass das alles schon noch werden würde mit dem stilvollen Wettbüro.

Das war nämlich Fuats Plan: ein Wettbüro mit Stil. Der Tresen sollte mit echtem Blattgold überzogen werden, und Fuat wollte seinen eigenen »sehr wertvollen Samowar« in dem Wettbüro aufstellen. Der Samowar sollte auf einem Tisch stehen und daneben Liegen, auf denen man Shisha rauchen konnte. Fuat wünschte sich das Wettbüro auch als einen Ort der Begegnung und der Kommunikation, wie er Theodor erklärte. Er wusste auch schon genau, welche Lampen er haben wollte: große Deckenleuchter aus Messing mit bunten Glasfenstern. Und dann war er ganz klar für echtes, glänzendes Parkett auf dem Boden und nicht wie Theodor für Laminat, und daran konnte man schon das ganze Problem des Wettbüros sehen: Fuat wollte es richtig machen, Theodor eher wischiwaschi, und mir war von Anfang an klar, dass es da noch mal krachen würde. Was es mir auch irgendwie schwer machte, mich mit Züleyha und Murat richtig anzufreunden. Ich wusste eben, dass Theodor ganz anders war als Fuat. Jedenfalls musste Kalli nach seiner schiefen Kachelei die Toilettenkabine noch mal neu kacheln, da kannte Fuat kein Pardon.

Immerhin arbeitete Kalli danach etwas besser. Er klopfte alle Kacheln in dem großen Wettbüroraum ab. Er stemmte mit Fuat und Theodor brav die Wände auf, um Kabelkanäle für die Automaten und Lampen zu verlegen. Und er hatte oft gute Einfälle, wenn es darum ging, ein Baustellen-Problem zu lösen (zum Beispiel, wenn eine Wand so weich war, dass kein Dübel in ihr hielt, und Kalli die Dinger einfach einbetonierte). Fuat war, glaube ich, sogar ein bisschen beeindruckt von Kallis Geschick, aber das sagte er natürlich nicht. Offiziell fand er ihn weiter niveaulos.

Abends jedoch war Waffenstillstand, und wir aßen alle zusammen Züleyhas phantastisches Essen. Kalli schlief nach dem Abendbrot schnell ein und sagte nichts mehr, was Fuat hätte ärgern können, und wenn Fuat und Theodor bei Laune waren, erzählten sie bis in die Nacht ihre Das-Unglaublichste-was-ich-je-erlebt-habe-Geschichten, und wir hörten zu, so lange, bis Züleyha beschloss, dass es jetzt Zeit für uns sei, ins Bett zu gehen.

Ich schlief inzwischen mit Clint und Jonny auf einer Matratze in Murats Zimmer, der wiederum bei seinen Eltern schlief. An einem Abend flüsterte Clint: »Ich will gar nicht mehr zurück. Das Essen ist so gut!« Ich verstand ihn, ich wäre am liebsten auch dort geblieben. Theodor hatte versichert, dass er inzwischen noch ein Attest ausgestellt und der Schule geschickt hatte, aber das galt nur für zwei weitere Wochen, außerdem glaubte ich ihm nicht so richtig. Jonny war auch skeptisch. Aber es gab hier diesen riesigen Fernseher im Wohnzimmer und sogar noch einen etwas kleineren in Murats Zimmer. Mit allen Programmen! Dazu Videorekorder, Videospiele und Riesenmengen an Quatschsüßigkeiten. Züleyha wusch unsere Wäsche, meine Sachen waren immer sauber, und sie rochen auf diese sehr richtige, seriöse Weise. So, wie ich sonst nie roch. Clint und ich mochten sogar den strengen Blick, mit dem uns Züleyha abends ins Bett schickte. Morgens kämmte sie mir die Haare und flocht mir einen Zopf, wobei ich jeden Tag befürchtete, dass es aus irgendeinem Grund nicht klappte, weil sie es vielleicht vergaß oder keine Zeit hatte. Aber sie kam immer, mit der Bürste in der Hand. Dann gingen wir ins Badezimmer, und sie holte den Hocker unter dem blitzsauberen Waschbecken hervor, bedeutete mir, dass ich mich draufstellen sollte, und fing an, mich lange und geduldig zu kämmen. Dabei stellte ich mir vor, dass sie meine Mutter wäre und alle möglichen Leute mich so sehen könnten: die vom Jugendamt, Mütter von Kindern aus der Schule und die Kinder von den Müttern auch. Man war einfach ein besserer Mensch, wenn man eine Mutter hatte, man war dann anerkannter, fand ich.

Weil Züleyha kaum Deutsch sprach, verständigten wir uns mit Händen und Augen. An einem Morgen sagte sie so etwas wie: »Ein Mädchen braucht ein richtiges Kleid«, und dass ich ihr folgen solle. Ich zuckte mit den Achseln und lief ihr nach. Ich hatte wirklich kein Kleid, aber ich war deswegen nicht traurig. Wir hatten zu Hause eben kein Kleid. Und irgendwie fand ich Kleider auch ein bisschen peinlich, so tussimäßig eben, und bei uns war man keine Tussi. Die meisten meiner Klamotten hatte ich von Jonny geerbt, und wenn wir es – was selten und nur nach langen Drama-Diskussionen vorkam – mal schafften, Theodor dazu zu bewegen, mit uns einkaufen zu gehen, gingen wir entweder in einen peinlichen Secondhandladen, der zwanzig Kilometer weit weg war, oder maximal zu H&M, wo ich einfach nicht auf die Idee kam, ein Kleid haben zu wollen.

Ich folgte Züleyha also in ihr Schlafzimmer und sah, wie sie eine C&A-Tüte unter dem Ehebett mit der hellblauen Satin-Steppdecke darauf hervorholte. Sie hielt sich den Zeigefinger vor den Mund und reichte mir die Tüte. Sie strahlte und sagte: »Aufmachen, anziehen!« In der Tüte war ein absolut pinkes Kleid mit lilafarbenen Einhörnern darauf, und es hatte einen ebenfalls lilafarbenen Spitzenkragen, der einer Halskrause ähnelte. Es war ein Prinzessinnenkleid! Ich fiel Züleyha um den Hals, die mir Küsse gab und türkisch redete. (Aber wie um Himmels willen, fragte ich mich, gibt man den Wert eines solchen Kleides zurück? Und was, wenn wir Fuat ganz furchtbar enttäuschen?) Ich dankte und dankte. Erst traute ich mich nicht, Theodor das Kleid vorzuführen. Ich zog es immer nur für einige Minuten im Badezimmer an und betrachtete mich im Spiegel, wobei ich ein schlechtes Gewissen hatte, weil ich immer ein schlechtes Gewissen hatte, wenn ich mich länger im Spiegel ansah. Dann weihte ich aber doch Jonny und Clint ein, die irgendwie desillusioniert waren, weil ein langweiliges Kleid hinter meinen Blicken steckte, wenn ich mich mit einer Tüte in der Hand im Bad einschloss. Sie bestätigten mir aber, dass es ihnen ganz okay gefalle, nur Clint sagte, dass es ungerecht sei, dass er nichts geschenkt bekam. Dann entschloss ich mich dazu, Murat das Kleid zu zeigen. Ich ging in sein Zimmer, wo er auf dem Boden vor dem Fernseher saß und Autorennen guckte. »Komm mal mit, ich muss dir was zeigen!«, sagte ich und sah in seinem Gesicht, dass er sich freute. Er freute sich immer, wenn ich mit ihm redete. Er lief mir nach, und als wir vor der Badezimmertür standen, sagte ich ihm, dass er kurz warten müsse. Er nickte eifrig. »Alles klar!«, flüsterte er. Ich verschwand im Badezimmer und zog mich schnell um. Dann öffnete ich die Tür einen Spalt weit und winkte ihn rein. Er setzte sich auf den Badewannenrand und sah mich lange an. Bei ihm war es überhaupt nicht peinlich, so ein Kleid anzuhaben. »Findest du, dass ich aussehe wie eine Prinzessin?«

Murat nickte. »Ja, eigentlich schon.«

Er dachte kurz nach und schlug dann vor, dass wir später heiraten könnten.

»Nur wenn du Lust hast!«, fügte er schnell hinzu.

Ich zögerte, weil es ja überhaupt nicht abzusehen war, wie sich das Verhältnis unserer Familien entwickeln würde. Was, wenn es im Streit endete? Andererseits fand ich Murat auch attraktiv, besonders seine dunklen Augen mit den langen Wimpern und das schwarze Haar, das ihm in die Stirn fiel wie ein Vorhang. Gut, er war schon ein bisschen dick, aber mich störte das gar nicht, allerdings wusste ich, dass die in meiner Klasse ihn dafür auslachen würden, und Theodor hatte auch schon gesagt, dass Murat eine kleine Bulldogge sei. Aber er war ausnahmslos nett zu mir, und ich wollte ihn auch nicht kränken.

Also sagte ich einfach: »Okay.«

Murat nickte und seufzte dann, als sei er erleichtert darüber, diese Frage für sich geklärt zu haben. Er rechnete aus, dass wir schätzungsweise noch zehn Jahre warten mussten, bis wir heiraten konnten. Wir freuten uns, als wir daran dachten, wie sehr sich Züleyha freuen würde.

»Was ist mit deiner Mutter? Kommt sie dann auch zur Hochzeit?«, fragte Murat, vor dem ich in meinem Kleid auf und ab schritt.

»Die ist leider tot. Schon seit ich geboren bin. Aber das macht nichts«, antwortete ich.

Murat beeilte sich, etwas zu sagen: »Was glaubst du, was das für ein Riesenfest wird! Papa mietet dann eine Halle, und die Torten sind auf solchen Hochzeiten immer mindestens so groß wie die Braut! Außerdem kriegt man viel Geld geschenkt. Den ganzen Abend lang, und es wird durch ein Mikrofon gesagt, wie viel! Wir könnten uns dann einen Mercedes kaufen.«

»Oh, ich liebe Mercedes«, rief ich und dass Theodor ebenfalls ein ganz großer Mercedes-Fan sei.

Ich verließ dann recht schnell das Badezimmer, weil ich darüber nachdenken musste, was meine Heirats-Zusage nun genau für meine Zukunft bedeutete. Ich setzte mich auf eine Stufe im Treppenhaus und war skeptisch und aufgeregt. Hoffentlich würde Theodor Fuat nicht enttäuschen. Und hoffentlich dachte Murat am Ende nicht, dass wir schlecht waren.

Ein paar Tage später ging ich zu Theodor. Es war Mittag, und ich hatte die Lage beobachtet, um einen Moment zu erwischen, in dem keiner da war. Kalli war zum Supermarkt gegangen und Fuat mit Jonny und Clint zum Baumarkt gefahren. Theodor saß in der offenen Tür des Wettbüros und arbeitete an seinem Gemälde. In meinem Kleid stellte ich mich vor die Staffelei, in die Haare hatte ich mir vorher extra pinke Schleifen gebunden, die ich dann aber doch weggelassen hatte. Etwa fünf Minuten passierte nichts. Theodor schwenkte sein Weinglas und ließ sich dabei beobachten. Ich stand daneben.

»Theodor«, flüsterte ich.

Nichts geschah.

Nach einer Minute probierte ich es noch einmal: »The-o-dor!«

»Hm?«

»Guck mal!«

Er beugte sich zu dem Gemälde, sodass seine Nasenspitze es beinahe berührte, und pustete es an.

»Jetzt guck doch mal!«

»Ich guck doch die ganze Zeit. Was ist denn?«, fragte er und sah mich an. Ich wippte auf den Fußsohlen und blickte, aufgeregt und beschämt zugleich, von links nach rechts. »Wo soll ich denn hingucken?«

»Das Kleid!«, stöhnte ich.

»Oh!«, sagte er nüchtern. Er betrachtete mich einen Augenblick lang und bückte sich dann nach einer silbernen Farbtube, die auf dem Boden lag. Ächzend fragte er: »Wo hast du denn das her? Du siehst aus wie ein Bonbon!«

»Findest du? Gefällt es dir nicht? Züleyha hat es mir geschenkt. Sie hat es sogar extra für mich genäht!« Er sah wieder auf sein Gemälde. »Das ist aber nett von ihr!«

»Also, gefällt es dir jetzt oder nicht?«

»Muss ich erst mal drüber nachdenken. Kann sein, dass es mir etwas zu pink ist, wenn du verstehst, was ich meine«, antwortete er, den Blick wieder auf seinem Gemälde.

»Es ist aber auch lila«, argumentierte ich.

»Ja, aber alles in allem ist es pink, und Pink ist nun mal nicht meine Farbe«, sagte er, als hätte ich ihn gefragt, warum man zur Tankstelle fahren muss, wenn das Benzin alle ist.

Mit heißen Wangen verließ ich die Situation und schloss mich im Badezimmer ein.

Am Ende unseres Wettbüro-Aufenthalts hatten wir dann großen Ärger, und ich musste das Kleid und Murat für immer zurücklassen.

Alles fing damit an, dass Kalli zwei Hähne anschleppte, Wilhelm und Fritz, weil er fand, dass die beiden das Wettbüro erst zu einem besonderen Wettbüro machen würden, zu einem traditionsreichen Wettbüro, wie er sagte. Die beiden Hähne sollten in einem Gehege, dass er bauen und im Wettbüro aufstellen wollte, gegeneinander kämpfen, wobei die Besucher auf Fritz oder Wilhelm würden setzen können. Wilhelm war komplett weiß, aber eigentlich eher grau, Fritz hatte einen schwarzen Hals, ein rostrotes Mittelteil und einen schwarzen Sichel-Schwanz. Kalli zeigte mir die spitzen Krallen an der Hinterseite der Hahnen-Füße und sagte, die hießen Sporen und wären zum Kämpfen da. Das Problem war aber von Beginn an, dass weder Wilhelm noch Fritz spezielle Lust zum Kämpfen hatte. Sie liefen nur arrogant auf der

Baustelle herum und trugen ihre blöden Kämme spazieren. Also, mir waren sie nicht sehr sympathisch. Kalli ließ sich von ihrer Friedfertigkeit aber nicht beeindrucken, er war davon überzeugt, dass der Wille zum Kampf von ganz alleine kommen würde.

Mittags, als Fuat die Hähne entdeckte, saß ich mit Murat vor dem Wettbüro auf zwei Stühlen, die er dorthin transportiert hatte, damit wir zusammen sein konnten. Seit wir verlobt waren, sagte er immer, er wolle viel mit mir zusammen sein. Ich fand das nett von ihm, wollte aber auch nicht, dass die anderen dachten, wir wären verliebt, und dann befürchtete ich eben auch, dass er mich wegen Theodor und Kalli irgendwann doch nicht mehr wollte, was mir für ihn (und für mich eigentlich auch) sehr leidgetan hätte. Deswegen wurde ich immer etwas reserviert, wenn wir in der Öffentlichkeit waren. Wir saßen auf den Stühlen und schaukelten mit den Beinen, als Murat plötzlich vorschlug, dass wir uns bald vielleicht einmal küssen könnten. Ich kriegte sofort Angst.

»Spinnst du? Jetzt schon? Echt, das ist mir zu pervers!«, antwortete ich rasch und stand auf. »Ich gehe rein zu den anderen. Ich habe Theodor doch versprochen zu helfen!«, erklärte ich, weil Murat traurig auf den Boden guckte.

»Okay«, sagte er, und ich drehte mich um und ging rein. Jonny und Clint waren gerade damit beschäftigt, mit Stemmeisen den Fliesenkleber vom Boden zu entfernen; Theodor verspachtelte Löcher in den Wänden, und Kalli stand im Hinterzimmer auf einer Leiter und montierte eine Lampe. Wilhelm und Fritz liefen bescheuert auf und ab. Alle arbeiteten friedlich und ließen sich gegenseitig in Ruhe, und auch ich (wirklich froh darüber, mich von Murats Vorschlag ablenken zu können) nahm mir einen großen Schraubenzieher aus dem Werkzeugkasten, weil kein Stemmeisen mehr da war. In diesem Moment betrat Fuat das Wettbüro. Er hielt einen rosa Karton in der Hand, in den man von oben hineinsehen konnte. Darin war eine Torte, die er uns mitgebracht hatte. Genau das sagte er, als er durch die Tür kam, nämlich dass er Torte mitgebracht habe, und dabei lachte er. Als er aber Wilhelm und Fritz sah, hörte er sofort auf zu lachen.

»Was machen die Hähne hier? Ich werde verrückt! Wo ist Kalli?«

Fuat rannte ins Hinterzimmer, Jonny, Clint und ich hinterher. Theodor spachtelte einfach weiter. Fuat sah Kalli auf der Leiter und ließ die Torte fallen. Mit einem Satz war er bei ihm, rüttelte an der Leiter und brüllte. Fritz und Wilhelm, die hinter uns ins Zimmer geschlüpft waren, liefen umher und schlugen mit den Flügeln.

»Kalli, was machen diese Hähne in meinem Wettbüro? Willst du mich umbringen?«

Kalli war von der Leiter heruntergestiegen, Fuat packte ihn am Hals und drückte ihn gegen die Wand.

»Ich will dich nicht umbringen!«, keuchte Kalli. »Die Hähne sind nur zu deinem Besten! Was glaubst du, was das für eine Attraktion wird, oder kennst du noch ein anderes Wettbüro hier in der Gegend, das Hahnenkämpfe anbietet? Das ist exklusiv! Und jetzt lass mich los!«

Fuat war den Tränen nah. Er schlug die Hände vors Gesicht, schüttelte den Kopf, presste die Lippen zusammen und sah Kalli verzweifelt an.

»Ist das wirklich dein Ernst?«, fragte er.

»Logo!«, antwortete Kalli. »Da steckt ein Riesenpotenzial für dich drin! Das musst du nur kapieren!«

Kalli tippte sich an den Stirn. »Man muss heutzutage nämlich Köpfchen haben«, ergänzte er. Fuat schloss die Augen. Nahm einige tiefe Atemzüge.

Und dann schrie er Kalli ins Gesicht: »Ich rede jetzt mit Theodor, und du vergisst deine Hähne! Die kommen weg!«

Fuat stürmte zurück in den großen Wettbüroraum, wir liefen ihm nach. Aber kurz hinter der Tür blieb er plötzlich stehen, als hätte einer auf Pause gedrückt. Denn da stand Theodor mit einer sehr geschäftlichen Miene zusammen mit fünf Männern, die ebenfalls geschäftlich, aber noch mehr böse guckten. Die Männer hatten kurze Haare und speziell sorgfältig rasierte Bärte. Sie trugen große Lederjacken, die fast Mäntel waren, und darunter graue Anzüge und weiße T-Shirts. Zwei von ihnen drehten kleine Ketten in ihren Händen hin und her, und wirklich alle hatten einen Zahnstocher im Mund, und die, die keinen Zahnstocher im Mund hatte, rauchten. Der Größte von ihnen war gleichzeitig der Älteste, was man an seinem grau melierten Kurzhaarschnitt erkannte. Seine Nase war vorne schmal und hatte einen Knick in der Mitte. Seine Augen waren irgendwie gut, trotz bösem Blick. Der Älteste sagte etwas auf wahrscheinlich Türkisch, woraufhin sich alle Männer gleichzeitig auf die zwischen Schuttbergen und Baumaterialien stehenden Stühle niederließen. Sie saßen da und schwiegen, bis der Älteste zu Fuat sprach, wieder auf Türkisch. Ich dachte, dass er beim Reden so aussah, als würde er seinen Mitmenschen einen Riesengefallen tun. So, als wäre es ihm eigentlich viel zu langweilig, zu sprechen. Als er fertig war, zeigte Fuat auf Theodor. Der Älteste nickte und guckte Theodor mit reglosen Augen an. Fuat übersetzte: »Du sollst dich setzen!«

Es war aber kein Stuhl mehr frei. Der Älteste sah sich um und machte mit seinem Kinn eine Bewegung in Richtung der Stühle, die an der Tür standen, zusammen mit Murat, der ganz hilflos aussah. Er verstand aber sofort, was der Älteste von ihm wollte, und trug einen der Stühle zu Theodor. Fuat murmelte, dass er Getränke holen werde, und verließ eilig den Raum.

»Aha, ich setze mich also«, brummte Theodor, setzte sich, grinste und schlug die Beine übereinander: »Worum geht es denn bitte?«

Fuat kam mit Tee und diesen kleinen, am oberen Rand vergoldeten Gläsern auf einem Tablett zurück. Sein Rücken war leicht gebeugt, er nickte immerzu. Er benahm sich wie ein Diener, und das war mir peinlich. Es war still. Man hörte nur das Klirren der Löffel in den Gläsern, die Fuat mit unsicherer Hand an Theodor und die Männer verteilte. Zum Dank nickten sie mit starren Mienen, weswegen das Ganze unglaublich bedeutungsvoll wirkte. Theodor machte es genauso wie sie. Fuat drehte sich zu Jonny, Clint, Murat und mir um. Wir standen neben der Tür zum Hinterzimmer und beobachteten die Szene.

»Ksch! Ksch!«, machte Fuat. »Raus mit euch!«

Wir zogen ab, allerdings nur ins Hinterzimmer. Wir stellten uns an einen Platz, wo Fuat uns nicht sah, also in den toten Winkel quasi.

»Das sind Gangster«, flüsterte Jonny. »Woher weißt du das?«, fragte Clint. »Sieht man doch!«, sagte Jonny, und Murat nickte. Ich beugte mich vorsichtig ein Stück zur Seite und sah die Männer schweigend in ihren Tees rühren. Ich glaube, sie wollten Theodor und Fuat Angst machen. Theodor aber rührte einfach wie alle in seinem Tee und hielt den Blick, abgesehen von ein paar schnellen Spionage-Augenaufschlägen, gesenkt wie die anderen auch. Er sah nicht aus, als fürchtete er sich. Er wirkte im Gegenteil so, als fände er das Treffen interessant und erhebend.

Seine Hand fuhr in die Hosentasche. Mit einem Ruck erhoben sich die Männer, abgesehen von dem Boss. »Nur ein Zahnstocher«, sagte Theodor ungerührt und steckte ihn sich langsam in den Mund. Kurz schrien die Männer erst Theodor und dann einander an, danach setzten sie sich wieder. So ging es noch bestimmt zwei Mal, unübertrieben. Theodor machte eine Bewegung, die Männer schrien, und dann war wieder Ruhe und es wurde in den Tees gerührt.

Schließlich wurden die Verhandlungen eröffnet: Der Älteste, der auf jeden Fall der Boss war, winkte Fuat zu sich heran und flüsterte ihm etwas ins Ohr, woraufhin Fuat zu Theodor ging und ihm das Geflüsterte leise übermittelte. Murat wiederum flüsterte uns zu, dass es garantiert um Geld ging.

»Mann, ist doch klar, Schutzgeld«, sagte er und unterstrich seine Vermutung, indem er Daumen und Zeigefinger aneinanderrieb.

Jonny stimmte ihm nickend zu.

»Krass«, flüsterte Clint.

»Was ist Schutzgeld?«, flüsterte ich.

Jonny legte sich einen Zeigefinger vor die Lippen, Murat sah mich sehnsüchtig an. Ich fand das mit dem Geld, das die Männer offenbar von Theodor wollten, echt problematisch, weil Theodor sein Geld liebte und es so gut wie unmöglich war, welches von ihm zu bekommen. Ich hielt es für absolut denkbar, dass er sich für sein Geld würde erschießen lassen. Ich flüsterte immer wieder »Ach, du Scheiße«, bis Jonny genervt »Psst« zischte. Theodor machte die Männer darauf aufmerksam, dass er auch die Bullen anrufen könne, woraufhin sich wieder alle Männer, abgesehen von dem Boss, mit einem Donner-Ruck erhoben und Sätze brüllten, die ich nicht verstand.

»Ist das türkisch?«, flüsterte ich Murat zu, der neben mir stand. Er nickte. Die Männer standen jetzt stumm und drohend da und fixierten Theodor. Es war nicht witzig. Das sah man auch an Fuat, der mit dem Rücken zu uns stand und auf dessen türkisfarbenem Hemd große Schweißflecken entstanden waren, nur die Ärmel waren noch trocken.

Der Stuhlkreis setzte sich wieder, alle rührten in ihren Teegläsern, wieder wurden Botschaften hin und her geflüstert. Fuat übersetzte und schenkte nervös neuen Tee nach. Theodor sagte: »Also, hören Sie mal, ich bin doch nicht bekloppt! Wie komme ich denn dazu, Ihnen monatlich zehn Prozent unseres Gewinns auszuschütten? Das müssen Sie mir erst mal plausibel machen!«

Es war dann eine Faust durch die Luft geflogen, die aber plötzlich stoppte, weil der Boss etwas befahl und dann in ein glucksendes Lachen ausbrach. Er wurde plötzlich jemand ganz anderes! Er lachte! Er sah auf einmal echt nett aus! Und dann fing er auch noch an, deutsch zu sprechen:

»Red ich chinesisch, oder was? Der Doktor kapiert es einfach nicht«, japste er, »er will es einfach nicht kapieren! Hahaha«, japste er weiter.

Er zündete sich eine Zigarette an, verschluckte sich vor Lachen an ihrem Rauch, japste noch mehr und schaltete dann total plötzlich sein Lachen aus.

»Theodor«, flehte Fuat, der etwas entfernt von dem Stuhlkreis stand und unsicher von einem Bein aufs andere trat, »sie würden uns ganz einfach beschützen, verstehst du? Vor anderen! Dafür bezahlt man eben ein bisschen was!«

»Aber ich kann mich doch selber beschützen, dafür brauche ich doch diese komische Truppe nicht«, erklärte Theodor, inzwischen etwas aufgebracht. Es machte wieder einen Donner-Ruck durch die Runde. Diesmal wurde das darauf folgende Chaos-Gebrüll jedoch von einzelnen spitzen Schreien übertönt. Ihr Verursacher krümmte sich und jaulte. Es war der Boss. Er schrie, als hätte man ihn aufgespießt, und fasste sich an den Rücken. Sein Schreien ging in ein tieferes Grunzen und Stöhnen über, so, als bekäme er gerade ein Kind. Und dann schoss auch noch einer seiner Männer vor Aufregung in die Decke. Große Mengen Putz bröselten auf den Stuhlkreis herab. Die Hähne, die sich bislang erstaunlich zurückgehalten hatten, konnten die neuesten Geschehnisse auch überhaupt nicht verarbeiten. Sie liefen zeternd und flügelschlagend durch das Wettbüro, während der Boss immer noch vor Schmerzen brüllte. Seine Männer eilten ihm zu Hilfe und ließen ihn vorsichtig zu Boden, wie eine Porzellan-Tasse. Der Boss schnaufte und hatte Schweißperlen auf seiner Stirn. Zwei der Männer fächelten ihm Luft zu und fragten, ob er einen Tee wolle.

»Der braucht keinen Tee. Lassen Sie mich mal ran, ich bin Arzt«, sagte Theodor. Die Männer drehten sich zu ihm um und berieten sich auf Türkisch. Aber dann winkte der Mann mit den Schmerzen Theodor zu sich heran. Die Männer traten zur Seite und ließen ihn durch. Stolz schritt Theodor durch den Leibwächter-Korridor zu seinem Patienten. Er beugte sich über den Mann, der jetzt »Ah! Ohhooo! Auuu! Oooh!« machte. So, als wäre er ein Schauspieler, der nicht weiß, wie man Schmerzen spielt.

»Legen Sie sich mal der Länge nach auf den Bauch!«

»Ich kann nicht! Diese Schmerzen! Ah! Oh! Ah!«

Theodor rollte den Boss vorsichtig auf den Bauch und zog sich die Schuhe aus, in denen er, normal, keine Socken trug.

»So, jetzt zeigen Sie mal, wo es wehtut.«

Der Boss zeigte auf eine Stelle am oberen Rücken, woraufhin Theodor langsam barfuß von unten nach oben über seinen Rücken lief. Die Crew des Patienten sah misstrauisch zu, bereit, jederzeit einzugreifen. Ich fragte mich in diesem Moment wirklich, ob es bei Theodor eigentlich so etwas gab wie Scham für seine Füße. Sie sahen aus wie Baumwurzeln.

Der Boss wimmerte, dann stieß er einen Todesschrei aus, und Theodor stieg von ihm herunter.

»Das war's. Sie hatten eine Blockade«, erklärte Theodor, als wäre das eine ganz normale Sprechstunde. »Ich kann Ihnen da ein paar Übungen zeigen. Sie legen sich auf den Bauch und heben die linke Hand und das rechte Bein, zehn Mal. Und dann umgekehrt: rechte Hand, linkes Bein. Gucken Sie, so!«

Er legte sich neben den erschöpften Boss und machte die Übung vor.

»Außerdem müssen Sie Sport machen. Schwimmen wäre gut.«

Der Boss nickte.

Wie sich später herausstellte, hieß er Sertan, aber alle nannten ihn Sultan.

Nachdem er sich wieder aufgerichtet, den Staub von den Kleidern geklopft und seine Männer mit einer herablassenden Handbewegung fortgeschickt hatte, bestellte er bei Fuat einen Raki und bestand darauf, mit Theodor zu trinken.

»Auf unser Leben!«, rief er und hielt dabei eine Faust in die Luft.

Theodor nickte.

»Sei nicht so bescheiden, Doktor!«, erwiderte Sultan und schlug Theodor auf die Schulter.

»Wir gießen uns jetzt schön eins hinter die Lampe! Dich hat Gott geschickt, also zahle ich!«, verkündete Sultan, obwohl er ja gar nicht in einem Restaurant war. Er rückte zwei Stühle zueinander, Theodor nickte noch mal und setzte sich.

Und so saßen sie in dem verstaubten, unfertigen, total chaotischen Wettbüro und leerten die Flaschen, die Fuat servierte. Und während sie tranken, sahen sie aus, als würde es ihnen verdammt gut gehen. Zwei zufrieden sich zuprostende Typen mit großem Überblick über die Welt. Sultan erklärte Theodor seine gesamte Krankengeschichte und Herkunft (»Wo ich herkomm, willst du nicht wissen!«), seine moralischen Überzeugungen (»Die Leute haben keine Ehre mehr, Bruder!«) und was sein Geschäftsmodell war. Am Anfang redete Sultan und Theodor nickte nur. Aber als die beiden schon ein bisschen angetrunken waren, erzählte Theodor ihm auch von seinem Business und den dazugehörigen Grundsätzen. Die beiden passten in diesem Moment bestens zueinander, weil sie überhaupt nicht merkten, dass sie einander gar nicht zuhörten. Sie waren voller Freude über die Leidenschaft, die der jeweils andere aufbrachte, und nahmen sie als Zeichen dafür, dass sie zusammen noch eine Menge vorhatten.

Meine Brüder und ich saßen inzwischen ein bisschen abseits von Sultan und Theodor auf einer Palette mit Rigips-Platten. Wir hatten den Schauplatz nur kurz verlassen, um nach oben in die Wohnung zu gehen und Mittag zu essen. Murat war nicht noch mal mit nach unten gekommen, weil Fuat es ihm verboten hatte.

Die Jungs fanden es total spannend, Theodor und Sultan zuzuhören, ich fand es eher mittelspannend. Sie unterhielten sich über Rolex-Uhren, BMWs und Autos von Mercedes, AMG, Brabus, blabla. Theodor behauptete, dass er schon lange die Idee hätte, eine neue S-Klasse in die Emirate zu verkaufen, weil er als Stammkunde schneller an die neuesten Modelle kommen könne als normale Menschen. Sultan lallte schon ein wenig und informierte Theodor darüber, dass er einige BMWs und Rolex-Uhren an der Hand habe, woraufhin Theodor Sultan anvertraute, dass er da bestimmt den ein oder anderen Abnehmer hätte. Dann bot Theodor Sultan das Du an, obwohl der ihn ohnehin schon die gesamte Zeit geduzt hatte. Sie einigten sich auf irgendetwas, das anscheinend beiden Vorteile brachte, gaben sich die Hand, und Theodor sagte, hervorragend, dann sei man also im Geschäft.

Ich hatte mich inzwischen auf Theodors Schoß gesetzt. Er roch scharf nach Alkohol, und ich wartete darauf, dass Sultan endlich gehen würden. Immer wenn Sultan einen Raki getrunken hatte, nahm er meine Nase zwischen Zeigefinger und Daumen und zog daran. Ich verstand es nicht. Der Penner machte sogar komische Grimassen, weil er dachte, ich würde das lustig finden, dabei fand ich, dass ich dafür viel zu alt war. Er sollte endlich gehen, denn Theodor hatte versprochen, dass wir heute in eine Zoohandlung fahren würden, um Heuschrecken und Schaben für Luise einzukaufen.

»Schöne Kinder«, sagte Sultan, der sich endlich erhob. Er schwankte, zeigte auf Clint und Jonny und tätschelte mir den Kopf.

Theodor nickte: »Ja, sind schließlich meine«, was er immer sagte, wenn er Komplimente für uns bekam. Ich fragte mich dann, ob er sich selbst wirklich schön fand. Wenn etwas an uns schön war, so dachte ich, war dafür mit Sicherheit unsere Mutter verantwortlich. Auf den Fotos, die ich in einer von Theodors chaotischen und für uns eigentlich verbotenen Schubladen gefunden hatte, sah sie unglaublich schön aus, echt, schöner als wir alle. Vor allem, wie sie guckte. So, wie nur Mütter gucken. Auf den Bildern sah sie auch teuer aus. Es wäre nicht peinlich gewesen, wenn sie uns in dem rot-weiß geblümten Kleid, das sie auf den Fotos anhatte, von der Schule abgeholt hätte. Manchmal, wenn ich allein war, sah ich mir die Bilder an, aber ich befürchtete immer, dass Theodor es doch irgendwie merkte, und legte sie nach wenigen Sekunden hektisch zurück, wobei mir immer ganz heiß wurde. Und jedes Mal dachte ich tagelang daran, was für eine schöne Mutter ich gehabt hätte, wäre sie nicht bei unserer Geburt gestorben. Niemand hätte über uns gelacht. Sie wäre auf Zehenspitzen an mein von ihr frisch bezogenes Bett geschlichen, hätte mir mit ihrem Lippenstiftmund einen Kuss auf die Stirn gegeben und »Schlaf schön, mein Liebling« oder so etwas gesagt. Dann wollte ich traurig sein, und das kam mir immer albern vor.

Sultan kam von nun an jeden Tag. Er setzte sich mit Theodor auf die Baustelle, trank Tee und rauchte. Sie sprachen über die Rolex-Uhren, die BMWs und die S-Klassen. Theodor sollte dafür sorgen, dass sie an den Mann kämen, wofür dieser einen anderen Mann in Polen aktivieren wollte. Sultan behauptete, es könnte nichts passieren, der Oberboss, Kowalski hieß er, hätte das alles perfekt im Griff. Litauen könne man auch machen und so weiter. Die Autos hätten gepflegte Scheckhefte und die Seriennummern seien durch nichtkriminelle ersetzt worden. Aber wahrscheinlich war es so, dass es Theodor und Sultan einfach Spaß machte, über solche Sachen zu reden, Theodor wirkte dabei jedenfalls wie ein großer Hund, der an seiner Lieblingsstelle gestreichelt wird, für die Gespräche mit Sultan vernachlässigte er sogar sein Gemälde.

Nach zwei, drei Tagen mit langen Sultan-Besuchen wollte Jonny genauer wissen, was die beiden vorhatten, und ging Theodor, wenn Sultan wieder weg war, immer ein bisschen auf die Nerven, in etwa so:

Jonny: »Was besprichst du immer mit Sultan?«

Theodor: »Habe ich dir doch schon zweiunddreißig Mal erklärt. Wir suchen nach Lösungen.«

Jonny: »Aber du hast nicht gesagt, für was.«

Theodor: »Es geht um Autos.«

Jonny: »Das hab ich mitgekriegt.«

Theodor: »Na, siehst du.«

Jonny: »Und?«

Theodor: »Nix und.«

Jonny: »Pass auf, dass du nicht in den Knast kommst!«

Theodor: »Würde ich nie machen!«

Jonny: »Aber ihr redet von komischen Sachen, Fahrgestellnummern wegflexen und so. Ich bin nicht blöd.«

Theodor: »Du bist auch nicht blöd. Aber ich kann da zum gegenwärtigen Zeitpunkt noch nicht richtig drüber sprechen. In den nächsten Tagen kommt Sultan mit einem Eins-a-BMW vorbei, da drehen wir dann mal eine Runde, okay, Jonny-Boy?«

Das größere Problem aber war erst mal Kalli. Die Sache mit den Hähnen hatte Fuat sehr wütend gemacht, und sie machte ihn jeden Tag aufs Neue wütend, weil Kalli sich weigerte, Wilhelm und Fritz zurückzugeben, und sie im Wettbüro wohnten. Kalli hatte ihnen zwar ein Gehege aus Paletten mit Deckel gebaut, aber er bestand darauf, dass sie morgens und abends zwei Stunden Auslauf bekamen. Die Hähne machten ekligen Dreck, und Kalli kam nicht mit dem Saubermachen hinterher. Überall, wo man sie nicht vermutet hatte, lag die kleine Scheiße von Wilhelm und Fritz rum, sonst brachten die beiden wirklich nichts zustande.

Theodor hielt sich aus der Sache raus. Er konzentrierte sich auf das Problem der Instandsetzung des Wettbüros, die eher schleppend voranging. Die Wände waren verspachtelt, aber noch nicht tapeziert oder gemalert. Die hässlichen Fußbodenkacheln waren weg, aber Theodor und Fuat hatten sich noch immer nicht geeinigt, ob nun Parkett oder Laminat verlegt werden sollte. Theodor saß das Problem aus, und Fuat hielt sich mit seinen Wünschen zurück, weil er wusste, dass Theodor erstens das Geld und zweitens gute Connections zu Sultan hatte. Und der würde für Fuat ohne Theodor zum Problem werden. Bei manchen Dingen waren sich die beiden zwar einig – die Rigips-Platten für eine Zwischenwand, die Fuat einziehen wollte, waren zum Beispiel längst geliefert worden, genauso das Material für den Tresen –, aber es passierte trotzdem nur sehr wenig. Fuat und Theodor gaben sich zwar Mühe auf der Baustelle, aber handwerklich wusste im Grunde nur Kalli wirklich Bescheid, der sich allerdings in der totalen Verneinung befand. Heißt: Je mehr Fuat über die Hähne und Kallis Arbeitsmoral schimpfte, desto schlechter arbeitete Kalli. Wenn ihm danach war, unterbrach er die Arbeit einfach und ging zu dem Gehege der Hähne. Er schob den Deckel zur Seite, fragte, wie es ihnen gehe, und ließ sie auf der Baustelle herumlaufen. Oder er sagte, ihm sei jetzt nach einem Spaziergang, und verließ das Wettbüro. Fuat hatte kein Geld für einen anderen Handwerker, und Theodor wollte keinen anderen bezahlen.

Und dann gab es natürlich noch das Problem mit der Scheiße. Die Hähne kackten auf Fuats Traum von einem Wettbüro, und das brachte ihn dann manchmal ziemlich aus der Fassung. Er drohte zum Beispiel immer wieder damit, dass er die Hähne schlachten und kochen würde, was uns einen Tag lang beschäftigte, denn Kalli war über die Maßen entsetzt, er konnte einfach nicht verstehen, wie jemand so voller Unverständnis gegenüber seinem Projekt war: dem traditionsreichen Hahnenkampf, dem einzigartigen Wettbüro. »Das kapiert der Türke einfach nicht. Was Kultur angeht, echte Kultur, da sind die schwer von Kapee«, erklärte er Jonny, Clint und mir, wenn Fuat mal wieder wütend die Baustelle verlassen hatte.

Wir waren, was das anging, unparteiisch, aber Kalli hatte, sehr zum Ärger von Fuat, schon andere Mitstreiter gefunden, die, das behauptete er zumindest, ganz seiner Meinung waren. In der Straße, wo sich das zukünftige Wettbüro befand, war ein Supermarkt, vor dem Leute saßen, die kein Geld hatten. Sie schnorrten sich etwas zusammen, kauften Tütenwein und gingen dann in den gegenüberliegenden Park, wo sie tranken und schliefen. Kalli hatte sich mit zwei von ihnen angefreundet und sie eingeladen, statt vor dem Supermarkt hielten sie sich nun vor dem Wettbüro auf, was Fuat vollends aus der Bahn warf.

Kallis neue Freunde hießen Helmut und Lieutenant Mike. Lieutenant Mike trug immer militärische Kleidung, jedoch nichts, was zueinander passte. Helmut sah aus wie der Zauberer Merlin aus dem Zeichentrickfilm, nur in heruntergekommen. Er hatte langes weißes Haar und einen großen Bart, der um den Mund herum gelb war von den vielen Zigaretten, die er rauchte. In seinem Bart hing auch häufiger etwas, kleine Blätter, Reste von Dingen, die er gegessen hatte, oder Tabak. Seine Zähne standen eng und verkantet nebeneinander, sein Mund sah aus wie eine Besenkammer. Erst ekelte ich mich vor ihm und atmete immer durch den Mund, wenn ich mit ihm sprach. Aber weil er und Mike unsere Gesellschaft schätzten und immer Zeit für uns hatten, gefiel es mir und meinen Brüdern bald, mit ihnen auf der Straße abzuhängen.

Leider erhielt Murat ein striktes Umgangsverbot und konnte nicht dabei sein, was aber wiederum auch gut war, weil wir unsere Hochzeitspläne so besser geheim halten konnten. Wir trafen uns dafür immer heimlich auf der obersten Stufe im Treppenhaus. Ich hatte Murat ausdrücklich erklärt, dass ich ihn erst mal nicht küssen wollte, und er akzeptierte das. Aber wir redeten viel über unsere zukünftige Ehe und wünschten uns eine Menge Kinder und Tiere. Ich wollte unbedingt ein Schwein haben, was er komisch fand. Aber er sagte, weil er mich liebe, wäre es okay. Wir wollten später mit all unseren Kindern Urlaub in einem Hotel machen, in dem es viele Wasserrutschen und Swimmingpools geben sollte, am besten auch hohe Sprungtürme. Nur was würde dann in der Zeit mit dem Schwein sein? Ich sagte auch, dass ich mich sehr darauf freuen würde, zu bügeln. Murat sagte, er wolle Polizist werden, wovon ich nicht begeistert war, denn Theodor sagte immer, dass Polizisten die schlimmsten Menschen überhaupt wären.

Wenn Murat wieder reinmusste (Hausaufgaben machen, für Klassenarbeiten üben, Fussballtraining, er hatte echt viel zu tun), ging ich wieder zurück nach draußen zu den Jungs und unseren neuen Freunden, die dann meist schon die verrücktesten Dinge besprachen. Einmal sagte Lieutenant Mike, er habe früher für die amerikanische Armee gearbeitet und an vielen Konferenzen teilgenommen. »Ich weiß Sachen, die niemand weiß! Die darf ich auch nicht verraten. Aber ich sage euch, die Welt ist anders, als ihr denkt.« An seinem Hosenbund hing ein handtellergroßer Ring voller Schlüssel, und alle paar Minuten fasste er an diesen Ring, um sich zu vergewissern, dass er noch da war. Und er hatte noch so eine Angewohnheit: In der Brusttasche seines Parkas steckte ein Kamm, dem bestimmt jeder zweite Zinken fehlte. Damit strich er sich alle paar Minuten über sein schütteres Haar, ohne dass danach etwas anders gewesen wäre. Ich bot ihm an, dass wir seine fleckigen, nach Pisse stinkenden Hosen waschen könnten, aber das wollte er nicht. »Dann krieg ich die am Ende nicht wieder. Du darfst nicht so einfach Leuten vertrauen, verstehst du? Es gibt auch Menschenversuche und solche Sachen.«

Jonny war sehr an Lieutenant Mikes militärischer Vergangenheit interessiert, und anders als Theodor beantwortete Lieutenant Mike seine Fragen auch.

»Der Russe wollte den Tommys natürlich ans Leder und umgekehrt, weil der Russe überall eine Diktatur haben wollte. Kommunismus und so, verstehst du? Deswegen hat der Ami zurückgeschlagen, und wir haben spioniert. Ich hab Präsident Nixon das damals genau berichtet.«

Auch Clint war begeistert. »Du kanntest ohne Scheiß den Präsidenten?«

»Na klar!«, antwortete Lieutenant Mike, der eigentlich Michael hieß. So nannte ihn Helmut, wenn er fand, dass er unrecht hatte: »Michael, erzähl den Kindern doch nicht so viel Blödsinn! Du verwirrst sie ja! Die kriegen ja ein ganz falsches Bild.«

»Kommunismus ist aber eigentlich schon die bessere Idee«, mischte sich Kalli ein, wenn er sich von der Arbeit freigenommen hatte, was inzwischen fast die Regel war.

»Unterm Kommunismus müsstest du jetzt nicht auf der Straße leben, Lieutenant Mike!«

»Ich lebe da doch nur, weil es woanders zu gefährlich ist«, nuschelte Lieutenant Mike dann.

»Der Mensch ist schlecht«, fasste Helmut zusammen. Dann tranken die drei weiter, dann war es eine Weile still, und so ging es jeden Tag.

Eines Mittags standen Kalli, Helmut und Lieutenant Mike vor dem Wettbüro. Wilhelm und Fritz liefen immer noch auf der Baustelle herum, in deren Mitte mittlerweile sechs unterschiedlich große Papptürme standen, weil die Spielautomaten geliefert worden waren. Einer war aber anscheinend nicht richtig, und Fuat und Theodor waren unterwegs, um das zu klären. Murat war oben in der Wohnung und machte Hausaufgaben, und die Jungs und ich saßen auf der Stufe und hörten Kalli und seinen Freunden bei ihrem Gespräch zu. Es ging um die Frage, wer zum Supermarkt gehen sollte, um Wein zu kaufen.

»Ich war beim letzten Mal, Lieutenant Mike, das weißt du genau!«, quengelte Kalli, der gerade erst aufgestanden war.

»Daran kann ich mich nicht erinnern. Außerdem bist du gerade erst neu in unser Team gekommen! Was glaubst du, wie oft Helmut und ich schon zum Supermarkt gegangen sind! Da hast du noch ganz schön was aufzuholen!«, argumentierte Lieutenant Mike und fuhr sich dabei mit seinem zinkenlosen Kamm über den Kopf.

»Am besten, wir machen Schere-Stein-Papier, da entscheidet das Glück«, schlug Helmut gähnend vor.

»Anders gesagt: Schnick-Schnack-Schnuck«, ergänzte Lieutenant Mike mit wichtiger Miene. Sie stellten sich in einem Dreieck auf und versteckten ihre Rechte hinter dem Rücken. Dann gab es Streit, weil Kalli ein Zeichen für Feuer (mit den Fingern wackeln) einführen wollte und Lieutenant Mike sagte, Kalli könne nicht einfach so neue Regeln erfinden. Lieutenant Mike stand mit dem Rücken zu uns, und dabei fiel Clint und mir unter seinem hockgekrempelten Hosenbein eine Wunde auf. Eine bräunliche, fünfmarkstückgroße Beule, die von rotgeschwollener Haut umkränzt war. Die Wunde sah aus wie eine aggressive Blume.

»Lieutenant Mike, was hast du da?«, fragte ich, zeigte auf seine Wade und unterbrach damit die Diskussion über die Spielregeln.

»Das war der Russe. 27. März 1962. Schusswunde, das Projektil ist noch drin. Aber keine Sorge, alles okay«, erklärte Lieutenant Mike und wandte sich sofort wieder Kalli zu.

»Das ist ein Furunkel, keine Schusswunde«, korrigierte Helmut und sah uns besorgt an. »Ich will ihn zur Obdachlosensprechstunde bringen, aber er weigert sich, weil er Angst hat, die spionieren ihn aus.«

Lieutenant Mike unterbrach die Verhandlung mit Kalli und sah Helmut mit einem intensiven Du-weißt-genau-dass-du-das-nicht-sagen-sollst-Blick an. Er zog böse die Augenbrauen zusammen und blaffte: »Komm, Helmut, halt die Schnauze! Du hast keine Ahnung von Geheimdiensten. Du kannst die Gefahrenlage doch überhaupt nicht einschätzen.«

Jonny, Clint und ich berieten uns und beschlossen, Theodor hinzuzuziehen. Er kam erst am Abend von der Automaten-Sache zurück, und nachdem wir alle zusammen gegessen hatten und mit Fuat am Tisch saßen, ging ich zu ihm hin. Ich legte meinen

Arm um seine Schulter und flüsterte ihm in sein Ohr (das diesen von mir so geliebten, warmen Theodor-Geruch verströmte), dass wir mit ihm sprechen müssten. So hatten Jonny, Clint und ich uns das überlegt, weil man ja in Gegenwart von Fuat nicht über Helmut und Lieutenant Mike reden konnte. »Huch«, sagte Theodor, drückte sein Kinn auf die Brust und sah mich belustigt an. »Was wollt ihr denn mit mir besprechen?«

Ich verdrehte die Augen und sah sofort beschämt zu Fuat hinüber, der so heftig an seiner Zigarette zog, als wäre er sauer auf sie, und auf die Tischplatte starrte.

»Was ist denn?«, fragte Theodor wegen meiner verdrehten Augen.

»Mann, Theodor, es ist privat!«, entgegnete ich halblaut, aber Fuat hatte es gehört.

»Kein Problem, ich wollte sowieso duschen«, sagte er und stand seufzend auf.

»Privat? Das klingt gut, mein Täubchen!«, entgegnete Theodor und roch an dem Weinglas, das er in seiner linken Hand schwenkte.

Ich rief die Jungs, die in Murats Zimmer fernsahen, und wir setzten uns zu Theodor an den Tisch.

»Was liegt an, Kids?«, fragte er breitbeinig und eher liegend als sitzend. Jonny sprach, Clint und ich sahen gespannt zwischen ihm und Theodor hin und her.

»Lieutenant Mike hat eine schlimme Wunde am Bein, und sie muss behandelt werden. Er vertraut aber keinen Ärzten, weil er glaubt, dass die mit Geheimdiensten zusammenarbeiten. Kannst du dir die Wunde mal angucken?«

»Mit Geheimdiensten?«, fragte Theodor amüsiert.

Wir nickten.

»Er hat mal mit Amerika zusammengearbeitet. Er kannte sogar den Präsidenten. Und jetzt sind die Russen immer noch hinter ihm her«, erläuterte Clint das Problem.

»Das behauptet er, aber das stimmt nicht«, sagte Jonny und sah Clint mit dieser Mann-checkst-du-es-nicht-Miene an.

»Stimmt das nicht, oder was?«, fragte Clint und riss seine Augen auf.

Und Theodor: »Klar kann ich mir das angucken. Wo ist denn der Bursche anzutreffen?«

»Draußen«, sagte ich schnell, weil ich keine Lust auf Diskussionen zwischen Jonny und Clint hatte und wollte, dass wir jetzt zusammen diese aufregende Sache erledigten.

»Am besten, wir gehen jetzt gleich«, rief Jonny, der sich freute, dass Theodor kooperierte, »aber du musst deine Arzt-Utensilien mitnehmen, weil Lieutenant Mike doch nicht in die Wohnung kann, und Kalli schläft unten im Wettbüro schon.«

»Alright!«, sagte Theodor, und wir gingen.

Draußen fanden wir Lieutenant Mike zusammen mit Helmut auf einer Bank neben dem Supermarkt. Zum Glück waren wir gleich losgegangen, denn sie wollten gerade schlafen gehen. Theodor gab beiden die Hand und setzte sich neben sie. Jonny, Clint und ich standen um die Bank herum.

»Sag mal, Lieutenant Mike, die Kids haben mir von deinem Bein erzählt«, fing Theodor die Operation an.

»Schusswunde, der Russe«, antwortete Lieutenant Mike und warf Theodor einen kumpelmäßigen Blick zu, der wissend nickte.

»Drecksäcke«, sagte Theodor kopfschüttelnd, »die können ja auch keine vernünftigen Autos bauen, ich frage mich, was die überhaupt können.«

»Menschen abhören! Menschenversuche!«, entgegnete Lieutenant Mike aufgebracht.

»Denen würde ich aber Bescheid sagen!«, erklärte Theodor. Dabei grinste er gefährlich, etwas so, wie Jack Nicholson grinst, wenn er einen Irren spielt, und das freute Lieutenant Mike alles sehr. Er richtete sich auf, wandte sich Theodor zu und war jetzt sehr wach.

»Auch ein bisschen Wein für dich?«, fragte Lieutenant Mike.

»Was hast du denn da?«, erkundigte sich Theodor.

Lieutenant Mike hielt ihm eine Packung Tütenwein hin, auf der rote Trauben abgebildet waren. »Warte, ich hab hier auch irgendwo einen Becher«, sagte Lieutenant Mike und kramte in seinem Armee-Rucksack, der auf dem Boden lag. Und tatsächlich fand er darin einen Coca-Cola-Pappbecher, den er, ohne Theodors Antwort abzuwarten, mit Wein füllte und Theodor hinhielt.

»Danke, Prost!«, sagte Theodor. Sie stießen mit dem Pappbecher und der Tütenwein-Verpackung an, und da wusste ich, dass es gut lief. Lieutenant Mike findet Theodor richtig gut, dachte ich und war stolz.

Lieutenant Mike erzählte Theodor dann ausführlich von seinen Spionage-Erfahrungen mit dem Russen, den er immer wieder ausgetrickst hatte. Und Theodor nickte und sagte »Verstehe« oder »Wahnsinn«. Helmut saß schweigend daneben, Jonny, Clint und ich beobachteten das Gespräch. Irgendwann gab Theodor Lieutenant Mike Feuer, sodass dieser kurz still war. Diese Pause nutzte Theodor und sagte: »Also, ich würde mir dieses Projektil da schleunigst entfernen. Kann ich dir praktisch ohne Probleme machen, wenn du willst. Auf dem schnellen Dienstweg quasi.«

Theodor zwinkerte mit dem Auge. Lieutenant Mike zog an seiner Zigarette und sah ihn an. Und dann nickte er verschwörerisch. Ganz einfach.

Die Behandlung sollte im Hinterhof von Fuats Haus stattfinden, weil dort eine einigermaßen gute Beleuchtung war, und ich durfte sogar assistieren. Helmut war bei seiner Bank geblieben, weil er kein Blut sehen konnte. Lieutenant Mike stand und Theodor hockte hinter ihm, die Jungs saßen ein bisschen entfernt auf dem Boden.

»Na ja«, murmelte Lieutenant Mike, »wird wirklich Zeit, das Projektil loszuwerden.«

»Richtig«, antwortete Theodor, der sich die Wunde genau ansah. Zusammengekniffene Augen, Mund bisschen geöffnet und zu einem O geformt, Kopf leicht schräg – so sah er immer aus, wenn er sich konzentrierte, auch beim Reparieren von Autos. Ich hatte die Plastiktüte, in der Desinfektionsmittel, eine Nadel, Taschentücher und ein nicht mehr so neuer Verband drin waren, und breitete die Utensilien auf dem Boden aus, die Tüte nahm ich als Unterlage. Theodor sagte »Kanüle« und ich gab ihm die Nadel, weil wir nichts anderes hatten. Er punktierte die Beule, Lieutenant Mike jaulte auf, eine Riesenmenge rot-gelber Suppe kam heraus und lief an Lieutenant Mikes Bein herunter. »Ist gleich vorbei!«, murmelte Theodor langsam und ohne den Mund richtig zu öffnen. Dann sagte er »Alkohol«, und ich gab ihm das Desinfektionsmittel, mit dem er das Bein abtupfte. Lieutenant Mike schrie, als wäre er angeschossen worden, aber Theodor tupfte ruhig weiter. Dann entfernte er die rot-gelbe Suppe von Lieutenant Mikes Bein.

»Und? Ist das Projektil draußen?«, fragte er schwer atmend, nachdem er sich ein bisschen beruhigt hatte.

»Hmmmhm«, machte Theodor, der die Wunde noch einmal genau betrachtete. »Ich muss es noch mal sehen! Sofort!«, flüsterte Lieutenant Mike dramatisch. »Zeig es mir! Los!«, sagte er, diesmal etwas lauter.

Theodor blieb ganz ruhig. »Lieutenant Mike«, sagte er ernst, »dein Projektil ist längst von deinem Körper zersetzt worden, davon ist so gut wie nichts mehr übrig. Da kann man nur von Glück und starken Zersetzungskräften reden!« Lieutenant Mike schwieg. Er drehte sich um zu Theodor, der immer noch vor seinem Bein hockte und nickte.

»Na, dann ist ja gut«, sagte er und sah irgendwie sehr traurig aus.

Theodor verband die Wunde. »Sieh zu, dass da kein Dreck rankommt. Wenn es Probleme gibt, meldest du dich«, sagte er.

Lieutenant Mike gab ihm die Hand und humpelte über den Hof davon.

Später im Bett kam Theodor, um gute Nacht zu sagen. Ich war so stolz auf ihn und dachte, es wäre ein guter Zeitpunkt, um Dinge zu besprechen, die ich wichtig fand. Während Clint und Jonny schon schliefen, drückte ich meine Nase in seine Haare, die nach Benzin und Wind rochen, und flüsterte:

»Theodor?«

»Hm?«

»Kannst du Helmut und Lieutenant Mike nicht ein bisschen Geld geben, damit sie praktisch wieder eine Wohnung haben? Du kannst es ihnen doch leihen!«

Ich gab ihm einen Kuss hinters Ohr. Er wich ein kleines Stück zurück und sah mich völlig verständnislos an: »Püppi, ich bin doch nicht wahnsinnig. Das bekomme ich nie wieder!«

»Macht doch nichts!«

Ich lächelte ihn an und fuhr ihm durch das Haar.

»Das macht schon was«, sagte er etwas zu laut, Clint und Jonny wollten doch schlafen.

»Psst! Aber Lieutenant Mike und Helmut sterben sonst vielleicht. Willst du, dass sie sterben?«

»Sterben werden die irgendwann auf jeden Fall.«

Ich fand, dass seine Worte überhaupt nichts mit meinem Einwand zu tun hatten, und verdrehte die Augen. Aber ich wollte noch nicht aufgeben.

»Helmut weiß aber total viel. Ich glaube, er ist intelligenter als Frau Schramm, und die weiß mindestens so viel wie du.«

»Wer ist das denn?«, fragte er, wieder zu laut.

»Unsere Lehrerin vielleicht?!? Kannst du ihnen nicht helfen?«, flüsterte ich, schon ein bisschen sauer.

»Ach, die Schreckschraube, richtig. Die weiß doch aber nicht mehr als ich!«

»Ist doch egal jetzt. Du musst Helmut und Lieutenant Mike helfen. Darum geht es!«

»Wie stellst du dir das denn vor?« Er schüttelte den Kopf.

»Gib ihnen quasi Geld! Du hast doch genug.« Ich lächelte ihn an und versuchte, ihn dadurch ein bisschen auf meine Seite zu ziehen, aber das klappte bei ihm eigentlich nie.

»Junge Frau!«, er seufzte. »Was weißt du denn über mein Geld?«

»Also, wenn du mich fragst, du kaufst dauernd neue Autos, du hast immer viele Scheine in deinem Portemonnaie, und du bist Arzt.«

Das nervte Theodor jetzt richtig. Er versuchte nicht einmal mehr, leise zu sprechen.

»Erstens ist der Arzt-Job auch nicht mehr das, was er mal war. In diesem Punkt täuschst du dich ganz erheblich. Und zweitens ist jeder seines Glückes Schmied. Das ist nun mal so. Das Geld fällt nicht vom Himmel, man muss dafür arbeiten, so funktioniert das System. Punktum.« Er verdeutlichte seine Erstens-zweitens-Argumentation anhand von Daumen und Zeigefinger, die er mir, wenn »erstens« und dann »zweitens« dran war, vors Gesicht hielt. Ich sah herüber zu Jonny und Clint, die sich im Halbschlaf umdrehten und uns den Rücken zuwandten.

»Hä?«, flüsterte ich.

»Wie ›Hä‹?«, und er machte auf gemeine Weise mein »Hä« nach, aber ich ignorierte das aus Deeskalations-Gründen.

»Was Schmied?«, fragte ich.

»Du weißt doch, was ein Schmied ist!«

»Alter, seid mal leise!«, schimpfte Jonny und zog sich die Bettdecke über den Kopf.

»Ich weiß, was ein Schmied ist, aber was bedeutet der Satz?«

»Dass jeder für sich selbst verantwortlich ist, man muss gucken, wo man bleibt, und wenn man will, schafft man es. Ganz einfach. Und jetzt schlaf, Püppi. Wir haben morgen viel zu tun.« Er gab mir einen Kuss auf die Stirn und verließ das Zimmer. Ich lag noch eine Weile wach und dachte an Helmut und Lieutenant Mike und fürchtete mich vor dem Jugendamt. Ich schämte mich vor meinen Lehrern und sah sie alle kopfschüttelnd über meinem Bett stehen. Das war echt mein Problem, dieses ewige Kopfschütteln. Ich legte mir Worte zurecht, wie ich Theodor vor den Lehrern verteidigen würde, ich stellte mir vor, wie ich aus dem Heim abhauen könnte, in das sie mich stecken würden, und dass meine Mutter kommen und uns retten würde. Im Wohnzimmer hörte ich Fuat über Kalli schimpfen.

Am nächsten Tag passierte dann die Komplettkatastrophe.

Ich kam gerade von meinem Treppen-Gespräch mit Murat zurück, dem ich von unser Lieutenant-Mike-Operation berichtet hatte und der so begeistert gewesen war, dass er jetzt überlegte, Arzt zu werden. Ich fand diese Idee sehr gut, weswegen ich ihm kurz meine Hand zum Halten herübergeschoben hatte, und dann hatten wir also echt kurz händchenhaltend dagesessen, bis ich aufsprang und sagte, ich müsse jetzt runter ins Wettbüro, wo die Katastrophe auch schon anfing, ihr gemeines Maul aufzusperren: Aus dem Hinterzimmer kommend sah ich durch die Fensterscheiben, wie Fuat Lieutenant Mike und Helmut anschrie und sie vom Eingang verscheuchte. Er brüllte, dass sie sich verpissen sollten, und schmiss ihnen eine Flasche hinterher. Danach kam er dann in das Wettbüro gerannt und rauschte an mir vorbei. Ich beschloss, mich nach draußen, auf die Eingangsstufen, zu setzen und auf Jonny und Theodor zu warten, die gerade eine Tour mit einem BMW von Sultan machten. Ich ärgerte mich über Fuat, hatte aber auch irgendwie keine Lust, Helmut und Lieutenant Mike hinterherzugehen, weil die eh nur über Arschloch-Fuat schimpfen würden. Ich fand zwar, dass das mit der geworfenen Flasche sehr schlimm war, aber ich mochte Fuat auch. Ich meine, er war Murats Vater. Nach ein paar Minuten, die ich grimmig vor dem Wettbüro herumgesessen hatte, kam Clint. Er war beim Supermarkt gewesen und teilte mit mir sein Snickers, das er sich auf der Wettbüro-Baustelle verdient hatte. Dafür musste ich ihm versprechen, dass ich danach ein Milky Way holen ging. Ich fragte ihn, ob er wisse, wo Kalli sei, aber er hatte keine Ahnung. Wir saßen eine Weile schweigend da, weil es irgendwie nichts zu sagen gab. Dann hörten wir von drinnen ein Wahnsinnsgeschrei, das eindeutig von Kalli kam.

»Luise, mein Mäuschen, wo versteckst du dich, Himmel, Arsch? Aaahhhaaah! Luischen?«, hörten wir ihn brüllen. Wir sprangen auf, um zu gucken, was los war.

Drinnen raste Kalli durch das Wettbüro, von einer Wand zur anderen, und rief nach Luise. Er machte bei seinem Bierkasten halt, nahm sich eine Flasche, setzte an, trank in großen Schlucken, und zwischen den Schlucken brüllte er immer wieder: »Luise, Luise! Komm zurück!«

»Was ist denn los?«, fragte ich vorsichtig, denn Kalli war ziemlich auf hundertachtzig.

»Was los ist? Luise ist weg! Was steht ihr noch so dämlich rum, ihr Pappkameraden! Helft mir!«, schrie er Clint und mich an.

»Dass Luise weg ist, habe ich verstanden, aber wann und wo hast du sie denn das letzte Mal gesehen?«, antwortete Clint ebenfalls schreiend, weil Kalli so schrie.

»Vor einer halben Stunde! In ihrem Terrarium! Wo denn sonst?«, schrie Kalli zurück.

»Und jetzt?«, schrie ich.

»Wie und jetzt? Jetzt ist das Terrarium leer, und der Deckel ist ab!«

Mit Kalli war nicht vernünftig zu reden, also fingen Clint und ich an zu suchen. Wir krabbelten über den Boden und schauten in den Ecken nach, unter Müll und Schutt, unter den Paletten, zwischen den Automaten, an den Unterseiten der Stühle und hinter den Türen, wir schüttelten Kallis Schlafsack aus, sahen sogar mit einer Taschenlampe in den immer noch nicht installierten Kloschüsseln nach und machten all das ein weiteres Mal.

»Beißt sie uns eigentlich, wenn wir sie finden?«, fragte Clint, während er den Inhalt eines Mülleimers untersuchte.

Kalli schüttelte verächtlich den Kopf, als sei das die dümmste Frage der Welt. »Papperlapapp! Zum Henker, Quatsch! Warum sollte sie denn beißen? Luise hat noch nie gebissen! Außerdem heißt das nicht beißen, sondern bombardieren, je nachdem. Aber Luise würde das nie machen, sie ist nämlich froh, wenn wir sie finden und sie wieder bei mir sein kann! Sie hat noch nie gebissen, klar?«

»Wer hat überhaupt ihren Käfig aufgemacht?«, fragte ich, während ich die Unterseite einer Fensterbank absuchte.

»Tja, das frage ich mich auch! Wer hat den verdammten Scheißkasten aufgemacht? Könnt ihr mir das mal erklären? Wisst ihr, wie oft Luise abgehauen ist, seit wir zusammenleben? Na?«, fragte Kalli empört und bückte sich nach einer Roth-Händle, die ihm aus den Händen gefallen war, weil er so zitterte.

Clint und ich unterbrachen die Suche und sahen Kalli achselzuckend an.

»Kein einziges Mal! Das ist nämlich nicht ihre Art, sie ist eine ganz besondere Vogelspinne. Sie ist mindestens 600 Mark wert.«

Seine Miene verfinsterte sich noch mehr, und er exte zornig zwei Bier hintereinander.

Es war nicht witzig. Und wir suchten weiter. Ohne Ergebnis.

Ich war gerade dabei, zum zweiunddreißigsten Mal den Baustellen-Müll zu durchkämmen, und hielt eine große Pappe in den Händen, als ich draußen Jonny und Theodor aus einem Wahnsinns-BMW steigen sah. Ein E32, das absolute Chef-Auto, böser Blick, silberglänzende Felgen, metallic-schwarz. Theodor und

Jonny liefen auf das Wettbüro zu, dabei schwenkte Theodor in der einen Hand den Schlüssel und wuschelte mit der anderen Hand in Jonnys Haaren herum. Als sie reinkamen, fing Theodor sofort an zu reden, grußlos und mit leuchtendem Auge: »Kalli, ich konnte eben die Ware in Augenschein nehmen. Die Schüssel ist nicht zu verachten! Sieht zwar schlimm aus mit den breiten Schlappen und diesem Spoiler-Mist, aber immerhin: Macht 250 Spitze, 214 Pferdchen unterm Deckel, du, da wackelt die Nadel wie ein Lämmerschwanz!«

Theodor pfiff anerkennend durch die Zähne, Jonny sagte, dass es »ehrlich saugeil« gewesen sei. Kalli starrte auf sein Bier.

»Luise ist weg«, flüsterte er.

»Wie weg?«, fragte Theodor.

»Na, weg. Nicht mehr da.« Kalli schnaubte über die für ihn offensichtliche Blödheit der Frage, was Theodor entging. Der erklärte nur nebenbei: »Ach, die taucht schon wieder auf. War schon ganz gut, unsere Tour, oder, Jonny?«

Jonny nickte, aber man konnte sehen, dass ihm die Situation auch ein bisschen unangenehm war, denn anders als Theodor erfasste er die Konsequenzen eines möglichen Verlusts von Luise.

»Wenn ich mir mit Sultan handelseinig werde, könnte das theoretisch ein ganz interessantes Geschäft werden«, überlegte Theodor laut, drehte den Autoschlüssel in seiner Hand hin und her und legte ihn auf einem der immer noch verpackten Spielautomaten ab. Kalli sprang auf und schrie Theodor an: »Theodor, kannst du nicht einmal zuhören? Es geht um Luise!«

Theodor zog die Augenbrauen zusammen, Clint und ich fassten einander an den Händen.

»Aber ich höre doch zu! Wann habe ich denn eben nicht zugehört?«, rief Theodor, völlig überrascht von Kallis Ausbruch, der wütend auf ihn zugelaufen war und auf seinen Klapperbeinen vor ihm herumsprang.

»Du redest von Geschäften! Aber hier geht es um das Leben von Luise!«, schrie Kalli und schlug sich mit der Hand gegen die Stirn. Theodor blickte zur Decke und atmete tief ein.

»Ich habe genau zugehört. Luise ist weg, und das bedaure ich zutiefst, aber ich kann dir doch jetzt keine neue Luise aus dem Ärmel schütteln!«, sagte er und bemühte sich, nicht auch zu schreien. Alles schwieg.

»Wo andere ein Herz haben, hast du einen Stein, Theo«, flüsterte Kalli sehr langsam und mit seinem Gesicht dicht an Theodors. Er genoss es, dass seine Worte eine Weile allein und dramatisch in der Luft standen. Es schien, als habe er lange darauf gewartet, sie endlich einmal auszusprechen. Da klingelte Theodors Handy.

»Red nicht so einen Unsinn, Kalli«, bellte Theodor, der gleichzeitig damit beschäftigt war, nach seinem Mobiltelefon zu suchen, das sich irgendwo an seinem Körper befand. Es dauerte immer Stunden, bis er es in seinen tausend Taschen gefunden hatte, obwohl es so groß war wie die Armlehne in einem Flugzeug. Endlich fand er es, führte das gigantische Telefon zu seinem Ohr und blaffte ein markiges »Tach« in den Hörer.

Er lauschte angestrengt. Dann sagte er schnell und in sehr höflichem Tonfall: »Oh, guten Tag.«

Er ging ins Hinterzimmer, anscheinend war es ein seriöses Gespräch. Kalli, durch diese neuerliche Ablenkung von Luises Verschwinden provoziert, öffnete noch ein Bier und stellte Theorien auf: Vielleicht war eingebrochen worden, die Spinne sei ja immerhin sehr wertvoll. Das hielten Jonny, Clint und ich für unwahrscheinlich. »Hast du vielleicht einfach vergessen, den Deckel zuzumachen, nachdem du ihr gute Nacht gesagt hast?«, fragte Jonny. Nein, niemals, wofür er ihn denn halte, außerdem habe er Luise ja »wenige Minuten vor ihrem Verschwinden« noch in ihrem Terrarium gesehen, und damit kam Kalli zu seinem eigentlichen Verdacht: Fuat war es. Fuat, der von Anfang an etwas gegen ihn gehabt hatte und jetzt Rache wollte. »Doch, so sind die!«, rief Kalli und blickte verschwörerisch in unsere ratlosen Gesichter.

»Der Osmane war es! Er muss es gewesen sein! Wo ist er?«, rief Kalli, zückte seinen Teppichcutter und verließ das Wettbüro durch die Hintertür. Besorgt sahen Jonny, Clint und ich ihm nach. Was sollten wir tun? Theodor telefonierte noch immer, und mit Kalli war nicht mehr zu reden.

»Das ist jetzt gefährlich, oder?«, flüsterte ich.

»Ja!«, sagten Jonny und Clint gleichzeitig. Jonny wandte sich an Theodor, der immer noch telefonierte: »Theodor!«, rief er gestikulierend. »Es ist wichtig!« Theodor winkte ab und hielt sich den Zeigefinger vor den Mund. Da kam Kalli auch schon wieder zurückgestürmt.

»Er hat es zugegeben! Er hat Luise umgebracht! Erschlagen hat er sie, und gelacht hat er!«, schrie er, und dabei liefen ihm Tränen aus den Augen. Er griff nach dem Autoschlüssel, der auf den Automaten lag, und rannte schreiend zur Tür hinaus.

»Das hier ist für Luise!«, brüllte er.

Diesmal dauerte es nur einen kurzen Moment, bis wir uns in Bewegung setzten. Wir rannten Kalli nach. Vorneweg Jonny, dann ich, dicht hinter mir Clint. Aber Kalli war erstaunlich schnell und erreichte vor uns den BMW, den er donnernd anließ. Die Reifen quietschten, er touchierte mit dem Heck einen parkenden Opel Corsa, wendete und fuhr nicht, wie wir dachten, davon, nein, er raste auf die Fensterfront des Wettbüros zu. Ich registrierte, wie Theodor aus der Tür kam und sich erstaunt umsah, wahrscheinlich weil er den Klang des BMWs erkannt hatte. Und dann sah ich, wie Theodor mit schockgeweiteten Augen zur Seite sprang und Kalli den Wagen in das Wettbüro setzte. Es klirrte, und dieses Klirren verursachte ein unglaublich schmerzhaftes Geräusch in meinem Kopf, als würde dir einer auf das Gehör beißen oder so (und ich habe dieses Geräusch niemals vergessen, denn eine große Scheibe, die zerbricht und einfach verschwindet, könnte einem, der keine Ahnung vom Verlieren hat, eine Vorstellung davon geben, was es bedeutet, wenn wieder einmal etwas total zerbricht). Die Schnauze des Wagens ragte in das Wettbüro hinein, Staub wirbelte durch die Luft, und eine Sekunde lang war es still. Überall auf dem Boden lagen Glasscherben. Ein Automatenturm fiel krachend zu Boden, von drinnen hörte man Wilhelm und Fritz krähen, und es war, als hätten sie Theodor aus seiner Schreckstarre befreit. Denn plötzlich rannte er los, auf den BMW und Kalli zu. Er schob Kalli, der vergeblich dagegen anbrüllte, auf den Beifahrersitz, fuhr rückwärts aus dem Wettbüro heraus, wendete und donnerte dann mit Vollgas die Straße runter. Jonny, Clint und ich rannten hinter dem Auto her und winkten und riefen. Theodor hielt an, fuhr dann rückwärts und in leichten Schlangenlinien zurück, um uns einzusammeln. Wir stiegen ein, und noch bevor wir die Tür schließen konnten, gab er Gas. Drinnen drehte ich mich um und blickte durch die Heckscheibe zurück auf die Straße, in der das Wettbüro lag und in der Murat, Züleyha und Fuat wohnten, und Lieutenant Mike und Helmut eigentlich auch. Und plötzlich sah ich Murat auf die Straße rennen. Er rannte uns nach und hielt sich mit beiden Händen das Herz. Als er einsehen musste, dass er uns nicht einholen konnte (vielleicht ging ihm auch die Puste aus), kniete er mitten auf der Straße nieder, die Hände immer noch auf seinem Herz, und rief etwas. Schnell drehte ich mich um und sah schweigend geradeaus, so wie meine Brüder.

Erst auf der Autobahn traute sich einer ein Wort.

»Wohin fahren wir?«, flüsterte Clint.

»Nach Hause«, sagte Theodor, ohne eine Miene zu verziehen.

»Theodor, Kalli blutet am Kopf«, flüsterte Clint weiter.

»Das macht nichts.«

Kalli schlief, und ich hoffte, dass er für den Rest der Fahrt weiterschlafen würde. »Was passiert jetzt mit dem Wettbüro?«, fragte ich.

»Das muss ich mit Fuat besprechen. Kalli ist ganz offensichtlich nicht der richtige Mann dafür.«

»Und was ist mit dem BMW von Sultan? Und unserem Leichenwagen?«, erkundigte sich Clint.

»Darum kümmere ich mich.«

»Und warum fahren wir so plötzlich nach Hause?«, fragte ich und streichelte Theodor vom Rücksitz aus den Kopf, denn es war schwer einzuschätzen, wie die Lage war, und da war es besser, nett zu ihm zu sein. Theodor räusperte sich.

»Das hat sich jetzt so angeboten. Vorhin war einer vom Jugendamt am Telefon.«

6

Ich beuge mich vor und versuche, in Jonnys Gesicht zu sehen. »Soll ich nicht lieber wieder fahren?«

Seine Stirn glänzt am Haaransatz, er rast, den Blick auf der Fahrbahn festgenagelt, sein Kiefermuskel tritt hervor, die Lippen sind schmal und zeigen nach unten. Ich weiß nicht, was er hat, und lege meine Hand auf seine, sie ist kalt.

»Hey, was ist? Soll ich fahren?«

Er sagt nichts, wird aber etwas langsamer. Draußen ist die Nacht schwarz, die kleine Stadt mit ihren geduckten, immer dösenden und dennoch lauernden Häusern liegt längst hinter uns. Nichts leuchtet auf der Landstraße, die von Bäumen gesäumt ist. Sie greifen mit ihren verknorpelten Händen in den Himmel, dem man nicht ins Gesicht spucken kann, man kommt einfach nicht ran, jetzt schon gar nicht. Gleich fahren wir an dem Kreuz mit den Plastikblumen vorbei, es hängt an einem Baum, an dem sich einer totgefahren hat. Dreiundzwanzig Bäume später, das weiß ich, kommt noch ein Baum mit einem Kreuz und Plastikblumen, manchmal liegen da auch frische. (Ich, irgendwann früher, lange her: Theodor, warum sind da Blumen und ein Kreuz? Theodor: Da ist jemand zu schnell gefahren. Ich: Aber wir fahren auch zu schnell. Theodor: Aber wir fahren nicht gegen Bäume. Ich: Und was wäre, wenn doch? Wer würde für uns so ein Kreuz an den Baum hängen? Darauf keine Antwort, wir scheißen auf Kreuze.)

Ich will nicht an Kreuze denken, vor allem will ich mit meinen Gedanken an Kreuze nicht alleine sein. Ich drehe mich um zu

Clint. Er sitzt breitbeinig hinten in der Mitte, wippt mit dem rechten Bein und nimmt einen Schluck Whisky aus der Flasche. Er scheint mich nicht zu registrieren und starrt auf die Fahrbahn. Erst als ich vor seinen Augen schnipse, reagiert er.. »Was ist?«, fragt er grinsend, als hätte ich ihn gerade bei etwas erwischt. »Was soll sein?«, antworte ich ebenfalls grinsend und weiß nicht, was ich sagen soll, also sage ich: »Wenn Theodor etwas passiert wäre, würden wir es schon längst wissen.«

Clint macht mit der Hand eine wegwerfende Bewegung.

»Dem ist nichts passiert. Dem ist noch nie was passiert.«

»Ja«, antworte ich, »und an seinem Herz kann es auch nicht liegen, das haben sie ja repariert. Außerdem wüssten wir dann auch längst Bescheid.«

Clint lehnt sich zurück, sein Blick wechselt zwischen mir und der Fahrbahn. Er will wieder an seine Hosentasche, er muss dafür Verrenkungen machen und ächzt: »Mann, was der schon überlebt hat an Unfällen und wie selten er an welchen beteiligt war, gemessen an seiner Fahrweise. Ich meine, selbst wenn er schläft und sieben Bier drin hat, passiert dem nichts. Ist euch das mal aufgefallen?«

Er fragt so laut, dass auch Jonny es hören müsste, er will, dass Jonny es hört, er will uns alle beruhigen, denke ich. Aber Jonny verzieht keine Miene. Clint macht weiter, er ruft, um das Motorengeräusch zu übertönen: »Wisst ihr noch, wie er früher immer die Ampel an unserer Kreuzung umfahren hat, indem er auf den Bürgersteig ausgewichen ist?«

Clint lacht auf, stützt die Stirn kopfschüttelnd in seine Rechte, so als könne er nicht glauben, was er erzählt und was wir uns gegenseitig immer wieder erzählt haben. Geschichten über Theodor, alle möglichen Crime-Geschichten, auch solche, in denen Theodor nicht vorkommt, aber die er mögen würde.

Ich lache auch, daraufhin ruft Jonny plötzlich: »Könnt ihr mal die Schnauze halten?«

Ich drehe mich zu ihm und sehe ihn kopfschüttelnd an.

»Was?«, frage ich entgeistert.

Clint legt ihm eine Hand auf die Schulter.

»Was ist denn mit dir los? Entspann dich mal. Willst du ein bisschen?«, fragt Clint, beugt sich nach vorne und hält Jonny sein Koks unter die Nase. Jonny schüttelt den Kopf. Clint zuckt mit den Achseln und nimmt selber etwas. Jonny wird noch langsamer. Er legt beide Hände ans Lenkrad und ballt die Fäuste darum. Dann schluckt er und bewegt seinen Kopf auf das Lenkrad zu, so, als wolle er sich dagegenlehnen und die Augen schließen. Und ich denke, ich will diesen Kopf nehmen und ihn gegen das Lenkrad schlagen, genau das schießt mir in diesem Augenblick durch den Kopf, obwohl ich das natürlich nicht will, niemals, aber ich kann nichts machen, Jonny macht mich aggressiv.

»Tut mir leid. Ich ...«, sagt er endlich, langsam, undeutlich, aber Clint beugt sich wieder nach vorne, er hängt zwischen Jonny und mir und durchtrennt dessen Worte mit Sätzen, die viel schneller sind als Jonnys vorsichtiger Anfang. Er spricht fest und kantig, koksbeschleunigt, so, wie man das in Bars macht, um den Geräuschpegel zu besiegen:

»Kein Problem, Jonny, wirklich nicht, kein Ding, aber was ich noch erzählen wollte, gestern Abend konnte ich nicht schlafen und bin dann beim Fernsehen irgendwo hängengeblieben, so krass! Diese Madoff-Sache. Habt ihr mitbekommen?« Jonny schließt für eine Sekunde die Augen, Clint wirft einen kurzen Blick auf unsere Gesichter, spricht aber sofort weiter: »Der Sohn hat sich umgebracht. Erhängt mit einer Hundeleine in seinem Appartement. 65 Milliarden Dollar sind weg. Zieht euch das mal rein! Fünf-und-sech-zig Milliarden Dollar. Wie geht so was? Der Typ muss doch krank gewesen sein, immerhin hat er es geschafft, das alles vor seiner Familie geheim zu halten und so zu tun, als sei er der supererfolgreiche, karitative Geschäftsmann. Das muss ein totaler Psycho gewesen sein! Romy, wie heißt das? Diese

Krankheit? Narzisstische Persönlichkeitsstörung mit vielleicht noch ein paar Persönlichkeiten obendrauf?« Clint fährt sich mit dem Handrücken über die Stirn und zieht seine Jacke aus. Eine Wolke Wärme und Schweißgeruch zieht nach vorne, klettert mir die Nasenwände hoch ins Gehirn, das so viel Wollen und Mensch zusammengepresst in diesem winzigen Porsche nicht gut verträgt. Clints ratterndem Erzählen kann ich kaum mehr folgen, meine Antwort wartet er nicht ab: »Ehrlich, das ist doch das Gute an Theodor …«

»Jetzt sei doch mal still! Ich will euch etwas sagen, verdammt!«, ruft Jonny plötzlich, und dabei krallt er sich wieder am Lenkrad fest. Er blickt noch mal zur Seite, zu mir, aber ich kann nicht, ich sehe weg, raus, Schweinwerferlicht auf dunkler Straße, lost highway, oh Gott.

»Mann, Jonny, kannst du mich vielleicht erst mal fertig erzählen lassen und aufhören, mir so schlechte Gefühle zu machen? Ich kann es nicht ausstehen, wenn du mich unterbrichst! Ich wollte nur sagen, man …« Clint fasst sich an die Stirn. »Ich wollte doch nur sagen … ach, ich weiß es nicht. Theodor ist kein gefährlicher Mann, macht das Sinn? Scheiß drauf. Aber diese Sache mit dem Sohn von Madoff, Mark hieß er. Das ist, als hätte es sich jemand für das Kino ausgedacht: Sohn bringt sich am zweiten Jahrestag der Festnahme seines Vaters um, der als größter Betrüger der Geschichte gilt, weil er die Enttäuschung über seinen Vater nicht verkraften kann und weil ihm ein eigenes Leben für immer verwehrt bleiben wird. Also, ich würde mir diesen Film sofort angucken!« Jonny richtet sich auf. Er sitzt jetzt gerade, viel zu gerade, Gesichtsausdruck Hannibal Lecter, also extrem ruhig, aber schwierig; und derweil redet Clint und versucht Wörter aufeinanderzustapeln, die immer wieder umfallen, und dann rast er ihnen nach, sammelt sie ein und türmt sie wieder auf: »Das wird bestimmt bald verfilmt, darauf wette ich, meint ihr auch? Hättet ihr euch umgebracht? Blöde Frage, kann man nicht beantworten, ich weiß es auch nicht, aber, ganz ehrlich, ich wollte mich echt noch nie umbringen, ich meine, noch nie wirklich!«

Er packt mich an der Schulter, ich drehe mich zu ihm und nicke, damit er weiß, dass ich ihm zuhöre. Er rüttelt trotzdem an meiner Schulter.

»Romy, du denkst vielleicht, ich wollte mich damals, als ich hin und wieder balanciert bin, umbringen, aber das wollte ich nicht, ehrlich. Da ging es mehr ums Ausprobieren. Und ihr? Wart ihr schon mal so weit, dass ihr dachtet, so, das war's jetzt?«

Jonny beschleunigt den Wagen wieder, und je schneller er wird, desto mehr redet Clint, der sich eine Zigarette anzündet.

»Gib mir auch eine und halt endlich die Klappe!«, fahre ich ihn an, um dieses komische Wettrüsten zwischen den beiden zu unterbrechen, aber Clint sagt, ich soll die Klappe halten und nicht so scheißkalt sein zu ihm.

Und dann plappert er weiter, und ich kann mich nicht konzentrieren, weil ich Angst habe, dass Jonny gleich ausrastet. Was er eigentlich nie tut, denn Jonny ist der Beste von uns, der, der sich die größte Mühe gibt, anständig zu sein, nein, nicht anständig, falsches Wort, gerade vielleicht. Ich meine, Clint und ich haben immer ihn gefragt, wenn es Probleme mit Theodor gab. Wenn Theodor das Geld für eine Klassenfahrt nicht rausrücken wollte, war Jonny unser Anwalt und hat uns verteidigt. Es liegt an seinen grauen Augen, die immer ganz genau gucken, und an seinem feinen Hals, um den man gerne so ein englisches Herren-Tuch legen möchte, so vornehm ist er. Ich weiß nicht, woher er das hat, er ist irgendwie besser, denke ich. Und sehe ihn rasen.

»Habe ich euch von diesem Film erzählt?«, fragt Clint begeistert, und ich verstehe überhaupt nichts, ich will nur, dass der Kampf hier drinnen aufhört, dieser Kampf um was eigentlich?

»Clint, sei still! Jonny, willst du uns umbringen? Seid ihr behindert?«, schreie ich.

»Seid ihr behindert?«, äfft Clint mich nach.

»Worüber regst du dich auf?«, sagt Jonny leise und ohne von der Fahrbahn zu gucken. »Du siehst doch, dass es Clint egal ist.«

Clint lacht auf, kurz. Dann redet er weiter, und sein Reden schmerzt, wie Fingernägel auf einer Tafel schmerzt es.

»Jedenfalls, dieser Film. Ihr würdet ihn lieben, Theodor auch. Ein Typ, ein Schausteller, Norbert heißt er, macht mit seinem Freizeitpark pleite und hinterlässt elf Millionen Euro Schulden. Mit seiner Familie geht er nach Peru und lässt seine Karusselle, den ganzen Krempel, dahin verschiffen, weil er es dort noch mal versuchen will mit seinem Rummel.«

Ich verstehe nicht, worum es bei diesem Wettrennen eigentlich geht. Alle sollen ganz normal die Schnauze halten oder normal zusammen sein. Normal heißt wie immer, das geht doch, das können wir doch! Ich stupse Jonny an, gucke ihm ins Gesicht, aber Jonny bleibt hart, und Clint ist nach wie vor bei der Verschiffung des Rummels: »Aber es klappt nicht. Dann will Norbert das Zeug wieder zurück nach Deutschland bringen, und er braucht Geld. Norbert macht also mit irgendwelchen Kokain-Großhändlern den Deal, dass sie ihr Koks in seinen Karussellen verstecken dürfen, um es sicher nach Deutschland zu bringen. Und wisst ihr, wo er es versteckt? In dem Mast vom fliegenden Teppich! So geil, oder? Aber das Koks wird gefunden, Norbert gefasst, Ende der Vorstellung. Norbert muss in Deutschland für sieben Jahre in den Knast, und sein Sohn, der in Peru geblieben war, bekommt zwanzig Jahre, was da drüben echt kein Spaß ist.«

Mit leisen Worten unterbricht Jonny Clints Monolog: »Kannst du jetzt bitte endlich still sein!«

Die Angst ist etwas unterhalb des Solarplexus, da geht es immer los und steigt bis hoch in den Hals. Clint sagt, er könne diesen Norbert richtig gut leiden, und dann brüllt Jonny: »Du sollst die Klappe halten, ich muss euch was sagen!«

Ich lege Jonny eine Hand auf die Schulter, um ihn zu beruhigen, aber Clint, wie besessen davon, Jonny nicht zu Wort kommen zu lassen, schnauzt zurück: »Jetzt lass mich zu Ende erzählen, was soll denn das? Ich wollte nur sagen, dass mir dieser Norbert total ans Herz gewachsen ist. Guter Typ irgendwie. Weil, ohne Scheiß, ich hasse, wie die immer auf uns runtergeguckt haben und auf Theodor. Ihm war das egal, mir nicht, ich hab mich geschämt.«

Ich sitze kopfschüttelnd da. Clint beschwört, was wir immer beschwören, wenn wir drei zusammen sind: unsere Geschichte. Wieder und wieder erzählen wir uns unsere Geschichten, in tausend verschiedenen Varianten. Nur macht Jonny heute einfach nicht mit.

Jonny wird schneller und schneller, Clint auch: »Wie die Leute immer auf uns runtergeguckt haben, wie: Du hast zwei verschiedene Socken an, deine Hausaufgaben nicht gemacht, guck mal, dein Hemd ist ganz dreckig, und wie dein Vater aussieht, ad alpha, ad beta, lirum larum Einbauküche. Hurensöhne, richtig behinderte. Wenn mir Theodor eins beigebracht hat, dann dass man nicht auf andere Leute runterguckt. Aber auf uns kann keiner mehr runtergucken, wir sind jetzt auch oben, weil wir es denen gezeigt haben, oder? Runter vom Gymnasium, Gymnasium-ich-lach-mich-tot.«

Clint lacht laut, und ich würde gerne mitlachen, aber Jonny lacht nicht, Jonny tickt gleich aus, ich sehe es an seiner von innen brutal gebremsten, nicht mehr vorhandenen Mimik, während Clint, heiser und rot, seine feierliche Rede über unsere Karrieren fortsetzt: »Jonny macht seinen Doktor, ich werde Gerichtsmediziner und habe bald auch einen Doktor, und Romy rasiert ihre Psychologische Fakultät und hat irgendwann auch einen Doktor. Ist doch tipptopp gelaufen mit uns, oder? So viel kann Theodor doch gar nicht falsch …«

Ich weiß nicht mehr genau, was passierte, Clint hatte die letzten Worte beinahe gebrüllt, und Jonny hatte zurückgebrüllt, dass er, Clint, endlich verdammt noch mal still sein solle, und dabei hatte Jonny versucht, Clint zu schlagen, und dann krachte es.

7

Natürlich wussten Clint und ich, dass es unsere Klassenlehrerin Frau Schramm gewesen war, die uns das aggressive Jugendamt auf den Hals gehetzt hatte. Wir waren uns mit Theodor einig darin, dass sie »eine schreckliche Unperson« und ein »Schrapnell der übelsten Sorte« war, denn so hatte Theodor sie genannt, und folglich war sie das für uns auch, eine schreckliche Unperson.

Dabei hatte ich Frau Schramm bis dahin eigentlich immer geliebt.

Sie sprach langsam und sanft, überhaupt brüllte sie nur ganz, ganz selten, außerdem hatte sie zwei Hunde, die sie manchmal mitbrachte, wenn Schulfest oder Bücherbasar war. Stundenlang betrachtete ich während des Unterrichts ihre braunen Locken und die Art, wie sie daraus eine Frisur machte, nämlich so frauenhaft raffiniert und fremd. Sie drehte ihre Locken auf dem Hinterkopf zu einer Banane, aber ich sah nie eine einzige Klammer oder Spange. Ich wollte unbedingt hinter das Geheimnis ihrer Haare kommen, weswegen ich, wann immer es möglich war, ihren Hinterkopf beobachtete, auch in den Pausen, wenn sie Aufsicht hatte. Dann standen immer viele Kinder um sie herum und wollten ihr irgendetwas zeigen oder erzählen. Ich stand auch dabei, aber ich erzählte ihr nichts. Aber ich hatte vor, so wie sie zu werden, denn alle liebten sie, auch die Jungs, doch jetzt – jetzt durfte ich sie nicht mehr lieben.

Clint ging so weit, dass er nicht mehr mit ihr sprach. Und ein paar Tage nach unserer Rückkehr aus Berlin, wir hatten gerade Matheunterricht, beschoss er sie sogar mit Papierkügelchen. Sie stand gerade vor der Klasse und malte Möhren an die Tafel, von denen sie einige durchstrich, und die durchgestrichenen Möhren sollte man dann von den nicht durchgestrichenen abziehen und später mit irgendwas multiplizieren. Und immer wenn sich Frau Schramm umdrehte, um eine Möhre an die Tafel zu malen, blies er in das Röhrchen des umfunktionierten Filzstiftes und feuerte auf sie. Dann grinsten wir uns an, und ich machte ein Daumenhoch-Zeichen. Eigentlich tat mir Frau Schramm ein bisschen leid, denn sie hatte ja jetzt Papierkügelchen in der von mir so bewunderten Frisur, ohne darüber Bescheid zu wissen, und die Klasse kicherte, was sie ignorierte oder tatsächlich nicht bemerkte, jedenfalls malte sie konzentriert weiter. Dann drehte sie sich wieder zur Klasse, lächelte und fragte, was das Ergebnis der Möhrenaufgabe sei, die sie an die Tafel gemalt hatte. Sie ließ ihren Blick über unsere Köpfe wandern. Er blieb bei der heiligen Johanna stehen, die neben mir saß und die Frau Schramm strahlend aufrief. Natürlich war die heilige Johanna imstande, die absolut korrekte Anzahl von Möhren zu nennen. Ich war der Ansicht, dass Frau Schramm sie gar nicht erst hätte aufrufen müssen, denn es war doch allen klar, dass Johanna die richtige Antwort wusste, und sie selbst, Johanna, wusste das am allerbesten. Aber ich war auch froh, dass Frau Schramm nicht mich fragte. Ich hätte die korrekte Möhrenanzahl nämlich nicht nennen können. Ich verstand einfach nicht, warum man eine Sache von der anderen abziehen soll, warum Zählen, warum Möhren, warum ist ein Minus ein Strich und ein Punkt ein Multiplikationszeichen, wer bestimmt denn solche Sachen? Johanna wusste das alles und nahm es zur Kenntnis, als sei es die logischste Sache der Welt, weswegen ich sie verabscheute und gleichzeitig bewunderte. Und weil Johanna ein Mäppchen besaß, in dem nie Unordnung herrschte, auf dem kein einziger Stiftstrich zu sehen war, in dem immer alle Stifte vollständig, angespitzt und modern waren, und sie einen Schönschreibfüller hatte. Wenn Johanna schrieb, dann malte sie, niemals war bei ihr etwas verwischt. Bei mir war immer etwas verwischt. Immer fing sie ganz genau da an zu schreiben, wo man anzufangen hatte, nämlich am Linienanfang, was mir nicht gelang, weil ich das immer vergaß. Nie gab es bei ihr ein Eselsohr, immer hörte sie zu, niemals vergaß sie eine Hausaufgabe, niemals hatte sie einen Fleck auf dem Pullover oder zwei verschiedene Socken an oder Sachen, die zusammen komisch aussahen. Immer hatte sie ihren Sportbeutel dabei, wenn man ihn dabeihaben musste, und dann war ihrer auch noch der schönste Sportbeutel, nämlich ein von ihrer Mutter bestickter. Ich lernte sie kennen, als Johanna, weiß der Kuckuck warum, mich einmal zu sich nach Hause einlud. Die Johanna-Wohltätigkeits-Mutter kochte ein Fünf-Gänge-Menü, mit Sicherheit absichtlich, vielleicht sogar böswillig, weil sie annahm, dass es so etwas bei uns zu Hause nicht gab. Sie war eine, die Dinge über Leute wusste, die die Leute selbst nicht wussten, so gemeingefährlich war diese Frau. Und hinterhältig war sie zuallererst, denn sie hätte ja nicht gleich so aufwendig kochen und in ihrer Eigenschaft als Mutter so überanwesend sein müssen. Sie streichelte dauernd ihre blöde Tochter, die sie Mäuschen nannte, und wollte etwas über meine Familie wissen, obwohl sie natürlich darüber informiert war, dass ich keine Mutter hatte. Aber was das anging, bekam sie nichts aus mir heraus, keinen Trauerblick, keine Details zu den Umständen, keinen Asozialen-Report, auch nicht als sie sagte: »Oh, da hat dein Papa aber bestimmt viel zu tun mit euch dreien. Du kannst gerne öfter nach der Schule zu uns kommen, dann helfe ich dir bei den Hausaufgaben.«

»Ach, mein Papa ist Millionär«, antwortete ich. »Außerdem ziehen wir wahrscheinlich sowieso bald nach Amerika und machen eine Surf-Schule auf. Dort lebt auch unsere Tante, die ist Kinderärztin, und wir werden bei ihr wohnen. Sie hat eine kleine Ponyfarm!«

Und dann sah mich die Johanna-Mutter so mitleidig an, dass ich noch hinzufügte, meine Mutter sei Schauspielerin gewesen und mein Vater lege sehr viel Wert auf gute Manieren, zum Beispiel hätten die Ellenbogen nichts auf dem Tisch zu suchen, *take this, bitch*.

Nachdem Johanna die Rechenaufgabe richtig beantwortet hatte, war ich irgendwie so wütend, dass ich ihr unterm Tisch mit voller Kraft gegen das Schienbein trat, ich weiß nicht, es geschah einfach. Johanna schrie daraufhin so laut und tussiemäßig auf, dass Frau Schramm herbeieilte, um die weinende Johanna in den Arm zu nehmen, welche ihr sofort den Täternamen steckte, und dann musste ich vor die Tür.

»Nach der Stunde kommst du bitte noch mal zu mir«, befahl Frau Schramm.

Clint stand auf und wollte mich vor die Tür begleiten, wofür ich ihn liebte, dennoch sah ich ihn an und schüttelte energisch den Kopf, weil es dann noch mehr Ärger geben würde und es schon ausreichend blöd war, dass ich in Zeiten des bevorstehenden Jugendamt-Besuchs welchen machte.

»Du bleibst bitte hier!«, rief Frau Schramm Clint nach, und sie war so aufgeregt, dass sie ein Kieksen in der Stimme hatte.

Doch Clint sah sie nicht einmal an. Er lief einfach aus dem Klassenzimmer, was die anderen Kinder amüsierte, die auf ihren Stühlen saßen wie Zuschauer. Es war gemein, immer sorgten wir für die Unterhaltung und das Lachen der anderen, die nie etwas richtig Sensationelles machten, und dann waren wir am Ende mit dem Ärger alleine (Theodor meinte, dass sei die Künstler-Tragik).

»Gut, dann kommt ihr eben beide nach der Stunde zu mir«, kiekste uns Frau Schramm hinterher. Ich nickte und schloss die Tür hinter mir.

»Lass uns abhauen«, sagte Clint draußen auf dem Gang. Er trat verdrossen gegen die Fußleisten, sah mich aber von der Seite auf eine Weise an, die mir sagte, dass er große Lust auf seinen Fluchtplan hatte.

»Spinnst du? Warum das denn?«

»Einfach so! Ich hab keinen Bock mehr!«

»Dann kriegen wir aber noch mehr auf den Deckel. Theodor auch.«

»Also, ich geh jetzt. Kommst du mit? Theoretisch geht Sultan mit uns vielleicht zu McDonald's oder Döner essen.«

»Du bleibst hier, und ich bleibe auch hier! Bist du bescheuert, willst du, dass wir Theodor weggenommen werden? Am Freitag kommt das Jugendamt!«

Er schnaubte und setzte sich auf den Boden, von wo aus er böse die Wand anstarrte. Aber er sah dabei trotzdem sehr süß aus, denn er hatte den Kopf eines Baby-Elefanten. Mütter fingen in seiner Gegenwart vor Verzückung oft an zu schreien und wollten ihn haben.

»Warum hast du eigentlich Johanna getreten?«, fragte er tonlos und ohne den Blick von der Wand abzuwenden.

»Hab ich gar nicht. Das war aus Versehen«, log ich, ohne zu wissen, warum. Vielleicht wollte ich ihn einfach von seinem Revolte-Flucht-Trip runterbringen. Er sah mich grinsend an, und da wusste ich, dass er ganz genau wusste, dass es nicht aus Versehen gewesen war.

»Papperlapapp«, sagte er und boxte mir gegen die Schulter. Obwohl wir alleine waren, beugte er seinen Kopf zu meinem Ohr und flüsterte: »Ich finde es ja gut! Die kann ruhig auch mal einen auf den Deckel bekommen. Kann ja nicht sein, dass immer nur wir der Arsch der Nation sind.«

Ich nickte, und wir schwiegen für den Rest der Zeit, abgesehen von einem kurzen Wortwechsel über unsere Gesprächsstrategie gleich mit Frau Schramm: Clint teilte mir mit, dass er auf keinen

Fall mit Frau Schramm reden würde und dass ich es genauso machen solle. Ich nickte, fand seine Idee komplett scheiße und ärgerte mich darüber, dass ich Johanna getreten hatte.

Irgendwann klingelte es zur Pause. Die Kinder strömten mit ihren Schulranzen aus dem Klassenzimmer, und Frau Schramm nahm uns in Empfang.

»Setzen wir uns«, sagte sie übertrieben streng, weil sie nicht besonders gut war im Strengsein. Aber sie gab sich Mühe, hielt ihren für gewöhnlich lächelnden Mund gerade und geschlossen und zeigte auf den Gruppentisch vorne neben dem Fenster. Wir setzten uns. Frau Schramm holte tief Luft und blickte uns fest und lange an. Sie schwieg und wartete darauf, dass wir von selber anfangen würden zu sprechen.

»Ich hab euch sehr gerne«, begann sie, als weder Clint noch ich Anstalten machten, uns zu entschuldigen oder wenigstens zu reden. Dennoch lächelte sie dosiert, also wohlwollend, aber bloß nicht zu sehr. Clint sah an ihr vorbei aus dem Fenster und kaute an seinen Fingernägeln. Er vermied es, Frau Schramm anzusehen, aber er war, nachdem sie ihren Ich-hab-euch-sehr-gerne-Satz gesagt hatte, echt kurz davor, zu platzen. Er fing an, mit den Beinen zu wippen, biss immer heftiger an seinen Fingernägeln herum, und dann brachen die Wörter plötzlich doch aus ihm heraus: »Und warum hetzen Sie uns dann das Jugendamt auf den Hals? Wir wissen, dass Sie das waren!«

Ich versetzte ihm einen kleinen Hieb mit dem Ellenbogen und guckte auf meine Füße.

»Clint«, sagte Frau Schramm beschwichtigend, »weißt du, es gibt manchmal Situationen, da brauchen erwachsene Leute Unterstützung. Das ist nichts Schlimmes.« Sie schüttelte sanft mit dem Kopf und bekam ganz traurige Augen. Clint verschränkte die Arme und sah wieder aus dem Fenster.

»Woher wollen Sie das denn wissen? Sie wissen doch gar nicht, wie es zu Hause bei uns ist. Du weißt gar nicht, dass unser Vater auch streng ist und immer will, dass keiner mit vollem Mund spricht. Was ist denn so schlimm an ihm?«, rief Clint und sah an die Decke, weil er nicht wollte, dass die Tränen, die ihm in den Augen standen, seine Augen verließen. Frau Schramm nickte mitfühlend und wollte ihn streicheln, aber er stieß ihre Hand weg. Frau Schramm sah wirklich aus, als würde sie gleich auch weinen, und mir war genauso zumute. Aber ich wollte nicht weinen, auf keinen Fall, und rief: »Theodor kuschelt auch viel mit uns und liest uns aus der Zeitung vor!«

»Ich bin mir sicher, dass euer Papa ein ganz toller Vater ist«, begann Frau Schramm, wurde aber von Clint unterbrochen: »Das lügen Sie doch! Sie wollen, dass wir ins Heim kommen!« Ich nickte und biss mir auf die Unterlippe, damit ich nicht anfing zu weinen, aber es war schon zu spät. Frau Schramm beugte ihren Kopf nach unten, sodass unsere Augen auf gleicher Höhe waren. Leise sagte sie:

»Aber das ist nicht wahr! Niemand will, dass ihr in ein Heim kommt! Es geht nur darum, herauszufinden, ob ihr zu Hause vielleicht ein bisschen Unterstützung gebrauchen könnt.«

Clint und ich saßen nebeneinander, nun beide die Hände vor dem Gesicht.

»Woher wissen wir überhaupt, dass Sie nicht lügen?«, fragte ich und zog Rotz nach oben.

Frau Schramm beugte sich nach vorne, reichte mit ihrer Hand über den Tisch und legte sie auf meine. Ich stieß sie nicht weg, sah Frau Schramm aber auch nicht ins Gesicht, die vorsichtig meine Hand streichelte und sagte: »Ich lüge nicht, wie kommst du darauf? Vielleicht braucht ihr jemanden, der euch Mittagessen kocht, mit euch Hausaufgaben macht und darauf achtet, dass ihr pünktlich in der Schule seid und dass ihr im Winter warme Sachen anhabt. Und vielleicht kommt ihr dann auch besser in der Schule zurecht und habt nicht mehr so oft Probleme mit den anderen Kindern. So kann es doch nicht weitergehen!«

Wir schwiegen, Frau Schramm sah uns besorgt an. Meine Nase lief und es juckte, aber ich wollte nicht schon wieder so laut den Rotz hochziehen. Ich wollte meinen Ärmel als Taschentuch benutzen, aber das hätte Frau Schramm genauso gesehen, wie sie das Rotzen gehört hatte, weswegen ich meinen Kopf in meinem Arm verbarg, der auf dem Tisch lag, und versuchte, das Rotz-Problem auf diese Weise zu lösen.

»Können wir jetzt gehen?«, hörte ich Clint fragen. Ich hob vorsichtig meinen Kopf und hoffte, dass ich keinen Rotz im Gesicht hängen hatte. Clint stand, ohne Frau Schramms Erlaubnis abzuwarten, auf und wischte sich die Tränen aus dem Gesicht. »Ja, ihr könnt gehen«, seufzte sie traurig, und wir trotteten davon.

»Romy?«, hörte ich Frau Schramm hinter mir sagen.

»Ja?«

Ich drehte mich langsam um.

»Das mit Johanna war sehr hässlich von dir! Das passiert in Zukunft nicht mehr, einverstanden?«

Ich nickte, wir gingen.

Der Schulweg war auch traurig, die Straßen blöd und langweilig. Man war einfach zu klein, um gegen das Nebeneinander der beschissenen Dinge etwas auszurichten, und dabei verstand man alles. Zu Hause war es auch nicht besser, aber es gab immerhin die Chance, dass Sultan mit uns etwas essen gehen würde. Sultan war kurz nach unserer Abreise aus Berlin zu uns gezogen, erst mal vorübergehend, sagte Theodor, und wir nahmen an, dass es darum ging, die BMW- und Rolex-Geschäfte voranzutreiben. Auf dem Heimweg überlegte ich, was von Theodor zu halten war, ob er nun ein Erwachsener war, der Unterstützung brauchte, oder ob er das nicht war. Ich fragte Clint, ob ich Rotze im Gesicht hätte, aber er versicherte mir, dass da nichts sei. Als wir gerade an dem Supermarkt vorbeikamen, der auf unserem Schulweg lag, blieb er plötzlich stehen und sagte: »Komm, wir gehen da rein!«

»Wir haben doch eh kein Geld, und klauen dürfen wir im Moment echt nicht!«

»Nein, nur gucken! Los, mach schon!«, rief Clint begeistert, und ich wusste genau, dass er nicht nur gucken wollte, aber das war jetzt auch egal.

Wie Clint liebte ich Supermärkte: die Gerüche, die tollen Verpackungen, dass alles ganz und neu war; die Vorstellung, dass man diese Sachen zumindest theoretisch besitzen könnte, und dass die Tüten, Schachteln und Flaschen aus den Regalen heraus alle so nett zu einem waren. Das alles gab einem beim Gehen durch den Supermarkt das Gefühl, etwas viel Besseres zu sein. Dieses Gefühl hielt aber nur so lange an, bis eine Verkäuferin verscheuchend guckte, was an diesem Tag keine fünf Minuten dauerte. Die Frau in dem weißen Kittel kam pausenlos an unserem Regal vorbei und warf uns misstrauische Blicke zu. Clint und ich standen vor den Süßigkeiten und taten so, als dürfte sich jeder drei Sachen aussuchen, aber nicht mehr, das spielten wir öfter. Die Sachen mussten wir dann natürlich meistens dalassen, weil wir nie Cash hatten, es sei denn wir klauten. Ich wählte: neongrüne Apfelringe, mit Zucker bestreut, Kaugummi-Zigaretten und Marshmallows. »Geh mal zu der Verkäuferin, und sag, du musst ganz dringend pinkeln. Ich warte am Eingang auf dich«, flüsterte mir Clint zu, als wir gerade in unserem Gang alleine waren, und dabei sah er mich eindringlich an, so auf die Versau-das-jetzt-bloß-nicht-Weise. Und ich nickte kurzentschlossen, weil ich die Sachen haben wollte. Und weil es Spaß machte. Wie erwartet erklärte mir die Verkäuferin genervt, dass es hier keine Kundentoilette gebe, was nur zur Folge haben konnte, dass ich schnell aus dem Laden rennen musste und Clint mir hinterher. Auf einer Bank teilten wir, beide ziemlich außer Atem, die Beute. Der Tag fing langsam an, Vernunft anzunehmen.

Zu Hause angekommen, öffnete Sultan im Bademantel die Tür, wobei er Clint in die Wange kniff und mir in die Nase. Er hatte eine Zigarette im Mund und telefonierte, was er meistens tat, seit er bei uns eingezogen war. Er lief auf und ab, blieb vor dem Badezimmerspiegel stehen, suchte die sorgfältig rasierten dünnen Linien seines modischen Barts nach Unregelmäßigkeiten ab und lief weiter hin und her, bis er fluchend auflegte und sagte, man müsse wirklich alles alleine machen. Dann setzte er sich auf das Sofa, nahm sich eine Zigarette aus der roten Marlboro-Packung, die zusammen mit dem Feuerzeug ordentlich auf dem Wohnzimmertisch lag, zündete sich eine neue Zigarette an und beschwerte sich darüber, dass er den ganzen Tag telefonieren müsse. Dann rief er wieder irgendjemand an.

Clint und ich breiteten währenddessen unsere Süßigkeiten auf dem Tisch aus und fingen an zu essen.

»Was ist denn hier los? Habt ihr den Weihnachtsmann getroffen, oder was?«, fragte Sultan, als er in einer Telefonierpause an uns vorbeilief. Clint und ich grinsten ihn an, konnten aber nicht sprechen, weil unsere Münder so voll waren. Sultan zog seine autoritären Augenbrauen zusammen, die an ihren Enden so spitz waren wie Pfeile. Er blickte abwechselnd mich und dann Clint an. Dann machte er so etwas wie: »Hrrrrrm! Hrrrhmmm!« Seine Augen traten hervor, und er knackte mit seinem Hals, indem er ihn von links nach rechts bewegte. Das machte er oft, solche speziellen Sport- und Kämpferbewegungen.

»Was hast du denn?«, fragte ich, wirklich besorgt, als mir das Sprechen wieder möglich war. Als hätte ihn irgendetwas gestochen, rannte er zum Sofa, kam mit einer brennenden Zigarette wieder und sagte dann sehr langsam und bedrohlich: »Ich will wissen, woher ihr diesen Süßigkeiten-Laden habt, ihr kleinen Scheißer!«

Clint und ich sahen uns an. »Aus dem Supermarkt«, piepste ich.

Langsam ließ sich Sultan auf dem Stuhl am Kopfende des Wohnzimmertisches nieder. Er atmete tief durch, zog intensiv an seiner Zigarette, so als gäbe er sich gerade große Mühe, nicht die Fassung zu verlieren, und fuhr sich über den Bart. Dann erklärte er: »Ich zähle jetzt leise bis drei, und wenn ihr mir dann nicht sagt, woher ihr die Sachen habt …«

»Ach, sooooo meinst du das«, unterbrach ihn Clint und schlug sich mit der Hand vor die Stirn, als hätte er in dieser Sekunde verstanden, worum es Sultan ging, »die Sachen haben wir natürlich geklaut.«

Sultan machte »Hrrmm! Hhhhrrhmm!« und fixierte uns abwechselnd mit seinen großen dunklen Augen. Er konnte uns tatsächlich mit diesen Augen auf den Stühlen festhalten, also, wir hätten in diesem Moment auf keinen Fall abhauen können, so stark war sein Blick. Sultan rauchte, nickte, stützte den Kopf in die Hände. Es war wie bei einem Verhör, und er war der Kommissar. Clint und ich hatten Angst, waren aber sehr gespannt. Sultan atmete tief durch, so, wie man das tut, wenn man länger tauchen muss. Er winkelte die Arme an, stellte seine Fäuste auf die Tischplatte, lehnte sich so weit nach vorne, dass ich sein Parfum riechen konnte, und presste durch seinen fast geschlossenen Mund hervor: »Wisst ihr eigentlich, was ihr da für eine Scheiße gemacht habt?«

Clint und ich sahen einander verunsichert an. Wir wussten ehrlich nicht, was sein Problem war, und zuckten mit den Achseln.

»Was macht dich denn jetzt so sauer?«, flüsterte ich.

Er schlug sich an den Kopf und fing an zu lachen. Mit einer sehr hohen, immer wieder umkippenden Stimme begann er eine Ansprache:

»Ihr habt ein paar kleine Schrauben locker in eurem kleinen Hirn! Ich musste als junger Mensch aufpassen, dass ich nicht massakriert und in die Luft gesprengt werde, und ihr überfallt einen Supermarkt, weil ihr Süßigkeiten wollt? Wollt ihr mich verarschen? Wollt ihr den lieben Gott verarschen, oder was? Ihr klaut, weil euch langweilig ist, oder was? Das ist das Dümmste, was ich gehört habe, ihr dummen Kleinkinder! Euer Vater ist Doktor, ihr sollt zur Schule gehen und auch Doktor werden! Das ist doch ganz einfach!«

Er schlug die Hände vors Gesicht.

»Er arbeitet die ganze Zeit, und ihr macht ihm Schande. Und du vor allem!«

Er zeigte auf mich, aber ich wusste nicht, was er von mir wollte. Weil er so außer sich war, hielt ich lieber die Klappe und ließ mir nichts anmerken.

»Ich hab noch nie ein Mädchen gesehen, das klaut. Bin ich verrückt, oder was? Ihr wisst nicht, dass ihr im Scheißschlaraffenland lebt! Euer Vati hat genug Geld, und ihr klaut als Freizeitspaß, haha! Wenn ich ihr wäre, würde ich sofort Arzt werden!«

»Aber das können wir doch theoretisch immer noch«, versuchte Clint ihn zu beruhigen.

Sultan schüttelte bestürzt mit dem Kopf. »Heute gibt es keinen Döner, und schon gar kein McDonald's! Heute Abend rede ich mit eurem Vater.«

»Der findet das aber wahrscheinlich gar nicht so schlimm wie du«, entgegnete Clint zaghaft, was Sultan vollends zum Rasen brachte. »Raus, ins Zimmer mit euch, Hausaufgaben machen! Raus, ihr dummen Kinder!«, brüllte er, und wir zogen ab.

Als Theodor aus der Praxis nach Hause kam, saßen wir bereits am Esstisch. Seit Sultan da war, aßen wir gemeinsam zu Abend und nicht wie sonst auf dem Sofa und jeder für sich. Sultan kaufte gute, also recht teure Tiefkühlpizza und machte noch extra Käse obendrauf.

»Kuckuck!«, machte Theodor, als er ins Wohnzimmer kam, und gab uns mit seiner tropfenden Motorradnase der Reihe nach einen

Kuss. Ich war froh, dass er endlich da war, denn Sultan sprach seit unserem Zusammenstoß am Nachmittag nicht mehr mit Clint und mir.

»Alles im Griff?«, fragte Theodor und setzte sich betont perfekt gerade hin, was bedeutete, dass wir uns auch perfekt gerade hinsetzen sollten.

Wir nickten und kauten und warteten, was passieren würde.

»Mmmhm, das sieht ja phantastisch aus, Sultan«, sagte Theodor und nahm ein Stück Pizza.

»Ich hab in Kunst eine Eins, im Mathetest Zwei plus«, berichtete Jonny so beiläufig wie möglich, beobachtete aber sehr genau, was sich im Theodor-Gesicht tat.

»War aber auch nicht schwer«, ergänzte Jonny nach einigen Sekunden, in denen Theodor nichts gesagt hatte.

»Natürlich ist das nicht schwer, du bist schließlich mein Sohn«, entgegnete Theodor dann. Mit der Gabel führte er ein Stück Pizza zum Mund und sagte, kauend, den Kopf wiegend und seinen Teller betrachtend: »Du machst das genau richtig! Auch ich bin in meiner Schulzeit immer nach der Maxime verfahren: Mit dem geringstmöglichen Aufwand das bestmögliche Ergebnis erzielen. Sehr gut, Jonny!«

»Jonny, du bist ein schlauer Junge. Hast nicht so viel Dummheit im Kopf wie Romy und Clint!«, nuschelte Sultan mit vollem Mund. Nachdem er fertig gekaut und runtergeschluckt hatte, wandte er sich an Theodor und setzte seinen Geschäftsblick auf: »Doktor, du musst besser aufpassen!«

Theodor unterbrach das Schneiden seiner Pizza. »Hattet ihr ein Rencontre?«

Sultan: »Wie?«

Jonny: »Was?«

Theodor: »Das habe ich euch doch schon x mal erklärt. Ein feindliches Zusammentreffen.«

Sultan zog die Mundwinkel nach unten, wiegte den Kopf sachte hin und her, während er seinen Teller betrachtete, und sagte dann mit dieser hohen Kopfstimme, die er immer bekam, wenn etwas zu besprechen war, wozu er eine unumstößliche Meinung vertrat: »Ja, kann man theoretisch so sagen. Romy und Clint haben einen kleinen Süßigkeiten-Laden mit nach Hause gebracht.«

»Das machen die öfter«, antwortete Theodor und nahm einen Schluck Bier.

»Doktor, sie haben den halben Supermarkt ausgeraubt!«, rief Sultan empört.

»Seid ihr erwischt worden?«, fragte Theodor interessiert. Clint und ich schüttelten den Kopf.

»Hm«, machte Theodor als Zeichen seiner Zufriedenheit.

Sultan, der gerade im Begriff war, sich ein Stück Pizza zum Mund zu führen, hielt inne. »Wie ›Hm‹? Du musst ihnen den kleinen Arsch verhauen und irgendwas verbieten!«

»Was habt ihr denn mitgenommen?«, fragte Theodor.

»Marshmallows, saure Apfelringe, Kaugummi-Zigaretten, Milky Way und Happy Hippo«, zählte Clint auf und lächelte.

»Und eine Vanille-Cola«, ergänzte ich.

»Aber wie habt ihr das alles denn aus dem Laden transportiert?«, fragte Theodor nachdenklich.

»Na, in Clints Schulranzen«, sagte ich ein bisschen stolz.

»Ah so!«, sagte Theodor, und es schien, als leuchtete ihm das ein.

Sultan war überrascht, Theodor aß, wir schwiegen. Sultan fing an, leise zu fluchen.

»Aber du bist doch auch manchmal kriminell«, bemerkte Jonny ruhig und blickte von seinem Teller auf.

»Hhhrrrm«, machte Sultan. Offenbar hatte er sich sehr erschreckt, er sprang auf und suchte nach seinen Zigaretten. »Was erzählt dieses kleine Baby?«, fragte er empört, nun neben dem Tisch stehend und rauchend. Er riss die Augen auf, guckte Theodor an und zeigte auf Jonny, als sei der gefährlich.

»Sultan, bitte, beruhige dich«, brummte Theodor.

»Beruhigen?«, rief Sultan und blickte fassungslos zur Decke, als wäre da jemand, der ihn verstehen könnte. Mit dem Zeigefinger und dem kleinen Finger der linken Hand deutete er auf Theodor. »Doktor, ich weiß, du hast keine Frau und es ist schwer ohne Frau. Wie soll ein Mann ohne Frau klarkommen mit so vielen Kindern? Das geht überhaupt nicht, ist unmöglich. Aber du machst kleine Teufel aus ihnen! Kinder haben nichts mit dem Geschäft zu tun! Das geht sie nichts an! Wo ist dein Verstand? Kinder müssen viel öfter die Klappe halten als deine!«

»Aber ich finde es doch sehr interessant, was du machst«, sagte Jonny.

»Sei still, du hast keine Ahnung! Du musst den Erwachsenen besser zuhören, weil sie schon alles falsch gemacht haben im Leben, was du mal vielleicht falsch machst! Logisch! Die ganzen Geschäfte machen mir keinen Spaß, das kannst du mir glauben! Ihr sollt normal in die Schule gehen und studieren, was weiß ich! Ich hätte gerne ein ruhiges Leben! Der Mensch ist … wie sagt man … eine Brücke, Gutes und Schlechtes läuft drüber, bei mir kam viel Schlechtes, aber was ich mache, geht euch nichts an.«

Sultan war rot und böse, niemand am Tisch verstand, was ihn so aus der Fassung brachte.

»Komm, setz dich wieder«, beschwichtigte Theodor, »du hast ja in diesem Fall ganz recht, es ist in der Tat der falscheste Zeitpunkt für Romy und Clint, einen Supermarkt zu überfallen. Weiß der Kuckuck, was sie sich dabei wieder gedacht haben! Insofern gebe ich dir recht. Aber immerhin sind sie ja nicht erwischt worden.«

Clint und ich nickten.

»Es ist immer der falsche Zeitpunkt für Babys, einen Supermarkt zu überfallen! Warum falscher Zeitpunkt? Ich verstehe nicht«, rief Sultan.

»Sultan, ich habe dir doch von der Sache mit dem Jugendamt erzählt«, versuchte Theodor die Situation auf die Kollegen-Tour zu entspannen.

»Nein, welches Jugendamt?«

Sultan sah so aus, als wisse er wirklich nicht, wovon Theodor sprach. Was nicht unwahrscheinlich war, denn Theodor behauptete häufiger, wichtige Dinge mitgeteilt zu haben, über die er tatsächlich nie ein Wort verloren hatte.

»Well, doch, ich erinnere mich genau, dich darüber in Kenntnis gesetzt zu haben«, begann Theodor. Er lehnte sich zurück und nahm einen Schluck Bier. »Anyway. Das Jugendamt ist von Frau Schrapnell verständigt worden, weil Romy und Clint in der Schule gefehlt haben, weil sie, wie wir alle wissen, mit mir in Berlin waren. Natürlich hatte ich ein Attest vorgelegt, aber Frau Schrapnell ist auf die blöde Idee gekommen, bei uns zu Hause zu klingeln, was ich schon mal eine indiskrete Unverschämtheit finde. Wie kommt sie dazu, auf meine Klingel zu drücken?« Theodor schüttelte den Kopf, nahm einen großen Schluck Bier und fuhr sich mit dem Handrücken über den Mund. Ich sah gespannt zwischen ihm und Sultan hin und her und überprüfte Sultans Gesicht auf Zeichen von Entspannung. Tatsächlich hörte er aufmerksam zu und rauchte. Theodor rülpste, aber nur ganz leise, und erzählte weiter: »Anyway. Natürlich konnte niemand zur Tür gehen, als Frau Schrapnell klingelte, wir waren ja praktisch in Berlin.«

»Warum sagst du denn jetzt dauernd anyway?«, fragte Jonny, was Theodor jedoch ignorierte.

»Und das geschah wohl zwei oder drei Mal«, fuhr er fort, »also, dass niemand zur Tür ging, wenn Frau Schrapnell klingelte. Und dann hat sie kurzen Prozess gemacht und das Jugendamt verständigt, welches sich für diesen Freitag angekündigt hat. Uns werden Unpünktlichkeit, Abwesenheit, unangemessene Kleidung, fehlende Schulbrote, die Nichterledigung der Hausaufgaben und gelegentliche tätliche Übergriffe gegen Mitschüler vorgeworfen, also allgemein die Gefährdung des Kindeswohls, so nennen die das. Und deswegen kommt das Jugendamt und will gucken, wie es bei uns zu Hause aussieht.«

»Und das lässt du dir gefallen?«, fragte Sultan und zog seine Pfeilaugenbrauen zusammen.

Und Theodor: »Die Sache mit dem Amtsbesuch wird sich von selbst erledigen. Allerdings müssen wir vorher noch ein paar Maßnahmen ergreifen.« Sultan betrachtete nachdenklich seine Bierflasche.

»Du hast recht, vertraue auf Gott, aber binde dein Kamel an! Aber warum nimmst du sie auch aus der Schule raus? Kinder sollen in die Schule gehen und nicht ins Wettbüro!«

»Na, ich konnte sie ja schlecht vier Wochen hier alleine lassen!«, knurrte Theodor, und Sultan wiegte den Kopf. Er dachte nach, fuhr mit dem Zeigefinger die dünnen Linien seines Barts nach und sagte dann, etwas verlegen, aber doch bestimmt: »Hmm. Also, Doktor, nicht böse, aber wir müssen zuerst den Kindern Kleider kaufen, bevor diese Richter da kommen.«

»Richtig«, stimmte Jonny zu. Clint und ich nickten eifrig mit den Köpfen. Neue Kleider – was für ein Fest!

Sultan weiter: »Ehrlich, nicht böse, aber Jonny und Clint haben billige Sachen an und kein Nike oder Adidas, wie normale Jungs. Ihre langen Haare machen sie zu Losern, sie sind doch keine Mädchen. Und Romy sieht aus wie ein Junge, das ist nicht normal. Kein Wunder, dass sie klaut. Sie braucht solche Spangen im Haar und Zöpfe, eben was alle normalen Mädchen haben.«

»Romy sieht doch gut aus. Sie sieht aus wie meine Tochter«, entgegnete Theodor mit finsterer Miene, denn schon die Vorstellung, für uns Geld ausgeben zu müssen, tat ihm weh, das wusste ich. Seine Laune wurde jedenfalls augenblicklich schlechter.

»Wenn wir einkaufen gehen, dann würde ich mir ein Paar Nikes wünschen. 14 Mark habe ich gespart, die kann ich dazugeben«, sagte Jonny mutig.

Theodor schlug mit der Faust auf den Tisch und bellte:

»Du weißt, dass ich Markenklamotten nicht ausstehen kann! Es ist das Widersinnigste, Kleider zu tragen, auf denen ein Name steht, für den irgendwer Werbung macht, und dafür Geld zu bezahlen. Man müsste im Gegenteil dafür bezahlt werden, dass man das Zeug kauft. Schwachsinnig ist das, damit begeht man eine Riesendummheit!«

Das hatte uns Theodor schon hundert Mal gesagt, er sagte es immer, wenn wir Markenklamotten wollten, und er wurde jedes Mal so sauer, dass wir irgendwann aufgehört hatten zu fragen. Und eigentlich hielt ich das Gespräch damit für beendet, doch da sagte Sultan komplett unbeeindruckt: »Doktor, wenn man eine Marke trägt, wissen die anderen, wer man ist. Ehrlich, ist so! Du kannst deine Kinder nicht rumlaufen lassen wie Loser. Da kriegen die aufs Maul!«

»Na, im Moment hauen sie ja eher anderen aufs Maul«, blaffte Theodor Sultan an.

»Oder so rum, ist auch scheiße. Du machst Loser aus ihnen in der Gesellschaft. Ist unverantwortlich.«

Sultan ließ sich einfach nichts erzählen, und ich hielt ihn in diesem Moment für einen Helden, für *den* Superhelden überhaupt.

»Mir ziehen die beim Sport voll oft die Hose runter und lachen über meine Aldi-Turnschuhe«, sagte ich leise, weil ich mich nicht richtig traute, gegen Theodor zu sein, aber ich wollte Sultan auch unterstützen.

Theodor atmete tief durch. »Sultan, ich verdiene mein eigenes Geld, seit ich zehn bin, ich habe immer bekommen, was ich wollte, und ich habe dafür nie Markennamen auf mir drauf gebraucht. Bin ich ein Loser?«

»Allah, bist du kein Loser! Du bist Doktor und hast mehr Autos als Kinder. Aber deine kleinen Scheißer hier sind noch kleine Babys. Gras wächst nicht schneller, wenn man daran zieht! Du musst bisschen geduldig sein und Liebe geben. Gehen wir einkaufen!«

Theodor sah an Sultan vorbei, nahm einen Schluck Bier und entgegnete zerknirscht: »Ich liebe alle meine Kinder.«

»Ich weiß, ich weiß … Vorschlag: Ich gehe mit den Kindern einkaufen, du holst eine Frau, die hier sauber macht.«

»Findest du es hier dreckig?«, fragte Theodor erstaunt.

Sultan grinste. Wir auch, allerdings mehr aus Freude darüber, dass Sultan es vielleicht wirklich schaffen würde, Theodor von der Richtigkeit bestimmter Dinge zu überzeugen.

»Na gut«, erklärte Theodor genervt, »aber wenn überhaupt, bin ich bei der Einkauferei dabei. Und sauber gemacht wird auch zusammen, und zwar bevor wir einkaufen gehen.«

»Wir haben nicht mal einen Staubsauger, der geht, und überhaupt keine richtigen Putzsachen«, bemerkte Jonny leise.

»Einen Staubsauger kann ich theoretisch in der Praxis auftreiben, und ich gucke mal, was es da sonst noch so gibt.«

Sultan winkte ab.

»Doktor, ich kümmere mich darum, keine Sorge. Romy und ich machen das«, sagte er und zwinkerte mir zu.

Ich nickte. Sultan überlegte, sah Theodor an und fing an zu kichern. »Nicht böse, aber du musst dir irgendwas vor dieses Loch in deinem Auge kleben, wenn diese Amtsleute kommen. Ist nicht seriös. Du brauchst eine Augenklappe. Du siehst gefährlich aus, wie Edward mit den Scherenhänden, die kriegen Angst.«

»Die sollen auch Angst kriegen und dann ganz schnell die Biege machen«, sagte Theodor, immer noch beleidigt.

Sultan seufzte, er stützte den Kopf in die Hände und sah zu Boden. So saß er eine Weile da. Dann richtete er den Kopf auf und bemerkte: »Was passiert, wenn das Amt kommt? Laufen sie rum und gucken, ob dein Klo sauber ist, oder was? Ich meine, ihr müsst euch irgendwie intelligent vorbereiten!«

Nun lehnte sich Theodor entspannt zurück. Es schien ihm allmählich zu gefallen, dass er in der Jugendamts-Angelegenheit einen neuen Mitstreiter gewonnen hatte.

»So in etwa«, vermutete er, »wir müssen uns darauf gefasst machen, dass sie durch das Haus laufen und dumme, unverfängliche Gespräche vortäuschen. Dann reden die wahrscheinlich auch noch einzeln mit euch, fragen, wie es euch geht und so. Darauf müssen wir vorbereitet sein. Ihr müsst ihnen klarmachen, dass es euch bestens geht.«

Jonny, Clint und ich wechselten Blicke. Ich dachte daran, was Frau Schramm über Erwachsene gesagt hatte, die Hilfe brauchen, und dass Sultan Theodor ja auch gerade half. Und ich dachte an Frau Schramms Hand auf meiner und dass das schön gewesen war, aber auch losermäßig. Im Esszimmer waren kurz alle still, so als wäre etwas unangenehm, aber keiner weiß genau, was eigentlich. Dann redete Theodor weiter. »Also, ihr sollt natürlich schon so eine kleine Kritik an eurem Vater üben, wenn die kommen. Damit es glaubwürdig wirkt. Zum Beispiel: ›Manchmal ist der Papa ganz traurig, wenn ich mein Zimmer nicht aufgeräumt habe, und dann bekomme ich keinen Nachtisch mehr. Den isst er selber. Ist das nicht bigott?‹ Oder: ›Wir finden es gemein, dass wir abends immer zwei Minuten die Zähne putzen müssen, und seit neuestem will er das auch noch am Morgen durchsetzen. Finden Sie das nicht auch ein bisschen zu autoritär?‹ Oder: ›Können Sie ihm nicht mal ins Gewissen reden, damit auch wir Kabelfernsehen bekommen? Wir können sonst in der Schule gar nicht mitreden.«

Sultan pfiff durch die Zähne. »Einwandfrei. Habt ihr kapiert?«

»Klar. Was gibt es daran nicht zu kapieren?«, fragte ich. Clint und Jonny nickten. Als wir uns später alle in Jonnys Zimmer trafen gaben wir uns High-Five, so gut war unser Gefühl nach dem Gespräch mit Sultan und Theodor.

Bis zu dem Jugendamt-Besuch hatten wir, wie Theodor Sultan auf Nachfrage erklärte, noch zwei Tage Zeit. Die Putzaktion wurde für den nächsten Tag angesetzt, am Tag darauf sollten wir eingekleidet werden. Bevor ich ins Bett ging, ging ich Theodor und Sultan gute Nacht sagen, die auf dem Sofa Schach spielten und Zigarre rauchten. Die Finger an die Nasen gelegt, saßen sie einander gegenüber und überlegten. Sultan war am Zug und unterhielt sich auf Türkisch mit sich selbst. Ich gab Theodor einen Kuss. »Hab dich lieb, mein Täubchen«, sagte er, ohne das Schachbrett aus den Augen zu lassen. »Ich dich auch. Nachti, Sultan.« Ich entschloss mich, auch ihm einen kleinen Kuss zu geben. Er lächelte mich mit seinen warmen Augen an. »Nacht, kleine Prenses. Das heißt Prinzessin. Geh schlafen, wer schläft, macht nichts falsch.« Ich freute mich so sehr, dass ich noch ein bisschen stehen blieb und zusah, wobei mir einfiel, was ich mich schon beim Zähneputzen gefragt hatte. »Sultan?«

»Du bist ja immer noch hier. Was los?«

»Warum bist du vorhin so sauer gewesen, als wir dir gesagt haben, dass wir geklaut haben? Ich meine …«

Theodor murmelte: »Das ist ein kulturelles Problem. Die Türken legen viel Wert auf …«

Sultan sah von dem Schachbrett auf und unterbrach Theodor: »Doktor, wie oft soll ich dir das noch sagen, Mann? Ich bin kein Scheißtürke. Ich bin im Libanon geboren. Mutter Kurdin, Vater Libanese, dann sind wir nach Türkei, weil mein Vater ermordet wurde. Ich spreche Türkisch und Libanesisch.«

»Oh!«, machte ich.

»Ja, ist doch egal«, sagte Theodor, wahrscheinlich genervt von so vielen Details. Er winkte ab und nuschelte: »Jedenfalls legt deine Kultur viel Wert auf Anstand, und bei Respektlosigkeiten springt euch der Draht aus der Mütze!«

Da schwieg Sultan. Er starrte Theodor an, der wiederum auf das Schachbrett starrte und über seinen nächsten Zug nachzudenken schien.

»Was hast du, Sultan?«, fragte ich und trat einen Schritt näher an ihn heran. Ich wollte ihm eine Hand auf die Schulter legen, aber da rief er, wieder mit dieser umkippenden Fistelstimme: »Doktor, davon verstehst du nichts. Man muss still sein, wenn man nichts versteht.« Ich sah Theodor böse an und ging ins Bett, wo er mir schon wieder leidtat.

Am nächsten Tag hatten Sultan und ich eine Verabredung. Um halb eins auf dem Parkplatz vor der Schule. Wir wollten Putzdinge kaufen gehen, nur er und ich, das hatte er mir versprochen. In der letzten Stunde hatten wir Kunst bei Herrn Kahane, und ich packte schon zehn Minuten vor Schulschluss ganz leise meine Sachen in den Ranzen, um sofort losrennen zu können, wenn es klingelte. Johanna neben mir wies mich besserwisserisch darauf hin, dass die Stunde ja noch gar nicht zu Ende sei, und da zeigte ich ihr den Mittelfinger, als Herr Kahane gerade nicht guckte. So sehr freute ich mich auf Sultan und dass er mich abholte. Kurz überlegte ich, ob ich ihm die Papplaterne mit dem bunten Papier in den Fenstern, die wir im Kunstunterricht gebastelt hatten, mitbringen sollte, aber ich hatte Angst, dass sie ihm nicht gefallen würde. Dann klingelte es endlich. Ich setzte den Ranzen auf, ging noch mal an Clints Tisch, klopfte dreimal auf die Tischplatte und lief los. Ich rannte die Steintreppen Stockwerk für Stockwerk runter, vorbei an den Kindern, die aus den Klassenzimmern herauskamen, und ich dachte, wenn ihr wüsstet, was ich heute noch vorhabe. Ich rannte über den Flur mit der gelben Tapete, die mit dieser glänzenden Schutzschicht überzogen war, damit man keine Kinderhände darauf sah, ich rannte weiter an der Turnhalle vorbei und durch die schwere Tür mit dem dicken Eisengriff nach draußen. Auf dem Hof sah ich Sultan schon von weitem. Er wartete auf dem Parkplatz, stand an den absolut kingmäßigen Mercedes 500 SL gelehnt und rauchte. Als er mich erkannte, winkte er, und ich drehte mich um, um zu gucken, ob die Kinder, mit denen ich die Schule verließ, sahen, dass Sultan, ich und der schwarze Mercedes zusammengehörten.

»Na, kleine Prenses?«, rief er, als ich näher kam. Ich lief schneller und schlang meine Arme um seinen Bauch, als ich bei ihm angekommen war, was ich gar nicht geplant hatte. Er tätschelte mir den Kopf.

»Wie war die Schule? Was haben sie euch heute beigebracht?«, fragte er und kniff mir in die Wange. Ich zuckte mit den Achseln, denn ich verstand wirklich nicht, warum er jetzt darüber reden wollte.

»Komm, wir fahren!«, sagte ich und zappelte vor Aufregung. Er hielt mir die Beifahrertür auf, und ich sprang auf den Sitz. Drinnen roch es nach Rauch, Parfum und Leder. Sultan ließ den Motor an, der einen tiefen, ruhigen Klang hatte, und wir fuhren los. Langsam und extrem elegant, wie ich fand.

Sultan schwieg, er schien über irgendetwas nachzudenken, aber ich wollte mit ihm reden.

»Was für ein Baujahr?«, fragte ich aufgeregt.

»1992. Was interessiert dich das?«, fragte er, als wäre ich nicht ganz dicht.

»Nur so.«

»Diesel oder Benziner?«, erkundigte ich mich, denn er sollte sehen, wie gut ich mich auskannte.

»Benzin. Willst du Scheißautomechaniker werden, oder was?«

»Weiß noch nicht. Vielleicht werde ich auch im Zoo arbeiten. Ich liebe Elefanten!«

»Naaah«, machte er verächtlich, »da verdienst du nichts. Musst nur die ganze Zeit die Scheiße von den Elefanten aufräumen. Willst du Elefantenscheiße studieren, oder was? Was willst du mit Elefanten?«

»Die sind süß. Weißt du eigentlich, wie süß Elefanten sind?«

»Süß, süß ... Babys sind süß. Werde Babyarzt. Irgendwann hast du mal selber Babys.«

»Von denen muss man auch die Scheiße aufräumen.«

»Diskutier nicht mit mir, du wirst kein Elefantenarzt. Hast du eine Liste?«, sagte er und bekam diese hohe Fistelstimme. Das hieß, er meinte es echt ernst.

»Was für eine Liste?«

»Wo draufsteht, was wir kaufen müssen.«

»Nein! Ich weiß auch gar nicht so genau, was wir überhaupt brauchen.«

An Sultans hervortretenden Augen erkannte ich, dass er gleich wieder leidenschaftlich werden würde.

»Wie sollen wir ohne Scheißliste den Einkauf machen, kannst du mir das erklären? Woher soll ich wissen, was so eine Familie theoretisch braucht, um ein sauberes Haus zu haben! Ich hab gleich gesagt, wir holen eine Frau, die das macht, verdammt!«

»Sultan, ich kann doch …«

»Ich habe es nur mit Eseln zu tun!« Er schlug auf das Lenkrad und wühlte in der Mittelkonsole nach Zigaretten und Feuer. Auf dem Parkplatz des Einkaufszentrums angekommen, fluchte er immer noch, hatte aber seine Zigaretten gefunden. Energisch marschierte er auf den Eingang zu, mich an der einen, die Zigarette in der anderen Hand. Ich hielt es in diesem Augenblick nicht für clever, ihm zu sagen, dass man im Drogeriemarkt nicht rauchen durfte, gleichzeitig war mir aber auch bewusst, dass es Ärger geben würde, wenn er drinnen rauchte, insbesondere jetzt, wo er so temperamentvoll war. Ich beschloss, mich da rauszuhalten.

Schließlich lief Sultan rauchend im Eingangsbereich des Drogeriemarktes auf und ab, während ich mich ein bisschen umsah. Recht bald kam eine Frau in weißem Drogeriekittel auf ihn zu und sagte: »Entschuldigen Sie, hier ist Rauchverbot.« Ich beobachtete die Situation aus einiger Entfernung und rechnete damit, dass man nun Sultan live beim Ausrasten würde zusehen können. Die Frau im weißen Kittel sah aus wie eine nette blonde Lehrerin, nur ein bisschen mehr geschminkt. Sie blickte Sultan sehr freundlich ins Gesicht, er blickte, ohne ein Wort zu sagen, zurück, und so standen sie für ein paar Sekunden da. Bis Sultan sich entschuldigte und seine Zigarette etwas unbeholfen an seinem Schuh ausdrückte und sie dann in seinem Jackett verschwinden ließ.

»Das müssen Sie nicht, ich kann Ihre Zigarette doch in den Müll werfen«, sagte die Drogeriefrau.

»Romy«, rief er und nahm meine Hand, als ich bei ihm angekommen war. Sultan räusperte sich. »Wir müssen ein Haus putzen.«

Die Verkäuferin nickte.

»Ja, die Mutter von Romy war auf langer Auslandsreise, und jetzt muss das Haus sauber werden, sonst wird sie traurig, wenn sie den vielen Dreck sieht.«

Sultan sprach plötzlich ganz anders, also offiziell deutsch und ohne Schimpfwörter. Er betonte die Wörter übertrieben und machte Pausen an komischen Stellen. Und er war plötzlich wahnsinnig vorsichtig.

»Das kann ich verstehen«, nickte die Verkäuferin auf Sultans Erklärung hin und fragte: »Wie kann ich Ihnen denn helfen?«

Sultan wusste irgendwie nicht, was er antworten sollte, also sprang ich ein. »Vielleicht können Sie uns sagen, was wir brauchen, um das Haus zu putzen. Es ist nämlich leider gerade alles alle, und wir müssen uns auch beeilen«, erklärte ich.

»Ja«, nickte Sultan, »geben Sie uns bitte, was man braucht, um ein Haus zu putzen. Wir wollen alles perfekt.«

»Hm«, überlegte die Verkäuferin. »Haben Sie einen Eimer, Wischer und Lappen?«

»Haben wir so was?«, fragte Sultan mich.

»Nicht so ganz, glaube ich«, gab ich zu und schämte mich ein bisschen vor der Frau.

»Gut, wir brauchen das alles neu«, erklärte Sultan, und dann lief die Verkäuferin mit uns durch die Gänge und sammelte ein, was man für ein sauberes Haus braucht. Sie erklärte uns sogar, was man wofür brauchte, warum dieses oder jenes Produkt besser sei als das andere und dass man sich beim Putzen bloß Handschuhe anziehen solle, sonst versaue einem das komplett die Hände, und dabei guckte sie auf ihre rotlackierten und überhaupt nicht versauten Finger.

An der Kasse fürchtete ich mich etwas vor dem Betrag, den wir zu bezahlen hatten, aber Sultan holte ein Bündel Geldscheine aus der Innentasche seines Jacketts, zahlte lächelnd und dankte sehr. Im Auto machte er laut Musik an und wackelte mit dem Bauch, wenn wir an einer roten Ampel standen.

»Das Haus wird sein wie neu. Das Amt wird neidisch sein!«, freute er sich und kniff mir in die Nase. Vielleicht war jetzt, wo er bei Laune war, genau der richtige Zeitpunkt:

»Sultan, nicht böse, aber warum musst du immer so schreien wie ein Scheißesel?«, fragte ich, nachdem ich noch eine Weile geschwiegen hatte. Sultan drehte den Kopf zu mir herüber, er machte das wie ein Huhn, ganz steif und ruckartig.

»Wie redest du?«, fragte er entgeistert.

»Normal.«

»Ist überhaupt nicht normal. Du sagst scheiße und Esel zu mir. Sind wieder ein paar Schrauben locker in deinem Gehirn?«, fragte er mit hoher Stimme und großen Augen. Aber er lächelte noch ein bisschen.

»Sultan, da sind keine Schrauben locker. Ich frage doch nur, warum du manchmal so rumschreien musst!«, beharrte ich auf meiner Frage. Leider etwas zu ernst, und dann wurde Sultan auch ernst.

»Das verstehst du nicht. Du bist ein kleines dummes Baby, ich bin erwachsen. Man muss kämpfen, man darf nicht schwach sein, sonst wird man aufgefressen. Sultan will nicht aufgefressen werden, und jetzt lass meine Nerven in Ruhe, Prenses. Denk an deine Elefanten, was weiß ich.« Er zündete sich eine Zigarette an.

Ich verdrehte die Augen.

»Vorhin hast du gesagt, ich soll nicht an Elefanten denken, weil man von denen nur die Scheiße aufräumen muss. Ist nicht logisch! Warum darf ich jetzt doch an Elefanten denken?«, fragte ich und fand, dass ich gerade wirklich einen Punkt gemacht hatte. Aber Sultan ließ mich kaum ausreden, er rollte mit den Augen und rief: »Bist du ein Scheißwiderstandskämpfer, oder was? Ich weiß genau, was in deinem kleinen Gehirn los ist! Du willst mich provozieren! Prenses, hab ich früher auch gemacht, sag ich ganz ehrlich. Als mein Vater tot war, habe ich alle provoziert, weil ich dachte, ihr Scheißwichser, ihr wisst nicht, was meine Schmerzen sind! Warum ist euer Vater nicht tot, dachte ich. Du kannst mir nichts erzählen, du läufst auch rum und denkst, warum ist eure Mutter nicht tot. Oder? Stimmt doch, oder? Ein kleines Kind kann mit toten Eltern nicht umgehen. Du benimmst dich komisch, weil du keine Mutter hast, und bist sauer auf andere. Kann ich verstehen, glaub mir. Ich war im Kopf stark chaotisch, weißt du, ich hatte Krieg hinter meiner Stirn, und glaub mir, ich weiß, was Krieg ist. Ich bin rumgelaufen und habe Schellen verteilt, wenn ich fand, jemand hat eine dumme Nase, verstehst du?«

Sultan lachte, hörte aber auf komisch plötzliche Weise wieder damit auf.

»Was weißt du denn von unserer Mutter?«, fragte ich leise, aber Sultan war woanders.

»Ich war wie Scarface«, erzählte er, »aber das Problem war, ich war nicht Scarface. Du kannst dich natürlich für Scarface halten, Prenses, und in der Schule alle Kinder auseinandernehmen. Aber du bist nicht Scarface, und es interessiert niemand, ob du denkst, du bist Scarface«, erklärte er, und dabei zeigte er mit dem Zeigefinger und dem kleinen Finger seiner rechten Hand auf meinen Kopf.

»Wer ist Scarface?«, fragte ich und sah ihn kopschüttelnd an.

»Ein Film. Ein Mann, der alle wegballert. Kennst du noch nicht? Müssen wir gucken!«

Sultan tat so, als hätte er ein Maschinengewehr in der Hand und machte »Drrrrrrr, drrrrr, drrrrr«.

Dann schwieg er und sagte beinahe sanft: »Pass auf, kleine Prenses, ich sag dir was: Niemand interessiert, warum man nicht gesellschaftlich sein will. Sie interessiert nur, dass man es nicht ist. Wenn man drin sein will, muss man mitmachen, verstehst du? Sonst muss man sich verpissen. Und ich schwöre dir, es interessiert niemand. Das Leben ist nicht gerecht, verstehst du? Tut mir sehr leid, aber so ist es.« Ich sagte nichts dazu, und wir fuhren einfach. Aber dann, ich musste irgendwie, flüsterte ich: »Ich weiß fast nichts von meiner Mutter. Wir reden da nicht drüber. Theodor will das nicht, weißt du, wie ich meine?«

Sultan nickte. »Ist normal. Dein Vater ist traurig. So was fickt dein Herz, Entschuldigung, es macht es kaputt. Du musst versuchen, ihm eine Freude zu machen, indem du gut bist und keine Scheiße baust, verstehst du?«

Ich nickte.

Die Putzaktion war dann ziemlich aufwendig. Wir trugen alle Handschuhe, Theodor und Sultan gaben uns Anweisungen. Punkt eins war, den Krempel, von dem Theodor sich nicht trennen konnte, vor dem Amtsbesuch zu verstecken: Wagenheber, Schrauben, Kisten mit Batterien, Tausende von Flaschen mit Flüssigkeiten für Autos, Autoteile, Pinsel, Sägen, Kabeltrommeln, Spritzen, Rücklichter, Mullbinden, tausend Schlüsselbunde, alte Medikamente und so weiter. Das ganze Zeug lag über Wohnzimmer, Badezimmer, Küche, Flur, Kinderzimmer und Theodors Zimmer verstreut im Haus herum, und zwar seit wir denken konnten. Theodor hatte irgendwo in seiner Sammlung zehn alte Weinkisten aus Holz aufgetrieben, und die gab er Jonny, Clint und mir, damit wir damit durch die Zimmer gehen und das Zeug einsammeln konnten. Er überwachte diesen Vorgang streng, denn er fürchtete, dass etwas abhandenkommen könnte. Nichts durfte weggeworfen werden, das war für ihn eine Art Überlebensfrage. Auf seinen Befehl hin transportierten wir den Krempel in das Zimmer neben der Kellertür, aber er sagte, wenn die Sache mit dem Jugendamt durch sei, würde er da alles wieder rausholen. Als alles drin war, schloss er die Tür des Müllzimmers ab.

Punkt zwei war Putzen. Jeder hatte eine bestimmte Aufgabe: Jonny Staub saugen, Clint Küche, ich Badezimmer und Staub wischen. Sultan und Theodor sollten die wirklich sehr dreckigen Fenster übernehmen und gerieten darüber ein paarmal aneinander, das heißt, sie stritten sich darüber, ob man zuerst nass wischte und dann sprühte oder umgekehrt. Außerdem fand Sultan, dass Theodor schlampig arbeite, weil er viel zu selten das Wasser wechsele und überhaupt nicht auf die Idee gekommen wäre, das Wasser zu wechseln, hätte Sultan ihn nicht darauf aufmerksam gemacht, dass es Zeit sei, das Wasser zu wechseln. Und das, meinte Sultan, sei schlampige Scheißarbeit, was Theodor zornig machte. Er sagte, er sei als Arzt gar nicht in der Lage, schlampige Scheißarbeit zu machen, das könne man sich als Arzt niemals erlauben, er sei im Gegenteil dafür bekannt, besonders sorgfältig zu arbeiten, warum also solle er beim Fensterputzen plötzlich schlampig arbeiten? Ein paarmal wollte Sultan alles hinschmeißen, dann musste er von Jonny, Clint oder mir wieder aufgebaut werden. Deswegen dauerte das Fensterputzen eine Weile, und als ich mit dem Staubwischer im Wohnzimmer ankam, nachdem ich schon alle anderen Zimmer gemacht hatte, hatten sie erst zwei Küchenfenster geschafft. Allerdings stritten sie jetzt nicht mehr. Sie waren in die Arbeit vertieft und machten Pläne. Ich lehnte mich an den Türrahmen, aber sie bemerkten mich gar nicht. Es war von Doubletten und Fahrgestellnummern die Rede und dass Theodor einen guten Lackierer an der Hand habe.

»Der macht uns das für einen guten Preis und ist diskret«, sagte Theodor und kratzte dabei mit dem Fingernagel an einem Stück Dreck auf der Fensterschreibe.

Sultan nickte und wrang einen Lappen aus. »Doktor, Kowalski meint, die Zukunft wird sein, dass man die Autos vor der Grenze komplett auseinanderbaut und dann wieder zusammenschraubt. Ist weniger Risiko.«

»Ja, die Bullen sind schon ziemlich auf Zack. Aber das macht nichts, ich kann dir die Dinger theoretisch problemlos wieder zusammenbasteln«, erklärte Theodor und befeuchtete seinen Zeigefinger mit Spucke, um den Dreck an der Scheibe zu entfernen, was Sultan glücklicherweise nicht sah.

»Glaubst du, Kowalski lässt uns das machen?«, rief Sultan und zog mit dem Fensterwisch-Gerät, das die Frau aus dem Supermarkt uns empfohlen hatte, eine exakte, streifenfreie Bahn nach unten. »Doktor, er ist der Boss, er läuft rum wie Gott. Wir sind Rosinen für ihn!«, erklärte Sultan, während er seinen geputzten Fensterstreifen begutachtete.

»Ach, der Herr Kowalski soll nicht so dicke Backen machen. Stell mir den bei Gelegenheit mal vor, dann unterhalten wir uns über Rosinen. Ich bin jedenfalls keine.«

Theodor stand nun, den Bauch herausgestreckt, vor dem Fenster und studierte das Etikett des Glasreinigers.

»Doktor, das ist ein guter Teil von dir. Du hast keine Angst. Du bist ein Babo, aber kein Kanake. Vielleicht ist das der Trick«, überlegte Sultan. Er fuhr sich über den Bart und sah aus dem Fenster.

»Hmm«, machte Theodor, der jetzt damit beschäftigt war, seine Brille mit Glasreiniger zu besprühen.

»Kollege, du musst arbeiten, sonst werden wir nie fertig!«, wies Sultan Theodor zurecht. Er gab ihm einen kleinen Klaps auf den Hinterkopf und grinste.

»Na, na, na«, machte Theodor, und sie putzten weiter. Theodor wischte nass, und Sultan zog sein Gerät darüber.

Ich lag inzwischen vor dem Sofa und wischte darunter Staub. Ich schätze, er lag etwa fünf Zentimeter hoch. Weil ich befürchtete, dass Sultan sich an meiner Anwesenheit stören könnte, gab ich mir Mühe, leise zu sein, obwohl ich mich ekelte.

»Aber Doktor«, sagte Sultan plötzlich, nachdem beide eine Weile still gearbeitet hatten, »was hältst du davon, wenn wir was mit Kunst machen. Denke ich schon länger drüber nach. Wäre vielleicht besser, und wir hätten nicht mehr Kowalski als Boss. Du bist auch Künstler und kennst dich aus. Im Sicherheitsbusiness sind so viele dumme Menschen, ich halte es nicht mehr aus, ich kriege bald einen Schlaganfall. Kunst wäre mehr Abwechslung.«

Sultan sah zu Theodor rüber, der gedankenversunken nickte.

»Kunst ist super. Quasi ein Heimspiel für mich. Habe ich dir eigentlich schon mal meine Bilder gezeigt?«

»Pass auf«, redete Sultan aufgeregt weiter, ohne auf Theodors Frage einzugehen, »ein Kollege, der gerade aus dem Knast gekommen ist, hat mir erzählt von einem anderen, der auf Bewährung draußen ist und rumrennt und Geld sucht, weil er Schulden bei gefährlichen Leuten hat. Und weißt du was: Angeblich ist er auf Umwegen an ein teures Bild von jemand Berühmtem gekommen.«

»Von wem denn?«, wollte Theodor wissen, der sich zu interessieren begann.

»Weiß ich jetzt nicht, aber muss ein krasser Künstler sein. Ein Genie, ist Millionen wert. Jedenfalls braucht der Typ Geld, und er macht ein dummes Angebot, das man nicht ablehnen kann: Er sagt, jemand soll ihm 120 Mille geben, dann kriegt der das Bild. Und wenn er die hundertzwanzig nicht nach einem halben Jahr zurückbezahlt hat, gehört dem Geldleiher das Bild. Der Typ muss ein Opfer sein, er hat nicht mal ein Auto. Er kriegt das Geld nie zusammen, kapierst du?« Sultan stieß Theodor in die Seite. »Findo mal raus, was das für ein Bild sein soll. Und ob dieser Typ auch eine astreine Provenienz nachweisen kann. Dann könnte die Sache vielleicht interessant werden. Ich hätte da schon ein paar Kontakte.«

»Ja, weil Kunstmarkt wäre eleganter für uns beide«, argumentierte Sultan nickend.

»Aber Autos sind auch sehr reizvoll«, meinte Theodor, und dann putzten sie weiter. Ich schlich mich davon und ging in das Badezimmer, wo ich mit dem Raumspray herumsprühte, das wir in der Drogerie gekauft hatten und das mich besonders faszinierte. Am Ende des Tages sah das Haus so gut aus wie noch nie.

Am Freitagnachmittag saßen wir alle auf dem Sofa und fummelten aufgeregt an uns herum. Auf dem Tisch standen Plätzchen und Kaffee, und es gab sogar weiße Stoffservietten, die Sultan besorgt hatte. Theodor hatte vor dem Amtsbesuch natürlich in der Garage noch einen Reifen wechseln müssen und kam mit schwarzen Fingernägeln wieder, weswegen ich ihn anschrie.

»Sei mal nicht so borniert! Es wirkt viel authentischer, wenn man ein bisschen Schmutz irgendwo sieht. Ihr seht alle aus wie Christbaumkugeln. Glaubt ihr, das fällt denen nicht auf? Überzeugungstechnisch ist es viel besser, so zu verfahren wie ich!«, rief er. Wenigstens hatte er sich das fehlende Auge mit einer Mullbinde und Pflastern zugeklebt.

Alles in allem machten wir aber eine ziemlich gute Figur, fand ich. Sultan war mit Jonny und Clint zum Friseur gegangen, und sie hatten jetzt die gleiche Frisur wie er, also an den Seiten nur ein paar Millimeter und oben auf dem Kopf etwas länger. Sie sahen aus wie Soldaten, und es gefiel ihnen. Theodor hatte mir links und rechts zwei radikal abstehende Zöpfe gemacht. Ich fand mich speziell schick, und auch Theodor war der Meinung, dass mir mit dieser Frisur keiner was erzählen konnte. Das Kleiderkaufen mit Sultan und Theodor war dafür recht umständlich gewesen, weil Theodor als Zeichen seines Protestes in den Läden Dehnübungen machte, während wir versuchten, ihm zu zeigen, was wir gerne hätten. Außerdem hatte er Blähungen und furzte dauernd. In dem letzten Geschäft (einem echt vernünftigen Laden, wo es auch Nike und solche Sachen gab) war die Situation dann fast eskaliert, weil Sultan wegen Theodors Furzerei den Einkauf abbrechen wollte. Er schämte sich so sehr, dass er das Geschäft verließ. Jonny und ich rannten Sultan durch die Fußgängerzone nach, wo er zornig voranschritt und sagte, es gebe da gar keine Diskussion. »Der Doktor spinnt! Wie soll man mit ihm einkaufen! Geht nicht! Die Leute rennen weg vor ihm!« Wir mussten ihn aufwendig überreden, denn er war ja unser Anwalt in der Angelegenheit, und erst als Jonny ihn auf diese Schlüsselrolle aufmerksam machte, ging er mit uns zurück.

»Doktor, du bist eine Blamage für uns alle. Siehst du, wie die Leute gucken? Du machst dich peinlich, obwohl du Arzt bist! Außerdem läufst du in einem Zelt rum!«, raunte Sultan Theodor zu, der auf irgendeinem Sessel herumsaß und in die Luft guckte. »Ich verstehe nicht, was an mir peinlich ist«, antwortete Theodor so, dass es jeder hören konnte. »Dein Trenchcoat zum Beispiel«, entgegnete Sultan. Theodor trug einen viel zu großen Trenchcoat, den er bei unserer Aufräum-Aktion gefunden hatte und von dem er behauptete, dass er mindestens so viel wert sei wie ein Kleinwagen. »Echte Qualitätsware!«, versuchte er Sultan von dem Trenchcoat zu überzeugen, der sich kopfschüttelnd von ihm abwandte. Er kam zu Jonny, Clint und mir. Wir standen gerade bei dem Schuhregal, wo es Nikes gab. »Also, was habt ihr für Scheißgrößen?«, flüsterte er uns zu, und ich wollte gerade sagen, dass ich das eigentlich nicht so genau wusste, weil es so lange her war, dass mal jemand gemessen hatte, da sah Clint Theodor von weitem mit ein paar Kleidern unterm Arm an der Kasse stehen. Er lief zu ihm, wir hinterher. Theodor hatte sich inzwischen offenbar selbst auf die Suche gemacht, um zu verhindern, dass wir uns, in Zusammenarbeit mit Sultan, etwas Teures aussuchen würden.

»Was hast du da?«, rief Clint, als wir neben der Kasse standen.

»Nicht so schreien, Clint!«, knurrte Sultan und gab Clint einen Klaps auf den Hinterkopf. Er sah sich um und lächelte der Verkäuferin zu, die dabei war, bei anderen Leuten zu kassieren, aber durch den Klaps auf uns aufmerksam geworden war.

»Paar Klamotten«, sagte Theodor.

Ohne uns vorher zu fragen, geschweige denn eine Anprobe in Betracht zu ziehen, hatte er also für uns die hässlichsten, langweiligsten und billigsten Klamotten ausgesucht, die er uns einfach unterjubeln wollte. Es waren Kleider, an denen neonfarbene »Reduziert«-Schilder hingen, ich sah drei grüne Cordhosen und drei beigefarbene Wollpullover.

»Ich werde«, begann Jonny flüsternd, wurde aber dann laut, »das niemals anziehen. Das kannst du vergessen!«

Sultan: »Psst!«

»Theodor, was du machst, ist total unlogisch. Auch geldtechnisch. Wir ziehen das eh nie an!«, flüsterte ich.

Clint war den Tränen nah, so wütend machte ihn Theodor. »Mann, wir haben dir doch erklärt, wie wir in der Schule geärgert werden. Dir ist einfach alles scheißegal!«, rief er. Sultan zog ihn zu sich heran und strich ihm über den Kopf.

»Die Sachen, die du ausgesucht hast, sehen aus wie Kotze! Ehrlich, die haben genau die Farbe von Kotze«, flüsterte ich böse, und dann knallte Theodor die Kleider auf die Theke.

»Es reicht mir!«, schrie er. Alle Leute, die an der Kasse standen, plus die Verkäuferin drehten ihre Köpfe nach uns um. Sultan zog Theodor zur Seite.

»Du kannst diesen Quatsch ja selber anziehen, aber deswegen müssen die Kinder doch nicht rumlaufen wie ein Müllsack!«, sagte Sultan durch die Zähne, bereit, zum Durchdreh-Sultan zu werden. Jonny, Clint und ich standen um Theodor und Sultan herum wie Zuschauer, Clint kaute Fingernägel, Jonny konnte nicht still stehen, ich biss auf einer Haarsträhne herum und hoffte wie verrückt, dass Sultan gewinnen würde. Er hatte die Augen geschlossen und atmete tief durch. Etwa eine Minute lang passierte gar nichts. Dann öffnete Sultan die Augen und verkündete kurzerhand, dass er nun die Leitung des Einkaufs übernehmen würde, woraufhin Theodor auf der Stelle wortlos den Laden verließ (ich war der Ansicht, dass er genau darauf die ganze Zeit hingearbeitet hatte: raus aus dem Laden zu kommen, ohne Kleider für uns gekauft zu haben).

Drinnen legten wir die Köpfe in den Nacken und sahen hoch zu Sultan, der sich über den Bart fuhr und überlegte. »Passt auf«, sagte er erschöpft und mit Schweiß auf der Stirn. »Jeder von euch kommt in zehn Minuten zu mir mit einer Hose, einem Pullover, einem Hemd und Schuhen. Und du, Prenses, suchst dir ein Kleid mit Strumpfhose! Die Verkäufer sollen euch sagen, welche Schuhe ihr braucht!«

Deal. Wir rannten los und legten pünktlich unsere Kleider auf die Theke, wo Sultan wartete. Er zog ein Geldscheinbündel hervor, mit dem er bezahlte, und dann gingen wir. Wir marschierten an Theodor vorbei, der im Eingang des Geschäftes auf uns gewartet hatte. Sultan lief mit uns an den Händen voraus, gemeinsam ignorierten wir Theodor, der mit etwas Abstand hinter uns herschlenderte. Neben dem viel zu großen Trenchcoat trug er jetzt auch eine Sonnenbrille und fand die Situation wahrscheinlich cineastisch.

Auf jeden Fall hatten wir seit dem Einkauf alle Nike-Turnschuhe an den Füßen, die wir nicht mehr auszogen, und wir hatten auch alle einen Nike-Pullover. Meiner war rot und recht lang.

An diesem besonderen Nachmittag kombinierte ich ihn mit der weißen Strumpfhose, die ich mir ausgesucht hatte. Die Jungs trugen original Diesel-Jeans, und so saßen wir also auf dem Sofa und erwarteten den Menschen vom Jugendamt. Die Politik war klar: Es ging uns gut, zum Zwecke der Glaubwürdigkeit war jedoch gemäßigte Kritik erwünscht, dazu auf Fangfragen achten, bei Unklarheiten beziehungsweise möglichen Fallen Unverständnis vortäuschen. Was Sultan betraf, so sollte er der sein, der für uns Mittagessen kochte, weil er ein ausgebildeter Koch und ein Freund der Familie war, das sollten wir uns merken, hatte Theodor gesagt. Sämtliche Verhaltensauffälligkeiten sollten mit dem frühen Tod unserer Mutter begründet werden, weswegen wir bald eine Therapie machen würden, die Suche nach einem geeigneten Therapeuten habe sich bislang allerdings als schwierig erwiesen. All das hatte uns Theodor, sachlich und ohne eine Miene zu verziehen, erklärt. Ferner sollte Jonny mit seinem richtigen Namen, also mit Johann-Sebastian, angeredet werden.

»Da kommt jetzt gleich ein ganz blöder Hippie und macht Schneidersitz«, sagte Theodor. Sultan kicherte. Clint zog an meinem linken Zopf.

»Aptal, lass Prenses in Ruhe!«

Ich gab Clint eine Kopfnuss, und Theodor quetschte sich zwischen uns, um zu schlichten. Er nahm einen Keks.

»Doktor, muss ich alles erklären? Man wartet, bis der Gast da ist!«, schimpfte Sultan.

»Das ist kein Gast, das ist der Polizeistaat, der faschistische«, sagte Theodor grinsend und biss in den Keks.

»Was hast du gegen deutsche Polizei!? Sie ist ein Witz! Soll ich dir mal richtige Polizei vorstellen? Nicht böse, ich weiß, wovon ich rede!«

Dann klingelte es. Vor der Tür stand eine Frau, die ihre Haare zu einer Art Blumenstrauß auf dem Kopf zusammengedreht hatte, in der Hand hielt sie eine Regenhaube und einen schlangenledernen Handtaschenkoffer. Die Lippen waren perlmuttfarben geschminkt, und sie trug ein grünes Tweedkostüm. Sie war, glaube ich, in etwa das, was man eine vornehme ältere Dame nennt. Theodor machte eine kleine Verbeugung, schüttelte ihr die Hand und bat sie herein. Sultan tat es ihm gleich, und wir, die aufgereiht hinter den beiden standen, machten es genauso.

»Guten Tag, ich bin Frau Sellerie!«, stellte sie sich vor.

»Sehr erfreut, Frau Sellerie, darf ich Sie ins Wohnzimmer bitten?«, antwortete Theodor. »Mein Freund Herr Aziz hat uns Kaffee und Plätzchen gemacht!«

Frau Sellerie wandte ihren Kopf zu Sultan, musterte ihn etwas überrascht und sagte: »Ah, ach so!« Sie gewann aber schnell wieder Fassung und lächelte herzlich. »Sehr gerne!«

Wir folgten den Erwachsenen ins Wohnzimmer und warteten, bis sie saßen.

»Das sind also die drei«, stellte Frau Sellerie fest und griff nach einem Keks.

»Ja, das sind sie«, erwiderte Sultan.

»Vielleicht wollt ihr euch selber kurz vorstellen?«, forderte Theodor uns auf.

Wir sagten der Reihe nach unsere Namen und lächelten schüchtern. Nur Jonny wirkte komplett souverän.

»Schöne Namen habt ihr! Romy Schneider ist meine Lieblingsschauspielerin!«, erklärte Frau Sellerie und griff zufrieden nach dem zweiten Keks, woraufhin ich mich so freute, dass meine Schläfen und Wangen ganz warm wurden.

»Ja, nach ihr ist dieser kleine Rabauke benannt«, sagte Theodor lächelnd, und dann redeten Frau Sellerie und Theodor allgemein über Romy Schneider und Sissi, dass man sie grundsätzlich und gemeinerweise unterschätzt hätte, und wir entspannten uns alle ein bisschen.

»Ich bin heute hier, weil von der Schule einige Unregelmäßigkeiten gemeldet worden sind. Darüber wollen wir sprechen und überlegen, wie wir die Dinge in Zukunft besser machen können. Ich habe nichts dagegen, dass Ihr Freund Herr Aziz dabei ist, denn offenbar gehört er ja zur Familie«, begann Frau Sellerie. Wir nickten alle gleichzeitig.

»Er kocht für uns, und manchmal gehen wir auch essen. Also, er passt auf uns auf, wenn Theodor in der Praxis ist«, erklärte Clint, sehr um Kooperation bemüht.

»Äh, Entschuldigung, sprechen Sie denn Deutsch?«, wandte sich Frau Sellerie an Sultan.

»Natürlich spricht er Deutsch!«, sagte Theodor verärgert, und ich versetzte ihm unter dem Tisch einen Tritt.

»Ich glaube Ihnen doch, dass Ihr Partner Deutsch spricht«, beruhigte Frau Sellerie Theodor. »Also, Sie sprechen Deutsch? In Wort und Schrift?«, wiederholte sie ihre Frage und sah Sultan an.

»Natürlich spreche ich Deutsch!«, antwortete Sultan endlich und etwas verzweifelt.

»Phantastisch. Dann können Sie ja in Zukunft die Hausaufgaben beaufsichtigen, oder?«

»Ja, ja, das war ohnehin schon geplant«, beeilte sich Theodor zu sagen.

»Mein Partner wohnt ja erst seit kurzem bei uns.«

Sultan begann auf seinem Stuhl herumzurutschen. Er schlug die Beine übereinander, fuhr sich über den Bart, sah zur Decke.

»Sie gehen also sonst keiner anderen Tätigkeit nach?«, fragte Frau Sellerie und lächelte Sultan an.

»Sicherheitsfirma«, presste Sultan hervor.

»A-ha«, machte Frau Sellerie und nickte.

»Mein Partner kann sich seine Zeit allerdings ziemlich frei einteilen. Wir sprechen uns da ab«, ergänzte Theodor mit superprofessioneller Miene.

»Na gut. Dann achten wir in Zukunft darauf, dass die Kinder ihre Hausaufgaben machen und in der Schule erscheinen. Das wäre ja schon mal ein schöner Fortschritt. Ich werde Sie noch einmal in einem Monat besuchen, dann gucken wir, was wir gemeinsam erreicht haben«, flötete Frau Sellerie dauerlächelnd, und ich dachte, dass sie gar nicht so böse und ernst war, wie ich sie mir vorgestellt hatte. Aber schon auch irgendwie psycho, so eine, die Schreianfälle bekommt und hyperventiliert, wenn sie mit ihrer Familie zusammen ist.

»Wenn wir keine Fortschritte machen«, fuhr sie lächelnd fort und entfernte sich einen Krümel aus dem faltigen Mundwinkel, »muss ich Ihnen eine sozialpädagogische Familienhilfe zur Seite stellen, die dann dreimal die Woche kommt und Ihnen hilft, die alltäglichen Dinge zu regeln, und wenn das nicht greift, dann müssen wir noch einmal ganz, ganz neu überlegen, aber das wollen wir nicht hoffen. Wie Sie wissen, stehe ich in regelmäßigem Kontakt zu der Schule Ihrer Kinder. So. Jetzt würde ich gerne die Küche und die Kinderzimmer sehen. Und dann möchte ich mit euch dreien noch einmal einzeln reden. Der Kaffee war übrigens hervorragend, Herr Aziz. Mein Mann würde mir glatt noch mal einen Heiratsantrag machen, wenn ich so einen Kaffee kochen würde …«, sagte Frau Sellerie kichernd und erhob sich schwerfällig.

»Ja, die Türken verstehen einfach was von Gebäck und Kaffee, das muss man ihnen wirklich lassen«, freute sich Theodor, der Frau Sellerie den Arm anbot, um sie in die Küche zu führen, wovon diese hochherrschaftlich Gebrauch machte. Sultan legte sich kopfschüttelnd die Hände vors Gesicht.

Ich folgte den beiden, blieb jedoch an der Schwelle zum Flur stehen, da ich den Eindruck hatte, Frau Sellerie wollte mit Theodor alleine reden.

»Ich empfehle Ihnen sehr, dafür zu sorgen, dass die Kinder eine Therapie machen«, hörte ich Frau Sellerie zu Theodor sagen. »Der Verlust der Mutter ist ein traumatisches Erlebnis, und Ihre, äh, neuen Lebensumstände mit Herrn Aziz sind es möglicherweise ebenfalls, wenngleich ich darin auch ein gewisses Potenzial erkennen kann, wir sind ja aufgeschlossen gegenüber neuen Modellen, und die Kinder scheinen ihn ja zu mögen.«

Theodor räusperte sich. »Ich bin da vollkommen Ihrer Meinung. Wir sind bereits auf der Suche nach geeigneten Therapieplätzen.

Aber wissen Sie, man trifft auf viel Gemüse unter diesen Psychologen …«

Mit dieser Bemerkung schien er bei Frau Sellerie offene Türen einzurennen. »Ach, wem sagen Sie das!«, klagte sie. »Aber ich kann Ihnen durchaus ein paar geeignete Adressen nennen!«

Die beiden verließen die Küche, und Frau Sellerie blieb im Flur vor einem von Theodors Gemälden stehen.

»Sehr kunstvoll! Das haben wohl Sie gemalt! Aha, ein Künstler also!« Sie setzte ihre Brille auf, die an einer goldenen Schnur um ihren Hals hing. Das Bild war ein Selbstporträt von Theodor, Öl auf Holz oder so, komisch abstrakt. Jedenfalls hatte er statt der toten Mulde, die sein fehlendes Auge in seinem Gesicht hinterlassen hatte, eine Straße gemalt. Auf ihr fuhr ein kleines Motorrad mit einem Typen in den Kopf rein.

Frau Sellerie nickte anerkennend.

»Ja, ich male gelegentlich. Das hat auch einen günstigen pädagogischen Einfluss auf die Kinder«, sagte Theodor extra bescheiden.

»Was haben Sie übrigens mit Ihrem Auge gemacht?«, wollte Frau Sellerie wissen und setzte einen Sie-Ärmster-Blick auf.

Theodor winkte ab. »Ach, das ist eine wiederkehrende Entzündung, psychisch bedingt, Sie verstehen. Ich mache mir viele Sorgen um die Entwicklung meiner Kinder, dass sie ihren Platz finden in dieser Welt und nicht vom Pfad der Tugend abkommen.«

Wenig später thronte Frau Sellerie auf meinem von mir perfekt gemachten Bett. Gegenüber stand das Bett von Clint, der neben mir auf dem Boden saß. Wir wohnten zusammen, weil wir beide das Problem hatten, uns nachts zu fürchten, und es schlimmer fanden, uns nachts allein zu fürchten, als uns tagsüber zusammen zu streiten. Das war unsere Rechnung, und das erklärten wir Frau Sellerie, aber wir sagten nicht, dass wir auch häufiger mal ein Rencontre hatten.

»Wovor habt ihr denn Angst?«, fragte Frau Sellerie. Dabei lächelte sie auf diese Mir-könnt-ihr-es-doch-erzählen-Weise und sah uns über den Rand ihrer Brille an, die sie immer noch aufhatte.

»Hauptsächlich vor Überfällen. Stellen Sie sich mal vor, jemand steht plötzlich in deinem Schlafzimmer und will dich ausrauben, wie würdest du das denn finden?«, versuchte ich ihr das Problem zu schildern.

»Mit einer Magnum schießt er sie tot«, flüsterte Clint. Er kniff ein Auge zusammen und imitierte mit der Hand einen Pistolenschuss.

»Guckt ihr viel Fernsehen?«, erkundigte sich Frau Sellerie.

»Nein, leider nicht. Wir haben quasi nur drei Programme, und der Fernseher ist schwarzweiß und die Antenne kaputt«, antwortete ich.

»Können Sie nicht mal mit unserem Vater reden, damit wir endlich auch so viele Programme haben wie die anderen Kinder in der Klasse? Es nervt echt!«, beschwerte sich Clint.

»Außerdem hätten wir gerne mehr Süßigkeiten. Es ist nicht normal, wenn es gar keine Süßigkeiten gibt, oder?«, erkundigte ich mich.

Frau Sellerie nickte. »Ich verstehe. Schmiert euch der Papa eigentlich ein Schulbrot?«

»Ja, mehrere«, log ich.

»Aber eure Lehrerin hat mir berichtet, dass es schon vorgekommen ist, dass ihr anderen Kindern ihre Pausenverpflegung weggenommen habt«, sagte Frau Sellerie lächelnd, und langsam fing sie an, mich zu nerven mit diesem ständigen Lächeln.

»Das war, weil Simon mir mein Brot in der Pause vorher weggenommen hat«, konterte Clint.

Frau Sellerie sah sich in unserem Zimmer um. Wenn man es betrat, fiel einem zuerst der etwas ramponierte Schwebebalken auf, den wir uns einmal zu Weihnachten gewünscht hatten. Theodor war es damals tatsächlich gelungen, einen aufzutreiben, und er hatte auf mehrfache Nachfrage geantwortet, dass es realistisch sei, dass wir damit zusammen im Zirkus auftreten könnten, worauf ich mich wahnsinnig gefreut hatte, aber wie so oft wurde leider nichts daraus. Mit dem Schwebebalken hatten wir uns eine Höhle gebaut, in der unsere Kuscheltiere wohnten, und das erzählten wir auch Frau Sellerie, die aber keine Lust hatte, mit uns in die Höhle zu krabbeln. Sie fragte stattdessen noch einmal, wovor wir Angst hätten, und weil wir ja nett zu ihr sein sollten, überlegte ich.

»Ich habe manchmal Angst davor, dass jemand mit einem Wattestäbchen angerannt kommt und mir ins Ohr sticht. Theodor hält das für unwahrscheinlich, und ich glaube ihm, und in der Höhle habe ich dann gar keine Angst mehr.« Das war die Wahrheit. Aber Frau Sellerie sagte nichts dazu, sie betrachtete nun das Bücherregal, in dem viele Bücher von Theodor (»Standardwerke«, sagte er) und einige von uns standen. Meistens las er uns ja nicht vor, sondern erzählte Geschichten aus seinem Leben, aber ich hatte keine Lust, ihr das auch noch zu erklären. Frau Sellerie begutachtete weiter unser Zimmer: Wir hatten zwei alte Schreibtischsessel aus Theodors Praxis, die wir mit selbstgebastelten Girlanden dekoriert hatten. An der Wand hingen Porträts von uns, die Theodor gemalt hatte, und zwischen unseren Betten lagen fünf alte Perserteppiche übereinander. Manchmal durfte man den Boden nicht berühren, weil da der Höllenschlund war, dann sprangen wir zwischen den Betten hin und her. Zwischen den Betten war außerdem ein Seil gespannt, damit Leute darüber stolperten, wenn sie in unser Zimmer kamen, aber davor hatten wir Frau Sellerie gewarnt.

»Und, gefällt es Ihnen?«, wollte ich wissen.

»Gefällt es dir denn?«, antwortete Frau Sellerie. Und jetzt ging mir die Blumenstrauß-Schlampe mit ihren Suggestiv-Fragen richtig auf die Nerven. Clint sah das wohl ähnlich, er malte Autos und Explosionen und beachtete sie nicht.

»Was wünscht ihr euch denn?«, wollte sie wissen.

»Einen Elefanten, aber Theodor kauft mir keinen«, antwortete ich gelangweilt.

»Eine Magnum, aber das wird auch nichts«, sagte Clint. Wir waren einfach nicht so blöd, wie sie dachte.

»Nein, ich meine, was wünscht ihr euch für zu Hause, für eure Familie? Euch fehlt doch sicher eure Mutter sehr schmerzlich, nicht wahr?«, fragte sie und machte ein trauriges Gesicht, so: Augen betont langsam auf- und zuklappen, dabei nicken und die Lippen aufeinanderpressen.

»Nein«, antwortet Clint ungerührt, ohne von seinem Papier aufzusehen, »wir kennen sie doch gar nicht, wie soll sie uns dann fehlen?«

»Das ist wirklich bigott«, murmelte ich.

»Was bitte?«, fragte Frau Sellerie und beugte sich vor.

»Nichts«, sagte ich.

»Wie kommt es denn«, fragte sie weiter, nun wieder lächelnd, »dass ihr manchmal euren Mitschülern wehtut? Ich habe ...«

»Die tun uns auch weh«, unterbrach Clint Frau Sellerie. »Die sagen, wir stinken, und halten sich die Nase zu und nennen uns Flodders. Und sie sagen, dass Romy ein Junge ist und am meisten stinkt, weil sie sich nicht wäscht, aber das stimmt nicht. Ich sehe sie oft beim Waschen! Einmal hat ihr einer Hundescheiße ins Haar geschmiert. Soll ich das toll finden, oder was?«

»Was würdest du machen, wenn dir jemand dauernd sagt, du stinkst?«, fragte ich.

»Ich würde ihn bitten, das zu lassen«, gurrte Frau Sellerie.

»Und wenn er es aber nicht lässt, und es sind außerdem ganz viele, die das sagen?«, fragte Clint weiter.

»Dann würde ich mir wahrscheinlich Hilfe holen«, erwiderte sie.

»Von wem?«, fragte Clint herausfordernd.

»Von der Schuldirektorin zum Beispiel, oder von eurer Lehrerin.«

»Sie gehen aber nicht mehr in die Schule«, antwortete Clint genervt, und ich fand, dass er recht hatte. Frau Sellerie dachte überhaupt nicht richtig nach, sie sagte einfach, was man in solchen Situationen eben als Erwachsener sagt.

»Außerdem bringt es nichts, wenn man das der Lehrerin erzählt. Wahrscheinlich hast du gar keine Ahnung«, stellte Clint dann fest und fing wieder an zu malen. Frau Sellerie lächelte Clint mitleidig an, und ich nickte ihr zu, ebenfalls mitleidig lächelnd.

»Wir sind eigentlich gegen Gewalt«, versuchte ich uns zu retten, aber Frau Sellerie stand auf und wollte noch einmal zu Theodor.

»Mann, musstest du so frech zu ihr sein, Volltrottel?«, fuhr ich Clint an, als Frau Sellerie das Zimmer verlassen hatte.

»Halt's Maul, das war auch schlau«, flüsterte er und verpasste mir einen Hieb mit dem Ellenbogen.

Frau Sellerie stand draußen auf dem Flur und sprach mit Theodor, der ernst nickte. Sozialpädagogische Maßnahmen, dies, das, blabla und so weiter. Jonny saß auf der Treppe und zwinkerte uns zu. Sultan stand in der Küchentür. Dann schüttelte sie uns allen der Reihe nach die Hand und verschwand endlich. »Wir bleiben im Gespräch.« Die Tür fiel ins Schloss.

»Und, was hat sie gesagt?«, fragte Jonny nach einer Weile, die jeder für sich im Flur herumstand.

»Sie denkt, dass wir Hilfe brauchen«, erklärte Theodor mit hängenden Schultern und sah zu Boden. »Sie will noch mal mit euren Lehrern sprechen und irgendwelche Konferenzen über das Kindeswohl abhalten, und wenn sie fertig ist, ruft sie mich an.«

Theodor sah auf und lächelte uns an.

»Aber macht euch erst mal keine Sorgen, ich lasse mir von der bestimmt nicht auf der Nase herumtanzen. Wir haben eine ganz gute Vorstellung gegeben. Irgendwie war sie ganz begeistert davon, dass Sultan hier ist. Ich glaube, das findet sie modern.«

»Doktor, sie denkt, wir sind Schwuchteln! Wie kann sie das modern finden?« Sultan zog heftig an seiner Zigarette und tippte sich an die Stirn.

»Sultan, wir sind doch aber gar nicht schwul«, entgegnete Theodor ruhig und ernst.

»Spinnst du jetzt? Mir egal, wer mit wem schwul ist, aber ich bin nicht schwul, alles klar?«, rief Sultan. Er sah uns eindringlich an und begann im Flur auf und ab zu gehen.

»Wenn das meine Kollegen in Berlin erfahren, bin ich arbeitslos!«

»Was hast du denn gegen Schwule?«, wollte Jonny wissen.

»Schwul ist, zwei Männer küssen sich, oder?«, erkundigte sich Clint.

»Halt's Maul!«

»Du bornierter Türke! Denk doch mal ein bisschen nach! Es bringt uns nur Vorteile«, rief Theodor.

»Bin ich jetzt eure schwule Hausfrau, oder was? Ich ziehe in ein Hotel, sofort!«, fluchte er und rannte los.

»Wo sind meine Autoschlüssel?«, rief er.

Ich stellte mich ihm in den Weg. »Sultan, bitte, bitte, bleib bei uns!«, flüsterte ich, aber er hatte diese Durchdreh-Augen. Er sah mich gar nicht.

»Bitte! Es macht so viel Spaß mit dir, und das Essen ist auch besser!«, flehte Clint.

»Ja. Bleib hier! Bitte!«, bat Jonny. Theodor sah Sultan an wie ein Hund, Sultan schaute verzweifelt zurück. In diesem Augenblick klingelte sein Handy.

»Was ist los, ihr Schwuchteln?«, meldete er sich. Dann räusperte er sich und sagte »Guten Tag«. Er verschwand im Wohnzimmer. Nach fünf Minuten kam er wieder.

»Doktor! Es war das Opfer mit dem Bild, der Typ, der 120 Mille will. Es ist ein Rubens. Schon mal gehört?«

8

Der Abend ist schwarz. Der Porsche steht auf einem Feld und schweigt. Er ist von der Straße abgekommen und nicht gegen einen Baum geknallt, sondern über die Böschung geflogen. Wir haben uns überschlagen, wir sind auf den Reifen gelandet, wir sind auf dem Acker krachend zum Stehen gekommen, vor wenigen Minuten oder Stunden. Mein Kopf sitzt schwer auf den Schultern, und ich bin noch damit befasst, zu verstehen, was passiert ist, da höre ich mich sagen: »Mach sofort die Scheinwerfer aus, sonst finden uns die Bullen, und keiner von uns hat mehr einen Führerschein.«

Jonny tut, was ich sage. Er hat eine Stelle am Kopf, die blutet.

»Seid ihr okay?«, fragt er.

»Spinnst du eigentlich?«, sage ich, wobei mir jedes Wort einzeln aus dem Mund fällt. Ich drehe mich nach hinten, um nach Clint zu sehen, und schreie kurz auf. Sein Auge ist verwüstet, mit Blut und offen, auch aus der Nase tropft Blut, die Oberlippe ist geplatzt, an der Stirn hat er auch was. Ich will ihn streicheln, ihn fragen, was ihm alles fehlt, aber er sagt, nein, es tut nicht weh, und leuchtet mit seinem Handy in den Fußraum.

»Was suchst du denn?«

»Mein Zeug.«

»Wie … du willst mit deiner kaputten Nase koksen?«

»Das geht schon.«

Er findet es, natürlich findet er es, er ist einer, der kann, wenn er muss, der steht auf, der ist immer aufgestanden, wenn ich längst nicht mehr aufstehen konnte. Clint versucht, von seinem Handy eine Line zu ziehen. Der Geldschein ist rot, sieht aus wie eine Fackel, und als er fertig ist, tropft das Koks an blutigen Fäden wieder aus seiner Nase heraus.

»Lass mich raus! Ich brauche Luft!«, stöhnt er. Ich öffne die Beifahrertür, stehe langsam auf, spüre, dass mit meinem rechten Arm und der Schulter irgendetwas nicht stimmt, und schiebe den Beifahrersitz nach vorne, damit Clint ins Freie kann. Er krabbelt stöhnend nach draußen und hält sich den Kopf. Er zündet sich eine Zigarette an und geht ein bisschen. Ich erkenne das an der Zigarettenglut, die in der Dunkelheit tanzt und sich langsam von uns entfernt. Aus dem Heck des Porsches kommt Rauch, vielleicht explodiert der gleich, überlege ich, aber ich lasse mich trotzdem zurück auf den Sitz neben Jonny fallen und lehne die Beifahrertür an, denn Clint will bestimmt gleich wieder rein. Jonny bewegt sich nicht und schweigt. Ich müsste ihn jetzt fragen, ob der Porsche gleich anfängt zu brennen, und ich müsste ihn vor allem fragen, ob er den Verstand verloren hat. Warum er eben so ausgerastet ist, was eigentlich noch alles in ihm wohnt, von dem ich nichts weiß, ob er mich auch manchmal hasst, und wenn ja, warum. Ich würde es ja total verstehen. Aber ich kriege den Mund nicht auf, mir ist schlecht. Meine Unterlippe fängt an zu zittern, und wie schlimm ist es bitte, wenn Körperteile sich selbständig machen, wenn die einfach nicht mehr gehorchen? Aber Jonny merkt nichts von der Verselbständigung, er ist froh, dass ich nicht rede, genauso wie ich froh bin, dass er nicht redet. Dass er in diesem Moment einfach seinen Mund hält, die eigentlich zu klärende Frage betreffend, warum wir hier total verunfallt auf einem Acker stehen. Und was macht Clint da eigentlich ganz alleine im Dunkeln, der sollte langsam mal wieder ins Auto kommen, gleich fällt ja hier alles auseinander, gleich ist überhaupt nichts mehr übrig. Wir schweigen

»Mir ist schlecht«, flüstere ich nach einer Weile.

Jonny macht das Kabinenlicht an und sieht mir in die Augen.

»Die Pupillen sehen okay aus. Bist du mit dem Kopf irgendwo drangeknallt?«, fragt er sachlich.

»Keine Ahnung, woher soll ich das denn wissen? Was macht Clint überhaupt so lange da draußen?«

»Wir müssen ins Krankenhaus.«

»Ja, ja, genau.« Ich lache böse. »Vielleicht treffen wir da Theodor.« Ich hieve mich ächzend aus dem Sitz nach draußen.

»Ich gehe mal gucken, was Clint macht.«

»Es tut mir leid! Ich wollte … warte!« Jonny hat diesen Satz gefleht, aber ich fluche nur verächtlich.

»Du bist nicht mehr ganz dicht!«

Ich stehe auf, höre Jonny irgendetwas sagen, aber ich knalle die Beifahrertür zu und stolpere über den Acker. Den Whisky habe ich mitgenommen, was ich nicht verstehe, denn schon bei dem Gedanken an den Geruch muss ich würgen, trotzdem, ich brauche jetzt einen Schluck. Einen kleinen Schluck, der auf eine Weise in Magen und Kopf fährt, die stärker ist als das, was hier passiert.

»Clint! Clint! Wo bist du?«

Meine Stimme ist ein Witz gegen das Feld.

»Clint!« Es kommt keine Antwort, ich laufe weiter, denn Laufen ist irgendwie richtig gerade, das ist immerhin eine Handlung mit kleinen Zwischenergebnissen.

»Clint!«

Ich greife in meine Jackentasche. Da ist kein Telefon, also laufe ich weiter und brülle, während mir immer schwindliger wird. Es ist, als drehte sich mein Gehirn in meinem Kopf, der sich seinerseits ebenfalls dreht, und die Dunkelheit, die dreht sich auch und grinst. Von weit weg höre ich Jonny meinen Namen rufen, der mich aber gerade am Arsch lecken kann, und ich rufe Clint, immer wieder, die Worte scheinen auf, dann verschwinden sie wieder. Und dann muss ich mich setzen.

9

Eine Zeit lang lief es gut für uns. Es lief sogar richtig gut. Der Deal mit dem angeblichen Rubens-Modello war in Gang gekommen. Theodor und Sultan hatten dem Ex-Knasti die 120 Mille zur Tilgung seiner Schulden gegeben und warteten einfach ab. Sie sackten zehn Prozent Zinsen ein und waren sich sicher, dass der Typ (Baldur war sein Name) das Geld nie rechtzeitig würde aufbringen und zurückzahlen können. Der Rubens wurde bei uns zu Hause in einem Tresor im Keller gelagert, den Sultan extra dafür angeschafft hatte, genauso wie zwei Rubens-Bildbände, die immer irgendwo aufgeschlagen herumlagen, und ein Buch über Rubens' Leben und Werk, in dem Sultan wirklich jeden Tag las. Wenn sein Kopf schnarchend zur Seite sackte und er wenig später hochschreckte, blätterte er ein paar Seiten zurück und fing von vorne an. Er war echt so begeistert, dass er manchmal durch das Haus rannte, ohne anzuklopfen eine Zimmertür aufriss und uns anschrie: »Guck, er war auch Diplomat! Verstehst du, man muss arbeiten! So wie Peter Paul Rubens. Okay, Peter Paul ist ein Scheißname, geb ich zu. Aber ich liebe seine Tierbilder, ganz ehrlich, gefällt mir.«

Und dann nickte er und zog anerkennend die Mundwinkel nach unten, wobei er seine Schultern rund machte, was insgesamt sehr italienisch aussah, ziemlich exakt so wie Sil von den Sopranos.

Jonny, Clint und mich interessierten Peter Paul Rubens und sein Bild in dem Tresor nicht besonders. Wir durften es sowieso nicht sehen. Erst wenn Baldur nicht rechtzeitig gezahlt hätte. Was das anging, war Sultan abergläubisch. Theodor erzählte, dass Baldur sogar mal einen Ferrari 250 GTO besessen haben soll, bevor es mit ihm bergab ging.

Ich wollte wissen, warum es mit Baldur bergab gegangen war. Theodor erklärte es mir:

»Püppi, ganz einfach, der war Spieler und hat sich mit den falschen Leuten eingelassen. Die stehen dann zu zehnt vor deiner Tür und machen dich alle, da kennen die nix.«

Der Plan war jedenfalls, den Rubens bei Nichtzahlung zack, zack zu verkaufen und ein Schweinegeld zu kassieren. Die Aussicht sorgte bei Theodor und vor allem Sultan für beste Laune. Außerdem hatte Frau Sellerie dann doch von ihren sozialpädagogischen Beistellmenschen abgesehen und ließ uns machen. Sie kam einmal im Monat, um nach dem Rechten zu sehen, aß Gebäck, trank Kaffee und unterhielt sich mit Sultan über Theodor, außerdem über uns und Fragen der Haushaltsführung.

Sultan vergaß in diesen Gesprächen nie, irgendwelche Frauengeschichten zu erwähnen. Frau Sellerie entgegnete dann: »Ja, ja, ist doch in Ordnung« und »Machen Sie sich keine Sorgen«. Sultan half das, sich zu entspannen, und Frau Sellerie konnte sich ihrerseits entspannen, weil Sultan den Haushalt wirklich im Griff hatte. Was sie zu sehen bekam, war tipptopp: Der ganze Theodor-Schrott aus Radkappen, Kabeln, Autobatterien und so weiter lag in dem Zimmer neben dem Keller. Eigentlich hatte Theodor ja angekündigt, dass er das alles nach unserer Aufräum-Aktion wieder zurückräumen wollte, weil er, wie er sagte, sein »kreatives Chaos« brauche. Aber weil wir jetzt regelmäßig Kontrollbesuche von Frau Sellerie erhielten, sah er ein, dass es besser war, ein bisschen Ordnung zu halten, und so blieb sein Schrott im Kellerzimmer. Alles, was er darüber hinaus anschleppte, ließen wir, bevor Frau Sellerie kam, rechtzeitig unter dem Sofa und in Schränken verschwinden. Außerdem hatte Sultan eine Polin organisiert, die Olga hieß, einmal die Woche putzte und unsere Wäsche wusch. Zwar behauptete er gegenüber Jonny, Clint und mir, sie mache ihre Arbeit schlecht und stehle Besteck, was er genau beobachtet haben wollte, als er ihr einmal »zum Spaß« den ganzen Vormittag nachspioniert hätte. Dafür konnte man aber endlich wieder baden, weil Olga den Abfluss gereinigt hatte. Man konnte barfuß laufen, ohne schwarze Füße zu bekommen, und sich auf die Toilette setzen, ohne vorher Papier auszulegen. Außerdem schliefen wir jetzt in sauberen Betten, richtig mit Bettbezügen und Laken. Und Sultan kaufte extraweiches Toilettenpapier.

Mein Zuhause war mir plötzlich nicht mehr peinlich, und ich fand, dass wir fast so etwas Ähnliches waren wie eine richtige Familie. Okay, Sultan war keine Frau, aber er machte sich ganz normal Sorgen um uns. Eben fast wie eine Frau.

Aus irgendwelchen Gründen wurde er ziemlich ehrgeizig, was uns Kinder anging. Er zwang uns, wenigstens jeden zweiten Tag zu duschen, er schickte Jonny und Clint regelmäßig zum Friseur und achtete darauf, dass ich bunte Spangen im Haar hatte. Olga hatte ihm gezeigt, wie man Mädchenfrisuren macht. Er schimpfte trotzdem immer, wenn wir morgens vor dem Badezimmerspiegel standen und meine Haare in Ordnung brachten, weil er fand, das sei eine Frauenaufgabe. Wenn er schlecht gelaunt war, schimpfte er, dass er mich auseinandernehmen würde wie einen kleinen Hähnchenschenkel, wenn ich irgendjemandem erzählen würde, was er hier machte. Dafür sah ich nun immer ordentlich aus, wenn ich zur Schule ging. Morgens drückte er mir und den Jungs zum Abschied jedem einen Fünfer in die Hand, kniff uns in die Wangen und sagte, wir sollten endlich abhauen und ihn in Ruhe lassen.

»Hört gut zu und baut bloß keine Dummheiten! Lernt lieber Latein, wie Paul Peter! Ich liebe euch!«

Und wenn wir uns im Gehen noch mal umdrehten, stand er in seinem gestreiften Bademantel in der Tür, kratzte sich an der behaarten Brust und hob die Hand.

Ja, es waren goldene Zeiten. Irgendwann kaufte Sultan sogar einen vernünftigen großen Fernseher und setzte uns eine Satellitenschüssel aufs Dach. Er schaffte außerdem einen Videorekorder, eine Fritteuse und einen Sandwichmaker an, Raumspray für die Toilette und für sich selbst einen Massagesessel, der sein Regierungsthron wurde und auf dem wir manchmal auch kurz Platz nehmen durften.

Und er führte ein Belohnungssystem für halbwegs anständige Noten ein. Es funktionierte so: »Sultan, ich hab ein ›Ausreichend‹ im Mathetest!«

»Ich habe gewusst, du bist nicht so blöd, wie du manchmal aussiehst, mein Kleiner! Das ist eine stabile Leistung! Komm her, Clint!«

Clint wurde in die Wange gekniffen und an der Nase gezogen und bekam einen Taschenventilator aus dem Drogeriemarkt geschenkt. Oder einen kleinen Porsche, der sich verfärbt, wenn man ihn in warmes Wasser legt, ebenfalls aus dem Drogeriemarkt. Für ein »Gut« in Sport bekam ich meine erste Barbie, und Sultan war so schockiert, dass ich noch keine hatte, dass ich mir außerdem noch eine kleine Haarbürste für die Barbie aussuchen durfte. Wir kauften sie gemeinsam bei der netten blonden Frau im Drogeriemarkt, die übrigens Sabine hieß und in deren Gegenwart Sultan nie Scheiße sagte oder laut wurde, was mir nicht gefiel. Egal, ich wollte auch einen Taschenventilator, also strengte ich mich an. Und Clint brauchte ein Spider-Man-Kostüm, also strengte er sich auch an. Zwar gab es ein Riesentheater mit Sultan, als Clint als Spider-Man verkleidet in die Schule gehen wollte, aber es gelang Clint, das Kostüm in seinem Ranzen an Sultan vorbeizuschmuggeln und auf dem Schulweg anzuziehen. Für ein »Befriedigend« in Rechnen, das wirklich sensationell war, durfte ich mir aus dem Faschingssortiment des Drogeriemarktes ein Tutu aussuchen, das Sabine »supersüß« fand. Das nervte mich, aber Sultan nannte mich den ganzen Tag »Prenses«, und selbst Theodor gab zu, dass ich aussah wie eine Balletttänzerin. Der Einzige, der keinen großen Wert auf Belohnungen aus dem Drogeriemarkt legte, war Jonny. Er bat Sultan, ihn in bar auszuzahlen, da er sich mittelfristig ein Mountainbike oder einen hochwertigen Chemiebaukasten anschaffen wollte, das wusste er noch nicht ganz genau. Da Jonny immer gute Noten schrieb, wenn er wollte, machte er, seit Sultan da war, richtig Cash.

Es lief echt alles wie geschmiert. Nur einmal hatten Sultan und ich eine Situation.

Er wollte den Jungs das Boxen beibringen. Ich durfte nicht mitmachen, weil er fand, Boxen sei nichts für mich, da gab es bei ihm einfach keinen Diskussionsspielraum. Bis Jonny meinte, dass das ungerecht sei. Das war nach dem Mittagessen im Wohnzimmer. Eigentlich begann das Boxtraining erst um halb sechs, aber an jenem Tag war es schon während des Essens nur ums Boxen gegangen. Vor einem Teller Nudeln sitzend hatte Sultan ein Referat über die Wichtigkeit der Deckung gehalten und dass man, ohne das kapiert zu haben, eigentlich gar nicht antreten brauche. Wenn er sich gerade keine Nudeln mit Soße in den Mund schob, nahm er seine Deckung hoch und erklärte, welche Körperteile man damit schützte. Die Jungs machten es ihm nach, und ich nahm meine Fäuste ebenfalls hoch, auch wenn ich wusste, dass Sultan mir das Boxen nicht beibringen wollte. Sultan sah mich nicht an, er sprang auf und lief um den Tisch, um Clint zu korrigieren, weil dessen Ellenbogen zu tief waren.

»Genau so!«, rief Sultan und klatschte in die Hände. Er stand in Boxposition neben dem Esstisch und nickte Clint zu, der sich nun ebenfalls erhob. Die beiden boxten ein bisschen, und ich sah zu und wurde immer wütender, weil es Sultan ganz egal war, was ich machte. Und dann reichte es mir. Ich stand auf, stellte mich neben die beiden, Deckung oben, und versuchte, »gute Beinarbeit« zu machen, so, wie Sultan das den Jungs immer erklärt hatte.

»Sultan!«, rief ich, nachdem ich, ohne dass er mich beachtet hatte, auf und ab gehopst war. »Wie ist meine Beinarbeit?«

Sultan sah nur kurz zur Seite und sagte zu Jonny, er solle das Springseil holen, heute werde ausnahmsweise früher geübt.

Aber Jonny ging nicht, er blieb zögernd stehen und sah mich und Sultan an, der nun vor Clint kniete, um seine Füße in die richtige Stellung zu bringen.

»Guck, Clint, du musst so auf den Ballen stehen und wippen, klar? Du stellst dich immer falsch hin«, erklärte Sultan engagiert. Ich verschränkte die Arme und biss mir auf die Lippe, damit ich nicht anfing zu heulen. Jonny kam zu mir und legte mir eine Hand auf die Schulter.

»Sultan«, rief er. Sultan blickte genervt auf. »Es ist gemein, dass du Romy nichts beibringst. Sie kann total lange rennen und ist ohne Scheiß sportlich. Außerdem hat sie auch oft Probleme in der Schule!«

Sultan richtete sich langsam auf. So böse, wie ich konnte, sah ich in seine Richtung, aber er erwiderte meinen Blick nicht. Er zeigte mit dem Zeigefinger und dem kleinen Finger in Jonnys Richtung und bewegte die Hand im Takt seiner Worte:

»Ich bin der Trainer, verstehst du? Romy soll Gymnastik machen oder Wettrennen, aber nicht boxen!«

Dann sah er kopfschüttelnd zur Decke, als würde er sich mal wieder mit Gott über die Unglaublichkeit, mit der er sich in diesem Augenblick konfrontiert sah, verständigen. Er wollte gerade weiterargumentieren, da unterbrach ihn Clint, nachdenklich und mit ernster Miene:

»Romy ist echt unbeliebt. Du musst ihr wenigstens ein bisschen was zeigen! Du willst doch nicht, dass sie dauernd k. o. geht auf dem Schulhof, oder?«

»Sie ist ein Mädchen! Warum ist sie unbeliebt? Wenn sie boxt, wird sie noch unbeliebter! Bist du bescheuert? Willst du, dass die Leute sagen, deine Schwester ist ein Boxer, oder was? Willst du, dass Leute sagen, deine Schwester ist dein Bruder? Dann wird sie erst recht verprügelt! *Du* musst andere verprügeln, wenn sie Ausdrücke zu deiner Schwester sagen!«

Ich wollte Sultan beschimpfen, aber ich konnte nicht, weil ich wusste, dass ich sofort heulen würde, wenn ich den Mund aufmachte.

»Ist doch egal, was die Leute sagen«, entgegnete Jonny ruhig, »ganz ehrlich, Sultan, du musst da ein bisschen offener sein! Mit der Zeit gehen und so.«

»Mir scheißegal Zeit. Romy bekommt *so* Oberarme!«, rief Sultan. Er zeigte auf seinen Bizeps. »Niemand will sie mehr heiraten. Ihr seid da, um sie zu beschützen, wenn Ausdrücke benutzt werden! Ist eure Aufgabe!«

»Mann, Sultan«, schrie ich plötzlich, »warum müssen bei dir immer alle heiraten?«

»Was willst du sonst machen? Alle heiraten!«, schrie Sultan zurück und griff nach seinen Zigaretten, die auf dem Esstisch lagen. Ich atmete tief durch, einmal, zweimal. Sultan zündete sich eine Zigarette an und stieß den Rauch durch seine Nase aus. Er sah aus wie ein Drache, der sich provoziert fühlt. Ich blickte ihn schweigend an, formte meine Augen zu Schlitzen, und dann nahm ich meine ganze Gemeinheit zusammen und knallte sie ihm hin:

»Du bist echt borniert! Aber du weißt nicht mal, was borniert ist! Eigentlich bist du sogar dumm. Frau Schramm sagt, man soll nicht gemein zu Ausländern sein, aber du bist echt überhaupt nicht intelligent.«

Ich sah, dass ich ihn getroffen hatte. Er blinzelte und wusste nicht, wo er seine Augen lassen sollte. Er konnte nichts sagen. Wie einer, der bei einer Klassenarbeit beim Spicken erwischt worden ist. Ich drehte mich um und schritt stolz aus dem Wohnzimmer.

Später meinten die Jungs, ich sei blöd gewesen und müsse mich entschuldigen. Das wusste ich aber schon vorher, dass ich etwas böse falsch gemacht hatte. Und ich freute mich auch überhaupt nicht mehr, dass ich so gemein gewesen war. Ich wollte viel lieber so schnell wie möglich raus aus der Situation, in der ich mit Sultan war. Aber das gab ich nicht zu. Ich sagte Jonny, dass ich mich nur entschuldigen würde, wenn Sultan mir auch Boxunterricht geben würde. Aber Jonny meinte, das eine hätte nichts mit dem anderen zu tun. Er sagte, dass man so was nicht macht und dass ich ein krasses Arschloch gewesen sei. Und wenn Jonny das sagte, dann musste ich mich natürlich entschuldigen. Auch wenn ich so tat, als müsste ich mir das noch einmal gut überlegen.

Ich wartete bis zum Abendessen. Es gab Kartoffeln mit paniertem Schnitzel, was etwas Besonderes war. Sultan besorgte das Schnitzel bei der Metzgerei drei Straßen weiter. Da bekam man es schon fertig gebraten. Wir aßen es immer mit Ketchup und Mayonnaise. An dem Abend deckte ich freiwillig den Tisch und arrangierte alles speziell sorgfältig. Jedem legte ich eine der grünen Papierservietten auf den Teller, die Sultan bei Sabine gekauft hatte, außerdem stellte ich zwei Kerzen auf den Tisch und zündete sie an. Clint, Jonny und ich saßen schon, als Sultan aus der Küche kam und den Topf mit den Kartoffeln und den Schnitzel-Teller auf den Tisch stellte. Draußen wurde es langsam dunkel. Leider sagte Sultan überhaupt nichts zu meiner schönen Dekoration, und er sah mich auch nicht an. Ich zappelte unter dem Tisch mit den Beinen und beobachtete ihn, der uns der Reihe nach auftat. Als ich dran war, blickte Sultan mich kurz an, guckte aber gleich wieder weg. Als wäre ihm etwas peinlich. Die Jungs stürzten sich auf ihr Schnitzel und waren verliebt. Sultan aß schweigend. Irgendwann hielt ich es nicht mehr aus und hob den Blick. Sultan bearbeitete das Schnitzel auf seinem Teller mit viel Kraft, so, als müsste er das Schnitzel umbringen, bevor er es essen konnte. Er stach mit der Gabel darauf herum und sägte verbissen, seine Kiefermuskeln traten hervor. Er ist sauer, dachte ich, nein, er ist traurig, und da trafen sich unsere Blicke.

»Sultan«, sagte ich und gab mir Mühe, mit fester Stimme zu sprechen, aber es klang piepsig. »Ich wollte sagen, es tut mir leid, was ich vorhin gesagt habe!«

Ich sah ihn an, mit gesenktem Kopf und so von unten. Die Jungs hatten aufgehört zu essen und guckten uns an. Es war kurz still. Bis Sultan mit der Hand eine wegwerfende Bewegung machte und grinste.

»Ach, das! Hab ich schon vergessen! Iss dein Schnitzel!« Ich nickte, und er erzählte schnell irgendwas von seinem Lieblingsfilm *Heat* mit Robert DeNiro und Al Pacino, der, wie er in der *TV Today* gelesen hätte, bald im Fernsehen lief.

Vor dem Schlafengehen ging ich noch mal zu Sultan, weil ich überhaupt nicht das Gefühl hatte, dass alles wieder gut war. Ich nahm mir vor, ihn zu umarmen und zu trösten. Er saß in seinem Massagesessel und schaltete durch die TV-Programme. Ich stellte mich dicht neben ihn und legte ihm vorsichtig eine Hand auf seinen Arm.

»Nacht, Prenses«, sagte er, ohne den Fernseher aus den Augen zu lassen.

»Sultan?«, flüsterte ich, damit er mich ansah.

»Hmm.« Er war bei einem Krimi hängengeblieben, wo ein Typ, dem das eine Augenlid runterhing, auf einen anderen schoss und ihn in die Schulter traf. Der getroffene Typ taumelte.

»Ich wollte noch mal sagen, es tut mir ehrlich leid. Ich war ein krasses Arschloch vorhin!«, flüsterte ich vorsichtig weiter und schielte zum Fernseher. Der Typ mit dem Schuss in der Schulter lag jetzt auf dem Boden und sah aus, als würde er nur noch kurz leben. Er röchelte und lächelte traurig.

»Romy! Spinne ich? Du sollst jetzt nicht fernsehen! Wir unterhalten uns gerade, oder?«, rief Sultan und schlug mir leicht auf den Hinterkopf.

»Also, vertragen wir uns wieder?«, fragte ich und lächelte ein bisschen.

»Klar, wir vertragen uns, Prenses! Aber du darfst dich nicht so benehmen! Ich weiß, du hast ein Problem mit Autoritäten, und wenn du mal in die Pubertät kommst, wird es noch schlimmer! Ist normal. Aber so kannst du mit mir nicht reden! Geht nicht, wenn du mit mir zusammenwohnst! Regel Numero uno, klar?«, erklärte er und zündete sich eine Zigarette an. Den Rest des Satzes sagte er wegen des Rauches in seiner Lunge durch die Nase, dabei kratzte er sich mit der freien Hand am Kinn, und ich fand, dass er dabei wirklich sehr autoritär wirkte, oder zumindest sehr erwachsen.

»Okay«, sagte ich nickend und näherte mich ihm, um ihn zu umarmen. Er erwiderte meine Umarmung, aber ich war mir sicher, dass er mich anders umarmte als sonst, nicht so fest und warm. Er klopfte mir ein paarmal mit der flachen Hand auf die Schulter, und ich dachte, er will, dass ich jetzt gehe.

»Gute Nacht!«, sagte ich leise und drehte mich um, da hörte ich ihn hinter mir: »Und? Was heißt dieses Wort jetzt?«

Ich blieb stehen und sah ihn an. »Welches Wort?«

»Welches Wort, welches Wort? Rede ich chinesisch? Borniert!«, rief er mit hoher Stimme und setzte sich in dem Massagesessel auf.

»Ach so, das!« Ich merkte, wie mein Kopf ganz warm wurde und dass ich dieses aufgeregte Gefühl in der Brust bekam. Ich überlegte.

»Borniert ist in etwa das Gleiche wie bigott«, murmelte ich, sah ihn an und dann schnell woandershin.

»Ha! Du weißt es selber nicht!« Er kniff ein Auge zusammen und fixierte mich mit dem anderen Auge, den Zeigefinger auf mich gerichtet. Dann schüttelte er den Kopf und schlug sich mit der flachen Hand auf den Oberschenkel. Mir wurde immer heißer.

»Doch! Frag Theodor!«, rief ich, und Sultan lachte, und ich sagte ihm wieder, dass er Theodor fragen solle.

»Los! Frag ihn doch!«

»Lüg doch nicht, Prenses!«

Sultan lachte und lachte immer mehr. Mir kamen die Tränen. Ich wischte an meinen Augenwinkeln herum und wollte schnell aus dem Zimmer laufen. Nach wenigen Schritten, ich war noch nicht mal bei der Wohnzimmertür angelangt, packte er mich von hinten, hob mich hoch und hielt mich. Ich roch sein Parfum und fühlte seinen Bauch, der sehr weich war. Ich wollte nicht und verstand auch nicht, warum, aber ich fing richtig an zu heulen. Ich heulte so sehr, dass ich meinen Atem nicht mehr unter Kontrolle hatte und schluchzte. Ich rotzte ihm sein schwarzes Hemd voll, und er streichelte mir den Kopf. »Gut, Prenses, wir vertragen uns wieder. Mach dir keine Sorgen. Sultan liebt dich, aber manchmal werden Sachen kompliziert. Ist normal, hörst du? Ich bringe dir auch Boxen bei, wenn du aufhörst zu weinen«, sagte er mit ruhiger Stimme. Ich nickte, er streichelte mir die Wange und gab mir einen Kuss auf die Stirn.

Ich kam dann nie wieder auf sein Angebot mit dem Boxunterricht zurück, und er sagte auch nichts mehr dazu. Hätte er gefragt, hätte ich es vielleicht gemacht. Aber ich wusste, dass er es viel interessanter fand, die Jungs zu unterrichten, und nach unserem Streit war ich deswegen irgendwie nicht mehr beleidigt. Ich liebte Sultan wie verrückt und war einfach froh, wenn er da war. Zum Beispiel, wenn wir nach der Schule nach Hause kamen. Da empfing er uns, meistens in Jogginghose und Unterhemd, mit einem warmen Mittagessen. Sein Repertoire war ein bisschen begrenzt, aber es schmeckte vorzüglich. Es gab Döner, Nudeln mit Tomatensoße, Pizza mit extra Käse, Ente kross mit Reis, Hähnchen süßsauer mit

Reis und manchmal Schnitzel mit Kartoffeln oder Pommes. Während des Essens mussten wir ihm dann sagen, was wir an Hausaufgaben zu erledigen hatten. Sultan war nicht blöd, er war im Gegenteil ein Fuchs. Einmal stand er am Herd, wedelte mit dem Küchenhandtuch und meinte: »Wenn ich rauskriege, dass ihr mir die Hausaufgaben nicht gesagt habt, stecke ich euch einen Chinakracher in den Arsch und ziehe ins Hotel! Ich will kein dummes Gelaber, ich will schriftliche Bestätigungen sehen!«

Tatsächlich mussten wir Sultan jeden verdammten Tag eine Lehrerunterschrift vorlegen, die bezeugte, dass wir unsere Hausaufgaben gemacht hätten. Jeder von uns wurde mindestens einmal von Sultan verdächtigt, die Unterschriften gefälscht zu haben, woraus folgte, dass wir Herrn Pluchinski und Frau Schramm und wie sie alle hießen um einen handschriftlich verfassten Wisch bitten mussten, auf dem sie bestätigten, dass wir ihre Unterschriften nicht gefälscht hätten. Die Lehrer wunderten sich, Sultan drohte, und Theodor lachte nur. Sultan war ein krasser Übertreiber, da waren wir uns einig. Aber er hatte eben auch verstanden, dass wir nicht wollten, dass er wegging, und das nutzte er ein bisschen aus.

Nach den Hausaufgaben durften wir immerhin zwei Stunden fernsehen, weil Sultan fand, dass man sich auch ausruhen müsse. In dieser Zeit war es still, und man hörte nur das Krachen der Chips. Meistens ruhte sich Sultan mit aus. Er saß auf seinem Massagesessel, hatte das Rubens-Buch auf dem Schoß und verschwand nur zwischendurch mal kurz, um am Telefon rumzuschreien oder etwas zu erledigen.

Abends aßen wir noch mal warm und alle zusammen, richtig mit Sitzordnung, an die sich auch jeder hielt. Sultan saß am Kopfende, das zur Terrassentür zeigte, Theodors Platz war am gegenüberliegenden Ende. Jonny saß links, ich rechts von Sultan, und zwischen mir und Theodor war Clints Platz.

Einmal gab es Pizza Hawaii. Theodor kam an jenem Abend rechtzeitig aus der Praxis und setzte sich zu uns an den gedeckten Abendbrottisch.

»Mmhm, das sieht ja gut aus!«, murmelte er. Und dann tat er, was er immer tat, wenn er sich mit uns zusammen an irgendeinen Tisch setzte: Er richtete sich auf, drückte den Rücken durch, legte die Hände auf die Tischkante und sah Clint, Jonny und mich der Reihe nach an, woraufhin wir uns ebenfalls gerade hinsetzten und die Ellenbogen vom Tisch nahmen. Theodor nickte. Er nahm den Stapel Post, der neben seinem Teller lag, und ging die Briefumschläge der Reihe nach durch. Unwichtige Sachen legte er zur Seite, aber einige Umschläge öffnete er sofort. »Da haben die Schweine mich wieder geblitzt«, sagte er kopfschüttelnd. »Das machen die ja ständig, und das ist eine solche Unverschämtheit!« Er riss den nächsten Umschlag auf. »Nein!«, jaulte er und schlug mit der Faust auf den Tisch. Wir zuckten zusammen. »Die rufen hier 93 Mark 67 an Verwaltungskosten für das Verfahren auf! Das darf doch nicht wahr sein!« Theodor verzog das Gesicht, als hätte er Schmerzen. Er seufzte und legte den Umschlag zur Seite. »Reg dich nicht auf, Doktor. Trink Bier!«, versuchte Sultan Theodor zu beschwichtigen, der den Kopf in die Hände gestützt hielt. Eilig öffnete Sultan ein Bier, ließ den Kronkorken in seiner Hosentasche verschwinden und stellte es Theodor hin. Sultan war beim Abendessen oft aufgeregt, hatte ich den Eindruck. Vielleicht, weil er wollte, dass alles klappte. Plötzlich sprang er auf. »Der Käse!«, rief er. Er rannte vom Wohnzimmer in die Küche und wieder zurück und legte eine Packung Sandwichkäse auf den Tisch. Dann setzte er sich, hielt inne und überblickte den Tisch. »Scheiße! Das große Messer! Clint! Ich hab doch gesagt, du sollst es nicht vergessen«, schimpfte er und lief wieder in die Küche.

»Hast du gar nicht gesagt!«, rief Clint ihm nach.

»Hab ich gesagt! Halt die Klappe, wenn du mit mir redest!«

Sultan kam mit dem Messer in der Hand aus der Küche und schnitt die Pizza im Stehen über den Tisch gebeugt in Stücke. Er nahm die Käsescheiben aus der Plastikverpackung und belegte die Pizzastücke damit. Wenn eine Käsescheibe nicht richtig gerade war, korrigierte er sie, und dann verteilte er die dekorierten Pizzastücke auf die Teller. Schließlich setzte er sich. Er seufzte, lächelte uns an, und wir fingen an zu essen.

»Wie war dein Tag, Doktor?«, fragte Sultan kauend.

»Viel zu tun«, erwiderte Theodor, ohne von seinem Teller aufzusehen.

»Was viel zu tun, red ich chinesisch?«, fragte Sultan und grinste, aber er meinte es ernst. Er wollte, dass Theodor sich richtig mit uns unterhielt.

»Natürlich redest du nicht chinesisch. Wie kommst du denn darauf?«, fragte Theodor erstaunt, aber ohne Leidenschaft. Er war irgendwo anders, wahrscheinlich bei den 93 Mark 67.

»Was war los, Doktor? Sei nicht so geizig mit deinen Worten! Jonny hat eine Zwei in Mathe, oder, Jonny? Die kleinen Kinder und Sultan wollen wissen, wie es dir geht. Ist doch ganz einfach. Du musst Familienliebe machen und sie gießen wie die Blumen.«

Sultan sah sich um und gluckste. Theodor nahm einen Schluck Bier und fuhr sich mit dem Handrücken über den Bart.

»Ich mache die ganze Zeit Familienliebe«, sagte er ernst und begann nun den Poststapel mit den unwichtigen Briefen durchzugehen. Sultan zuckte mit den Achseln und spielte nervös mit dem Messer in seiner linken Hand herum.

»Will jemand noch mehr?«, fragte er und sah in die Runde. Die Jungs und ich nickten. Sultan legte jedem noch ein Stück Pizza auf den Teller.

»Danke! Schmeckt hervorragend!«, sagte Jonny. Sultan nickte lächelnd. Wir kauten schweigend. Sultans Blick sprang zwischen unseren Gesichtern hin und her. Dann fiel ihm etwas ein, das es zu besprechen gab. Er wandte sich wieder an Theodor:

»Doktor, du musst Hausaufgaben kontrollieren. Ich kann eure Grammatik nicht, ehrlich, sie reden jetzt von Fällen und so.«

Theodor nickte und gähnte, ohne sich die Hand vor den Mund zu halten.

Es machte ihm absolut keinen Spaß, unsere Hausaufgaben zu überwachen, und seine Kontrollen waren auch eher ungefährlich. Zum einen, weil er wirklich viel um die Ohren hatte (die Praxis und seine Patienten, an den halbfertigen Autos vor unserer Tür herumschrauben, über neu anzuschaffende Autos nachdenken, Bilder fertig malen, gegen begangene Ordnungswidrigkeiten Protest einlegen, prozessieren, anerkannte Provenienzfeststeller wegen Peter Paul kontaktieren und vieles mehr). Zum anderen war er wohl einfach davon überzeugt, dass wir das mit der Schule irgendwie hinkriegen würden. Teilweise fand er es auch einfach albern, was wir dort lernten. Er regte sich über dämliche Formulierungen in Jonnys Mathe-Textaufgaben auf und fand sie viel zu einfach, er lachte über Texte, die Clint und ich diktiert bekamen, und er sagte, unser Kunstlehrer sei ein totaler Hustensaft ohne Ahnung, der uns völlig unterschätzen würde.

»Und sonst? Grundsätzlich alles im Griff?«, fragte Theodor, nachdem er alle Briefe durchgesehen hatte. Sultan nickte zufrieden und setzte eine strenge Miene auf.

»Herr Pluchinski hat ein Gipsbein«, antwortete Jonny und wischte sich den Mund mit einer Papierserviette ab.

»Oh, warum das denn?«, erkundigte sich Theodor, der ebenfalls seinen Teller leer gegessen hatte. Er stand auf, um Konserven aus der Küche zu holen.

»Ihm ist sein Auto auf den Fuß gefallen, er kam mit dem Wagenheber nicht klar«, rief Jonny Theodor hinterher, der mit einer Dose Pfirsichen und Ravioli wiederkam.

»So ein Gipskopf! Wie kann man denn mit einem Wagenheber nicht klarkommen? Schick ihn mal in der Praxis vorbei, dann guck ich mir das Knie an«, antwortete Theodor kopfschüttelnd und betrachtete die Ravioli-Dose in seiner Hand, die vermutlich aus den späten Achtzigern stammte. Er war neuerdings komplett besessen von den Konservenvorräten aus der Küche, die er vor Sultans Zeiten angelegt hatte und uns früher immer vorgesetzt hatte. Und jetzt ging er echt ungelogen am Ende eines jeden Sultan-Abendessens in die Küche und holte eine Konserve, was Sultan, normal, in seiner Ehre kränkte.

»Warum musst du jetzt diese Dreckskonserven essen?«, rief Sultan, als Theodor die Dose öffnete. »Kann man nicht mit ansehen. Ich backe stundenlang, und du isst Konserven! Es gibt noch mehr Pizza für dich!«, versuchte Sultan Theodor zu überzeugen.

»Mir schmeckt das eben! Und die Pizza mache ich gleich auch noch alle«, erklärte Theodor genervt und löffelte die Ravioli kalt aus der Büchse. Sultan schüttelte den Kopf, bemühte sich aber um eine freundliche Tonlage. »Doktor, ganz ehrlich, das ist eklig und peinlich. Ein Mann wie du muss diesen Mist nicht essen.«

»Sollen wir die Dosen wegschmeißen, oder was?«, fragte Theodor und kaute energisch weiter. Ihm war klar, dass die Dosen jetzt, wo Sultan da war, keiner außer ihm essen würde, und das machte ihn wütend. Denn es war gegen seine Spielregeln. Wir wussten, dass er die Dosen bis zur allerletzten leer essen würde, weil er es nicht ertrug, wenn Sachen weggeschmissen wurden. Sultan hingegen war mit den Hintergründen der Konserven-Macke nicht vertraut und verstand überhaupt nichts.

»Natürlich sollst du die Dosen wegschmeißen. Habe ich schon x-mal gesagt! Ist doch kein Asylantenheim hier!«, rief Sultan.

Theodor atmete tief durch. Ich überlegte. Jonny und Clint auch. Wir mussten schnell ein anderes Thema finden. Es waren ja auch nicht nur die Dosen. Die allgemeine Umkrempelung unseres Lebensstils, das warme Wasser, Olga, die Anschaffung des Massagesessels, der Satellitenschüssel und der Fritteuse, die ganze Geldausgeberei für Belohnungen, also das von uns so geliebte Sultan-Regiment, war insgesamt ziemlich viel für Theodor. Dabei war ich mir sicher, dass Sultan den Großteil bezahlte, weil er stolz war, was Geldsachen anging.

Zum Glück fiel Jonny etwas ein, um Theodor abzulenken.

»Brauchst du Hilfe bei der Generalüberholung von der Ducati?«, erkundigte sich Jonny sanft.

»Könnte ich gut gebrauchen«, sagte Theodor, dessen Gesichtsmuskeln sich sofort ein bisschen entspannten.

»Ja, hilf deinem Vater, das ist gut!«, sagte Sultan, der unentschlossen seinen Kopf wiegte und auf seine Hände starrte, die mit einem Feuerzeug herumspielten. Er schien sich noch nicht ganz sicher, ob er die Konserven-Kränkung hinnehmen oder mit Theodor erziehungsmäßig an einem Strang ziehen sollte.

»Übrigens«, fing Theodor an, der jetzt die Pfirsichdose öffnete, »Kalli zieht für ein bis zwei Wochen bei uns ein.«

»Dieser verrückte Penner ohne Zähne? Warum das denn?«, fragte Sultan mit Fistelstimme und verschränkte die Arme über dem Bauch.

»Ihm ist eine Kuh durchs Dach gefallen.« Theodor trank den Saft aus der Konserve. Er hing in Tropfen an seinem Bart. Sultan zog die Mundwinkel herunter.

»Warum ist Kalli eine Kuh durchs Dach gefallen?«, fragte Jonny nüchtern.

»Er wohnt doch am Waldrand an so einem steilen Hang. Und es gab ja diese starken Regenfälle in den letzten Wochen«, erklärte Theodor und versuchte, nicht zu lachen. »Na ja, und da ist die Kuh am Berg ausgerutscht und Kalli durchs Dach gesegelt. Der arme Kerl hat gerade die Tagesschau geguckt, und plötzlich fällt die Kuh in sein Wohnzimmer.«

Sultan bekam einen roten Kopf, seine Augen traten hervor. Dann schlug er auf den Tisch und schrie fast vor lachen. Theodor grinste und fummelte einen Zigarrenstummel aus seiner Brusttasche, den er mit einem Streichholz anzündete. Sultan stand, noch immer lachend, auf und holte einen Aschenbecher vom Fensterbrett.

»Hat Kalli sich wehgetan?«, wollte Jonny wissen.

Sultan setzte sich. Er wischte sich Lachtränen aus den Augenwinkeln und zündete sich eine Zigarette an.

»Nee, dem ist nichts passiert«, antwortete Theodor und pustete eine dicke Rauchwolke in Richtung Decke. »Aber das Dach ist kaputt. Dauert ein bisschen, bis das wieder repariert ist. Ihr wisst ja, wie Kalli ist.«

»Und wie geht es der Kuh?«, fragte Clint besorgt.

»Erstaunlich gut«, meinte Theodor. Er legte die Zigarre zur Seite und angelte sich mit der Hand einen Pfirsich aus der Dose. »Die Kuh hatte keine Brüche, nur Schürfwunden. Aber Kalli ist ein bisschen durcheinander. Er denkt, ihm ist da quasi Gott durchs Dach geflogen. Den Floh hat ihm natürlich Rita ins Ohr gesetzt.«

»Gott?«, fragte ich und tippte mir an die Stirn.

»Ja, das hat was mit Indien zu tun«, erklärte Theodor.

»Was in so einer Kuh wohl vorgeht, wenn sie durch ein Dach geflogen ist. Sie kann doch gar nicht verstehen, was passiert ist. Aber vielleicht ist das gerade gut«, überlegte ich und nahm einen Schluck von der köstlichen Cola.

»Das ist vielleicht, wie wenn du ein Baby mit einer Magnum bedrohst. Das Baby versteht einfach nichts«, führte Clint meinen Gedanken weiter.

»Aber der Kuh ist doch was passiert, die ist durchs Dach geflogen. Das Baby sieht ja nur die Magnum, und ihm passiert nichts. Die Kuh hatte Schmerzen!«, entgegnete Jonny.

»Hm. Vielleicht hat die Kuh in Zukunft Angst vor Regen oder Bergen«, spekulierte ich.

»Glaub ich nicht. Die Kuh ist froh, wenn sie die anderen Kühe wiedersieht und auf der Wiese stehen darf. Die vergisst das mit dem Dach wieder«, sagte Theodor und betrachtete mit schmalem Auge seinen Zigarrenstummel, der ausgegangen war. Ich fand, dass sich Theodors Einwand logisch anhörte. Aber ich befürchtete auch, dass Theodor sich für die Kuh gar nicht interessierte und ihre Lage aus diesem Grund möglicherweise falsch einschätzte. Er hatte seine Zigarre wieder zum Brennen gebracht und paffte geistesabwesend vor sich hin. Sultan konnte mit dem Gespräch über die Kuh nicht besonders viel anfangen.

»Was wollt ihr mit der Kuh und Gott und Indien?«, rief er und zeigte uns einen Vogel. »Ich sage euch, Kalli ist ballaballa in seinem Gehirn. Ich meine, wundert ihr euch? Er hat unseren BMW in dem Wettbüro zu Schrott gefahren wegen einer Vogelspinne. Und du hast das auch noch bezahlt, Doktor, und das Wettbüro verloren. Ist verrückt, der Mann! Gehört ihr vielleicht beide in eine Anstalt für Verrückte? Glaubst du, der hat einen guten Einfluss auf die kleinen Aptals hier? Er soll woanders hingehen.« Ich mochte nicht, wie Sultan über Kalli sprach. Natürlich war Kalli komisch, und ich wollte mit ihm auch nicht in der Öffentlichkeit gesehen werden. Aber Sultan machte ein Gesicht, als würde er von Schimmel sprechen.

»Wir kennen Kalli schon immer. Er hat mir Schach beigebracht!«, sagte Jonny. Er verschränkte die Arme vor der Brust und blickte Sultan fest in die Augen.

»Genau, und Frau Schramm sagt, es ist egal, wie Leute aussehen«, unterstützte ich Jonny zaghaft. Ich fand das Gespräch kompliziert, weil ich eigentlich nicht mehr gegen Sultan sein wollte.

»Egal, egal! Ist nicht egal. Leute rennen unter die Dusche, wenn sie Kalli treffen. Er sieht aus wie ein Unkraut! Kennt er vielleicht Rubens?«, entgegnete Sultan halb ernst, halb lachend und mit dieser hohen Stimme, die er bekam, wenn er leidenschaftlich wurde.

»Du darfst Kalli nicht unterschätzen«, sagte Theodor langsam, und ich war froh, dass er Kalli verteidigte: »Bevor Kalli so viel getrunken hat, war der ein hervorragender Geigenbauer. Hat auch Geige gespielt.« Theodor formte mit dem Mund ein O und sah in das Licht der Esstischlampe. Er machte sich Notizen auf einem der geöffneten Briefumschläge und dachte nach. Dann schrieb er weiter.

»Mir doch egal. Geige!«, winkte Sultan ab.

»Aber Kalli kann auch gut kochen. Richtig gut Königsberger Klopse! Weißt du eigentlich, wie gut richtig gute Königsberger Klopse schmecken?«, fragte Clint. Ich fand, dass Clints Argument nicht das beste war, weil Sultan doch jetzt offiziell für uns kochte und sich dabei solche Mühe gab. Und bestimmt hatte er gar keine Ahnung, was Königsberger Klopse waren. Sultan zog seine autoritären Pfeilaugenbrauen zusammen und erhob sich.

»Kalli hat selber einen Klops in seinem Kopf. Doktor, du musst jetzt die Hausaufgaben kontrollieren. Ist schon spät, wir wollen noch Schach spielen. Kinder, Tisch abräumen und dann alle der Reihe nach duschen!«, sagte Sultan wie ein General. Es war besser, jetzt nicht zu protestieren, also fingen wir an, den Tisch abzuräumen. Theodor blieb sitzen. Ich hätte es gut gefunden, wenn er sich bei Sultan mal richtig bedankt hätte. Für das Essen, das Bier und alles.

Nach dem Essen saßen Jonny, Clint und ich auf dem Boden vor dem Fernseher und guckten *Raising Arizona*. Sultan hatte den Film bei der Videothek ausgeliehen, aber mir war er zu albern und unlogisch. Lieber sah ich Theodor und Sultan beim Schachspielen zu. Sultan saß auf seinem Massagesessel, Theodor gegenüber auf einem Stuhl, auf der Massagesesselfußablage stand das Schachbrett. Theodor fuhr sich durch das Haar, Sultan kratzte sich am Bart.

»Doktor, sei still, ich muss überlegen. Ich will dich fertigmachen«, flüsterte Sultan.

»Ich habe doch gar nichts gesagt«, erwiderte Theodor laut und gespielt empört.

»Hast du, hast du, siehst du! Pscht jetzt. Ich muss überlegen.« Sultan grinste, was mich erleichterte, weil ich Angst hatte, dass die beiden wegen der Konserven und Kalli vielleicht eine Situation hatten. Sultan stützte das Kinn in die Hände, sah auf das Schachbrett und schwieg. Theodor betrachtete seine Fingernägel. Ihm schien Sultans Nachdenken zu lange zu dauern. Vielleicht, dachte ich, hatte Theodor auch Angst, dass Sultan ein kluger Gedanke kam, jedenfalls unterbrach er dessen Überlegungen und sagte:

»Sultan, ich habe in Düsseldorf übrigens jemand aufgetan, der uns die Provenienz bestätigen könnte. Mit Gutachten und allem Drum und Dran. Ich werde da bald mal für ein paar Tage hinfahren.«

»Wie?«, fragte Sultan. Er blickte mit hochgezogenen Augenbrauen vom Schachbrett auf.

»Mit dem Motorrad.«

»Ohne mich?«, rief Sultan erstaunt.

»Na ja, ich dachte, es wäre gut, wenn du bei den Kindern bleibst. Die können wir ja im Moment schlecht aus der Schule nehmen.«

Sultan nickte zögerlich. Das Argument schien ihm einzuleuchten.

»Die Kinder sind kein Problem. Aber ohne Kalli!« Sultan stach mit dem Zeigefinger einige Zentimeter vor Theodors Auge in die Luft und sah ihn eindringlich an. Theodor nickte.

»Ich versuche, das so einzurichten«, sagte er. »Danach fahre ich nach Bad Homburg, da wohnt einer, der uns den Rubens vielleicht abnehmen will.«

Sultan nickte. »Stabil«, sagte er, sah zurück auf das Schachbrett und war wieder bei seinem nächsten Zug.

»Ha, hast du gesehen, Doktor?«, rief er, nachdem er die Position irgendeiner weißen Figur verändert hatte. Er schlug Theodor auf die Schulter und lachte.

»Was?«

»Meinen Schachzug! Kapierst du jetzt nicht, aber wirst du noch sehen, was sich Sultan gedacht hat.«

Theodor überlegte, den Mittelfinger vor dem Mund, den er zu einem O formte.

»Doktor?«, flüsterte Sultan.

»Sei still, ich muss nachdenken«, knurrte Theodor. Sultan lehnte sich zurück. Er sah in unsere Richtung und lächelte. Dann atmete er tief ein und sagte versonnen:

»Weißt du, mir gefällt es hier. Die Bäume sind grün, friedlich alles, keine Junkies, nicht so viel Kanaken … vielleicht steige ich aus dem Sicherheitsgeschäft aus und ziehe für immer hierher. Autos sind mir auch zu viel Ärger. Ich habe immer geschworen, ich gehe nicht in den Knast. Eher tot, aber nicht Knast. Ich will auch kleine Aptals wie du, verstehst du?«

Am liebsten wäre ich aufgesprungen und hätte ihn für den Rest des Abends umarmt.

»Klar verstehe ich das«, murmelte Theodor.

»Wenn die Sache mit Peter Paul klappt, bin ich raus, verstehst du?«, sagte Sultan, und er sagte diesen Satz auf eine Weise, dass man dachte, er verrate gerade etwas Wertvolles.

»Mmmhm«, machte Theodor.

Aber er verstand gar nichts, und das konnte jeder sehen.

Bevor Theodor wegfuhr, bekam ich ein Körperleiden. Das passierte bei mir manchmal, wenn er wegmusste, ich konnte überhaupt nichts dagegen machen. Dieses Mal konnte ich meinen Kopf nicht mehr bewegen, er saß schief auf meinem steifen Hals. Außerdem heulte ich die ganze Zeit. Obwohl ich gar nicht traurig war und heulen als große Peinlichkeit empfand. Sultan und Theodor standen an meinem Bett.

»Doktor, sie braucht vielleicht so ein Ding, was man kriegt, wenn man Unfall gebaut hat. Wie ein Tunnel um den Hals.«

Es war mir unangenehm, dass Sultan einen so aufwendigen Vorschlag machte.

Theodor tippte sich an die Stirn. »Nein, Romy braucht keine Halskrause«, brummte er. »Wärme ist gut. Mach ihr eine Wärmflasche. Mein Täubchen, warum weinst du denn? Du musst nicht traurig sein!« Er tätschelte mir die Wange.

»Ich bin nicht traurig. Das passiert einfach! Wirklich, Theodor«, antwortete ich schniefend, und dabei ging mein Atem wie ein durchdrehender Reifen im Schnee.

»Vielleicht müssen wir ins Krankenhaus!«, schlug Clint vor und freute sich, weil es dann spannend werden würde. Sultan war ein bisschen beunruhigt:

»Woran erkenne ich, wann ich Prenses ins Krankenhaus bringen muss, Doktor? Besser, wir fahren jetzt gleich zum Notarzt!«

»Papperlapapp. Morgen früh geht es der kleinen Püppi wieder bestens, ihr werdet sehen«, erklärte Theodor, und ich nickte japsend. Er nahm mich auf den Schoß. Ich wollte, dass er geht, damit ich endlich nicht mehr heulend auf seinem Schoß sitzen musste.

»Ist doch alles bestens. In vier, fünf Tagen bin ich wieder da«, sagte Theodor mit tiefer Stimme. »Und bald fahren wir alle zusammen weg. Nach Amerika, da wollten wir doch schon länger mal hin.«

Ich nickte wieder. Sultan drückte sich zwei Finger auf die feuchten Augen und verließ schnell das Zimmer.

»Ich muss jetzt mal los. Sonst schaffe ich meinen Termin nicht.« Theodor drückte mir einen Kuss auf die Stirn, und ich versuchte zu lächeln. Es war sehr peinlich. Ich musste wenigstens einen geraden Satz schaffen.

»Pass auf, okay? Nimm nicht den Helm ohne Visier, auch wenn du den schicker findest.«

»Mach ich.«

Dann war er weg.

Und plötzlich quietschten Jonny und Clint vor Freude und rannten jubelnd an mein Bett. Sie riefen, dass wir jetzt sofort zu McDonald's gehen würden, das hätten sie mit Sultan schon vor Tagen besprochen.

»Prenses, wie transportiere ich dich? Wir müssen vorsichtig sein«, überlegte Sultan, der jetzt auch in der Tür stand und sich am Kopf kratzte. »Vielleicht musst du bisschen auf dem Massagesessel Platz nehmen?«

»Nein, du darfst Romy nicht immer an den Hals erinnern. Dann wird es nur schlimmer. Ist psychologisch«, erklärte Jonny.

»Ich will nicht auf den Scheißmassagesessel. Gehen wir einfach!«

Ich heulte immer noch.

»Ja, genau, gehen wir einfach!«, rief Clint. Ich machte Anstalten aufzustehen, da fing Sultan plötzlich an zu schreien:

»Nicht bewegen, bleib, Prenses, bleib!«

Er rannte in die Küche und kam wenig später mit einer Wärmflasche wieder, die er mir in den Nacken legte. Dann wickelte er mich in meine Bettdecke ein und betrachtete nachdenklich das Ergebnis.

»Jonny, Clint, ihr tragt die Füße. Ich den Rücken. Vorsichtig! Wir transportieren sie ins Auto, auf die Rückbank«, befahl er.

»Sultan, du bist so ein krasser Übertreiber! Ich gehe so nicht zu McDonald's. Das ist peinlich!«, protestierte ich. Wie dämlich und schwach man sich fühlt, wenn man getragen wird. Ich hasste es, eine als Praline verkleidete Prinzessin zu sein. Und mein Geschluchze.

»Halt's Maul, Romy, ich habe Verantwortung für dich!«, sagte Sultan. »Ich hatte auch Rückenprobleme, bevor der Doktor mich behandelt hat. Da muss man aufpassen, und jetzt sei nicht dumm.«

Sultan und die Jungs hoben mich hoch. Es war zum Kotzen. Auf dem McDonald's-Parkplatz weigerte ich mich, die Bettdecke umzubehalten und mich tragen zu lassen. Sultan stand über mir und wedelte mit der linken Hand vor meinem Gesicht herum. Er war echt kurz davor, die Geduld zu verlieren und mir eine zu knallen. Aber ich wusste, dass er das niemals tun würde.

»Komm, Romy, mach nicht so ein Theater«, versuchte Jonny zu schlichten. »Sultan, nimm sie einfach auf den Rücken, ich trage die Wärmflasche und Clint die Bettdecke.«

»Aber ich kann doch laufen, es ist doch nur der Kopf schief!«, brüllte ich.

»Reiß dich zusammen!«, befahl mir Jonny mit aufgerissenen Augen.

»Wenigstens die Scheißbettdecke bleibt hier!«, brüllte ich noch lauter.

Jonny stöhnte, aber dann wandte er sich zu Sultan und trat in Verhandlungen: »Sultan, kann die Bettdecke hierbleiben? Wir sind doch nur kurz da! Stabil?«

»Okay. Aber nur die Bettdecke«, rief Sultan mit erhobenem Zeigefinger. Dann senkte er die Stimme und sah mich intensiv an: »Und du, kleine Prenses, benimmst dich jetzt. Alle Leute gucken, wie du schreist. Was machst du mit meiner Liebe? Ich bin jetzt Chef, und du machst, was ich sage, kapiert?«

Seine Augen wurden immer größer, es war nichts zu machen. Also willigte ich ein. Sultan war zufrieden und stolzierte wie ein Gewinner über den Parkplatz mit mir als Beute.

Natürlich musste Sultan nach dem Essen noch mal bei der Drogerie vorbei. Sehr zu meinem Missfallen trieb er sich dort immer häufiger herum, er fand wirklich fast jeden Tag einen Grund für einen kleinen Einkaufsbummel. Heute, so erklärte er und parkte seinen Mercedes direkt vor der Drogerietür, mussten wir Medizin für mich kaufen. Die blöde Sabine winkte schon von weitem durch das Fenster. Ich hatte versucht, mit Clint und Jonny Allianzen gegen sie zu schmieden, aber die beiden waren, was das anging, einfach nicht so weitsichtig wie ich. Sie gingen sogar gerne in die Drogerie zu Sabine. Clint ließ sich von ihr über den Kopf streicheln und Gummibärchen schenken, und selbst Jonny akzeptierte sie widerstandslos.

»Ich bleibe im Auto. Es soll mir nicht jeder auf meinen schiefen Kopf gucken«, erklärte ich.

»Komm, Prenses, du darfst dir auch was aussuchen. Außerdem musst du Sabine deinen Kopf zeigen, damit sie ein richtiges Medikament findet«, versuchte mich Sultan zu überreden.

»Die haben da keine richtigen Medikamente, die gibt es in der Apotheke. Das ist in Deutschland nämlich so«, fauchte ich.

»Im Drogeriemarkt gibt es auch Tabletten und Mittel für die Badewanne. Dein Vater hat gesagt, du brauchst Wärme!«, rief Sultan, der sich vom Vordersitz auf die Rückbank beugte und mir schon wieder einen Zeigefinger vor das Gesicht hielt.

»Mann, Sultan, bei uns machen wir nie so ein Theater, wenn mal einer was hat. Ich bleibe im Auto!«, fuhr ich Sultan an.

Sultan fluchte und knallte die Autotür zu. Clint und Jonny folgten ihm. »Wir sind gleich wieder da«, rief mir Jonny zu. Ich sah, wie Sultan mit offenen Armen auf Sabine zuspazierte. Oh, sie gaben sich sogar links und rechts einen Kuss! Und Sabine strich den Jungs über die Köpfe. Sie sah wirklich nett aus mit ihren toll frisierten blonden Haaren und den langen Fingernägeln, und wahrscheinlich roch sie gut und war auch gar nicht doof. Sie hatte ein Fußkettchen, und wenn sie lachte, bekam sie Grübchen. Sultan konnte gar nicht anders, als sich in sie zu verlieben, das war echt verständlich.

»Prenses, wie geht es dir jetzt?«, fragte Sultan in bester Laune, als der Drogeriebesuch beendet war und alle wieder im Auto saßen. Er hielt mir eine kleine lilafarbene Tüte vor das Gesicht. »Badesalz. Zur Muskelentspannung. Hat Sabine empfohlen.« Ich betrachtete skeptisch die Tüte und nahm sie entgegen. Dabei freute ich mich, schaffte es aber nicht, mich zu bedanken. Sultan ließ den Motor an. Er wendete den Wagen und pfiff dabei.

»Geht schon besser, Sultan«, rief ich wenig später nach vorne, weil es mir schon wieder leidtat, dass ich so renitent gewesen war.

»Kein Problem, Prenses«, antwortete Sultan.

Wir fuhren nach Hause, und Sultan kündigte an, dass wir gleich *Stirb langsam* gucken würden. Er versprach mir den Massagesessel für die gesamte Länge des Films.

»Übrigens«, schob er hinterher, »Sabine kommt morgen zum Essen. Wir haben sie eingeladen. Wir bestellen Ente kross vom Thai. Freust du dich auch, Prenses?«, fragte er und parkte den Mercedes vor unserer Einfahrt.

Und dann sah er Kalli.

Kalli stand mitten in der Einfahrt und neben ihm ein riesiger grauer Hund, wirklich ein kleines Pferd. Kalli winkte mit seiner Bierflasche, aber der Hund rannte auf den Mercedes zu und zog ihn an der Leine mit sich. Zu diesem Zeitpunkt wussten wir noch nicht, dass Sultan eine Wahnsinnsangst vor Hunden hatte. Aus dem türkisch-deutschen Schimpfwörter-Gewitter, das folgte, konnten wir nur herausfiltern, dass wir den Sohn-eines-Hundes/Hurensohn wegschaffen sollten oder Sultan würde »das kleine Pferd« erschießen.

»Ich schwöre!«, brüllte er.

Sultan verriegelte den Mercedes von innen, der Hund sprang an die Fenster und gab Einblicke in seinen sabbernden Schlund, der sich groß und rot vor Sultans Augen auftat.

»Wie süß!«, rief Clint.

»Schaff den Hund weg, oder ich knalle ihn ab!« Sultan kreischte richtig und sah aus, als würde er bei einem Horrorfilm mitmachen. Und obwohl der Hund nicht zu uns reinkonnte, wich Sultan zurück, wenn der bellte, und krallte seine Finger in das Leder des Autositzes.

»Okay, Sultan, lass mich rausgehen, ich kläre das mit Kalli!«, schrie Jonny, denn Sultan war so außer sich, dass man ihn nur noch schreiend erreichte.

»Ich helfe dir!«, schrie Clint.

Jonny sperrte mit Clint und Kalli den Hund in die Garage, und als das geschehen war, sprang Sultan aus dem Auto und packte Kalli am Kragen.

»Du dreckiger Hundesohn, ich knalle dich ab, und deine Kuh in der Garage auch!«, brüllte er und schüttelte Kalli, der wie eine Vogelscheuche in der Einfahrt herumstand. Ganz dünn und zersaust.

»Das ist doch aber gar keine Kuh«, entgegnete Kalli verwirrt. »Das ist Shiva, eine ganz liebe deutsche Dogge, die tut keinem was. Ich habe Rita versprochen, dass ich auf Shiva aufpasse, weil die sonst niemand gefunden hat für die Zeit nach ihrer Gallenblasen-Operation. Da konnte ich doch nicht nein sagen!« Sultan ging dazu über, Kalli zu würgen.

»Rita ist 'ne tolle Braut. Musst du auch mal kennenlernen«, krächzte Kalli.

»Sultan, lass Kalli in Ruhe! Bitte!«, brüllte ich.

»Ja, lass Kalli in Ruhe! Er hat gar nichts gemacht!«, brüllte Clint hinterher. Jonny ging dazwischen, indem er Sultan auf den Rücken sprang, der schließlich gezwungen war aufzugeben, weil Jonny ihn klugerweise unter den Armen pikste. Sultan ließ von Kalli ab. Dann marschierte er in die Küche und goss sich erst mal einen Raki ein.

»Sultan, du musst echt keine Angst haben. Stell dir einfach vor, Shiva ist tatsächlich ein kleines Pferd! Oder von mir aus eine Kuh! Vor denen hast du doch auch keine Angst!«, empfahl ich Sultan, der sich am Türrahmen festhielt.

»Genau«, stimmte Clint mir zu. »Wer sagt denn, dass Shiva keine Kuh ist?«

»Seid still, Aptals!«

Aber wir umarmten ihn von beiden Seiten, und da wurden seine Augen feucht, und nach ein paar weiteren Rakis ging es dann. Kalli durfte allerdings erst ins Haus, nachdem er versprochen hatte, dass er mit Shiva in der Garage schlief, dass er insbesondere morgen Abend nicht aus der Garage rauskommen würde und dass Shiva, wann immer sie die Garage verließ, einen Maulkorb tragen würde. Für diesen Deal hatten wir lange auf Sultan einreden müssen, der sich immer wieder darauf berufen hatte, dass Theodor doch versprochen habe, Kalli würde erst kommen, wenn er, Theodor, wieder da sei. Am Ende der Diskussion war Sultan erschöpft und angetrunken und bereit für *Stirb langsam*. Jonny, Clint und ich saßen dann mit Shiva, die wie abgemacht einen Maulkorb trug, in angemessenem Abstand von Sultan entfernt auf dem Boden. Sultan thronte auf seinem Massagesessel und warf immer wieder nervöse Blicke auf Shiva, die friedlich schlief. Vielleicht ärgerte es ihn, dass wir Shiva sofort liebten. Oder es war ihm peinlich, dass er Angst vor ihr hatte.

Kalli saß auf der anderen Seite des Wohnzimmers und trank Bier. Manchmal nickte er kurz ein. Und wenn er wieder aufwachte, wollte er, dass wir ihm erzählten, was im Film passiert war, aber das verbat sich Sultan. Wir waren schon bei *Stirb langsam 2* angekommen, und mein Kopf war irgendwie fast schon wieder in Ordnung, als Theodor anrief und erklärte, die Provenienz sei astrein und bestätigt worden. Sultan freute sich so sehr, dass er sagte, er würde jetzt ernsthaft probieren, Shiva zu streicheln.

Ich verstand erst viel später, was an dem Tag, als Sabine zu uns kommen sollte, wirklich passiert war. Wobei, richtig verstanden habe ich es eigentlich nie. Ich musste danach häufiger an Helmut denken, der gesagt hatte, das Leben sei nicht gerecht und es werde sich auch niemals die Mühe zu machen, Sinn zu ergeben.

An dem Tag, als Sabine kommen sollte, lief Sultan mittags mit einer Gesichtsmaske durch das Haus und brüllte, ich solle das Wohnzimmer aufräumen, in diesem Zustand könne man es Sabine keinesfalls zeigen. Kalli und Jonny schickte er zum Supermarkt, wo sie Champagner kaufen sollten, den teuersten, außerdem Blumen: »Von allen Sorten etwas!«

Vorher mussten sie Shiva auf der Terrasse anbinden und ihr einen Maulkorb anlegen, »sonst blase ich der Kuh den Kopf weg«. Clint sollte die Terrasse fegen und alle Videokassetten ordentlich hinstellen, »ordentlicher als das Scheißordnungsamt«. Sultan raste durch das Wohnzimmer, setzte sich hin, rauchte eine Zigarette, die er, bei der Hälfte angekommen, wieder ausdrückte, und sprang auf. Er rief beim Thailänder an und vergewisserte sich, dass das Essen pünktlich geliefert werden würde, und schrie unsere Adresse in den Telefonhörer. Es machte mich ganz wütend, was er alles für Sabine tat und dass er sich so auf sie freute. Shiva bellte auf der Terrasse, Sultan ertrug es nicht und machte »Hrrrrm, Hhhhhrrrrmmm!«. Er stand in der Terrassentür und schrie sie an, warum sie nicht endlich ihr blödes Maul halten könne, woraufhin sie noch lauter bellte und mit dem Schwanz wedelte.

»Sie ist ein Tier, sie kann dich nicht verstehen. Für sie redest du chinesisch!«, versuchte Clint zu vermitteln. Sultan raste in die Küche. Ich sah ihn eine Bierflasche öffnen, deren Inhalt er in eine Schüssel füllte und Shiva mit ausgestreckten Armen und zurückgezogenem Körper hinstellte.

»Hier, du blöde Kuh!«, knurrte er.

»Spinnst du? Du kannst ihr doch kein Bier geben, du Tierquäler!«, schrie ich ihn an und wollte auf die Terrasse rennen, um Shiva am Biertrinken zu hindern. Sultan aber packte mich und hob mich hoch. Und während ich strampelnd in der Luft hing, rief er, das diene der Beruhigung, er könne das Gebelle hier nicht gebrauchen, was Sabine denn denken solle.

Sabine, Sabine, Sabine immerzu, dachte ich wütend, und dann probierte Shiva das Bier in der Schüssel. Sultan ließ mich erst wieder runter, als Shiva sie komplett ausgetrunken hatte.

»Jetzt hält die Kuh endlich die Klappe«, meinte Sultan befriedigt. »Und du gehst jetzt zur Drogerie und kaufst Kerzen. Ohne Kerzen ist der Abend kein Abend! Geh und kauf die schönsten Kerzen, die es gibt!«

Sultan warf mir zwanzig Mark hin.

»Du siehst lächerlich aus mit deiner Maske! Die bröckelt schon, du Tierquäler. Wir wollen hier keine Tierquäler! Ich hoffe, dich zwingt mal jemand, ganz ekliges Hundefutter zu essen«, rief ich und rannte zurück auf die Terrasse, wo Shiva, trotz Bier, hechelte und mit dem Schwanz wedelte. Ich band sie los und verließ mit ihr Türen knallend das Haus.

»Ich hoffe, du kriegst ganz viele Pickel und siehst aus wie ein Warzenschwein unter deiner Scheißmaske, wenn Sabine kommt«, rief ich noch in der Einfahrt und machte mich auf den Weg, um die verdammten Kerzen für Sabine zu besorgen. Shiva zeigte keine besonderen Anzeichen von Trunkenheit. Sie trabte gemächlich neben mir her, und ich erklärte ihr, warum ich so außer mir war:

»Glaubst du, irgendwer außer Sultan will, dass Sabine heute kommt? Es ist ein Verbrechen, dir Bier zu geben, kapiert? Ich hoffe wirklich, du bekommst keine Magendrehung! Weißt du eigentlich, wie irre Leute sind, die so was machen? Und wie blöd ist es überhaupt, Kalli zum Getränkeholen zu schicken? Er wird wahrscheinlich nie wiederkommen, weil er besoffen den Weg nach Hause nicht findet! Du lebst wirklich unter schrecklichen Umständen, aber das kapierst du gar nicht. Du solltest Sultan fressen! Ja, beiß ihm sein dummes Gesicht ab! Dir ist gar nicht klar, was hier für Sachen passieren! Wahrscheinlich haben die anderen sogar recht, wenn sie sagen, wir sind Flodders. Jetzt sehen wir zwar nicht mehr wie Flodders aus, aber die Erwachsenen benehmen sich trotzdem weiter wie welche. Oder hast du schon mal eine Familie gesehen, in der die Eltern den Hund mit Bier füttern? Also, ich nicht! Ich sage dir, die Scheiße ist, dass man keine Wahl hat. Man wird einfach gezwungen. Zu Kerzen, zu Bier, zu Sabine, zu Sultan, sogar zu Theodor wird man am Ende gezwungen. Glaubst du, mit so einem kann man normal werden? Letzte Woche hat er sich an der Kasse wieder einfach vorgedrängelt.

Weißt du, wie peinlich das ist? Das macht er immer! Er drängelt sich überall vor, und die Leute denken dann, dass wir, seine Kinder, auch Vordrängler sind! Weißt du eigentlich, wie schwer manchmal alles ist? Wie alleine man eigentlich ist? Echt alleine. Da wäre ich dann gerne tot, nur damit die anderen verstehen, wie schwer alles ist und wie alleine. Wenn unsere Mutter da wäre, hätten wir nicht solche Probleme, das kannst du mir glauben. Sie hätte das mit dem Bier nämlich auch nicht normal gefunden, weil kein normaler Mensch das normal findet.« Shiva sagte dazu nichts, sie hechelte nur. Und trotzdem hatte ich, während sie neben mir herlief und hin und wieder zu mir hochsah, das Gefühl, wir seien auf der gleichen Seite.

Dann waren wir da.

»Ich bin gleich zurück. Warte kurz, ja?«

Ich band Shiva vor der Drogerie fest und betrat den Laden. Meine Wut war noch immer enorm. Zu meiner Erleichterung stellte ich fest, dass Sabine nicht da war. Hatte sich wohl freigenommen für das Sultan-Essen, das bei uns alles auseinandernahm, Bitch. Ich entschied mich für goldene Kerzen mit blauen Sternen darauf, weil ich sicher war, dass sie Sultan gefallen würden und weil sie die teuersten waren. Danach hatte ich keine Lust, schon zu gehen. Zu Hause herrschte der Aggro-Sultan, den man in diesem Zustand einfach keinem anbieten konnte. Und der Tag versprach ja nicht unbedingt, besser zu werden. Ich lief also noch ein bisschen durch die Gänge, deren Ordnung und Farben ich so liebte: Weiß, Hellblau, Rosa, Gelb. An den Farben war nichts Faules. Ich lief und atmete den Geruch von Familie-auf-grüner-Wiese-mit-wehender-Wäsche und Mama-muss-sich-nie-mehr-Sorgen-darüber-machen-dass-das-Shampoo-den-Kindern-in-den-Augen-brennt. Dabei wurde ich immer wütender. In meiner Lunge war alles wund, und es gab keinen Platz mehr, in meiner Brust detonierte eine Wut-Bombe nach der anderen: die Wer-hängt-bei-uns-die-Wäsche-auf-Bombe, die Meinen-Vater-interessiert-es-einen-Scheiß-ob-mein-Shampoo-in-den-Augen-brennt-es-interessiert-ihn-nicht-mal-ob-wir-welches-haben-und-meine-Mutter-kenne-ich-gar-nicht-Bombe, die Warum-habt-ihr-was-ich-nicht-habe-und-who-the-fuck-ist-überhaupt-Sabine-Bombe. Und obwohl ich den Typ, den ich für einen Ladendetektiv hielt (und der glaubte, er stelle sich speziell clever an, indem er Sonnenbrillen anprobierte) genau sah, begann ich einzupacken. Seinetwegen explodierten in mir gleich noch zwei Bomben. Erste Bombe: Für wie blöd hielt er mich, wirklich zu denken, ich merkte nicht, dass er mich gerade auf die behindertste Weise zu observieren versuchte. Zweite Bombe: Wie blöd musste er selber sein, nicht zu merken, dass ich gerade einpackte, wonach mir der Sinn stand: Haargummis, zwei Flaschen Duschgel, Kauknochen für Shiva. Der Ladendetektiv war wohl doch keiner gewesen. Jedenfalls konnte ich ihn irgendwann nicht mehr sehen, also weiter: kleiner Verfärbungsporsche für Clint, Lakritze für Jonny, Zauberstab für mich. Und das war's. Ich ging ruhig zur Kasse, um die Kerzen zu bezahlen, denn das ist, worauf es ankommt, sagte Jonny immer. Ruhig sein, ein paar nette Worte, auch wenn es dir da schon ein bisschen leidtut, wie hinterhältig du bist, aber jetzt kannst du nicht mehr zurück, also, auf Wiedersehen, schönen Tag noch, Ihnen auch.

Der Ladendetektiv nahm mich direkt vor dem Eingang in Empfang. Mir schossen Tränen in die Augen, wofür ich mich am liebsten selber verhaftet hätte. Erstens erwischt werden und zweitens heulen, das ist das größtmögliche Desaster.

»Ich komme gleich wieder«, rief ich Shiva zu und folgte dem Detektiv nach drinnen, der aussah wie ein Schnitzel, so paniert und ölig. Pumpen ging er bestimmt auch. Dann: Auspacken, Personalien, warum machst du denn so was, ist deine Mutter zu Hause? Keine Mutter, wie keine Mutter? Das Gleiche wie immer, also sagen: Meine Mutter ist tot. Da werden die Leute eigentlich immer sofort netter, wenngleich ich es hasste, das zu sagen, denn ich hatte wirklich ganz andere Probleme. Aber das nahm mir dieses Schnitzel nicht ab, bestimmt weil er immer eine Mutter gehabt hatte und es für extrem wichtig hielt, eine Mutter zu haben. Und jetzt sah er mich in seinem limitierten Mutter-Vater-Kind-Gehirn als eine Auf-die-schiefe-Bahn-Geratene an und fällte ein Urteil nach dem anderen über mich. Dann: Zu Hause anrufen, geht keiner ran, das kann eigentlich nicht sein, egal. Also Cops anrufen, die bringen dich nach Hause, und ab jetzt hast du hier leider Hausverbot, verstanden? Die 100-Mark-Strafe würde mir dann postalisch zugestellt. Wow, dachte ich, ein Privatdetektiv, der meine Matheaufgaben bestimmt tipptopp lösen könnte, so perfekt, wie der seine Vokabeln auswendig wusste. Und dann schrie ich ihn an:

»Gucken Sie mich doch mal richtig an, ich komme nicht aus Assi-Verhältnissen! Jetzt gucken Sie doch mal richtig hin, verdammt!«

Das Heulen hörte nicht auf, und wie ich mich schämte, als ich im Auto der Bullen saß, die eigentlich ganz okay, also nicht richtig schlimm waren. Shiva durfte auch mitfahren. Die Bullen verstauten sie hinten im Kofferraum, wo sie sofort einschlief, wahrscheinlich wegen dem Bier.

Nachdem wir vor dem Haus geparkt hatten, von dem ich wusste, dass sich darin kein Theodor und somit Erziehungsberechtiger aufhielt und dass dies mit Sicherheit zu schlimmen Jugendamts-Auflagen führen würde, nachdem ich mir also völlig im Klaren darüber war, dass ich gerade ganz bemerkenswerte Scheiße gebaut hatte, sah ich Kalli und Jonny über die Einfahrt torkeln. Die Polizisten stiegen aus, ich kam mit Shiva hinterher, die zunächst gar nicht hatte aufstehen wollen.

»Ich hab Bier getrunken. Musst du auch mal probieren!«, rief Jonny mir zu, der einen Arm um Kalli gelegt hatte. Als er die Cops bemerkte, sagte er grinsend »Guten Tag« und verbeugte sich.

Ich tat, als hätte ich nichts gehört, zog Shiva an der Leine und lief schnurstracks auf die Haustür zu, den Bullen hinterher.

»Oh, haben wir Besuch?«, nuschelte Kalli. Auch ihn ignorierte ich.

»Gehören die zu dir?«, fragte der eine Sheriff mich. Ich tat, als hätte ich auch das nicht gehört, und entschied mich, zu klingeln, obwohl ich meinen Haustürschlüssel dabeihatte. Sultan würde bestimmt nicht erfreut sein, wenn plötzlich die Cops unangekündigt bei uns im Wohnzimmer standen, besonders heute, am Sabine-Tag.

Wir warteten darauf, dass sich die Tür öffnete. Inzwischen hatte ich das Heulen im Griff und stand steif zwischen den Polizisten. Wir warteten lange. Und während wir darauf warteten, dass sich endlich die Tür öffnete, erklärte ich, dass mein Vater gerade zu einem Kongress in Düsseldorf gereist sei und uns deswegen sein Freund Herr Aziz beaufsichtige. Wir warteten weiter. Kalli und Jonny machten in der Einfahrt peinlichen Krach, weil Jonny Kalli irgendwelche Boxschlag-Kombinationen zeigte. Es war nicht witzig. Ich drückte ein weiteres Mal meinen Finger auf die Klingel und entschloss mich dann, die Tür aufzuschließen. »Er ist vielleicht gerade unter der Dusche«, erklärte ich, lächelte und öffnete die Tür. Hinter ihr stand ein komplett nassgeschwitzter Sultan mit vorgehaltener Pistole.

Eine Festnahme ist nicht so, wie man sie aus dem Fernsehen kennt. Wenn ein Mensch, der zu dir gehört, festgenommen wird, ist es ganz still, und irgendwo, tief hinter deinen Augen, schleicht die Zeit vorbei. Sie geht, als hätte sie ganz viel davon.

Hände an die Wand

Umdrehen

Es wurde geschrien, aber in mir summte es nur ganz leise. Kalli und Jonny standen ohne Ton neben mir. Sultan lag auf dem Boden, Bullenfüße auf den Beinen, Handschellen.

Er schrie die ganze Zeit »Ich musste mich verteidigen« und zwischendurch etwas auf Türkisch.

Ob hier noch jemand sei, wollte der Bulle wissen.

Nein, niemand, ich schwöre Ihnen, hier ist niemand mehr. Nur mein Bruder, Clint, der spielt oben Playstation. Doch Clint saß auf der Treppe um die Ecke und weinte. Ich beinahe. Jonny nicht.

Der eine Bulle lief mit gezückter Pistole durch das Haus. Auf dem Wohnzimmertisch fand er vier dicke Bündel Geldscheine und einen Schlagstock.

Der andere Bulle wollte wissen, wo unser Vater sei.

Hab ich Ihnen doch gesagt, der ist in Düsseldorf bei einem Ärztekongress.

Kommt aber heute Nacht wieder, sagte Jonny.

Wie er den erreichen könne, fragte der andere Bulle.

Hier ist die Nummer.

Der Bulle fragte Kalli, wer er sei.

Ein Freund vom Doktor, sagte Kalli. Die Kinder kennen mich. Nehmen Sie den Muezzin-Bruder da mit und gehen Sie. Sie machen den Kindern ja Angst.

Sonst noch Verwandte?, fragte der Bulle mich.

Nein, sagte ich. Sie können Rita anrufen, das ist eine Freundin von unserem Vater, die passt öfter mal auf. Und Sabine kommt auch gleich.

Die Cops telefonierten, sprachen, telefonierten, nickten.

Sultan sah die ganze Zeit zu Boden. Er brauchte seinen Pass, ich holte ihn. Sein Blick war nicht zu kriegen, er nickte, den Kopf noch immer nach unten gesenkt, dann gingen sie. Sultan lief zwischen ihnen, die Hände auf dem Rücken, mit geballten Fäusten. Er war das Beste, was uns je passiert war.

Der Tag, an dem Sultan verhaftet wurde, war auch der Tag, an dem ich Jonny das erste Mal rauchen sah. Nachdem die Cops mit Sultan abgerauscht waren, ließ er sich von Kalli eine Roth-Händle geben, und dann rauchte er, ernst und erwachsen. Natürlich musste er husten, aber er unterdrückte es, und Kalli klopfte ihm auf den Rücken und sagte, das würde sich geben.

Theodor erklärte uns dann später den Rest. Baldur, der Ferrari-Rubens-Baldur, hatte wohl nicht nur uns gegenüber behauptet, ihm gehöre das Original-Rubens-Modello. Den gleichen Deal, den er mit Sultan und Theodor vereinbart hatte, hatte er anscheinend auch mit einem Zuhälter aus Hannover abgezogen, allerdings zeitversetzt. Als Baldur den Zuhälter mit der Lieferung des Rubens nicht mehr vertrösten konnte, hatte er einfach auf Theodor verwiesen und behauptet, Theodor und Sultan würden ihn nicht rausrücken, obwohl er ihnen längst nicht mehr gehöre. Daraufhin hatte der Zuhälter ein paar Jungs bei uns vorbeigeschickt, die immerhin so nett gewesen waren, sich vorher telefonisch anzukündigen. In Erwartung ihrer Ankunft hatte Sultan schon mal Knarre und Schlagstock bereitgelegt. Als es dann klingelte, stand dann jedoch leider nicht das Zuhälter-Kommando vor der Tür, sondern die Bullen und ich.

Bis Theodor zurückkam (immerhin schon am nächsten Tag), passte Rita auf uns auf, eine alte Freundin von Theodor aus dem Bierbrunnen. Trotz gerade überstandener Gallenblasen-Operation kam sie sofort. Ich mochte Rita. Ihre Figur war besonders. Sie hatte einen Riesenbusen, einen dicken Bauch und ganz dünne Beine. Und sie war sehr, sehr klein, wie ein Kind eigentlich. Außerdem hatte sie absolut pinke Fingernägel mit Strasssteinchen und ein ebenfalls pinkfarbenes Haarbüschel vorne über der Stirn. Sie stand gerade am Herd und briet uns Frikadellen, als Theodor in Lederjacke und mit dem Motorradhelm auf dem Kopf nach Hause kam. »Kuckuck«, sagte er, als er die Küche betrat, und umarmte sie. »Na, mein Täubchen, alles im Griff?«, fragte er und setzte den Motorradhelm ab. Rita nickte, sie wendete eine Frikadelle und zog an der Zigarette, die neben der Pfanne in einem

Aschenbecher lag. Ich saß auf einem Hocker vor der Spüle und konnte nicht sagen, ob Theodor nun sie oder mich meinte, denn ohne Ritas Reaktion abgewartet zu haben, kam er zu mir und umarmte auch mich. Ich drücke ihn sehr fest, wegen der schrecklichen Festnahme von Sultan und weil ich, obwohl ich es besser wusste, hoffte, dass er irgendetwas tun konnte. Ich war ganz kaputt seit gestern, ich hatte in der Nacht nicht geschlafen, denn das alles war ja meine Schuld. Aber Theodor tat, als sei überhaupt nichts passiert. Rita reichte ihm ein Bier aus dem Kühlschrank. Er trank es im Stehen und stieß dabei ernsthaft zufriedene Laute aus. Dabei war Sultan doch im Knast! »Aaaaaah«, machte der Spinner, und zwar richtig lange und so extragenüsslich! Es war nicht zu fassen.

Kalli und die Jungs, die nebenan ferngesehen hatten, mussten gehört haben, dass Theodor wieder zurück war. Die Jungs kamen in die Küche gerannt, Kalli schlurfte hinterher. Clint sprang in Theodors Arme, dabei verschüttete Theodor das Bier und regte sich über Clint auf. Ich nahm einen Küchenlappen, um das Bier aufzuwischen, und dann regte sich Rita auf, weil man mit dem Küchenlappen nicht den Boden wischt. Jonny verdrehte die Augen, und Theodor fuhr ihn an, weil das eine Unverschämtheit und keine Begrüßung sei, und dann wollte Kalli, der Theodor auf die Schulter klopfte und irgendwas von dem Osmanen brummte, von Rita wissen, wann die Frikadellen endlich fertig seien. Wobei man wissen muss, dass Kalli Rita gerne mit »Perle« anredete, was diese überhaupt nicht mochte, und deswegen gab es schon wieder ein gereiztes Hin und Her. Ich stand mit Jonny und Clint reglos an den Küchenschrank gelehnt und sah Theodor ins Gesicht, weil ich darauf wartete, dass er endlich etwas zu Sultans Verhaftung sagte, und ich hatte das Gefühl, die Jungs waren aus dem gleichen Grund in die Küche gekommen. Theodor aber machte sich zuerst daran, die halbvolle Spülmaschine auszuräumen. Er hatte es immer abgelehnt, sie zu benutzen, weil er glaubte, das sei verschwenderisch, also, es ging ihm irgendwie wahnsinnig gegen den Strich. Es war eine seiner verrückten Spielregeln. Zu Sultans Zeiten war die Spülmaschine allerdings wieder in Betrieb gewesen, und das Erste, was Theodor nun, noch nicht mal fünf Minuten zu Hause, einfiel, war, das dreckige Geschirr aus der Spülmaschine zu räumen und es zwanghaft in der Spüle abzuwaschen. Und da wurde mir klar, was uns bevorstehen würde, wenn Sultan nicht bald wiederkam. Geschirr, das mit lauwarmem Wasser und ohne Spülmittel abgewaschen wurde, Konserven, keine Olga, keine Cola und keine warme Badewanne mehr. Alles over. Die Jungs und ich sahen einander wissend an.

Rita hatte auch überhaupt kein Verständnis für Theodors Abwasch-Aktion. Sie fuhr ihn mit ihrer tiefen Stimme an, er solle »ihre« Küche verlassen, aber Theodor wusch weiter ab. Kalli sagte, wie schön es sein, dass man in diesem Haus ja jetzt endlich wieder Schwein essen dürfe, hahaha.

»Sultan hat dauernd Schwein für uns gekocht«, sagte ich böse in Kallis Richtung.

»Na, hoffentlich singt der nicht! Das würde ich an Theodors Stelle jetzt viel interessanter finden«, brummte Rita, die einen neuen Satz Frikadellen in die Pfanne legte.

»Dummes Zeug!«, blaffte Theodor zurück, der seinen Abwasch erledigt hatte und sich die Hände an seinen Hosenbeinen trocken rieb. Er ging zu seinem Rucksack, holte eine schwarze Plastiktüte hervor und verließ die Küche. Jonny, Clint und ich sahen einander an. Nach einer Minute verließ Jonny ebenfalls die Küche.

Später erzählte er mir, dass er Theodor dabei beobachtet hätte, wie er die Tüte in den Seitenwänden unseres Sandkastens versteckte. Später fand er außerdem heraus, was in der Tüte war: Geld. Und zwar richtig viel. So viel auf einmal, meinte Jonny, habe er noch nie gesehen.

10

Ich liege auf dem Acker und gucke in den schwarzen Nachthimmel. Wo Jonny und Clint sind, weiß ich nicht, aber ich habe auch genug mit mir selbst zu tun. Meine Schädeldecke, davon bin ich gerade irgendwie überzeugt, hat einen feinen, leise krachenden Riss, anders kann ich mir den Schmerz nicht erklären, und ich musste mich eben zur Seite drehen, um meinen Mageninhalt loszuwerden. Es ist kalt, die Erde ist hart. Aus der Ferne höre ich Jonny rufen, aber vielleicht erinnere ich mich auch nur daran, ihn gehört zu haben. Von Clint nichts. Ein paarmal habe ich schon versucht zu rufen, aber es war zu leise. Gleich werde ich mich aufsetzen und Jonny antworten, und dann werde ich nach Clint rufen, und dann werden wir Theodor suchen, dazu sind wir schließlich hier.

Und ich versichere, dass ich mich dafür starkmachen werde, alles in unserer Macht Stehende zu tun, um Theodor zu finden, denn das ist alternativlos. Der Porsche, so vermute ich, während ich auf ein schwarzes Nichts von Himmel starre, über das sich viel zu entspannte Wolken schieben (eine Sache, die mich echt fertigmacht, dass die Natur sich einfach weiter ruhig verhält, so als wäre nichts, dabei ist natürlich etwas), der Porsche, vermute ich also, ist bestimmt schrottreif, komplett verzogen, liegt mit gebrochenen Achsen da, der arme Kerl, und das sickert mir nun ins Bewusstsein. Möglicherweise habe ich mir auch irgendeine Achse gebrochen, als wir über die Böschung zwischen Straße und Acker geflogen sind. Wie aber bekommt man so eine Achse wieder repariert? Wer macht so etwas, und vor allem: Wer soll das bezahlen? Wenn Theodor von der gebrochenen Porsche-Achse wüsste, würde er wohl endgültig wegbleiben. Wo ist er nur? Ich meine: Heute ist mein Geburtstag, Clints Geburtstag. Und wir sind hier alle auf dem Scheißfeld verstreut!

Vielleicht sollte ich die Frage nach Theodor noch einmal bearbeiten, aber vorerst drehe ich mich zur Seite und übergebe mich erneut auf die Erde. Nun gilt es, mit den Augen einen Punkt zu fixieren, das macht man in solchen Fällen nämlich: Konzentration herstellen, indem man einen Punkt fixiert.

Also noch mal von vorn. Erstens: Wo ist Theodor? Zweitens: Um das rauszukriegen, muss ich mich aufrichten. Drittens: Ich muss meine Brüder finden, damit erstens nachgegangen werden kann. Daraus folgt: Zweitens ist erstens und drittens zweitens, erstens kann erst am Schluss erledigt werden. Gott, ist das kompliziert, bitte aufschreiben, damit ich mit der gebrochenen Achse auf dem Acker unter dem Nachthimmel nicht durcheinanderkomme. Andererseits: Unter dem Himmel kommen Leute durcheinander, das ist normal. Zahlt in solchen Fällen nicht die Versicherung? Hat Theodor eine Lebensversicherung? Ist der Porsche versichert, und wie sehr bin ich es? Ich persönlich liebe ja Sicherheiten über alles, aber man kann nicht alles haben. Wobei Theodor ja immer sagt: Doch, klar kannst du alles haben, du musst es dir nur nehmen.

Ich schließe die Augen. Zähle meine Atemzüge, um mich nicht noch mal zu übergeben. Kopf, Schultern, Arme, Brust, Beine, Füße sind vorhanden, und die Gedanken dazu auch. Das heißt, ich habe jetzt hier nicht den Verstand verloren oder so. Das heißt, ich bin mir eigentlich nicht sicher, denn ich fühle, wie mein Körper so leicht wird, dass seine Bestandteile zu Staub werden, der sich mit dem Schwarz der Nacht vermischt und davonfliegt. Holy shit. Jetzt ist echt nichts mehr übrig von mir, und das kommt eben dabei raus, wenn man so viel über sich nachdenkt. Deswegen bin ich ja gegen Nachdenken. Aber das läuft nicht, nicht in dem Fernseher, in den ich plötzlich gucke. Er steht auf einem kleinen Tisch, der mit einem blauen Samttuch dekoriert ist. In dem Fernseher sehe ich mich, von Scheinwerfern beleuchtet, auf einer Bühne vor einem Mikrofon stehen. Davor sitzt das Publikum, dem ich meine Probleme erzählen soll und das ebenfalls Probleme hat. Das Publikum nickt und schweigt. Die gesamte erste Reihe knetet ihre Hände und wartet darauf, dass ich beginne. Ich räuspere mich und sage:

Hi, ich bin Romy.

Das Publikum antwortet im Chor: *Hi, Romy!*

Ich spreche weiter: *Äh, es ist genau genommen so, dass ich mich für die Gründung einer Familie für ungeeignet halte. Dafür sind meine Schuldgefühle zu groß, und es muss auch nicht jeder Kinder kriegen, bloß weil man es kann und soll. Es gibt ganz viele, die sollten um Gottes willen keine Kinder bekommen. Theodor zum Beispiel.*

Ein Mann in der ersten Reihe hebt die Hand. Ich sehe nur die Umrisse seines Körpers, weil das Scheinwerferlicht blendet. Er ruft mir zu: *Also, das hört sich für mich nach einem klassischen Vaterkomplex an.* Das Publikum raunt, ich sehe einige Köpfe nicken.

Klar, Vaterkomplex, Sie Schlaumeier. Nach was soll sich das denn sonst anhören? Jeder hat einen Vater, und das heißt nach den neuesten Erkenntnissen auch, dass jeder einen Vaterkomplex hat. Also, ich bitte Sie!

Der Mann im Publikum steht auf.

Ihre Sprache hat etwas ganz Aggressives.

Ich sehe betreten zu Boden.

Entschuldigung, sage ich, *das tut mir jetzt leid. Aber lassen Sie mich bitte fortfahren. Ich bin von der absoluten Sinnlosigkeit und Beliebigkeit des Lebens überzeugt. Ich verstehe auch nicht, warum das hier alles überhaupt weitergehen soll.*

Eine Frau in der ersten Reihe steht auf. *Ich habe einen Tipp für Sie,* ruft sie, *Paroxetin, das ist wie Prozac. Es hilft mir dabei, gelassener zu bleiben und mitunter Glück zu empfinden. Ich kann nun ein ausgefülltes Leben mit stabilen sozialen Kontakten führen. Seit ich es nehme, verletze ich meine Mitmenschen nicht mehr. Ich bin jetzt sogar Mitglied im Fitness-Club!*

Aber ich will kein Mitglied werden, ich will schlafen!, antworte ich langsam. *Trotzdem liebe ich meine Menschen wie verrückt, Theodor, Jonny und Clint; Sultan und Kalli, auch andere Menschen von weitem, Babys und kleine Hunde und besonders Pinguine, und Elefanten natürlich. Ich hätte so gerne einen kleinen Elefanten! Aber mir tun Menschen von weitem schon so leid, dass ich vermutlich sterben würde, wenn sie nah an mir dran wären, weil ich ihnen allen helfen wollte. Aber man kann keinem helfen.*

Das Publikum schüttelt die Köpfe.

Natürlich geht das!, brüllt einer wütend, *Sie sind ja kontaktgestört!*

Immer mehr Menschen stehen auf, und es herrscht plötzlich ein unglaublicher Krach.

Aber es geht mir gut! Es ist nicht perfekt, aber es ist gut, wie es ist! Könnt ihr mir das bitte glauben?, schreie ich.

Gut, dann will sie es eben nicht anders. Dann hat sie, was ihre Psychohygiene angeht, eben versagt, dann ist es ihre Schuld, höre ich einen Mann zu einer Gruppe Menschen sagen, die achselzuckend vor ihm steht und sich gerade daranmacht, zu gehen.

Hört mal, brülle ich, obwohl es nun so laut ist, dass mich niemand mehr hören kann, *es ist eine saudumme Idee, dass es alle auf die gleiche Weise richtig machen sollen, weswegen ich Psychotherapien ja auch total ablehne. Die Psychologen sind schuld daran, dass die Menschen immer mehr richtig machen. Okay, das Internet, die Lehrer, die Kanzlerin und die Fitnesstrainer sind es genauso. Aber was kommt dabei heraus? Langweilige Menschen. Selbst die im Fernsehen!*

Einer aus dem Publikum, der mich doch gehört hat: *Gut, dann wirst du jetzt exmatrikuliert.*

Ich: *Mein inneres Kind möchte aber nicht exmatrikuliert werden!*

Das Publikum geht, und ich habe Angst.

Liebe Kolleginnen und Kollegen, ich weiß grad auch nicht, wie das in echt zusammenpasst, aber mein Kopf tut auch wirklich scheiße weh. Ich führe kein falsches Leben!

Der Raum ist leer.

»Jonny, Clint. Jonny«, flüstere ich mit geschlossenen Augen.

Natürlich haben die beiden ein Drogenproblem. Aber ich mag das auch ein bisschen.

»Clint! Jonny!«, versuche ich zu rufen. Ich friere.

Klar, Jonny hat zu viel Traurigkeit abbekommen. Das ist bei ihm so, als hätte er eine große Flasche trauriger Tinte getrunken und dabei hätten sich alle seine Fasern dunkel verfärbt. Man darf aber so sein, man ist kein falscher Mensch, wenn man so geworden ist, davon bin ich überzeugt, dafür stehe ich mit meinem Namen. Fick alle, die das nicht verstehen.

Ich bin so müde, ich will die Augen nicht mehr aufmachen. Es ist ganz ruhig hier auf dem Acker.

11

Ich wusste, dass es meine Schuld war. Jonny sagte zwar, das stimme nicht (natürlich sagte er das), aber das änderte nichts, auch später nicht. Denn irgendwie hatte damit ja alles angefangen: die Drogen, unser kleines Unternehmen, das alles halt.

Als Sultan weg war, kam meine Angst. Abends, wenn ich nicht schlafen konnte, war es am schlimmsten. Meine Augen blieben wach, auch wenn ich sie geschlossen hielt, sie hatten es immer eilig. Die Zeit verging in diesen Nächten einfach nicht. Ich sah die Zeit in Form von Gespenstern, die grau und dick durch das dunkle Zimmer schlichen. Pro Stunde ein Gespenst. Zum Ende einer Stunde wurde es immer weniger. Und wenn die Uhr im Flur dann zur vollen Stunde schlug, war das Gespenst weg, aber es kam sofort ein neues, und der nächste Morgen rückte näher – das größte, das gemeinste aller grauen Gespenster. Ich war so müde in der Zeit nach der Sultan-Verhaftung, dass ich im Unterricht einschlief, weswegen mir die heilige Johanna einmal einen Seitenhieb mit ihrem spitzen Ellenbogen verpasste, damit Frau Schramm nichts merkte. Das war eigentlich ganz nett von Johanna, die sich aber ohnehin nett benahm, weil ich ihr zu Sultans Zeiten regelmäßig eine gemixte Saure-Schlangen-Tüte vom Bäcker und eine Cola spendiert hatte, damit ich ihre Mathehausaufgaben abschreiben konnte. Johanna durfte solche Sachen nämlich nicht essen, weil ihre Mutter sonst ausflippte. Und dann hatte ich ihr, nachdem Sultan nicht mehr da und ich also auch nicht mehr solvent war, gesagt, dass ich ihrer Mutter von unserem Deal erzählen würde. Und Johanna war eben insgesamt ein so braver Mensch, dass sie tat, was ich sagte, und ich weiter ihre Hausaufgaben abschreiben durfte. Das war meine Rettung, weil ich mich überhaupt nicht mehr konzentrieren konnte. Hunger hatte ich auch keinen, und ich hatte eben diese Wahnsinnsangst vor den Nächten. Aber glücklicherweise war ich nachts nicht alleine. Clint war da. Er schlief jetzt meistens in unserer Höhle, weil er einen Angriff der Rubens-Jäger befürchtete. Als Erwachsener kam man nicht so ohne weiteres in unsere Höhle rein, außerdem gab es an ihrer Rückseite eine Fluchtmöglichkeit, aber darüber musste man informiert sein. Außerdem hatte Clint ein System von Fallen installiert, das er mir eines Abends vor dem Schlafengehen auseinandersetzte: »Guck, seit Sultan weg ist, sind wir nicht mehr bewaffnet. Wenn die kommen, müssen wir sie überraschen und Zeit gewinnen«, sagte er, während er um die Höhle herumkrabbelte und nachsah, ob alle Fallen funktionierten. Ich saß auf dem Bett, und mir war schon ganz schlecht bei dem Gedanken an die Nacht, die bevorstand. »Niemand glaubt, dass er einen Eimer total ekligen Glibber auf den Kopf bekommt, wenn er die Höhle betritt. Mit Eiern und Shampoo und Gras und sogar ein bisschen Abflussreiniger. Das merkst du daran, dass sich das Gras schon fast ganz aufgelöst hat«, erklärte er aufgeregt, und ich nickte, obwohl ich an seine Fallen nicht glaubte. Einem Einbrecher war doch Glibber egal. »Außerdem gibt es hinter der Eimerfalle noch Stolperschnüre und einen Bierflaschenwall«, versuchte er mich zu überzeugen, denn es schien ihm sehr wichtig zu sein, dass ich, was die Fallen anging, hinter ihm stand. »Im Ernstfall kann man dem Einbrecher auch eine Bierflasche auf den Kopf hauen. Während die Einbrecher mit den Fallen beschäftigt sind, haue ich ab, und sie merken es gar nicht. Ich renne aus dem Haus und rufe die Bullen. Stabil, oder? Wir müssen vorbereitet sein, Romy! Ich schwöre auf Koran!«, rief er und sah mich fragend an, aber ich sagte nichts. Ich fand, dass das Leben keinen Sinn mehr hatte, seit Sultan weg war, und dass ich es sogar ein bisschen verdient hätte, wenn einer mich überfallen würde. Als Clint merkte, dass ich zu dem Fallen-Thema nichts zu sagen hatte, redete er schnell weiter: »Besser, du und Jonny schlaft auch mit mir in der Höhle! Ihr müsst nur immer daran denken, sie von hinten zu betreten, okay?«

Wir hatten alle Angst, wenn auch aus unterschiedlichen Gründen. Sogar Jonny hatte Angst, aber er ließ sich nichts anmerken. Das war immer sein Spezialgebiet, sich nichts anmerken lassen. Na ja, meins eigentlich auch.

Auf jeden Fall hatte niemand von uns ernsthaft geglaubt, dass wir aus der Rubens-Sultan-Waffen-Geschichte heil wieder rauskommen würden.

Aber da war ja noch Theodor. Wie immer wusste er, wie man einen guten Eindruck machte, wem man was erzählen musste und vor allem, wie.

Frau Sellerie sahen wir nie wieder, vielleicht war ihr der Fall entzogen worden.

Statt Frau Sellerie war nun Frau Reiß für uns zuständig, die den Eindruck machte, als sei sie einigermaßen auf Zack, das heißt, sie guckte strenger als Frau Sellerie, was Theodor irgendwie komisch zu beflügeln schien. Aber der Reihe nach.

Seit Sultans Verschwinden genossen wir die volle Aufmerksamkeit des Jugendamtes. Natürlich war man dort informiert worden, dass mich die Bullen beim Klauen erwischt hatten und mein Erziehungsberechtigter weder zu Hause noch erreichbar gewesen war. Das hatte schon mal einen gewissen Eindruck gemacht. Sultan, die gezogene Waffe, die gebündelten Geldscheine und der besoffene Jonny hatten diesen Eindruck wohl noch verstärkt. Dem Jugendamt wurde es dann gewissermaßen zu bunt, kann sein, dass wir es aus diesem Grund mit der Schreckschraube Frau Reiß zu tun bekamen, der man sofort ansah, dass sie überhaupt keinen Spaß verstand. Wirklich jede verdammte Woche seit der Verhaftung tanzte sie bei uns an und begutachtete mit ihren kalten Vogelaugen unseren Zustand und den Zustand des Hauses. Theodor behauptete, sie würde ihn sogar nachts anrufen, was natürlich nicht stimmte. Im Grunde zog sie mit uns die gleiche Nummer ab wie Frau Sellerie, nur dass sie häufiger kam. Und dass sie ziemlich bald damit anfing, »alternative Optionen« ins Spiel zu bringen. Ich fand sie so schrecklich, dass ich nicht aufhören konnte, sie anzugucken. Sie hatte hängende Mundwinkel und hängende Wangen und hängende Kleider. Sie hatte traurige Haut, und sie trug absichtlich hässlichen Schmuck. Sie sah aus wie ein Amtsbüro, in dem verstaubte Zimmerpflanzen rumstehen, weil irgendjemand vor Jahren mal dachte, dass es doch vielleicht ein bisschen hübscher sein könnte, das Amtsbüro, und dann waren die Pflanzen ihm am Ende doch egal geworden. Genauso war diese Frau Reiß, gegen die wir Sultan eingetauscht hatten.

Sultan war sofort kassiert worden, weil er schon polizeibekannt gewesen war. Er saß seither in Untersuchungshaft wegen des Verdachts auf schwere räuberische Erpressung und gewerbsmäßige Bandenhehlerei. Es war nicht witzig. Sultan ganz alleine in irgendeiner beschissenen Zelle, während wir ihn zu Hause vermissten. Das ergibt doch keinen Sinn, dachte ich, wenn ich abends nicht schlafen konnte, und was Sultan jetzt wohl machte und ob wir nicht vielleicht doch bald alle ganz woanders wohnen würden. Frau Reiß sprach nämlich auffällig oft von Pflegefamilien und Kinderhäusern, allerdings nur gegenüber Theodor, der sich aus taktischen Gründen unbeeindruckt zeigte.

»Sie macht doch nur dicke Backen, erzählt da irgendwas von Pflegeeltern und Kindeswohlgefährdung«, erklärte Theodor so beiläufig wie möglich, wenn wir abends am Tisch saßen und Theodors Scheißkonserven aßen. »Aber wenn wir ein gutes Konzept haben, lässt sich das alles regeln.«

Jeder Idiot konnte sehen, dass nichts daran beiläufig war. Doch Theodor sah sich in einem Wettkampf, es war der Wie-ich-einmal-mit-dem-Jugendamt-fertigwurde-als-es-fast-unmöglich-war-Wettkampf. Und es machte ihm sehr viel Spaß.

Die Rettung war Rita.

Theodor wusste, dass seine alte Freundin Rita schon lange keine Lust mehr hatte, im Bierbrunnen zu arbeiten, weil das ihrer Gesundheit nicht bekam. Sie litt nämlich nicht nur an Gallensteinen, sondern auch an Rheumatismus, chronischer Übelkeit und einem allgemeinen Gefühl von Traurigkeit. Ihre Leiden führte sie unter anderem auf den Bierbrunnen-Spirit zurück. Das hatte ihr nicht nur Theodor bestätigt, sondern auch Christel, ein ausgebildetes Mental-Medium. Christel hatte Rita wohl außerdem darauf hingewiesen, dass Kinder bei so was immer supertoll helfen würden. Wegen Karma und so.

So kam eins zum anderen, schließlich musste Theodor schleunigst eine Betreuungsperson für uns auftreiben. Andernfalls würde uns Frau Reiß aufs Dach steigen und vielleicht doch Ernst machen, von wegen Pflegefamilie und so weiter. Rita war sofort dabei, ihre Dogge Shiva auch. Also explizierte Theodor Frau Reiß seine Kinderbetreuungs-Vision, verteilt über drei Besuche und ein paar Telefonate, während derer er sich so toll und interessant benahm, dass Frau Reiß am Ende tatsächlich glaubte, eine interessante und wichtige Person zu sein. Einfach deswegen, weil Theodor vorgab, sich für sie zu interessieren, und das gab ihr laut Theodor ein gutes Gefühl. Das war nämlich ihre Achillesferse, behauptete er, dass sie keine guten Gefühle hätte.

»Man muss sich klarmachen, dass sich die meisten Menschen für großartig halten. Deswegen sind sie beleidigt, wenn man sie nicht entsprechend behandelt. Das macht sie quasi korrupt, versteht ihr? Und deswegen kann man ihnen dann phantastisch Zucker in den Arsch blasen«, erklärte Theodor uns seine Reiß-Strategie an einem Nachmittag, an dem er extra früher von der Praxis nach Hause gekommen war, weil er ein Date mit Frau Reiß hatte. Um Punkt sechs stand sie auf der Matte, und die beiden schüttelten sich mit betroffenen Gesichtern die Hände. Frau Reiß wollte alleine mit ihm sprechen, und sie verschwanden im Wohnzimmer. Aber ich konnte, vor der angelehnten Tür des Wohnzimmers stehend, alles mithören.

Es passierte so:

»Ich arbeite nach dem Leitsatz: So wenig wie möglich, so viel wie nötig«, begann Frau Reiß das Gespräch. Sie musste einen riesigen Stock in ihrem Arsch haben, der ihr echt wehtat, anders konnte man nicht so angestrengt sprechen, dachte ich.

»Das ist also gewissermaßen Ihr Konzept, wenn ich Sie richtig verstehe, Frau Reiß?«, entgegnete Theodor mit weicher Stimme und als sei er ihr Verbündeter.

»Genau. Ich schaue erst, was die Familie für Ressourcen hat, die man gegebenenfalls aktivieren kann«, erwiderte Frau Reiß, noch reserviert und mit überdeutlicher Aussprache, aber schon etwas zahmer.

»Sehr interessanter Ansatz!«, rief Theodor. »Vor allem die Dialektik der Psyche betreffend. Fast machiavellistisch. Im Grunde, Frau Reiß, geben Sie den Familien so das Gefühl von …« Theodor machte eine Pause.

»Von Selbstwirksamkeit, genau. Das ist enorm wichtig!«, ergänzte Frau Reiß, und ich konnte mir genau vorstellen, was für ein oberlehrerinnenhaftes Gesicht sie dabei machte.

»Sehr richtig, das leuchtet mir ein. Ziemlich fortschrittlicher Gedanke!«, unterstützte Theodor die Oberlehrerin in Frau Reiß.

»Fortschrittlich kann man das durchaus nennen, ja. Ich bin eine Gegnerin von Holzhammer-Methoden, wenn Sie verstehen, was ich meine. Ich sage immer, jede Familie ist anders und braucht individuelle Betreuung. Auch wenn das manchmal schmerzhaft sein kann.« Genau. Diese Schlampe machte mir Schmerzen. Wie sie alles exakt und überdeutlich aussprach, so, als müsse man ein Wort vom Anfang bis zum Ende gründlich durchturnen. Ich hätte sie am liebsten gebissen, aber Theodor blieb ruhig. Und blies weiter Puderzucker in den Reiß-Arsch.

»Das kann ich nur unterschreiben, Frau Reiß. Das geht mir als Arzt mit meinen Patienten nicht anders.«

Kurzes Schweigen. Und obwohl ich Theodor nicht sah, wusste ich genau, was er machte. Er legte seine Hand an die Stirn und schloss die Augen, als müsste er sich konzentrieren. Dann ruckartiges Kopfanheben und Frau-Reiß-Fixieren.

»Andererseits bin ich auch der Ansicht, dass manche Eltern zur Erziehung von Kindern schlicht nicht in der Lage sind«, hörte ich ihn mit dramatischer Film-Stimme sagen. »Oder wie stellt sich das aus Ihrer Perspektive dar? Da muss man doch sicher genau hinsehen. Aber da habe ich bei Ihnen, Frau Reiß, nun wirklich keine Bedenken!«

Theodor lachte auf unglaublich schleimige Weise.

»Also, da können Sie aber Gift drauf nehmen. Ich …« Frau Reiß klang aufgeregt. Sie suchte nach Worten, aber sie fand keine, und Theodor sprach weiter. Ruhig und nachdenklich:

»Ich erinnere mich in dem Zusammenhang immer wieder an meine Einsätze für Ärzte ohne Grenzen. Was für Verwahrlosungszustände ich da beobachten musste, das können Sie sich nicht vorstellen. Ich lege deswegen großen Wert darauf, meinen Kindern ihren Wohlstand *bewusst* zu machen.« Theodor sagte das Wort »bewusst« gedehnt und trennte es in seine Silben. Ich hatte keine Ahnung, was Ärzte ohne Grenzen waren, aber ich fand, dass es sich gut anhörte.

»Auch die Auseinandersetzung mit anderen Kulturen halte ich für sehr wichtig. Meine Kinder sprechen schon jetzt etwas Türkisch. Man kann die intellektuelle Flexibilität nicht stark genug fördern, denn das sind Ressourcen, die unsere Kinder stärken und auf die Abenteuer des Lebens vorbereiten. Wie beurteilen Sie das von der sozialpädogischen Warte aus?« Der Theodor, dem ich da heimlich zuhörte, war definitiv nicht der Mensch, mit dem ich es normalerweise zu tun hatte. Er sprach nie so langsam und verständnisvoll. Es war komplett crazy.

»Durchaus positiv!«, antwortete Frau Reiß, nun schon völlig gesprächsvertieft. »Das Miteinander wird so aktiv gefördert, die sozialen Kompetenzen ausgebaut, auch das Konfliktmanagement …«

Und so weiter. Ich verstand wirklich nicht, wie Theodor es hinkriegte, diese Schreckschraube umzudrehen. Weiß der Kuckuck, warum er es immer wieder schaffte, Menschen so für sich einzunehmen. Man sah doch sofort, dass er unseriös war. Ich kapierte es einfach nicht, aber es machte mich auch stolz. Auf eine bestimmte Weise schienen wir schon eine Kapazität als Vater zu haben. Aber wahrscheinlich war das Jugendamt nur deswegen so freundlich zu uns, weil Theodor einen Doktor hatte, geradeaus reden konnte und teure Autos besaß. So einfach, dachte ich.

Theodor räusperte sich.

»Frau Reiß, ich habe mir viele Gedanken gemacht, auch unter Zuhilfenahme von Fachliteratur, auch im Gespräch mit meinen engsten Freunden. Ich habe mir also ein Konzept erdacht. Sie kennen ja Rita bereits, die Dame, welche gegenwärtig bei uns den Haushalt besorgt und die Schulaufgaben der Kinder beaufsichtigt. Ich habe ihr vorgeschlagen, dies in Zukunft gegen ein nicht unbeträchtliches Entgelt zu tun, denn sie ist den Kindern vertraut, besonders Jonny hängt an ihr. Das wäre eine Ressource, die zu aktivieren ich für sinnvoll halte. Ich kenne hier einen sehr guten Italiener, wenn Sie mögen, können wir uns dort zeitnah zusammensetzen und an unserem Konzept feilen.«

Und Theodor gelang es also tatsächlich, Frau Reiß für die Ressource Rita zu begeistern. Sie wollte mit ihr sprechen, und natürlich mit uns. Und dann wollte sie das Ganze eine Weile *beobachten*. Außerdem kündigte sie an, Theodor als Coach zur Seite zu stehen. So schrieb sie letztlich einen Bericht, in dem sie empfahl, zunächst die Ressourcen des familiären Umfelds zu aktivieren. Und damit war die Kuh bis auf weiteres vom Eis, es fehlte nur noch irgendeine Unterschrift von dem Boss von Frau Reiß. Bis es so weit war, waren wir allerdings erst mal auf uns gestellt.

Ich hasste die Abende. Theodor kam oft spät, weil er viel zu tun hatte. Meistens aßen wir vor dem Fernseher eine Pizza oder Ravioli, und um halb zehn sagte Jonny dann, dass wir ins Bett gehen sollten. Ich war froh, dass er das sagte, weil es einfach verdammt schwer ist, ins Bett zu gehen, wenn man nicht muss, und weil Clint nie auf mich gehört hätte. Ich wollte nicht ins Bett, ich wusste ja, dass ich eh nicht schlafen konnte. Aber ich wusste auch, dass Kinder, wenn sie am nächsten Tag Schule haben, rechtzeitig ins Bett müssen, weil sie sich sonst im Unterricht nicht konzentrieren können und schlechte Noten schreiben, und dann würde Frau Reiss wieder mit ihren alternativen Ideen kommen. Clint hatte nie Lust, ins Bett zu gehen, er diskutierte immer noch ein bisschen mit Jonny, bis er dann motzend aufstand und mir ins Bad folgte, wo wir uns die Zähne putzten, meistens, also, Clint ließ das auch öfter mal ausfallen. Wir ließen in unserem Kinderzimmer immer das kleine Licht neben meinem Bett an, ohne einander je zu sagen, warum eigentlich. Es musste einfach an sein. Clint krabbelte in seine Höhle und ich in mein Bett. Gegen zehn kam dann noch mal Jonny und wünschte uns eine gute Nacht.

An einem Abend, an dem ich wieder ewig nicht schlafen konnte, weil ich an Sultan dachte, wie er in irgendeiner finsteren Zelle saß, beschloss ich, zu Clint in die Höhle zu gehen. Von meinem Bett aus konnte ich den Schein seiner Taschenlampe sehen, er war also noch wach. Ich krabbelte durch den Hintereingang in die Höhle.

»Kann ich zu dir?«

Clint blätterte in einem Comic-Heft und sah auf. Neben seinem Kopfkissen lag ein Stapel Hefte, außerdem Chips und ein Küchenmesser.

»Klar, komm rein. Aber wehe, du furzt!«

»Halt's Maul. Du furzt selber, Aptal!«

Ich nahm mir auch ein Heft und las gelangweilt darin rum. Aber ich war froh, bei ihm zu sein.

»Meinst du, Sultan geht es gut?«, fragte ich.

»Bestimmt nicht. Wie soll es dem gutgehen? Der ist im Knast!«

»Hoffentlich wird er nicht ermordet!«, sagte ich nachdenklich.

»Warum denn das?«

Clint zeigte mir einen Vogel und las weiter.

»Im Knast wird man halt manchmal ermordet. Überleg doch mal! Da wohnen so viele Verbrecher in einem Haus! Die werden doch verrückt! Eine dumme Idee, so viele Verbrecher auf einmal zusammenzutun, oder? Ist doch eine dumme Idee, Clint?«

»Hm.«

Er wollte lesen, aber ich wollte reden und nicht alleine sein. Er sollte mit mir sprechen.

»Denkst du viel an Sultan?«, fragte ich leise.

»Wir gehen ihn doch bald besuchen. Dann kannst du ihn fragen, wie es ihm geht«, antwortete Clint tonlos und ohne von seinem Comic aufzusehen.

Ich wusste, dass ich niemals mit ins Gefängnis gehen würde.

»Ja, hast recht. Wir müssen ihm dann was mitbringen. Was Tolles zu essen. Und viele Zigaretten. Er raucht rote Marlboro, oder?«, versuchte ich das Gespräch am Laufen zu halten.

Draußen hörten wir Theodor rufen. Er war gerade von der Arbeit nach Hause gekommen und rief vom Flur aus nach uns:

»Na, meine kleinen Rabauken! Wo seid ihr denn? Ich habe tolle Neuigkeiten!«

»Theodor!«, rief ich.

»Hiiiieeer! In der Höhle!«, schrie Clint.

»Komm doch auch rein, bitte!«, schrie ich.

»Aber du musst durch den Geheimgang. Der ist hinten!«, schrie Clint.

Theodor betrat das Zimmer.

»Ah, ein Geheimgang. Sehr clever. Du bist eben mein Sohn!«, bemerkte Theodor anerkennend. Er schien gute Laune zu haben.

»Ja, vorne sind Fallen aufgestellt. Die musst du dir gleich angucken!«, rief Clint aufgeregt.

Theodor krabbelte auf Knien durch den Hintereingang. Die Höhle wäre fast zusammengekracht.

»Mann, du musst vorsichtiger sein!«, befahl Clint. »Mach mal deinen Arsch kleiner.«

»Arsch sollst du doch nicht sagen«, ächzte Theodor. Als er endlich drin war, legte er sich zwischen uns. Er betrachtete interessiert das Höhleninnere und nahm uns in den Arm. Clint erklärte ihm seine Fallen, und obwohl es sehr eng war, hielt ich es für möglich, schlafen zu können, wenn Theodor nur dabliebe.

»Dein Glibber stinkt ja brutal«, bemerkte Theodor nüchtern. »Wer soll den überhaupt abbekommen?«

»Einbrecher. Wahrscheinlich die Männer, die es auf den Rubens abgesehen haben.«

»Wegen denen musst du dir keine Sorgen machen. Die sind längst beseitigt«, sagte Theodor extrem lässig und wie einer, der sich jede Woche darum kümmert, dass jemand beseitigt wird.

»Was heißt beseitigt?«, fragte ich.

»Na, glaubst du, ich lasse mir das gefallen? Die sind fürs Erste aus dem Verkehr gezogen worden. Die habe ich schön mit der Polizei bekannt gemacht. Ganz diskret. Sind direkt eingefahren. Unverschämtheit!«, brummte er und strich mit der Hand über die Höhleninnenwand.

»Ehrlich? Wie hast du das denn gemacht?« Clint war ganz aufgeregt. Vom Wohnzimmer aus rief Jonny nach uns.

»Hallo? Wo seid ihr denn?«

Jonnys Rufen kam näher. Clint setzte sich auf und brüllte:

»In der Höhle!«

»Ach so!«

»Komm auch rein! Aber du musst den Hintereingang benutzen! Vorne sind die Fallen!«, warnte Clint.

Jonny tastete sich vorsichtig rein und über uns drüber. Jeder schrie einmal »Aua« und »Pass doch auf!«, aber dann lagen wir alle ganz eng nebeneinander. Links außen Jonny, dann ich, Theodor und rechts Clint.

»Jetzt sind wir Wölfe. Ein Rudel, versteht ihr? Theodor hat euch sehr lieb«, stellte Theodor zufrieden fest.

Die Luft war schlecht, aber es war schön.

»Wir dich auch!«, sagte Clint.

»Was meinst du, wie lange Sultan in den Knast muss?«, fragte Jonny, nachdem wir eine Weile ruhig beieinandergelegen hatten.

»Wenn er Pech hat, fünf, sechs Jahre«, antwortete Theodor tonlos.

»So lange?«, rief ich und setzte mich auf.

»Ja, die sind da nicht zimperlich!«

Wir schwiegen.

»Woher weißt du eigentlich, dass er nicht erzählt, dass du bei den Autos auch mitgemacht hast?«, fragte Jonny. Man konnte an seiner Stimme hören, dass er sich gerade etwas getraut hatte. Sie klang so verrutscht.

»Wer sagt denn, dass ich da mitgemacht habe?«, fragte Theodor streng. Er drehte den Kopf zu Jonny und hob ihn leicht an, um über mich drüber in Jonnys Gesicht zu sehen.

»Mann, wir sind nicht blöd«, erwiderte Jonny. Leise und trotzig.

»Das würde ich auch nie behaupten. Ihr seid schließlich meine Kinder«, entgegnete Theodor ruhiger, ließ den Kopf wieder sinken und sah an die Decke.

»Komm, jetzt sag! Woher weißt du, dass Sultan nichts erzählt?« Jonny wurde lauter. Er ärgerte sich über Theodors Nicht-Antworten, und das verstand ich.

»Ja, sag!«, bat ich sanft.

»Ob mitgemacht oder nicht, Sultan singt nicht. Der ist von der alten Schule, der weiß, was sich gehört. Alleine euretwegen würde der das nicht machen«, polterte Theodor.

»Findest du das gerecht?«, fragte ich leise. Denn das war eine Sache, über die ich die ganze Zeit nachdachte: Ob Theodor nicht irgendwie ein schlechtes Gewissen hatte, weil er, soweit ich das mitbekommen hatte, bei den Auto-Geschäften doch auch beteiligt gewesen war. Und was Sultan jetzt von uns dachte. Ob Theodor eigentlich wirklich ein Freund war. Für irgendjemand auf der Welt. Natürlich wollte ich nicht, niemals, dass Sultan über Theodor auspackte, aber es verwirrte mich, dass es ungerecht war und dass Sultan, der Sultan, der mir morgens die Haare gemacht und unsere Hausaufgaben überwacht hatte, jetzt ganz alleine war. Und dass das Theodor überhaupt nicht zu interessieren schien.

Theodor kratzte sich am Kopf. Er betrachtete seine Fingernägel und räusperte sich.

»Natürlich ist das nicht gerecht!«, antwortete er mit ansteigender Stimme. »Glaubst du, mir gefällt es, dass Sultan im Knast sitzt? Deswegen haben wir doch diesen Scheißsalat mit Frau Reiß, diesem Biest! Natürlich ist das suboptimal! Ihr stellt manchmal wirklich merkwürdige Fragen.« Theodor schüttelte den Kopf. Wir sahen zur Decke. Es war jetzt besser, nicht weiter davon zu reden.

»Ich finde es ungerecht. Du musst ihm viel mehr helfen!«, sagte Jonny leise. Ich zuckte zusammen.

»Red nicht so dummes Zeug. Soll ich etwa auch in den Bau, oder was? Willst du das?«, schimpfte Theodor und sah Jonny wütend an. Er setzte sich ruckartig auf, stieß mit dem Kopf gegen das Höhlendach und hätte dabei fast die Ekelglibber-Falle entsichert. Sein Gesicht wurde rot, und da fragte ich schnell: »Und was war jetzt die gute Neuigkeit?«

»Welche gute Neuigkeit? Ach so! Die gute Neuigkeit!« Er sah mich irritiert an, überlegte kurz, und dann entspannten sich seine Gesichtszüge. Wahrscheinlich war er genauso froh über den Themenwechsel wie ich.

»Rita und Shiva ziehen bei uns ein! Dieser Hustensaft vom Jugendamt hat endlich unterschrieben. Na, was sagt ihr jetzt? Rita kümmert sich um euch, darf dafür umsonst hier mit Shiva wohnen, und das Jugendamt steigt uns nicht mehr aufs Dach, wenn wir uns ruhig verhalten. Das nennt man eine Win-Win-Situation. Ist das nicht phantastisch?« Clint und ich nickten zögerlich, Jonny machte gar nichts. Klar war das gut, weil es erst mal eine Lösung war. Aber eine wirklich gute Neuigkeit wäre nur gewesen, wenn Sultan zu uns zurückgekommen wäre. Theodor sah uns enttäuscht an.

»Freut ihr euch nicht?«, fragte er ein bisschen vorwurfsvoll, und da tat er mir schon wieder leid.

»Doch, klar, total!«, sagte ich und versuchte zu lächeln. Clint nickte. Und Jonny verließ unsere Höhle.

Wenige Tage später zog Rita dann bei uns ein. Sie hatte bisher in einem schimmeligen Zimmer über dem Bierbrunnen gewohnt, in dem es, erzählte sie uns, gespukt hätte. Der frühere Wirt des Bierbrunnens hätte sich darin wegen Überschuldung in den Kopf geschossen und wäre nachts mit durchlöchertem Kopf in Ritas Zimmer herumgelaufen und hätte sie nicht schlafen lassen. Wohl auch deswegen machte es ihr überhaupt nichts aus, ihr altes Zuhause zu verlassen. Seit ich denken konnte, hatten wir sie im Bierbrunnen besucht, wo sie immer hinter der Theke gestanden und Theodor wortlos Bier hingestellt hatte. Die beiden hatten angeblich an der gleichen Uni studiert und kannten sich ewig. Wenn ich Theodor darum gebeten hatte, mir von damals zu erzählen, hatte er immer nur gesagt, dass Rita schon damals völlig verrückt war und er der Einzige gewesen sei, der gewusst habe, wie man mit ihr umgehen müsse. Tatsächlich waren Theodor und Rita nie besonders nett zueinander, wenn sie sich trafen. Manchmal hatte ich mich gefragt, warum sie eigentlich Freunde waren, wenn sie sich nur auf die Nerven gingen. Oder ob sie vielleicht irgendwann einmal ineinander verliebt gewesen waren. Aber das konnte ich mir nicht vorstellen, und so genau wollte ich es auch nicht wissen. Es war einfach eine komische Sache mit Rita und Theodor. Aber wenn es Probleme gab, halfen sie sich immer (und beschimpften sich dafür gegenseitig). Vor allem half Rita Theodor. Nach seiner Anfrage kündigte sie im Bierbrunnen und stand zwei Tage später zusammen mit Kalli und einem Kleintransporter vor der Tür. Besonders viel besaß sie nicht. Wir trugen zwei alte Lederkoffer mit Kleidern, eine Palme, einen mit rosafarbenem Samt bezogenen Sessel und eine antike Nachttischlampe mit integriertem Aschenbecher in das Zimmer, in dem Sultan vorher gewohnt hatte, und das war's.

Rita machte aus der neuen Situation keine große Sache. Sie hielt keine Ansprachen über unser nun beginnendes Zusammenleben, sie benahm sich einfach, als hätte sie schon immer bei uns gewohnt. Am ersten Tag wollte ich ihr alles zeigen, aber sie brummte nur mit ihrer tiefen Stimme: »Du musst mir hier gar nichts zeigen, ich kenne doch meinen Theodor!«, und packte weiter ihre Sachen aus. Nachdem sie sich eingerichtet hatte, zog sie sich eine lilafarbene Leggings über ihre kleinen Beinchen und schlüpfte in ihre früher mal weißen, inzwischen grauen Hausschuhe, auf denen »Hotel am See« stand und die sie von nun an immer trug. Dann stellte sie sich in die Küche und legte los. Am ersten Abend gab es Bratkartoffeln mit Würstchen und zum Nachtisch Obstsalat mit Eis.

Rita war fast immer zu Hause. Eigentlich verließ sie das Haus nur, um einzukaufen oder Shiva um den Block zu führen. Aber abgesehen davon war sie da. Entweder sie las, oder sie sah fern, oder sie kochte, und egal was sie tat, sie tat es rauchend. Sie rauchte ungelogen mindestens vierzig Giant-100er-Zigaretten pro Tag. Ich fand es speziell erleichternd, dass jetzt immer jemand da war, und ich versuchte, nicht an Sultan zu denken, was mir auch gelang, und wenn ich doch einmal an ihn dachte, biss ich mir ganz fest auf die Lippe. Mit Rita war alles neu und anders. Sie war ein merkwürdiger Mensch und hoch spannend zu beobachten. Zum Beispiel interessierte sie sich überhaupt nicht dafür, ob wir Hausaufgaben machten. Sie fand es, im Gegenteil, genauso nervig wie wir, dass wir diese Pflicht erledigen mussten. Aber sie war absolut überdurchschnittlich in Mathematik begabt, das hatte sie nämlich auch sieben Semester lang studiert. Sie hatte sogar schon Angebote aus Amerika gehabt, erzählte sie uns, aber dann sei alles anders gekommen und sie habe das Studium geschmissen. Wenn sie nach dem Mittagessen über ihren Illustrierten saß, konnte man ihr einfach eine Aufgabe zuwerfen. Sie murmelte, sie drückte sich ein paarmal ihre blassrosa Riesenbrille mit den gelbfleckigen Gläsern auf das von kleinen roten Adern durchzogene Nasenbein, und dann schob sie einem das Gekritzel zum Abschreiben rüber.

»Eure Mathematik ist ziemlicher Pipifax. Das rechnet ja Shiva im Schlaf! Was soll das?«, beschwerte sie sich dann und las beleidigt weiter. Sie war wirklich ein Ausnahmetalent. Sie konnte dir zum Beispiel aus dem Stand sagen, was zweihundertfünfundvierzig mal dreiunddreißig minus zwölf ist.

»Warum hast du nie als Mathematiker gearbeitet?«, wollte Jonny einmal wissen, als Rita unsere Mathehausaufgaben machte. Clint und ich saßen vor dem Fernseher, Rita, wie gewöhnlich, am Esstisch vor ihren Illustrierten. Sie hörte auf zu blättern und nahm langsam einen Schluck Kaffee. Dann faltete sie die Hände und betrachtete sie ausgiebig.

»Weil Mathematik mit dem Leben nichts zu tun hat. Mathematiker haben nichts verstanden, sie haben nur Angst. Sie wollen alles erklären. Aber man kann nicht alles erklären«, erklärte sie schließlich und blickte über den Rand ihrer Brille zu Jonny, der gegenüber von ihr saß und an irgendeinem Aufsatz schrieb. Dann senkte sie den Kopf und las weiter.

»Wovor haben Mathematiker Angst?«, fragte Jonny und biss dabei auf dem Ende seines Stifts herum.

»Vor der Unordnung, mein Schatz. Aber das Leben ist nicht ordentlich.« Sie nickte ihm lächelnd zu und drehte sich um. »Können wir uns jetzt bitte beeilen?«, rief sie in Clints und meine Richtung. »In sieben Minuten kommt Hans Meiser.«

Der Tagesablauf folgte bei Rita gewissen Regeln. Erst Mittagessen, dann Illustrierten-Time plus ein bisschen nebenher Hausaufgaben machen und dann Talkshows gucken. Hans Meiser wurde auf jeden Fall immer und mit allen geguckt. Dazu gab es Puddingtaschen, die wir mit Shiva teilten. Auch Kalli kam manchmal dazu. Er saß dann auf dem Massagesessel von Sultan, was für ihn ein besonderer Triumph war. Nach ein paar Bier schlief er meistens ein. Ein paarmal kam es vor, dass Rita schnaubend das Wohnzimmer verließ, weil sie es nicht aushielt, wie inkompetent Hans Meiser seine Gäste beriet. Es war, wie wenn Theodor Fußball guckte. Rita durfte natürlich niemals eine Hans-Meiser-Sendung verpassen, und sie wurde immer ein bisschen nervös, wenn es mit den Hausaufgaben zu lange dauerte. Im Zweifel war ihr Hans Meiser wichtiger. So auch an diesem Tag: Draußen war es grau und kalt. Es hatte Hühnerfrikassee gegeben. Rita saß am Esszimmertisch, löste ein Kreuzworträtsel und sah dabei ständig auf die Uhr, weil gleich Hans Meiser begann. Ich saß ihr gegenüber und blätterte in einer ihrer Zeitschriften. Genau wie Clint drückte ich mich davor, mit den Mathehausaufgaben anzufangen. Denn es waren ganz grauenhafte Aufgaben. Wir sollten schriftlich dividieren. Absurd. Ich spielte an dem Wachs der goldenen Kerze herum, die Rita angezündet hatte, da rief Clint, der mit Jonny auf dem Sofa herumlungerte:

»Wir können die Hausaufgaben doch auch nach Hans Meiser fertig machen!«

»Gut, gut. Aber nur ausnahmsweise!«, entgegnete Rita, erhob sich ächzend, wackelte zum Sofa und ließ sich zwischen Clint und mich fallen.

Dann erschien Hans Meiser auf dem Bildschirm, dazu die Musik, mit der die Sendung immer begann, und Hans Meiser machte vor blauem Hintergrund seine Diskussionsgesten. Ich liebte das und wie wir alle eng zusammensaßen. Heute waren Menschen, die auf ihr Äußeres zu wenig Wert legten, das Thema. »Kannst du dich nicht endlich duschen? Es reicht!!!«, oder irgend so was. Hans Meiser erklärte, warum es für manche Menschen ein Problem war, wenn ihre Mitmenschen zu verlottert herumliefen, und dass man dieses Verhalten auch als antisozial bezeichnen könne. Rita zündete sich eine Giant 100er an, sog den Rauch tief ein und stieß ihn durch ihre Nasenlöcher wieder aus. Sie hielt die Zigarette in der rechten Hand, winkelte den Zigaretten-Arm an und stützte ihn mit der linken Hand. Die Zigarette klemmte zwischen Zeige- und Mittelfinger und ragte fast senkrecht in die Luft, dabei fummelte Rita mit dem Daumen am Ringfinger herum. Das war ihre Hans-Meiser-Beobachtungs-Haltung. Hans Meiser legte seinen Zuschauern gerade nahe, dass der Typ, der bei ihm zu Gast war und der sagte, er fände den gesellschaftlichen Wasch-Wahn übertrieben, vielleicht irgendein Kindheitsproblem habe. Und dann wollte er von seinem Gast, der wirklich ziemlich runtergekommen aussah, wissen, was bei ihm in der Kindheit schiefgelaufen sei.

»Dieser Küchenpsychologe!«, fauchte Rita. Jonny, Clint und ich sahen einander an und grinsten, was Rita nicht bemerkte, weil sie gespannt das Geschehen im Fernseher verfolgte.

»Dilettant!«, rief sie, als Hans Meiser vorschlug, einen Psychologen zu dem Problem des Gastes zu befragen.

Es erregte Rita beim Hans-Meiser-Gucken stets am meisten, wenn Psychologen zu Rate gezogen wurden. Aus irgendwelchen Gründen fand sie Psychologen gefährlich. Vielleicht lag das auch daran, dass sie sich selbst für die bessere Psychologin hielt und es sie ärgerte, dass sie nicht gefragt wurde. Jedenfalls sagte sie immer, jeder Mensch habe einen gesunden Menschenverstand und Gefühle, auf die er hören könne, das reiche völlig.

Der Psychologe bei Hans Meiser bekam nun ein Mikrofon vor die Nase gehalten und erklärte, dass Menschen, die sich körperlich vernachlässigten, oft ein Problem mit dem Selbstwert hätten und sich selbst nicht lieben würden und ihr inneres Kind schlecht behandelten. Rita schnaubte.

»Lieben, lieben, immerzu soll man sich selbst lieben! Kann mir mal einer erklären, wie das geht, sich selbst lieben?«, stöhnte sie und fuhr sich durch das Haar.

»Was hast du denn?«, fragte ich, weil ich es mochte, wenn Rita sich bei Hans Meiser aufregte.

»Ja, genau! Was ist denn so falsch daran?«, fragte Jonny und biss in seine Puddingtasche. Rita holte tief Luft und drückte ihre Zigarette in dem goldenen Muschel-Aschenbecher aus, den sie mitgebracht hatte und der nun immer auf dem Sofatisch stand.

»Pscht! Ich muss das sehen!«, sagte sie, ohne ihren Blick vom Fernseher abzuwenden, und legte den pink lackierten Zeigefinger an den Mund. Dann begann eine Werbepause. Rita seufzte und zündete sich eine neue Zigarette an. Sie schüttelte den Kopf und schloss die Augen.

»Ihr alle kennt Adam, den Polen, der im Bierbrunnen die Küche neu gemacht hat«, sagte sie plötzlich, die Augen noch immer geschlossen.

»Nee, kennen wir nicht«, bemerkte Jonny.

»Aber Theodor kennt ihn«, begann sie, als würde das, was sie nun erzählen wollte, sie viel Kraft kosten. »Adam jedenfalls haben sie mir durch die Psychoanalyse komplett versaut. Er ist zu nichts mehr zu gebrauchen. Redet nur noch von sich. Hat sich in seinem Gehirn verirrt und kommt da nicht mehr raus. War früher ein ganz normaler Mann, mit ein paar Neuröschen vielleicht. Und dann haben sie ihm eingeredet, dass er zur Psychoanalyse muss, und jetzt ist die Ehe kaputt. Aber da muss ich wirklich sagen, ich kann Bärbel verstehen, dass sie an Adam wahnsinnig geworden ist, wenn einer plötzlich gar kein ganzer Mensch mehr ist, sondern völlig zerteilt und mit dem Kopp im eigenen Schlamm. Und was ist jetzt? Adam geht nicht mehr arbeiten und betrügt seine Frau, weil er glaubt, er braucht das. Zur Selbstverwirklichung. Aber auf der Welt können nicht alle gleich individuell sein! Dann gibt es Krieg! Logisch, oder?«

Obwohl Reden beim Hans-Meiser-Gucken eigentlich verboten war, entwickelten sich während der Sendung häufig Gespräche über solche und ähnliche gesellschaftlichen Fragen, das heißt, Rita trug ihre Ansichten vor, und wir hörten zu. Danach musste einer mit Shiva raus, und dann gab es wieder Essen. Spaghetti Bolognese, Senfeier, Gulasch, Königsberger Klopse, Reibekuchen oder Schnitzel mit Champignons. Rita kochte so gut! Leider profitierte sie davon selber überhaupt nicht, weil ihr dauernd schlecht war. Sie sagte, das habe etwas mit ihren Vorfahren und der Seele zu tun. Und das stimmte. Denn Rita wusste Dinge, die andere nicht wussten. Sie war mit einer speziellen Gabe ausgestattet, die es ihr unter anderem erlaubte, in die Zukunft zu blicken. Sie hatte wirklich immer recht. Ihr Spezialgebiet waren Fragen der Liebe und gesundheitliche Themen. Beispiel: Clint hatte von Kalli ein Meerschweinchen zum Geburtstag bekommen, und Rita hatte prophezeit, dass es ein schwaches Herz habe und bald sterben würde. Was jetzt nicht besonders nett war Clint gegenüber. Eines Tages aber war es dann tatsächlich vor Schreck gestorben, weil Shiva es aus Langeweile angebellt hatte. Rita hatte uns immer gewarnt, aber an diesem einen Tag hatte Clint eben vergessen, die Tür zum Kinderzimmer zu schließen.

Die Adam-Diskussion ging dann noch weiter. Auf Jonnys Einwand hin, dass es nun mal so sei, dass Adam halt Wert darauf lege, individuell zu sein, und man ihm nicht vorschreiben könne, das nicht zu wollen, rollte Rita mit den Augen. »Warum bist du nur so widerborstig heute?«, fragte sie beleidigt. Sie hauchte die Gläser ihrer Brille an und putzte sie mit dem Stoff ihres riesigen Sweatshirts, auf dem »Paris« stand. »Ich fand mich gar nicht widerborstig! Ich wollte doch nur sagen, was ich zu Adams Individualität denke!«, rief Jonny. Er hob entschuldigend die Hände.

»Heute stimmt was mit deinem Energiefluss nicht. Das habe ich sofort gemerkt, als du zur Haustür reingekommen bist!«, erklärte Rita streng, und Jonny zog verwundert die Augenbrauen hoch. »Da brauchst du gar nicht so zu gucken, mein Junge. Was du jetzt brauchst, ist eine Fußmassage, weil du zu viel Energie im Kopf hast! Soll ich mal?«, fragte sie und öffnete und schloss ihre Fäuste. Clint und ich kicherten. Jonny schüttelte den Kopf. »Später vielleicht, danke«, sagte er und dann, nach einem schnellen Blick zum Fernseher: »Die Werbung ist vorbei! Hans Meiser geht weiter.« Rita nahm sofort ihre hochkonzentrierte Schiedsrichterhaltung wieder ein und vergaß, dass Jonny es gewagt hatte, ihr zu widersprechen. Denn das durfte man eigentlich nicht. Sie sagte zwar manchmal wunderliche Dinge, von denen wir nichts verstanden, aber man quatschte sie nicht komisch von der Seite an. Eine respektierte Hexe quasi.

Im Fernsehen stritten sich nun der Gast, der sich nicht waschen wollte, und eine Frau aus dem Publikum. »Du stinkst bis hier!«, kreischte die Frau aus dem Publikum. »Ich würde dich niemals in meine Wohnung reinlassen! Schämst du dich nicht?« Die Jungs und ich saßen still auf dem Sofa, Rita rauchte. »Na, die haben den tiefen Teller aber auch nicht erfunden! Das ist ja niveaulos!«, murmelte sie, und mir fiel ein, dass ich Rita jetzt endlich fragen könnte, wie das Wetter in zwei Wochen werden würde, weil wir da mit der Schule ein Zeltlager planten.

Rita drehte sich auf meine Frage hin langsam zu mir, dabei drückte sie ihre Zigarette in dem Muschel-Aschenbecher aus. Sie blies sich ihr pinkfarbenes Büschel aus der Stirn und schlug sich mit der flachen Hand auf den Oberschenkel.

»Romy, das ist mir zu vertrottelt. Der Mensch muss lernen, die Dinge so zu nehmen, wie sie sind, auch du. Aber das will die Menschheit nicht akzeptieren, und damit richtet sie viel Unheil an, und jetzt sei still! Ich gucke hier eine Sendung.« Ich schwieg und fragte mich, wie ich überhaupt auf die Idee gekommen war, sie während Hans Meiser zu so einer Nebensächlichkeit zu befragen, da fing sie von selber an zu wettern: »Ihr wisst alle, dass ich nicht nachtragend bin!« Rita sah uns mit großen, strengen Augen an: »Aber Romys Frage bringt mich doch auf Gedanken! Als nämlich du, Clint« – und sie zeigte mit dem Zeigefinger auf ihn und machte eine Kunstpause –, »als du mich letzte Woche im Auftrag von Theodor nach den Lottozahlen gefragt hast, da bin ich ja wirklich vom Glauben abgefallen.« Clint grinste. Rita empfand es als einen Skandal, dass Theodor, der immerzu sein Desinteresse gegenüber Ritas Wahrsagerei betonte, seinen kleinen Sohn vorgeschickt hatte, um die Lottozahlen auszukundschaften. Die Erinnerung daran machte sie fuchsteufelswild. »Theodor ist gierig! Gier ist eine Todsünde!«, rief sie und sah uns voller Entsetzen an. »Ihretwegen sind Menschen bereit zu töten! Glaubt ihr, ich helfe bei der Verschweinung eures Charakters? Dafür ist euer Vater zuständig. Frag mich nie wieder so etwas Primitives, Clint, hast du verstanden?« Und Clint nickte ehrfürchtig.

Manchmal erschreckte es mich, was Rita über Theodor sagte. Es wirkte, als würde sie wirklich gar nichts von ihm halten, und dann fragte ich mich, wer er eigentlich war und was nun stimmte. Rita wandte sich wieder dem Geschehen bei Hans Meiser zu. Ich sah, dass sie, ohne den Kopf zu bewegen, aus den

Augenwinkeln heraus spionierte, wie wir uns verhielten. Wahrscheinlich, weil es ihr schon wieder leidtat, dass sie so streng gewesen war. Nachdem wir also eine Weile still Hans Meiser zugeguckt hatten, zog sie Clint an sich und küsste ihn auf die Stirn und die Wangen. Jonny und ich waren danach dran. Die Jungs verzogen dabei ihr Gesicht, aber ich glaube, wir wurden alle gerne von ihr geküsst. Sie roch nämlich sehr gut. Am Hals vor allem, nach Rosen und einem Vanille-Parfum. Ihr Haar roch nach Rauch und Haarspray, die Ohren verströmten einen leicht metallischen Geruch, weil dort ihre wahrscheinlich unechten goldenen Ohrringe hingen. Am Hals und im Dekolleté war ihre Haut ganz faltig und weich, sodass man da sein Gesicht perfekt reindrücken konnte, was ich mindestens einmal während unserer Hans-Meiser-Sessions tat. Ich kuschelte mich an sie, und wir guckten weiter Fernsehen, bis sie aufstand, um das Abendessen vorzubereiten.

Einmal stand ich nachts auf, weil ich mir eine Illustrierte aus dem Wohnzimmer holen wollte, und lief im Schlafanzug an ihr vorbei. Sie saß am Esstisch, auf dem eine Kerze brannte, den Kopf in die Hände gestützt und in der Rechten ein zerfleddertes Taschentuch. Sie schluchzte. Ich blieb hinter ihr stehen, aber sie nahm keine Notiz von mir. Um sie nicht zu erschrecken, flüsterte ich:

»Rita, was hast du denn? Du musst nicht traurig sein!«

Sie sah auf und drehte sich zu mir. Ich stand nun neben ihr und streichelte ihr die Schulter.

»Das habe ich auch gedacht, als ich so alt war wie du!«, antwortete sie mit verweinter Stimme.

»Aber was ist passiert?«, fragte ich ängstlich.

»Dummes Kindchen, geh spielen, solange du noch kannst!« Sie schnäuzte sich, unübertrieben, lauter als ein Elefant. Ich verstand überhaupt nichts und machte mir wirklich Sorgen.

»Ich will aber wissen, was los ist!«, sagte ich.

»Das kannst du noch nicht verstehen, Schatz!« Kopfschüttelnd legte sie die Stirn in die Hände. Ich streichelte sie.

»Komm, jetzt sag doch. Es ist scheiße, wenn jemand weint und man weiß nicht, warum. Da kriege ich Angst!«

Jetzt weinte Rita plötzlich noch mehr.

»Ich spüre die Schmerzen! Euer Vater ist auch eine unerlöste Seele, aber das weiß er nicht!«, sagte sie und starrte ins Nichts.

»Was? Wirklich? Warum?«, rief ich.

Sie machte eine wegwerfende Handbewegung und schnäuzte sich, was wieder einen unglaublichen Lärm verursachte. Ihre Augen waren dick und rot.

»Rita, bitte! Das musst du mir jetzt sagen! Du hast bestimmt recht!« Ich rüttelte leicht an ihrer Schulter. Aber sie winkte ab.

»Dafür bist du noch zu jung! Wenn du größer bist, dann erzähle ich dir davon. Dein Vater wird mir das nie verzeihen, aber ich muss! Ich muss! Es ist meine Pflicht! Ach, ihr wisst ja gar nicht, eure Mutter …«

»Sag!«, rief ich. Aber sie schüttelte den Kopf und guckte dabei so traurig wie jemand, der weiß, dass alles aussichtslos ist.

Unsere Mutter. Nie konnte man über sie reden, ohne schlechte Gefühle zu bekommen. Ich nahm meine Hand von ihrer Schulter, verschränkte die Arme und sah sie an.

»Eure Mutter …«, weinte sie, und nun machte es mich wütend, dass sie so ungebremst flennte. Ritas Stimme war von Tränen erstickt, und sie zündete sich eine Zigarette an. Ich begriff, dass es nicht gut war, sie zum Weiterreden über Theodor und das alles zu zwingen. Sie putzte sich wieder die Nase und wischte die Tränen aus ihrem Gesicht. Sie zog meinen Kopf zu sich heran, küsste ihn und seufzte: »Ich habe es gerade vorhin wieder in den Nachrichten gesehen, Romy. Du kannst die Menschheit vergessen! Es macht den Menschen Spaß, Leute, die weniger haben, schlecht zu behandeln, um sich selbst besser zu fühlen.«

Ich sagte nichts und guckte wie sie in die Flamme der Kerze. »Guck in die Geschichtsbücher, da steht alles drin, und deswegen habe ich auch einen Hund. Oder was bitte ist der Grund dafür, dass Theodor bescheißt, wo er kann, und lügt, und warum sitzt jetzt Sultan im Knast und nicht er? Habt ihr darüber schon mal nachgedacht? Die einzige Lösung ist, dass wir endlich aussterben, alle! Außer die Tiere. Besser, jemand sagt euch die Wahrheit! Aber erzählt eurem Vater nichts davon. Der will ja mit der Wahrheit nichts zu tun haben.«

Sie stieß, halb verdrossen, halb trotzig, den Rauch ihrer Zigarette aus. Ich wusste nicht, was ich sagen sollte, fand es aber auch unhöflich, zu schweigen.

»Warum sagst du uns nicht, wie wir uns in Zukunft verhalten müssen, wenn du eh weißt, was passieren wird?«, fragte ich leise.

Rita räusperte sich. »Meine Prognosen treffen zu achtundneunzig Prozent ein, aber ich sage sie den Menschen nicht mehr. Das ist nämlich verantwortungslos. Außerdem habe ich selber Angst davor, es ist mir unheimlich, dass ich so oft recht habe. Ich bin ja nicht Gott, ich darf das alles eigentlich gar nicht wissen.«

Dann schwieg sie, rauchte und sah mich kurz an, um das Gewicht ihrer Worte abzuschätzen.

»Häufig werden die Leute, denen ich etwas voraussage, sauer auf mich, wenn es eintrifft, was sehr unvernünftig ist, aber wie sollte ich es ihnen übelnehmen? Deswegen behalte ich meine Visionen für mich«, stellte Rita fest und klang plötzlich überhaupt nicht mehr weltverzweifelt, sondern stark, was mich irgendwie beeindruckte.

»Aber mir kannst du doch sagen, was unser Schicksal ist! Ich verspreche dir, dass ich nicht sauer werde!«, bettelte ich, denn ich wusste, wie sehr sie das genoss.

Rita schob die Brille auf ihrem Nasenbein hin und her, machte ihre runtergebrannte Zigarette aus und zündete sich eine neue an. Sie sah lange in die Flamme der Kerze. Sie schwieg, und dann bemerkte ich, dass ihre Augen sich wieder mit Tränen füllten und sie zu lächeln versuchte. Ich legte ihr die Hand auf die Schulter und streichelte sie. Sie küsste mich auf die Stirn, die Wangen und den Kopf, und dann rief sie Shiva zu sich und tat das Gleiche mit ihr. Und weinte. Ich saß vor ihr und hoffte, dass sie zu reden anfangen würde, obwohl ich mich auch davor fürchtete.

»Mausi, gehst du bitte in mein Zimmer und holst mir die kleine Schatulle vom Nachttisch?«, fragte Rita, etwas gefasster. Ich brachte ihr das kleine Kästchen, in dem sie das aufbewahrte, was sie »das Wundermittel« nannte, weil es ihr dabei half, sich zu beruhigen. In der Schatulle waren grüne getrocknete Pflanzenknospen, die sie zerbröselte, mit Tabak vermengte und zu einer Zigarette drehte. Während sie rauchte, erklärte sie: »Ist ein traditionsreiches Heilmittel! Aber dafür ist die Regierung zu beschränkt!«

Ein paar Mal sah ich sie in diesen Wein-Zuständen, nie sagte sie mir, was wirklich los war. Aber ich wusste ja inzwischen, dass Rita weinen musste, um sich gut zu fühlen. Wenn Rita nicht weinte, wurde sie unglücklich, so war das eben mit ihr, und da wollte ich ihr auch nicht weiter reinreden, ganz abgesehen davon, dass man Rita sowieso nirgendwo reinredete.

Seit sie da war, roch unser Haus nach Zigaretten, Shiva, Nagellackentferner und Waschmittel, was ich liebte. Ich liebte auch ihre Adelsgeschichten von Königen aus Russland und Preußen oder über die Kennedys, deren tragische Tode laut Rita auf der Schicksalskarte des Lebens lange vor ihrer Geburt festgelegt gewesen seien, und dann sagte sie, das sei »tragisch« und dass Theodor mit uns ebenfalls ein tragisches Leben führe, wie auch das Leben unserer Mutter ein tragisches gewesen sei.

Ich fand es ungeheuer spannend, gemeinsam mit ihr in ihren Klatsch-Blättern zu lesen und ihre Einschätzungen zum Leben irgendwelcher Prinzen und Prinzessinnen zu hören, wobei sie immer ziemlich weit ausholte und schließlich bei ihren Freunden und Verwandten ankam. Und wenn sie dort angelangt war, ärgerte sie sich ausführlich darüber, dass sie schon so vielen ihrer Menschen gesagt habe, was sie falsch machten, und wenn sie es ihnen gesagt habe, dann wären sie immer einsichtig gewesen. Aber sie hätten sich schließlich doch nie richtig, sondern immer weiter falsch verhalten, wider besseres Wissen falsch gehandelt, und das sei tragisch, erklärte mir Rita immer wieder aufs Neue. Es war merkwürdig. Einerseits hatte ich von ihren apokalyptischen Ideen schnell genug, und andererseits konnte ich es nicht lassen, ihr dabei zuzuhören. Es war besser als Fernsehen, es war Zauberei! Und dann ging es ja bei ihren Prognosen auch häufig um uns. Und um Theodor. Indem ich ihr zuhörte, hoffte ich, mehr über ihn herauszufinden.

Sultan bekam tatsächlich fünf Jahre. Die anderen gingen ihn besuchen. Ich heulte, Rita sagte, ich solle nicht heulen, sondern mitgehen, aber ich blieb zu Hause. Konnte ich mir nur schwer vorstellen, dass Sultan scharf darauf war, von mir besucht zu werden. Theodor war derweil viel unterwegs, mehr als vor Ritas Einzug. Während er weg war, kaufte Rita beim Teleshopping nach und nach einen Pflaumen- und Aprikosenentkerner, automatische Salz- und Pfefferstreuer, diverse Kristalle zur Verbesserung der Qualität des Trinkwassers, ein Hometrainer-Fahrrad, einen fahrbaren, rückenschonenden professionellen Dampfreiniger für Textilien, einen Abfallhäcksler, einen beheizbaren Badvorleger und einen hochmodernen und sauteuren Bügelapparat. Sie sagte, sie wolle uns endlich das Zuhause schaffen, das wir nie hatten, ob das Theodor nun gefalle oder nicht. Aber Theodor musste das alles bezahlen, und das bereitete ihm irre Schmerzen. Dafür machte Frau Reiß keine Probleme. »Wenn Ihre Kinder sich weiterhin so positiv entwickeln und die Lage stabil bleibt, werden wir uns nur noch sporadisch und bei Bedarf treffen müssen«, hatte sie zu Theodor gesagt, der uns grinsend davon berichtet hatte. Ich weiß nicht, ich fühlte mich nicht wirklich schulstabil, denn meine Hausaufgaben machten ja im Wesentlichen Rita und die heilige Johanna, aber zu Hause war tatsächlich alles stabil. Es gab Essen und es war jemand da, was für mich bedeutete, dass wir keine verlotterten Assi-Kinder waren, und die Haare konnte ich mir inzwischen auch alleine machen. Jonny hatte ohnehin keine Probleme in der Schule, und Clint kam auch irgendwie durch.

Als wir von der Reiß-Prognose erfuhren, gingen wir groß bei Burger King essen. Rita machte sich schick und trug einen kleinen dunkelroten Hut, weil sie dachte, wir würden ein richtiges Restaurant besuchen. Sie ließ sich ihre Enttäuschung aber nicht anmerken, als wir uns an den Tisch ohne Tischdecke setzten und dann aus Pappbechern tranken, sie war höchstens ein wenig still. Und später dann, als sie zu Clint und mir kam, um gute Nacht zu sagen, war sie immer noch ganz in sich zurückgezogen. »Was ist mit dir?«, fragte Clint, als Rita ihn auf die Stirn küsste. Sie hatte sofort Tränen in den Augen. Mit beiden Händen machte sie wegwerfende Es-hat-doch-keinen-Zweck-Bewegungen. »Was ist denn los?«, flüsterte ich. Sie schluchzte. »Theodor hätte mir doch einmal eine kleine Blume schenken können! Oder Pralinen! Nur damit ich weiß, dass er dankbar ist.« Sie faltete die Hände, guckte zur Decke und schluchzte noch mehr. Clint und ich sahen uns an. »Ich werde ihm sagen, dass er dir sofort Blumen schenken soll!«, erklärte Clint mit ernster Miene. Ich hatte mich inzwischen hingekniet und umschlang Ritas massigen Bauch. »Das lässt du schön bleiben, mein Junge!«, schniefte Rita. »Ich mache das nicht für ihn, ich mache das für euch!« Sie befreite sich aus meiner Umarmung, murmelte etwas von wegen Shiva und spazieren und verließ eilig das Zimmer.

Kann natürlich sein, dass Ritas neuestes Hobby etwas mit ihrer Enttäuschung über Theodor zu tun hatte. Jedenfalls wurde die

Lage gefährlich, als Rita anfing, alte Dinge von Theodor in den Müll zu feuern. Angeblich, weil der Geist des Hauses kein guter war. Für die weggeworfenen Sachen kaufte sie neue, und darunter litt Theodor doppelt. Neue Dinge anschaffen, alte Dinge wegwerfen: Es gab nichts auf der Welt, was Theodor mehr hätte quälen können. Abends kontrollierte er den Müll und barg das, was Rita tagsüber entsorgt hatte.

Aber Rita ließ nicht locker. Und als Theodor dann an einem Donnerstag ganz normal zur Arbeit ging und sagte, es würde spät werden, schlug sie zu. Clint und ich kamen gerade von der Schule nach Hause, als wir Rita-in-Action im Wohnzimmer begegneten. Sie trug einen Arbeitskittel und ein orangefarbenes Stirnband. Ihr Blick war schwarze Witwe. Der Schweiß rann ihr über das Gesicht, und sie schnaufte und röchelte wie ein Mops.

»In diesem Haus gibt es mindestens dreihundert Schlüssel ohne Schloss, aber die Haustür muss man mit einem Stuhl verrammeln, das sagt doch bitte alles!« Wir folgten ihr in die Küche, wo sie einen Schrank aufriss, aus dem sie einen Wagenheber holte und emporhielt. »Weg! Weg! Weg damit!«, rief sie. »Aber Rita«, versuchte Clint zu ihr vorzudringen, »weißt du, was los ist, wenn Theodor das rausfindet?« Rita hielt kurz inne, drehte sich zu uns um und durchbohrte Clint mit ihrem Kamikaze-Scheiß-auf-alles-Blick. »Ich bin nicht mehr bereit, vor Theodor zu kuschen! Ich habe eine Pflicht«, raunte sie und rannte weiter ins Badezimmer, wo sie eine Kabeltrommel einsammelte, wir hinterher. Und sie rannte und sammelte weiter. Sie fand das Motorenöl unter der Spüle, die Stichsägeblätter im Besteckkasten, circa fünfzehn Stethoskope, zwei große Gurkengläser voller Batterien im Vorratsschrank, zwei alte Autobatterien und die Skalpelle auf der Anrichte, und schließlich schmiss sie all das in einen riesigen grauen Sack. »Rita, das kannst du nicht wegschmeißen! Theodor rastet aus! Du weißt doch, wie er ist!«, flehte ich neben ihr stehend, während sie laut überlegte, wohin sie den Sack verschwinden lassen könnte, ohne dass Theodor ihn aufspürte. »Widersprich mir nicht!«, fuhr sie mich an, und: »Natürlich kenne ich Theodor. Gut genug, um zu wissen, dass er hier niemals von alleine Ordnung macht.« Und Rita wirbelte weiter.

»Das ist doch lebensgefährlich!«, fluchte sie, »Ich wundere mich, dass ihr nicht längst langsam und kläglich zugrunde gegangen seid! Hier steht einfach nichts, was das Auge freut, hier steht nur Scheiße und Mist!« Sie krabbelte auf dem Boden des Wohnzimmers und holte Dinge unter dem Sofa hervor. Inzwischen war auch Jonny von der Schule nach Hause gekommen, den Clint und ich ängstlich ansahen. Er musste sie unbedingt davon abhalten.

»Hör mal, Rita, ich will nicht respektlos sein, aber ich befürchte echt, dass du nicht mehr lange bei uns bist, wenn du Theodors Sachen wegschmeißt. Wie soll es denn ohne dich hier weitergehen?«, fragte er vorsichtig, aber sie beachtete ihn überhaupt nicht. Sie entsorgte Zeitschriften aus den späten siebziger Jahren, drei Schallplattenspieler, die nicht funktionierten, und ein großes Paket Penicillin von 1985, das im Kühlschrank lag. Sie fand den Schädel, der unter dem Sofa neben Schraubenziehern und Einwegrasieren lag, und schimpfte über den »dämlichen, ausgestopften Adler«. Wir setzten uns auf das Sofa und waren ratlos. Okay, es war auch ein bisschen lustig, Rita dabei zuzusehen, wie sie zwischen Wohnzimmer, Küche und Badezimmer hin und her rannte und wie wild fluchte. Aber eigentlich war es überhaupt nicht witzig, weil es ein Wahnsinnsdonnerwetter geben würde. »Gott vergib mir, aber hier ist alles kontaminiert. Was wir wirklich brauchen, ist ein Kammerjäger. Das ganze Gift muss raus, raus, raus!«, rief sie, als sie um Atem ringend mit einem Stapel Zeitschriften aus dem Wohnzimmer rannte. »Ich kenne Theodor seit über zwanzig Jahren, aber ich wusste wirklich nicht, dass es so schlimm ist, nein, ich dachte wirklich, ich hätte ihn wenigstens ein bisschen zur Vernunft bringen können. Aber was rege ich mich auf, der Mann ist im Kinderheim groß geworden, das kann ja nichts werden!« Rita rannte zwischen dem Müllsack im Flur und der Küche auf und ab, aber sie schimpfte so laut, dass wir sie im Wohnzimmer deutlich hören konnten. Jonny stand auf und ging zu ihr, Clint und ich folgten ihm. »Theodor ist im Kinderheim groß geworden?«, fragte er erstaunt. »Wie, das wusstet ihr nicht?«, entgegnete sie und fuhr sich mit dem behandschuhten Handrücken über die schwitzende Stirn. Wir standen aufgereiht vor ihr und schüttelten die Köpfe. Sie bückte sich und machte weiter. »Ach, warum wundert mich das, Theodor lügt ja von morgens bis abends, am allermeisten, wenn er nichts sagt! Natürlich ist der im Kinderheim aufgewachsen! Im Antreten-heul-nur-so-viel-wie-es-wehtut-Kinderheim, und was dich nicht umbringt, macht dich noch härter, es wird gegessen, was auf den Tisch kommt, und nie wird man satt, es ist immer zu wenig! Davon habt ihr ja keine Ahnung! Aber ich habe Marie immer gesagt, dass der sich seine eigene Wahrheit macht und dass sie von dem mal besser die Finger lässt, da kann ich mir wirklich nichts vorwerfen!«, schimpfte sie und machte sich nun daran, den gesamten Inhalt des Schranks neben dem Kühlschrank auszuräumen. Wir standen regungslos vor ihr. Marie! Nie fiel bei uns dieser verbotene Name. Der Name unserer Mutter. Meine Nase fing an zu laufen, und ich wischte mir den Rotz mit dem Ärmel aus dem Gesicht. Ich traute mich nicht, mich nach Clint und Jonny umzusehen, ich richtete meinen Blick einfach stur geradeaus, wo Rita schepperte und wütete: »Ich habe es ihr immer gesagt, sieh dich mal lieber vor und so, und dass sie den als Kind im Heim zu heiß gebadet haben, und nicht zu knapp! Ha, nein, zu kalt, zu kalt haben sie den gebadet! Und da sind ihm alle Gefühle erfroren! Auch wenn er davon ja inzwischen keine mehr hat, mit so einer Schuld kann keiner leben, nicht mal der, kein Wunder! Nur wenn man seine Scheiße endlich wegschmeißt, springt ihm der Draht aus der Mütze«, rief sie, und plötzlich klirrte es. Ich zuckte zusammen. Eine weiße Porzellan-Schale war aus dem Küchenschrank auf den Boden gefallen und in tausend Scherben zersprungen. Kommentarlos zerrte Rita das Kehrblech unter der Spüle hervor und sammelte die Scherben ein. Wir standen noch immer still da, und sie wütete weiter: »Aus Scheiße werden keine Bonbons, aber das hier wird wenigstens bewohnbar. Vergiss nicht, habe ich zu Marie gesagt, er war von Beginn an verloren, und das wusstest du, einer, der aus dem Nichts kommt! Aus Ruinen kommt der! Damals war ja alles eine Ruine! Und jetzt – keinen Vertrag mit nichts, nur mit Geld, und da versaut er die Kinder gleich mit! Da versaut er euch gleich mit, versteht ihr?« Ich verstand überhaupt nichts, ich hatte nur ganz schreckliche Gefühle. »Ich habe hier eine Pflicht! Irgendwer muss euch die Wahrheit sagen! Vorher verlasse ich dieses Haus nicht! Es ist meine Pflicht! Die Fugen sind ja ganz verschimmelt, und warum muss ein Arzt sich den Arsch mit Zeitungspapier abwischen? Die Patienten haben doch Angst vor dem mit seinen dreckigen Fingernägeln. Das ganze verfallene Dosenfutter kommt auch gleich weg, hier, 1986, das gehört ins Museum. Den Motor tragen dann Jonny und Kalli raus, und alles wird radikal abgekocht! Romy, hierher, hol das Geschirr raus, es muss desinfiziert werden!« Ich tat sofort, was sie mir befahl, denn ich war froh, irgendetwas tun zu können. Die Starre löste sich, und Jonny, Clint und ich sahen uns zum ersten Mal seit Ritas Hardcore-Tirade kurz ins Gesicht. Ganz vorsichtig, so, als würden wir uns gerade kennenlernen. Und dann verließ jeder von uns für sich den Kriegsschauplatz. Jonny und Clint gingen in Jonnys Zimmer, ich schloss mich in der Toilette ein und wartete. Rita hatte sich darangemacht, auch Theodors Schlafzimmer zu bearbeiten, und als sie dort fertig war und ich sie in der Küche rumoren hörte, schlich ich in das Zimmer. Die Türen des Kleiderschranks standen offen, und alles lag höchst ordentlich da. Weiter hinten sah ich etwas, einen Plastiksack. Ich holte ihn hervor, guckte rein und fand einen Stapel ordentlich zusammengelegter Frauenkleider. Wahrscheinlich hatte Rita also auch schon in diesem Sack durchregiert. Ich überlegte nicht lange und schmuggelte den Sack, der ziemlich groß war, in mein Zimmer. Ich war mir sicher, dass die Kleider von meiner Mutter waren. Von: Marie!

Abends gegen zehn kam Theodor mit einem dunkelblauen Skistiefel am Fuß wieder. Er hatte sich vor ein paar Tagen das Bein gebrochen, als er mit dem Motorrad hingefallen war, und sich nun diese Skistiefel-statt-Gipsbein-Methode einfallen lassen, was ihm ziemlich gut zu gefallen schien. Stolz auf sein gebrochenes Bein und den Stiefel humpelte er ins Wohnzimmer und setzte sich zu uns an den Esstisch. Wir fingen erst jetzt an, weil Rita wegen ihrer Aufräumarbeiten so lange mit dem Essen gebraucht hatte. Es gab Rindsrouladen. Ich hatte mir ein geblümtes Frauenkleid aus dem Sack angezogen, das mir viel zu groß war, und Ritas Lippenstift aufgelegt. Außerdem trug ich einen kleinen Hut, den ich ebenfalls in dem Plastiksack gefunden hatte. Es war unglaublich, diese Kleider zu tragen, wie betrunken sein oder kurz nach einem Fallschirmsprung. Ich fühlte mich damit sehr besonders.

Theodor blickte mich kalt und ausdruckslos an und sah dann am Esstisch sitzend seine Post durch. Rita klatschte ihm Rouladen und Kartoffeln auf den Teller.

»Fangt schon mal an«, sagte er. Nun war ausschließlich das Klappern des Bestecks auf den Tellern zu hören. Es war die klirrende Begleitmusik der bedrohlichen Stille. In Theodors Gesicht bewegten sich massiv die Falten hin und her. Gleich würde es krachen. Rita kaute ungerührt weiter. Theodor wurde dunkelrot.

»Gefällt dir mein Hut?«, fragte ich vorsichtig, um die Katastrophe hinauszuzögern, weil mir nichts anderes einfiel und weil ich an nichts anderes denken konnte.

»Setz ihn ab! Beim Essen trägt man keine Hüte!«, presste Theodor hervor. Er sah mich nur kurz und böse an, dann nahm er Rita ins Visier.

»Rita, ich habe hier Rechnungen über 4600 Mark. Die Telefonrechnung, 400 Mark! Wie darf ich das verstehen?« Theodor fragte, als wäre ihm schlecht.

Ich nahm langsam den Hut ab.

»Der Hut bleibt, wo er ist!«, fuhr mich Rita an und drückte den Hut zurück auf meinen Kopf.

»Bist du völlig wahnsinnig geworden? Wenn ich meiner Tochter Romy sage, dass sie beim Essen keinen Hut tragen soll, dann trägt sie beim Essen keinen Hut, und Ende der Vorstellung!«, brüllte Theodor.

»Wer schreit, hat unrecht!«, rief Clint, aber seine Stimme fiel ihm bei der Mitte des Satzes runter, das letzte Wort war fast nicht mehr zu hören.

»Es geht nicht darum, dass man beim Essen keinen Hut trägt, und das weißt du genau, Theodor! Hör auf, deine Kinder zu belügen!«, sagte Rita leise und gefährlich. Sie sah Theodor fest an, absolut entschlossen, seinem Mörder-Blick nicht auszuweichen.

»Worum geht es denn?«, fragte Jonny ruhig. Theodor und Rita sahen sich an. Rita atmete ein, öffnete den Mund, aber Theodor war schneller und donnerte los:

»Ich rede! Wir haben schon eine Waschmaschine und eine Spülmaschine, und Bettzeug und einen Staubsauger haben wir auch, und wir brauchen keine Mikrowelle! Du weißt doch genau, dass ich Mikrowellen nicht ausstehen kann! Was sollen die Kerzen und der Zimmerspringbrunnen und das strassbesetzte Hundehalsband und dieser komische Buddha-Schrein? Ich habe mir das eine Weile angeguckt, aber jetzt hab ich den Kanal voll. Das bezahlst du alles selber! Das musst du alles abarbeiten! Ist das klar?«, brüllte er und ballte die Fäuste.

Rita lachte tief und dröhnend wie eine Motorsäge. Mit Messer und Gabel riss sie die Rouladen auf ihrem Teller auseinander und sog gleichzeitig an der Giant, die in ihrem Mund klemmte. »Vergiss nicht, dass ich mich um deine Kinder kümmere, die dir das Jugendamt fast weggenommen hätte. Ich versuche hier nur, eine Atmosphäre zu schaffen, in der deine Kinder sich entwickeln können. Wenn du so weitermachst mit deinen Hutverboten, dem Gelüge, dem Geiz und deinen Geschäften überall sonst wo, wird das nämlich nichts mehr, das kannst du der alten Rita aber glauben! Bisher habe ich keinen Lohn verlangt, aber wenn du willst, kann ich ja mal erzählen, was damals …« Theodors Faust sauste auf die Tischplatte. Die Teller zitterten, und ich auch.

»Die alte Rita telefoniert mit irgendwelchen astrologischen Medien für zwei Mark fünfzig die Einheit, ich weiß nicht, ob das der Kinderentwicklung unbedingt zuträglich ist! Diese hysterische Schreckschrauben-Mentalität …«, schrie er.

Ritas Augen weiteten sich, und sie starrte Theodor an, der jetzt die Arme anwinkelte und wie ein Huhn flatterte und gackerte, woraufhin Rita ihn mit einer Roulade bewarf, die ihn an der Stirn traf. Die Soße rann ihm über die Augenbrauen und hing in Tropfen an seiner Nase. Er sah Rita regungslos an und wischte sich mit der bloßen Hand notdürftig das braune Zeug aus dem Gesicht. Es war nicht witzig. Jonny räusperte sich.

»Theodor, ich habe auch noch etwas zu besprechen. Bedauerlicherweise machen wir mit der Schule eine Skifreizeit, und ich möchte gerne mit. Sie kostet leider 660 Mark. Ich bräuchte auch noch Skier, oder wir leihen welche«, erklärte Jonny und zog einen bedruckten Zettel aus der Tasche, den er Theodor vorlegte, der das Auge verdrehte, ohne einen Blick auf den Zettel zu werfen.

»Das darf doch nicht wahr sein! Muss das sein?«

Jonny nickte. Keine Ahnung, warum er das Thema ausgerechnet in diesem Moment ansprach. Vielleicht wollte er Schlimmeres vermeiden. Oder er hatte einfach die Schnauze voll davon, taktisch vorzugehen, wenn er Theodor von etwas überzeugen wollte. Oder beides. Theodor überflog den Zettel und schloss das Auge. Mit einer Serviette befreite er sein Gesicht von Soßenresten. Er stöhnte. Er tat mir so leid, dass ich für ihn weinen wollte.

»Das ist eine Unverschämtheit! 660 Mark? Was machen denn die Kinder, deren Vater kein Geld hat? Was glauben die denn, wer man ist?«, rief er und ballte schon wieder die Fäuste.

Jonny zuckte mit den Schultern. Theodor vergrub sein Gesicht in den Händen und stöhnte. Rita stand geräuschvoll vom Tisch auf und entfernte sich kopfschüttelnd.

»Ich brauche die Unterschrift bis morgen, sonst kann ich nicht mit«, sagte Jonny leise, aber nicht unterwürfig. Ich hatte Angst und saß mit eingezogenem Kopf und gespannten Schultern da.

»Wer sagt denn, dass du die Unterschrift bis morgen brauchst?«, blaffte Theodor.

»Die Lehrer«, erwiderte Jonny nüchtern.

»Was die erzählen, interessiert mich überhaupt nicht!«

»Mich schon in diesem Fall.« Jonny verzog keine Miene.

»Warum hast du mir das nicht früher gesagt?«, fragte Theodor drohend.

»Habe ich.« Jonny verdrehte die Augen.

»Ich war dabei«, murmelte Clint.

»Ich auch«, flüsterte ich.

»Also, ich höre davon heute zum ersten Mal!«

»Was ist jetzt? Darf ich mit?«, fragte Jonny genervt.

»Ihr wisst ja, dass ich es nicht ausstehen kann, wenn man mich unter Druck setzt. Ich muss darüber jetzt erst mal nachdenken.« Theodor stand so abrupt auf, dass sein Stuhl umfiel. Und dann machte er humpelnd seinen Kontrollgang durch das Haus.

Wir gingen runter in den Keller in Jonnys Zimmer. Wir legten uns zusammen in sein Bett, so ein altmodisches Holzding mit verschnörkelten Bettpfosten, das Theodor irgendwann mal auf dem Sperrmüll gefunden hatte. Ich mochte das Bett. Es war wie ein kleines Boot, in das man reinklettern musste, weil der Holzrahmen so hoch war. Und ich fand es gut, dass wir jetzt, wo alles beschissen war, zusammen in dem Bett lagen, auch wenn es so eng war, dass wir uns kaum bewegen konnten. Jonny lag in der Mitte, wir schwiegen, und ich sah zu dem Poster, das über uns mit Stecknadeln an der Wand befestigt war. Darauf war 2Pac, und dem Poster fehlte eine Ecke. Jonny hatte es von einem aus seiner Klasse, der es nicht mehr haben wollte. Ich betrachtete 2Pac, der aus dem Poster heraus nach oben blickte und aussah, als würde er nachdenken. Endlich beendete Clint die Stille. »Hoffentlich erlaubt Theodor das mit der Skifreizeit!«, murmelte er.

»Kein normaler Vater würde nein sagen!«, antwortete ich schnell. Jonny verschränkte die Arme vor der Brust.

»Theodor ist nicht normal. Der ist krank in seinem Kopf«, entgegnete er verächtlich. Ich sah ihn von der Seite an. Er starrte zur Decke.

»Wie meinst du das?«, fragte Clint irgendwie traurig und drehte seinen Kopf zu Jonny.

»Das weißt du doch selber! Ich schwöre euch, wenn er mir das versaut, lasse ich mir was einfallen!« Jonny wirkte, als würde er mit sich selbst reden. Als wären Clint und ich gar nicht da.

»Was lässt du dir dann einfallen?«, fragte ich leise, denn ich wollte ihn nicht ärgern.

»Sag ich dir dann. Auf jeden Fall so, dass ich ihn um nichts mehr bitten muss. Ich hasse das! Wichser.«

Mir gefiel nicht, dass Jonny Theodor Wichser nannte, aber ich wusste auch, dass er recht hatte. Er sah noch immer zur Decke, und ihm flossen vor Wut Tränen über das Gesicht, aber er verzog keine Miene. Ich kuschelte mich an seinen Hals, ganz vorsichtig, denn es konnte sein, dass er mich wegstoßen würde. Er tat es nicht. Clint nahm meine Hand, die auf Jonnys Bauch lag, und dann heulten wir alle still. Im Wohnzimmer brüllten sich Rita und Theodor an. Anmaßung, Unverschämtheit, deine Scheißlügerei, hörte ich Rita brüllen. Es knallte. Und Theodor brüllte zurück: Das Geld bekomme ich wieder. Und sie: Wann willst du ihnen die Wahrheit sagen, oder soll ich es machen? Und er: Raus hier, das war's mit uns. Es knallte noch mal. Dann Stille. Wir lagen starr im Bett und warteten. Erst kein Wort, und dann wurde wieder geschrien. Nach einer Weile kam Theodor rein. Riss die Türe auf, machte das große Deckenlicht an, humpelte mit dem Skistiefel am Fuß auf uns zu und hielt uns den Skifreizeit-Zettel vor die Gesichter. »Hier, Jonny! Ist unterschrieben. Ich finanziere dir die Skifreizeit vor«, sagte Theodor durch die Zähne. »Die Hälfte musst du mir innerhalb des nächsten Jahres zurückgeben. Das bekommst du noch mal in schriftlicher Ausfertigung von mir. Gute Nacht.«

Wir saßen aufrecht. Theodor verließ das Zimmer.

»Du Wichser!«, rief Clint Theodor nach kurzem Zögern mit halblauter Stimme hinterher. Erschrocken darüber, dass er das wirklich gerufen hatte, blickte Clint uns an. Theodor machte kehrt, stand mit zwei dumpfen Skistiefel-Sätzen wieder neben dem Bett, und seine Hand sauste auf Clints Gesicht nieder. Es knallte, ich zuckte zusammen und Clint krümmte sich. »So eine Unverschämtheit hätte ich dir gar nicht zugetraut«, und dann ließ Theodor die Tür hinter sich ins Schloss fallen, genauso laut und kalt wie vorher seine Worte.

Jonny erhob sich und stieg aus dem Bett. Ganz langsam. Da stand er und sah zur Tür. Vielleicht wollte er Theodor nachlaufen. Aber er blieb regungslos stehen. Dann wandte er seinen Blick zu Clint.

»Du blutest!«, rief er plötzlich, und tatsächlich hatte sich das Kissen, auf dem Clints Kopf lag, rot gefärbt. Er war durch Theodors Schlag gegen den Bettpfosten geknallt. Alles war so schnell gegangen, und jetzt lag er da und aus seinem Kopf sickerte Blut, und auf dem Kissen war dieser Fleck, dem man dabei zusehen konnte, wie er wuchs. Wir wussten nicht, was wir machen sollten. Jonny lief zur Tür. Er riss sie auf und rief: »Du Arschloch, du hast Clint eine Platzwunde in den Kopf gehauen! Komm sofort her und hilf ihm!«

Er weinte.

»Komm her!«, rief jetzt auch ich, und Theodor kam.

Er hinkte zum Bett. Sein kleines helles Auge registrierte blitzschnell, was passiert war. Er nahm Clint, legte ihn auf den Boden, verschwand und kam mit einem Handtuch wieder, außerdem mit Nadel, Faden und irgendeiner Flasche. Clint weinte, Jonny und ich hielten ihm die Hände. Ich musste aufpassen, dass ich nicht auch anfing zu weinen, denn ich wollte nicht. Rita kam dazu. Sie schluchzte und boxte Theodor und ließ ihn nicht arbeiten.

»Bitte, bitte, hört auf!«, rief ich.

Rita rannte weg und kam wieder mit einer qualmenden Zigarette in der Hand. Sie lief auf und ab. Theodor kniete über Clints Kopf, der kleine Clint lag still unter ihm. Ich wusste, das ganze kleine Clint-Vertrauen lag da auf dem Boden und Theodor musste es wieder zusammennähen. Er versprach, dass es nicht wehtun würde und dass wir später zu McDonald's gehen würden und dass sich Clint ein Porsche-Modellauto würde aussuchen dürfen, und da hielt Clint still und hörte auf zu weinen. Rita weinte weiter. Sie wollte dann auch nicht mit zu McDonald's.

Es war schon sehr spät am Abend, als wir dort ankamen. Nur Erwachsene waren da, nirgends andere Kinder, und es war wie in einer Raststätte, weil jeder sein Essen mitnahm, sich keiner setzte oder die Jacke auszog. Clints Wunde war imposant und glotzte uns von seiner Stirn herab böse an, aber Clint biss zufrieden in seinen Burger, und Jonny und ich wollten da auch nicht immerzu draufstarren, auf dieses dritte Auge, dieses Denkmal. Wir kauten lieber unsere Burger und gaben uns Mühe, nett zu Clint zu sein und freundlich zu gucken. Wir waren erleichtert, denn Clint war gar nicht sauer auf Theodor. Theodor hatte zu Clint gesagt: »Mensch, das ist unglücklich gelaufen. Tut mir wirklich leid«, und dabei sogar ein bisschen traurig ausgesehen. Und weil er Clint zusammengenäht hatte, zack, zack, mal eben so, weil er sein gebrochenes Bein mit einem Skistiefel kurierte und keinen Ton über seine Schmerzen verlor, saß Theodor am Ende sogar irgendwie da wie ein Held auf der orangefarbenen Bank im Neonlicht. Beim Gehen steckte er eine Handvoll Strohhalme und Servietten ein und zwinkerte uns zu. Im Auto, auf dem Weg nach Hause, war alles schon fast wieder so, als sei nichts passiert. Und wahrscheinlich hat Clint deswegen seinen Porsche auch nie bekommen.

Es wurde nicht mehr groß darüber geredet. Und es wurde auch nicht groß darüber geredet, dass Rita nach diesem Abend wieder auszog. Vielleicht hatte Theodor sie auch rausgeschmissen, jedenfalls sagte er uns, dass er nicht gut auf Rita zu sprechen sei, und daran hielten wir uns. Rita war eben einfach weg. Shiva auch.

Und dann wurde es ziemlich finster. Denn von nun an konnte Theodor sich ungebremst ausleben. Er war kaum noch zu Hause, manchmal blieb er über Nacht weg. Arbeiten, Geschäfte, dies, das. Er schärfte uns ein, dass wir keinen Ärger machen und gut in der Schule sein sollten. Wenn wir uns daran hielten, sagte er, würden wir auch keinen Ärger mit ihm bekommen. Wir sollten nicht unnötig die Lichter anlassen, die Standby-Lampen ausschalten, die Heizung höchstens auf Stufe eins drehen, Wasser sparen (richtig warm wurde es sowieso nicht mehr, seit Rita weg war, dafür hatte er sofort gesorgt, indem er das Thermostat der Zentralheizung manipuliert hatte), die Spülmaschine durfte nicht mehr benutzt werden, bloß keine Ferngespräche, am besten überhaupt nicht telefonieren. Vor allem Essen durfte nicht weggeworfen werden, das traf ihn besonders empfindlich.

»Vom Apfel bleibt nur der Stil übrig, und einen Joghurtbecher kratzt man bis zum letzten Tropfen aus. Wer hat diesen Joghurt gegessen?«, fragte Theodor, wenn er abends nach Hause kam und den Mülleimer inspizierte. Wie besessen kontrollierte er täglich, ob wir uns an seine Geisteskrankheiten hielten.

»Man kann den Kaffeesatz auch zweimal benutzen, Jonny!«, und so weiter. Wenn er merkte, dass wir uns nicht an seine Regeln hielten, flippte er aus, wobei es seine bevorzugte Sanktionsmethode war, einfach nicht mehr einzukaufen. Und wenn er einkaufte, brachte er gnadenlos die billigsten Sachen mit. Wir aßen Chips, Bratkartoffeln, Fertig-Lasagne, Fertig-Burger, Pizzen und wieder alles von vorne. Theodor ließ nicht mit sich reden, es gab nur Drecks-Aldi. Das Haus klebte und war von oben bis unten versifft, aber Jonny, Clint und ich versuchten, einigermaßen Ordnung zu halten, also, wir wuschen unsere Teller ab und brachten immer den Müll raus.

Wegen der Sache mit dem Loch in Clints Kopf und der radikalen Haushaltspolitik, die Theodor nun unbeirrt durchzog, sprach Jonny nicht mehr mit Theodor, beziehungsweise nur, wenn es sich absolut nicht vermeiden ließ. Dann stritten sie sich nach wenigen Minuten, und Jonny verschwand in seinem Zimmer, was für den Verlauf unseres Zusammenlebens nicht unwichtig war. Denn da unten saßen bald immer häufiger so drei bis fünf Jungs rum, die viel älter waren als er. Ein paar von denen waren auch schon zu Ritas Zeiten gekommen, aber Rita hatte erstens dafür gesorgt, dass es nicht zu viele waren, und zweitens aufgepasst, dass sie irgendwann auch wieder gingen. Jetzt wurde in Jonnys Zimmer so viel geraucht, dass man dachte, man betrete eine Kneipe, wenn man die Zimmertür aufmachte. Für Jonnys Gäste war es perfekt, sich bei uns zu treffen, weil Theodor kaum da war und, wenn er da war, nichts gegen das Rauchen sagte. Außerdem eignete sich Jonnys Zimmer auch hervorragend zum Rumhängen. Er hatte aus der Garage zwei alte Sofas zu sich in den Keller geschafft. Das eine war aus dunkelrotem Samt, das andere aus braunem Leder. An den Wänden hingen Bilder von 2Pac, B.I.G. und Wu-Tang und natürlich das *Scarface*-Filmplakat, das Sultan ihm geschenkt hatte. Es war immer recht dunkel, außer einer kleinen Stehlampe brannten nur Kerzen. Jonny und seine Freunde hingen auf den Sofas und nickten zur Musik mit den Köpfen wie Mönche. *Wu, Wu, Wu, Wu-Tang Motherfucker.* Keiner sagte etwas. Nur gelegentlich brachen sie in breites, irgendwie ungeschicktes Lachen aus.

Ich glaube, Jonny hätte es gerne gehabt, dass sich Theodor über die Anwesenheit der Jungs bis tief in die Nacht irgendwie aufgeregt hätte. Aber der fand das im Gegenteil eher interessant. Wenn er abends von der Arbeit kam, stieg er manchmal die Treppe zu Jonnys Zimmer herunter, klopfte einmal gegen die Tür und öffnete sie, ohne auf eine Antwort zu warten.

»Tach!«, sagte er, stand wie ein Baum in der Mitte des Zimmers und guckte in die geröteten Augen der Jungs, die aus den tiefen Polstermöbeln ehrfürchtig zu ihm aufsahen.

»Ich bin Theodor, der Vater von Jonny!«, erklärte er dann und blickte abwartend um sich. »Meine Herren, wollt ihr nicht aufstehen und mir die Hand geben, wie sich das gehört?«

Die Herren erhoben sich zaghaft.

»Wem gehört eigentlich die blaue Schwalbe da vor der Tür?«, fragte er, nachdem ihm alle die Hand geschüttelt hatten. »Von denen habe ich auch mal ein paar gehabt.«

Einer meldete sich schüchtern und wurde rot.

»Das muss dir doch nicht peinlich sein, hör mal! Ist ein schönes Ding. Können wir gerne mal was zusammen dran machen, wenn es Probleme gibt und du einigermaßen sortiert bist da oben!«, sagte Theodor, tippte sich an die Stirn, grinste und ging wieder. Als Jonnys Kumpels bemerkten, dass sie nichts zu befürchten hatten, wurden sie große Fans von Theodors Besuchen. Sie waren begeistert von ihm und beneideten Jonny um seinen entspannten Vater. Ein Typ, ich weiß nicht mehr, wie er hieß, sagte immer, Theodor sei wie Cramer aus *Seinfeld*, und lachte sich darüber halb tot, wobei ich nie verstand, was daran so lustig war.

Nach Ritas Auszug dauerte es kein halbes Jahr und es hatte sich herumgesprochen, dass man bei uns zu Hause perfekt abhängen konnte. Täglich war das Haus voll mit Freunden von Jonny und Freunden von diesen Freunden. Und es kamen nicht mehr vier oder fünf Jungs, sondern doppelt so viele und mehr. Allesamt Kiffer, die nicht wussten, wo sie sonst hingehen sollten. Ab zwei Uhr mittags standen die bei uns auf der Matte, und das Gute war, dass sie häufig etwas zu essen mitbrachten. Süßigkeiten oder Chips, und manchmal auch in Tupperdosen verpackte Gerichte, die ihre Mütter mittags gekocht hatten. Das Essen teilten sie dann mit uns. So ein Typ, Adrian hieß er, glaube ich, kam wirklich jeden Tag zu uns. Er wurde von allen nur Mr Burns genannt, weil er so eine große Nase hatte, außerdem stotterte er ein bisschen. Aber er war sehr nett zu Clint und mir und half uns bei den Hausaufgaben. So saßen wir Nachmittags meistens unten bei Jonny und konnten den Jungs dabei zusehen, wie sie rumsaßen, lachten und kifften, während Adrian uns die Lösungen für unsere Hausaufgaben auf einen Zettel schrieb. Ich war im Grunde ziemlich stolz auf unser Life, vor allem wenn ich in der Schule neben Johanna saß und sie mir ansah: ihre braven Kleider, den Haarreif in ihren langen Haaren, das eingecremte Kindergesicht und ihre Hefte ohne Eselsohren. Dann guckte ich sie mitleidig an und verschränkte die Arme vor der Brust. Niemals hätte ich sie zu uns nach Hause einladen können, sie wäre sofort tot umgefallen. Die Vorstellung gefiel mir, denn dass sie so zart war, machte mich inzwischen einfach sauer. Einmal sollten wir im Unterricht eine Matheaufgabe lösen, ich verstand überhaupt nichts und sah zu Johanna herüber, die ihren Arm so hielt, dass ich nicht abschreiben konnte. Sie machte das nicht extra, sie schrieb einfach mit rechts. Ich tippte sie an und sah ihr auffordernd ins Gesicht, damit sie ihren Arm wegnahm. Sie lächelte mich an und lehnte sich zurück, damit ich sehen konnte, was sie gerechnet hatte. Als ich fertig war, beugte sie sich zu mir und fragte flüsternd, ob ich nicht mal wieder nach der Schule mit zu ihr kommen wolle. Ich wandte meinen Blick ab und sah auf mein kariertes Heft. Ich konnte nichts sagen. Es war, als würde mir jemand einen Draht um den Hals legen und zuziehen. Als ich sie wieder anguckte, rechnete sie schon die nächste Aufgabe. Ich wollte sie nicht noch einmal fragen, ob sie mich abschreiben ließ, ich wollte überhaupt nicht mehr bei ihr abschreiben. Ich starrte auf die Aufgabe und versuchte, sie alleine zu rechnen, aber es gelang mir nicht. Ich konnte nicht aufhören, daran zu denken, dass sie mich zu sich eingeladen hatte und was sie wohl damit meinte. Ich nahm ein Kaugummi aus meinem Ranzen und fing an zu kauen, weil ich nicht wusste, was ich sonst tun sollte. Und irgendwie nahm ich dann das zerkaute Kaugummi und klebte es ihr in die Haarspitzen. Sie bemerkte es erst, als die Stunde vorbei war, beim Verlassen des Klassensaals. Sie lief vor mir und fuhr sich durch die Haare. Als sie das Kaugummi entdeckte, schrie sie kurz und spitz auf. Sie drehte sich zu mir um und sah mich mit weit aufgerissenen Augen an. Auf dem Heimweg erzählte ich Clint davon, und wir gaben uns High Five. Aber abends, als ich zitternd in der Badewanne hockte und mich kalt duschte, tat es mir leid. Ich hörte die Musik aus Jonnys Zimmer, und ich wusste, dass ich mich gleich mit einem Handtuch abtrocknen musste, das seit hundert Jahren nicht mehr gewaschen worden war, weil die Waschmaschine gerade nicht funktionierte und Theodor zu geizig war, sie reparieren zu lassen. Ich stand auf, wickelte mich in das modrig riechende Handtuch und rannte über den kalten, klebrigen Boden in mein Zimmer, wo ich mich ins Bett legte und weinte. Ich vermisste Sultan. Rita auch. Und meine Mutter. Ich holte das geblümte Kleid hervor, das ich unter meinen Kleidern in der mittleren Schublade meiner Kommode aufbewahrte, vergrub mein Gesicht darin und schämte mich.

Clint war etwa zehn, als er seinen ersten Kopf rauchte. Jonny hatte irgendwas in der Küche zu tun, vielleicht Pudding machen. Unten in seinem Zimmer saßen Jungs, Adrian war auch da, außerdem Clint und ich. Clint bat Adrian, auch mal eine Bong rauchen zu dürfen. Adrian überlegte kurz und beriet sich mit den anderen Halbtoten, die im Zimmer herumlagen. Sie fanden die Idee total lustig. Clint musste schwören, dass Jonny davon nichts erfahren würde, und dann durfte er. Ich wusste, dass das keine gute Idee war, aber ich wollte auch nicht rumheulen. Clint zog kräftig an der Bong, die Adrian ihm anzündete, bekam einen Hustenanfall und musste sofort kotzen – was Jonny nicht entging, als er auf dem Weg aus der Küche am Badezimmer vorbeikam. »Was ist los?« Jonny blickte abwechselnd mich und Clint an, der knallrote Augen hatte und nicht aufhörte, sich zu übergeben. Ich zuckte mit den Achseln und streichelte Clint den Rücken. Jonny verließ wortlos das Badezimmer und ermittelte Adrian als Schuldigen. Er begann eine jahrhundertelange Diskussion mit ihm, an deren Ende sie so viel gekifft hatten, dass sie nicht mehr wussten, worum es am Anfang gegangen war. Irgendwann fing ich auch an zu rauchen, aber nur Tüten. Ich fand, dass man das dürfe, wenn man so war wie wir.

Was Jonny anging, hatte ich allerdings manchmal Angst. Es gab Tage, an denen stand er überhaupt nicht mehr auf. Er wollte dann niemanden sehen und sprach nicht. Überhaupt war zwar am Anfang alles ganz lustig, Jonny, die Jungs, Kiffen und Rumhängen. Aber irgendwann wurde es anstrengend, das Alleinsein, der Dreck, die Kälte. Johanna hatte sich übrigens nach der Kaugummi-Sache einfach von mir weggesetzt. Und als Jonny dann seine schwarzen Tage bekam, fühlte ich mich nur noch alleine. Es musste etwas passieren, und so kam es dann ja auch.

Theodor holte mich vom Schwimmverein ab, was eine absolute Ausnahme war. Sonst fuhr ich immer mit dem Fahrrad, aber an jenem Tag hatte es ihm irgendwie in den Kram gepasst.

»Na, war gut?«, fragte Theodor, als ich in den Porsche einstieg. Es war Winter, und ich hatte noch nasse Haare, weil ich Theodor nicht hatte warten lassen wollen.

»Wie immer. Ich glaub, ich höre auf«, entgegnete ich betont gleichgültig. Ich hoffte, dass er etwas dagegen sagen würde. Er fand schwimmen als Sportart super und hatte mir dafür immer auf die Schultern geklopft.

»Hm. Macht es keinen Spaß mehr?«, fragte er und kratzte sich am Bart. Ich wurde sofort wütend. Ich verkroch mich in den Sitz, verschränkte die Arme und legte einen Fuß auf das Amaturenbrett. Vielleicht ärgerte er sich ja darüber. Aber er sah einfach weiter geradeaus.

»Keine Ahnung. Das Kreuz wird so breit davon«, murmelte ich. »Ich sehe aus wie ein Junge. Außerdem brauche ich mal einen richtigen Badeanzug. So einen von Speedo.«

»Aber deiner ist doch noch tipptopp!«, sagte er gleichgültig. Ja, ja, tipptopp, Vollidiot.

»Nee, der ist schon ganz abgenutzt und geht an den Nähten auf. Und er ist mir zu klein!«, schrie ich plötzlich, dabei hatte ich gar nicht schreien wollen.

Theodor fuhr weiter, als sei nichts. Ich fror.

»Vielleicht kann ich dir einen Badeanzug organisieren. Mal sehen, was sich machen lässt«, nuschelte Theodor komplett unbeteiligt.

»Ich will aber nicht, dass du mir einen organisierst. Ich will normal in ein Geschäft reingehen und normal für Geld einen Badeanzug kaufen. Warum kapierst du das nicht?«, rief ich. Er drückte aufs Gas.

»Als ich so alt war wie du …« Aha, das wieder. Immerhin erhob er die Stimme. Gleich würde er sich aufregen.

»Da hast du schon dein eigenes Geld verdient und dir alles selbst gekauft, ich weiß«, beendete ich seinen Satz. Ich rüttelte an seinem Arm, aber er reagierte einfach nicht. Und jetzt grinste er auch noch, statt sich aufzuregen, und erzählte irgendwas von damals, als er im Schwimmverein war.

»Ich war so gut, dass die mich entdeckt haben und zum Profi ausbilden wollten. Hatte ich aber keinen Bock drauf.«

»Mann, willst du mich verarschen?«, schrie ich ihn an.

So fest ich konnte, schlug ich mit der Faust auf das Armaturenbrett. Es tat weh, ich hielt mir die Hand und hätte fast geheult.

»Über jeden Scheiß muss man mit dir diskutieren«, rief ich, »Ich laufe rum wie ein Penner. Ich will baden, aber das Wasser wird nicht warm, und du weigerst dich, Badezusatz zu kaufen.«

Keine Reaktion. Ich boxte ihm noch mal gegen den Arm.

»Dann kochst du dir eben Wasser auf. Badezusatz ist sowieso schlecht für die Haut«, sagte er ruhig. Ich sah ihn von der Seite an: Haare, die ihm in alle Himmelsrichtungen vom Kopf abstanden, faltiges Gesicht, Hemd mit Fleck auf der Kragenspitze.

»Wenn du so weitermachst, werden wir alle asozial. Dann werden wir Putzfrauen und Müllmänner!« Es klang lächerlich, aber ich wusste nicht, was ich sonst noch hätte sagen können.

»Hab ich nichts dagegen, wenn das euer Wunsch ist. Sind ehrenwerte Berufe!«

Theodor sah nach links und rechts, um sich zu vergewissern, dass er bei Rot über die Ampel fahren konnte, und dann brüllte ich. Ich sagte nichts, ich brüllte nur, so laut ich konnte.

»Du bist manchmal wirklich komisch«, bemerkte er, als ich nicht mehr konnte, und dann: »Ich hab noch was zu erledigen. Muss kurz im Bierbrunnen vorbei und dann zum Gericht.«

»Ich will tot sein!«, sagte ich leise. Theodor fuhr rechts ran und parkte vor dem Bierbrunnen.

»Das wollen wir alle mal! Das hat was mit der Conditio humana zu tun«, entgegnete er, erhob sich stöhnend und schmiss die Autotür zu.

Im Bierbrunnen stellte mir Klaus eine Cola hin. »Mädchen, bist du wahnsinnig? Kannst doch bei dem Wetter nicht mit nassen Haaren rumlaufen.«

Theodor verschwand hinter der Theke und dann auf der Toilette. Als er nach zehn Minuten wiederkam, trug er eine andere Brille. Der Bart war ab, stattdessen hatte er sich einen ganz komischen Schnauzbart angeklebt. Er roch nach Pomade. Die Haare waren ordentlich gekämmt und streng nach hinten gelegt. Er trug ein gebügeltes Hemd und Krawatte.

»Was soll das denn?«, fragte ich.

»Wir müssen los, sonst komme ich zu spät«, raunte er mir zu. Er machte kehrt und verließ den Bierbrunnen.

Ich wartete im Auto vor dem Gerichtsgebäude. Es war später Nachmittag und dämmerte schon. Leute gingen geduckt durch die Kälte. Bald würde wieder die Weihnachtsbeleuchtung hängen, und alle würden wie wahnsinnig Geschenke kaufen. Ich wünschte mir Ohrlöcher, wie schon letztes Jahr. Aber nur echt vom Juwelier gestochene, keine von Theodor reingebohrten, das konnte er vergessen. Und wenn er mir die Ohrlöcher auch dieses Mal verwehren würde, würde ich ihn für einen Monat ignorieren. Oder einfach abhauen. Klar war das unrealistisch, aber Clint und Jonny hatten auch schon darüber nachgedacht. Einfach abhauen, um Theodor Angst zu machen. Wobei, wenn man ehrlich war, hatte ich noch nie gesehen, dass der mal richtig Angst hatte. Der war einfach kein Vater. Der würde mich wahrscheinlich sogar heiraten, so wenig war dem das klar.

Nach etwa einer Stunde kam Theodor zurück. Die Temperatur im Wagen war inzwischen stark abgesunken, ich hatte großen Hunger, und ich konnte meinen eigenen Atem sehen.

»So, das wäre erledigt. Hätte ich denen gleich sagen können, dass die mir mit diesem qualitativ minderwertigen Foto an der Hand nichts nachweisen können.«

Sein Plan war offenbar aufgegangen, und er hatte gute Laune. Ich beschloss, nett zu ihm zu sein, weil ich mir Chancen auf eine Pizza ausrechnete. Wenigstens probieren wollte ich es.

»Aber die müssen dich doch auf dem Foto an deinem Auge erkannt haben«, sagte ich.

»Hatte eine Sonnenbrille auf«, erklärte er knapp.

»Sehr gut. Und worum ging es?«, erkundigte ich mich freundlich.

»Um meinen Führerschein«, beantworte Theodor meine Frage.

»Oh. Super!«, rief ich.

»Allerdings.«

Er grinste, drehte das Radio lauter, und da war meine Chance:

»Theodor, ich habe Hunger. Clint und Jonny bestimmt auch. Können wir nicht zur Feier des Tages beim Italiener vorbei?«

»Wir haben doch zu Hause den ganzen Kühlschrank voll!«, stöhnte er.

»Bitte, bitte! Es schmeckt doch so gut. Nur jeder eine Pizza Margherita, mehr nicht!«

Ich sagte noch etwa achtmal bitte, bettelte und schwieg und bat erneut, bis Theodor endlich seufzte:

»Na gut. Jeder eine Pizza Margherita. Und dann ist für diesen Monat Schluss. Ich will nichts mehr hören, verstanden?«

Handschlag.

Und dann flog der Porsche durch die Straßen, und ich war kurz glücklich. Die Lichter verschwammen und tanzten für mich. Sie tanzten zu Leonard Cohen, und ich fühlte mich, als ob ich Geld hätte. Und wenn wir an einer Ampel halten mussten, sah ich arrogant aus dem Fenster zu den Leuten im Wagen neben uns.

Ich trug die Pizza-Kartons und stand schon auf dem Treppenabsatz vor der Haustür, als Theodor hinter mir laut zu fluchen begann.

»Das darf doch nicht wahr sein! Romy! Was hat der Hamburger in der Einfahrt zu suchen?«

Ich drehte mich um. Theodor hielt mir einen verquollenen Hamburger unter die Nase. Eigentlich schmissen Jonny, Clint und ich alles, was wir nicht mehr essen konnten oder wollten, heimlich aus Protest vom Balkon auf das Flachdach der Garage. Aber dieser Hamburger war wohl versehentlich in der Einfahrt gelandet, und jetzt hatte Theodor ihn gefunden. Er starrte mich an und verlangte eine Erklärung.

»Keine Ahnung«, sagte ich wie ein kleiner Engel. »Kann sein, dass der irgendwo rausgefallen ist aus einem Schulranzen.«

Er tippte sich an die Stirn, und irgendwie freute ich mich darüber, dass er jetzt ein Problem hatte.

»Oder eine Katze hat den aus dem Müll geklaut. Ihr ist schlecht geworden, und dann hat sie ihn liegengelassen.« Ich verkniff mir das Lachen. Theodor trat ganz nah an mich heran und sah mich böse an: »Du findest dich gerade ziemlich originell, was?«

Nein, nicht besonders. Aber ich musste doch grinsen. Theodor packte mich am Arm und zog mich ins Haus.

»Jonny! Clint! Sofort herkommen!«

Im Flur roch es nach Gras. Jonny und Clint saßen im Wohnzimmer und zockten Schach. Ich kicherte immer noch.

»Halt jetzt endlich den Rand!«, fuhr Theodor mich an. »Wer hat diesen Hamburger in die Einfahrt geschmissen? Ihr wisst genau, dass ich es nicht ausstehen kann, wenn man Essen wegschmeißt, das habe ich euch schon zweiunddreißig Mal gesagt! Also, bisschen plötzlich jetzt!«

Wir sahen uns an und verschworen uns mit Blicken. Check.

»Keine Ahnung, wie der da hingekommen ist. Aber wahrscheinlich war der nicht mehr gut und sollte eigentlich in den Müll«, erklärte Jonny und sah wieder auf das Schachbrett.

»Wieso denn nicht mehr gut? Der ist doch noch völlig in Ordnung!«, rief Theodor entsetzt.

»Der sieht da oben aber ziemlich grün aus!«, flüsterte Clint.

»Unsinn!«

Theodor biss in den Hamburger und sprach mit vollem Mund: »Der ist völlig in Ordnung! Wer hat den in die Einfahrt geschmissen? Sofort!«

Wir sahen uns an. Ich konnte nicht aufhören zu grinsen, obwohl es fast wehtat.

»Lach nicht so blöd, blödes Huhn!«, fuhr er mich an.

»Ich war es!«, sagte Jonny plötzlich.

»Nein, ich! Ich schwöre auf Koran!«, rief Clint hinterher.

»Was erzählt ihr denn! Ich war es!«, schob ich nach. »Deswegen muss ich auch die ganze Zeit lachen.«

»Ihr habt also zu dritt einen Hamburger in die Einfahrt geschmissen«, stellte Theodor sachlich fest. »Damit kann ich leben. Ist ja immerhin ganz sympathisch, dass ihr euch gegenseitig nicht verpfeifen wollt.«

Er ging in die Küche und kam mit dem Hamburger wieder, den er durch drei geteilt hatte. Er fegte die Figuren vom Schachbrett und stellte den Teller darauf ab. Dann setzte er sich auf Sultans Massagesessel und zog eine Zeitung aus seiner Manteltasche, die er entschlossen entfaltete.

»So. Der Hamburger wird jetzt gegessen. Ist mir völlig egal, wer den isst, aber er wird gegessen. Vorher steht hier keiner auf. Und versucht nicht, zu bescheißen, ich sehe, was ihr macht!«

»Theodor, das Fleisch ist total vergammelt! Willst du uns vergiften?«, rief ich. »Keineswegs. Ich habe ja selber probiert. Sehe ich vergiftet aus? Das kannst du ganz bedenkenlos essen! Was glaubst du, was dein Körper alles wegstecken kann! Hier wird nichts weggeschmissen.«

Wir saßen bestimmt eine Stunde vor dem gedrittelten Hamburger, immer angeekelter, immer hilfloser. Tot und krank und hässlich lag er vor uns. Clint fing vor Wut an zu weinen.

»Warum flennst du denn?«, erkundigte sich Theodor. Clint nahm sein verwestes Stück Hamburger in die Hand, betrachtete es mit heruntergezogenen Mundwinkeln, zog seinen Rotz hoch, roch vorsichtig an dem Hamburger, öffnete leicht den Mund und berührte ihn mit der Zunge. Er würgte.

»Beiß da jetzt rein, oder es knallt!«, brüllte Theodor und sprang auf. Clint duckte sich, biss und musste wieder würgen. Und dann kotzte er tatsächlich großflächig auf den Tisch, über die Hamburgerteile. Punktlandung.

»Wenn ich später mal eine Knarre habe, erschieße ich dich. Darauf freue ich mich«, sagte Jonny zu Theodor. Der lachte nur, und zwar so, wie Jack Nicholson immer lacht, wenn er das Arschloch ist.

»Kannst du machen. Dafür musst du dir aber erst mal eine Pistole organisieren. Und dann musst du auch noch treffen, Kleiner.«

Keiner von uns dachte mehr an Essen an diesem Abend. Die Pizzen standen in der Küche und wurden kalt und hart. Wir saßen unten in Jonnys Zimmer beisammen und hassten, jeder auf seine Weise. Irgendwann rauchte Jonny eine Bong und schickte uns raus. Er sagte, er müsse nachdenken, er habe vielleicht eine Idee.

Etwa drei Monate später kam er abends mit einem Butterfinger-Riegel an mein Bett.

»Hier, hab ich dir mitgebracht.« Wow! Der kostete bestimmt drei Mark.

»Danke, danke, vielen Dank!«, rief ich. Jonny wurde über meine große Freude ein bisschen verlegen.

»Wo ist Clint?«, fragte er ernst.

»Pennt bei Lukas. Die machen morgen mit der Schule einen Ausflug zu so einer Burg.«

»Hm.«

Jonny sah sich unruhig im Zimmer um. Sein Blick wanderte über die Höhle, in der Clint zwar nicht mehr schlief, aber er brachte es irgendwie auch nicht übers Herz, sie abzubauen. Jonny sah weiter auf das große Notorious-B.I.G.-Poster, das uns ein Kumpel von ihm vermacht hatte. Er sah auf meinen Schulranzen neben dem Bett, den ich für den nächsten Tag gepackt hatte. Er sah auf mein Kuscheltier, einen kleinen Elefanten, der neben mir auf dem Kissen lag, und er lächelte. Er atmete tief ein, so als wollte er etwas sagen, sagte dann doch nichts, sah sich wieder um und knackte mit den Gelenken seiner Finger. Und dann griff er in die Innentasche seiner Jacke und hielt ein verpacktes Viereck in der Hand. Er wickelte es aus und legte mir zwei grünbraune Platten auf das Kopfkissen.

»Damit können wir richtig Geld verdienen, Romy!«

12

Irgendwer rüttelt an mir. Die Welt stellt sich scharf. Jonny kniet neben mir. Er streichelt mir den Kopf.

»Geht es dir gut, Romy? Sag was!«, fleht er. Ich sehe die Angst in seinem Gesicht. Komisch verwüstet sieht er aus. Die Haare zerzaust und ganz außer Atem.

Ich strecke die Arme nach ihm aus. Wenn ich Jonny ansehe, dann denke ich manchmal, der fällt vor lauter Wissen darüber, dass die Dinge nicht zusammenpassen, um. Die Welt, die er hinter den Augen hat.

Die harte Erde sticht mich, sie ist wie Theodors Haus im Winter, spitz und kalt, wie wenn man sich nachts auf dem Weg zur Toilette immerzu die Füße an Werkzeug aufstößt. Jonny beugt sich zu mir hinab. Ich suche seine Schläfen, da ist es sauber und warm.

»Hat Theodor angerufen?«, flüstere ich.

Jonny schüttelt den Kopf.

»Ist er tot? Dann musst du es mir sagen!«

Mir ist so schwindelig. Jonny schimpft.

»Romy, was redest du denn da? Du musst aufstehen! Du darfst nicht weiter auf dem kalten Boden liegen.«

»Aber mir ist so schlecht. Ich will nicht noch mal kotzen. Kotzen ist so scheiße.«

»Du musst zum Arzt, Romy! Komm jetzt, wir müssen Clint finden.«

Da fällt mir ein, dass Jonny an unserer Katastrophe schuld ist. Ich richte mich auf.

»Sag mal, spinnst du eigentlich?«, sage ich langsam und laut.

»Romy, bitte, es ist arschkalt hier, und ich kann Clint nicht finden! Wir müssen ins Krankenhaus. Reiß dich jetzt zusammen, bitte!«

Er steht auf und schlägt die Hände vor sein Gesicht.

»Scheiße!«, ruft er über den Acker.

Er kniet sich vor mich, nimmt mich bei den Armen und wirft mich ächzend über seine Schulter. Er stolpert nach vorne, seine Schultern drücken sich in meinen Bauch.

»Clint!«

Jonny brüllt und erlaubt sich keine Pause. Seine Stimme klingt, als hätte er kleine Steinchen auf den Stimmbändern. Als hätte er in den Acker gebissen und runtergeschluckt.

»Lass mich runter, ich gehe ja mit dir«, sage ich, und: »Wir müssen mehr in dieser Richtung suchen!«

Ich deute vage ins Dunkel, weiter rein in den Acker, aber ich bin mir auch nicht sicher. Der Kleine kommt schon klar, sage ich mir, der ist ja dazu ausgebildet worden. Aber wenn er jetzt daliegt und kann gar nichts mehr sagen? Jonny stapft, er lässt mich runter, ich stolpere, er nimmt mich bei der Hand, zieht mich hinter sich her und ruft und ruft.

Dann dreht er sich zu mir: »Alles in Ordnung?«

»Ja, alles in Ordnung.«

Er sieht mich prüfend an. »Wirklich, Jonny, ich kann gehen!«, sage ich, und wir laufen weiter.

Mir ist schlecht, und ich sehe nichts.

Aber, Jonny, weißt du noch? Die Zauberformel? Weißt du noch?

Weißt du noch, wie wir am See waren und Theodor machte einen dreifachen Salto, und alle Kinder wollten, dass er es ihnen beibringt?

Weißt du noch, wie er immer im Auto lag, Zahnstocher im Mund, Ellenbogen aus dem Fenster, Sonnenbrille auf, auch wenn es Nacht war?

Weißt du noch, wie er mit uns nach der Schule in das Kundencenter seiner Bank gegangen ist, weil es dort Kaffee umsonst gab?

Weißt du noch, wie er die Salz- und Pfefferstreuer in den Restaurants in die Innentasche seiner Lederjacke gesteckt und mitgenommen hat, wenn wir ausnahmsweise essen gegangen sind? Die Jacke hatte dann da diese Beule, weißt du noch?

Weißt du noch seine Wörter: *Kurbelwelle, Königswelle, Pneu, Spurstange, Touren, Heckschleuder. Ohren anlegen. Borniert. Quasi, stark. Theoretisch, praktisch. Das zieht sich wie ein roter Faden durch mein Leben. Das habe ich dir schon zweiunddreißig Mal gesagt! Nimm dich zusammen!*

Weißt du noch, der Kühlschrank, den er auf dem Motorrad transportiert hat?

Weißt du noch, wie Clint und ich zwölf Leute zu unserem sechsten Geburtstag einladen durften, weil zwei mal sechs zwölf ist?

Die hatten alle Angst vor ihm. Er hat sich ein Spiel ausgedacht: Wer am längsten still sitzt, darf mit mir eine Runde Motorrad fahren. Und als das nicht funktioniert hat, hat er aus dem Roman vorgelesen, den er selbst geschrieben hat.

Weißt du noch, wie er jede Supermarktrechnung noch mal im Kopf nachgerechnet hat?

Und wie er nie etwas dagegen hatte, wenn wir verkleidet in die Schule gegangen sind? Ich als Drache, in viel zu großen grünen Stofffetzen?

Weißt du noch?

Du redest, als wäre er tot!, sagt Jonny in meinen Gedanken. Der echte brüllt und schweigt und keucht.

Nein, nein, so reden wir immer! Und vielleicht macht es ja gar keinen Unterschied, ob er lebt oder tot ist, flüstere ich.

Wir laufen weiter und suchen nach Clint.Wie kann einer denn

auf einem Acker verloren gehen? Ist er wirklich so schlimm verletzt? Wie lange sind wir schon hier? Und nach einer Weile, plötzlich: »Jonny, guck! Dahinten liegt etwas!«

13

Es kam nie vor, dass Theodor jemanden mit nach Hause brachte, aber dann stand er eines Tages plötzlich mit einer kleinen, weißen Frau im Flur, die sich unentwegt durch das Haar fuhr. Anscheinend befürchtete sie, dass es zerzaust sein könnte, weil sie gerade mit Theodor Motorrad gefahren war. Aber es war überhaupt nicht zerzaust.

Ich kannte die kleine weiße Frau, sie war die Mutter von Bennie, mit dem ich in die fünfte Klasse ging. Sie lächelte schüchtern und sah sich in unserem Wohnzimmer um. Ich saß auf dem Sofa und guckte mir den Werbeprospekt eines Supermarktes an, der bei uns im Briefkasten gelegen hatte.

»Schön habt ihr's hier!«, sagte sie leise.

»Geht so«, entgegnete ich und guckte wieder in meinen Prospekt.

»Ich … ich bin übrigens die Karin«, stellte sie sich vor. Es machte mich wütend, wie sie sprach. Sie konnte sich nicht entscheiden, ob sie ihre Worte verstecken oder zeigen wollte. Sie kam zu mir, stieß mit dem Fuß eine leere Fanta-Dose um, entschuldigte sich und reichte mir die Hand, die ich in der Luft hängen ließ. »Romy«, erwiderte ich, sah kurz auf und nagelte meinen Blick dann an einer Kiste Cola fest, die im Angebot gewesen war.

»Bennie hat mir schon von dir erzählt!«, rief Karin viel zu überschwänglich.

Danach war es peinlich still. Und meine Wangen wurden warm, denn ich mochte Bennie. Bis auf seinen Namen. Ich sagte Ben. Bennie durfte man halt einfach nicht heißen.

»Hmm«, machte ich, und da kam Theodor endlich aus der Küche zurück. »Ich hab hier ein paar Salzstangen und ein bisschen Kaffee. Bitte, Karin, nimm Platz«, sagte er, als wäre sie seine Patientin.

Sie setzten sich neben mich auf das Sofa, rechts Karin, links Theodor. »Püppi, Füße runter!«, befahl er, und da bemerkte ich, dass er seine Augenklappe trug. Das machte er sonst nie.

»Du auch Kaffee?« Ich nickte zögernd.

»Ist die Milch überhaupt noch gut?« Ich schraubte den Deckel ab, roch daran, kniff ein Auge zusammen und sah in das Innere der Milchtüte.

»Klar ist die Milch noch gut!«, blaffte Theodor mich an. »Weißt du, Karin, die Kinder haben da so einen Spleen, die denken immerzu, die Sachen sind schlecht. Dabei sind die Sachen natürlich nicht schlecht. Nur weil ein Verfallsdatum überschritten ist, heißt das schließlich noch lange nicht, dass etwas schlecht ist. Nicht umsonst heißt es ja« – Theodor machte Gänsefüßchen in die Luft, was er sonst nie machte –, »›mindestens haltbar bis dann und dann‹.« Es war komisch, Theodor dabei zu beobachten, wie er Frauenbesuch hatte.

Karin lächelte unentwegt und versuchte durch Vor- und Zurückbeugen ihres Oberkörpers, Blickkontakt mit Theodor zu halten. Ich saß zwischen den beiden und beugte mich schließlich zurück in die Sofalehne, was Karin mir lächelnd dankte, woraufhin ich streng geradeaus sah. Die Arme, dachte ich, die hat keine Ahnung, wo sie hier reingeraten ist.

Wir kauten an den Salzstangen, deren Alter ich auf etwa zwei Jahre schätzte. »Schmeckt es euch?«, fragte Theodor. Karin nickte. Sie war ein Vergissmeinnicht, eine saublöde Gänseblume. Wie kann man da nicken, da haut man doch ab! Allein daran sah man schon, dass Karin irgendwann alleine am Fenster sitzen und die Welt nicht mehr verstehen würde.

Der Tisch wackelte, wann immer einer von uns dreien seinen Kaffee abstellte. Er war außerdem zu hoch für das Sofa, die Tischkante befand sich auf Höhe meines Kinns, bei Karin auf Brusthöhe, und Theodors Kopf war gerade komplett unterm Tisch verschwunden.

»Du, jetzt weiß ich, was hier los ist, völlig klar, das Brett fehlt! Romy, wo ist das Brett?«, rief er voller Begeisterung darüber, die Ursache für das Wackel-Problem ermittelt zu haben.

Er meinte das kleine Brett, das normalerweise unter dem zu kurzen Tischbein lag, um den Längenunterschied auszugleichen.

»Keine Ahnung, wo dein Brett ist«, sagte ich extra gelangweilt.

»Das ist allenfalls *unser* Brett, denn es ist ja auch unser Tisch!«, entgegnete Theodor salbungsvoll.

Karin blickte in ihre Kaffeetasse, während Theodor auf dem Boden herumkrabbelte.

»Ha! Da ist es!«, rief er, halb unter dem Sofa liegend. Nur noch sein Hintern war zu sehen, den er ungeschickt hin und her bewegte, bis er ihn schließlich zurück in die Sofapolster fallen ließ. Er befreite das Brett von Staub, indem er es anpustete und mit Spucke abrieb. Zufrieden klemmte er es zurück unter das Tischbein. Dann sagten wir lange nichts.

»Und?«, fragte ich nach einer Weile, die wir einfach so dasaßen und an den Salzstangen knabberten. »Wie habt ihr euch kennengelernt? Was sind eure Pläne?«

Karin sah Theodor an, der seine Fingernägel betrachtete.

»In der Praxis. Ich habe ein Problem mit dem Rücken«, antwortete sie und lächelte Theodor an.

»HWS, Blockade«, murmelte Theodor, »viel Schwimmen.«

»Und was machen Sie außerdem?«, leierte ich die nächste Frage runter.

»Ich bin Zahnarzthelferin. Und ich bin die Mutter von Bennie.«

Und Theodor erklärte: »Du, Karin macht dir 'ne Superzahnreinigung. Kannst du bestimmt mal vorbeikommen, wenn du nett fragst. Kostet normalerweise 120 Mark, und das ist noch günstig! Insofern kann ich dir das nur empfehlen.«

Er betrachtete immer noch seine Fingernägel. Ich war mir sicher, dass es nicht lange dauern würde, bis sich die Sache erledigt hätte.

Abends erzählte ich Jonny und Clint von Karin. Ich hockte auf der Fensterbank schräg gegenüber von dem roten Sofa, wo die beiden saßen. Clint hörte mir zu, Jonny beugte den Kopf über ein Papier und tippte Zahlen in einen Taschenrechner.

»Ich habe keinen Bock auf Besuch von irgendwelchen Frauen, die ich nicht kenne, die aber in unserem Wohnzimmer sitzen, als würde ich sie schon lange kennen«, regte ich mich auf und sah die beiden auffordernd an.

»Romy, sei nicht borniert«, meinte Jonny gelassen. »Ist doch super für uns, wenn Theodor beschäftigt ist.«

»Aber ein bisschen Ärger ist manchmal okay, damit es realistisch wirkt. Theodor ist ja nicht bescheuert«, rief ich und schlug mir demonstrativ mit der Hand vor die Stirn. Jonny verstand überhaupt nichts.

»Doch, ein bisschen bescheuert ist der schon«, sagte er langsam und voller Konzentration über seine Zahlen gebeugt.

»Aber nicht *so* bescheuert!«, rief ich noch lauter, damit Jonny mir endlich zuhörte.

»Halt's Maul, geh mir nicht auf die Nerven«, murmelte Jonny. Er kalkulierte unsere Marge. Es war Monatsanfang, und er war gerade bei Peter gewesen.

»Bumsen die jetzt auch?«, überlegte Clint im Hinblick auf Karin und Theodor. Er sah mich fragend an.

»Wahrscheinlich sogar den ganzen Tag!«, sagte ich noch wütender. Die beiden verstanden überhaupt nicht die Gefahr, die von dieser Schlampe ausging.

»Mann, das ist doch nicht unser Problem! Sei jetzt still, Romy, ich muss mich konzentrieren!«, fuhr Jonny mich an.

Als Karin kam, war unser Geschäft nämlich schon in vollem Gange. Wir bezogen inzwischen etwa 300 Gramm pro Monat. Wenn es gut lief, machten wir bis zu 2000 Mark Gewinn, das Ganze durch vier. Jeder bekam einen Anteil, der vierte kam in die Haushaltskasse für Essen und wurde von Jonny verwaltet. Jeder von uns hatte seinen geheimen Platz, an dem er das Geld bunkerte. Meiner war eine kleine Schmuckschatulle, die ich in dem Sack mit den Frauenkleidern in Theodors Schrank gefunden hatte. Der Sack lag unter meinem Bett, und dort blieb die Schatulle auch, zusammen mit meinem Geld. Jonny bewahrte sein Geld in dem roten Sofa auf. An der Rückseite war ein großes Loch, und da steckte er es, verpackt in ein Kuvert, rein. Und Clint hatte ein Kuscheltier, einen Bären, der einen kleinen Rucksack trug, den hatte ihm Kalli mal geschenkt. Der Rucksack war Clints Versteck. Es war ehrlich keine große Sache, zumindest nicht für mich. Damals hatte ich allerdings auch keine Ahnung von nichts.

Im Wald wohnte zum Beispiel dieser eine Typ, Stefan hieß der, und ich meine, wirklich am Arsch der Heide. Es war das erste Mal, dass ich zusammen mit Clint ausliefern ging, denn Jonny lag mit Fieber im Bett. In letzter Zeit bekam er manchmal ganz plötzlich hohes Fieber mit Schüttelfrost und war klatschnass. Weil der Typ aus dem Wald für hundertfünfzig wollte und dazu regelmäßig bestellte, sagte Jonny, wir müssten hin. Es war am frühen Abend und schon fast dunkel, und ich weiß noch, wie aufgeregt ich war, weil die Blätter so bunt waren und die Luft nach verbranntem Holz roch. Im Herbst war ich immer aufgeregt, genauso wie Clint. Wir wussten beiden, dass der Herbst die Zeit ist, in der Dinge passieren.

Wir fuhren drei Stationen mit der Regionalbahn, dann weiter mit dem Fahrrad. Der Bahnhof, wo wir ausstiegen, bestand aus dem Gleis und einer überdachten Bank. Dahinter schlängelte sich eine Straße den Berg hoch, an der ein paar Häuser standen, daneben Kühe. Jonny hatte uns vom Bett aus mit schwacher Stimme den Weg erklärt: »Rechts geht es in die Ortschaft, nach dreihundert Metern kommt auf der linken Seite ein kleiner Feldweg. Da müsst ihr rein, der führt in den Wald. Ihr bleibt auf dem Weg, immer weiter, auch wenn ihr denkt, kann nicht sein. Macht die Fahrradlichter an, aber fahrt nicht, sonst fallt ihr aufs Maul. Nach einer Weile kommt ihr an einem Hochsitz vorbei. Noch mal fünfhundert Meter weiter steht eine Bank neben einem Brunnen, der Weg mündet auf eine kleine Lichtung, auf der Gerümpel rumsteht, ich glaube, auch ein alter Traktor. Und dann müssten die Hunde schon zu bellen angefangen haben. Aber ihr braucht keine Angst zu haben, die sind im Zwinger. Wenn ihr da steht, ruft nach Stefan, es gibt nämlich keine Klingel. Alles Weitere dann wie vereinbart. Und jetzt lasst mich schlafen.«

Die Hunde bellten. Clint und ich sahen uns an. Im Dunkeln war der Umriss eines Hofes zu erkennen, in zwei oder drei der kleinen Fenster brannte Licht. Aber kein Licht, das Hallo sagt, sondern eines, das dir droht.

»Rufst du?«, fragte Clint. Ich rief. Zu leise.

»Komm, zusammen«, sagte ich.

Wir riefen. Eine Tür wurde aufgerissen, und ich erkannte eine große, kräftige Frau, die reglos stehen blieb und wartete. Sie pfiff, und die Hunde verstummten augenblicklich. Jonny hatte nichts von Verwandten gesagt.

»Komm«, sagte ich zu Clint, und wir gingen auf die Eingangstür zu. Die Frau war alt, und sie hielt ein langes Messer in der Hand.

»Guten Abend«, sagte ich höflich.

Sie reagierte nicht, die Messerklinge schwebte horizontal in der Luft. Der Unterkiefer der Frau war gewaltig, und sie kaute auf ihrer Unterlippe herum. Vielleicht weil die Unterlippe so komisch groß war, dass sie sie irgendwo unterbringen musste, dachte ich, als ich vor ihr stand. An der linken Hand, die wie eine Männerhand aussah und mit der sie sich auf einen Stock stützte, trug sie zwei Eheringe. Auf ihren Schultern lag ein kariertes Tuch, und ich hätte wetten können, dass es eine Tischdecke war. Ihre dünnen Beine wuchsen aus grauen Wollstrümpfen heraus, die in groben Pantoffeln steckten, und zwischen ihren Füßen strich eine Katze umher und schnurrte. Während ich all das registrierte, starrte sie uns stumm von oben bis unten an, die Klinge vor sich in der Luft.

»Guten Tag, ich bin Clint, und das ist Romy. Wir wollten zu Stefan«, sagte Clint leise.

Die Frau kaute andächtig auf ihrer Unterlippe und blickte aus ihren kleinen grauen Nagetieraugen auf uns herunter. Clint und ich sahen einander an. Vielleicht hörte sie schlecht, vielleicht war sie verrückt, oder wir waren im falschen Haus.

»Wohnt Stefan hier?«, fragte ich sehr deutlich und etwas lauter. Ihr Blick haftete jetzt weit hinter uns, an den Baumwipfeln, zwischen Stämmen, in der Nacht, als wäre dort irgendeine Wahrheit verborgen.

»Hier wohnt kein Stefan?«

Plötzlich fixierte sie uns. Sie verzog das Gesicht zu einer Grimasse, die vielleicht ein Grinsen war, und ich dachte in jenem Augenblick, diese Alte wüsste alles über uns. Dann ließ sie das Messer sinken, machte kehrt und winkte uns herein.

Drinnen stank es, und in meinem Mund sammelte sich Spucke. Clint schnüffelte, um sich zu schützen, an seinem Ärmel, und als wir in dem engen Wohnzimmer ankamen, wussten wir auch, woher der Gestank kam. Der Raum war voller Tiere. Überall waren Katzen, dazwischen zwei kleine Hunde, ein offener Käfig mit großen Vögeln. An der Wand war ein Ofenherd mit ein paar Kesseln darauf. Ein Feuer brannte. Der Fernseher lief, ein Motorradrennen, das auf- und abschwellende Dröhnen der Motoren erfüllte das stickige Zimmer. Die Frau ließ sich auf das Sofa fallen, ohne uns weiter zu beachten, das Messer positionierte sie mit Bedacht neben sich. Vor ihr lag ein Stapel vergilbter Zeitungen. Sie griff nach einer Lupe, suchte damit von oben bis unten eine Zeitungsseite ab und nahm dann eine Schere und schnitt ein Wort aus.

»Verzeihen Sie, wo ist Stefans Zimmer?«, fragte Clint.

Die Frau reagierte nicht.

»Komm, wir gucken, ob sein Zimmer dahinten ist, und wenn nicht, hauen wir ab«, raunte er mir zu. Von dem Wohnzimmer ging ein kleiner Flur ab, an dessen Ende eine Tür zu sehen war. Clint ging vor, eine Katze folgte uns. Erleichtert hörte ich, dass ganz normale Bässe aus der Tür am Ende des Flurs drangen. Wir klopften. Die Tür ging auf, und da stand Stefan. Er war klein, dünn und sehr bleich, und in seinem Gesicht passte nichts zusammen. Die fleischige Nase war zu groß für den schmalen Mund, und der schmale Mund war zu streng für die großen, traurigen Augen, die uns durch eine absurd riesige und eckige Großvater-Brille anblinzelten. Ein Typ wie ein Scherzartikel. Er reichte erst Clint, dann mir seine knochige Hand, die eiskalt war und klebte.

»Hey, was geht, was führt euch zu mir?«, säuselte er und hampelte seltsam herum, er bewegte sich wie eine Alge unter Wasser, als hätte er keine Knochen. Ich fand ihn sofort völlig scheiße.

»Jonny«, antwortete ich knapp, bevor Clint auf die Idee kommen konnte, freundlich zu sein.

»Oh, wow, korrekt, kommt rein, ich dachte schon, ihr habt es vielleicht nicht gefunden, seid vielleicht unterwegs umgedreht, ist mir schon oft passiert, dass da unterwegs einer umgedreht ist, aber kommt erst mal rein, setzt euch, wollt ihr vielleicht einen Kakao?«

Clint nickte, also nickte ich auch.

»Oma!«, rief er ins Wohnzimmer, »bringst du uns zwei Kakao?«

Ich beobachtete Stefan und dachte, dass man nicht sagen konnte, ob er zwanzig oder doppelt so alt war. Sein Zimmer roch nach Piece, nach Junge und billigem Männerdeo. Die Luft hatte man in der Hand, wenn man da drin stand.

Das Zimmer war in dunkles, orangefarbenes Licht getaucht und bestand aus einem großen U aus Cordsesseln, in der Mitte ein Tisch. Auf dem Boden lagen Stapel aus Büchern und Kleidern, dazwischen brannten Kerzen. Ein Plattenspieler spielte ekelhaft sphärische Ambient-Musik. Und hui, es gab auch ein Terrarium. Und außerdem lag da noch ein Mann auf den Cordsesseln und schlief. Von seinem Gesicht sah ich nur einen offenen Mund, der Rest war von braunen Haaren verdeckt. Stefan kratzte sich am Kopf und sah uns ratlos an. Aber dann fiel ihm ein, was er hatte sagen wollen:

»Setzt euch, der Kakao kommt gleich.«

Wir setzten uns. Ich machte mich kerzengerade und berührte mit meinem Hintern so wenig wie möglich vom Cord-Sofa. Stefan ließ sich neben mich fallen und legte die Beine auf den vollgestellten Tisch. Er schien mit allem, was er tat, extrem überfordert zu sein, und das, obwohl er in diesem Moment eigentlich überhaupt nichts machte. Wenige Sekunden nachdem wir saßen, sagte er so blöd kumpelmäßig:

»Alter, kann ich euch ehrlich mal was fragen? Habt ihr zufällig Kippen? Tabak wäre auch kein Problem. Weil ich habe den ganzen Tag diese Biographie gelesen. Also, okay, nicht den ganzen Tag, schon eher so randommäßig, und ich habe schon auch Pause gemacht zwischendurch, mal was gegessen oder so, aber Helter Skelter, Charles Manson, kennt ihr den? Und da hab ich es einfach nicht geschafft, Tabak zu holen, versteht ihr, bin einfach nicht runter ins Dorf gekommen, ist das zu glauben?«

Er gluckste, aus dem Glucksen wurde ein hysterisch hohes Mädchenlachen. Stefan machte den Eindruck, als bekäme er keine Luft, und ich hasste, dass er so unfähig wirkte.

Dann kam die riesenhafte Alte mit zwei Tassen rein, die sie auf den Tisch stellte, was nicht richtig funktionierte, weil da überall

Zeug rumlag. Die Flüssigkeit in den Tassen schwappte über. Es war kein Kakao, sondern warmes Wasser.

»Dank dir, Oma, willst du dich dazusetzen?«, fragte Stefan, und das meinte er ernst.

Sie schlurfte wortlos aus dem Zimmer.

»Na ja, heute hat sie keine Lust, aber beim nächsten Mal vielleicht, beim nächsten Mal, Oma, dann erzählst du mir was!«, rief er der Alten nach, und es klang bedrohlich und böse. So, als würden in diesem Haus die Menschen in den Nächten mit sich drehenden Köpfen rückwärts Treppen runterlaufen. Stefan grinste mich an und fragte: »Was wollte ich sagen? Habt ihr Kippen?«

Der Typ auf der Couch drehte sich grunzend um. Er lag jetzt auf dem Bauch. Man konnte seine Unterhosen sehen. Blau-gelb kariert.

»Also, Romy raucht leider nicht und ich nur manchmal«, erklärte Clint, der in seinem Anorak kramte und dann das Zeug auf den Tisch legte. Stefan, der inzwischen schwuchtelmäßig seine Beine übereinandergeschlagen hatte, beugte sich vor und griff mit seinen dünnen Fingern nach dem Piece.

»Korrekt. Danke. Mmmmhhm. Riecht gut. Total weich, das Zeug.« Er schnüffelte an der kleinen Tüte, als wäre er verliebt. Mit großen Augen voller Freude sah er Clint und mich an, und ich fragte mich, ob ihm eigentlich klar war, wie alt wir waren. Jedenfalls wollte er sich mit uns gut verstehen. »Okay«, säuselte er und lehnte sich zurück, »und ihr übernehmt also jetzt Kahns Geschäfte, ja? Ich meine, kann ich voll verstehen, wenn einer keinen Bock mehr hat und aussteigen will, oder? Geht ja jetzt irgendwie nach Texas, weil seine Schwester da lebt. Ist irgendwie gerade auf dem Trip, mal was Neues zu sehen. Aber Kahn hatte ja auch echt einen an der Waffel, von wegen mit den Bullen und dass die ihn kriegen. Ich sage euch, die Pappen sind schuld! Von Piece oder Gras bekommt man nicht so eine ausgewachsene Psychose. Ich meine, man kann sich nie sicher sein, aber wenn du vorsichtig bist … ich weiß nicht, was meint ihr? Paras sind voll gefährlich, wenn ihr mich fragt. Aber Paras kannst du aus allen möglichen anderen Gründen kriegen. Gerade vor ein paar Tagen … oder war es schon letzte Woche? Egal. Da hat Steven mir erzählt, dass er von einem Typen gelesen hat, der sieben Mal vom Blitz getroffen wurde!«

Ich musste lachen, wollte aber nicht. Weil ich einem wie dem, so einem asozialen, komplett verpeilten Nichtsnutz, kein Lachen schenken wollte. Bestimmt, dachte ich, ist der Steven, von dem er redet, in echt er selber, Stefan, weil Stefan nämlich so viele Schrauben locker hat, dass der in seinem Kopf zu mehreren ist und da von morgens bis abends Diskussionen führt.

»Sieben Mal?«, fragte Clint ungläubig.

»Ja, ohne Scheiß, Mann!« Stefan beugte sich über mich drüber und schlug Clint auf das Knie. »Sieben Mal! Da würde ich auch Paras kriegen! Nicht zu glauben! Klar, ich mache mir auch mal Sorgen … jetzt finde ich zum Beispiel meine Schlange seit ein paar Tagen nicht mehr. Die ist irgendwie weg«, erklärte er und lächelte hilflos und wies auf das leere Terrarium. Wie bitte? Ich sah sofort auf den Boden, hinter mich und unter den Tisch. Und sofort hatte ich diesen Film im Kopf: Die Schlange bringt Clint und mich um, danach kocht uns die Alte, und Stefan bekommt uns als Mittagessen. Alles in erdigen Farben, wackelige Kamera, so eine Mischung aus Witz und Horror.

»Ist die giftig?«, fragte ich, als würde ich schießen. Stefan nickte auf diese Todsicher-darauf-kannst-du-wetten-Baby-Weise.

»Schon, ja. Ich hoffe echt, dass die nicht drüben bei Oma rumkriecht. Oma kann ziemlich rabiat werden«, erklärte er freundlich. Draußen fing es an zu regnen. Im Haus knallte eine Tür. Ich sah Clint an, der sich nichts anmerken ließ. Aber ich spürte, dass auch er sich nicht wohlfühlte. Er biss auf seinen Fingernägeln herum. Ich guckte Stefan intensiv ins Gesicht und versuchte, durch seine fettigen Brillengläser hindurch und den Schleier, der auf seinen Augen lag, zu ihm vorzudringen. »Stirbt man, wenn die einen beißt?«, fragte ich extrem deutlich. Stefan fuhr sich durch die Haare.

»Na ja, das kann schon passieren, wenn man nicht gleich zum Arzt geht«, sagte er nachdenklich. »Ich meine, ich habe mir Mia damals ja angeschafft, gerade *weil* sie besonders giftig ist. Ich meine, sonst ist das ja langweilig. Aber ich habe x Bücher gelesen über sie, wie sie so drauf ist, hab ich alles studiert. Mia ist eine afrikanische Giftschlange, hundertzweiunddreißig Zentimeter lang, ich weiß leider nicht genau, wie alt sie ist. Ich meine, der Vorbesitzer hatte einfach keinen Plan von Schlangen, der hat sich damit nicht so richtig beschäftigt. Und jetzt wird es ja gerade kalt, und sie braucht aber eigentlich immer so ihre fünfundzwanzig Grad, sonst wird sie krank, wisst ihr, was ich meine? Habt ihr zufällig Bock, mir beim Suchen zu helfen? Aber jetzt baue ich erst mal einen, oder?« Stefan sah uns tiefsinnig an. So, als wäre sein Vorschlag die angemessene Reaktion auf die allgemeine Bedürfnislage. So, als sei es das Ziel von Menschen weltweit, erst mal einen Joint zu rauchen. Der schlafende Typ auf dem Sofa hob kurz den Kopf, sah uns an und ließ ihn dann wieder fallen. Ich hatte keine Ahnung, ob Stefan die Wahrheit sagte und ob dieser Begriff in seinem komischen Kiffer-Leben überhaupt noch eine Rolle spielte.

»Wie, die Schlange ist jetzt hier im Zimmer und kann uns totbeißen, wenn sie will?«, fragte ich also nüchtern.

»Also, theoretisch schon«, lächelte er, »aber eigentlich gelten die als beißfaul, also, mich hat Mia noch nie gebissen. Die hat nicht so Bock auf Action, die ist ziemlich gechillt, da ist sie ein bisschen wie ich.« Ich sah Clint an, der schief lächelte.

»Clint, wir müssen gehen«, sagte ich laut und erhob mich, wobei ich den Boden nach der Schlange absuchte.

»Das Geld«, sagte Clint und sah zu Stefan, der sich am Kopf kratzte.

»Ihr wollt schon gehen? Schade, ich dachte, wir rauchen noch einen. Aber okay. Und Kippen habt ihr keine?« Er klang jämmerlich. So ein Loser. »Scheiße, dann muss ich hier vielleicht noch mal suchen, irgendwo sind bestimmt noch welche«, beruhigte er sich.

»Hundertfünfzig, wir müssen los«, erinnerte ich ihn. Und sofort begann Stefan sein Portemonnaie zu suchen, zwischen den Cordpolstern, auf dem Boden, unter den Kleidern, den Büchern. Eine Bong kippte um, das Wasser sickerte in den Teppich. Aber ich hatte jetzt verstanden, wie man mit ihm reden musste. Der war einer, der es gewohnt war, zu langsam zu sein, und der nie auf die Idee kommen würde, dass auch andere Fehler machen. Er fand sein Portemonnaie nicht. Es dauerte mir zu lange. Clint verdrehte die Augen, was Stefan nicht entging.

»Scheiße, dann muss ich wohl wieder an Omas Vorräte«, murmelte er kleinlaut, und an der Art, wie er das sagte, konnte man sehen, wie irre scharf er war auf das Zeug, dieses Opfer.

»Wir warten vor der Tür. Bring uns das Geld in fünf Minuten«, befahl ich, und es gefiel mir, ihn rumzukommandieren.

Clint erhob sich, ich steckte das Piece in meine Tasche, und wir verließen das Horror-Zimmer, die Augen auf den Boden geheftet. Wir sagten kein Wort zu der Alten, die immer noch über ihrer Zeitung saß und mit der Lupe nach irgendwelchen Satans-Wörtern suchte, wir wollten nur raus, vor die Tür, in die Nacht, wo wir warteten. Es regnete. Wir warteten zehn, fünfzehn Minuten unter einem winzig kleinen Vordach, aber Stefan kam nicht. Ich wusste, dass ich in dieses Haus keinen Fuß mehr setzen würde. Und dann kam Stefan doch, mit dem Geld. Clint gab ihm das Zeug, ich nahm die hundertfünfzig, und da, bitte schön, hast du deine Bestellung, alles klar, aufs Fahrrad und tschüs, du Geisteskranker.

»Hast du schon mal so ein verrücktes Haus gesehen?«, rief Clint mir zu, während wir durch die Dunkelheit und den Regen rasten, an Feldern vorbei, über Steine und Erde, durch den Wald, der lebte und uns anfassen wollte.

»Nee, aber daran kannst du sehen, dass es bei anderen noch viel krasser zugeht«, rief ich in die Dunkelheit. »Daran kannst du sehen, dass Theodor im Grunde ein ziemlich vernünftiger Mann ist.«

»Jonny, spinnst du? Da lief eine giftige Schlange rum, und der Typ wohnt mit seiner Oma zusammen, die eine Hexe ist und ihm Geld gibt für seine Drogen!«

Ich stand neben Jonnys Bett. Er nahm das Geld entgegen. Er war gerade aufgewacht, seine Stirn war nass und heiß.

»Keine Sorge. Der erzählt schon seit zwei Jahren, dass seine Schlange ihm gerade eben abgehauen ist. Da ist keine Schlange, der ist hängengeblieben.«

»Hängengeblieben? Hä?«, fragte ich.

»Mausi, der ist nicht mehr ganz richtig im Kopf, mehr nicht«, erklärte er matt und lächelte. Ich fand gut, dass er mich »Mausi« nannte, aber es nervte mich auch, dass er sich wie ein Chef benahm.

»Und seine Oma ist auch hängengeblieben?«, erkundigte sich Clint lachend. Er tat plötzlich so, als sei ihm der Besuch überhaupt nicht unheimlich gewesen. Dabei hatte ich das meiste geregelt. Wenn die beiden zusammen sind, dachte ich, sind sie immer stolz auf alles, was krass ist und was sie gemacht haben. Obwohl, ich eigentlich auch. Egal. Jonny richtete sich auf und nahm einen Schluck Wasser aus der Flasche, die neben seinem Bett stand.

»Ja, aber die ist lange vor ihrem Enkelsohn hängengeblieben«, erklärte Jonny und ließ seinen Kopf wieder zurück auf das Kissen fallen. »Stefan ist ja davon überzeugt, dass sie irgendwelche Existenz-Erfahrungen gemacht hat. Er will darüber einen Film drehen, aber er ist noch nicht dazu gekommen.«

»Aber warum erzählt der, er hätte eine Schlange, wenn er gar keine hat?«, wollte ich wissen, denn ich konnte mir wirklich nicht erklären, wie man auf solche Ideen kommen konnte.

»Vielleicht hatte er ja mal eine. Stefan kifft so viel, kann sein, dass er da manchmal was durcheinanderbringt. Das ist so ein Kiffer-Ding, viele von denen haben so Tiere. Ich kannte mal einen, der hatte zwei giftige Spinnen. Die waren ihm sehr wichtig. Aber irgendwann hat er nicht aufgepasst, und sie waren weg und haben dann sein Frettchen getötet. Er hing sehr an dem Frettchen. Das war echt schlimm für ihn«, flüsterte Jonny und drehte sich um.

»Lasst mich jetzt schlafen!«, murmelte er.

All das wurde schnell ziemlich normal. Nach der Schule Handy an, ich würde dich gerne in zehn Minuten sehen, für einen Zehner, alles klar. Oder auch mal für mehr. Wir kauften jeden Monat neue Prepaidkarten für die Handys, eins benutzte Jonny, das andere Clint und ich. Das meiste regelte ohnehin Jonny – Kunden klären, Nachschub holen und so weiter. Er bestimmte die Regeln und gab Clint und mir Anweisungen: Die Stammkunden immer ein bisschen besser behandeln als die anderen, das Zeug so verpacken, dass es nach viel aussieht, Übergabe immer zu zweit. Und vor allem: Klappe halten und keine Dummheiten machen, dann kann nichts passieren. Telefonischen Kundenkontakt hatten Clint und ich erst, nachdem sich alles ein bisschen eingespielt hatte, und auch nur, wenn Jonny wirklich keine Zeit hatte. Jonny kümmerte sich auch um die Lagerung.

Er hatte in Erfahrung gebracht, dass die Bullen bei einer Hausdurchsuchung nur die Zimmer der Verdächtigen durchsuchen dürfen, also Clint und mein Kinderzimmer und Jonnys Keller. Deswegen präparierte er den Adler im Wohnzimmer. Man konnte den Kopf des ausgestopften Vogels abnehmen, drinnen war nur Füllmasse, Zeitungspapier, Schnipsel und Stoff. Jonny nahm das alles aus dem Adler raus und verstaute stattdessen das Piece und das Gras da drinnen.

Irgendwann wurde er ein bisschen paranoid, was den Adler betraf, weil Theodor gerne irgendwo reinguckte, einfach weil es ihm Spaß machte, irgendwo reinzugucken. An manchen Tage setzte er sich vor den Adler und betrachtete ihn ganz genau von oben bis unten, ihn, der immer so ernst und allwissend an seinem Platz saß. Der Adler wollte uns warnen, so wie der guckte, da war ich mir sicher.

Oft bekam Jonny dann diese Anfälle: »Der Kopf sitzt heute ein bisschen anders. Siehst du das, Clint? Romy, komm mal her, der Schnabel stand gestern Abend noch in einem ganz anderen Winkel zum Körper!«

»Jonny, es interessiert Theodor sowieso nicht!«, entgegneten wir dann regelmäßig.

Aber Jonny war streng geworden. Er ließ die Sachen nicht mehr einfach laufen, er hatte beschlossen, sie unter seine Kontrolle zu bringen. Wenn Clint und ich nach der Schule in unserem Zimmer auf dem Bett lagen und eine Tüte rauchten, kam er manchmal, ohne anzuklopfen, rein und sagte Dinge wie: »Habt ihr eure Hausaufgaben gemacht? Wann schreibt ihr die nächste Mathearbeit? Es ist nicht geil, schlecht in der Schule zu sein, wann kapiert ihr das endlich? Das Letzte, was wir jetzt brauchen, ist Theater mit dem Jugendamt. Die Rechnung ist doch ganz einfach: Die wollen, dass ihr eure Sachen ordentlich macht, ihr macht sie ordentlich, und dafür lassen sie euch in Ruhe. Ich bitte euch also: Seid einfach normal.« Jonny wurde echt fast so streng wie Sultan. Wenn es um sein Unternehmen ging, verstand er keinen Spaß, was ich mir damit erklärte, dass es sein persönlicher Feldzug gegen Theodor war. Er hatte, wie das so seine Art war, mit sich selbst ausgemacht, dass er Theodor um nichts mehr bitten würde. Weil dieses Bitten und Wollen für ihn die größtmögliche Niederlage war, dachte er, uns ginge es da genauso, also tat er alles dafür, dass wir ihn, Theodor, nicht mehr brauchten. Auch ich dachte eine Zeit lang, dass das die einzige Möglichkeit war, mit Theodor fertigzuwerden, obwohl ich gleichzeitig hoffte, dass er irgendwann verstand, was wir da heimlich durchzogen, und daraufhin ein normal besorgter Vater werden würde. Jonny hatte diese Hoffnung längst aufgegeben und wurde als Chef unseres Unternehmens ein bisschen verrückt. Kontrollsüchtig, besessen irgendwie. Aber ich verstand ihn, und vor allem verstand ich seinen Plan. Deswegen wurde ich auch nie böse, wenn er einen Anfall bekam, in unser Zimmer gestürzt kam und uns einen Vortrag hielt.

Mit Clint war es allerdings etwas anderes. Denn er wollte etwas anderes. Er war entspannter, seit er Geld hatte, und es gefiel ihm, zu zeigen, dass er es hatte. Einmal morgens beim Bäcker kaufte er Aktan, dem Typ, der die gesamte Schule terrorisierte, einen Kaffee und eine Streuselschnecke.

»Such dir aus, was du willst. Noch eine Cola?«, fragte er Aktan, den ich für extrem dumm hielt. Er hatte zwei Brillanten-Stecker in den Ohren und setzte sich in der Klasse immer extra breitbeinig hin.

Aktan nickte und bekam also noch eine Cola.

Clint und ich gingen jetzt immer zum Bäcker. Die Leute sind nett zu einem, wenn man bezahlt. Man hat einen stärkeren Rücken, wenn man bezahlt, der Kopf sitzt ganz anders auf dem Hals, und die Worte sprechen sich besser aus. Man darf da sein.

Ich stand mit Ben in der Schlange hinter Clint. Ich mochte es, wenn Ben bei mir war, aber es war mir auch oft peinlich. Vor allem vor Clint und Jonny. Und Theodor. Ich weiß nicht, warum, aber wenn ich mit Ben zusammen war und dachte an meine Brüder und Theodor, bekam ich ein komisches Gefühl. Wie gelähmt. Da war Ben und seine Freundlichkeit. Heute Morgen hatte er auf der Ecke vor dem Bäcker auf mich gewartet. Wofür ich ihn am liebsten umarmt hätte. Und da waren Jonny, Clint und Theodor, die Ben eh für einen Waschlappen hielten, das glaubte ich jedenfalls. Clint bestellte sein Frühstück: zwei Schinkenbrötchen, ein Schokocroissant, einen Milchkaffee und eine Cola. Ich betrachtete seine neuen Air Max. Sie waren weiß mit Gold und hatten eine durchsichtige Sohle, die aussah wie ein Wasserbett.

»Willst du auch was?«, fragte er Ben und nickte ihm beiläufig zu. Ben schüttelte den Kopf. Clint bezahlte mit einem Fünfziger.

»Und nach der Schule gehen wir alle zum Italiener, Pizza essen«, rief er durch die Bäckerei. Ich sah, dass er dabei vor allem Aktan anguckte, der Clint mit seiner geöffneten Cola-Dose zuprostete.

Ich wollte ihn nicht blamieren, echt nicht, aber es ging nicht anders.

»Erzähl keinen Scheiß«, zischte ich, für alle hörbar, als ich an ihm vorbei zur Tür ging. »Du gehst nach der Schule nach Hause.«

Clint sah mich böse an. Er drückte sich an mir vorbei und schubste mich leicht.

Als wir die Straße überqueren wollten, um in die Schule zu gelangen, stellte ich mich neben ihn. Clint legte den Kopf in den Nacken, sein Kinn zeigte nach oben, die Mundwinkel nach unten. Er sagte nichts.

»Bist du noch zu retten?«, flüsterte ich. »Ben erzählt Karin doch, dass du mit Geld um dich schmeißt, und die erzählt es dann Theodor. Willst du dir ein Schild umhängen, auf dem ›Dealer‹ steht, oder was? Und warum unbedingt Nike Air Max? Und auch noch ein Nike-Pullover? Bist du bescheuert? Jonny dreht durch, wenn er das erfährt! Willst du das?«

Ich hielt ihn am Arm und fühlte den neuen Stoff. Natürlich war Nike das Allerbeste, was es überhaupt gab. Eigentlich gefielen mir seine Kleider sehr, und ich wäre auch gerne so rumgelaufen.

»Romy, sei doch nicht so dumm«, sagte Clint traurig. Und plötzlich hatte ich das Gefühl, ich sei der Idiot, nicht er. »Glaubst du wirklich, es interessiert Theodor, woher wir unser Geld haben?«, fragte er tonlos. Ich schämte mich, wollte ihm aber nicht recht geben.

»Nein, aber wir müssen ihm auch die Chance geben, zu übersehen, was wir machen!«

Clint riss sich los und rannte über die Straße. Die Autos hupten.

Um eins wartete ich an der Tischtennisplatte auf ihn. Wir hatten heute Dienst, weil Jonny bis um zwei in der Schach-AG war. Ich wartete darauf, dass Clint aus dem Haupteingang kommen würde, aber er kam nicht. Nach einer halben Stunde, die ich auf der Tischtennisplatte gesessen hatte, ging ich nach Hause. Jonny saß am Wohnzimmertisch, aß Cornflakes und las sich die Rückseite der Cornflakes-Packung durch. Neben ihm auf dem Tisch lag ein Blatt mit einer Zeichnung von einem Hund und Bleistifte. Der Hund sah unheimlich und tot aus, fand ich und erschreckte mich, fragte aber nicht.

»Was machst du denn hier?«, wollte ich wissen.

»Hab in einer Stunde einen Termin, außerdem braucht Stefan noch mehr, für einen Kumpel, das mache ich lieber selbst. Wo ist Clint?«, fragte er kauend und noch immer lesend. Mich nervte, dass er mich nicht ansah und dass er klang wie ein verdammter General. Ich setzte mich mit einer Schüssel Milch vor ihn, schüttete Cornflakes dazu und rührte unentschlossen darin herum.

»Der muss so ein Referat vorbereiten. Deutsch, glaube ich«, log ich und rührte weiter.

Nun sah Jonny auf. Er zog die Augenbrauen hoch.

»Eigentlich sollt ihr immer zu zweit sein, wenn ihr für mich einspringt. Das muss ich Clint noch mal sagen. Na ja, immerhin macht er was für die Schule. Ist noch Cola da?« Am liebsten hätte ich ihm meine Cornflakes über den Kopf geschüttet. So streng und hart, wie er war. Wie ein Erwachsener mit einem Beruf.

»Glaube, im Kühlschrank ist noch Cola. Ich hätte mal Lust, was beim Thai zu bestellen. So wie Sultan! Das war immer so schön!«, versuchte ich mit ihm ins Gespräch zu kommen.

»Können wir ja morgen Mittag machen. Bei dir in der Schule alles okay?« Jonny sprang geräuschvoll auf. Er nervte. Seine Unruhe tat mir unter der Haut weh.

»Nein«, sagte ich und beobachtete die Cornflakes dabei, wie sie sich in der Milch auflösten. Sahen aus wie kleine Krankheiten.

»Ich muss gleich los«, unterbrach Jonny meine Gedanken. »Bin gegen fünf wieder da. Wenn jemand anruft, sag, Bestellungen wieder ab fünf. Es sei denn, Clint taucht vorher auf.«

Jonny zog sich im Gehen eine Jacke an.

»Was machst du?«, fragte ich.

»Termin. Danach zu Stefan«, antwortete er und zog hastig den Reißverschluss nach oben. Er nahm das Papier vom Esszimmertisch, machte kehrt und verschwand damit im Keller. Ich stocherte lustlos in meinen Cornflakes herum und starrte aus dem Fenster auf die Terrasse, wo eine Krähe gelandet war, die in den leeren Blumenkästen herumpickte.

Termin bedeutete Nachschub holen. Jonny sagte uns lange nicht, wer seine Quelle war, er ging dann einfach zu einem »Termin« und antwortete, wenn man ihn fragte, wen genau er eigentlich treffe, extrem seriös: »Ist besser, wenn ihr das nicht wisst.« Holy shit! Jonny nahm das alles ein bisschen zu ernst, fand ich, etwa wenn er uns jahrhundertelang über die Wirkungsweise dieser oder jener Sorte informierte, weil er fand, das müsse man als Verkäufer wissen, das sei wichtig im Kundengespräch. Und dann war er ein großer Fan von B. I. G., der ja auch mal Drogen verkauft hatte, weswegen Jonny sich ihm vielleicht noch verbundener fühlte. Jedenfalls gab es dieses Lied, »Ten Track Commendments«, in dem Biggie über das Drogenverkaufen rappt und worauf man dabei achten muss. Jonny erklärte uns den Inhalt dieses Lieds, das er mühevoll übersetzt hatte, mehrfach.

Dazu rannte er wie ein Strengreligiöser durch das Haus und sagte sich die Zeilen des Lieds auf. *Seven: this rule is so underrated, keep your family and business completely separated.*

»Und was ist mit der Regel? Dass man Familie und Geschäft getrennt halten soll? Das machen wir dann ja wohl total falsch!«, rief ich ihm einmal nach, als er mich wegen einer Vier in Mathe zurechtgewiesen hatte. »Aber wir verkaufen kein Crack. Das ist etwas ganz anderes. Crack ist viel gefährlicher«, erklärte mir Jonny daraufhin mit erhobenem Zeigefinger. Er wurde echt immer autoritärer. Ein bisschen war es so, als würde Jonny ein anderes, hartes Leben nachspielen. Und das Verrückte war: Er spielte ja gar nicht. Immerhin blieb er, seit wir verkauften, nicht mehr den ganzen Tag im Bett. Irgendwoher bekam er plötzlich ganz neue Kraft. Wenn er ging, ging er schnell; telefonierte er, rannte er dabei auf und ab, und wenn er etwas sagte, dann sagte er es laut. Er sah plötzlich viel größer aus. Aber auch fremder. Er kiffte nur noch abends. Dabei zeichnete er Gesichter. Gesichter von Leuten, die bei ihm gekauft hatten. Manchmal waren auch Tiere dabei, ein Hund, eine Katze oder eine Ratte. Die Bilder waren dunkel und ziemlich gut. Ich fand, sie sahen wie die Bilder eines echten Künstlers aus. Er versteckte sie im Heizungskeller in einer Mappe, die er in einer Mauernische festgeklebt hatte. Und dort ließ er auch jetzt, kurz bevor er sich auf den Weg zu seinem Termin machte, das Bild mit dem toten Hund verschwinden.

Er kam zurück ins Wohnzimmer gerannt, fummelte an dem Adler herum und rauschte an mir vorbei. Es störte mich, dass er keine Zeit hatte und sich nicht mit mir unterhielt.

»Wir haben so viele Verstecke, bald ist unser ganzes Haus versteckt«, rief ich ihm zu, während er sich im Flur die Schuhe anzog. Die Krähe auf der Terrasse zupfte an einem Joghurtbecher herum, der in einem der leeren Blumenkästen lag.

»Völlig richtig«, sagte Jonny und stand plötzlich neben mir, »bis später!« Er hatte mich schon auf den Kopf geküsst und war gerade im Begriff, mir irgendeine Anweisung zu geben, da klingelte es an der Tür. Jonny öffnete.

»Oh! Hallo, Karin! Was machst du denn hier? Das ist aber nett! Theodor ist aber nicht da. Na, dann … komm mal rein, Romy sitzt im Wohnzimmer! Ich muss leider schon los«, hörte ich ihn sagen.

Die Tür fiel ins Schloss, und Jonny war verschwunden.

Verdammt. Jetzt im Ernst Karin, oder was? Sie stand schon in der Wohnzimmertür, in der Hand eine große Schüssel, die mit Alufolie abgedeckt war, und dazu noch eine Dose, Kuchen vielleicht. Ich konnte nicht lächeln. Aber Karin lächelte. Sie trug eine dieser Jeanshosen, die alle möglichen Mütter tragen: der Bund auf Taillenhöhe und das Hosenende kurz über dem Fussknöchel. Dazu schicke braune Slipper, die aussahen wie neu, eine weiße Bluse und einen beigefarbenen Mantel. Ich bemerkte, dass ich sie anstarrte, und sah schnell in meine Cornflakes-Schüssel, in der inzwischen ein rotbrauner Schlamm herumschwamm. Karin ging langsam auf mich zu. Ich roch ihr Parfum.

»Ich dachte, ihr habt doch bestimmt Hunger, oder? Ich habe euch Nudelsalat gemacht. Mit frischen Tomaten und Käse. Und Kuchen«, hörte ich sie sagen.

Mit den Augen um Erlaubnis bittend stellte sie die Sachen auf den Esstisch. »Darf ich?«, sie zeigte auf den Stuhl neben mir und lächelte. Ich zuckte mit den Achseln. Mir gefiel nicht, wie sie lächelte. Wie sie sprach. Und dass sie so zart war. Sie sollte aufhören, so nett zu sein.

»Ich muss Hausaufgaben machen«, sagte ich und sah auf die Terrasse. Die Krähe war weg.

»Natürlich! Soll ich dir was auftun? Nudelsalat? Ich habe auch frisches Brot mitgebracht.« Ich wollte, dass sie ging, und zwar sofort. Ihre Anwesenheit machte mir Gefühle. Wie ein Ausschlag und du darfst dich nicht kratzen.

Sie kramte in ihrer Handtasche, und ich sah ihre sauberen, weißen Hände, den durchsichtigen Lack auf den Nägeln, den Ring mit dem hellglitzernden Stein in der Mitte. Plötzlich bemerkte ich, dass sie Tränen in den Augen hatte. Rasch stand sie auf, verschwand in der Küche und stellte mir einen Teller mit Nudelsalat hin.

»Lass es dir schmecken!«, sagte sie mit sanfter, trauriger Stimme und setzte sich neben mich. Was bitte war das denn für ein schwuler Satz? Ich ertrug es nicht. Ich nickte, sah auf den Teller, konnte mich aber nicht dazu durchringen, zu essen. Karin holte ein Taschentuch aus ihrer Handtasche und putzte sich die Nase. Tränen liefen ihr über das Gesicht.

»Warum weinst du?«, fragte ich und klang freundlicher, als es meine Absicht gewesen war.

Sie sammelte mit dem Zeigefinger ihre Tränen ein.

»Ach, nichts, wirklich nichts. Ich sollte dich damit nicht belasten«, flüsterte sie. Sie war so weich, ich wollte ihr ins Gesicht schreien, sie treten, irgend so was. Und außerdem: Wenn man schon so anfängt! Flennen und dann sagen, dass man nicht darüber sprechen will, da weiß ich doch, wo der Hase quasi langläuft. Ich wendete meinen Blick von ihr ab, sah aus dem Fenster und sagte tonlos:

»Aber deswegen bist du doch hergekommen, jetzt kannst du es auch sagen.« Ich war überrascht von meiner Gemeinheit und sah sie an, um abzuschätzen, ob ich sie getroffen hatte. Sie schüttelte eilig den Kopf.

»Nein, nein. Schmeckt es dir?«

Sie lächelte. Immer dieses Lächeln, obwohl es doch für sie gerade offensichtlich nichts zu lachen gab.

»Hab noch nicht probiert«, entgegnete ich und sah sie vorwurfsvoll an. Ich guckte wieder aus dem Fenster. Draußen schoben sich Wolken über den Himmel, und der Wind trieb den von der Krähe verlassenen Joghurtbecher über den Terrassenboden, was so ein hohles, irgendwie verlorenes Geräusch machte. Karin räusperte sich. Sie wirkte, als würde sie Anlauf nehmen. Ich wusste, jetzt kam irgendwas. Und dann fragte sie:

»Sag mal, hat dein Papa, also, hat Theodor vor mir schon mal eine Freundin gehabt? Ich meine, länger?«

Und wieder dieser flehende Gesichtsausdruck. Bitch.

»Ja, klar«, entgegnete ich, »unsere Mutter. Aber ich kann dir nicht sagen, wie es bei denen lief.« Wie konnte sie mich denn so etwas fragen? Ich meine, allein schon aus Respekt gegenüber meinen traumatisierten Kindergefühlen!

Mit beiden Händen strich sie sich die Haare hinter die Ohren, senkte den Blick und murmelte eilig: »Nein, natürlich nicht. Entschuldige!«

»Wofür?«, fragte ich hart. Ich konnte viel härter sein als sie.

»Ich wollte nicht …«, flüsterte sie kopfschüttelnd.

»Kein Problem.« Ich verschränkte die Arme vor der Brust und lehnte mich zurück. Ihre Augen füllten sich wieder mit Tränen. Natürlich tat sie mir auch leid. Aber ich konnte so etwas nicht. Es tat mir zu weh, ich weiß nicht.

Karin setzte sich gerade hin. Sie sah mich fest an. Anscheinend hatte sie sich dazu entschlossen, die Schieflage in unserem Erwachsenen-Kind-Verhältnis in den Griff zu bekommen.

»Ich meinte, ob er nach deiner Mutter noch mal eine richtige Freundin hatte«, erkundigte sie sich merkwürdig förmlich, so, als würde sie einen Patienten zu seinen Zähnen befragen. Und ich spürte, wie wichtig ihr diese Information, wie verdammt wichtig ihr Theodor war.

»Gott sei Dank nicht!«, sagte ich schnell. Sie riss die Augen auf.

»Warum Gott sei Dank?«, fragte sie ungläubig und fast verzweifelt.

Ihre Augen füllten sich wieder mit Tränen, und wieder wollte ich reintreten.

»Weil man mit so einem nicht zusammen sein kann. Da kann ich nur von abraten«, erklärte ich, und ich genoss es.

»Warum?«, fragte sie, und danach blieb ihr Mund offen, die Unterlippe bebte leicht.

Warum, warum, warum ist die Banane krumm. So eine blöde Kuh.

»Du weißt doch selbst am besten, warum du weinst. Ich meine das ernst, ich kann nur davon abraten.«

Sie stützte den Kopf in die Hände.

»Es tut mir auch für euch leid! Du bist doch erst elf! Ich ...«

»Was?«, unterbrach ich sie, lauter, als ich eigentlich wollte, und sie erschreckte sich. Aber ich wusste doch, was jetzt komme würde. Wie wir leben und so. Aber sie konnte ja wohl nicht im Ernst einfach hier reinspazieren, ein bisschen heulen und uns erklären, dass es so nicht geht. Als wüssten wir das nicht selber, und außerdem ging es sehr wohl. Karin knetete ihre Hände und machte den Anschein, als würde sie nicht einmal mehr versuchen, ihre Tränen zurückzuhalten. Kann sein, dass sie hoffte, dass ich darauf anspringen würde, aber das würde nicht passieren. Allein schon, weil ich kein Verständnis dafür hatte, dass sich eine erwachsene Frau allen Ernstes einen wie Theodor aussuchte. Sie putzte sich mit ihrem inzwischen zerfledderten Taschentuch die Nase.

»Ich weiß nicht«, begann sie, »er meldet sich wochenlang nicht, dann fährt er plötzlich weg, ohne davon zu erzählen, er will nicht in Restaurants gehen, er spricht nicht von seinen Eltern, auch wenn ich frage, die ganzen normalen Sachen, die man eben so am Anfang macht. Er trinkt so furchtbar viel, und dann musste ich ihn vorgestern abholen, es klang so dringend, und er legte sich auf die Rückbank von meinem Auto unter eine Decke, und ich musste ihn in die Praxis fahren. Er sagte nicht, vor wem er sich da in meinem Auto versteckt, bisschen Ärger, sagte er, aber nicht, mit wem. Das ist nicht normal. Er ist doch Arzt!«

»Ja, und?« Bis jetzt kam mir alles völlig normal vor. Ich musste grinsen, was gemein war. Aber es fühlte sich gut an.

Karin weinte und redete von selbst. Sie sah mein Grinsen gar nicht.

»Ich habe meinen Geburtstag zu Hause mit Freunden gefeiert und«, schluchzte sie, »ihn eingeladen. Und da schenkte er mir, dass ich ihn zu einem Hüftdysplasie-Kongress begleite, zu dem er eingeladen wurde. Er hat aber die ganze Zeit meine Freundinnen angeguckt und mir sogar erzählt, welche ihm gefällt …«

Ihre Stimme brach. Sie stützte den Kopf in die Hände und presste sich das Taschentuch vor den Mund. Ich wollte, dass sie aufhörte und endlich ging. Plötzlich fiel mir auf, dass ich unter dem Tisch schon die gesamte Zeit über meine Faust geballt hielt. Ich hatte die Fingernägel in das Fleisch gegraben, und es tat weh. Ich betrachtete die Abdrücke auf der Haut. Karin redete immer weiter:

»Und wenn wir Auto fahren … das ist lebensgefährlich. Ich denke, ich sterbe!« Sie sah mich an, als erwarte sie, dass ich dazu etwas sagen würde. Aber was sollte ich sagen? Ich war erschöpft. Karin tupfte sich mit den Fingerspitzen unter den Augen herum, wohl um möglicherweise verlaufene Schminke zu entfernen. Aber da war gar nichts. Sie betrachtete ihre Fingerkuppen und dann mich. Sie lächelte, und ich dachte, dass Frauen solche Problem-Sachen immer nur anderen Frauen oder Mädchen erzählen, was weiß ich. Und sich gegenseitig damit aufhalten. Jonny und Clint hätte sie das nie gesagt. Ich hasste Gespräche dieser Art, obwohl ich mich damit auch nicht besonders gut auskannte.

»Ich muss jetzt Hausaufgaben machen«, murmelte ich, stand auf und ging ins Badezimmer, wo ich mich einschloss. Ich sah in den Spiegel, und ich wusste nicht, wie ich gucken sollte. Kurz darauf hörte ich die Haustür ins Schloss fallen.

Später saß ich allein im dunklen Wohnzimmer, das nur durch den laufenden Fernseher beleuchtet wurde, auf Sultans Sessel, guckte *Stirb langsam* und wartete, dass jemand kam. Endlich knallte die Tür. Jonny knipste das Licht an und lief auf mich zu, ohne ein Wort zu sagen. Er schmiss seine Jacke auf das Sofa, kramte in seinem Rucksack und legte auf den Tisch, was man für einen Joint braucht. Ich stoppte den Film.

»Was ist los?«, fragte ich und bemühte mich, nicht zu aufgeregt zu klingen.

Jonny antwortete nicht, er knurrte nur irgendwas. Er drehte sich mit schnellen, routinierten Bewegungen eine Tüte, inhalierte und sah zur Decke.

»Ich habe Clint bei Stefan getroffen«, sagte Jonny durch die Nase und stieß den Rauch aus.

»Was?«, rief ich und setzte mich auf.

»Der lag da und hat gepennt. Stefan hätte ich beinahe eine verpasst, so viel, wie Clint geraucht haben muss. Von wegen Referat, Referat am Arsch!« Jonny fuhr sich durch die Haare. Dann legte er den Kopf in den Nacken und rauchte.

»Wo ist er jetzt, warum hast du ihn nicht mitgenommen?«, fragte ich ängstlich. Er konnte ihn doch nicht einfach dort zurücklassen. Und dann wusste ich auch nicht sicher zu sagen, ob er sich aufregte, weil Clint ihn angelogen hatte (was ja nicht stimmte, ich hatte gelogen) oder weil Clint bei diesem Verrückten rumhing und sich abschoss.

»Warum du ihn nicht mitgenommen hast!«, wiederholte ich meine Frage.

»Ich hab ihn nicht wach gekriegt. Ich habe ihn geschüttelt, ihm ins Ohr gerufen, hab versucht, ihn aufzusetzen, aber der hat gepennt!«, fuhr Jonny mich an. »Ich konnte ihn ja nicht nach Hause tragen.«

»Und jetzt liegt der da alleine?«, stellte ich so nüchtern fest, wie es ging.

»Was hätte ich denn machen sollen?«

»Ihn nicht alleine bei diesem Irren lassen! Oh Gott, die Schlange ist ja auch noch da!«, rief ich.

Jonny sprang auf. Mit dem Joint in der Hand rannte er vor dem Fenster auf und ab.

»Mir fiel keine Lösung ein. Stefan ist jetzt auf jeden Fall ersatzlos gestrichen!« Er blieb kurz stehen, nickte und lief dann weiter.

»Ersatzlos?«, fragte ich.

»Sagt man so.« Sagt Theodor so, dachte ich.

Jonny machte Musik an und suchte alte Zeitungen zusammen, die er auf dem Boden ausbreitete. Aus den Boxen kam »Ten Track Commendments«. *I been in this game for years, it made me an animal, it's rules to this shit, I wrote me a manual.*

»Was machst du mit den Zeitungen?«, fragte ich.

»Das Gras sortieren, damit es in den Adler kann. Ich habe diesmal auch Nougi eingekauft. Hoffentlich wissen die verkifften Penner das zu schätzen und sind bereit, ein bisschen mehr zu bezahlen«, murmelte Jonny, auf den Zeitungen herumkrabbelnd.

»Was machen wir mit Clint?«, fragte ich.

Er kniete über dem Zeitungsteppich und kniff die Augen zusammen, um genau zu erfassen, was die Waage anzeigte, die an seinem Finger hing. »Erstaunlich, wie weich dieses Zeug ist«, murmelte er versonnen. Ich zählte bis dreißig und fragte dann noch mal. Er seufzte.

»Wenn Clint um halb neun noch nicht zurück ist, fahren wir mit dem Taxi da hin und holen ihn ab.« Ich sah auf die Uhr. Das war in einer Stunde. Okay.

Jonny verpackte das abgewogene Zeug in einer kleinen Tüte. Ich betrachtete ihn und fragte mich, wie gut ich ihn eigentlich kannte. »Hast du seine Kleider gesehen?«, fragte er konzentriert und ohne aufzusehen. »Macht er jetzt Werbung für Nike, oder was?«

Anders als Clint und ich interessierte sich Jonny inzwischen tatsächlich gar nicht mehr für Markenklamotten. Er war schon ein spezieller Fall, fand ich. Er schloss jetzt auch immer ab, wenn er duschte. Wir durften ihn nicht nackt sehen. Nie. Und er sprach nicht über Mädchen, auch nicht wenn ich ihn danach fragte.

»Wir sind bekannt dafür, immer die schlechtesten Klamotten anzuhaben. Liegt doch auf der Hand, dass die Leute dann anfangen, sich Gedanken zu machen«, unterbrach er meine Gedanken. Ich fand, dass er übertrieb. Klar hatten wir immer schlechte Klamotten, und alle wussten, bei uns zu Hause ist es ein bisschen komisch. Aber es war ja nicht so, dass die Nachbarn, unsere Mitschüler und deren Eltern den ganzen Tag rumliefen und nur an uns dachten. Aber vielleicht war Jonny auch einfach so, weil er eben Jonny war. Ein Perfektionist. Gedankenversunken sah er kurz auf.

»Ich weiß«, sagte er wie zu sich selbst, »dass man das nicht vergleichen kann, aber in *Goodfellas* ist es genauso. Sie machen diesen genialen Überfall auf die Lufthansa und haben sechs Millionen Dollar, und danach laufen die Frauen mit Pelzmänteln rum. Bei der Szene weißt du, dass es ab jetzt bergab geht. Wenn so was passiert, geht es immer bergab!«, erklärte er aufgebracht und nickte.

»Aber was bringt uns das Geld, wenn wir es nicht ausgeben dürfen?«, fragte ich und verschloss ein Tütchen, das er mir zuvor gereicht hatte. Das interessierte mich wirklich. Denn was sollte das ganze Theater sonst? Er sah mich an und verzog das Gesicht.

»Dass immer etwas zu essen da ist, dass wir essen können, was wir wollen, dass keiner auf Klassenfahrten zu Hause bleiben muss und dass wir Theodor nicht mehr anbetteln müssen.« Plötzlich war er laut geworden. »Außerdem sollst du sparen.«

Ende der Diskussion.

Eine Weile assistierte ich ihm schweigend.

»Was wollte Karin eigentlich hier?«, fragte er und tat das auf eine Weise, als könne ich ihm dankbar dafür sein, dass er weiter mit mir redete.

»Sich über Theodor beschweren«, antwortete ich knapp.

»Das können wir überhaupt nicht gebrauchen, dass die hier ohne Ankündigung auftaucht!« Er verdrehte die Augen. Angespannt und streng.

»Kann sein, dass sich das bald erledigt hat«, fügte ich hinzu. Ein wenig stolz darauf, dass ich es war, die diese wichtige Einschätzung abgeben konnte.

»Klappt nicht, oder wie?«

»Natürlich nicht!« Ich grinste, er auch kurz, dann wurde er wieder ernst und redete wie zum Mitschreiben:

»Wenn es noch mal klingelt, guck durch das Toilettenfenster, wer da steht, und lass sie nicht rein. Machst du das? Kann ich mich darauf verlassen?«

Er sah mich eindringlich-paranoid an. »Mann, ich bin nicht blöd, und du redest schon wie Theodor!«

Ich stand auf und ging zum Fenster. Er sollte nicht so sein, wenn er mit mir sprach. Und dann konnte man mit ihm auch nur noch *darüber* reden. Irgendwie kamen mir dann die Tränen, ich wusste gar nicht, warum. Ich ging in die Küche, um etwas von dem Nudelsalat zu essen, den Karin vorbeigebracht hatte. Und ich hoffte, dass ich Jonny nicht daran erinnern musste, dass wir gleich Clint nach Hause holen mussten. Der Abwasch stapelte sich, also wusch ich ab.

»Okay, Pupsi, bestell ein Taxi, wir fahren Clint holen«, hörte ich Jonny im Flur rufen.

»Aber das kostet bestimmt achtzig Mark da hoch«, rief ich zurück und trocknete meine Hände ab.

»Ist egal«, antwortete er. Ich atmete auf. Genau. Ganz egal.

Clint war nicht mehr bei Stefan gewesen. Und Stefan hatte wieder gewollt, dass wir ihm dabei halfen, seine wahrscheinlich nichtexistente Schlange zu suchen. Er sagte, Clint sei vor einer Stunde gegangen, er wüsste aber nicht, wohin. Die alte Frau war nicht da gewesen. Jonny hatte Stefan gesagt, er sollte uns nicht mehr anrufen.

Später lag ich im Bett und wartete auf Clint, die Augen weit geöffnet. Irgendwann war es halb zwölf, aber ich konnte nicht einschlafen. Mir war immer noch schlecht von dem Gestank in dem Haus. Auf der Straße kam hin und wieder ein Auto vorbei. Dann strich das Scheinwerferlicht, das durch den Rollladen drang, durch unser Zimmer, über die gestapelten Perserteppiche, den Kleiderschrank, der immer Gesichter bekam, wenn es dunkel wurde, über Biggie an der Wand, über seinen dicken Bauch und die Krone. Draußen regnete es. Ich legte mir das Kleid, das ich in dem Sack in Theodors Schrank gefunden hatte, über den Kopf, damit ich die Lichtstreifen nicht mehr sah. Das Kleid roch muffig.

Irgendwann ging die Tür auf. Ich spähte durch einen kleinen Schlitz zwischen dem Kleid und meinem Gesicht. Clint. Da stand er. Er zog sich bis auf die Unterhose aus, legte seine Kleider ganz ordentlich über den Stuhl und kam dann an mein Bett geschlichen. Er hob vorsichtig die Decke und legte sich leise zu mir.

»Hast du sie noch alle?«, sagte ich laut. Er zuckte zusammen.

»Darf ich bei dir schlafen?« Ich nickte. Wir lagen nebeneinander und waren wach, das wussten wir voneinander. Irgendwann, nachdem ich wohl doch eingeschlafen war, flüsterte er plötzlich: »Ich war auf der hohen Brücke an der Osttangente balancieren. Es ist gar nichts passiert.«

Ich schlug die Augen auf und lag steif da.

»Bist du bescheuert? Wenn du da runterfällst, bist du tot!«, sagte ich endlich.

»Aber ich bin nicht runtergefallen!« Er sprach mit weicher Stimme. So, als wäre er glücklich. »Es hat geregnet, und das Laufen war ganz leicht. Ich hatte gar keine Angst. Ich weiß nicht, ich wollte irgendwie. Ich musste das probieren.«

Ich drehte mich von ihm weg, schloss die Augen und sah den Abgrund, über den Clint balanciert war, und fühlte, wie er an mir zog. Ich hörte meinen Herzschlag.

»Wahrscheinlich wirst du vom Kiffen verrückt! Mach das nie mehr, verstanden?«, fuhr ich ihn an. Er schwieg. Ich schloss die Augen und drängte mich an die Wand.

»Ich glaube, Theodor hat ein Geheimnis. Der sagt uns irgendwas über Mama nicht.«

Ich schlug die Augen wieder auf.

»Spinnst du? Das träumst du. Halt die Klappe und schlaf jetzt.«

Clint setzte sich auf.

»Musst du eigentlich immer so hart und böse zu einem sein? Tu doch nicht so, als wärst du immer nur cool und uuuh! Du bist überhaupt nicht cool. Ich finde scheiße, wie du bist«, sagte er plötzlich in normaler Lautstärke.

»Halt's Maul!«, flüsterte ich und wollte ihn schlagen. Er sollte einfach still sein. Wenn er jetzt aufhörte, müssten wir darüber am nächsten Tag nicht einmal mehr reden.

»Halt du dein Maul. Ich gehe noch auf ganz andere Brücken«, entgegnete er, wieder viel zu laut für nachts.

»Machst du nicht!«

»Doch!«, rief er. Darauf sagte ich nichts mehr. Er saß noch kurz aufrecht in meinem Bett, dann legte er sich in seines. An seinem Atem und seinen Bewegungen merkte ich, dass auch er lange nicht einschlafen konnte.

Eine Zeit lang waren Bratkartoffeln der absolute Shit bei uns. Hatten wir zusammen entwickelt. Du musst die Kartoffeln dünn schneiden und dann in Butter schmeißen, mit viel Salz und Paprikagewürz, dann schmecken sie fast wie Pommes. Genau so versuchte ich sie hinzukriegen, als ich an einem Freitag in der Küche stand und für Jonny und Clint unsere Chef-Bratkartoffeln machte, wobei man wirklich konzentriert dabei sein muss, sonst brennen sie an. Zu viel Butter ist nämlich auch scheiße, weil das Fett krass spritzt, was sich anfühlt, als würde man gebissen.

Ich wendete, salzte, probierte, wartete. Mein Gefühl: Kohlensäure im Kopf, im Hals, in der Brust. Wegen Ben. Und wegen Sultan. Clint und Jonny waren unterwegs, um ihn im Knast zu besuchen, was eine längere Reise mit dem Zug bedeutete. Ich traute mich immer noch nicht, Sultan ins Gesicht zu sehen, und jetzt wartete ich auf die Rückkehr der beiden. Ich war ganz zappelig und machte eigentlich nur Bratkartoffeln, damit irgendetwas passierte. Dabei sah ich immer wieder hinter mich nach oben rechts, denn da saß Mariebelle, unsere Eule, die wir seit neuestem hatten. Mariebelle war ein Uhu, um genau zu sein. Ich hatte ein bisschen Angst vor ihr, weil ich sie noch nicht richtig gut kannte und sie ziemlich groß war, vergleichbar mit einem mittleren Hund plus Flügel, Spannweite hundertsechzig Zentimeter. Die Krallen waren annähernd so groß wie Theodors Hände und sehr, sehr scharf. Mariebelle strahlte eine ganz natürliche Autorität aus. Das mochte ich. Abends bekam sie zwei bis drei Mäuse oder eine Ratte, den Rest sollte sie auf ihren Nachtflügen selber jagen, aber ich war nicht sicher, ob sie das wirklich konnte, denn es hatte ihr ja niemand beigebracht. Clint hatte sie über Beziehungen von Stefan erwerben können, der einen Freund hatte, der sich mal für einen Uhu interessiert hatte und den Kontakt zu einem Typen herstellte, der Clint eine Schwarzmarkt-Eule klarmachte. Clint war ganz verrückt nach Mariebelle und ihrer besonderen Ausstrahlung, ihrem Stolz und ihrer Kompromisslosigkeit. Mariebelle hatte vorher bei Menschen gewohnt, die sich das Zusammenleben mit einer Eule wohl anders vorgestellt hatten. Clint erzählte, sie hätten sich furchtbar davor geekelt, sie mit Mäusen, Ratten und Eintagsküken zu füttern und darüber echt an Mariebelles Charakter gezweifelt, da hätten sie sich aber etwas anderes erwartet und so, Pussygelaber eben, was natürlich unangebracht ist, wenn man sich einen Uhu kauft, weil ein echter Uhu halt überhaupt nichts für Pussys ist. Aber ich muss sagen, ich fand es auch verstörend, dass in Mariebelle so ein Killer-Monster wohnte, das vor allem nachts zum Leben erwachte. Tagsüber saß sie friedlich auf einer Gardinenstange, entweder im Wohnzimmer oder in der Küche, und beobachtete, was um sie herum geschah. Manchmal kackte sie die Wand an, dann stank es, aber nicht so schlimm wie bei Hunden. Wir hatten aus diesem Grund Klarsichtfolie an und unter ihren liebsten Sitzstellen befestigt, die Clint täglich erneuern musste. Im Wohnzimmer lag nun außerdem ein großer Stein, an dem sie ihre Krallen wetzen konnte. Ferner mochte sie es, mit dem Gartenschlauch abgespritzt zu werden, wobei man darauf achten musste, das nicht zu viel Druck auf dem Schlauch war. Danach sonnte sie sich gerne und ausgiebig, was lustig aussah, weil sie sich dabei im Ernst auf den Rücken legte. Gut fand sie es auch, sich mit Hilfe ihrer Flügel mit Sand vollzuschaufeln. Diese und andere Uhu-Bedürfnisse hatte Clint im Gespräch mit dem Eulen-Schwarzmarkt-Händler recherchiert, der Mariebelle gegen Piece im Wert von 250 Mark eingetauscht hatte. Clint und ich fanden das unmöglich und moralisch absolut nicht vertretbar, weil der Schwarzmarkt-Typ Mariebelle einfach so unter Wert verscherbelte, ohne sich je mit diesem erhabenen Tier befasst zu haben. Als Mariebelle zu uns kam, hatte sie nicht mal einen Namen.

Seit Mariebelle da war, fühlten Clint und ich uns wesentlich sicherer, ähnlich sicher wie damals mit Shiva. Theodor hatte nichts gegen Mariebelle einzuwenden gehabt, er fand sie im Gegenteil »originell«, wie er sagte, und plante, sie zu malen. »Vielleicht sogar eine ganze Uhu-Serie!« Theodors einzige Bedingung war, dass Mariebelle ihm keine Scherereien machte. Er war gerade aber ohnehin viel unterwegs, weil er angeblich ein altes Hotel in der Nähe von Bukarest kaufen und sanieren wollte, etwas in der Art, was weiß ich. Jonny war ebenfalls einverstanden und meldete nur insofern Bedenken an, als er befürchtete, die Behörden könnten uns des Uhus wegen Theater machen.

Die Bratkartoffeln waren fertig, ich stellte sie in den Ofen. Die Küche sah aus wie aus einem Film über Fixer, aber ich hatte keine Lust zu putzen. Alles war fettig und pappig und alt. Mariebelle sah streng nach unten, und das mochte ich an ihr, dass sie so streng auf mich herunterblickte. Ihr Blick schien zu sagen: Ich weiß genau, dass du deine Hausaufgaben noch nicht gemacht hast, Mausi! Übermorgen schreibt ihr einen Erdkundetest. Kannst du mir bitte mal erklären, wie Gletscher entstehen und was eine Endmoräne ist? Nein? Dann mach wenigstens den Boden sauber, du merkst doch, wie er klebt, wenn du darüberläufst. Schämst du dich nicht?

Doch, ich schämte mich, und wie! Ich schämte mich dauernd. Also beschloss ich, tatsächlich den Boden in der Küche zu wischen. Mariebelle blinzelte zufrieden.

Und ich sagte zu ihr: »Wenn du mich fragst, kifft Clint zu viel. Sogar in der Schule! Ich habe ehrlich Angst um ihn. Er hat nachts schon wieder vom Balancieren auf gefährlichen Geländern erzählt. Er sagt, er war auf der Brücke vor dem Tunnel. Weißt du, wie da die Autos untendurch brettern? Ich weiß überhaupt nicht, warum er das macht! Gestern habe ich ihn mit Blutaugen aus dem Park hinter der Schule kommen gesehen. Vor der Schule, während der Schule, nach der Schule. Gras-Olympiade.« Mariebelle blinzelte noch einmal, sie schloss und öffnete langsam die Augen, was irgendwie verständnisvoll aussah. Ich fuhr fort: »Seit wir Geld haben und er kifft, hat er mehr Freunde. Aktan und so. Und ich habe Ben. Ben hat früher nie mit uns geredet. Der kleine Ben. Weiß gar nicht, was Piece ist, der denkt wahrscheinlich, das heißt Frieden. Aber jetzt haben wir eine Playstation, und darüber kann er mit uns reden, das mag Ben an uns, das mögen jetzt viele an uns. Und dass Clint Kevin, diesem Spast aus der Zehnten, einfach einen Fünfer geschenkt hat. Ich hoffe, Clint denkt nach, ich hoffe wirklich, er denkt nach.« Das Wasser, mit dem ich den Boden wischte, war schwarz in dem Eimer. Ich verzog das Gesicht und sah Mariebelle an, die mir ruhig zuhörte. »Das Schlimme ist, wenn ich den Küchenboden sauber gewischt habe, wird er erstens nicht richtig sauber, und dann sind zweitens immer noch 99,9 Prozent des Hauses kompletter Dreck«, erklärte ich ihr, während ich das dreckige Wasser in den Ausguss schüttete und frisches in den Eimer laufen ließ. »Das ist frustrierend, da fehlt sozusagen der positive Effekt, verstehst du?« Mariebelle bewegte ihren Kopf. Sie nickte, sie schwieg. »Ich verstehe das nicht. Nachts liegt Clint plötzlich neben mir im Bett und sagt, er war wieder balancieren. Weißt du, wie gefährlich das ist? Es macht mir Angst. Ich habe Jonny noch nichts gesagt, denn dann regt er sich furchtbar auf. Ich glaube, er peilt auch so, dass mit Clint etwas nicht stimmt und dass er zu viel kifft.« Ich wrang den alten Lappen über dem Eimer aus und strich mir mit dem Unterarm die Haare aus dem Gesicht. »Mariebelle, ganz ehrlich, ich kiffe auch, aber nicht *so* viel. Nur abends, mit Jonny und Clint. Dann gucken wir ein Video und können nicht aufhören zu lachen. Es ist schon so, dass mich wahrscheinlich niemand außer den beiden versteht. Ich meine, richtig. Vielleicht ist das unser Geheimnis. Das will ich behalten! Verstehst du?« Ich schrubbte den Boden, hielt inne und nickte. »Kennst du Strumpfhosen, die zu eng sind und so eklig zwicken, dass du sauer wirst? Da muss man raus und weg davon. So ist das. Und ich sage zu Clint: ›Weißt du, was dein Problem ist?‹ – ›Ja?‹ – ›Du kiffst zu viel.‹ – ›Ja.‹ – ›Ist dir egal, oder was?‹ – ›Ist mir nicht egal.‹ – ›Man kann davon extrem dumm werden. Denk mal an Stefan. Und du bist viel jünger als Stefan. Ich glaube nicht, dass der mit elf schon so viel weggeraucht hat.‹ – ›Ja.‹ – ›Sag doch nicht immer *Ja*. Du solltest vielleicht nur noch abends eine Tüte rauchen. Oder noch besser: jeden zweiten Abend eine Tüte.‹ Clint sagt aber, er wird vom Kiffen so schön ruhig.«

Mariebelle machte »Huhuhuhu«. Ich beschloss, den Tisch zu decken. Theodor wollte an diesem Wochenende mit Karin zu dem Hüftdysplasie-Kongress fahren, das hatte er ihr ja zum Geburtstag geschenkt. Kalli würde zu uns kommen, weil Karin darauf bestanden hatte, dass wir beaufsichtigt wurden. Und Ben schlief heute auch hier. Ben, der mir Kohlensäure in den Adern machte. Ben mit den beschützten Murmelaugen, die so durch die Gegend fallen, ohne Angst. Er hatte so schöne Wimpern! Aber vielleicht war ich auch nur so aufgeregt, weil er zu uns nach Hause kam, wo uns Jonny und Clint sehen konnten.

Beim Bäcker wollte Ben mich neulich zu einem Kaffee einladen. Aber ich lehnte ab. Denn Kaffeetrinken, das ist so ein von Erwachsenen geklautes Gewohnheitswort, und ich fand es peinlich, dass er es sich, ohne nachzudenken, genommen hat. Mir war alles peinlich. Was hieß es denn, wenn einer dich zum Kaffee einlädt? Ich konnte mich gar nicht mehr bewegen. Ich hatte richtig Panik. Ich dachte, wenn ich jetzt ja sage, gehört ihm gleich alles, dann ist auf allem ein Schild mit seinem Namen drauf, und meine Beine wissen nicht mehr, was sie dürfen und was nicht. Also lehnte ich ab.

»Eigentlich bin ich viel zu reif für Ben«, sagte ich zu Mariebelle, die diesmal nicht reagierte. Sie sah mich nur an. »Ich bin zu reif für ihn, und ich kann dir auch nicht erklären, warum, aber es ist mir peinlich, dass wir uns mögen.«

Trotzdem freute ich mich auf ihn. Ich wollte vor ihm an einem Joint ziehen. Kalli würde uns bestimmt keine Schwierigkeiten machen. Karin wusste ja nicht, wer Kalli war, die hatte keine Ahnung, die dachte ja auch, alle Welt geht regelmäßig zum Friseur.

Dann lief ich auf und ab und dachte an Sultan, der in seiner Zelle sicher nicht so viel Platz zum Auf-und-ab-Gehen hatte. Dann bedauerte ich, dass die Frauenkleider aus Theodors Schrank mir viel zu groß waren, ich sie also heute Abend nicht würde anziehen können. Und dann wartete ich wieder darauf, dass die Jungs endlich nach Hause kommen und von Sultan erzählen würden.

Später saß ich mit Jonny und Clint am Tisch, und wir aßen Bratkartoffeln.

»Und? Wie war es?«, fragte ich.

Sie kauten und hatten keine Lust zu erzählen. Ich wechselte dauernd meine Sitzposition, so aufgeregt war ich. Eine Weile schwiegen wir, dann hielt ich es nicht mehr aus.

»Mann, jetzt sagt schon. Wie war es? Hat Sultan vielleicht irgendwie nach mir gefragt?«

»Er sieht scheiße aus. Ich glaube, der ist auf Drogen«, murmelte Jonny. Nachdem er den Satz beendet hatte, guckte er mir für eine Sekunde in die Augen, die mir wehtat.

»Was?«, rief ich. »Doch nicht Sultan!

»Er hat auch nicht nach dir gefragt«, erklärte Clint beiläufig, den Mund voller Bratkartoffeln. »Auch nicht nach Theodor, über den hat er nur irgendwas auf Türkisch geschimpft. Sieht aus, als wäre er sauer auf ihn, weil Theodor ihm keinen guten Anwalt bezahlen will.« Clint redete, als sei es ihm egal. Aber es war ihm nicht egal, das wusste ich. Vielleicht, dachte ich, war er nur so, weil er sah, dass es mir etwas ausmachte.

»Arschloch«, zischte ich. Dabei war ich das viel größere Arschloch. Meinetwegen war Sultan im Gefängnis.

»Ja.« Jonny nickte. Er war jetzt ganz leise. Ganz anders als in der letzten Zeit.

»Und was für Drogen? Woher weißt du das?«

Ich musste aufpassen, dass ich nicht anfing zu heulen.

»Gesagt hat er es mir nicht. Aber er sieht so aus. Gelb und grau im Gesicht, wie Recycling-Papier. Viel weniger Bauch als früher und hektisch, hat immerzu irgendwohin geguckt.« Jonny starrte auf seine Gabel. »Scheiße«, sagte er.

Und ich dachte: Ja. Scheiße. Ich habe ihn kaputtgemacht.

Clint nickte und ergänzte:

»Er ist irgendwie dreckig. Obwohl er doch immer so darauf geachtet hat, dass alles an ihm ganz sauber ist, die Haare immer frisch geschnitten, weißt du noch? Aber seine Haare waren lang und fettig. Sein Kinn war auch nicht rasiert. Die Hände waren dreckig, oder, Jonny?« Clint warf einen kurzen Blick zu Jonny, der mit seiner Gabel herumspielte. Clint erzählte weiter, und ich biss mir auf die Unterlippe.

»Er war ganz anders als beim letzten Mal. So, als wäre er woanders. Als hätte er alles vergessen. Und er hat Rückenprobleme, meint er, weil sein Bett so schlecht ist. Er hat nur so eine dünne Schaumstoffmatratze. Er sagt, er dreht durch, wenn er nicht bald eine Einzelzelle bekommt. Er hat viel geredet. Wollte aber nicht so richtig was von uns hören. Es war … komisch.«

Ich nickte, und plötzlich war alles hart. Mein Gesicht irgendein Gesicht, aus dem meine Augen herausguckten, mein Brustkorb ein Schloss, das meine weichen Organe zusammenpresste. Nichts kam mehr nach draußen. Und ich dachte, selbst wenn ich wollte, könnte ich nicht mehr heulen, und dass mir das auch angenehm war. Ich sah auf die weiße Wand hinter Jonny und setzte mich gerade hin.

»Mit Mariebelle war alles in Ordnung?«, fragte Clint.

Ich nickte wieder.

»Sultan sagte, im Knast wäre jeder gegen jeden und die Menschen sind totaler Müll. Er meinte, er hätte Probleme mit Albanern, weil die glauben, das Sagen zu haben, aber er lässt sich nichts gefallen«, erzählte Jonny und versuchte meinen Blick zu fangen. Wenn wir zusammen sind, dachte ich, noch immer reglos und kerzengerade, schubst immer einer den anderen um. Aber wir helfen uns auch gegenseitig hoch. Und trotzdem muss immer wieder einer umgeschubst werden. Ich gab Jonny meinen Blick, weil er ihn wollte, und nickte mit meinem fremden Gesicht. Es war zu still, und ich war Clint dankbar, als er aufstand, um den Fernseher anzumachen.

Und dann hörten wir Theodors Motorrad. Erst dieses tiefe Gebrüll, das von weitem kommt, und dann das Gejapse in der Einfahrt, wie ein schnaufendes Tier. Und dann, klack, klack, klack, Theodors abgelaufene Stiefelsohlen auf dem Stein, das Quietschen der Briefkastenklappe, der Schlüssel im Schloss, das Aufreißen der Tür, offen, weit, wie ein schreiender Hals, nur zum Durchgehen für Theodor. Jetzt kontrollierte er die Heizung über der Schuhablage, danach die im Flur, in der Küche, und dann stand er im Wohnzimmer, wie ein Schrank stand er da.

»Na, alles im Griff? Irgendwas, was ich wissen sollte? Hat jemand Schwierigkeiten gemacht?«, fragte er hastig den aktuellen Stand ab. Die Ruhe war vorbei. Es war offensichtlich, dass er keinen guten Tag gehabt hatte. Wie ein Windstoß, der ihm gefolgt war, stand sein Geruch im Zimmer und legte sich um meinen Kopf. Er setzte seinen Helm ab und legte ihn auf den Esstisch. Er öffnete die schwarze Lederjacke und legte seinen mächtigen Oberkörper frei.

Dann ging er ans Fenster und kontrollierte die Heizung. Scheiße. Ich hatte vergessen, sie wieder runterzudrehen, bevor er kam.

»Die Heizung ist an! Ich habe euch doch schon zweiunddreißig Mal gesagt, dass ich das nicht ausstehen kann! Wer war das?«

Zu spät. Aber als er den Raum betreten hatte, hatte ich sofort gewusst, dass es Ärger geben würde.

»Ich hab gefroren«, antwortete ich entschuldigend.

»Dann zieh dir was an!« Er kam auf mich zu, ich saß am Tisch, er beugte sich über mich wie ein aggressiver Bär und brüllte so viele Fakten über Heizungen, Heizkosten und die Ökonomie des Heizens im Allgemeinen, wie ich es nie für möglich gehalten hätte, dass man sie aus dem Stand aufzählen und brüllen kann, und machte dabei die ringenden Gesten von jemandem, der überhaupt nicht mehr weiterweiß und immer wütender wird und dem schließlich nichts mehr einfällt, als auf irgendetwas, das sich anbietet, einzuschlagen. Ich versteckte meinen Kopf hinter meinen Armen. Ich sah nicht, wie seine Faust auf den Tisch sauste und alles wackelte, ich hörte es nur, ich hörte den kleinen Wind, den seine Faust verursacht hatte, neben meinem Kopf. »Sieh mich an, wenn ich mit dir rede!«

»Lass sie!«, rief Clint bittend. Theodor nahm mich an den Schultern und schüttelte sie.

»Du Loser! Mann, ihr war kalt!«, brüllte Jonny Theodor an und versuchte, seine mich schüttelnden Arme festzuhalten. Theodor ließ von mir ab und schlug Jonny ins Gesicht. Es war merkwürdig, denn ich wunderte mich kein bisschen. Jonny lag auf dem Boden und robbte rückwärts, Theodor schritt langsam hinter ihm her.

»Du bist für mich das Letzte! Du hast Sultan hängenlassen, uns alle hast du immer nur hängengelassen!«, schrie Jonny.

Theodor machte einen weiteren Schritt auf Jonny zu, der sprach, als hätte er Seife gegessen, voller Abscheu. Theodor kam noch näher, und ich warf mich über Jonny, und Clint sprang Theodor an. Er schmiss sich gegen ihn und schmiss sich wieder gegen ihn.

Und Theodor lachte. Lachte einfach und verpasste Clint von oben ein paar bequeme Schläge mit der flachen Hand. Clint weinte, aber nicht vor Schmerz, sondern aus Angst. Jonny rappelte sich auf und stellte sich schützend vor Clint. Theodor holte aus. Doch gerade als er ansetzte, um die beiden mit einer leichten Handbewegung ans andere Ende des Wohnzimmers zu befördern, kam von oben batmanmäßig Mariebelle herabgesegelt. Wie ein Racheengel.

Die Federn aufgestellt, fauchend, riesig, Augen wie das Ende. Sie griff Theodor an und war schon bei seinem Haar. Kampf in der Luft, er schlug um sich. Ihre Krallen rissen ihm blutende Furchen in Hals, Kopf, Arme, Hände, sie hackte mit ihrem Schnabel auf ihn ein, Federn flogen. Theodor brüllte. Ich schrie.

»Los, mach was, Clint!«, rief ich und Jonny auch. Meine größte Angst war, dass Mariebelle Theodor sein verbliebenes Auge weghacken würde.

Clint sprang umher und wollte seine Eule am Fuß packen.

»Mariebelle, Mariebelle hör auf!«

Aber Mariebelle war wie besessen, nicht ansprechbar, auf der Jagd. Der blöde Uhu-Handschuh lag in Clints Zimmer, und es dauerte unendlich lange, bis wir Mariebelle von Theodor herunterbekamen, und ich weiß auch gar nicht mehr, wie. Wir bluteten alle von Theodors Blut und saßen auf dem Boden. Mariebelle verschwand durch das Fenster. Theodor fasste sich an den Kopf und betrachtete das Blut an seinen Händen. Er war der Erste, der etwas sagen konnte.

»Mensch, das hätte ich ihr gar nicht zugetraut! Erstaunlich, was so ein Vogel für eine Kraft entwickeln kann. Ich hatte wirklich keine Chance. Also, Mariebelle ist eine ausgezeichnete Kämpferin, das muss man ihr lassen«, murmelte er. Ich sah ihn an. Sagte er das, weil es ihm unangenehm war, besiegt worden zu sein? Musste er sich erklären, was passiert war? Es tat mir weh, ihn blutend und verletzt zu sehen.

»Du musst ins Krankenhaus«, sagte Jonny keuchend. Clint nickte und wischte sich die Tränen aus dem Gesicht.

»Unsinn«, erwiderte Theodor hart und gleichgültig. Er betrachtete fasziniert seine verwundeten Arme.

»Doch! Guck dich mal an! Du siehst aus wie einer aus dem Krieg!«, rief Clint ängstlich. Auch ich bekam Angst. Irgendwo tief unten, im Bauch. Mir war ganz schlecht.

»Theodor, echt, bitte!«, flehte ich.

Er hatte blutende Schlitze im Gesicht, und es glänzte rot und aufgequollen. Das Schlimmste aber war ein fünfmarkstückgroßer Hautlappen, der ihm von der Stirn hing. Auf dem Grund der Wunde konnte man das Weiße sehen. Plötzlich fing ich an zu heulen. Clint kämpfte mit den Tränen und drückte meine Hand.

»Hört auf zu flennen! Los! Helft mir!«, rief Jonny wie ein Soldat. »Theodor, du musst aufstehen! Ich rufe einen Krankenwagen! Es ist absolut notwendig, dass du in ein Krankenhaus kommst.«

Er versuchte, Theodors Arm um seine Schulter zu legen, um ihm beim Aufstehen zu helfen, aber Theodor war viel zu schwer für ihn. Er stand alleine auf.

»Du rufst keinen Krankenwagen! Ich gucke mir das jetzt erst mal selber an!«

Er ging leicht schwankend in Richtung Badezimmer, wo er sich ruhig und aufmerksam, ja mit Interesse im Spiegel betrachtete. Wir standen aufgereiht hinter ihm, und ich hoffte, dass er jetzt endlich begreifen würde, dass er alleine nichts, gar nichts ausrichten konnte auf seinem blutüberströmten Gesichtsschlachtfeld. Gemeinsam bettelten wir, dass er einfach ins Krankenhaus gehen sollte. Doch Theodor ging zu der Kiste, in der er alles, was mit Medizin zu tun hat, aufbewahrte, und kramte ein paar Tupfer hervor, die natürlich nicht mehr steril verpackt waren, und eine jahrhundertealte Flasche. Er keuchte.

»Romy, geh mal ins Schlafzimmer und hol die grüne Schachtel aus dem Kleiderschrank. Links unten. Da ist das Nähzeug drin«, befahl er.

»Spinnst du?« Ich schrie ihn an.

»Los jetzt, ich hab's eilig. Wenn du es nicht machst, hole ich es.«

Ich ging heulend das Nähzeug holen.

»Mach mir mal eine Nadel mit einem Faden fertig.«

Meine Hände zitterten. Jonny und Clint sagten nichts mehr, sie starrten nur abwechselnd auf meine Hand, die versuchte, den Faden im Nadelöhr unterzubringen, und auf Theodor, der weiterhin sein Gesicht inspizierte. »Das da oben am Kopf muss wahrscheinlich auch genäht werden«, sagte er zu sich selbst.

»Tut es sehr weh?«, fragte Clint, dem, wie uns allen, inzwischen klar war, dass Theodor nicht dazu zu bewegen war, ein Krankenhaus aufzusuchen.

»Bisschen«, antwortete Theodor versonnen. Er begann, sein Gesicht vom Blut zu reinigen, aber es floss immer weiter nach.

»Scheiße«, murmelte er und bat mich um einen Tupfer, den er mit der Flüssigkeit aus der alten Flasche tränkte. Er verzog das Gesicht. »So, jetzt gib mal die Nadel her!«

Was sollte ich machen, ich reichte ihm die Nadel. Jonny drehte den Kopf zur Seite, Clint biss sich in den Arm. Und wirklich: Theodor begann sich dort vor dem Spiegel seine Stirn wieder zusammenzunähen. Er schnaufte ein wenig. Nach drei Stichen erklärte er mit zusammengebissenen Zähnen:

»Man muss sich irre konzentrieren, weil man quasi spiegelverkehrt arbeitet. Deswegen dauert das auch so lange.«

Er nähte erst den Stirnlappen, dann eine Wunde am Kopf, die noch enormer war. Alles in allem dauerte es eine Stunde, während der wir alle hofften, dass er einfach umfallen würde, damit wir ihn ins Krankenhaus schaffen könnten. Als er es endlich geschafft hatte, war Theodor wahnsinnig stolz, auch wenn er vor Schmerz und Erschöpfung zitterte. Ich glaube, er war sogar ein bisschen glücklich.

Später saßen wir im Wohnzimmer und guckten die Tagesschau. Theodor lag da, völlig zerstört, trank ein Bier nach dem anderen, und wir fragten ihn immer wieder, ob er etwas brauchte. Ich hielt seine Hand.

»Fährst du heute trotzdem noch zu dem Kongress mit Karin?«, erkundigte sich Clint besorgt.

»Na klar! Gleich kommt Kalli und passt hier ein bisschen auf. War doch so abgemacht!«, antwortete Theodor und prostete irgendjemandem zu, der nicht da war.

»Karin fällt in Ohnmacht, wenn sie dich so sieht, und die werden dich auf dem Kongress alle komisch angucken.«

Clint sah Theodor erwartungsvoll an, der die Tagesschau verfolgte.

»Du, das stört mich nicht. Sollen sie doch!«

Jeder von uns hatte nur Augen für Theodor. Dieses komische Monster, dass sich selbst wieder zusammenbauen konnte und unser Vater war. Und ich fragte mich, warum Clint Fragen stellte, deren Antwort er schon kannte. Wahrscheinlich, weil er hören wollte, wie Theodor sie sagte. Weil er diese Sätze liebte und zugleich fürchtete. Und wenn Clint nicht gefragt hätte, dann hätte eben ich gefragt. Oder Jonny. Keine Ahnung.

Theodor prostete wieder in die Luft. Er schien sich echt wohlzufühlen.

»Bleib besser hier und leg dich ins Bett«, sagte Jonny.

»Mir geht es bestens«, erklärte Theodor und seufzte zufrieden. »Ach, ich habe euch sehr, sehr lieb. Wisst ihr das?«

Wir nickten, und Theodor sagte mehrfach, wie beeindruckt er von Mariebelle sei und dass er sich jetzt doch mal näher mit ihr beschäftigen müsse.

»Wir dürfen sie behalten?«, fragte Clint ungläubig.

»Klar behalten wir die«, sagte Theodor und machte sich noch ein Bier auf.

An jenem Abend geriet dann alles ein bisschen außer Kontrolle. Ziemlich stoned saß ich in meinem Zimmer und versuchte, einen Clown zu malen, den wir nächste Woche im Kunstunterricht abgeben mussten, weil ich wusste, dass ich am Sonntag bestimmt keine Lust dazu haben würde. Aber es klingelte dauernd, und Kalli hörte im Wohnzimmer laut die Scorpions.

»Kannst du das nicht leiser machen? Die Nachbarn holen noch die Bullen!«, hörte ich Jonny rufen. Während ich malte, stellte ich fest, dass ich keine rechte Lust mehr auf Ben hatte. Er war wirklich noch ein kleines Kind. So naiv! Er saß mit Kalli am Esszimmertisch und spielte Quartett, wofür ich echt kein Verständnis hatte. Wir alle hatten Karin tausend Versprechen geben müssen, bevor sie mit Theodor weggefahren war, dessen

Anblick sie stark entsetzt hatte. Die beiden waren für bestimmt eine halbe Stunde in der Küche verschwunden und hatten hinter verschlossener Tür gesprochen. Danach war Karin kopfschüttelnd herausgekommen. Theodor hatte sich von mir mit einem knappen Kuss auf die Stirn verabschiedet, während Karin einen Riesentanz aufgeführt hatte. Sie hatte sogar einen Zettel aufgehängt, auf dem sie in roten großen Ziffern ihre Nummer, die Nummer des Hotels und die ihrer Nachbarn notiert hatte, für den Fall, dass ihrem Ben, diesem Baby mit dem hübschen Kopf, etwas zustoßen würde, aber dann waren sie irgendwann doch weg gewesen, und auch wenn es mir nicht gefiel, dass die beiden zusammen zu dem Hüftdysplasie-Kongress fuhren, war ich froh, dass es endlich ruhig war. Ich war gerade darin vertieft, die Hose des Clowns mit bunten Punkten auszumalen, als Jonny angelaufen kam.

»Romy, pass mal auf, ich muss dringend weg! Es ist absolut notwendig, dass du hier aufpasst! Die Situation muss ruhig bleiben, verstehst du? Ich habe meinen Jungs schon gesagt, dass sie gehen sollen.«

»Was? Du kannst mich doch nicht alleine lassen! Clint hat auch noch Freunde eingeladen!«, maulte ich.

Jonny stand leicht gebeugt neben mir, mit Spannung im Körper. Wie einer, der gleich losrennt. Ich hatte keine Lust, ihm zuzuhören, und malte weiter. Er legte mir eine Hand auf die Schulter.

»Peters Bruder hat aus Versehen sein Labor in die Luft gejagt«, erklärte er gehetzt. »Jetzt befürchtet Peter eine Hausdurchsuchung. Er hat mich gebeten, schnell zu kommen, damit wir sein Zeug im Wald bunkern können. Ich hab es ihm versprochen, ich muss jetzt los! Das wird total viel Arbeit, weil alles luftdichtverpackt werden muss, da hat Peter so ein spezielles Verfahren. Egal, ich muss los.«

Ich verstand überhaupt nichts, aber Jonny war schon weg.

Peter war der Typ, der uns mit Piece und Gras versorgte. Er war so Mitte vierzig und lebte mit seiner Mutter und seinem durchgeknallten Bruder in einem Haus in einem Dorf, das nicht weit entfernt war. Peter arbeitete als Gitarrenlehrer, aber eigentlich war er ein Ticker, im großen Stil allerdings, nicht so klein wie wir. Die Tatsache, dass regelmäßig junge Leute bei ihm ein und aus gingen, um bei ihm einzukaufen, tarnte er mit seinem Gitarrenlehrerdasein. Jonny mochte ihn sehr. Er erzählte, dass Peter ziemlich belesen war, und ich bekam mit, dass sie sich auch unabhängig von ihrer Geschäftsbeziehung zum Schachspielen trafen. Peter wusste viel über fernöstliche Kampfkunst, besonders über Schwerter. Er hatte eine große Schwertsammlung und meditierte viel. Jonny sagte, er sei der vernünftigste Erwachsene, dem er bislang in seinem Leben begegnet sei, abgesehen von Sultan. Peters Ziel war es, auszuwandern, wenn er genug Geld beisammenhatte.

Leider hatte Peter aber auch noch einen Bruder, Chrissi, der hart auf irgendwelchen chemischen Drogen hing, weswegen man ihn im Dorf nur noch verspottete. Außerdem hatte Chrissi ein Labor in seiner Küche, in dem er versuchte, chemische Drogen herzustellen. Das war ihm jetzt anscheinend um die Ohren geflogen, und Chrissi lag mit schweren Verbrennungen im Krankenhaus. Ich war weder jemals bei Peter noch in diesem angeblichen Labor gewesen, weswegen ich das alles nur so wiedergeben kann, wie Jonny es mir erzählte. Für den Augenblick verstand ich nur: Dringend Vorrat wegschaffen, aufpassen.

Jonny war aus meinem Zimmer verschwunden, die Haustür fiel ins Schloss. Es war mir egal. Ich widmete mich wieder meinem Clown und den bunten Punkten. Kurz darauf klingelte es erneut. Ich stand aber nicht auf, ich malte und fühlte mich in den Punkten zu Hause, die ich malte. Ich war in die Punkte verliebt, in die feinen Bläschen, die die Farbe schlug, wenn man sie rührte und rührte, bis sie immer dicker wurde. Es gab nur die Punkte und mich, und dieses Gefühl war so heil, so völlig gut, und ich war glücklich, und es gab keine Zeit mehr. Bis ich irgendwann aus dem Wohnzimmer Schreie hörte, ganz merkwürdige Schreie, die ich zunächst nicht zu beachten versuchte. Aber das war gar nicht möglich, denn sie waren so laut, so komisch, wie von Tieren nämlich, dass ich von meinen Punkten weg und den Schreien folgend ins Wohnzimmer ging.

Das Wohnzimmer war voller Rauch und Menschen. Woher kamen diese Menschen denn jetzt alle plötzlich? Einige erkannte ich, Freunde von Jonny, von Clint, viele hatte ich noch nie gesehen. Sie lagen auf dem Sofa, dem Boden und auf den Stühlen, aus ihren Mündern kam Rauch, und die Gesichter waren blödsinnig stumpf und entspannt. Dazwischen erklang immer wieder dieses Gebrüll, die Tierschreie. An dem offenen Fenster und der leeren Vorhangstange erkannte ich, dass Mariebelle ausgeflogen war. Die laute Musik hatte sie wohl vertrieben. Überall qualmte es, und schließlich entdeckte ich Kalli. Er krabbelte auf dem Boden, hinter ihm Clint und ein Typ, der öfter bei uns kaufte. Sie waren es, die die Schreie ausstießen. Wie Löwe und Affe und Elefant. Ich kniete mich vor Kalli, dessen Falten rot glänzten, und erschrak. Ich wollte sagen, Kalli, du siehst wirklich scheiße aus, ich mache mir Sorgen um dich, du musst dein Leben ändern und nicht so viel saufen, sonst wirst du niemals sechzig. Das sagte ihm Theodor nämlich auch immer. Aber Kallis Augen waren halb geschlossen, und als er brüllte wie ein Löwe, klang es erstaunlich echt, und mir kam ein schrecklicher Todesgestank aus seinem Ruinenmund entgegen.

Davon überwältigt sagte ich nur: »Kalli, was machst du da?«

Und Kalli brummte ernst und völlig versunken: »Lass mich durch, ich bin ein Löwe.«

»Du bist kein Löwe.« Ich hatte keine Idee, was ich mit dieser Information anfangen sollte. Denn natürlich war Kalli speziell und manchmal auch betrunken. Aber was er von sich gab, hatte ich bisher immer nachvollziehen können. Ich sah ihm in die Augen. Das Feste darin war komplett weg. Da war nur noch Suppe.

»Kalli!«, schrie ich.

»Ich wiederhole: Ich bin ein Löwe. Wir sind auf Safari. Clint, der andere Junge und ich.« Kalli wirbelte seinen Kopf herum, was wohl eine typische Löwenbewegung sein sollte. Ich rüttelte an seinem Arm.

»Du sollst hier aufpassen! Hast du gekifft?«

Kalli brüllte und fletschte die Zähne, von denen höchstens sechs übrig waren. Er biss nach mir.

»Du musst mir helfen, diese Leute aus unserem Haus zu schaffen. Jonny rastet aus, wenn er wiederkommt!«

»Sprich nicht so mit mir, mit dem König der Tiere redet man bitte respektvoll«, raunte er, die Stimme eine Tonlage tiefer als gewöhnlich.

Er krabbelte brüllend an mir vorbei.

Ich sah Clint an, dessen Augen ebenfalls so trancemäßig herumschwappten.

»Hallo? Clint? Hörst du mich?« Keine Reaktion.

Da knallte ich ihm eine. Er lachte dumm. Er kniete sich hin und fasste sich mit der rechten Hand an die Nase, den linken Arm legte er durch die Schlaufe, die so entstand.

»Aha, und du bist also ein Elefant«, vermutete ich.

»Genau«, lachte er, »wir sind auf Safari.«

Es war nicht witzig. Irgendetwas war passiert, aber ich wusste nicht, was. Mir wurde heiß, und ich hatte keine Ahnung, wie ich die Leute aus dem Haus bekommen sollte. Ich begann mir schrecklich leidzutun, ich bekam Wut auf Theodor, auf Karin, die mit Theodor unterwegs war, auf Clint, der nicht war, wie er eigentlich sein sollte, aber ich hatte keine Zeit dafür. Also schrie ich:

»Du Trottel, Tiere gehen nicht auf Safari! Auf Safari gehen Menschen, um Tiere anzugucken. Also ist es falsch, dass ihr so tut, als wärt ihr Tiere, und sagt, ihr seid auf Safari!«

Clint ließ den Arm sinken und dachte scharf nach. Dabei sah er so anders und so dumm aus, dass ich endlich verstand, was los war.

»Was habt ihr genommen?«, schrie ich Clint ins Ohr.

Clint sah zu Boden, die Hand immer noch an der Nase, um einen Rüssel anzudeuten.

»Nichts.«

»Lüg nicht.«

Clint sah mich lange an.

»Du lügst selber. Die ganze Zeit lügst du! Warum reden wir nie über unsere Mutter? Warum sagst du dann immer, dass ich still sein soll?«, rief er. Es schien, als gefalle es ihm, diesen Satz besonders laut zu sagen. Kurz wusste ich nicht, was ich machen sollte. Ich verdrehte die Augen.

»Mann, spinnst du? Die Bude ist voll! Ich weiß nicht, auf welchen Drogen du bist, aber du musst mir helfen! Wenn die Nachbarn die Bullen rufen, weißt du, was dann los ist? Kalli stirbt vielleicht an einem Herzinfarkt! Jonny kommt jeden Moment und muss das Zeug von Peter zwischenlagern, weil dem die Wohnung in die Luft geflogen ist. Polizei und so! Sei doch bitte vernünftig! Und wo ist Ben?«

»Ich verliere den Anschluss, du blöde Kuh, ich muss bei meiner Truppe bleiben«, sagte Clint und krabbelte trompetend weiter. Als ich wieder stand, fragte ich irgendeinen Typen, was die drei da unten, also die Safaris, genommen hätten. Der Typ grinste.

»Na, Pappen haben die sich eingebaut«, nuschelte er.

Meine Augen tränten wegen des Rauchs, und ich kniff sie zusammen.

»Was ist das denn? LSD, oder was? Wer hat das denen verabreicht? Mein Bruder ist elf, zeig mir die Leute!«

Aber der Typ verpisste sich einfach, und als ich ihm nachlief, sah ich Ben. Er stand, das Telefon in der Hand, heulend auf einem Stuhl.

»Was ist los?«, schrie ich, »Was machst du da oben?«

Ben flennte wie ein kleines Kind und klammerte sich an das Telefon. Ich hasste ihn sofort. Er murmelte irgendwas. Ich versuchte, ihn von dem Stuhl herunterzubekommen, da schrie und kratzte er. Also kletterte ich zu ihm auf den Stuhl. »Warum stehst du auf dem Stuhl und weinst?«, fragte ich, als wir auf Augenhöhe waren.

»Da unten ist alles voller Blut! Das ist ein Sumpf, da wird man verschlungen, funktioniert wie Treibsand oder ein Moor!«, stotterte er voller Angst. »Ich habe Mama angerufen. Sie kommt, sie kommt mich abholen. Ich warte hier auf sie!«

Vor Schreck fiel ich fast vom Stuhl.

»Du kannst doch nicht Karin verständigen! Bennie, bist du wahnsinnig? Und wie irre bist du überhaupt, dass du LSD nimmst? Hast du LSD genommen? Sag! Natürlich hast du LSD genommen, sonst würdest du ja jetzt nicht auf dem Stuhl stehen, weil da unten ein Blutsumpf ist! Warum machst du das? Hast du sie noch alle? Wann kommt Karin? Wann wird sie hier sein?«, brüllte ich ihn an, woraufhin er noch stärker weinte.

Ich atmete tief durch. Ich verstand, dass ich so nicht weiterkam, und bemühte mich um eine sanfte Stimme. »Wann hast du sie angerufen? Wie lange ist das her?«

Seine Stimme wurde von dem Geschluchze erstickt, ich streichelte ihm aggressiv den Arm.

»Komm, wir gehen in mein Zimmer, da ist es ruhiger. Na, komm schon!«

Er schüttelte den Kopf. »Nein, ich kann nicht auf den Boden!«

»Pass auf, ich nehme dich jetzt auf den Rücken und trage dich rüber, okay?«

»Aber dann sinken wir zusammen ein!«

»Nein, ich sinke nicht ein. Bin schon die ganze Zeit auf dem Boden gelaufen, ohne einzusinken, ich hab darin Übung! Komm schon!«

Ich stieg vom Stuhl und machte ihm vor, dass ich nicht einsank. »Siehst du!« Zögernd kletterte er auf meinen Rücken. Er war schwer und klammerte wie verrückt. Ich legte ihn auf mein Bett und brachte ihm Süßigkeiten und Wasser.

»Trink viel, das hilft wahrscheinlich, und jetzt sag mir, wann du Karin angerufen hast.«

»Ich weiß nicht genau. Wirklich, ich habe keine Ahnung. Schon länger her.«

»Dann muss ich jetzt sofort die Leute rausschmeißen.«

Ich stand auf, Ben schrie. »Nein, du darfst mich nicht alleine lassen. Du musst hierbleiben.«

Dieser Waschlappen.

»Ich muss kurz weg. Ich komme gleich wieder. Auf dem Bett kann dir nichts passieren.«

Er schrie wie ein Kind mit Schmerzen, ich knallte die Tür zu. Ich suchte Clint, der das Handy hatte. Überall Leute, auf der Toilette, in der Küche, in Theodors Schlafzimmer, auf der Treppe. Ich lief herum und schrie:

»Die Party ist zu Ende, geht alle nach Hause. Gleich stehen hier die Bullen auf der Matte. Raus!«

Aber es bewegte sich niemand, ich musste Jonny anrufen, es ging nicht anders, also Jonny anrufen, Clint finden und dann zurück zu Ben, der nicht vollends durchdrehen durfte und betreut werden musste. Diese ganzen Leute mussten verschwinden, bis Karin kam, und Kalli musste ins Bett gelegt und versteckt werden. Ich fand Clint mit Kalli unter dem Wohnzimmertisch mit einer Flasche Schnaps.

»Clint, du musst mir helfen! Reiß dich jetzt zusammen! Ben ist verrückt geworden, weil ihr ihm LSD gegeben habt. Er hat Karin angerufen, und die wird jeden Moment hier auftauchen! Gib mir das Handy, ich muss Jonny anrufen. Los! Und hilf mir, die Leute rauszuschmeißen!«

»Sorry, ich kann hier jetzt gerade absolut nicht weg«, erklärte Clint und reichte mir das Handy.

»Spast«, spuckte ich und riss ihm das Telefon aus der Hosentasche. Jonny nahm nicht ab, ich rannte hin und her und schrie weiter Leute an, und ich muss sagen, ich fand, ich machte das verdammt gut. Dann erreichte ich Jonny und erklärte ihm die Situation. Und noch während wir sprachen, stand plötzlich Karin mit einem weißen Gesicht voller Wut in unserem Wohnzimmer und verlangte ihren Sohn zu sehen. Ich konnte ihr nichts erklären, weil es nichts zu erklären gab, sie nahm ihn einfach mit und ging ohne ein Wort. Eine halbe Stunde danach kam Jonny und schmiss die Leute raus. Er verpasste Clint, der kaum mehr bei Bewusstsein war, eine Ohrfeige, wofür er sich bei mir entschuldigte. Noch in derselben Nacht vergrub er das präparierte Zeug von Peter tief in dem Wald hinter unserem Haus. Er musste ewig graben, weil das Zeug kalt lagern muss. Kein Licht, kein Sauerstoff, keine Wärme, meinte Jonny, sonst hält sich das nicht.

Am Tag danach war es kalt. Kalli kam nicht von seinem Trip runter und brüllte uns weiter an wie ein Löwe, was er bis heute nie ganz abgelegt hat. Manchmal aus dem Nichts kommt das Löwengebrüll. Ich war der Ansicht, dass er in jener Nacht alles, was bei ihm an Verstand übrig war, verloren hatte. Es wäre absolut notwendig gewesen, ihn in eine Einrichtung zu bringen, die sich um solche Fälle kümmert, doch niemand tat es, und Theodor meldete sich nicht, obwohl er von Karin bestimmt angeschrien und informiert worden war. Aber das war ja wiederum auch das Gute an ihm, dass er sich in solchen Angelegenheiten nicht aufregte, solange sie ihn nicht ernsthaft betrafen. Auto kaputt, Haus kaputt, Stress mit den Bullen, Geldverlust – solange das nicht passierte, war alles andere halb so schlimm.

Wie auch immer, wir mussten aufräumen. Clint lag wie ein zerknittertes graues Taschentuch vor der Wand in der Küche und wusste nicht, wo er anfangen sollte. Jonny war genauso grau und fahrig. Das ganze Wohnzimmer war von Rauch und Kälte und Achtlosigkeit zerfressen, und wir liefen auf und ab und kamen nicht raus und bekamen es nicht schön. Warum war alles so hässlich? Diese Flecken, dieser Schrott überall, die kaputte Antenne, der kaputte Tisch, die kaputte Schranktür, die man beim Öffnen immer festhalten musste, damit nicht auch noch das andere Scharnier rausgerissen wurde. Der Küchenboden, der klebte, selbst wenn man ihn tausendmal wischte, das geronnene Fett an der Wand über dem Herd, das Loch im Sofa, das immer größer wurde, die toten Fliegen auf der Fensterbank, der Stuhl mit der gerissenen Sitzfläche aus Bast, das Bügelbrett mit dem verbrannten Bezug und der gesprungene gläserne Lampenschirm, den man einfach wegschmeißen musste, die Spinnweben an der Decke. Man konnte hier nur das Licht ausmachen, damit man gar nichts mehr sah. Aber draußen war es hell, und das Tageslicht machte deutlich, dass es nicht zum Aushalten war. Und außerdem war es arschkalt, und das Wasser wurde nicht warm.

Jonny: »Geht jemand einkaufen? Wir haben nichts mehr zu essen da!«

Clint: »Romy, du bist dran!«

Ich: »Nein, ich komme immer nach Clint, also ist er an der Reihe!«

Clint: »Ich kann nicht, ich muss aufräumen, außerdem bin ich schon so oft für dich gegangen!«

Jonny: »Halt's Maul und geh jetzt einfach. Deinetwegen sieht es hier aus wie Scheiße! Reißt euch zusammen! Clint, du gehst!«

Als Clint endlich fort war, spülte Jonny Geschirr, und ich saugte Staub und überlegte, wie gerne ich zu Johanna gegangen wäre. In das saubere Haus, ihre Mutter hätte mir bestimmt erlaubt, ein warmes Bad zu nehmen. Aber ich war so gemein zu ihr gewesen, dass selbst sie nichts mehr mit mir zu tun haben wollte, dachte ich und trat gegen den Staubsauger, der immerzu ausging, weil er, wie alles, kaputt war. Kalli kam angestolpert. »Ich habe noch eine Verabredung im Bierbrunnen, hatte ich ganz vergessen. Ihr könnte mich da erreichen!« Wir nickten, Kalli brüllte zum Abschied. Ich fuhr mit dem Staubsauger zwischen Jonnys Beinen herum, der an der Spüle stand und abwusch. Mariebelle hasste den Staubsauger, sie tänzelte wie eine dicke Frau auf ihrer Stange hin und her, weswegen ich das Fenster öffnete, damit sie gehen konnte, wenn sie wollte.

Da unterbrach Jonny den Abwasch, sah mich an und lächelte. Er senkte den Kopf und sagte dann: »Peter hat mir, bis sich alles wieder beruhigt, na ja, irgendwie die Leitung seiner Geschäfte übertragen. Ich soll mich um alles kümmern, die anderen Zwischenhändler mit Zeug versorgen und so. Das heißt richtig Kohle!«

Ich sah, wie stolz ihn das machte, und lächelte. Er sah, dass ich mich für ihn freute und keine Angst hatte und dass er seine Freude also zeigen konnte. Seine Stimme überschlug sich, als er von Peter erzählte:

»Peter liest echt total viel! Seine ganze Wohnung ist voll mit Büchern, und der hat die auch wirklich gelesen! Er kennt sich krass gut in Geschichte aus. Beim letzten Mal, als ich länger bei ihm war, hat er mir alles über den Dreißigjährigen Krieg erzählt.«

Ich nickte und sah ihm beim Abwaschen zu, was er sehr sorgfältig tat.

»Ich glaube, Theodor hat noch nie ein Buch ganz gelesen.« Er lachte. Ich fand das nicht so witzig. Natürlich hatte Theodor schon ein Buch gelesen. Ich hatte ihn oft beim Lesen gesehen. Aber ich wusste auch, was Jonny meinte, also sagte ich erst mal nichts. »Der hat die einfach nur. Ich wette, der hat auch gar nicht wirklich studiert. Kannst du dir vorstellen, dass Theodor wie ein normaler Mensch studiert hat?«

Er schüttelte den Kopf und lachte noch mehr.

»Na ja, als Arzt und Doktor muss man schon studiert haben«, meinte ich. Ich fand, er übertrieb ein bisschen. Theodor war sehr schlau. Er sollte nicht so über ihn sprechen, nicht wenn er diesen Peter so lobte. »Wie soll er denn sonst Arzt geworden sein?«, fragte ich ernst.

»Keine Ahnung, jedenfalls nicht legal. Der sagt den Leuten ja auch immer das Gleiche: Sie sollen Kopfstand machen, schwimmen und schlafen, wenn sie krank sind.«

Wir mussten lachen, aber ich ging weiterhin davon aus, dass Theodor studiert hatte. Er war ein sehr guter Arzt, alle Patienten fanden ihn toll.

»Es ist komisch, bei Theodor weiß niemand, wo der eigentlich hergekommen ist«, sagte Jonny mehr zu sich. Mir gefiel nicht, wie er das sagte. Es klang komisch. Wie Abschied. Jonny sollte nicht so reden.

Es klingelte.

»Erwartest du jemand?«, fragte Jonny.

»Nein.«

»Ich auch nicht. Geh mal gucken, wer es ist. Hier ist alles sauber.«

Vor der Tür standen vier Männer. Zwei von ihnen waren Bullen. Scheiße. Die anderen beiden wiesen sich kurz darauf als Mitglieder des Naturschutzbundes aus, was man auch auf ihren Mützen nachlesen konnte.

»Wir haben die Information, dass sich bei Ihnen ein Uhu aufhalten soll. Ist das korrekt?«, fragte der eine Bulle, der einen Ohrring trug und kleiner als der andere war.

»Äh, ja, korrekt.«

Ich war inzwischen ziemlich gut darin, cool zu sein, wenn es darauf ankam. Und ich liebte es, so zu sein.

Die Bullen lächelten, die Naturschutzmänner schauten empört und unglaublich ernst. Also hörten die Bullen sofort wieder mit dem Lächeln auf. Die Naturschutzmänner schnappten nach Luft.

»Sind deine Eltern anwesend?«, fragte der größere, rundliche Bulle, der aussah wic ein strenger Regenwurm mit Übergewicht.

»Mein Vater ist gerade auf einem Hüftdysplasie-Kongress, der kommt heute Abend wieder.«

»Und die Mutter?«, fragte der Regenwurm-Bulle weiter. Jonny war hinzugekommen und stand hinter mir.

»Es geht um Mariebelle«, flüsterte ich ihm zu.

»Unsere Mutter lebt nicht mehr«, erklärte Jonny, was in solchen Situationen ja immer total half.

»Zurück zum Uhu«, besann sich der mit dem Ohrring, »uns wurde vom Naturschutzbund zugetragen, dass sich bei Ihnen ein Uhu aufhalten soll. Bürger haben bei Ihnen einen Uhu ein und aus fliegen sehen. Ist Ihnen klar, dass die Haltung eines Uhus einer Genehmigung bedarf?«

»Nein, das wussten wir leider nicht«, antwortete Jonny freundlich.

»Für Eulen als besonders geschützte Tierarten ist nach dem Washingtoner Artenschutzabkommen eine Halteerlaubnis erforderlich«, schaltete sich nun der eine Naturschutztyp ein. »Haben Sie denn überhaupt eine Voliere?« Er sprach sehr laut. Am Ende schrie er uns richtig an, kann man sagen: »Es muss eine Außenvoliere von mindestens acht Quadratmetern Größe sein! Und ist Ihre Voliere artgerecht ausgestattet? Äste, Stämme in ausreichender Dicke, Schutzhütte, Brutbrett, ausreichend Sitzmöglichkeiten, Badevorrichtungen, Steine zum Wetzen der Krallen?«

Die Naturschutzbundmänner starrten uns an, wir schwiegen, und ich fühlte mich zum ersten Mal wirklich wie ein Verbrecher.

»Und wir waren schon froh und dachten, es würde sich hier in der Gegend ein Uhu ansiedeln, der vielleicht sogar ein Uhu-Männchen anlocken kann. Denkste!«, empörte sich der Naturschützer weiter und sah triumphierend in Richtung der Polizisten, damit noch mal klar wurde, wer hier mit wem an einem Strang zog.

»Wo hält sich der Uhu auf?«, wollte der Naturschutzbund wissen, nachdem kurz geschwiegen worden war.

»Sie ist gerade im Wohnzimmer«, antwortete Jonny ruhig.

»Da fühlt sie sich am wohlsten«, fügte ich erklärend hinzu.

»Dann müssen wir uns das jetzt mal ansehen«, sagte der Bulle mit dem Ohrring. Ich sah hoch zu Jonny, der völlig entspannt zu sein schien und den Besuchern Einlass gewährte. »Hier entlang bitte!«

Als der Naturschutzbund Mariebelle sah, hörte er nicht mehr auf, den Kopf zu schütteln. Quälerei, Sauerei, Schweinerei. Dass das Folgen haben würde, sei ja wohl bitte völlig klar. Wo unsere Eltern seien. Aber das haben wir ihnen doch bereits gesagt: Unser Vater ist auf einem Hüftdysplasie-Kongress, und unsere Mutter ist nicht mehr da. Ach so, stimmt. Aber das darf nun wirklich nicht sein, das kann einfach nicht angehen.

Der zweite Naturschutztyp zog sich seinen Uhu-Handschuh an und begann, Mariebelle zu jagen.

»Aber was machen Sie denn da?«, rief ich, wobei Jonny mich streng ansah, der nun nicht mehr so entspannt wirkte wie anfangs.

»Wir nehmen den Uhu natürlich mit! Das sind doch unhaltbare Zustände!«, schrie mich der erste Naturschutzmann an.

»Aber Mariebelle gehört unserem Bruder! Der hat sie gekauft! Dürfen Sie das überhaupt?«, fragte ich.

Jonny blickte mich noch strenger an und versuchte mir mit den Augen irgendetwas zu sagen. Aber ich verstand nicht, was. Der Naturschutz jagte weiter. Der kleine Bulle mit dem Ohrring lief merkwürdig durch unser Wohnzimmer und betrachtete alles ganz genau. Jonny guckte konstant komisch, so als ginge etwas vor sich. Er stand, die Beine überkreuzt, an die Fensterbank gelehnt und fasste immer wieder den spazierenden Bullen ins Auge, dann sah er unauffällig durch die Gegend und guckte wieder zu mir, um mir eine versteckte Mitteilung zu machen, da war ich mir inzwischen sicher. Aber ich erkannte weiter nichts, was ich hätte erkennen sollen. Vielleicht machte sich der Bulle ja auch einfach Sorgen, weil alles so heruntergekommen war in diesem Haus. Jetzt lief er an einem Aschenbecher vorbei und beugte sich tatsächlich darüber, um reinzugucken. Der Naturschutz machte weiter Jagd auf Mariebelle, die im Zimmer hin und her flog und schreckliche Laute ausstieß, was kaum auszuhalten war, aber ich wusste, dass ich dringend verstehen musste, was Jonny meinte. Jetzt warfen sich Polizisten Blicke zu und gingen nun gemeinsam durch das Wohnzimmer. Als der Regenwurm-Polizist in meine Nähe kam, fragte er mich freundlich: »Und? Die Schule macht Spaß?«

Ja, du Checker, die Schule macht einen Riesenspaß.

»Geht so«, antwortete ich und lächelte vorsichtig.

»Wie heißt du denn?«, fragte er mit einer Stimme, die er absichtlich tiefer machte, und dabei guckte er vertrauensvoll.

»Romy.«

»Und was sind deine Hobbys außer der Schule?«

Er lachte über seinen Satz, und ich lachte gekünstelt mit. Ich versuchte, so süß zu sein, wie ich konnte.

»Lesen, Malen und Tiere«, erwiderte ich und spürte, dass er nun davon ausging, mich für sich gewonnen zu haben.

»Wie alt bist du?«, fragte er sanft.

»Fast zwölf.«

Er nickte.

»Mit eurem Vater müssen wir dann noch mal in Kontakt treten.«

Ich nickte. Ich sah an ihm vorbei auf den Tisch, der vor dem Sofa stand, und da fiel mir echt das Gesicht runter. Denn in diesem Augenblick erkannte ich, was Jonny verrückt machte: Von einer Zeitschrift halb verdeckt lag eine leere Tüte zum Verpacken von Zeug auf dem Tisch. Wir mussten sie beim Aufräumen übersehen haben. Ich starrte auf die Tüte und zwang mich, meinen Blick zu lösen. Die Tüte war keine ganz kleine, sondern mittelgroß, und an ihren Innenwänden waren Grasreste zu sehen. Ich wollte aus dem Wohnzimmer rennen und nie wiederkommen. Aber wenn die Bullen die Tüte gesehen hatten, warum fragten sie nicht, was die Tüte da machte? Das war's, dachte ich. Das war's für uns. Ich sah Jonny an, der, die Hände in den Hosentaschen, vor der Terrassentür stand. Äußerlich wirkte er ruhig, aber ich erkannte, wie schlecht es ihm ging. Und er sah, dass ich wusste, was los war.

Ich sprach schnell: »Unsere Mutter liebte die Natur, sie liebte Vögel und hielt Uhus für sehr besonders. Wir versuchen ihr einfach irgendwie nahe zu sein, verstehen Sie? Können wir Mariebelle nicht doch behalten? Wollen Sie einen Kaffee?«

Die Bullen lehnten dankend ab, nein, der Uhu könne hier unter keinen Umständen bleiben. Der Naturschutz erregte sich erneut lautstark, die Tüte lag noch immer auf dem Tisch, das Drecksding, und Mariebelle war inzwischen in einer Holzkiste verstaut. Mir wurde heiß. Mein Blick wechselte zwischen Mariebelles Kiste, der Grastüte, Jonny und den Bullen. Viel zu hektisch, schoss es mir durch den Kopf, und ich versuchte also, mich auf einen Punkt zu konzentrieren. Aber es gelang mir nicht, und mein Kopf wurde immer heißer.

Ich musste etwas tun und redete, immer schneller:

»Ihre Kiste da ist Tierquälerei! Ein Vogel passt nicht in eine Kiste! Mariebelle will das überhaupt nicht!«

Ich entsetzte mich weiter über die Tierquälerei mit der Kiste, Jonny versuchte, mich zu beschwichtigen.

»Romy, beruhige dich, wir kaufen einen kleineren Vogel.« Er kam zu mir und streichelte mir den Rücken. Ich drückte meinen Kopf an seine Brust.

Ich war kurz davor, in Tränen auszubrechen, absichtlich natürlich, als der runde Bulle endlich seine Mannschaft zurückpfiff und sagte, man werde mit uns in der Sache noch Kontakt aufnehmen. Dass sie Mariebelle mitnahmen, war dann gar nicht mehr schlimm, sie sollten nur gehen. Es war vielleicht sogar besser für Mariebelle, wir konnten uns ja nicht richtig um sie kümmern, bei uns ging immer alles kaputt. Dieser Gedanke sauste mir durch den Kopf, als ich mir aus der Schublade neben der Spüle eine Kent 100er nahm, die Rita zurückgelassen hatte und die ich mir anzündete, was ich sonst niemals tat. Ich rauchte nicht, aber an diesem Tag rauchte ich, weil ich gerade in einer außerordentlichen Situation gewesen war und weil ich es konnte.

Jonny leerte im Wohnzimmer den Adler und schwitzte. Er beschimpfte sich unentwegt. »Wenn es dunkel wird, verstecken wir den Rest im Wald. Wir machen das genauso, wie wir es mit Peters Zeug gemacht haben. Wir brauchen Gefriertüten, eine Tupperdose und eine Metallbox.«

Ich musste losgehen und eine Metallbox besorgen. Jonny meinte, wir kriegen das luftdichte Verpacken nicht so gut hin wie Peter mit seiner professionellen Methode, aber ich fand es sowieso schon wieder ein bisschen übertrieben von Jonny, weil es nur um ein paar hundert Gramm ging und im Wald sechzehn Kilo lagen, auf zwei Kisten verteilt. Aber Jonny wollte es eben richtig und perfekt machen, und da half ich ihm natürlich. Ich musste irgendetwas tun, irgendwas. Sonst hätte ich geheult und wäre nicht mehr aufgestanden.

Nachdem wir das Zeug vergraben hatten, trafen wir uns vor dem Fernseher, um *Terminator 1* und *Terminator 2* zu gucken. Mir war schlecht. Aber Jonny entspannte sich etwas. Bevor wir *Terminator* guckten, unterhielt Jonny sich mit Clint über den Drogenboss Pablo Escobar, den wir alle für sein Geschick bewunderten. Als Clint erfuhr, dass Mariebelle weg war, hatte ihn das extrem schockiert. Er war aus dem Wohnzimmer in unser Zimmer gerannt und hatte sich auf sein Bett geworfen. Jonny und ich ihm nach. Clints Rücken hatte gezittert, er hatte sein Gesicht gegen die Bettdecke gepresst und immer »Nein, nein«, gewimmert. Ich konnte es kaum ertragen, aber ich nahm mich zusammen und streichelte ihn. Danach musste ich kotzen. Jonny machte uns später Pommes warm, die wir vor dem Fernseher aßen. Er war sehr ruhig, so, dass es mir unheimlich war. Wir verhielten uns, als sei nichts gewesen, und jeder versuchte zu jedem nett zu sein. Clint lag zwischen uns. Als der erste Film vorbei war und es kurz still war, flüsterte ich: »Manchmal denke ich, wir sind richtig arme Schweine, versteht ihr, was ich meine?«

Es war ein Gedanke, den ich einfach aussprach, ohne darüber nachzudenken, und im selben Moment schämte ich mich dafür, weil sich meine Worte so kindisch anhörten und nicht besonders schlau.

»Wir sind keine armen Schweine, andere sind viel ärmer!«, sagte Jonny streng und legte die *Terminator 2*-Kassette ein.

»Das hilft einem doch aber nicht!«, murmelte Clint, und dann ging der Film los.

Eine halbe Stunde später stand Theodor im Wohnzimmer und versperrte uns die Sicht auf den Fernseher. Wir hatten ihn nicht kommen gehört. Sein Gesicht war noch immer verwüstet, sein großer Körper wurde durch den großen Trenchcoat noch größer. In der Hand hielt er eine Reisetasche, auf seinem Rücken hing ein Rucksack mit neonfarbenen Blitzen darauf. Sein Haar war nass, er tropfte und sah wie immer unmöglich aus.

»Was machst du denn hier?«, fragte Jonny überrascht.

»Du bist lustig! Euretwegen hat Karin doch völlig die Nerven verloren und hat mich auf dem Kongress stehenlassen! Ich musste mich von einem Lastwagenfahrer mitnehmen lassen!«, rief er und fuhr sich durch das nasse Haar. Ich war so froh, dass er da war. Ich liebte ihn. Er schaltete den Fernseher aus und setzte sich auf den Massagesessel. Dann verstand ich, was hier nicht stimmte: »Aber du fährst doch nicht früher nach Hause, weil Karin die Nerven verliert und hier ein bisschen gefeiert wurde«, sagte ich, und es klang irgendwie vorwurfsvoll. Aber ich wusste doch, wie er war.

»Jetzt mal ganz langsam, Freunde.«

Theodor zog ächzend seine Motorradstiefel aus. Er kratzte sich nachdenklich an der Nase, sah an die Decke, sah in unsere Gesichter, und da wussten wir, dass er uns wohl tatsächlich speziell etwas zu sagen hatte. Er begann langsam, pausierte, sprach dann langsam weiter. Wie ein tropfender Wasserhahn.

»Ich habe einen Anruf bekommen, einen anonymen Anruf. Der Anrufer hat sich also nicht zu erkennen gegeben, deswegen war es ja auch ein anonymer Anruf. Es war ein Mann, ich habe die Stimme leider nicht erkannt. Dieser Mann war so freundlich, mich darüber zu informieren, dass es sich bei meinem Haus um einen Drogenumschlagplatz handele, dass hier also Drogen verkauft werden würden und dass wir mit einer Hausdurchsuchung rechnen müssten. Das ist mir natürlich überhaupt nicht angenehm, und deswegen habe ich mich schnellstmöglich auf den Weg hierher gemacht, damit wir das Problem in den Griff bekommen.«

Keiner sagte etwas.

»Entweder Karin hat die Bullen alarmiert, oder die Bullen, die hier waren, haben etwas damit zu tun«, murmelte Jonny schließlich, der absolut keine Farbe mehr im Gesicht hatte. Ich war sicher, dass es Karin war, die hinter dem Anruf steckte.

»Welche Bullen?«, erkundigte Theodor sich entrüstet. Wir erzählten die Geschichte der Entführung von Mariebelle.

»War das so ein Untersetzter mit Bart? Braune Haare, ziemlich groß, rötliches Gesicht?«, wollte Theodor anschließend wissen, ganz und gar bei der Sache. »Hat Probleme mit der Leber, raucht zu viel, Renschke heißt der, ist ein Patient von mir. Dem habe ich in einer medizinischen Angelegenheit einmal sehr geholfen. Ihr wisst ja, dass die Versorgungssituation in diesem halsabschneiderischen Gesundheitssystem eine absolute Katastrophe ist.«

Der Regenwurm, dachte ich.

»Keine Ahnung, wie der heißt, aber er sah etwa so aus«, sagte Jonny eilig.

Theodor winkte ab.

»Ist jetzt auch erst mal nicht so wichtig. Wir müssen zusehen, dass wir das Haus von Beweismaterial säubern. Das muss alles weg! Kleine Geldscheine, das *Graß* natürlich« – Theodor sprach das Wort mit scharfem S aus –, »eure komischen Telefone und diese Acryl-Pfeifen, die du da hast, Jonny.«

Mir stand der Mund offen. Clint, der neben mir saß, ließ sich einfach auf die Seite kippen.

»Woher weißt du das denn alles?«, fragte Jonny entsetzt.

»Für wen hältst du mich denn? Ich habe selbst jahrelang mit *Graß* und solchen Sachen zu tun gehabt. Aber was spielt das jetzt für eine Rolle? Ist ja im Grunde alles nachvollziehbar, aber ihr dürft eben nicht so blöd sein und euch erwischen lassen. Da verstehen die nämlich überhaupt keinen Spaß, und dann sind auch mir die Hände gebunden, wenn das Jugendamt wieder auf der Matte steht! Dann müsst ihr ins Jugendgefängnis oder wie das heißt, und das ist aber ganz schlecht für die Entwicklung! Ganz schlecht!« Theodor wedelte mit den Armen. »Los, los, los, sitzt nicht so da! Wir müssen uns ranhalten! Packt alles zusammen, das wird jetzt weggeschafft, aber bisschen plötzlich. Und guckt mich nicht so an wie eine Kuh, wenn es donnert!«

Jonny wand sich, er wollte etwas sagen, sich irgendwie erklären. Ich glaube, er wollte vor Theodor nicht dumm da stehen. Wie einer, der sich erwischen lässt. Aber Theodor ließ ihn nicht zu Wort kommen und redete eindringlich, aber durchaus verständnisvoll auf ihn ein:

»Ich kenne deine Verstecke, Jonny. Keine schlechte Idee mit dem Adler, aber du kannst einem alten Mann eben nicht in den Bart spucken und sagen, es schneit, klar? Geld, Waage, Spuren vernichten, zack, zack! In einer halben Stunde ist Abfahrt, und dann erwarte ich einen Lagebericht! Ihr müsst auch den Adler lupenrein von Spuren befreien, ist das klar?«

Alright, okay. Nach zwei Stunden war alles clean, und wir luden Theodor zum Essen ein. Die Sache mit Karin sei im Übrigen erledigt, meinte er.

14

Ich sage nicht, woher ich komme, das sage ich doch auch immer dir und Clint. Wenn mich jemand fragt, dann muss ich stottern, denn ich komme nicht aus dieser Stadt, nicht aus diesem Land, ich sage, ich komme irgendwoher, aber nicht aus diesem Ort, auf dem wir irgendwie gelandet sind. Ich bin wie Theodor, der ist zeitlebens auch einfach irgendwo gelandet, ohne dass es dafür einen Grund gab. Keinen außer Geld und Notwendigkeit, es waren die Umstände, es war doch damals dieser Krieg, da musste man den Standort wechseln. Das, Jonny, war vielleicht die Zeit, in der man aufgehört hat, an Orte zu glauben, und sich gezwungen sah, aus ihnen diese absichtlich hässliche Durchgangs-Scheiße zu machen. Und ich sage: Diese Landschaft, diese Supermärkte, diese Hallen und Center überall, diese Aufgezogenen, die die Hallen und Center bevölkern und die die Hallen und Center sind, mit denen haben wir nichts zu tun. Neben die sind wir gestellt, aber wir haben nichts mit ihnen zu tun, und umgekehrt ist es das Gleiche. Jonny, verstehst du mich? Ich sage: Filme sind mein Haus. Die leuchtende Luft zwischen dem Bildschirm und dem Kopf, der glänzende Staub. Da wohne ich, da wohnen wir. Man muss sich Geschichten ausdenken, dann weiß man auch, wie man sie erzählen muss und wie man Sachen überhaupt sagt. Ich meine, die Sprache dieser Center-Landschaft, dieser Aufgezogenen, ist doch nicht mehr ganz dicht, läuft dauernd aus und weg, von der gehört einem doch nichts, oder, Jonny?

Aber Theodor ist das Haus. Unser Haus. Ich verstehe ihn total, ich verstehe, dass man weder an Orte noch an das Recht glauben kann. Verstehst du, Jonny?

Sei still, sagen Jonnys Bewegungen, er hört nicht zu, er sucht. Er zieht meine Hand hinter sich her, auf den Haufen zu, von dem wir annehmen, dass es sich dabei um Clint handeln könnte. Ich stolpere ihm nach. Ich scheine den Ernst der Lage überhaupt nicht zu erkennen. Im Feld muss man eigentlich viel disziplinierter sein. Da wird nicht gejammert. Wir müssen jetzt Clint bergen. Und Theodor, den dürfen wir auch nicht vergessen. Wir laufen, wir rennen. Der Acker will mich nicht rennen lassen, und der Himmel ist so mit schwarzblauem Samt ausgeschlagen, es deutet alles auf einen Sarg hin. Jonny stürzt, ich falle ihm hinterher, wir ziehen uns wieder hoch. Da ist der Haufen.

Clint liegt auf dem Bauch, mit der linken Gesichtshälfte in der Erde. Es riecht nach Erbrochenem, und er trägt eine Blutmaske, an der Erde klebt. Armes Baby. Jonny ruft und ruft, um Clint zu wecken, er schüttelt ihn. Aus Clints Nase kommt frisches Blut.

»Du darfst an ihm nicht so rütteln!«, schreie ich Jonny an.

»Wach auf!«, ruft er, aber Clints Gesicht bleibt im Schlaf. Jonny schließt die Augen.

»Wir müssen ihn sofort ins Krankenhaus bringen«, sage ich und habe Clints Kopf auf meinem Schoß. Jonny nickt.

»Erst mal zum Auto. Los!«

»Ich finde mein Telefon nicht mehr!«, sage ich und suche in allen Taschen. »Gleich, gleich. Fass an!«

Jonny trägt den Oberkörper, ich halte die Beine. Theodor wüsste jetzt, was zu tun ist. Clint ist für mich kaum zu halten, Arm und Schulter schmerzen so schlimm, dass ich ihn nicht tragen kann, aber ich trage ihn. Er sieht so leblos aus, so schlaff hängt er in unseren Händen, aber ich glaube nicht, dass es ganz schlimm wird. Uns passiert nichts, ich weiß es.

»Jonny, Jonny, wir müssen kurz absetzen, ich kann nicht mehr. Meine Schulter.«

Clints Beine habe ich zu früh fallen gelassen, sie sind dumpf aufgeschlagen, weil es so gestochen hat in meiner Schulter. Es wird jetzt nicht geheult, obwohl ich den ganzen Acker vollweinen könnte, wenn ich mir nicht die Lippen durchbeißen würde.

»Wir können keine Pause machen. Ich trage ihn. Los!«

Jonny nimmt Clint auf die Arme, so, wie man eigentlich Babys oder Frauen trägt. Als wir bei dem Porsche ankommen, weiß ich, dass er tot ist. Er bewegt sich nicht mehr. Ich breite meine Jacke auf dem Boden aus, Jonny legt Clint vorsichtig darauf ab. Er gibt mir sein Telefon.

»Mann, dein Scheißakku ist leer! Das kann einfach nicht sein.«

Jonny reißt mir das Telefon aus der Hand und sieht, dass ich recht habe. Er nimmt das Telefon und prügelt damit auf das Dach des Porsche ein.

Ich suche in Clints Taschen nach seinem Telefon, wobei mir auffällt, dass er seine Jacke nicht mehr anhat. »Jonny, gib mir deine Jacke, Clint ist ganz kalt. Wir müssen ihn zudecken!«

Er wirft mir die Jacke zu.

»Scheiße, Scheiße, Scheiße!«

Jonny tritt und schlägt weiter auf den Porsche ein. In Clints Taschen ist kein Telefon zu finden.

»Mann, nimm dich zusammen! Sei endlich still! Jonny!«

Ich halte ihn an den Schultern, falle um, stehe wieder auf, klettere in das Auto, suche nach Clints Telefon, finde nichts, setze mich ans Steuer, zünde, der Motor springt an. Der Porsche will!

Von draußen höre ich Jonny rufen: »Vergiss es. Der ist komplett verzogen, und das Vorderrad ist ab!« Und dann verprügelt er weiter das Auto, und dabei verbraucht er seine ganze Kraft. Ich steige aus dem Wagen und heule und sehe, dass auch Jonny heult, was mich total wütend macht, denn ich kann heulende Menschen und insbesondere heulende Männer nicht ausstehen, diese ganze lappenhafte Scheiße ist mir unerträglich. Ich renne auf die Böschung zu, kralle mich in die Erde, die zwischen meinen Fingern zerbröckelt, ich rutsche ab und versuche es weiter, falle zurück und fange von vorne an, klammere mich an Grasbüschel, die nachgeben, bis ich mit dem Rücken auf der Erde liege, von wo aus ich wieder aufstehe, es wieder versuche, so lange, bis ich es geschafft habe und auf der Straße stehe.

»Was machst du?«, brüllt Jonny von unten.

»Ein Auto anhalten!«

15

Als Sultan zu uns zurückkam, waren Clint und ich fünfzehn und Jonny gerade mit der Schule fertig. Wir waren inzwischen *Restaurant-Eigentümer,* das heißt, Theodor war *Restaurant-Eigentümer.* Und in diesem Scheißrestaurant passierte dann auch die große Scheiße. Also, die Scheiße, die diese Bezeichnung als einziges von allen bisherigen Scheißvorkommnissen wirklich, und ich meine, *wirklich,* verdient hat.

Theodor, Clint und ich saßen im »Theodor«, das früher der Bierbrunnen gewesen war, der wegen irgendwelcher Zahlungsunfähigkeiten und aufgrund von Theater mit den Behörden hatte schließen müssen, woraufhin Theodor den Bierbrunnen gekauft und renoviert und nach sich selbst benannt hatte. Das »Theodor« war nun so ein kneipenmäßiges Restaurant, in dem es abends ein bis zwei einfache, aber tatsächlich gute Gerichte gab. Bratkartoffeln mit Rotkohl und Hirsch, Bratkartoffeln mit Rumpsteak, Gulasch, solche Sachen. Eine Speisekarte gab es nicht, die Gerichte standen immer auf einer Tafel, die hinter dem Tresen hing. Wenn Theodor nicht in der Praxis war, saß er nun im »Theodor« und trank Bier oder Wein oder beides und freute sich darüber, Restaurant-Eigentümer zu sein. Denn das, sagte er, hatte er immer schon einmal vorgehabt. Und es machte ihn glücklich, dass er jetzt noch mehr von der Steuer absetzen, noch mehr Steuertricks anwenden und noch mehr an der Steuer vorbei machen konnte als ohnehin schon. Theodors Plan war, die Kneipe zu einem »Restaurant und Kunstraum« zu machen, das stand auch draußen auf dem Schild. »THEODOR – Restaurant und Kunstraum«.

Im »Theodor« sah es übrigens tausendmal besser aus als bei uns zu Hause. Es wirkte geschmackvoll und eben kunstmäßig: edle Holztische, original Bauhauslampen, weiße Wände, Dielen, alles tipptopp. Der mächtige altmodische Tresen aus dem Bierbrunnen war geblieben, aber das sah gerade gut aus. Leider ließ sich Theodor die violett-türkis-grau gemusterten Achtziger-Jahre-Sitzkissen nicht ausreden, die ebenfalls noch aus dem Bierbrunnen stammten. Die machten etwas die Atmosphäre kaputt.

Ich: »Theodor, die Kissen sehen asozial aus! Die passen überhaupt nicht zu dem Rest!«

Theodor: »Aber das finde ich gerade gut! So was nennt man Stilbruch! Was glaubst du, wie wichtig Stilbrüche sind!«

Theodor ließ sich von den Kissen nicht abbringen, und es ging dabei in Wahrheit natürlich nicht um einen Stilbruch, sondern um zwanghafte Wiederverwertung, und genauso verhielt es sich mit den sanitären Anlagen. Die waren Theodor irgendwie egal. Er sah es einfach nicht ein, die gelbfleckigen und teilweise zersprungenen Klodeckel auszutauschen. Auch der Wasserhahn auf der Damentoilette, aus dem nichts mehr rauskam, war Theodor egal. Außerdem stank es so sehr nach alter Pisse, dass man die Toiletten nur hätte in den Griff bekommen können, indem man sie komplett neu gemacht hätte. Aber daran war mit Theodor natürlich nicht zu denken. Komisch war auch, dass das Besteck aus wild durcheinandergemischten Essbestecken bestand, es konnte also passieren, dass ein Gast eine Gabel mit rotem Plastikgriff und ein Holzgriffmesser in den Händen hielt. Aber Theodor meinte, das sei »charmant« und würde dem Kunstpublikum gerade gefallen.

Die alten Stammkunden des Bierbrunnens hatte Theodor durch seine harte Preispolitik fast vollständig vertrieben. Er erhöhte den Bierpreis um eine Mark, und ein Gericht kostete immer mindestens 14 Mark, was er damit begründete, dass die Leute nur dann glaubten, dass das Essen gut sei, wenn es teuer wäre. Dafür hingen im »Theodor« jetzt viele seiner Privatpatienten rum und außerdem alle, die er kannte und die einigermaßen Cash hatten. Aber so richtig oft kamen die jetzt auch nicht, und so war das »Theodor« ehrlich gesagt eher mäßig besucht. Doch Theodor blieb positiv und bestand darauf, dass sich das geben werde, wenn die Leute erst einmal realisiert hätten, was für ein einzigartiger Laden das »Theodor« sei und wie gut dort gekocht würde. Und das stimmte wirklich.

Der Koch hieß Otto, sah aus wie der Weihnachtsmann (dicker Bauch, weißer Bart, superblaue Augen), und Jonny meinte, Otto würde während des Kochens wie bescheuert koksen und hätte schon echt viel erlebt. Otto machte das beste Tiramisu, das man sich vorstellen konnte, und seine Bratkartoffeln waren unübertroffen. Und weil er dazu noch auch gute Geschichten erzählte, saßen Jonny, Clint und ich viel bei ihm in der Küche. Im Grunde gingen wir zum Essen eigentlich nur noch ins »Theodor«, weil es zu Hause weiter konstant Scheiße zu Essen gab und wir die Tickerei eingestellt hatten, nachdem die Cops tatsächlich unser Haus durchsucht hatten. Es war einfach zu gefährlich. Das Zeug von Peter lag immer noch im Wald, unsere Kiste hatten wir derweil schon leer geraucht. Peters Kilos durften nicht angerührt werden, darauf bestand Jonny. Wir konnten uns also nicht mehr selbst finanzieren, um uns Essen und Klamotten zu kaufen. Theodor meinte allerdings, wir seien inzwischen wirklich alt genug, um unser eigenes Geld zu verdienen, was Blödsinn war, weil wir das auch schon vorher gemacht hatten und er uns außerdem nie Geld gegeben hatte. Jedenfalls gab Jonny jetzt Nachhilfe, Clint trug Zeitungen aus und trickste dabei ein bisschen rum, ich passte auf Babys auf, trug auch Zeitungen aus und trickste dabei ebenfalls ein bisschen rum. Und ansonsten klauten wir das, was wir brauchten, vor allem Klamotten. Als dann die Kneipe kam, bot Theodor uns sofort einen »Job« an, was aber nur so halb funktionierte. Denn eigentlich hatte er erreichen wollen, dass wir dort umsonst kellnerten, putzten, und erledigten, was eben so anfiel. Aber er war nicht bereit, dafür einen richtigen Stundenlohn zu zahlen, er wollte das »von Fall zu Fall individuell aushandeln«. Da wussten Jonny, Clint und ich, woher der Wind wehte, und arbeiteten im »Theodor« nur in absoluten finanziellen Notlagen, was Theodor uns ein bisschen übelnahm. Aber die Bezahlung war echt so mies, dass wir lieber auf andere Weise Geld verdienten. Jonny hatte für einen Abend (sechs Stunden) mal 25 Mark bekommen, und das war noch das höchste Gehalt gewesen. Aber wir halfen immer mal wieder hier und da, auch weil wir inzwischen nahezu ausschließlich im »Theodor« aßen, was Theodor ziemlich fuchsteufelswild machte. Aber wir taten es trotzdem. Und Otto gab uns immer etwas.

An einem Abend saßen Clint, Theodor und ich also zusammen in Theodors eher leerer Kneipe. Kalli hing am Tresen herum, außer ihm waren vielleicht noch fünf Gäste da. Wir saßen an einem Tisch direkt neben dem Tresen, hinter dem Jolanta stand. Sie war aus Polen, hatte noch drei andere Jobs und schickte ihren Kindern Geld, wie ich von Otto erfahren hatte. Sie sah unglaublich müde und grau aus. Sie redete kaum, und Theodor hob uns gegenüber häufig hervor, wie fleißig und genügsam sie wäre. Wir saßen also da, tranken Bier und rauchten. Und je mehr Bier Theodor trank, desto weniger achtete er darauf, wie viel Bier wir tranken. Für gewöhnlich führte er darüber genau Buch, weil er fand, dass sein Restaurant kein Selbstbedienungsladen sei, aber heute war es anders, heute war Theodor irgendwie fertig und zu betrunken, um darauf zu achten. Je mehr Bier ich trank, desto mehr suchte ich nach einem Grund, mich über Theodor zu ärgern, was kein Problem war. Es gab ausreichend Gründe. Ich ärgerte mich darüber, dass Theodor die wenigen anwesenden Frauen, ganz egal wie sie aussahen, anglotzte. Auch Jolanta, und vor ihr schämte ich mich besonders. Ich ärgerte mich darüber, wie er sie anglotzte und dass es ihm egal war, dass wir Bier tranken. Und dass er sich nicht mit mir unterhielt. Mich ärgerte, dass er peinlich herumlief und dass es ihm egal war, wie andere Leute darüber dachten. Jolanta spülte Gläser und starrte ins Leere. Entweder sie bekam nicht mit, dass er sie ansah, oder sie ignorierte es, oder es war ihr egal.

So, wie er Frauen anglotzte, musste man als Beobachter davon ausgehen, dass er sie einfach überfiel und abtransportierte, wenn ihm eine gefiel.

Außerdem sah Theodor peinlich aus. Er trug eine echt erstaunliche orangefarbene Hose, die ihm viel zu groß war, dazu ein grünes Polohemd. Seine Haare waren in einem Zustand totaler Verwirrung, und er trug natürlich keine Augenklappe. Jeder, der ihn sah, musste Angst bekommen, und wenn er dann Jolanta oder jede andere Frau, die gerade durch sein Sichtfeld lief, abcheckte, ohne auch nur das kleinste bisschen Ehrgeiz, sein Glotzen zu verbergen, hatte ich so sehr das Gefühl, auf einem Bauernhof zu sein, dass ich mich irgendwie von ihm distanzieren musste. Ich war allerdings auch schon angetrunken. Und mir war langweilig. Clint machte derweil Mathehausaufgaben und sah nicht hin.

Theodor erklärte, er müsse jetzt nach einer Steckdose suchen, weil sein Telefon alle sei. Während er auf dem Boden herumkrabbelte und schnaufend seine Steckdose suchte, leerte ich mein Bier, ging zu Jolanta und bestellte ein neues. Sehr freundlich, denn sie sollte wissen, dass ich nicht so war wie Theodor. Jolanta machte einen Strich auf einem Zettel unter meinem Namen. Das musste sie, weil Theodor das verlangte. Er glich ihre Strichliste nämlich immer mit seiner ab. Ich bedankte mich bei ihr, sie lächelte müde, und ich ging zurück zu unserem Tisch und setzte mich. Theodor krabbelte noch immer auf dem Boden herum. Ich sah ihm dabei zu und lachte, es klang ein wenig gehässig. Theodor stand stöhnend wieder auf, setzte sich mit rotem Kopf auf den Stuhl neben mir und nahm einen großen Schluck Bier. Er ließ seinen Blick durch das Restaurant schweifen. Ich lachte wieder und überlegte, was ich sagen könnte.

»Theodor, glotz nicht immer den Frauen so hinterher!« Ich schlug ihm auf die Schulter.

»Ich glotze gar nicht!«, nuschelte er. Und ich wusste vorher, dass er genau diesen Satz auf diese Weise sagen würde. Aber ich machte weiter.

»Doch, du glotzt die ganze Zeit!«, rief ich etwas zu laut, weil ich betrunken war und überschwänglich. Ich wollte, dass unser Spiel begann.

»Geh mir nicht auf die Nerven!«

Es sah so aus, als hätte Theodor heute keine Lust auf das Spiel, denn sonst hätte er »Na, na, na, mein Täubchen« oder so etwas gesagt. Und obwohl ich wusste, dass alles wie immer war und auch so bleiben würde, dass wir also auch genauso gut nichts sagen konnten, wollte ich ihn dazu zwingen, mitzuspielen.

»Ich habe letzte Woche gekokst!«, erklärte ich und prostete ihm zu. Er mochte unser Spiel nämlich auch.

Er nickte. »Das ist ja interessant! Wie war's denn?«, murmelte er unbeteiligt. »Koks ist ja gar nicht meine Sache. Das ist ja im Grunde nichts anderes als eine überteuerte Betäubung beim Zahnarzt. Da finde ich LSD interessanter. Das bringt einen wenigstens auf gute Ideen.«

»Jetzt mach dir doch mal Sorgen!«, quengelte ich. Ich fand es lustig, Theodor und ich zusammen, so von außen. Aber von innen war es auch ein bisschen traurig. Diese kleine Traurigkeit darüber, dass Theodor und ich nie zusammenkamen, hatte ich noch immer. Es war, als läge sie in einer Schublade, in die ich hin und wieder reinguckte und dann seufzte. Und gleichzeitig verstand ich nicht, wie ich allen Ernstes immer noch traurig sein konnte.

»Ich mache mir doch die ganze Zeit Sorgen!«, entgegnete er. Er legte den Kopf in den Nacken, um den letzten Tropfen Bier aus seinem Glas zu holen, und setzte ab. Danach hatte er, wie immer, ein bisschen Schaum im Bart hängen.

Ich legte einen Arm um seine Schulter.

»Nein, mach dir mal auf normale Weise Sorgen! Hab doch mal Angst, wie alle um ihre Kinder Angst haben!«, rief ich unangenehm überdreht. Ich nahm mir vor, bei dem nächsten Satz, den ich sagen würde, nicht mehr so laut zu sein.

»Püppi, ich habe dauernd Angst um euch. Aber ihr seid schließlich meine Kinder und nicht auf den Kopf gefallen.« Er grinste und hob die Hand, um Jolanta zu bedeuten, dass er ein neues Bier wollte. Mit dem Ellenbogen stieß ich ihm in die Seite und grinste. »Siehst du, und genau das ist das Problem! Mit dir als Vater muss man den ganzen Scheiß alleine regeln, sogar Sorgenmachen um sich selbst, weil du nicht mal das für einen übernimmst. Aber weißt du eigentlich, wie krass Koks ist? Herzrhythmusstörungen, Psychose, Beschaffungskriminalität. Hallo?«

Theodor holte tief Luft und sah, das Auge verdrehend, in das Bierglas, das Jolanta ihm wortlos hingestellt hatte. Sie ging, und er starrte ihr nach. Das verdrehte Auge bedeutete, dass ich mir etwas Besseres einfallen lassen musste.

»Ach, Püppi, gerade siehst du eigentlich ganz intakt aus. Wenn es Probleme gibt, kannst du mir alles sagen.« Er lachte, und ich sah, wie sehr er sich gefiel. Ich überlegte.

»Okay, ich bin wahrscheinlich lesbisch.«

Das war eine echte Neuigkeit. Außerdem konfrontierte ich Theodor sonst nie mit Sex-Fragen. Auf einer Party von einem Kumpel von Jonny vor zwei Wochen hatte ich mit einem Mädchen geknutscht. Mit Julia. Im Garten, obwohl es kalt war, aber ich wollte nicht, dass uns jemand sieht. Julia war ganz weich. Ich war nicht verknallt, aber es war schön, weil ich nicht so eine Angst gehabt hatte, wie wenn ich einen Jungen küsste.

Weil Jungs wollen, dass man schwach und weich ist wie ein richtiges Mädchen. Und Julia hatte mich anders angefasst. Nicht so, als würde ich ihr gehören. Nicht so fest und hart. Ich wusste nicht, ob das nun bedeutete, dass ich lesbisch war. Ich glaubte, eher nicht.

Theodor drehte langsam den Kopf zu mir. Er tat so, als sei er überrascht, er riss die Augen auf und formte den Mund zu einem O. Aber er war, glaubte ich, wirklich ein bisschen überrascht.

»Oh! Bist du sicher?«, rief er, absichtlich übertrieben.

»Ich sagte doch: wahrscheinlich!« Ich rüttelte an seinem Arm und nahm einen Schluck von seinem Bier.

»Na ja, in dem Alter kann sich das ja alles noch ändern. Aber ich habe erst mal nichts dagegen.«

Kalli, der genauso aussah wie immer, abgesehen davon, dass sein Haar inzwischen nicht mehr dunkel, sondern grau aus seiner blauen Mütze hervorguckte, hatte unser Gespräch mitbekommen und rief herüber: »Meine Ex-Ex-Ex, die dachte irgendwann auch, dass sie lesbisch geworden ist. Hat dann mit der Claudia zusammengelebt, und ich sage euch, die Weiber haben sich gestritten wie die Scheunendrescher! Tja, zwei Dosen aufeinander, das klappert, ist klar!« Stolz und männerverbunden nickte er Theodor zu.

»Mann, Kalli!«, fuhr ich ihn an, gespielt entsetzt. Jolanta, die den Wortwechsel gehört haben musste, verzog keine Miene und rauchte gelangweilt. Ich schüttelte den Kopf und wandte mich Theodor zu, der lachte.

»Bist du gar nicht geschockt? Sag ehrlich!«, rief ich erwartungsvoll.

»Warum sollte ich? Es hilft uns doch außerdem überhaupt nicht, wenn ich geschockt bin!«, nuschelte er und fuhr sich mit dem Handrücken über den Bart. »Und am Lesbisch-Sein ist doch auch grundsätzlich nichts falsch. Viele sind lesbisch.« Er lächelte zufrieden.

Mir fiel nichts ein, was ich hätte entgegnen können, um unser Gespräch am Laufen zu halten.Theodor sah einer Frau nach, die durch den Raum ging. Keiner besonders hübschen. Nun war es Zeit, die beiden Themen anzusprechen, auf die er wirklich keine Lust hatte.

»Rita hat mal gesagt, dein Vater war gar kein Jurist und dass du im Heim groß geworden bist. Willst du darüber reden?«, erklärte ich und gab mir Mühe, betroffen zu klingen.

Er schüttelte den Kopf und tippte sich an die Stirn. Ich grinste.

»Hast du eigentlich auch allen Frauen hinterhergeguckt, als unsere Mutter noch gelebt hat? Kein Wunder, dass sie tot ist.« Ich kicherte.

Theodor verschwand auf der Toilette, und ich sah ihm nach. Es brachte alles nichts. Er wollte das Spiel heute einfach nicht spielen. Ich seufzte und zündete mir eine Zigarette an. Auch wenn ich nicht viel von Theodor hielt und mich ihm noch so überlegen fühlte, tat ich alles, was ich machte, für ihn. Die guten Noten, die ich inzwischen schrieb, dass ich immer noch schwamm, dass ich nicht rumlief wie eine Tussi, weil ich wusste, wie er über Tussis redete, und wahrscheinlich sogar, dass ich nie einen Freund hatte. Keine Ahnung, warum, aber es ging einfach nicht. Bei dem Gedanken, mit jemandem zusammen zu sein, wurde mir schlecht, und ich musste sofort an Theodor denken. Aber mir fehlte auch nichts. Und die Jungs interessierten sich eh nicht für mich, weil ich aussah wie sie, also weite Hosen, Kapuzenpullover und Nikes. Oder wie meine Brüder, mit denen ich sowieso am liebsten rumhing. Von Jonny wusste ich, was Mädchen anging, so gut wie nichts. Aber das war schon immer so gewesen, er hielt das geheim. Und ich fragte nicht nach, weil ich wusste, wie unangenehm ihm das gewesen wäre. Er hielt viel von sich geheim, das heißt, er sagte mir immer seltener, was ihn beschäftigte, und er war noch stiller geworden. Wenn ich wissen wollte, was mit ihm los war, musste ich seine Bilder angucken, und da sah es düster aus. Ein bisschen war er der König von uns dreien. Der Klügste und Erhabenste, der, den man nicht nackt sehen durfte. Mich durfte inzwischen nur noch Clint nackt sehen. Denn ich fand es unanständig, vor Jonny nackt zu sein, wenn er sich mir nicht nackt zeigte. Und Theodor glotzte immer so medizinisch interessiert, dass es mir peinlich war. Vor Clint nackt zu sein war nicht schlimm, weil es ihn nicht interessierte, wie ich aussah. Wir wohnten ja auch noch im gleichen Zimmer. Wir waren eben Zwillinge. Das heißt, ich wusste, wer er war, und es gab keine Überraschungen. Ich wusste auch alles über seine Mädchengeschichten. Mädchen liebten ihn, weil er so niedlich aussah, obwohl er das überhaupt nicht war. Er sprach schlecht von den Mädchen, mit denen er etwas hatte, und das freute mich. Vielleicht tat er es auch mir zuliebe. Manchmal dachte ich, dass wir inzwischen so alt waren, dass jeder auf seine eigene Weise komisch geworden war. Jonny so still und schlau, dass er ein normales Gespräch kaum aushielt. Dass man nie rankam an ihn. Clint so laut und clever, dass man ihn für ein Arschloch halten konnte. Und so verwahrlost und klein trotzdem. Beide so drogenverliebt. Aber wir kamen klar. Bis heute war noch nie einer von uns sitzengeblieben, dachte ich und nahm noch einen großen Schluck aus Theodors Bierglas.

Als er von der Toilette zurückkam, gab er Jolanta erneut ein Bier-Zeichen und ließ sich auf seinen Stuhl fallen. Er gähnte, wobei man freie Sicht auf seine chaotischen Zähne hatte, dann sagte er beiläufig:

»Jonny will ja jetzt hier seine Bilder ausstellen, und ich habe mir gedacht, da mache ich mit. Ich habe da zu Hause ja auch noch einiges rumstehen. Muss mir nur Gedanken über die Rahmung machen.«

Jolanta, die Kellnerin, brachte ihm ein neues Bier. Theodor lächelte sie an, Jolanta nickte knapp. Zwei Gäste winkten nach der Rechnung und machten sich daran, zu gehen. Clint und ich wollten auch gerade gehen, als Sultan am Tresen vorbeikam. Er tätschelte mir den Kopf.

Ja, Sultan war zurück.

»Komm rein, du bist hier immer willkommen«, hatte Theodor gesagt, als Sultan eines Tages einfach vor der Tür stand. Der Kontakt zu ihm war vorher ein bisschen abgerissen, weil sich bei Jonny und Clint der Eindruck verfestigt hatte, Sultan wolle nicht mehr im Gefängnis besucht werden. Und der Weg in das Gefängnis war ja sowieso schon ziemlich weit. Theodor fuhr auch nicht hin, wahrscheinlich weil es da diese Sache zwischen den beiden gab. Und ich fand auch immer eine Erklärung dafür, ihn nicht zu besuchen.

Aber dann stand er plötzlich da. Er lächelte ein wenig schief und sah müde aus, das Gesicht so verwaschen und aufgehängt. Er sah sich selbst nicht mehr ähnlich. Ich brauchte eine Weile, bis ich verstand, was sich geändert hatte. Sultan war leise geworden. Die Augen so, als hätte einer sie löschen wollen, und jetzt war nur noch ein schwaches Glimmen übrig. Erst wusste ich nicht, ob er sauer auf mich sein würde, weil ich damals die Polizei zu ihm geführt hatte, aber dann, als wir einander nach fast fünf Jahren wieder gegenüberstanden, drückte und küsste er mich einfach und versuchte für uns alle der zu sein, den wir kannten.

Jonny umarmte ihn, und Sultan schlug ihm stundenlang auf den Rücken, er hörte gar nicht mehr auf damit. Clint kniff er in die Nase und simulierte einen kleinen Boxkampf, wonach Clint früher so verrückt gewesen war.

»So groß und schön seid ihr geworden!«, flüsterte er und wischte sich die Augen. »Du siehst anders aus, aber gut, wirklich gut!«, rief Clint, als müsste er sich und uns davon überzeugen.

Sultan war, ich weiß nicht, er war geschlagen. Er lief nicht mehr wie einer, der da ist und sich behauptet, sondern wie einer, der da sein darf und dafür dankbar ist. Es tat weh, das mit anzusehen, aber wir sagten nichts, auch untereinander nicht. Wir bestellten Ente kross für ihn und räumten sein altes Zimmer schrottfrei. Er freute sich, als er sah, dass es seinen Massagesessel noch gab. Glücklicherweise fragte Sultan nicht nach Sabine, denn die lief hochschwanger in der Drogerie rum und hatte einen Typen geheiratet, der im Möbelhaus arbeitete.

Wegen dieser traurigen Sachen und meinem schlechten Gewissen war ich wahnsinnig erleichtert, als er mich, wenn auch erst nach ein paar Tagen, morgens in der Küche beschimpfte. Ihm gefiel nicht, wie ich mich kleidete: »Bist du bekloppt geworden? Du läufst rum wie ein Mann! Frauen sehen dich und wollen dich heiraten! Zieh diese Schlafanzugscheiße aus, bitte, Romy, du machst alles kaputt auf die Weise! Ist nicht natürlich. Bald denken Kanacks, sie können dich schlagen.« Sultan setzte einen Kaffee auf und sah mich kopfschüttelnd an.

»Aber es gefällt mir! Mach mal den Fernseher an, alle laufen so rum!«, rief ich lachend. Aber ich konnte ihm nicht erklären, warum es mir gefiel und dass ich vielleicht zu vermeiden versuchte, dass mich Jungs wollten. Sie sollten mich cool finden und respektieren, aber sie sollten mich nicht wollen wie ein Auto. Nur hätte Sultan das nie verstanden. Außerdem war er es, der einen dunkelblauen Jogginganzug von Adidas mit diesen Knöpfen an der Seite trug, und der sah wirklich aus wie ein Schlafanzug

»Diese komischen Schwarzen aus Amerika laufen vielleicht so rum! Aber du bist nicht schwarz, nicht aus Amerika, und du bist nicht komisch.« Sultan bekam große Augen und gestikulierte, aber er hatte einfach nicht die Kraft von früher, stellte ich fest, während ich beobachtete, wie er Milch aufwärmte und sich dabei aufregte. »Und du bist kein Mann, du bist ein Mädchen!«, rief er weiter. »Du bist keine Witzfigur, du bist doch meine Prenses! Im Knast habe ich auch solche Witzfiguren gesehen. Was soll das? Du bist jetzt groß und musst nicht mehr von Sultan die Haare gemacht kriegen. Du kannst jetzt selber gucken, dass du hübsch bist.«

Er stellte die Milch in den Kühlschrank, kam auf mich zu und strich mir über die Wange. Einen winzigen Augenblick lang zuckte ich zusammen, besann mich aber sofort und lächelte ihn an. Es hatte sich komisch angefühlt, seine Hand in meinem Gesicht nach all den Jahren. Schnell redete ich weiter: »Aber es gefällt mir! Ich finde das hübsch! Die Weißen laufen genauso rum, die Türken und Araber auch! Und ehrlich, tut mir leid, aber es gefällt mir auch irgendwie viel mehr, wie ein Junge zu sein!« Obwohl ich entschlossen gewesen war, das Ich-will-ein-Junge-sein-Ding ihm gegenüber nicht zu erwähnen, hatte ich es nun doch getan. »Im Gesicht bist du hübsch, aber der Rest ist wie ein Junge mit schlechtem Geschmack, und du bist kein Junge, du hast lange Haare und ein Babygesicht, und jetzt halt den Mund! Gib mir meine Zigaretten!«

Ich reichte ihm seine Schachtel, die neben dem Kühlschrank lag.

»Darf ich auch eine?«, fragte ich grinsend.

»Was, du rauchst? Hast du einen Sprung in deiner Schüssel? Dein Vater ist Arzt, du kannst nicht rauchen! Was denken die Leute, wenn sie sehen, du rauchst? Ist keine gute Werbung!« Jetzt regte er sich wirklich auf. Seine Augen waren nicht mehr lustig, sondern böse.

»Ich rauche schon seit fast drei Jahren!«, blaffte ich ihn an. Ich wollte nicht gemein sein. Aber er hatte mir nichts mehr zu sagen. Er war Jahre weg gewesen, und ich war inzwischen fast erwachsen. Manchmal, und dafür schämte ich mich, war ich sauer auf ihn, weil er im Gefängnis und plötzlich einfach weg gewesen war.

Sultan sah mich streng an und schüttelte den Kopf. Er weigerte sich, mir eine seiner Zigaretten zu geben, was ich total albern fand, aber ich sagte nichts.

Er ließ nun einmal nichts auf Theodor kommen. Zumindest nicht, seit er wieder bei uns wohnte. Er sprach nie schlecht über ihn, auch vor seiner Ernennung zum »Restaurant-Manager« im »Theodor« hatte er nie schlecht von ihm gesprochen. Dafür hatte er sich unglaublich über diese Manager-Ernennung gefreut. Kurz hatte ich da gedacht, er würde wieder der Alte werden. Er hatte sich einen Anzug angezogen und Restaurant-Regeln und Fakten über Wein gelernt. Mit der Zeit verstand er aber, dass er als Restaurant-Manager im »Theodor« vor allem dafür zuständig war, Dinge zu tun, die Theodor ihm auftrug. Getränke und Toilettenpapier bestellen, Lieferungen kontrollieren, Sachen reparieren, der Putzfrau auf die Finger schauen, sich von Theodor auf die Finger schauen lassen, da sein, um Theodor Bericht zu erstatten. Wahrscheinlich bekam er dafür richtig wenig Geld, denn Sultan machte keine Anstalten, bei uns auszuziehen.

Und so blieb er weiter der Schatten jenes Mannes, der Sultan einmal war. Er schlich durch das Haus und erschreckte sich, wenn man ihn ansprach und er in etwas vertieft gewesen war. Bevor er das Haus oder das »Theodor« betrat, auf der Straße und beim Einkaufen (worauf er nicht mehr so scharf war wie früher), drehte er sich oft um. Im »Theodor« hielt er sich im Hintergrund und saß meistens in dem kleinen Hinterzimmer, wo er rauchte und sofort in irgendwelche Restaurant-Papiere guckte, wenn man den Raum betrat.

Aus diesem Hinterzimmer war er nun hervorgekommen und lächelte uns zu. Er trug jetzt einen Vollbart und längere Haare und hatte kein Gold mehr am Körper. Theodor schlug ihm auf die Schulter.

»Sultan, alter Junge, ich habe auf mein Autodach so einen Aktenschrank geschnallt. Kannst du mir helfen, den hier in den Keller zu schaffen?«

»Klar, Doktor«, murmelte Sultan. »Machen wir sofort?«

Er lächelte matt. Theodor nickte, und sie verschwanden. Auch die letzten Gäste waren inzwischen weg, und Jolanta machte den Tresen sauber.

Wenig später manövrierten Sultan und Theodor den Schrank durch die Tür. Der Schrank war schwer. Ächzend schoben sich die beiden an uns vorbei zur Kellertreppe. Theodor keuchte lauter als Sultan. Es rumpelte, und man hörte sie fluchen. Nach zwei, drei Minuten Lärm plötzlich Sultans Stimme. Sie brüllte: »Der Doktor ist umgefallen!«

Wir sprangen auf und rannten in den Keller. Theodor lag auf dem Boden und japste. Sein Kopf war knallrot. Er konnte kaum sprechen, signalisierte aber mit der Hand, dass wir uns nicht aufregen sollten. Sultan tippte hektisch auf seinem Telefon herum, woraufhin Theodor energisch mit dem Kopf schüttelte und mit seiner Pranke durch die Luft fuhr. »Theodor, du musst zum Arzt!«, rief ich wie automatisch.

So hatte ich ihn noch nie gesehen, so ohne Worte und Möglichkeit, so ein Berg am Boden. Und gleichzeitig freute ich mich, leise und gemein, weil er eben doch nicht immer machen konnte, was er wollte. Weil es Sachen gab, die er nicht schaffte. Weil er keuchend auf dem Boden lag. So dachte ich, als ich bewegungslos vor ihm stand und ihn fasziniert und angstgelähmt zugleich betrachtete. Fasziniert auch, weil ich meinen Gedanken hässlich fand und er mir in diesem Augenblick völlig neu war.

»Keinen Krankenwagen!«, japste Theodor und versuchte zu atmen. Keiner traute sich, etwas zu sagen. Wir standen um ihn herum und sahen ihm beim Keine-Luft-Kriegen zu. Langsam wurde es besser. Er ließ sich sogar von Sultan auf die Beine helfen.

»Theodor, was ist los? Sag etwas!«, rief Clint, der inzwischen eine ziemlich tiefe Stimme hatte, aber jetzt überschlug sie sich. Er hielt sein Rocawear-Basecap in den Händen und drückte nervös den Schirm zusammen.

»Ach, das ist nicht schlimm. Das liegt daran, dass ich mal Leistungssportler war. Hypertrophe Kardiomyopathie. Ich muss meinen Blutdruck mal richtig einstellen, dann geht das wieder«, erklärte Theodor immer noch röchelnd. Er hatte einen Arm um

Sultans Schultern gelegt, der ihn stützte und keuchend versuchte, nicht das Gleichgewicht zu verlieren.

»Doktor, nicht böse, aber du musst mal deine Organe angucken lassen! So ein Check von oben bis unten«, presste Sultan unter Theodors Gewicht ächzend hervor.

»Keine Sorge, ich hab das im Griff. Auf geht's nach Hause!«, rief Theodor, so gut er konnte. Dieser Angeber, dachte ich und dass er das schon immer war und warum ich darüber überhaupt noch nachdachte. Und dass ich es einfach nicht aushielt, ihn so zu sehen.

Sultan und Theodor setzten sich in Bewegung.

»Du musst versprechen, dass du zu einem richtigen Arzt gehst! Besser, wir suchen sofort einen Arzt auf.« Theodor machte sich von ihm los und wankte alleine auf die Kellertreppe zu.

»Papperlapapp. Wir gehen nach Hause. Ich bin doch selber ein richtiger Arzt!«, lächelte Theodor, komisch abwesend, und kramte in seiner Hose nach dem Autoschlüssel.

»Du darfst nicht fahren, nachdem du fast erstickt bist! Lass Sultan das machen!«, redete Clint auf Theodor ein. Er lief dicht hinter ihm, um ihn auffangen zu können, wenn er fallen sollte, und sah mich verzweifelt an.

»Clint hat recht, Doktor, ich fahre euch!«, nickte Sultan.

Theodor befand sich schon auf der Kellertreppe, die er langsam nach oben stieg. Stufe für Stufe, keuchend, röchelnd, und wir hinterher. Ohne ein Wort zu sagen, schleppte sich Theodor bis zum Parkplatz. Er stieg in seinen Wagen, einen 108er Mercedes, 3,5 Liter, 72er Baujahr, und setzte sich ans Steuer. Und dann stiegen wir ebenfalls ein. Und dann fuhr Theodor los. Er fuhr wie ein Schwein, aber das war ja nichts Besonderes. Er machte Kunst, wenn er fuhr, perfekte Schweinekunst voller Schönheit und Eleganz. Nur war er an jenem Abend eben nicht richtig beieinander. Clint und ich saßen hinten, Sultan vorne, wir hielten die Luft an. Und gerade als ich mich entschlossen hatte, Theodor darum zu bitten, etwas langsamer zu fahren, weil er anders fuhr als sonst, machte er einen komischen Schlenker, und es krachte.

»Scheiße, Doktor!«

»Mann, Theodor, jetzt lass Sultan fahren!«, brüllte ich nach vorne, denn ich hatte mich ziemlich erschreckt. Ich hatte jetzt keine Angst mehr um Theodor, er benahm sich wie immer, außer dass es eben gekracht hatte.

Theodor sagte nichts. Er hielt an, stieg aus und ging um das Auto herum.

»Ist wohl nur die Felge! Wir sind gegen den Bordstein gefahren. Den haben die viel zu hoch gebaut! So ein Mist!«, rief er von draußen. »Aber ich muss sowieso zum Schrottplatz und ein paar Besorgungen machen! Sultan, wir fahren morgen zum Schrottplatz!« Theodor klemmte sich wieder hinter das Steuer und fuhr weiter.

»Doktor, ich muss morgen im ›Theodor‹ sein. Getränkelieferung. Passt nicht so gut!«, erklärte Sultan.

»Ach, das kriegen wir schon irgendwie hin. Es werden ja nicht den ganzen Tag Getränke geliefert, und zur Not kann das auch Otto annehmen. Ich habe da eine ganze Menge Sachen zu transportieren, wäre wirklich gut, wenn du dabei wärst!« Sultan sagte leise etwas, was ich nicht verstand, und dann waren wir zu Hause.

Jonny stand in seinem Zimmer und betrachtete eines seiner Bilder. Er hatte sich die Haare bis auf ein paar Millimeter abrasiert, was, wie ich fand, super aussah, nämlich sehr erwachsen und so, dass man Respekt hatte. Wie Vinz aus *La Haine*, der zu der Zeit unser Lieblingsfilm war. Ich saß mit Clint auf dem Boden, Sultan stand in der Tür. Jonny kniete sich vor sein Bild, setzte die Kapuze seines Pullovers auf und überlegte. Ich war stolz auf ihn, und mir gefiel das Bild. Es waren viele schreiende Köpfe, fein gemalt mit schwarzer Farbe. Die Schädeldecken waren offen, sodass man ihre Gehirnmasse sehen konnte, und die Gehirne waren alle miteinander durch Schläuche verbunden, die zu einem Motor führten, der in der Mitte des Bildes war und um den herum sich die schreienden Menschenköpfe gruppierten. Das sah sehr böse aus, aber Jonny hatte die Gehirne mit ganz zarten Farben ausgemalt, sodass man, wenn man sich von dem Bild entfernte, auch etwas ganz anderes in ihnen sehen konnte. Ab morgen sollten Jonnys Bilder im »Theodor« hängen. Er stand auf, stellte sich weit weg von dem Bild, ging dann wieder etwas näher heran, änderte das Licht der Nachttischlampe, die er auf den Boden gestellt hatte, setzte sich hin, stützte das Gesicht in die Hände, kniff die Augen zusammen, schloss sie, stand auf, um sich eine Notiz zu machen.

»Ich weiß einfach nicht, ob ich dieses Bild aufhängen soll oder nicht«, murmelte er. »Es ist das einzige Leinwandbild. Eigentlich wollte ich nur gerahmte Zeichnungen aufhängen. Ich habe mich da von einem Typen passepartoutmäßig beraten lassen. Was denkt ihr?«

Er sah Sultan, Clint und mich der Reihe nach an.

»Ganz ehrlich, ist scheißegal, was du aufhängst, ist alles richtig gute Kunst. Du malst wie ein Gott! Richtig genial!«, sagte Sultan. Die Mundwinkel nach unten gezogen, blickte er uns an und nickte anerkennend.

»Total!«, bestätigten Clint und ich.

»Aber es soll schon eine Linie geben, wenn ich da Sachen aufhänge. Andererseits ist das Leinwandbild auch ein farblicher Kontrast, vielleicht ist das gut.«

»Ja, sehr gut! Ein bisschen Farbe dazwischen ist sehr genial, wenn du mich fragst!«, antwortete Sultan. Ich überlegte, was ich Schlaues sagen könnte.

»Jonny ist übertrieben genial!«, rief Clint plötzlich. Er stand auf, ging zu Jonny, umarmte ihn und schlug ihm auf die Schulter, wobei mir auffiel, dass die beiden inzwischen fast gleich groß waren. Es gab wirklich keinen Grund mehr, Clint klein und süß zu finden. Er hatte eine große Klappe, Mädchen rannten ihm hinterher, und Typen wollten seine Freunde sein, weil er eine Souveränität hatte, die sie denken ließ, dass er mehr wüsste als sie. Er war sehr slick und clever, also insgesamt viel zu cool, und ich fasste es als Beleidigung auf, wenn er auch mir gegenüber so war. Gerade gestern hatten wir uns deswegen gestritten. Ich war so wütend gewesen, dass ich am Ende seine Zigaretten zerbrochen hatte, als er auf der Toilette war, woraufhin er mir durch das gesamte Haus nachgerannt war, bis er mich im Keller gekriegt hatte. Da hatten wir gerungen, bis ich auf dem Boden lag und er auf mir saß. Er knallte mir eine, und ich biss ihm in den Arm. Alles hatte damit angefangen, dass er einfach meinen Schokopudding aus dem Kühlschrank genommen und dann behauptet hatte, er habe nicht gewusst, dass es meiner war, und dabei war der verdammte Schokopudding doch gar nicht das Problem gewesen. Das Problem war, dass Clint in diesem komischen Survivalmodus war und dachte, er könnte auch mich, seine Schwester, abziehen. Ich wusste ja, dass er, seit er klein war, nichts anderes gelernt hatte, als irgendwie durchzukommen, und deswegen überhaupt keine Schwierigkeiten damit hatte, ein Egoist zu sein, aber dass er mich nicht davon ausnahm, machte mich komplett irre. Wenn er so war, war er nicht mehr mein Brudi Clint. Und aus diesem Grund stritten wir uns circa jeden zweiten Tag. Aber es war dann auch immer schnell wieder gut.

Wie jetzt, als Clint Jonny über den Kopf fuhr und Clint und ich lachten. Jonny lachte nicht. Er machte sich Gedanken um seine Ausstellung. Er erklärte uns, was er wie aufhängen würde, zeigte die kleinen Karten, auf denen die Titel der Bilder standen, die er mit schöner Schrift in schwarzer Tinte geschrieben hatte, und setzte uns die Spezialitäten seiner Rahmung auseinander.

Theodor kam ins Zimmer.

»Guck, wie talentiert dein kleiner, dummer Sohn ist«, rief Sultan ihm zu.

Theodor sah das Leinwandbild und die Rahmungen und sagte: »Not bad, Jonny!« Jonny sah ihn kurz an und nickte, und ich spürte, dass er weder auf Theodors Lob noch auf seine Anwesenheit Wert legte. Aber dann eben auch irgendwie doch. Jonny hatte sich in der letzten Zeit immer mehr von Theodor distanziert, und ich stand komisch dazwischen. Ich wollte, dass alles gut war, aber Jonny sagte, wann immer es um Theodor ging, dass er ihn nicht mehr ernst nehme und er ihm egal sei. Was ich ihm nicht glaubte. Ich glaubte, dass Jonny Theodor auf eine merkwürdige Art brauchte. Um ihn scheiße zu finden, dachte ich manchmal, und um so genauer zu wissen, was er wollte. Das beruhigte mich, weil es hieß, dass Jonny Theodor genauso brauchte wie wir. Und dass wir also alle zusammenbleiben würden.

Theodor lief mit großen Schritten in Jonnys Zimmer auf und ab. Er sah sich alles genau an. Was auf Jonnys Schreibtisch, seinem Nachttisch und dem Tisch vor dem Sofa lag. Er gab sich keine Mühe, seine Inspektion unauffällig zu gestalten, er dachte anscheinend, er darf das. Meine Blicke wechselten zwischen ihm und Jonny, denn das war eine typische Situation, in der es krachen konnte. Jonny verfolgte Theodors unverschämten Spaziergang durch sein Zimmer, und die Spannung im Raum war so stark, dass sie wehtat, da sagte Theodor plötzlich: »Du, ich dachte, wir könnten das doch zusammen machen, eine richtige Vernissage. Auf der einen Seite hängen deine Bilder, auf der anderen meine. Wir laden ein paar Leute ein, richtig mit Sekt und so!«

Theodor klang, als würde er Jonny einen Gefallen tun, aber ich war mir sicher, dass Jonny erstens keine Gefallen von Theodor wollte und Theodors Vorschlag zweitens kein Gefallen war. Theodor konnte es ganz einfach nicht ertragen, Jonny die Bühne zu überlassen.

Jonny hatte nichts zu Theodors Vorschlag gesagt, nun suchte er seine Zigaretten. Theodor beobachtete ihn aus dem Augenwinkel. Aber Sultan war sofort begeistert und engagiert.

»Oh, gut, eine Vernissage! Wir brauchen Häppchen, oder?«, rief er und klatschte in die Hände.

Jonny sah Theodor an und fragte tonlos: »Glaubst du, der Platz reicht überhaupt? Deine Bilder sind doch gar nicht gerahmt und so. Und du musst doch auch noch entscheiden, welche!«

»Ach, das ist kein Problem.« Theodor machte eine wegwerfende Handbewegung und grinste. »Ich hab hier noch ein paar Rahmen rumstehen, und das mit der Auswahl geht doch schnell.«

Theodor lief aus dem Zimmer, als habe er etwas zu tun. Clint und ich sahen betreten in Jonnys Richtung, woraufhin Sultan erklärte, er müsse telefonieren. Wir standen zu dritt um Jonnys Bild herum und schwiegen, bis Jonny meinte, er wolle jetzt alleine sein.

Am Tag danach war der Himmel grau und hatte eine merkwürdig violette Farbe. Es nieselte. Theodor, Sultan und ich fuhren indem Benz mit der kaputten Felge zum Schrottplatz von Rolf. Ich hatte in der Schule Hip-Hop-Tanzstunden-AG gehabt, und Theodor und Sultan waren auf dem Hinweg zum Schrottplatz vorbeigekommen, um mich einzusammeln, weil heute Abend im »Theodor« die Vernissage stattfand, und da sollte ich beim Vorbereiten helfen. Theodor zählte während der Fahrt auf, was er alles von Rolf brauchte, und ärgerte sich darüber, dass Rolf immer versuchte, ihn übers Ohr zu hauen. Sultan sagte wenig, wie immer jetzt. Ich kannte Rolf schon lange und mochte ihn nicht. Er war ein Glatzkopf mit einer Drachentätowierung, die von der Schulter über den Arm bis zu seiner linken Hand reichte, weil nämlich links das Herz ist, wie er sagte. Die Drachenschwanzspitze war auf dem Handrücken, der fauchende Kopf auf der Schulter. Er trug möglichst zu jeder Jahreszeit ein Unterhemd, damit man seine Tätowierung sah. Theodor saß am Steuer, und ich hörte ihn von hinten zu Sultan sagen, dass Rolf gerne bei den Hells Angels dabei wäre und sogar ein paar von denen kennen würde. Rolf gehörte nicht nur der Schrottplatz, sondern auch zwei richtig blöde Bullterrier-Tölen, die Ginger und Chanel hießen und immerzu kläfften und überhaupt nichts Sympathisches an sich hatten mit ihren verbeulten Keulen-Köpfen. Sie waren immer laut, ähnlich wie Rolf, der jeden anschrie, obwohl er eigentlich zu jedem freundlich sein wollte. Er fand da einfach nie das richtige Maß. Wir hielten auf dem verpissten, immer verregneten, immer kalten Schrottplatz. Theodor stieg aus dem Wagen, ich blieb im Fond. Die Hunde rannten schon auf uns zu und kläfften. Sultan öffnete ebenfalls die Wagentür, sah die Terrier und zögerte.

»Was ist los, Sultan?«, rief Theodor.

»Doktor, du weißt doch, ich habe diese Hundeangst. Sag mir, wenn du mich beim Tragen brauchst, dann komme ich mit raus.«

Sultan wollte gerade die Autotür schließen, da kam dieser bratwursthafte Bier-Rolf angetrampelt und fing an rumzuschreien.

»Pfeif mal deine Hunde zurück! Mein Kollege mag das nicht!«, brüllte Theodor, der in Rolfs Gegenwart auch immer zu laut war. Rolf ignorierte Theodors Bitte. Theodor sagte, was er brauchte: dieses und jenes und was ganz Spezielles, Batterien, Autositz, Felge, Radkappe. Rolf brüllte rum, es ging hin und her, und ich wartete darauf, wann ich dran war mit Anschreien. Aber plötzlich wurde Rolf still. Er beachtete Theodor nicht weiter, sondern ging auf den Wagen zu, während seine Hunde weiter kläfften und kläfften. An Sultans offener Wagentür blieb er stehen und beugte sich über ihn. Sultan sah kurz auf und guckte dann wieder auf sein Handy, ohne irgendeine Regung in seinem Gesicht. Man konnte sehen, wie das Rolf-Gehirn irrsinnig arbeitete.

»Sultan, bist du das?«, fragte er.

Sultan reagierte nicht. Ich hatte keine Ahnung, was los war, ich wusste nur, dass irgendetwas nicht stimmte.

»Klar ist das Sultan!«, rief Theodor grinsend. Er kam einige Schritte auf unser Auto zu und sagte dann viel zu laut: »Er ist jetzt Manager in meinem Laden!«

»Hab ich's mir doch gedacht, hab gehört, dass der wieder draußen sein soll!«, schrie Rolf zurück. Dann überlegte er und sah von Theodor zu seinen Hunden zu Sultan und zurück. Schließlich meinte er unsicher: »Aber Sultan sieht doch ganz anders aus.«

»Gut sieht er aus, würde ich sagen!«, polterte Theodor, und: »Wir machen heute Abend so eine Vernissage im »Theodor«. Kannst gerne vorbeikommen!«

Sultan schloss die Beifahrertür. Wir warteten.

»Ist irgendwas?«, flüsterte ich zu Sultan nach vorne. Ohne sich nach mir umzudrehen, schüttelte er den Kopf. Ich sah nur seine Hände, mit denen er sein Telefon umklammerte und die ganz weiß waren.

Theodor und Rolf verhandelten draußen über die Teile, die Tölen kläfften.

»Hey«, flüsterte ich. »Was hast du?«

»Was soll sein? Geh mir nicht auf die Nerven!«, fuhr er mich an.

Also schwiegen wir eine Stille, die sich nicht gut anfühlte. Bis Theodor rief und die beiden endlich das Zeug ins Auto luden. Sultan sagte nichts, und das war kein guter Schachzug, denn als unser sandfarbener Benz, voll beladen mit Schrott, durch den Matsch über den von Chanel und Ginger vollgeschissenen Schrottplatz rollte, da ging Rolf in seinen stinkenden Verschlag, den er Büro nannte, und machte Anrufe. Aber das wusste ich zu diesem Zeitpunkt noch nicht. Ich ahnte nur einen kleinen Moment lang etwas, hatte aber keine Idee, was, und wollte es wahrscheinlich auch gar nicht genauer wissen.

Um kurz nach acht stand ich mit Clint in der Mitte des Raumes und rauchte unbeholfen eine Zigarette, weil mich die Anwesenheit der fremden Leute verunsicherte. Und weil ich über meinen weiten Hosen ein weißes Hemd trug, was ziemlich unmöglich aussah, wie ich inzwischen fand. Wir tranken Sekt, Clint prostete mir zu. Auch er schien nicht zu wissen, wie er sich verhalten sollte, und lächelte mich schief an. Wir sahen uns um. Jonnys Freunde waren gekommen, Freunde von diesen Freunden und sogar sein Kunstlehrer, Herr Ehlers. Rita und Kalli waren da, drei Patienten von Theodor, insgesamt also bestimmt so fünfzehn, sechzehn Gäste. Sie alle redeten und rauchten. Es gab Schnittchen, die mit Petersilie garniert hübsch auf silbernen Tabletts herumlagen, und all das, die Schnittchen, die rauchenden Gäste, der Sekt, das Reden und Rumstehen, wirkte auf mich insgesamt sehr professionell und richtig. Jolanta stand hinterm Tresen und schenkte aus, Otto hatte frei, und das »Theodor« war nur für geladene Gäste geöffnet. Sultan hatte für die Schnittchen gesorgt. Bei der Vernissage wollte er allerdings nicht dabei sein, sondern im Büro arbeiten, weil er viel zu tun hatte, wie er sagte. Theodor saß an einem Tisch, von dem aus er die beiden gegenüberliegenden Wände im Auge hatte, an denen jeweils seine und Jonnys Bilder hingen, und trank mit Kalli Schnaps und Bier. Theodor hatte sich schick gemacht, er trug einen braunes Cordjackett und hatte sich die Haare nach hinten gekämmt, was echt gut aussah. Außerdem ging er heute mit Augenklappe. Ich sah rüber zu Theodors Wand. Sie war übervoll mit Bildern, zwischen denen kaum ein Abstand war. Er sagte, das sei eine Petersburger Hängung. Viele seiner Bilder waren nicht mal gerahmt, und wenn, dann steckten sie in billigen Rahmungen. Neben den Bildern hatte er ganz im Ernst kleine Preisschilder angebracht. Die Bilder waren schon gut, das war gar nicht das Problem, es sah nur insgesamt alles falsch und schief und irre an seiner Wand aus. An Jonnys Wand dagegen war alles perfekt, bedacht und fein. Zwischen den Bildern war viel Platz, die Rahmen passten zu den Bildern, und Jonny hatte in seiner schönen Schrift sorgfältig die Titel auf kleine Karten geschrieben, die er neben den Bildern angebracht hatte. Er stand mit seinem Kunstlehrer vor seiner Wand und unterhielt sich. Erst jetzt fiel mir auf, dass Jonny angezogen war wie immer. Kapuzenpullover, Jeans, Nikes. Aber es wäre auch irgendwie nicht seine Art gewesen, sich schick zu machen. Mit der Hand stützte er sich an einem Stuhl ab, der neben ihm stand, und nickte unentwegt, während Herr Ehlers sprach. Immer wieder wanderte sein Blick hektisch durch den Raum. Man konnte sehen, dass er die Situation der beiden nicht zueinanderpassenden Wände hasste. Er drehte sich nach Theodor um und kniff die Augen zusammen. Theodor saß noch immer mit Kalli zusammen und trank. Er tat so, als interessierte es ihn nicht, wer seine Bilder betrachtete und wer was über sie dachte. Dabei war er nur deswegen hier und wollte genau wissen, welche Bilder den Gästen mehr gefielen. Seine oder Jonnys. Er saß da wie ein lauerndes Tier. Die Leute standen eher auf Jonnys Seite, Rita vor allem, sie klatschte in die Hände und geriet immer wieder neu in Verzückung über Jonnys Talent, was sie dann auch laut durch den Raum rief. Jonny schien Ritas Applaus und die Tatsache, dass niemand Theodors Bilder betrachtete, so unangenehm zu sein, dass er das Gespräch mit Herrn Ehlers unterbrach und sich auf Theodors Seite stellte. Wir gingen zu ihm, und Clint raunte Jonny zu: »Es tut mir leid, dass Theodor unbedingt mitmachen musste. Aber siehst du, wie gut den Leuten dein Zeug gefällt?«

Clint lächelte ihn an. Jonny nickte. Sein Gesicht war ganz hart. Ich hatte das Gefühl, dass er sich schämte. Weil er überhaupt nicht mit Theodor konkurrieren wollte und es nun doch tat. Und weil er nicht wollte, dass andere Menschen Theodor genauso peinlich fanden wie er. Jonny zündete sich eine Zigarette an und sah durch den Raum.

»Wenn Herr Ehlers weg ist, haue ich auch ab«, sagte er leise und fuhr sich über den Kopf.

»Aber du kannst doch nicht auf deiner eigenen Ausstellung als Erster abhauen«, sagte ich laut, weil das doch nicht ging! Clint machte »Psst!«. Um Jonny aufzumuntern, flüsterte er ihm zu: »Aber es ist vielleicht auch gar nicht schlecht, auf der eigenen Ausstellung als Erster abzuhauen. Stars machen so was!«

Clint lächelte, Jonnys Gesicht blieb unbewegt.

»Es ist doch gar nicht meine Ausstellung«, entgegnete er. Er sah stumm in unsere Gesichter und nahm einen Schluck Bier. Dann ließ er uns stehen und ging wieder zu Herrn Ehlers, der ihm lächelnd zuprostete. Jonny stieß mit ihm an. Ich war mir sicher, dass es Wochen dauern würde, bis er wieder einigermaßen normal mit Theodor sprach. Ich ging zum Tresen und ließ mir von Jolanta Sekt nachschenken. Dabei bekam ich mit, wie ein Typ im Anzug, der Jonnys Bilder betrachtete, Theodor durch den Raum zurief, dass er seinem Sohn ja ein ganz außergewöhnliches Talent vererbt habe. Rita schritt sofort ein und rief, dass Jonny hart gearbeitet habe und dass jedes Talent für den Arsch sei, wenn der Talentierte nicht diszipliniert an sich arbeite und zu Opfern bereit sei. Jonny sah zu Boden. Jetzt stand Theodor von seinem Tisch auf. Er näherte sich Herrn Ehlers, der sich noch immer mit Jonny unterhielt. Theodor stellte sich einfach dazu. Für einen Moment guckte Jonny irritiert, dann hörte er wieder Herrn Ehlers zu und nickte. Es dauerte dann allerdings nicht lange und Theodor sprach und schlug Herrn Ehlers auf die Schultern. Das nächste Mal, als ich wieder zu der Ecke vor Jonnys Wand sah, wo die drei gestanden hatten, war Jonny weg. Ich suchte ihn unter den Gästen, aber ich fand ihn nicht.

Dann waren die Schnittchen alle, und die ersten Leute gingen. Unglaublicherweise war es Theodor gelungen, Herrn Ehlers im Laufe des Gesprächs vor seine Kunstwand zu lotsen, und dort unterhielten sie sich weiter. Jonny war inzwischen wieder aufgetaucht. Er stand mit Clint, Rita und mir in der Mitte des Raumes, als ein Mann in blauer Latzhose und kariertem Hemd zu uns kam und sich als Patient von Theodor vorstellte. Bandscheibe, ergänzte er lächelnd. Außerdem sei er Klempner. Er sagte, ihm gefalle die Zeichnung des Autofriedhofs, was Jonny dafür haben wolle. Jonny errötete, ganz leicht, an den Schläfen und lächelte. Ihm fiel keine Antwort ein, und da erklärte Rita: »Das Bild ist natürlich hochgradig symbolisch. Jonny hat da Erlebtes sublimiert.«

»Ja, das glaube ich Ihnen«, sagte der Klempner, »aber was kostet es denn?«

Jonny sah zu Boden. Er zündete sich eine Zigarette an und zog so fest, dass seine Wangen hohl wurden.

»Also, am besten« – Clint übernahm die Gesprächsführung, weil Jonny einfach nichts sagte –, »also, am besten, Sie geben Jonny Ihre Telefonnummer, dann meldet er sich bei Ihnen.« Der Klempner nickte. Clint benahm sich wie ein perfekter Verkäufer. Er lächelte nicht zu aufdringlich, aber sehr überzeugt, und fügte hinzu: »Wissen Sie, es sind schon ein paar Bilder verkauft, da müssen wir erst mal nachsehen, welche. Aber vielleicht machen Sie ja ein besseres Angebot. Wir freuen uns total über Ihr Interesse.«

Der Klempner gab Clint seine Karte. Wir grinsten, sogar Jonny lächelte ein ganz, ganz bisschen. Dann wackelte Theodor auf uns zu, und Rita verschwand sofort. Leicht schwankend stellte er sich neben uns und fragte mit lauter Stimme, was der Klempner, Herr Kunold hieß er, denn gewollt habe.

Jonny beachtete Theodor nicht. Er sah sich nach Herrn Ehlers um, der gerade seine Jacke von der Garderobe nahm, ging zu ihm und brachte ihn zur Tür. Er kam nicht mehr zurück. Jolanta begann die leeren Silbertabletts einzusammeln.

Etwa eine Viertelstunde später stand Theodor noch immer neben uns. Er wankte jetzt noch mehr, weil er mit Kalli in der Zwischenzeit weitergetrunken hatte.

»Na, meine Süßen, gefällt es euch?«, fragte er. Ich zog die Augenbrauen hoch. Theodor hatte den Satz gelallt, die Worte waren wie zusammengerührt und ohne Pausen dazwischen.

»Hat jemand etwas von deiner Wand gekauft?«, fragte Clint grinsend zurück, der auch nicht mehr nüchtern war.

»Wo bleibt denn Jonny?«, nuschelte Theodor.

»Keine Ahnung, glaube, der ist gegangen«, sagte ich kühl.

»Gegangen? Hat es dem nicht gefallen?«, lallte Theodor und hielt sich an Clint fest.

»Glaube, nicht so sehr.« Ich sah an Theodor vorbei zu Rita, die versuchte, Kalli abzutransportieren. Doch er wollte partout am Tresen bleiben. Rita gab auf, ging an uns vorbei und verließ winkend das »Theodor«.

»Warum hat es Jonny denn nicht gefallen?«, fragte Theodor, ohne Rita zurückzuwinken. »War doch eigentlich ganz witzig, oder?« Er lächelte wie ein Hund, der sich vertragen will, und ich konnte nichts dagegen machen, er tat mir leid.

»Wie auch immer, ich werde hier auch nicht mehr alt. Bei den Vernissagen ist es ja so, dass man zusehen muss, dass man rechtzeitig geht. Ich kann Künstler, die bei ihren Vernissagen die ganze Zeit anwesend sind, sowieso nicht leiden. Das ist mir zu gefällig. Wo ist denn Jonny, meine Güte? Ich wollte doch noch mit ihm anstoßen!« Theodor sagte *anschoßen*. Als Zeichen seiner Ratlosigkeit riss er die Arme in die Luft. Dabei rutschte sein Hemd aus dem Hosenbund, und man konnte seinen runden Bauch sehen. Aber es war ohnehin niemand mehr da außer Jolanta, die sich nun auch zum Gehen fertig machte. Und weil Theodor sich unmöglich benahm und weil es außerdem immer gut war, ihn ein bisschen zu bearbeiten, wenn er mit Jonny Theater hatte, damit sie sich wieder schneller vertrugen, fand ich, dass es richtig war, mit ihm zu schimpfen.

»Haben wir doch schon mal gesagt! Der ist gegangen und will mit dir bestimmt auf gar nichts anstoßen!«, rief ich. »Was glaubst du denn? Du hast ihm seine ganze Ausstellung versaut!« Ich schlug ihm mit der flachen Hand leicht auf die Stirn. Er versuchte mein Handgelenk zu fassen, aber es gelang ihm nicht. Und so stand er da mit durchgedrückten Beinen und heraushängendem Bauch und schrie zurück: »Dummes Zeug! Warum soll ich ihm denn seine Ausstellung versaut haben? Immerhin hatte er in meinem Restaurant die Möglichkeit, auszustellen! Zeig mir mal jemand, der diese Möglichkeit einfach so hat!« Während Theodor sprach, kam er meinem Gesicht immer näher, und ich roch seinen Alkohol-Atem. »Los«, brüllte er, »ich will jetzt mit meinem Sohn anstoßen, das werde ich doch wohl noch dürfen. Seid ihr von der Polizei, oder wie?«

Jolanta lief an uns vorbei und verabschiedete sich nickend. Theodor starrte ihr nach und brüllte noch mal, wo Jonny sei. Clint fing an zu lachen und konnte sich nun kaum mehr halten.

»Verstehst du das echt nicht?«, fragte er und klatschte in die Hände.

»Was soll ich nicht verstehen?«, rief Theodor und wirkte komplett ratlos. Wir schüttelten die Köpfe. Theodor schwankte. Er hielt sich an meinem Arm fest und riss mich dabei fast zu Boden. Clint half mir, ihn wieder hinzustellen.

»Gut, wenn ihr mir keine Antwort geben wollt, dann gehe ich jetzt«, sagte Theodor, und er bemühte sich, streng zu klingen.

»Ist vielleicht auch besser«, entgegnete Clint grinsend. Aber Theodor blieb stehen. Er hatte auf einmal enorme Gleichgewichtsprobleme und stützte sich an einem Tisch ab, der neben ihm stand. Und er tat mir schon wieder leid.

»Hast du eigentlich heute den Arzt angerufen?«, fragte ich, weil ich plötzlich fand, dass ich das tun müsste. »Du hast doch gesagt, dass dieser Kollege dich mal untersuchen würde und du hast versprochen, dass du ihn heute anrufst. Hast du?«

»Nein! Ich gehe jetzt!«, brummte Theodor trotzig.

Und dann ging er.

Nach der Sache, die dann passierte, konnte ich bestimmt zwei Jahre keine Cornflakes mehr essen. Denn eine Nase, die auf Holz gehauen wird, bis sie zerbricht, knackt ziemlich genau so, als würde man Cornflakes zerbeißen.

Die Vernissage war vorbei. Clint und ich saßen an einem Restaurant-Tisch, alle waren weg bis auf Kalli und Sultan, der irgendwas in der Küche in Ordnung brachte. Wir tranken noch ein Bier und hörten »Life's a Bitch« von Nas.

Kalli saß am Tresen, vor sich ein Herrengedeck, und schlief.

Life's a bitch and then you die; that is why we get high / Cause you never know when you' re gonna go.

»Nas hat absolut recht«, stellte Clint nachdenklich fest.

»Voll«, stimmte ich zu. »Deswegen verstehe ich auch nicht, warum man sich dauernd so anstrengen soll. Rita hat immer gesagt, wenn es nach ihr ginge, sollten alle Menschen aussterben. Überleg mal, dann wären total viele Probleme gelöst. Keine Ghettos in Amerika mehr, keine Autounfälle, keine Zeugnisse, dieser ganze behinderte Kampf wäre vorbei.«

Ich war angetrunken. Clint war angetrunken. Beide waren wir in einer komischen Stimmung. Traurig irgendwie. Aber mit Clint konnte es manchmal ziemlich viel Spaß machen, traurig zu sein und dabei Rapmusik zu hören. Ich sprach weiter.

»Die Tussis in meiner Klasse machen sich so viel Arbeit mit ihren Frisuren, und sie lachen über mich, aber ich will gar nicht aussehen wie die. Aber weißt du was? Die glauben mir das nicht. Das macht mich fertig.« Clint nickte, um mit mir nicht über mein Tussi-Problem sprechen zu müssen. Mit dem Ellenbogen stieß ich ihn an, damit er etwas sagte.

»Warum willst du, dass alle tot sind?«, fragte er, und es klang aggressiv.

»Ehrlich, Romy, ich will mal Geld haben. Und deswegen muss ich leben.« Er sah rüber zu den Flaschen, die hinter dem Tresen in einem Regal aufgereiht standen, zündete sich eine Zigarette an und stieß langsam den Rauch aus. Er redet nicht mit mir, er redet mit sich selbst, dachte ich, und das ärgerte mich. Er sollte so sein, wie ich es von ihm wollte. Clint lehnte sich zurück. »Eine richtig krasse Karre, an allen vorbei und denen den Mittelfinger zeigen«

– er zeigte irgendjemand, der nicht da war, den Mittelfinger –, »Picture me rollin'. Tschüs, ich bin schneller. Immer essen gehen, Kleider, ein extra Handy für extrawichtige Anrufe, einen Pool.«

Er sah mich an. Jetzt wollte er wissen, was ich dachte. Denn auch wenn wir uns oft stritten, brauchte er immer noch meine Meinung über ihn. Zur Sicherheit. Ich starrte auf den Aschenbecher und ließ ihn warten.

»Mir egal, ob du das oberflächlich findest«, meinte er dann, weil ich betont desinteressiert aus mir herausguckte.

»Den Pool musst du dann aber sauber machen«, sagte ich schließlich matt. Ich war enttäuscht, weil unser Gespräch nicht funktionierte.

»Nee, den macht jemand für mich sauber«, grinste er.

»Aber dann geht es wieder dem Typen schlecht, der deinen Pool sauber machen muss. Glaubst du, Poolsaubermachen ist ein toller Job, oder was? Du bist überhaupt nicht sozial! Wie Theodor!«

Ich sah ihn erwartungsvoll an, denn der Theodor-Vergleich traf ihn eigentlich immer.

»Ich würde dem Poolsaubermacher so viel Geld geben, dass der sich einen eigenen Pool kaufen kann.«

Er grinste immer noch.

»Und wer macht dann den Pool sauber?«, fragte ich und tippte mir an die Stirn.

Clint zuckte mit den Achseln. *Life's a bitch and then you die.*

Sultan kam aus der Küche zu uns.

»Aptals, wir fahren gleich nach Hause, alle müssen ein bisschen schlafen. Morgen ist Schule, oder?«

Er steckte sich eine Zigarette in den Mund und zündete sie an. Auf dem schwarzen Feuerzeug wurde in weißer Schrift Werbung für ein Bestattungsunternehmen gemacht, was ich nie vergessen werde, genauso wie Sultans ersten tiefen Zug von dieser Zigarette, in den hinein die schwere Eingangstür aufgestoßen wurde und vier Männer eintraten. Nein, sie traten nicht ein, sie brachen ein, weil solche Schränke wie die nicht normal durch eine Tür gehen können, nein, solche Schränke brechen immer ein, weil jede Form von Ordnung durch ihre Anwesenheit sofort zerstört ist, weil sie eben von Beruf Zerstörer sind. Zwei von ihnen hatten kahlrasierte Schädel mit breitem Kiefer und hohen Wangenknochen. Bei dem einen hing die eine Gesichtshälfte runter, was ihm einen traurigen Ausdruck verlieh. Der mit der Gesichtshälfte stellte sich, die Arme verschränkt, vor die Tür, der andere Glatzkopf assistierte ihm dabei. Sultan stieß den Qualm seiner Zigarette durch die Nase aus, ganz vorsichtig, als hätte er Angst, Aufmerksamkeit auf sich zu lenken. Der dritte Mann, ein jüngerer mit braungelocktem, nassem Haar und echt schönen Lippen, durchquerte den Raum und warf dabei Stühle um. Beim Tresen angelangt, schmiss er Gläser zu Boden, mit ganz gelassenem Ausdruck. Er nahm den Kopf von Kalli, der gerade aufgewacht war, und schlug damit auf den Tresen ein. Und da hörte ich dieses ekelhafte, böse Knacken, das von nun an in meinem Kopf wohnte, ohne zu fragen, da eingezogen war. Wie ein kleines, böses Insekt, das nicht zu kriegen war. Kalli sank zu Boden. Bis dahin war kein Wort gesprochen worden.

»Gehen wir nach hinten«, sagte der vierte Typ und schritt auf unseren Tisch zu. Beim Gehen schob er seinen Unterleib leicht nach vorn, die Füße setzte er weit auseinander, und er hielt seine Arme, als hätte er Rasierklingen unter den Achseln. Er hatte dunkles Haar, das kurz über den Schultern endete, eine Nase wie ein Griff und italienische Augen, aber er war kein Italiener. Sultan flüsterte, um Fassung bemüht, dass er Albaner sei, Vorname Fatjon. Fatjon trat an unseren Tisch. Groß und breit, mit einem synthetisch glänzenden Muskelshirt unter der Lederjacke.

»Los, los, gehen wir«, sagte er durch die Zähne.

Sultan nickte, stand auf und bedeutete uns mit einer kleinen Handbewegung, sitzen zu bleiben, also blieben wir sitzen. Fatjon schnipste mit der rechten Hand und sah uns an. »Ihr kommt auch mit«, befahl er, als wären wir seine Hunde.

Wir erhoben uns, die Glatzen kamen, und wir gingen, von ihnen eingerahmt, in die Küche. Der Gelockte mit dem schönen Mund schleifte den bewusstlosen Kalli hinter uns her. Er ließ ihn in eine Ecke fallen und spuckte auf ihn drauf. Nun erteilte Fatjon einen Befehl in einer Ostsprache an seine Kollegen, die daraufhin augenblicklich damit anfingen, die Küche auseinanderzunehmen. Töpfe, Teller, Schüsseln, Kellen, Öl, Salz, alles landete auf dem Boden. Die Glatzköpfigen schmissen Steaks an die Wand, mit vereinten Kräften warfen sie den Kühlschrank um, sie pissten in die Tiefkühltruhe. Sultan, Clint und ich standen an der Wand und hielten die Luft an, während dieser Fatjon vor uns auf und ab patrouillierte.

»Reicht!«, befahl er seinen Glatzen, die seiner Anweisung sofort Folge leisteten. Der Typ mit dem schönen Mund stand an der Küchentür und verzog keine Miene. Fatjon, der etwa anderthalb Köpfe größer war als Sultan, näherte sich Sultans Gesicht und grinste. Sultan hatte Schweiß auf der Stirn. Sein linkes Auge zuckte. »Du weißt, was wir wollen, Mistgeburt?«, fragte Fatjon, immer noch grinsend. Sultan nickte.

»Lasst die Kinder gehen, dann reden wir über alles!«, flüsterte er, mehr fordernd als bittend, und doch hatte ich Angst, dass er gleich weinen würde.

»Nein, die beiden Jungs können wir noch gebrauchen, die bleiben hier!«, rief Fatjon und tätschelte mir den Kopf. Ich musste dringend pinkeln, und ich verspürte außerdem diesen Drang, Fatjon zu sagen, dass es nicht *Mistgeburt*, sondern *Missgeburt* heißt. Eine Stimme in meinem Kopf flüsterte mir konstant zu, dass ich ihm das sofort sagen musste und dass er uns, wenn ich es nicht tat, alle umbringen würde. Ich biss mir auf die Unterlippe. Clint stand mit aufgerissenen Augen neben mir und starrte irgendwohin, wo man hinstarren durfte, ohne dass der Besuch ausrastete. Ich biss weiter auf meine Lippe, weil ich wusste, dass meine Idee eine psychische Scheißidee war, aber die Stimme in meinem Kopf machte weiter. *Sag es, sag, dass es nicht Mistgeburt heißt, trau dich, los!* Ich zitterte vor Angst. Fatjon zündete sich eine Zigarette an, seine Crew tat es ihm nach, und wäre es nicht echt gewesen, hätte ich gelacht. Aber hier lachte keiner, hier waren eine zerstörte Küche und drei Lebensgefährliche, die von ihrem noch lebensgefährlicheren Boss Befehle gegen uns erhielten, warum, keine Ahnung, aber sie waren da, sie waren wirklich da, und ich stellte mir vor, was wohl passieren würde, wenn ich Fatjon jetzt gleich das mit der *Mistgeburt* erklären würde, ob dann alles ganz anders laufen würde, ob das nicht doch eine vielleicht geniale Strategie war, und in meinem Kopf hallte die Stimme wider: *Ja, ja, tu es! Du musst.*

»Hast dich einfach verpisst, Mistgeburt, und deine Knastschulden nicht bezahlt! Zehntausend Scheißdeutschemark!«, sagte Fatjon leise.

Mistgeburt!

»Hast gedacht, hier finden wir dich nicht, aber wir finden dich überall!«, schrie Fatjon plötzlich laut und blies Sultan Rauch ins Gesicht.

»Ich musste das Geld erst zusammenkriegen. Bitte. Anfang nächster Woche hast du es!«, flehte Sultan und faltete die Hände vor der Brust.

Fatjon lachte, seine Crew lachte ihm hinterher.

»Vergiss es, du Stück Scheiße! Wir kommen am Freitag wieder, und dann gibst du uns zwanzigtausend!«

Fatjon lachte. Sultan schwieg, seine Augen wanderten über den Boden. »Verstanden?«, fragte Fatjon, ohne den Mund zu öffnen, und drückte Sultans Kopf an die Wand. Sultan nickte, soweit er konnte. Der Boss nahm seinen Kopf wie einen Stein in die Hand und schlug ihn gegen die Wand. Einmal, zweimal.

»Jetzt hast du verstanden!«, freute er sich wie einer, der gerade seinem neuen Schwiegersohn zur Hochzeit gratuliert hat. Er grinste, ließ Sultan los und bedeutete seinen Mitgliedern, dass sie hier fertig waren. Kurz bevor sie endlich die Küche verließen, drehte sich Fatjon noch einmal um und zeigte auf Clint und mich.

»Ihr seid dabei am Freitag, sonst passiert Sultan-Mistgeburt was.«

Clint nickte, natürlich, was macht man sonst, wenn man von solchen *Mistgeburten* besucht wird. Klar, nicken. Die Tür fiel hinter ihnen zu, und ich sagte mit dieser ruhigen Stimme, die nicht mir gehörte: »Es heißt nicht *Mistgeburt*, es heißt *Missgeburt*!«, und spuckte etwas Blut auf den Boden, weil ich mir so fest auf die Unterlippe gebissen hatte. Sultan fasste sich an den Hinterkopf und hatte ebenfalls Blut an den Händen. Er blieb noch eine Weile reglos stehen, bis er sicher war, dass Fatjon und seine Begleiter weg waren. Ich musste in den Kompost brechen, Sultan strich mir über den Rücken, was ich in diesem Augenblick überhaupt nicht gebrauchen konnte, weswegen ich ihn anschrie, er solle sich um Kalli kümmern, der immer noch mit wer weiß welchen Frakturen in der Ecke lag. Clint stand weiß vor der Wand und rauchte zitternd.

»Wer war das? Warum schuldest du denen Geld? Woher wissen die, dass du hier bist?«, stammelte er. Er ging ein paar Schritte, er guckte wie einer, dem eine Pistole vor das Gesicht gehalten wird. Sultan kniete neben Kalli, dessen Gesicht voller Blut war. Er stöhnte. Und ich rief Theodor an und schrie ihn an, dass er sofort kommen müsse.

»Sag! Warum schuldest du diesen Mördern Geld! Stimmt das? Sultan!«, rief Clint. Sultan war den Tränen nahe, ich wollte nicht, dass er weinte. Er schwitzte und wischte sich mit unsicherer Hand den Schweiß aus dem Gesicht.

»Es tut mir leid! Ich dachte nie, dass sie mich hier finden, ist unmöglich, dachte ich. Es muss auf dem Schrottplatz passiert sein, anders kann ich es mir nicht erklären! Ich wollte euch in keine Gefahr bringen, niemals! Glaubt mir das, glaubt mir!« Sultan rannte seinen Wörtern hinterher, die sich überschlugen und die wir nicht verstanden, und Clint schrie: »Sag! Warum schuldest du ihnen Geld?«

Er drehte sich zu mir, schrie mich an: »Er soll es sagen!«

Sultan flüsterte: »Es ging nicht anders. Keiner kann im Knast sein, ohne mit dem Kopf woandershin zu fliegen, versteht ihr? Ich wäre gestorben! Keiner schafft das ohne, und ich habe es auch nicht geschafft ohne.«

»Ohne was?«, fragte ich. Er zögerte.

»Heroin, Kokain, im Knast ist alles teurer. Ich habe für die gearbeitet, aber es ist so teuer, und dann sind meine Schulden gewachsen. Ich hasse, was ich gemacht habe, ich habe euch immer gesagt, ich bin gegen so was, war immer meine Ansicht!«

»Hast du auch … gespritzt?«, rief ich entsetzt.

Spritzen ist das Schlimmste, wer spritzt, ist tot, dachte ich immer.

Sultan antwortete nicht.

Clint lief in der Küche auf und ab.

»Und jetzt schuldest du denen zehntausend. Scheiße! Nein, du schuldest denen ja zwanzigtausend! Scheiße!«

»Aber du hast keine zwanzigtausend!« Clint blieb stehen und schrie Sultan an:

»Scheiße, Scheiße, Scheiße!«

Sultan rauchte und stützte den Kopf in die Hände. Er fluchte oder betete. Er wollte uns nicht ansehen, und er wollte nicht gesehen werden.

»Theodor soll dir das Geld geben«, sagte ich leise.

»Er muss«, nickte Clint und fing wieder an, auf und ab zu gehen.

Und ich noch einmal: »Ja, er muss.«

Ich sah, dass Clint zweifelte.

»Meinst du, er tut es?«, fragte er und sah mich an. Ich setzte mich auf den Boden, mir war schlecht. Ich hatte keine Kraft für Zweifel.

»Er muss einfach«, sagte ich laut.

Ich weiß nicht, wie lange es dauerte, bis Theodor kam. Vielleicht hat es nicht lange gedauert, aber mir kam es vor, als wären Tage vergangen, in denen wir in der Küche gesessen und »Scheiße!« gesagt, gerufen und geflüstert haben. Theodor benahm sich wie ein richtiger Arzt und kümmerte sich zuerst um Kalli, dann sah er sich Sultans Kopf an. Ich war so froh, dass er da war. Er sagte, Kalli habe eine gebrochene Nase und einen Zahn weniger, aber Kalli sei sehr widerstandsfähig und es wäre alles nicht so schlimm, und nein, wir müssten echt nicht ins Krankenhaus, das sei nicht nötig. Schließlich hörte er sich die Geschichte von Sultan und seinen Knastschulden an. Und dann wurde es richtig komisch. Nicht so, dass er ausgerastet wäre, nein, er blieb eigentlich recht gefasst. Aber er verstand einfach nicht, was los war.

»Wie, du schuldest denen zehntausend, und jetzt wollen die plötzlich zwanzig Mille? Die sind ja lustig. Ich glaub, ich spinne! Wir können vielleicht über zehntausend reden, die würde ich dir sofort geben, gar keine Frage, aber zwanzigtausend halte ich für Quatsch. Wie viele waren das? Ich werde mich mit denen am Freitag mal unterhalten.«

Theodor war komplett unbeeindruckt, eher belustigt, gut unterhalten, etwas in der Art.

»Doktor, nicht böse, aber kann sein, dass du das falsch einschätzt, vielleicht bisschen?«, sagte Sultan müde, so, als habe er es aufgegeben, aber er hatte eben die Hauptrolle in der Sache und musste reden, machen, tun.

»Wie kommst du denn darauf?«, fragte Theodor irritiert. »Ich lerne die am Freitag erst mal kennen, und dann unterhalten wir uns.«

Sultan seufzte leise.

»Allah, die wollen sich nicht unterhalten. Wirklich nicht, ich verspreche es dir!«

Clint, der neben mir auf dem Boden gesessen hatte, sprang auf.

»Guck dir doch an, wie es hier aussieht«, rief er. »Wie die Kalli zugerichtet haben. Uns haben sie auch gedroht!«

»Wie haben die euch gedroht?« Theodor tat so, als höre er nicht recht.

»Wir sollen am Freitag dabei sein, sonst passiert Sultan was!«, rief ich, und meine Stimme war ganz schrill und spitz.

Aber Theodor sprach ganz ruhig:

»Jetzt bin ich ja dabei. Da passiert Sultan nichts und euch auch nicht.«

Sultan unternahm noch einen letzten Versuch:

»Wirklich, Doktor, das sind Killer, glaub mir! Entweder wir bringen denen am Freitag zwanzigtausend und sind da, wie sie es fordern, also, nicht böse, ohne dich, Doktor, oder wir bringen Clint und Romy weit, weit weg, und ich gehe da mit der Uzi hin. Das sind die Möglichkeiten. Sonst nichts.«

Sultan fuhr sich mit den Händen über das Gesicht.

»Ich würde da jetzt nicht überreagieren«, erklärte Theodor, sah abwechselnd auf seine Fingernägel und in die Runde. »Ihr kennt mich, ich lasse mich nicht erpressen, das ist überhaupt nichts für mich.«

Das war der Moment, in dem ich ausrastete: »Theodor, du kannst es Sultan doch leihen, und er arbeitet es hier im Restaurant als Manager ab. Es tut dir doch nicht weh, bitte!«

Ich stand auf, lief zu ihm und packte ihn am Revers seines Cordjacketts. Ich schüttelte ihn und heulte, was mir in diesem Moment aber egal war. »Du verstehst nicht, wie gefährlich die sind! Wie kannst du das denn nicht verstehen? Guck doch mal Kalli an und wie die Küche aussieht!«, schrie ich ihn an. Er schob mich zur Seite. Ich ließ mich auf den Boden fallen. Es war wie immer. Ich konnte es nicht glauben. Dabei wusste ich genau, dass es einfach nicht anders sein konnte.

»Romy, du kannst dich auf den Kopf stellen und mit den Füßen wackeln, ich bleibe bei meinem Standpunkt«, sagte Theodor entspannt. »Ich lasse mich von so ein paar dahergelaufenen Albanern nicht erpressen!«

Clint lief kopfschüttelnd auf und ab, was mich wahnsinnig machte. Dann blieb er stehen, holte Luft und sagte etwas, woran ich überhaupt noch nicht gedacht hatte: »Wisst ihr was? Scheiß drauf! Wir sollten einfach die Bullen holen! Theodor wird bei seiner Version bleiben, die auf keinen Fall funktionieren kann, und bevor die uns komplett fertigmachen, ist es besser, die Bullen zu holen. Danach können wir uns immer noch überlegen, wie es weitergeht. Muss man in den Knast, wenn man im Knast Drogen genommen hat? Weiß das jemand? Egal, müssen wir rausfinden. Aber, Sultan, vielleicht kannst du den Bullen ja auch ein bisschen was erzählen und kriegst dann Straferlass, Erleichterung, was weiß ich. Ehrlich, wir sollten die Bullen anrufen.«

»Wenn Theodor so inkompetent ist und wirklich keine zwanzigtausend hergibt, ist das die beste Lösung!«, stimmte ich zu und starrte Theodor an.

Er sah in unsere Gesichter, als hätten wir ein Verbrechen begangen.

»Ihr habt wohl völlig den Überblick verloren, wie? Die Cops nehmen mir hier den ganzen Laden auseinander und steigen mir aufs Dach von wegen Steuern, Schwarzarbeit und so weiter. Am Ende kann ich das Ding hier gleich dichtmachen. Ich glaub, ihr spinnt!«, regte sich Theodor auf und war plötzlich überhaupt nicht mehr ruhig.

Sultan schüttelte den Kopf, ob wegen der Bullen-Idee oder wegen Theodors Reaktion darauf, war nicht zu sagen. Er sah Theodor an und nahm noch einen Anlauf, der ihn viel Kraft zu kosten schien: »Doktor, ich arbeite es ab. Du kannst dich verlassen, du kennst mich!«, und es war, als hätte er diesen Satz gehaucht.

Aber auf Theodor war halt genauso Verlass.

16

Nacht immer noch, so dunkel. Wie lange geht denn diese gefährliche Nacht noch? Eine Nacht, auch diese, dauert eine bestimmte Zeit und ist irgendwann vorbei. Ich stehe an der Straße und habe es aufgegeben, den Himmel anzuschreien, weil kein Auto kommt, seit zwanzig Minuten oder einer Stunde.

17

Mittwoch. Noch zwei Tage bis zu den Albanern.

Jonny hatte beschlossen, nach Hamburg zu reisen oder zu ziehen, das wusste er noch nicht genau. Als wir in jener Vernissagenacht nach Hause kamen, fanden wir einen an Clint und mich adressierten Brief, in dem stand, er sei jetzt erst mal in Hamburg. Jonny schrieb, er hätte so die Schnauze voll, dass er wegmüsse, weg von Theodor, es ginge nicht anders. Er wusste ja nicht, was sich in der Zwischenzeit abgespielt hatte, er wusste nichts von Sultan und den Albanern. Das heißt so lange nicht, bis wir ihn anriefen. Er kam sofort zurück, und das war keine gute Idee.

Jonny hatte einen Plan, den er sich während der Rückfahrt ausgedacht hatte: »Im Wald liegen noch knapp sechzehn Kilo, die waren vielleicht mal dreißigtausend wert. Vergesst endlich Theodor, glaubt mir, der kommt nicht zur Vernunft, ihr kennt ihn doch!«

Es war abends. Clint und ich saßen unten im Keller auf Jonnys rotem Sofa. Jonny lief auf und ab. Wir sagten nichts und sahen ihm zu. »Diese größenwahnsinnige Idee, mit denen erst mal reden zu wollen … Egal. Scheiß drauf. Aber wenn ich daran denke, dass Sultan damals in den Bau gegangen ist und dass Theodor ihm nicht mal einen guten, ach was, den besten Anwalt klargemacht und bezahlt hat … das ist unglaublich. Dabei ist es nicht mal so, dass Theodor Sultan nicht wichtig wäre, nein, es ist …

egal, wirklich, scheiß drauf.« Jonny war so aufgeregt, dass weder Clint noch ich uns trauten, ihn zu unterbrechen. Außerdem hatten wir absolut keine Idee, was zu tun war. Jonny dafür umso mehr.

»Also, passt auf, die sechzehn Kilo im Wald. Peter ist im Knast, ich kann ihn nicht fragen, aber ich weiß, der versteht das, ich muss ihm das Geld irgendwann wiedergeben, aber das schaffe ich. Okay, das Zeug ist inzwischen echt alt, aber es war ja luftdicht verpackt, und ich meine, wirklich luftdicht. Peter ist ein Profi, ich habe gesehen, wie er das gemacht hat. Das Gras war nicht feucht, da ist kein bisschen Luft oder Licht drangekommen, und kühl ist es auch gewesen.« Jonny war kurz stehen geblieben und fuhr sich über den Kopf. Dann lief er weiter. »Deswegen bin ich relativ sicher, dass ich das Zeug noch verkaufen kann. Und ich weiß auch schon, wem. Wir brauchen das Geld bis übermorgen, Scheiße, das ist so knapp, es darf echt nichts dazwischenkommen. Aber wenn das klappt, ist Sultan raus. Natürlich mache ich es billiger, ich sage einfach, ich brauche dringend Geld, deswegen der gute Preis. Fünfzehntausend. Ich habe selber noch etwa sechstausend gespart. Ich habe doch immer gesagt, ihr sollt sparen, jetzt wisst ihr, warum!« Er sah uns streng an. Aber ich war froh, dass er die Sache in die Hand nahm. Er sprach lauter und schneller als sonst. Hart. »Also, passt auf, Otto hat einen Ticker, der sein Zeug von einem kriegt, der Gras und Koks macht, und der Typ würde mir die Kisten abnehmen für fünfzehntausend Cash, sofort. Otto hat mir den Kontakt gemacht, und sein Ticker sagt, der Typ mit den fünfzehntausend sei absolut vertrauenswürdig. Wisst ihr, was für ein Schwein wir haben, wenn das klappt?« Wir nickten. Jonny sah uns an, als zweifele er daran, dass wir ihn wirklich verstanden. Er zündete sich eine Zigarette an und rauchte hastig. »Aber ich verspreche euch, danach bin ich hier weg.« Was er sagte, hörte sich wie eine Bedingung an, die wir zu akzeptieren hatten, wenn Jonny Sultan half. Ich schwieg. Jonny sah zur Decke und schüttelte den Kopf. »Theodor macht mich irre. Ich kann nicht mehr gegen diese Wand laufen. Es ist so dumm, immer gegen dieselbe Wand zu laufen, wisst ihr, was ich meine?« Natürlich wusste ich das. Aber ich würde trotzdem nicht weggehen. Clint nickte. Er saß ganz steif neben mir. »Egal«, fuhr Jonny fort. »Es gibt darüber nichts mehr zu reden, wirklich nicht. Ich treffe mich mit dem Typen auf dem Parkplatz von so einer Dorfkneipe, vierzig Kilometer von hier, und zwar morgen. Ich werde Theodor nicht fragen, ob ich den Benz haben kann. Wenn er von der Arbeit kommt und fragt, sagt ihr, ich sei einfach weggefahren, ihr hättet keine Ahnung, wohin.« Wir nickten. »Ganz im Ernst, der hätte Autos kriegen sollen. Keine Kinder.« Clint grinste, Jonny verzog keine Miene. Er setzte sich auf das Ledersofa gegenüber von uns. »Wenn alles gut läuft, bin ich morgen gegen sieben wieder zurück. Jetzt kommt und nehmt die Taschenlampe mit. Und betet irgendwohin, dass das Zeug keinen Schaden genommen hat.«

Donnerstag. Morgen kämen die Albaner. Theodor blieb dabei, mit ihnen »in einen Dialog treten« zu wollen, obwohl Clint von morgens bis abends auf ihn einredete.

Das Gras sah okay aus.

Nachmittags standen Clint und ich in Sultans Büro im Restaurant, Jonny war bereits aufgebrochen, mit dem Benz, mit dem Zeug. Wir hatten den Raum, ohne anzuklopfen, betreten. Sultan saß über seinen Schreibtisch gebeugt, fuhr hoch, sah uns, zog ein paarmal die Nase hoch und fummelte daran herum, aber wir hatten ohnehin alles gesehen, und es war uns genauso peinlich wie ihm. Seine Augen waren gerötet, die Haut schwitzig und weiß. Wir wollten bei ihm sein und ihm sagen, dass es vielleicht doch eine Lösung gab. Sultan sprang auf und fragte, ob wir einen Apfelsaft wollten, Apfelsaft sei gesund, wir sollten alle einen Apfelsaft trinken. Wie die Schule gewesen sei. Dass wir uns keine Sorgen machen müssten, er, Sultan, sei schon in viel schwierigeren Situationen gewesen. Dass wir nicht so ernst gucken sollten. Er nannte uns seine kleinen Aptals und sagte immer wieder, dass alles okay sei. In der Hand hielt er eine Gebetskette, mit der er permanent herumspielte. Sultan suchte nach seinen Zigaretten, fand sie nicht, schimpfte, suchte weiter, redete irgendwas, schimpfte noch mehr, bis er sie fand und sich eine anzündete. Er inhalierte tief.

»Hört auf mit Rauchen!«, sagte er. »Ich bitte euch! Man soll sein Kamel anbinden, wisst ihr noch? Habe ich euch immer gesagt! Bindet euer Kamel an, raucht nicht. Es ist teuer und stinkt, und ihr kriegt Herzkranzgefäße oder wie das heißt. Versprecht mir, dass ihr aufhört mit Rauchen.«

Er redete wie aufgezogen und war dabei so hilflos und entschlossen, dass ich ihm das nicht wegnehmen wollte und ihn nicht unterbrach.

»Ihr müsst keine Angst haben, wirklich nicht, vertraut mir. Ich werde das am Freitag mit Fatjon regeln, euch passiert nichts, er will nur ein bisschen Druck machen, versteht ihr? Ist normal. Albaner sind so, Albaner machen Druck. Aber keine Angst. Ihr müsst wirklich, wirklich keine Angst haben, ja?«

Er stand vom Schreibtisch auf, eilte zu uns, küsste uns, sagte, dass alles gut werden würde und dass wir bitte im Leben etwas Gutes machen sollten.

»Sultan! Hör auf und hör uns bitte mal zu!«, rief Clint.

»Was, du kleiner Scheißer? Wo soll ich zuhören? Ich muss euch wichtige Sachen sagen!« Sultan guckte alarmiert, fast so wie früher, mit Druck hinter den Augen.

»Du musst nicht so tun, als wären wir bald nicht mehr zusammen«, flüsterte ich.

»Jonny hat sich etwas überlegt«, erklärte Clint vorsichtig, aber mit Triumph in der Stimme. »Er ist schon unterwegs, um die Sache zu klären. Er bringt die zwanzigtausend wahrscheinlich zusammen.«

Sanft und mit einigen Verschönerungen erklärten wir Sultan den Plan und dass Jonny bereits auf dem Weg sei und, wenn alles gutginge, heute Abend mit dem Geld bei uns zu Hause sein würde. Sultan sah explosionsgefährdet aus, aber er rastete nicht aus, weder wegen des Drogengeschäfts noch wegen der Drogengeschäfte, die wir früher gemacht hatten. Er fragte stattdessen leise, wann Jonny losgefahren sei, und stützte den Kopf in die Hände, als er erfuhr, dass er jetzt zwei Stunden weg war. So blieb er reglos sitzen, auch als wir seinen Namen sagten und ihn darum baten, mit uns zu sprechen. Nach einer halben Stunde, die wir vor ihm gesessen hatten, gaben wir ihm einen Kuss auf den Kopf und gingen nach nebenan. Ich hoffte, dass er nicht weinte, von mir aus sollte er koksen, aber nicht weinen.

Was dann passierte, beschrieb Jonny später so: »Weißt du, es war alles ganz normal. Ein paar Wolken, die Sonne schien, Autos fuhren, ich hatte Zeit, war viel zu früh los gefahren. Ich dachte nichts, meine Gedanken waren viel schneller, als ich denken konnte, sie fielen übereinander her: Das Zeug liegt hinten im Kofferraum rechts, da, wo der Platz für das Reserverad ist. Die Cops haben mich noch nie angehalten. Der Benz hat getönte Scheiben und breite Schlappen, nicht gut, aber mir hat er immer Glück gebracht. Wenn die Sonne scheint, ist es leichter, Dinge zu tun, die als falsch gelten, weil die Welt und man selbst richtiger aussieht. Außerdem tue ich nichts Falsches. In zwei Stunden ist wieder alles in Ordnung. Die Albaner haben ihr Geld und lassen Sultan in Ruhe. Dann würde ich gehen. Theodor war in allem drin, aber ich wollte ihn aus allem raushaben. Jede Faser waschen, Zellen spülen. Dreck erledigen. Ich dachte, die anderen sehen es mir an. Du stehst auf einer Party, und die Frauen sehen es einfach. Du und Clint, ihr könnt mich doch besuchen. Klar kommt ihr mich besuchen! Aber vielleicht erst mal nicht, dachte ich. Erst mal alleine.

Dann hörte ich ein Geräusch. Irgendwie hinter mir, und es

gibt doch diese Momente, in denen du weißt, gerade ist etwas Entscheidendes kaputt gegangen, bevor du es wirklich wissen kannst. Du weißt es einfach. Ich hörte, dass ich auf der Felge fahre. Reifen platt. Kaputt. Warnblinker an, ich ließ das Auto ausrollen, kam ein bisschen schief auf der Straße zum Stehen. Atmen. Leute hupten. Immer noch: Atmen! Ich behinderte den Verkehr. Da fing ich an zu schwitzen, und mir wurde kalt. Weil ich zu spät kommen würde. Weil in dem Auto gar kein Reserverad war. Weil das alles nicht sein konnte. Weil die Wahrscheinlichkeit, dass die Dinge so lagen, wie sie in diesem Augenblick lagen, so extrem gering war. Und weil es doch genau so war. Also: Atmen! Den Typ anrufen und Bescheid sagen, dass ich später komme. Sultan muss mich abholen. Das Auto muss von der Straße runter. Du musst dich beeilen. Die Cops, die ein paar Minuten später neben mir standen, wollten nur helfen. Sie machten die Straße hoch auf der gegenüberliegenden Seite eine Verkehrskontrolle und hatten von meiner Panne irgendwie Wind bekommen. »Ach, das haben wir gleich!«, sagte der Bulle, der unglaublich rote Haare hatte, und er sagte es so oft, als wolle er mich trösten, wahrscheinlich weil ich aussah wie einer, den man trösten muss. Ich nickte. »Ist alles in Ordnung?«, fragte der andere. Ich nickte wieder. Und wieder: »Ach, das haben wir gleich!« Der Rothaarige lächelte mich aufmunternd an, krempelte die Ärmel hoch, winkte mich zu sich, guckte entschlossen und positiv eingestellt. Er stand schon vor dem offenen Kofferraum, als ich endlich sagte: »Warten Sie, ich habe gar kein Reserverad dabei, warten sie!« Er sah mich an, und sein Blick veränderte sich. Irgendetwas kam ihm komisch vor. Und er öffnete den Kofferraum und schaut nach dem Reserverad. So viele Kilos. Weiter: Atmen.«

Am selben Abend saßen Sultan, Clint, Theodor und ich vor dem Fernseher. Es lief *Gloria, die Gangsterbraut*, einer unserer Lieblingsfilme. Die wunderschöne Gloria ist ein harte Braut und bekommt plötzlich die Verantwortung für den kleinen, extrem süßen Jungen Phil, den sie vor Gangstern schützen muss. Eigentlich kann Gloria nichts mit Kindern anfangen, aber dann entsteht eine große Liebe zwischen ihr und Phil. Ich starrte auf den Fernseher, wo Gloria und Phil gerade Kuchen aßen. Ich sah hinüber zu Theodor. Er wusste nichts über den Grund von Jonnys Ausflug und war im Gegensatz zu uns nicht nervös. Er hockte auf dem Boden, zwischen den Beinen irgendwelchen Schrott, an dem er herumschraubte, und kommentierte abwechselnd den Zustand des Schrotts und das Geschehen im Fernsehen. Sultan rauchte ohne Pause. Er stand auf und ging zum Fenster, sah die Straße runter, setzte sich. Ich hatte ein kleines Loch in meiner Jeans und löste vorsichtig immer mehr Fäden, um es größer zu machen. Ich wusste, dass Theodor das nicht sehen durfte, weil es sonst Ärger geben würde, weswegen ich häufiger zu ihm rübersah, um mich zu versichern, dass er das Loch, das ich größer machte, nicht sah. Clint knackte mit den Fingern. Eigentlich machte das Jonny immer, aber neuerdings hatte er auch damit angefangen.

Jonny hätte längst zurück sein sollen. Im Fernseher fuchtelte Gena Rowlands mürrisch mit einer Kanone herum, um die Gangster, die ihr Phil wegnehmen wollten, zu vertreiben. Theodor drehte sich zu Sultan.

»Also, diese Gloria, die wäre auch was für mich gewesen. Die fackelt nicht lange, die hat ihre Kanone immer griffbereit. Gefällt mir. Die könnten wir gebrauchen, wenn wir morgen die Albaner treffen. Hahaha«, lachte Theodor.

Sultan atmete tief ein. Er stand auf und ging wieder zum Fenster.

»Wenn du die zwanzigtausend lockergemacht hättest, würden wir weder Gloria noch eine Kanone brauchen«, murmelte Clint.

»Pscht!«, machte Sultan.

»Mann, Theodor, es geht doch gar nicht nur um Gloria und die Kanone«, fuhr ich Theodor an. »Es geht darum, wie sehr sie den kleinen Jungen liebt, obwohl sie eine Gangsterbraut ist, und wie er sie zurückliebt.«

»Pschscht!«, machte Sultan.

»Das ist mir schon klar!«, antwortete Theodor. Er polterte, ich wusste, dass er beleidigt war, weil ich ihm unterstellte, dass er den Film nicht verstand.

»Ist dir gar nicht klar!«, sagte ich tonlos. Theodor ignorierte mich. Eigentlich war es gerade komplett egal, ob Theodor den Film nun verstand oder nicht. Andererseits, dachte ich, liegt darin wahrscheinlich unser zentrales Problem. Nämlich, dass Theodor nie kapiert hatte, worum es *wirklich* ging in Gloria, und dass er es auch nie kapieren würde.

»Ich glaube echt nicht, dass dir das klar ist!«, wiederholte ich, nun lauter. Theodor drehte sich zu mir um und sah mich streng an. »Natürlich ist mir das klar!«, rief er.

»Nein!«

»Doch!«

»Du sollst nicht immer das letzte Wort haben!«

»Hab ich aber!«

»Halt jetzt den Rand!«

»Pssscht!«, machte Sultan, der noch immer am Fenster stand.

Wir guckten weiter. Gloria und Phil rannten durch Straßen.

»Hat sie gut gemacht!«, kommentierte Theodor gönnerhaft. Es machte mich wahnsinnig, dass er das sagte.

»Mit so einer könntest du in echt gar nicht zusammen sein, weil sie viel zu stark ist für dich. Du würdest ihr immer sagen wollen, was sie zu tun hat, aber sie lässt sich nichts sagen. Sie lässt sich nicht von dir verarschen!«, rief ich.

Clint nickte und knackte. Theodor holte tief Luft, Sultan sagte, wir sollten aufhören. Da klingelte das Telefon.

»Glück gehabt!«, knurrte Theodor in meine Richtung und nahm den Hörer in die Hand.

»Herr Schwann! Was gibt's?«

Herr Schwann war Theodors Anwalt. Ein krasser Hund.

»Jonny?«, fragte Theodor ungläubig.

Scheiße. Clint und ich sahen uns an. Sultan stand vollkommen reglos am Fenster.

»Was?«, rief Theodor.

Pause. Ich starrte auf das Telefon und Theodor.

»Wie viel Kilo?«, erkundigte er sich.

Mein Magen zog sich zusammen.

»Und das Strafmaß?«

Strafmaß? Ich schluckte und hoffte, obwohl ich wusste, dass es nichts zu hoffen gab.

»Müssen wir sehen, klar!«, murmelte er.

Theodor hörte zu und nickte.

Clint kam neben mich, und wir hielten uns bei den Händen. Ich drückte fest zu.

»Das Jugendstrafrecht räumt da einen großen Ermessensspielraum ein, meinen Sie. Verstehe.«

Pause, mhmh, und Nicken.

»Gut. Bis gleich«, sagte Theodor ernst.

Nachdem er aufgelegt hatte, sagte er eine Weile nichts. Er starrte ins Leere und kratzte sich am Kopf. Dann erzählte er knapp und gefasst, was los war. Erschrocken, aber sofort daran interessiert, es mit der Schwierigkeit aufzunehmen. Mit zusammengekniffenem Auge sah er zur Decke, den Finger an der Nase. Ich zitterte. Clint und ich hielten uns immer noch bei den Händen. Sultan saß kopfschüttelnd neben dem Massagesessel auf dem Boden und schwieg.

»Passt auf: Jonny sitzt in Untersuchungshaft, er ist mit einer beträchtlichen Menge Marihuana hochgenommen worden. Wir müssen abwarten, was wir machen können. Ich fahre da jetzt hin.« Clint und ich sprangen auf.

»Ich will mit!«, rief Clint und sah Theodor eindringlich an.

»Ich auch«, flüsterte ich, obwohl ich mich davor fürchtete.

»Nein, ich fahre alleine«, sagte Theodor auf eine Weise, die klarmachte, dass es keine Diskussion gab. Clint ließ sich auf das Sofa fallen.

»Was hat Jonny sich nur dabei gedacht?«, rief Theodor kopfschüttelnd, als er aus dem Wohnzimmer schritt. Er nahm seinen Helm, winkte durch die Wohnzimmertür und verließ das Haus. Drinnen zündete sich jeder eine Zigarette an. Wir rauchten und hörten von draußen das Dröhnen des Motorrads. Langsam tropfte die Wirklichkeit in unsere Köpfe. Ganz langsam. Es war schiefgegangen. Jonny saß im Gefängnis. Ich guckte auf mein Loch in der Hose, das schon um einiges größer geworden war, und riss an einem Faden, mit dem ich schon länger zu tun hatte. Ich sah rüber zu Clint. Er weinte.

»Mann, hör auf zu flennen!«, schrie ich plötzlich.

»Blöde Prenses, bist du bescheuert geworden? Bist du aus Eis, oder was?«, fuhr Sultan mich an. Es überraschte mich, dass er dazu noch die Kraft aufbrachte. Damit hatte ich nicht gerechnet.

»Ich kann das nicht ertragen! Das bringt uns jetzt auch nicht weiter!«, entgegnete ich etwas leiser und riss das Loch in meiner Hose auf.

»Ist jetzt nicht die Frage, was bringt uns weiter und was nicht! Clint hat Schmerzen. Niemand hier kommt mehr weiter! Du bist sehr blöd, Romy. Gefühlsmäßig bist du echt blöd!« Sultan sah mich böse an.

»Lass mich in Ruhe, Sultan! Sei einfach ruhig!«, zischte ich.

Clint hob den Kopf und blickte mich aus nassen Augen an. »Geh spazieren, mach irgendwas, aber hau ab!«

Ich verschränkte die Arme und sah zur Decke.

Immer mal wieder setzte jemand zum Sprechen an, aber es fiel keinem etwas Passendes ein.

Dann war Freitag, und es war mir ehrlich scheißegal. An der Eingangstür hing ein Schild, auf dem »Geschlossen« stand. Das Treffen mit den Albanern war um drei. Wir waren schon eine Stunde vorher da, auch Theodor. Wir hatten ihn nicht davon überzeugen können, dass er eigentlich nicht eingeladen war und dass seine Anwesenheit Fatjon und seine Crew noch wütender machen könnte. Er war nach wie vor nicht bereit, Sultan auszulösen, und das, obwohl er wusste, warum Jonny getan hatte, wofür er jetzt in einer Zelle saß. Aber die Sache war für ihn irgendwie zum Politikum geworden. Er saß da, Zahnstocher im Mund, und machte seine Fingernägel sauber. Clint und ich waren wütend auf ihn, aber es war eine alte Wut, eine, die man immer vorrätig hat, keine, mit der man einen Streit anfängt. Zu schwach, weil sinnlos. Theodor war eben verrückt. Du kannst einem Hund nicht das Lesen beibringen, und du kannst ein kaputtes altes Gehirn nicht wieder in Ordnung bringen.

Sultan war definitiv high. Zog die Nase hoch, redete ununterbrochen und hatte diese durchtunnelten Augen.

»Was ist jetzt mit diesem Strafmaß, Doktor?«, fragte Sultan, die Hände in den Taschen, im Gesicht, auf dem Tisch. Er nahm einen Salzstreuer und versuchte, die Verschlusskappe aufzudrehen, was ihm nicht gelang, weswegen er es mit Kraft versuchte und das Salz schließlich komplett verstreut auf dem Tisch lag.

»Was soll die Scheiße?«, fluchte er.

Theodor bearbeitete ein Stück Nagelbetthaut mit den Zähnen.

»Das müssen wir abwarten. Schwann meint, dass Jonny mit richtig viel Glück ohne Gefängnisstrafe davonkommt, weil auf ihn mit hoher Wahrscheinlichkeit das Jugendstrafrecht angewendet wird und weil er eine gute Sozialprognose hat«, sagte Theodor durch die Zähne, weil er noch immer auf seinem Finger herumbiss. »Da spielen verschiedene Faktoren eine Rolle. Auch sein Motiv, das ja eigentlich kein schlechtes war.« Er sprach vollkommen ruhig. »Muss man nur sehen, wie man das dem Richter schonend beibringt. Wenn es gut läuft, kriegt er Sozialstunden, Gesprächstherapien und solche Sachen. Kann aber auch sein, dass wir Pech haben, und er kriegt ein Jahr.« Theodor betrachtete seinen Fingernagel, den er kurz aus dem Mund genommen hatte.

»Ein Jahr?«, rief Clint und riss die Augen auf.

»Wenn wir Pech haben. Glaube ich aber nicht. Außerdem ist der Jugendknast heute schon zu schaffen. Da kann er dann viel lesen oder ein Buch schreiben. Vielleicht kann er sogar malen«, erklärte Theodor sachlich.

»Doktor, Knast ist nicht witzig, kannst du mir glauben!«, entgegnete Sultan, der mit den Händen das Salz auf dem Tisch zusammenfegte.

»Ich sage ja auch nicht, dass es witzig ist, im Knast zu sein. Das ist überhaupt nicht der Ansatz von den Jungs, die diese Anstalten betreiben«, entgegnete Theodor genervt. »Ich sage nur, er könnte was daraus machen. Aber unter dem Aspekt von Jonnys beruflichem Fortkommen ist das natürlich ganz blöd, das sehe ich genauso.« Er nahm seinen Zahnstocher und bearbeitete nun damit sein Nagelbetthaut-Problem.

»Was sagst du denn da für komische Sachen?«, fuhr ich Theodor an und zündete mir eine Zigarette an, was ich in Gegenwart von Theodor sonst eigentlich nicht tat. Aber heute war ohnehin alles egal. Wenn Jonny für ein Jahr in den Knast kommen würde, sowieso.

»Lass ihn doch reden. Warum versuchst du überhaupt, ernsthaft mit ihm darüber zu diskutieren?«, meinte Clint gereizt. Er hatte recht. Warum redeten wir überhaupt noch mit Theodor? Andererseits: Warum nicht mit ihm reden? Es kam beides aufs Gleiche raus.

Theodor sah von seiner Finger-Operation auf und schlug mit der Faust auf den Tisch. Wir alle zuckten zusammen.

»Moment mal, ich versuche hier nur, die Lage sachlich zu betrachten und die Optionen durchzugehen«, polterte er. »Natürlich werden ich und Herr Schwann alles dafür tun, dass es nicht so weit kommt.«

Und dann ging die Tür auf. Es war Punkt halb drei. Fatjon, die beiden Glatzköpfigen und der Gelockte traten ein.

»Oh, Sie sind aber früh dran!«, begrüßte Theodor sie und erhob sich.

»Was macht der hier?« Fatjon sah zu Sultan und zeigte auf Theodor.

Sultan senkte den Kopf, Theodor lächelte freundlich.

»Na ja, das ist hier immerhin mein Restaurant. Außerdem bin ich der potenzielle Geldgeber. Da müssen Sie schon mit mir reden.« Mit einer Handbewegung bedeutete Theodor den Besuchern, sich zu setzen.

»In die Küche! Alle!«, befahl Fatjon und bewegte sich auf die Küchentür zu.

»Ich finde es hier eigentlich ganz passend!«, sagte Theodor, folgte Fatjon dann aber. Wir ebenso. Als wir alle in der Küche waren, postierten sich die beiden Glatzköpfe vor der Tür. Der mit der hängenden Gesichtshälfte sah genauso aus wie beim ersten Mal. Alle sahen aus wie beim ersten Mal. Gleiche Kleider, gleiche Bewegungen. Der Gelockte mit dem schönen Mund schlich bedrohlich umher. Ich versuchte, ihn versteckt anzulächeln, aber da war nichts zu machen. Er war so professionell, dass es ihm sogar gelingen würde, nicht zu lachen, wenn man ihn durchkitzelte. Wir standen aufgereiht vor der Arbeitsplatte. Sultan versuchte, Clint und mich irgendwie hinter sich zu gruppieren, aber dafür war er zu schmal und wir zu alt. Clint nahm meine Hand und drückte zu, so fest, dass es wehtat. Ich drückte, so fest ich konnte, zurück. Anders schafften wir das da drinnen nicht. Theodor legte die Hand ans Kinn und sah zu Boden. Er überlegte. Dann warf er den Kopf in den Nacken und sah Fatjon schweigend an.

»Also, meine Herren«, begann er ruhig. »Ich hörte, dass Sie von uns zwanzigtausend Mark verlangen, wobei sich diese zwanzigtausend aus zwei Posten zusammensetzen: einmal die Schulden von Herrn Aziz in Höhe von zehntausend Mark und dann weitere zehntausend Mark als Zinsen.«

Bei dem Wort »Zinsen« malte Theodor mit gekrümmten Zeige- und Mittelfingern zwei Gänsefüßchen in die Luft. Fatjon hatte den Kopf ebenfalls in den Nacken gelegt und sah auf Theodor herunter, der einen Kopf kleiner war.

»Ich bin unter Umständen bereit, Ihnen zehntausend Mark zu geben. Die anderen zehntausend halte ich ehrlich gesagt für übertrieben«, erklärte Theodor ruhig. Für einen kurzen Moment dachte ich, laut lachen zu müssen, weil Theodor vor diesen Ochsen stand und Bedingungen stellte. Dann fiel mir aber auf, dass sein Kopf plötzlich merkwürdig rot wurde, er zu schwanken begann und sich an der Arbeitsplatte festhielt. Fatjon ging auf ihn zu. Sein ausgestreckter Zeigefinger näherte sich Theodors Gesicht. »Mir ist ehrlich gesagt scheißegal, ob du das übertrieben findest. Zwanzigtausend, keine Mark weniger!«, raunte er.

»Hören Sie mal, wir sind hier doch nicht im Wilden Westen! Was haben Sie denn für Vorstellungen!«, sagte Theodor, nun schwer atmend.

Clint und ich sahen einander unsicher an.

»Was will er mit Westen?«, fragte Fatjon und lachte laut. Seine Männer lachten ihm nach. Theodor schien Mühe zu haben, sich auf den Beinen zu halten. Sein Kopf wurde immer röter, er keuchte. Fatjon ging auf Sultan zu. Er näherte sich bis auf wenige Millimeter seinem Gesicht.

»Pass auf, Mistgeburt!«, begann Fatjon. »Du hast das Geld nicht, wie ich sehe.«

Fatjon stieß sein Knie zwischen Sultans Beine, der sich krümmte und stöhnte. Fatjon wartete, bis sich Sultan wieder aufgerichtet hatte, dann meinte er lächelnd: »Aber ich sehe auch noch etwas anderes: Du hast hier einen sehr guten Ort für Geschäfte.« Pause. »Und du hast die kleinen Jungs.«

Er deutete mit einer Kopfbewegung auf Clint und mich.

»Kleine Leute können wir immer gebrauchen.«

Seine Nase, dieser Henkel, berührte die Stirn von Sultan, dem der Schweiß an den Schläfen herunterlief.

»Kannst froh sein, dass ich dir nicht deinen Kopf in deinen türkischen Arsch stecke.«

Clint stieß mich in die Seite, um mich auf Theodor aufmerksam zu machen, der seinen Zusammenbruch spielte. Oder es war wirklich einer.

»Mein ältester Sohn sitzt schon fast im Knast Ihretwegen. Da lassen Sie mal lieber die Finger von den beiden«, keuchte er knallrot.

»Halt's Maul!«, brüllte Fatjon plötzlich. »Halt's Maul, halt's Maul, halt's Maul!«

Er gab dem Gelockten ein Zeichen, woraufhin dieser einen Schrank öffnete und einen Satz Teller auf den Boden schmiss. Theodor sank auf den Boden. Japsend presste er heraus, dass er einen Notarzt brauche. Also doch gespielt, dachte ich. Theodor würde niemals freiwillig einen Notarzt rufen. Oder doch? Fatjon trat Theodor in die Seite. Ich schrie auf. Sultan versuchte ihn von Theodor wegzudrängen. Die Glatzköpfe hielten ihn davon ab. Sie hoben Sultan einfach hoch, und er hing strampelnd zwischen ihnen. Fatjon trat Theodor noch mal, diesmal in den Bauch. Ich schrie wieder.

»Jetzt ruft einen Scheißarzt, ihr Pisser. Wir treffen uns am Montag. Gleicher Ort, gleiche Zeit. Ohne den Opa.« Er spuckte aus und verließ die Küche, seine Crew hinterher.

»Hey. Wie geht es dir?«, flüsterte Clint. Wir standen neben Theodors Krankenbett. Er hatte ein Einzelzimmer und saß, von großen Kissen gestützt, aufrecht im Bett. Draußen war es bereits dunkel, und der Raum war nur durch ein schwaches Licht an Theodors Bett beleuchtet. Sultan war nicht mitgekommen. Er hatte dem Krankenwagen nachgewunken. Es war das letzte Mal, dass wir Sultan sahen. Später fanden Clint und ich jeweils fünfzig Mark unter unseren Kopfkissen. Und es war das erste Mal, dass Theodor in einem Krankenhaus lag. Auf Zehenspitzen näherte ich mich dem Kopfende. Clint griff nach Theodors Hand. »Mit geht es bestens«, rief Theodor. Er wirkte, als bemühe er sich um eine feste Stimme, aber sie klang angestrengt. Er lächelte.

»War das echt, oder hast du das gespielt?«, fragte ich leise.

»Na, jedenfalls hat es funktioniert, oder? Wir hatten doch keine Chance gegen diese … diese albanischen Schränke«, presste er hervor. »Die wollten schließlich meinen Kindern ans Leder! Da musste ich doch …«

Clint tätschelte ihm unbeholfen die Hand. Theodor sprach komisch. Leise und zurückhaltend. Mir standen Tränen in den Augen. Ich drehte mich zum Fenster und sah hinaus.

»Theodor! Bitte. Wir müssen wissen, was mit dir los ist!«, bat Clint.

»Nichts ist los.« Theodor sah uns mit großen Augen an. Als hätte er keine Ahnung, was Clint meinte. »Wir sollten zusehen, dass Jonny bald aus diesem albernen Knast rauskommt und dass wir die Sache mit Sultan in den Griff kriegen.«

Clint setzte sich an Theodors Bett und legte ihm den Kopf an den Hals. Theodor wischte ihm mit seiner Pranke über das Haar.

»Ich hab euch lieb!«, flüsterte er.

Die Tür ging auf, eine Ärztin kam rein. In der Hand hatte sie Papier. Theodor grinste sie an.

Sie schien es eilig zu haben und sprach zu Theodor, als wäre er ein dummes, unvorsichtiges Kind. Sie erklärte ihm, dass er Erregungsleitungsstörungen und Arrhythmien hätte und in jedem Fall Medikamente nehmen müsse. Außerdem sollte dringend über einen operativen Eingriff nachgedacht werden. Ein Spezialist würde am nächsten Morgen zu ihm kommen, um das zu besprechen. Sie verschwand, ohne dass Theodor sie unterbrochen oder ihr widersprochen hätte.

»Ist das schlimm?«, fragte ich, als wir wieder alleine waren, und hatte Angst.

»Ach, dummes Zeug! Ich habe dir doch immer gesagt, dass die im Krankenhaus zu Übertreibungen neigen.« Mit seiner Pranke machte er eine wegwerfende Bewegung. Dass er seinen Zustand herunterspielte, bedeutete gar nichts. Aber ich wollte beruhigt werden. Also nickte ich bereitwillig, und weil mir sonst nichts einfiel, goss ich ihm Wasser in ein Glas, das neben dem Bett stand, und hielt es ihm hin. Er nahm es und trank. »Ich bleibe jetzt über Nacht hier, das Krankenbett haben die mir ja ohnehin schon berechnet«, erklärte er etwas lauter und reichte mir das leere Glas. »Dann kann ich auch hierbleiben, versteht ihr? Das wäre ja sonst die reine Verschwendung. Morgen unterhalte ich mich mit diesem Herz-Spezialisten, und dann bin ich wieder zu Hause.« Er sah uns an, und wir nickten. »Also, ich sehe nicht, dass die mich operieren. Ich werde mich da erst mal selber drum kümmern. Ihr wisst ja, dass ich auf dem Standpunkt stehe: Minimaler Eingriff, maximaler Erfolg.« Er gab sich sichtbar Mühe, normal zu sprechen. Wieder nickte ich. »Und natürlich wollen die mich operieren, die wollen ja immer sofort operieren, weil die damit Geld verdienen.« Ich ging wieder zum Fenster und sah hinaus. Clint saß eng bei Theodor. Dort am Fenster wusste ich auf einmal, dass irgendetwas vorbei war. Es war, als hätte sich dieses Wissen über Tage hinweg in meinem Blutkreislauf verteilt und sei nun oben in meinem Kopf angekommen. Ich schob es beiseite, und es gelang mir auch. So war es, glaube ich.

18

Jonny und ich sitzen auf zwei grauen Stühlen in einem Krankenhausflur und sagen nichts. Ich habe die Stühle in diesem Flur gezählt, es sind auf jeder Seite zwölf. An den Wänden hängen nachgedruckte Chagalls und Bilder, die Kinder gemalt haben. Keine Fenster. Scharfes Neonlicht, man wird sofort wieder nüchtern. Der Boden glänzt. Ich kann nirgendwo Dreck erkennen. Die Uhr an der Wand sagt, es sei spät. Ich habe eine Halskrause um, obwohl mir die Schulter wehtut. Aber im Kernspin waren keine Auffälligkeiten zu sehen. Sie haben mir angeboten, mich hinzulegen, aber ich wollte nicht. Wir warten darauf, dass ein Arzt kommt und uns sagt, wie es Clint geht. Er ist noch immer bewusstlos, und sie machen ein CT von seinem Kopf. Zwei Ärzte sind mit ihm gegangen, sie haben ihn auf einer fahrbaren Liege weggerollt. Es ist Clints fünfundzwanzigster Geburtstag, und er liegt auf einer Liege in einem Krankenhaus.

Draußen auf dem Feld war dann doch ein Auto vorbeigekommen, und ich habe mich mitten auf die Fahrbahn gestellt und es angehalten.

Es gibt auf diesem Flur keine Zeit. Das Licht bleibt gleich. Es gibt nur Jonny und mich. Ich muss immer wieder die Stühle zählen. Mache ich das nicht, hat Clint was Ernstes. Ich will nicht mit Jonny reden, ich will nicht wissen, warum er ausgerastet ist. Er sieht oft zu mir rüber, das fühle ich. Aber ich gucke an ihm vorbei. Er stützt seinen Kopf in die Hände und atmet laut.

»Soll ich dir etwas zu trinken holen? Brauchst du etwas?«,

fragt er. Die Wasserflasche in meiner Hand ist noch halb voll. Er will irgendetwas tun. Ich bin müde, ich will gar nicht sauer sein. Aber ich gucke an ihm vorbei. Die Ärzte sollen kommen und sagen, dass alles in Ordnung ist. Damit wir gehen können und schlafen, und wenn wir aufwachen, ist es endlich wieder hell. Jonny wischt sich die Augen und sammelt Tränen ein. Ich gucke geradeaus. Es sind zwölf Stühle auf jeder Seite. Jonny steht auf.

»Ich gehe und rufe zu Hause an. Vielleicht ist Theodor da. Ich versuche es auch noch mal auf seinem Handy und hinterlasse eine Nachricht.«

Ich nicke, obwohl ich weiß, dass sein Versuch erfolglos bleiben wird. Jonny geht den Flur runter. Hoffentlich kommt er wieder. Zwölf Stühle auf jeder Seite. Die Halskrause zwickt. Mein Kopf schmerzt. Jetzt ist alles Schrott. Der Porsche, Clint, Jonny und ich. Theodor sowieso. Wir haben alles zu Schrott gemacht. Wie sich das für uns gehört vielleicht. Vielleicht führt man automatisch alles da hin, wo es angefangen hat. Ich wuchs auf einem Schrottplatz auf, wo ich lernte, mich von Radkappen und Stoßstangen zu ernähren. Aber ich will so nicht denken, und ich denke so auch nicht. Rita denkt so. Ich nicht. Denn dann könnten wir ja alle aufhören. Aber Clint wird wieder gesund, Theodor kommt zurück, und wir können weitermachen. Diese Nacht hat gar nichts gebracht. Und ich scheiße auf die vierundzwanzig Stühle.

Das Gehirn vergisst schlimme Dinge, damit es weitermachen kann. Es behält die schönen. Wenn wir alle zusammen im Bett lagen und gekuschelt haben, das war schön. Theodor war immer ganz warm. Wir nannten ihn Ofen. Sein Bart roch gut. Nach zu Hause. Nach Auto und Wind und Theodor. Später haben wir Witze über seinen Bart gemacht. Weil er so groß war, der Bart. Und dass man darin irgendwelche Dinge finden könnte, die Theodor verloren hat. Ersatzteile, medizinische Geräte, Autoschlüssel und so weiter. Clint wollte immer auf Theodors Schultern, auch mit sieben, acht Jahren noch.

Es ist nicht alles Schrott.

Jonny kommt den Flur entlang auf mich zu. Er schüttelt den Kopf. Ich schüttele ebenfalls den Kopf, damit er weiß, dass in der Zwischenzeit kein Arzt da war. Jonny setzt sich.

»Romy, ich muss jetzt mit dir reden!«, sagt er, und davor hat er tief Luft geholt. Ich schüttele den Kopf, so weit das geht mit der Halskrause.

»Doch!«, ruft er. Er setzt sich neben mich, legt seine Hand auf mein Knie und greift fest zu.

»Ich will aber nicht«, flüstere ich. »Ich bin müde.« Ich weiß, dass er mir etwas sagen möchte, den ganzen Abend schon. Aber ich habe keine Kraft mehr.

»Nein, es hat nicht Zeit bis morgen. Ich wollte schon viel früher mit euch reden«, sagt er, eindringlich und fest. Er rüttelt an meinem Knie.

Ich gucke an ihm vorbei, geradeaus auf die Wand.

»Mit Clint kannst du im Moment schlecht reden«, entgegne ich und lache bitter.

»Bitte!«, ruft er verzweifelt. Er steht auf und kniet sich vor mich. Damit ich ihn sehen muss. Aber ich gucke über seinen Kopf hinweg auf die Wand.

»Ich will nichts hören. Ich hab schon genug. Ich hab eine Halskrause«, sage ich tonlos.

»Hör auf! Es tut mir leid. Aber es muss sein …«

Er hält sich an meinen Knien fest und drückt zu. Pause. Er sucht Worte. Er findet hoffentlich keine. Ich nehme sie mir und rufe: »Clint ist schwer verletzt, worüber willst du denn da reden?!«

»Romy, guck mich an.«

Ich gucke ihn nicht an.

»Bist du noch ganz dicht? Ist das dein Ernst?«

Es klingt verächtlich.

Natürlich ist das mein Ernst.

»Mann, warum … bei uns stimmt was nicht!«, ruft er und wird immer lauter. »Es ist alles falsch, total falsch! Ich weiß es jetzt, ich glaube … wir wissen das alle, oder?«

Jonny erwartet, dass ich antworte, aber selbst wenn ich wollte, ich wüsste nicht, was. Er nimmt wieder Anlauf, diesmal vorsichtiger, versöhnlicher.

»Warum, glaubst du, haben wir nie darüber geredet, was mit unserer Mutter passiert ist?«

Er schluckt und starrt mich an. Was hat er gerade gesagt? Ich gucke wieder über ihn hinweg, geradeaus. Auf die Krankenhauswand. Pastellgrün mit so einer Beschichtung darüber, damit Schmutz abwaschbar ist. Dann muss man nicht jedes Jahr neu streichen. Das Streichen von Fluren in Krankenhäusern ist sicher teuer und ein Aufwand, dann müssen sie die Stühle irgendwohin räumen und vielleicht für einen Tag den Flur sperren. Die Beschichtung leuchtet mir ein.

»Warum sprechen wir nie von ihr?«, flüstert Jonny und rüttelt wieder an meinem Knie.

Er beugt sich zu mir hoch, in mein Gesicht rein.

»Was willst du?«, höre ich mich sagen, als würde ich etwas Ekliges ausspucken.

Ein Arzt erscheint auf dem Flur und läuft auf uns zu. Wir stehen auf. Der Arzt hat Ringe unter den Augen und müsste eigentlich ins Bett. In seinem Gesicht versuche ich den Zustand von Clint abzulesen, aber da ist nichts, nur Bartstoppeln und Routine. Clint, sagt er, habe vielleicht eine Schädelbasisfraktur, eher unwahrscheinlich, aber denkbar, gegenwärtig sei im CT nichts zu erkennen, was aber nichts heiße. Im Kopf sei ein kleines Gefäß verletzt, man müsse abwarten, ob sich eine Blutung bildet. Im Augenblick könne man nicht mehr tun.

Ich hasse den Arzt. Er kann nicht reden. Er sagt nur: Sie

müssen warten. Er empfiehlt uns, nach Hause zu gehen und zu schlafen.

»Nein«, sagt Jonny, »wir bleiben hier.«

»Ja«, sage ich.

Wir fallen zurück auf unsere Stühle. Der Arzt läuft den Gang runter.

»Scheiße«, flüstere ich. Jonny heult und sagt, dass es ihm leidtut. Ich gucke an ihm vorbei, auf meine abwaschbare Tapete.

Und dann holt Jonny wieder Luft. Er nimmt meine Hand, die schlaff in meinem Schoß liegt, und drückt sie. Langsam und entschlossen beginnt er: »Theodor und ich haben uns gestritten. Richtig geboxt. Ich habe ihn angeschrien und wollte, dass er es euch selber sagt. Rita stirbt bald. Sie hat es mir gesagt. Sie dachte, es ist ihre Pflicht, es mir vorher zu sagen, weil wir es sonst nie erfahren.«

»Wovon redest du?«, frage ich und bewege mein Gesicht kaum.

»Guck mich an!«, ruft er.

»Ich kann nicht. Die Halskrause.«

Ich muss lächeln und habe Tränen im Gesicht. Sie sind einfach gekommen. Jonny nimmt seinen Stuhl und stellt ihn vor meinen. Wir sitzen einander gegenüber. Er heult auch.

»Ich wollte, dass er es euch selber sagt. Romy, Theodor hat uns die ganze Zeit belogen. Seit du ihn kennst, belügt er dich! Er hat gesagt, unsere Mutter sei bei eurer Geburt gestorben. Aber das stimmt gar nicht.« Seine Stimme zittert. Er sucht meine Augen, um sicher zu sein, dass ich zuhöre. »Es gab einen Autounfall. Hast du verstanden? Ein Autounfall!« Er ruft seine Worte in mein Gehirn rein. Die Tränen laufen weiter über mein Gesicht, aber ich verstehe nichts. Er greift nach meiner Hand und drückt sie. Er ruft weiter: »Wir wussten doch alle, dass wir über unsere Mutter nicht reden dürfen, und wir haben uns daran gehalten, oder? Wir haben uns an diesen ekelhaften Pakt gehalten. Wir haben nie gefragt, oder? Keiner von uns.« Ich habe keine Ahnung, wovon er redet, und doch weiß ich es genau. Unten, im Bauch.

»Was redest du? Was für ein Autounfall?«, flüstere ich. Mein Mund ist trocken, und ich schmecke Blut.

»Rita ... Rita weiß alles. Sie hat es mir erzählt. Und ich sage dir jetzt einfach, was sie mir erzählt hat.« Ich schüttele den Kopf. Ich glaube, mein Mund steht offen. Jonny wischt sich die Tränen aus dem Gesicht und spricht fester: »Sie hat damals auf mich aufgepasst, während ihr im Krankenhaus gelegen habt. Ihr wart ja viel zu früh. Sechs Wochen, wegen des Unfalls.« Ich fahre mir mit dem Ärmel meines Pullovers über das Gesicht. »Theodor ist nach dem Unfall zu Rita gekommen, total besoffen. Er hat ihr erzählt, was geschehen war, und danach nie mehr ein Wort darüber verloren. Sie hat später immer wieder versucht, mit ihm darüber zu reden, sagt sie, aber dann hat er sie angeschrien.« Jonny greift wieder nach meinen Händen und hält sie fest. Seine sind schwitzig und kalt.

»Unsere Mutter ... Mama saß vorne, schwanger mit euch. Theodor ist auch an dem Tag gefahren, natürlich, er fährt immer. Es war euer Geburtstag. Auf der Landstraße fuhr er zu schnell, und dann hat ihm einer die Vorfahrt genommen. Rita sagt, unsere Mutter hätte immer mit ihm gestritten, weil Theodor so gefährlich fuhr.« Mir ist schlecht. Ich konzentriere mich auf Jonnys Gesicht und was es macht. Er hat jetzt ganz schmale Augen, und ich denke, dass er wütend aussieht und es ihm unglaublich leidtut, mir das zu sagen.

»Mamas ... ich meine, Maries Anschnallgurt ging nicht. Der Gurt war typisch Theodor, so eine komische Konstruktion aus zwei verschiedenen Anschnallgurten, die er gebastelt hatte. Dann kam das Auto aus diesem Waldweg raus und hat ihnen die Vorfahrt genommen. Theodor ist so schnell gefahren, dass er keine Chance hatte. Euch konnten die Ärzte retten, aber unsere Mutter nicht.«

Aha, denke ich. Jonny sieht mich mit aufgerissenen Augen an.

Ich muss aufstehen und Platz zwischen mir und ihm schaffen. Ich muss aufhören zu heulen. Ich springe auf.

»Was willst du von mir? Warum erzählst du das jetzt? Das bringt doch überhaupt nichts! Du machst das, weil es dir wegen Clint so leidtut!« Meine Stimme bricht. Jonny streckt einen Arm nach mir aus, ich stoße ihn weg.

»Nein, Romy, hör doch zu! Theodor … er …«

Ich gehe auf ihn zu, nehme ihn bei den Schultern und stoße ihn nach hinten. Er bleibt sitzen und sieht mich müde an. So, als wäre ab jetzt einfach alles so, wie er es gesagt hat.

»Und? Was ändert das? Für mich ändert das gar nichts!«, schreie ich ihn an. »Wo ist Theodor? Sag mir jetzt, wo er ist!«

Jonny will aufstehen, ich schubse ihn noch mal. Ich lehne mich mit dem Kopf an die Wand und schlinge die Arme um die Schultern.

Die Tapete hinter Jonnys Kopf zittert. Ich brauche jetzt vier Nägel, damit ich meine Sicht festhämmern kann.

»Was willst du? Was machst du? Wo ist Theodor?«, schluchze ich. Jonny steht auf und kommt langsam zu mir. Er legt mir vorsichtig eine Hand auf die Schulter, die ich wegschiebe. Vielleicht hasst Jonny Clint und mich, denke ich. Vielleicht hasst er Theodor dafür, dass er so von uns geliebt wird. Von uns und auch von ihm. Vielleicht hasst er uns alle. Weil wir alle schuld sind. Schon immer, schon als Kind habe ich gewusst, dass wir an irgendwas schuld sind.

Ich gehe zurück zu meinem Stuhl, er folgt mir. Wir sitzen einander wieder gegenüber und sagen nichts, bis er leise zu flüstern anfängt:

»Seit der Prügelei mit Theodor bin ich rumgelaufen, als hätte ich Steine im Bauch. Romy. Es tut mir leid, ich habe auch Angst um Theodor. Vielleicht bin ich schuld an seinem Verschwinden. Aber ich weiß nicht, wo er ist.« Ich hebe den Kopf und gucke ihn an. »Ich habe ihn nur besucht und ihm gesagt, dass ich weiß, warum unsere Mutter tot ist. Ich wollte sehen, was er macht. Ich wollte sehen, wie er sich entschuldigt, wie ihm alles leidtut. Ich wollte ihm irgendwie … begegnen.«

Ich habe Angst. Ich setze mich gerade hin. Jonny fährt sich über den Kopf. Er spricht weiter, zornig und bittend. »Wir kennen Theodor gar nicht. Du weißt, was ich meine, oder?«

Ich schweige.

»Verdammt, jetzt sag doch, dass du weißt, was ich meine!«

Aber ich sage nichts. Jonny schüttelt den Kopf.

»Wir saßen im Wohnzimmer. Erst hat er alles abgestritten. Von wegen so ein Quatsch, Rita hätte schon immer viel Phantasie gehabt, Rita sei ein bisschen hysterisch, das wüsste ich doch, hahaha. Du weißt schon.«

Ja, ich kenne es auswendig.

»Ich glaube dir nicht, habe ich zu ihm gesagt. Und er: Dann lässt du es eben sein. Ich: Schämst du dich nicht? Ist es dir egal, was ich von dir denke? Ich denke, du bist am Tod unserer Mutter schuld. Er: Du kannst denken, was du willst. Ich kann dir nur versichern, dass du unrecht hast.«

Immer wenn Jonny Theodors Worte wiedergibt, wird seine Stimme tiefer, und sein Gesicht bekommt einen ungerührten Ausdruck. Sieht komisch aus. »Daraufhin ich: Aber ich erinnere mich daran, dass es einen Unfall gab. Er: Es gibt im Leben viele Unfälle. Ich: Ich meine aber den, bei dem unsere Mutter gestorben ist. Und er: Ich weiß wirklich nicht, was du meinst.«

Jonny hält inne und sieht mich entsetzt an. Aber in meinem Gesicht passiert nichts. In mir drinnen auch nicht. Da ist es nur: leer.

Jonny wird lauter und spricht schneller: »Ich habe ihm gesagt, dass ich recherchiert und eine Nachricht in der Lokalzeitung von vor fünfundzwanzig Jahren gefunden hätte. Tragödie. Schwerer Unfall, die hochschwangere Frau konnte nicht gerettet werden, aber die Zwillinge sind wohlauf. Ich habe die Zeitung kopiert und ihm vor die Nase gehalten. Ich zeige sie dir auch, wenn du willst.« Jonny schreit fast und wedelt mit einem Blatt Papier vor meinem Gesicht herum. Ich sehe Text und das Foto einer geschrotteten Karre, die aussieht wie ein massakrierter Darm. Mein Bauch krampft. Ich will das nicht sehen.

Jonny ist zu laut, viel zu laut, als er das Blatt endlich wegnimmt und weiterredet: »Theodor benahm sich wie vor Gericht. Immer wieder sagte er, dass er mit dem Tod unser Mutter nichts zu tun hätte. Darauf kann ich dir mein Wort geben, wiederholte er, wie einer im Zeugenstand, wie einer, der einen Bart hat und immer wieder sagt: Ich habe keinen Bart. Doch, da ist er doch! Nein, da ist kein Bart, das bilden Sie sich ein.«

Ich heule wieder und kann nichts mehr sehen. Mein Kopf rechnet aus, was Jonnys Geschichte ändern wird. Er kommt zu dem Ergebnis: Nichts. Er registriert keine Wut auf Theodor. Wenn es stimmen sollte, was Jonny sagt, dann wundert es den Kopf nicht. Dann ist der zum Kopf zugehörige Rest: erleichtert. Und könnte aufhören zu heulen, aber das macht er nicht und verrät mich. Aber ich weiß, was ich denke, und das werde ich behalten. Theodor ist Theodor, und das alles ist nicht wirklich eine Neuigkeit. Wen wundert das, was Jonny erzählt? Wundert es irgendjemand? Nein, das wundert hier niemanden. Jonny sucht mein Gesicht nach Augen ab, die seine treffen, aber ich blicke hart an ihm vorbei.

Jonny redet weiter, etwas vorsichtiger. »Theodor ist wütend aufgestanden. Er sagte, ihm sei das Gespräch zu blöd. Was mir einfiele, ihm solche Dinge zu unterstellen, dass es eine Frechheit sei. Er ist durch das Haus gelaufen, ich ihm nach. Du kannst doch nicht einfach weglaufen, habe ich gesagt. Er: Du siehst doch, dass ich das kann. Die Scheibenwischer am Benz gehen übrigens wieder nicht. Kannst du mal mit anfassen. Das hat er gesagt.« Jonny schüttelt den Kopf, fassungslos. Ich muss lachen. Ich weiß genau, wie Theodor in diesem Augenblick war. Ich kenne das doch alles. Jonny ignoriert mein Lachen: »Er kramte nach Werkzeug. Ich sagte, setz dich hin, ich will mit dir reden. Er: Du weißt ja, dass ich für Gespräche immer zur Verfügung stehe. Aber diesen Quatsch bespreche ich mit dir nicht, mein Sohn.«

Ich muss schon wieder grinsen. Gleichzeitig heule ich. Jonny ruft: »Theodor, rief ich, Theodor! Du musst dich bei uns entschuldigen. Du musst es Clint und Romy sagen! Er: Bist du bekloppt? Wie komme ich denn dazu? Eure Mutter ist bei der Geburt der Zwillinge gestorben. Fertig. Aus. Ende der Vorstellung.«

Jonny hält inne, stützt den Kopf in die Hände, fährt ruckartig wieder hoch. »Und dann habe ich ihn angeschrien: Du weißt, dass ich beweisen kann, dass du lügst. Du bist doch eigentlich zu clever, um jetzt weiter zu lügen. Sag Romy und Clint, was passiert ist. Das erwarte ich von dir! Ganz einfach! Und er: Ich muss gar nichts. Wenn du es ihnen nicht sagst, mache ich das, sagte ich.« Jonny knackt mit den Fingern. Ich muss das auch mal ausprobieren, denke ich und sehe auf seine Finger. Ich würde sie jederzeit unter Tausenden fremden Fingern wiedererkennen. »Ich ging, und er lief mir nach. Hat mich am Arm gepackt und auf den Boden geworfen. Wir haben gekämpft. Er war über mir und hat mich festgehalten.« Jonnys Mund ist ein verkrampfter Strich. Er blickt mich zornig an. Aber ich kann ihm nicht geben, was er will. Ich habe keinen Zorn. Ich habe einfach nichts. »Er saß fast auf meinem Hals. Du machst gar nichts, hat er gebrüllt. Wenn du Romy und Clint diese Lüge erzählst, bist du nicht mehr mein Sohn! Ist das klar?, hat er gebrüllt.« Jonny brüllt jetzt auch. Ich sehe seine Erzählung wie einen Film vor mir. Mein Atem macht, was er will, ich schluchze. Jonny nimmt meine Hand, ich lasse es geschehen, er besinnt sich und bemüht sich, leiser zu sein. »Und plötzlich hatte ich solche Kraft. Ich habe ihm eine auf die Nase verpasst, mit der Faust. Schoss sofort Blut raus. Ich bin gerannt, er mir nach, aber ich war schneller. Ich: Sag du es ihnen! Er: Wenn du das machst, bist du nicht mehr mein Sohn. Dann bin ich abgehauen. Und am nächsten Tag war er weg.«

Jonny schüttelt sich. Und ich werde ruhiger. Ich weiß jetzt, das alles in Ordnung ist. Theodor ist keiner, der sich umbringt. Er kommt bestimmt wieder. Und Clint wird gesund werden.

»Es tut mir leid!«, flüsterte Jonny mit dünner Stimme. Er fährt sich über den Kopf, das Gesicht und sieht mich an. »Was hätte ich machen sollen?«

Ich sage nichts. Ich bin nicht verwundert. Man mag es bedauern, dass ich nicht verwundert bin.

»Sag etwas!«

Jonny will, dass ich etwas sage, aber es gibt nichts zu sagen. Wir sind hier, um auf Clints Arzt zu warten. Jonny denkt anders. Er braucht etwas von mir.

»Du kannst doch nicht einfach so dasitzen. Was ist?«

Ich zucke mit den Achseln.

»Ist es dir egal?«

Ich zucke noch mal mit den Achseln. Mein Kinn zuckt auch, seit das mit dem Schluchzen angefangen hat. Ich kann nichts dagegen tun.

»Wir können unseren Theodor nicht behalten! Der ist ein Lügner! Ein richtiges Arschloch!«

»Und? Das weiß ich doch«, sage ich so ruhig, wie es mir möglich ist. Aber das Schluchzen zerhackt mir die Sätze. »Das wissen wir doch alle, seit wir ihn kennen. Darüber haben wir doch immer gelacht. Das war doch, was wir … zusammen hatten.«

Pause.

»Dann sind wir auch Lügner«, erwidert Jonny nüchtern.

Kann sein. Vielleicht bin ich ein Lügner. Ich mache die Augen zu. Jonny steht auf. Endlich. Er läuft den Gang auf und ab. Wahrscheinlich ist es draußen schon hell geworden. Aber das ändert hier drinnen nichts. Wir warten darauf, dass Clint wieder gesund wird. Wir warten auf Theodor. Es ist alles wie immer. Warten auf Theodor.

19

Jonny kam noch einmal davon. Er bekam Sozialstunden verordnet und musste regelmäßig zu so einer Gesprächsgruppe gehen. Kurz darauf machte er sein Abitur mit einer Eins vorm Komma. Wir stritten uns oft, vor allem über Theodor. Er fand, dass es falsch sei, Theodor immer alles durchgehen zu lassen, nur weil er verrückt war. »Dadurch kann er machen, was er will«, rief Jonny, wenn wir unten in seinem Zimmer saßen und rauchten, »kapiert ihr das nicht? Er wird mit uns sein Leben lang machen, was er will, wenn wir ihm nicht klarmachen, dass das nicht geht! Es ist absolut notwendig, ihm … Grenzen, ja, Grenzen zu zeigen.« Aber wie denn?, fragte ich mich. Wie denn? Jonny wurde mir in diesen Diskussionen immer zu ideologisch und radikal. Und am Ende verließ ich entweder Türen knallend das Zimmer, oder wir sagten gar nichts mehr. Und Clint hielt sich da raus.

Ein Dreivierteljahr nach dem Kilo-Bust ging Jonny dann tatsächlich weg von uns. Erst nach Hamburg, dann nach Barcelona. Er sprach nicht mehr mit Theodor, den das allerdings überhaupt nicht zu interessieren schien. Nach einem halben Jahr sah Jonny ein, dass es keinen Unterschied machte, ob er nun mit Theodor sprach oder nicht, weil Theodor Jonny, was das anging, einfach ignorierte. Er rief ihn an, er stand vor seiner Tür, wann immer er das wollte, sogar in Barcelona. Jonny sagte, er habe damals irgendetwas in der Stadt erledigen müssen und Theodor sei einfach neben ihm hergelaufen, durch die fremden Straßen, habe geredet, obwohl Jonny nicht mit ihm sprach. Nachts ließ er ihn dann doch bei sich schlafen, weil Theodor gesagt hatte: »Du, ich schlafe auch im Park. Du kennst mich doch, für mich ist das überhaupt kein Problem.« Jonny kam eben auch nicht gegen ihn an.

Zu Hause vermissten wir Sultan. Nach Theodors Herzanfall in der Küche hatte er seine Sachen gepackt und war verschwunden. Er hatte weder eine Nachricht noch eine Adresse hinterlassen. Von den Albanern hörten wir nie wieder etwas, keine Ahnung, wie er das geschafft hatte, aber es passierte wirklich gar nichts mehr. Wir stellten Nachforschungen an, wo er war. Wir fragten sogar den gemeingefährlichen Rolf und telefonierten Nummern ab, ohne Ergebnis. Sultans Handynummer gab es nicht mehr. Ich guckte regelmäßig in die Zeitung, ob da vielleicht irgendetwas stand, und ich habe bis heute nicht damit aufgehört. Die Zeit mit Sultan war mit Sicherheit die beste, die wir hatten.

Ich ging dann auch mal zu so einer Selbsthilfegruppe für Kinder, die einen Elternteil verloren haben, weil ich dachte, das sei vielleicht richtig. Aber ich kam mir zwischen den anderen, die dauernd von Trauer redeten, wie eine Lügnerin vor. Ich wurde nur wütend. Sultan fehlte mir, und meine Mutter habe ich doch nie gekannt. Ich war wütend, weil ich keine Gefühle für sie hatte und weil aber erwartet wurde, dass ich traurig war. Manchmal war ich auch wütend auf sie. Auf Marie. Meine Mutter. Das wiederum verstand ich nicht, es verwirrte mich so sehr, dass ich beschloss, nie mehr zu so einer Gruppe zu gehen. Die Kleider, von denen ich vermutete, dass sie mal ihr gehört hatten, passten mir inzwischen, aber ich gefiel mir darin nicht. Vielleicht fand ich, dass ich sie gar nicht tragen durfte. Manchmal entschuldigte ich mich bei meiner Mutter, bei Marie, in Gedanken oder flüsternd.

Wir gingen häufig zu Rita zum Abendessen, später dann nicht mehr so oft. Wir machten weiter. Clint machte weiter lebensgefährliche Sachen. Er fuhr lebensgefährlich Auto, er verkaufte lebensgefährliche Drogen (für eine Zeit) und er nahm lebensgefährliche Drogen. Danach, wenn es ihm schlechtging, redeten wir darüber. Jedes Mal. Es passierte nie etwas Schlimmes. Es ging alles gut. Irgendwie halt und wie immer.

Jonny, Clint und ich studierten. Zwanzig Kilometer von Theodor und unserem Haus entfernt. Clint wohnte direkt bei mir um die Ecke und Jonny nur ein paar Straßen weiter. Abends trafen wir uns und kochten. Ich fand studieren leichter als Schule, weil man in der Uni nicht so unter Menschenbeobachtung stand. Clint wurde, was sein Medizin-Studium anging, wahnsinnig ehrgeizig, und Jonny entschied sich für Jura und gegen Kunst, wegen des Geldes, wegen Theodor. Und Theodor blieb Theodor. Er zahlte uns keinen Unterhalt, weswegen wir alle in Bars oder sonst wo arbeiten mussten. Dafür rief er jeden von uns täglich an. Allerdings nur von der Praxis aus, weil ihn das weniger kostete. Die Jungs hatten oft keine Lust, mit ihm zu sprechen, aber ich ging eigentlich immer ans Telefon. Dann fragte er mich, ob ich alles im Griff hätte, und erzählte mir von Autos, Geschäften und Geld. Und wenn ich Geld brauchte, schrieb ich ihm E-Mails, weil man da weiter ausholen und geschickter sein konnte:

Betreff: Asche
Lieber Theodor, ich weiß, du hast beim Lesen der Betreffzeile die Augen verdreht. Aber es ist alles nicht so schlimm, wie du denkst. Kurz gesagt: Insgesamt fehlen mir zur Vollendung dieses Monats ca. 250 Euro. Es sind eigentlich etwas mehr, aber ich will ja keine Verzweiflung bei dir auslösen. Zu den Gründen: 72 Euro sind nur Bücher. Du weißt ja, ich habe über ein Thema geschrieben, für das ich Forschungsliteratur brauchte, die neu ist. Und die Bibliotheken sind auch arm, deswegen haben die da nur wenig Neues. Ich werde versuchen, die Bücher an andere Studenten zu verkaufen. Bis jetzt hat sich aber niemand gemeldet. Dann war das pausenlose Kopieren teuer.

Weitere Posten:
50 Euro für ein neues Handy, das alte war nach einem unvermeidlichen Ausgang weg. Ich will hier niemand etwas unterstellen, aber es könnte geklaut worden sein.
Zusätzlich hatte ich noch 23 Euro für Gas und Strom zu entrichten.
18 Euro musste ich für Medikamente ausgeben. Meine Ärztin ist ziemlich homöopathisch, deswegen hat das so viel gekostet.
Dann muss ich anführen: Im Vergleich zu meiner vorherigen Situation verdiene ich 130 Euro weniger. Bedenkt man das für die letzten beiden Monate, so ist mein Minus nicht so schlimm. Dann habe ich mich eigentlich gut geschlagen.
Es gibt nun zwei Möglichkeiten. Entweder ich leihe mir das Geld von dir, oder du entschließt dich, es mir großzügig einfach so zu geben, d. h. nicht »einfach so«, sondern wegen meiner guten Uni-Ergebnisse. Dafür würde ich mir dann aber zusätzlich noch einen Brief von dir oder einen Besuch wünschen.
Theodor, sei nicht traurig oder sauer. Ich weiß, ich kann nicht so toll mit Geld umgehen und so sparsam leben wie du. Ich würde ja gerne, aber leider hast du mir das nicht vererbt. Wirklich, was würde ich darum geben, so ein schlauer Fuchs zu sein wie du.
Also, bitte, habe Nachsicht. Ich verspreche dir, wenn ich selber viel Geld habe, kaufe ich dir einen Porsche, auch wenn du es nicht willst.
Kuss, Romy

Betreff: RE: Asche
Mein Täubchen,
wann verstehst du endlich, dass man nur so viel ausgeben kann, wie man einnimmt? So ein Haushalt ist im Grunde wie ein wirtschaftliches Unternehmen. Das ist doch ganz einfach! Weiß der Kuckuck, was ich da bei dir falsch gemacht haben könnte!!! Kannst du mir das mal erklären? Nach meiner Kenntnis hast du eine sehr übersichtliche Kostenstruktur! Irgendwann ist Schicht im Schacht! Ich verstehe das nicht!!!

Außerdem muss ich feststellen, dass du dich immer nur dann meldest, wenn du Geld brauchst.

Anyway.

Ich bin bereit, dir das Geld zu verauslagen. Allerdings nur, wenn wir die Höhe des Betrags und das Rückzahlungsdatum schriftlich fixieren (siehe Anhang!). Schick das bitte in zweifacher Ausführung zu meinen Händen in die Praxis. Schick mir bitte auch deine Studienbescheinigung, die brauche ich DRINGEND (!), damit ich das Studenten-Abo meiner Tageszeitung verlängern kann.

Ansonsten versuche ich, alles richtig zu machen. Always on the right side! Apropos Porsche: Habe ein 87er Baujahr an der Hand. 400 000 runter, also schon einige Kilometer auf dem Buckel, der Gute. Kolbenringe sind nicht mehr die besten, drei Stehbolzen, muss noch durch den TÜV!

Hab dich trotzdem lieb, Theodor

Und immer so weiter und hin und her, und es war eben, wie es war.

An jenem Abend aber, an dem Theodor im Krankenhaus lag, war es schwer, ihn dort alleine zurückzulassen. Er versuchte Scherze. Er machte zum Abschied ein Victory-Zeichen, was ich ihn vorher noch nie hatte machen sehen. Was daran so traurig war, weiß ich gar nicht.

»Gibt doch keinen Grund zum Heulen!«, sagte er.

Wir standen in der Tür, bereit zum Gehen, aber wir konnten nicht. Wir gingen wieder zurück zu ihm ans Bett und setzten uns zu ihm.

20

Wir hatten schweigend auf unseren Stühlen gesessen, geschlafen, wieder geschwiegen und weitergewartet. Plötzlich sehe ich ihn, am Ende des Flurs. Verwitterte Motorradstiefel, die seinem Gesicht ähneln, der rechte Fuß beim Laufen leicht nach innen zeigend, seine Beine in einer viel zu großen grünen Cordhose, die an den Knien helle Stellen hat, der Oberkörper in eine Regenjacke gewickelt, auf deren Ärmel zwei weiße Streifen aufgenäht sind, und dann springe ich auf, rufe seinen Namen, jaule kurz wegen der kaputten Schulter auf und renne auf ihn zu.

»Hast du unsere Nachricht bekommen?«, rufe ich. Meine Stimme überschlägt sich.

»Natürlich habe ich eure Nachricht bekommen. Alles Gute nachträglich!«, brummt Theodor, als sei nichts passiert.

Ich umarme ihn, drücke mein Gesicht an seinen Hals und streiche ihm durch das zerzauste Haar. Und bin glücklich in diesem Moment. Jonny erhebt sich. Die beiden nehmen sich etwas knapper, aber innig in den Arm, das heißt, Jonny wird knapp und innig in den Arm genommen und ebenso wird ihm bei der Umarmung einige Male knapp und innig auf den Rücken gehauen.

»Wo warst du?«, fragt Jonny. Erschöpft, nüchtern, traurig, alles zusammen.

»Eins nach dem anderen.« Theodor macht eine abwehrende Handbewegung. »Ich muss jetzt erst mal mit den Ärzten sprechen und in Erfahrung bringen, was die da überhaupt mit Clint veranstalten«, erklärt er.

»Der Arzt war schon Ewigkeiten nicht mehr hier. Irgendein Gefäß im Kopf ist vielleicht kaputt, und es kann sein, dass Clint eine Schädelbasisfraktur hat«, berichte ich.

»Das wollen wir doch mal sehen«, murmelt Theodor, läßt uns stehen und läuft den Gang runter. Während wir auf ihn warten, sehe ich, von der Halskrause gehindert, aus den Augenwinkeln zu Jonny rüber, um auszumachen, ob er sich auch ein bisschen freut oder wenigstens erleichtert ist. Aber er sieht zur Decke und schweigt, also schließe ich die Augen.

»Wie ich mir das gedacht habe«, höre ich Theodor wenig später sagen, der sich auf einen Stuhl neben mir fallen lässt, »hat Clint keine Schädelbasisfraktur. Das Gefäß ist verletzt, das ist richtig, aber es ist glücklicherweise zu keiner Blutung gekommen.« Ich nicke und sehe ihn an. Seine Stimme kommt mir dunkler vor als sonst. Routiniert wie ein Arzt, der über einen beliebigen Fall spricht, referiert er weiter, und es beruhigt mich. Theodor ist ein Idiot, aber er tut mir gut. »Die müssen den jetzt hierbehalten und ein bisschen beobachten, aber wenn ihr mich fragt, sieht es alles in allem gut aus. Ich habe denen auch gleich mal gesagt, dass es mir gar nicht gefällt, dass sie meine Kinder so lange warten lassen. Frechheit.«

Theodor schüttelt verächtlich den Kopf. Er stützt die Arme auf die Knie, kratzt sich am Bart, sammelt sich und kommt zum nächsten Punkt. »So. Wo steht der Porsche? Es muss ja irrsinnig gescheppert haben! Was habt ihr euch denn dabei gedacht?«

Er wirkt, als würde er ernsthaft um Verständnis ringen.

»Wie, was wir uns dabei gedacht haben? Wir haben dich gesucht!«, beeile ich mich, Jonny zuvorzukommen, der schon Luft geholt hat.

»Aber dann nehmt doch nicht den Porsche! Außerdem wisst ihr genau, dass ihr nicht einfach so meine Autos fahren dürft. Und wenn es denn unbedingt sein musste, dann hättet ihr den

BMW oder ein anderes nehmen sollen. Aber doch nicht den Porsche!«

Theodor greift sich an den Kopf. Ich lächele und denke, dass ich irre bin. Und Theodor ebenso.

»Ich habe euch doch schon x-mal gesagt, dass man das Ding im Griff haben muss, sonst bricht der einem aus. Das ist ein hochempfindliches, sensibles Auto! So was Überflüssiges!« Er ballt die Faust und schlägt sich auf das Knie.

Da fange ich plötzlich an zu lachen und kann nicht mehr aufhören. Ich sitze in der Mitte zwischen Jonny und Theodor, die es überhaupt nicht witzig finden, und lache. Auch ich finde es nicht witzig, aber ich bin so müde und erschöpft, dass es eben passiert.

»Was ist denn so witzig?«, fragt Theodor entgeistert.

»Ich weiß auch nicht«, japse ich.

»Bist du bescheuert?«, fragt Jonny entsetzt.

»Ja!«, antworte ich und ringe nach Luft.

»Dumme Gans!«, beschimpft mich Theodor, was ich als beleidigend empfinde, denn eine dumme Gans ist in etwa das Gleiche wie eine hysterische Kuh, und nichts wird in unserer Familie geringer geschätzt. Zusätzlich zu meinem Lachen fange ich an zu heulen.

»Wo warst du?«, fährt Jonny plötzlich Theodor an. »Hättest du nicht mal Bescheid sagen können? Weißt du, was wir uns für Sorgen gemacht haben?«

»Du«, sagt Theodor mit extratiefer Stimme und fährt sich über den Bart, »ich war in Polen, und da hat irgendwas mit meiner Prepaidkarte nicht funktioniert.« Wieder muss ich laut lachen.

»Warum denn in Polen?« Jonny tippt sich an die Stirn.

»Ich musste da jemanden treffen, außerdem habe ich günstig ein paar Ersatzteile besorgt«, entgegnet Theodor gelassen. Er schlägt die Beine übereinander und sieht auf die Uhr. Eine Krankenschwester läuft über den Flur und nickt uns zu. Theodor nickt zurück.

Ich lache.

»Und da hättest du nicht mal anrufen können?«, schreit Jonny. »Nicht mal an dem Geburtstag von Romy und Clint?«

Die Krankenschwester dreht sich um. Ich lächele sie schief an.

Allmählich gelingt es mir, mein Lachen und Weinen in den Griff zu bekommen.

»Ich habe dir doch gesagt, dass etwas mit meinem Handy nicht gestimmt hat«, entgegnet Theodor geduldig. »Außerdem wollte ich schon gestern Mittag wieder da sein. Aber dann ist mir die Ducati liegengeblieben. Wieder die Scheißbatterie. Ein Riesenzirkus war das da auf der Autobahn, kannst du mir glauben!«

»Und in Scheißpolen gibt es keine Scheißtelefone?«, ruft Jonny. »War dir zu teuer, oder was? Weißt du eigentlich, was hier los war?«

Er sieht Theodor erwartungsvoll an. Aber da ist nur Theodor. Der Stein, der Hund, das fertige Gemälde.

»Natürlich gibt es da Telefone, aber ich hatte viel zu tun«, erklärt Theodor genervt. »Außerdem hatte ich ja damit gerechnet, rechtzeitig zurück zu sein!« Jonny schüttelt den Kopf. Mir reicht es. Er soll endlich aufhören.

»Hältst du mich eigentlich für blöd?« Jonny spricht leise und hat böse Augen. »Wir beide wissen doch ganz genau, warum du so lange weg warst.«

Pause.

»Und Romy weiß es auch«, ruft Jonny und sieht mich auffordernd an. Ich sage nichts. Ich bin nicht mehr da.

»Aber Jonny, du weißt doch genau, dass ich dich nicht für blöd halte«, murmelt Theodor, und es klingt, als würde er Jonny für komplett blöd halten. Er betrachtet seine Fingernägel. »Außerdem mag ich es nicht, wenn du Scheiße sagst. Und jetzt bin ich ja wieder hier.« Er tätschelt Jonny die Schulter, Jonny stößt seine Hand weg.

Dann legt er sein Gesicht auf seine Knie. Sein Oberkörper hebt und senkt sich. Vielleicht weint er, ich weiß es nicht. Um etwas zu tun, vielleicht aus Verlegenheit, nimmt Theodor mich in den Arm und gibt mir einen Kuss. Ich lege meinen Kopf an seinen Hals. Als Jonny wieder aufsieht und mich in Theodors Arm sieht, treffen sich unsere Blicke. Es fühlt sich an wie eine Ohrfeige. Es wäre mir lieb, wenn er mir wirklich eine verpassen würde. Jonny steht auf, scheint noch etwas sagen zu wollen, entscheidet sich aber dagegen. Und dann geht er den Krankenhausflur runter, grußlos, durch das kalte Licht, ohne sich noch einmal umzudrehen. Meinen Kopf an Theodors Schulter gelehnt, überlege ich, was ich tun könnte, und verstehe, dass es nichts zu tun gibt. Jonny geht weg, daran ist jetzt nichts zu ändern. Aber er wird wieder zu uns zurückkommen. Schon bald. Das weiß ich.